AUSWAHLBÜCHER

Die Kurzfassungen in diesem Buch erscheinen
mit Genehmigung der Autoren und Verleger

041322 (306)
Printed in Germany
ISBN: 978-3-89915-907-3

READER'S DIGEST

Auswahlbücher

Reader's Digest

DEUTSCHLAND · SCHWEIZ · ÖSTERREICH

CHARLOTTE LINK SEITE 6

Der Beobachter

Im Großraum London werden zwei alleinstehende Frauen über Wochen hinweg eingeschüchtert und schließlich brutal umgebracht. Obwohl es zwischen den beiden Toten keine Verbindung zu geben scheint, deutet alles auf denselben Täter hin. Ins Visier der Polizei gerät ein Mann, der Tag für Tag durch die Straßen streift, um Frauen zu beobachten. Ein harmloser Spinner? Oder ein Psychopath, der Frauen hasst? Dann verübt der Täter einen dritten Mord – doch diesmal ist sein Opfer ein Mann …

CARIN WINTER SEITE 210

Die Inselärztin

„Gut eingeführte Arztpraxis in Vitte auf Hiddensee abzugeben …“ Als die Ärztin Dr. Viola Herz diese Anzeige liest, fasst sie einen Entschluss: Sie wird ihren untreuen Ex-Verlobten samt Großstadtleben in München hinter sich lassen und einen Neuanfang im hohen Norden wagen. Schon bald wird sie von der wunderschönen Landschaft und der faszinierenden Tierwelt der Ostseeinsel verzaubert. Doch auch der fürsorgliche Buchhändler Georg und der leidenschaftliche Biologe Florian ziehen Viola in ihren Bann.

Lee Child — Seite 324

Untergrund

Bei einer U-Bahnfahrt durch das nächtliche New York fällt Jack Reacher eine Frau auf, die sich seltsam verhält. Er vermutet in ihr eine Selbstmordattentäterin und greift ein. Die Situation eskaliert – allerdings in eine ganz andere Richtung als erwartet. Reacher gerät unversehens in einen höchst brisanten Fall, und als er die Hintergründe untersucht, steht er plötzlich Agenten einer namenlosen Regierungsbehörde gegenüber, die das um jeden Preis verhindern wollen. Doch Jack Reacher ist ein unberechenbarer Gegner – und er gibt niemals auf.

Greg Kincaid — Seite 492

Ein Hund im Winter

Kansas im Jahr 1962: Das Schicksal meint es nicht gut mit George McCray. Sein Vater stirbt bei einem Unfall, seine Mutter zieht zurück in ihre Heimatstadt. Der Dreizehnjährige bleibt mit den Großeltern auf der Farm der Familie zurück. Als kurz vor Weihnachten ein Schneesturm über die Gegend hereinbricht und George hart anpacken und Verantwortung wie ein Erwachsener übernehmen muss, fühlt der Junge sich einsam und überfordert – bis ihm Tucker begegnet, ein Irish Setter, durch dessen Treue und Liebe er wieder neuen Mut fasst.

DER BEOBACHTER

Charlotte Link

Benimm dich nicht wie eine hysterische alte Frau, sagte sie streng zu sich. Schließ jetzt die Fensterläden!

Entschlossen öffnete sie die Terrassentür und trat ins Freie.

Ein Schatten löste sich von der Hauswand. Anne gewahrte ihn aus den Augenwinkeln. Sie erkannte einen dicken Anorak, eine Strickmütze, die tief in die Stirn gezogen war.

Anne begriff, dass sie um keinen Preis hätte nach draußen gehen dürfen.

Sonntag, 22. November 2009

Es war am späteren Sonntagabend, als Carla die Eigentümlichkeit des Aufzugs und der Aufzugtüren bewusst wahrnahm. Sie hatte zu diesem Zeitpunkt nicht mehr lange zu leben, aber ihre Vorstellungskraft hätte nicht ausgereicht, sich auszumalen, was ihr in dieser Nacht passieren würde.

Sie saß in ihrer Wohnung, etwas verwundert, denn sie hatte plötzlich den sicheren Eindruck, dass es schon seit einigen Tagen so ging: Der Fahrstuhl kam bis zu ihr hinauf in den achten Stock gefahren, hielt an, die Türen öffneten sich automatisch, aber dann passierte nichts weiter. Niemand stieg aus, denn dann hätte sie die Schritte im Gang hören müssen. Es stieg aber offensichtlich auch niemand ein, denn dann hätte man zuvor Schritte gehört. Sie war aber sicher, dass da keine gewesen waren. Dieses Haus verschluckte kaum Geräusche. Ein Hochhaus aus den Siebzigerjahren, ein schmuckloser Kasten mit langen Gängen und einer Vielzahl an Wohnungen. In den größeren wohnten Familien mit Kindern, in etlichen kleineren Wohnungen lebten Singles, die ganz in ihren Berufen aufgingen und praktisch nie zu Hause waren. Hackney gehörte zu den ärmeren Stadtteilen Londons, aber die Gegend, in der Carla wohnte, war nicht allzu schlecht.

Sie überlegte, wann genau es angefangen hatte sich zu häufen, dass der Aufzug oben ankam, ohne dass jemand ausstieg. Vielleicht seit einer Woche? Vielleicht seit vierzehn Tagen?

Sie ging zur Wohnungstür, schloss auf und öffnete sie. Betätigte den Lichtschalter gleich neben der Klingel und tauchte damit den Gang in ein grelles Licht. Sie blickte den langen, stillen Gang entlang. Nichts und niemand war zu sehen. Die Aufzugtüren hatten sich wieder geschlossen.

Vielleicht irgendein Halbwüchsiger, der hier im Haus wohnte und grundsätzlich auf die Acht drückte, ehe er ausstieg. Was er davon hatte, war Carla allerdings schleierhaft. Aber vieles von dem, was Menschen bewegte, war ihr schleierhaft. Am Ende, dachte sie mitunter, befand sie sich doch schon ein ziemlich großes Stück außerhalb der Gesellschaft. Allein, verlassen und seit fünf Jahren in Rente. Wenn man den Tag lesend oder fernsehend in einer kleinen Wohnung verbrachte und sich nur gelegentlich zu einem Spaziergang aufraffte, dann entfernte man sich aus der Normalität.

Sie schloss die Wohnungstür wieder. Als sie in das Hochhaus eingezogen war, hatte sie gehofft, sich in einem Haus voller Menschen weniger einsam zu fühlen, aber nun war das Gegenteil der Fall. Keiner hier schien den anderen wirklich zu kennen. Einige Wohnungen standen zudem leer. Oben, im achten Stock, wohnte seit einiger Zeit außer Carla überhaupt niemand mehr.

Sie ging ins Wohnzimmer zurück. Da sie die Stille plötzlich nicht mehr zu ertragen glaubte, nahm sie sich das Telefon und tippte die Nummer ihrer Tochter ein. Sie hatte eigentlich immer ein gutes Verhältnis zu Keira gehabt, aber seitdem diese verheiratet war und nun auch noch ein Baby hatte, bröckelte der Kontakt. Den jungen Leuten fehlte es an Zeit, sie waren vollauf mit sich und ihrem Leben beschäftigt. Woher noch die Energie nehmen, sich um die Mutter mit dem gescheiterten Lebensentwurf zu kümmern?

Carla konnte es manchmal selbst nicht glauben: die Ehe nach 28 Jahren geschieden. Ihr Mann finanziell vollkommen verschuldet, da er auf zu großem Fuß gelebt und sein Leben über Jahre nur noch auf Schulden aufgebaut hatte. Er hatte sich aus dem Staub gemacht, ehe ihn seine Gläubiger zur Rechenschaft ziehen konnten; seit Jahren gab es kein Lebenszeichen mehr von ihm. Carla selbst war verstört, häufig am Jammern. Ihre Tochter Keira hatte sich immerhin in eine gesicherte bürgerliche Existenz und bis in eine Reihenhaussiedlung von Bracknell südwestlich vom Londoner Stadtzentrum gerettet. Nach einem Mathematikstudium hatte sie eine Ausbildung zur Bankkauffrau gemacht und einen Mann mit sicherer Stelle in der Verwaltung geheiratet.

Keira meldete sich beim zweiten Klingeln. Sie klang gestresst, im Hintergrund schrie ihr kleiner Sohn.

„Hallo Keira, ich bin es, Mummy. Ich wollte nur mal hören, wie es so geht.“

„Oh, hallo Mum“, sagte Keira. Sie wirkte nicht begeistert. „Ja, es ist alles okay. Der Kleine schläft nur wieder mal nicht ein. Er schreit wirklich ständig. Ich bin ziemlich zermürbt inzwischen.“

„Sicher bekommt er Zähne.“

„Ja, so ist es.“ Keira schwieg einen Moment, dann fragte sie pflichtschuldig: „Und wie geht es dir?“

Carla war versucht, einfach die Wahrheit zu sagen: dass es ihr schlecht ging, dass sie sich völlig vereinsamt vorkam. Aber sie wusste, dass ihre Tochter das nicht hören wollte, dass sie sich überfordert gefühlt und sofort gereizt reagiert hätte. „Ach, na ja, ich bin eben oft ziemlich allein“, sagte sie daher nur. „Seit ich in Rente bin …“ Sie ließ den Rest des Satzes ungesagt.

Keira seufzte. „Du müsstest dir ein Hobby suchen, das dich mit Gleichgesinnten zusammenbringt. Und wenn es ein Kochkurs ist, den du belegst, oder ein Sport, den du anfängst! Hauptsache, du kommst unter Menschen."

„Ach, zwischen alten Frauen beim Seniorenturnen herumzuhüpfen …"

Keira seufzte erneut. „Es muss ja nicht das Seniorenturnen sein. Meine Güte, es wird so vieles angeboten. Du würdest aber bestimmt nette Frauen kennenlernen, mit denen du hin und wieder etwas unternehmen könntest."

Carla fühlte sich versucht, ihrer Tochter anzuvertrauen, dass sie es einige Zeit zuvor schon einmal bei einer Selbsthilfegruppe für allein lebende Frauen probiert hatte, dass es ihr aber auch dort nicht gelungen war, dauerhafte Freundschaften zu schließen. Wahrscheinlich jammerte sie zu viel. Besser, Keira erfuhr von diesem Projekt erst gar nichts. „Die meisten haben dann wahrscheinlich eine Familie und überhaupt keine Zeit für mich."

„Ja natürlich, weil du die einzige allein lebende Rentnerin in ganz England bist", erklärte Keira schroff. „Willst du für den Rest deines Lebens vor dem Fernseher in deiner Wohnung sitzen und Trübsal blasen?"

„Und meiner Tochter auf die Nerven gehen?"

„Das habe ich nicht gesagt."

„Das Haus ist bedrückend", sagte Carla. „Keiner kümmert sich hier um den anderen. Und dauernd fährt der Aufzug hier hoch zu mir, und dann steigt niemand aus."

Keira schien irritiert. „Wie?"

Carla wünschte, sie hätte das nicht gesagt. „Na ja, es ist mir einfach aufgefallen. Dass es ziemlich häufig geschieht, meine ich. Außer mir wohnt hier oben ja niemand. Aber dauernd kommt der Aufzug."

„Dann schickt ihn irgendjemand nach oben. Oder das System ist einfach so ausgelegt, dass er zwischendurch automatisch alle Stockwerke abklappert."

„Bis vor ein oder zwei Wochen war das aber nicht so."

„Mum, der Kleine schreit ständig, und …"

„Ich mache schon Schluss! Es wäre schön, wenn ihr mich mal wieder besuchen würdet. Vielleicht an irgendeinem Wochenende?"

„Ich schau mal, ob das klappt", sagte Keira, dann verabschiedete sie sich rasch und ließ Carla mit dem Gefühl zurück, gestört zu haben.

Sie blickte auf ihre Armbanduhr. Es war erst kurz nach zehn. Dennoch beschloss sie, ins Bett zu gehen.

Sie wollte gerade ins Bad gehen, als sie den Aufzug wieder vernahm. Er kam nach oben. Sie blieb mitten im Flur stehen. Lauschte.

Der Aufzug hielt, die Türen öffneten sich. Carla wartete. Darauf, dass nichts sein würde. Kein Laut, nichts. Aber diesmal hörte sie etwas. Diesmal verließ jemand den Aufzug. Da waren Schritte. Sie vernahm sie ganz deutlich. Schritte draußen in dem vermutlich hell erleuchteten Gang.

Carla schluckte trocken. Sie spürte ein Kribbeln auf der Haut.

Jetzt mach dich bloß nicht verrückt! Die Schritte kamen näher. Zu mir, dachte Carla, da kommt jemand zu mir. Wie paralysiert stand sie vor ihrer Wohnungstür. Jemand befand sich auf der anderen Seite.

Als die Klingel schrillte, löste sich der Bann. Die Klingel war Normalität. Einbrecher klingeln nicht, dachte Carla. Dennoch spähte sie vorsichtshalber durch den Türspion. Sie zögerte. Dann öffnete sie.

Mittwoch, 2. Dezember

Gillian ging in die Küche zurück. „Das war Darcys Mutter", erklärte sie. „Darcy kommt heute nicht in die Schule. Sie hat eine Halsentzündung."

Das Läuten des Telefons hatte Becky nicht aus der Lethargie reißen können, mit der sie über ihrer Müslischüssel hing.

Gerade eben erst zwölf Jahre alt geworden, dachte Gillian, und schon muffig und lustlos wie ein Teenager auf dem Höhepunkt der Pubertät. Waren wir nicht früher anders?

„Hm", machte Becky uninteressiert. Auf dem Stuhl neben ihr saß Chuck, ihr schwarzer Kater. Gillian setzte sich ihrer Tochter gegenüber an den Tisch. Nun musste sie Becky zur Schule fahren. Gemeinsam mit Darcys Mutter bildeten sie eine Fahrgemeinschaft, und diese Woche war Darcys Mutter an der Reihe. Aber natürlich nicht an einem Tag, an dem ihre eigene Tochter gar nicht zur Schule ging.

„Ich habe bei der Gelegenheit etwas Interessantes erfahren", sagte Gillian, „nämlich dass ihr heute eine Mathearbeit schreibt!"

„Kann sein."

„Nein, das kann nicht sein, das ist so! Ihr schreibt heute eine Arbeit, und ich hatte keine Ahnung davon. Warum hast du nichts davon erwähnt?"

Becky zuckte mit den Schultern.

„Könntest du mir bitte eine Antwort geben?!", fragte Gillian scharf.

„Weiß nicht, warum ich nichts gesagt habe", nuschelte Becky.

„Ich vermute, du hattest keine Lust zu üben", stellte Gillian resigniert fest.

Becky schaute sie böse an. Was mache ich bloß falsch, fragte sich Gillian, was mache ich falsch, dass sie mich manchmal fast hasserfüllt ansieht? Warum wusste Darcys Mutter Bescheid? Warum wussten wahrscheinlich alle Mütter Bescheid?

„Putz deine Zähne“, sagte sie, „und dann komm. Wir müssen los.“

Auf der Fahrt zur Schule sprach Becky kein einziges Wort. Gillian lag es auf der Zunge, sie zu fragen, ob sie sich die Arbeit zutraute. Sie fürchtete die patzige Antwort und hatte das ungute Gefühl, dann möglicherweise in Tränen auszubrechen. Das passierte ihr immer öfter in der letzten Zeit. Sie war drauf und dran, zu einer Heulsuse zu mutieren, die mit ihrem Leben haderte und sich vor dem provozierenden Verhalten ihrer zwölfjährigen Tochter fürchtete. Wie konnte man als Frau von 42 Jahren so unsouverän sein?

Becky verabschiedete sich vor der Schule mit ein paar unfreundlichen Worten und stakste dann auf ihren mageren Beinen über die Straße. Ihre langen Haare wehten hinter ihr her. Gillian fragte sich, ob sie alle so waren. So aggressiv. So uneinsichtig. So mitleidslos.

Sie startete das Auto, fuhr aber nur eine Straße weiter und parkte dort am Bordstein. Öffnete das Fenster ein Stück weit und zündete sich eine Zigarette an. Es war kalt. Ein unwirtlicher, grauer Wintermorgen.

Sie hatte einmal mit Tom darüber gesprochen. Fast zwei Jahre war das jetzt her. Genauer, sie hatte versucht, mit ihm darüber zu sprechen. Über die Frage, ob sie als Mutter etwas falsch machte. Oder ob die anderen Kinder genauso waren. Er hatte keine Antwort darauf gewusst.

„Wenn du etwas mehr Kontakt zu den anderen Müttern hättest“, hatte er schließlich gesagt, „dann wüsstest du es vielleicht. Du wüsstest vielleicht sogar, wie man es richtig machen könnte. Aber aus irgendeinem Grund weigerst du dich, dir ein Netzwerk aufzubauen.“

„Ich weigere mich nicht. Ich komme einfach nicht richtig klar mit den anderen Müttern.“

„Das sind aber ganz normale Frauen. Die tun dir doch nichts!“

Natürlich hatte er recht. Das war nicht der Punkt. „Aber sie akzeptieren mich auch nicht.“

„Unfug!“, hatte er gesagt. „Ich glaube, du bildest dir das alles nur ein. Du bist eine intelligente Frau. Du bist attraktiv und beruflich erfolgreich. Woher rühren bloß deine Komplexe?“

Hatte sie Komplexe? Gedankenverloren schnippte sie die Asche ihrer Zigarette aus dem Wagenfenster. Es gab keinen Grund, Komplexe zu haben. Zusammen mit Tom hatte sie vor fünfzehn Jahren eine Firma in London aufgebaut, die auf Steuer- und Wirtschaftsberatung spezialisiert war. Sie hatten ungeheuer schuften müssen, um das Unternehmen in Schwung zu bringen, aber die Arbeit hatte sich gelohnt: Inzwischen beschäftigten sie sechzehn Mitarbeiter. Seit Beckys Geburt arbeitete Gillian nicht mehr täglich im Büro, hatte aber immer noch ihre eigenen Kunden, die sie betreute. Drei- oder viermal in der Woche fuhr sie mit dem Zug nach London und erledigte ihren Job. Sie besaß die Freiheit, sich ihre Zeit völlig selbstständig einzuteilen.

Alles war gut. Sie hätte zufrieden sein können.

Sie blickte in den Rückspiegel und sah ihre dunkelblauen Augen und die rotblonden Locken. Sie konnte sich nur zu gut erinnern, wie sehr sie als Kind darunter gelitten hatte: unter den Locken. Der rötlichen Farbe. Den unvermeidlich damit einhergehenden Sommersprossen. Dann war sie an die Universität gekommen und hatte Thomas Ward kennengelernt, ihren ersten Freund, der dann auch der Mann ihres Lebens werden sollte, die große Liebe. Er hatte ihre Haarfarbe bewundert und ihre Sommersprossen einzeln gezählt, und plötzlich hatte sie angefangen, sich selbst schön zu finden.

Sie hatte ihre Zigarette zu Ende geraucht und beschloss, zu Hause noch eine letzte Tasse Kaffee zu trinken, sich dann umzuziehen und auf den Weg ins Büro nach London zu machen. Sie startete ihren Wagen. Vielleicht sollte sie sich wieder einmal mit Tara Caine treffen. Ihre Freundin arbeitete als Staatsanwältin in London und war – laut Tom, der sie nicht besonders mochte – eine radikale Feministin. Auf jeden Fall taten Gillian die Gespräche mit ihr gut.

Bei ihrem letzten Treffen hatte Tara ihr auf den Kopf zugesagt, dass sie in einer handfesten Depression steckte. Vielleicht hatte sie recht.

Samson hatte lange nach unten gelauscht, und erst als er ganz sicher war, dass sich niemand im Treppenhaus aufhielt, huschte er auf Strümpfen hinunter. Er wollte möglichst ungesehen in seine Schuhe und in seinen Anorak kommen und dann nach draußen entschwinden, aber als er sich gerade die Schnürsenkel zuband, ging die Küchentür auf und seine Schwägerin Millie erschien. Die Art, wie sie sich auf ihn zubewegte, erinnerte Samson an einen Raubvogel, der eine Beute erspäht hat. „Hallo Millie“, sagte er unsicher.

Millie Segal gehörte zu den Frauen, denen, noch ehe sie überhaupt die vierzig erreicht haben, bereits die zweischneidige Beschreibung *Sie ist sicher einmal hübsch gewesen* anhaftete. Sie war blond, hatte eine gute Figur und gleichmäßige Gesichtszüge, aber es hatten sich so tiefe Falten in ihre Haut eingegraben, dass sie seltsam verbittert wirkte. Und tatsächlich war Millie eine zutiefst unzufriedene Frau. Frustriert. Samson hatte manchmal mit seinem Bruder darüber gesprochen. Dieser hatte ihm erklärt, dass Millie in der festen Überzeugung lebte, vom Schicksal benachteiligt zu sein.

Wenn Gavin, ihr Mann, sie fragte, was es denn genau sei, was ihr so sehr das Leben vergälle, dann antwortete sie immer: „Alles. Einfach alles zusammen.“ Unglücklicherweise wusste Samson, dass er selbst in diesem *Alles zusammen* keine kleine Rolle spielte.

„Dachte ich mir doch, dass ich dich gehört habe", sagte Millie. Sie war noch nicht angezogen. Wenn sie erst später arbeiten musste, schlüpfte sie morgens rasch in einen Jogginganzug und machte ihrem Mann das Frühstück, ehe dieser zu seiner Frühschicht aufbrach. Gavin arbeitete als Busfahrer. Oft musste er schon um fünf Uhr aus dem Bett.

„Ich bin gleich weg", sagte Samson und zog seinen Anorak an.

„Hat sich etwas wegen einer Arbeit ergeben?", fragte Millie.

„Noch nicht."

„Bemühst du dich überhaupt?"

„Natürlich. Aber die Zeiten sind schwierig."

„Du hast diese Woche noch nichts zum Haushaltsgeld dazugegeben. Ich muss schließlich einkaufen. Und beim Essen bist du dann weniger zurückhaltend."

Samson kramte seinen Geldbeutel aus der Hosentasche, zog einen Schein hervor. „Reicht das erst einmal?"

„Viel ist es nicht", sagte Millie, nahm aber natürlich das Geld.

Da ganz offensichtlich nichts weiter anstand, nickte er ihr kurz zu, dann öffnete er die Haustür und trat hinaus in den kalten Tag.

Eine Begegnung mit Millie machte ihn immer nervös. Er bekam schlecht Luft in ihrer Gegenwart. Hier draußen ging es ihm sogleich besser.

Er hatte einmal ein Gespräch zwischen Millie und seinem Bruder mit angehört, und seitdem wusste er, dass Millie nichts so ersehnte wie seinen Auszug aus dem gemeinsamen Haus. „Ich wollte mit dir in einer Ehe leben, in einer ganz normalen Ehe!", hatte sie gezischt. „Und was ist das hier jetzt? Eine Art Wohngemeinschaft?"

„So kannst du das nicht bezeichnen", hatte Gavin geantwortet. „Er ist mein Bruder. Es ist auch sein Haus, Millie. Wir haben es beide von unseren Eltern geerbt. Er hat dasselbe Recht, hier zu wohnen, wie wir."

„Das ist keine Frage des Rechts, sondern des Anstands. Ich meine, wir beide, wir sind verheiratet. Wir werden vielleicht irgendwann einmal Kinder haben. Er ist allein. Er ist das fünfte Rad am Wagen. Jeder andere Mensch würde doch merken, dass er stört, und würde sich etwas anderes suchen."

„Wir können ihn nicht zwingen. Wenn er geht, dann müsste ich ihn entweder auszahlen, was ich nicht kann, oder wir müssten ihm Miete zahlen, wenigstens anteilig. Meine Güte, Millie, du weißt doch, was ich verdiene! Es würde verdammt eng für uns."

Samson schüttelte den Gedanken an jenes bedrückende Gespräch ab und machte sich auf seinen Weg durch die Straßen. Er folgte dabei einem ganz bestimmten System und einem genauen Zeitplan, und heute lag er bereits fünf Minuten zurück – weil er gezögert hatte, sich durch das Treppenhaus nach unten zu wagen, und weil er dann von Millie aufgehalten worden war.

Er hatte seine Arbeit im Juni verloren. Er hatte als Fahrer eines Heimservice für Tiefkühlkost gearbeitet, aber durch die Wirtschaftskrise waren die Aufträge dramatisch zurückgegangen. Schließlich hatte die Firma die Anzahl ihrer Fahrer reduzieren müssen. Samson war der Mitarbeiter, der zuletzt eingestellt worden war. Es hatte ihn als Ersten getroffen.

Er schritt zügig voran. Southend-on-Sea lag rund siebzig Kilometer östlich von London und zog sich am nördlichen Ufer der Themse entlang, bis hin zum Übergang des großen Flusses in die Nordsee. Southend umfasste mehrere Stadtteile, darunter auch Thorpe Bay, wo Samson wohnte. Thorpe Bay bestand zu einem großen Teil aus den sanft gewellten Wiesen des Golfklubs und aus großzügigen Tennisanlagen, die sich gleich hinter dem Strand befanden. Wer hier wohnte, schien mitten in einer Idylle gelandet zu sein.

Kurz bevor Samson die Thorpe Hall Avenue erreichte, begegnete ihm die junge Frau mit dem großen Mischlingshund. Sie führte das Tier jeden Morgen spazieren. Um diese Uhrzeit befand sie sich bereits auf dem Rückweg. Samson hatte sie mehrfach bis zu ihrem Haus verfolgt und war sich einigermaßen sicher, was ihre Lebensumstände anging: kein Mann, keine Kinder. Sie schien von daheim aus zu arbeiten, denn außer zum Einkaufen und zum Hundespaziergang verließ sie ihr Haus tagsüber nicht. Sie erhielt allerdings häufig Lieferungen von Kurierdiensten. Samson vermutete, dass sie vielleicht ein Schreibbüro hatte.

Er erreichte die Häuserreihe, die sich gegenüber einer hübschen Grünanlage befand. Eines der Häuser gehörte der Familie Ward. Samson wusste über diese Leute mehr als über alle anderen, weil Gavin die Hilfe von Thomas Ward in Anspruch genommen hatte, als es damals nach dem Tod der Eltern Probleme wegen der Erbschaftssteuer gab. Ward und seine Frau arbeiteten als Wirtschafts- und Finanzberater in London, und Ward hatte den verzweifelten Gavin seinerzeit zu äußerst kulanten Bedingungen beraten, weshalb dieser bis heute nichts auf ihn kommen ließ. Obwohl Thomas Ward ansonsten genau das Bild abgab, das beiden Brüdern nicht unbedingt sympathisch war: das ziemlich große Auto, die Anzüge aus feinem Zwirn …

„Man darf Menschen eben nicht nach ihrem Äußeren beurteilen", sagte Gavin stets, wenn die Rede auf Ward kam. „Ward ist in Ordnung."

Samson wusste, dass Gillian Ward nicht täglich in die Londoner Firma fuhr. Sie hatte ja auch noch die zwölfjährige Tochter, um die sie sich kümmern musste, Becky, die häufig so verschlossen und trotzig wirkte.

Er stutzte, als er plötzlich Gillians Wagen sah, der die Straße herunterkam und in die Garageneinfahrt einbog. Das war ausgesprochen merkwürdig. Er wusste, dass sie und die Mutter einer Klassenkameradin einander wochenweise abwechselnd die Kinder zur Schule fuhren, aber in dieser Woche war die andere dran, da war er völlig sicher. Vielleicht hatte sie die Kinder gar nicht zur Schule gebracht, bloß wo war sie dann gewesen?

Er blieb stehen und beobachtete, wie sie im Haus verschwand. Das Licht in der Diele ging an. Da die hübsche, rot lackierte Haustür der Wards ein rautenförmiges Fenster in der Mitte aufwies, konnte man von der Straße aus durch den Flur hindurch bis in die Küche blicken. Einmal hatte er durch dieses Fenster beobachtet, wie sich Gillian morgens erneut an den Frühstückstisch gesetzt hatte, nachdem ihre Familie schon verschwunden war, wie sie noch eine Tasse Kaffee getrunken hatte. Sie hatte dabei nur an die gegenüberliegende Wand gestarrt. Damals hatte er zum ersten Mal gedacht: Sie ist nicht glücklich!

Dieser Gedanke hatte ihn geradezu schmerzhaft getroffen, denn die Wards waren ihm lieb geworden. Sie passten absolut nicht in das Muster der Menschen, die er bevorzugt beschattete, nämlich alleinstehende Frauen, und er hatte sich schon gefragt, weshalb er sich trotzdem an ihnen festgebissen hatte. An einem Sommerabend, an dem er in den Garten der Wards gestarrt, die kleine Familie lachend und plaudernd beim Grillen auf der Terrasse beobachtet hatte, war ihm die Erleuchtung gekommen: Sie waren perfekt. Das zog ihn so magisch an. Die absolut perfekte Familie samt schönem Haus und gepflegtem Garten. Eine Welt, die in Ordnung war. Eine Welt, in die er nie gelangen würde, aber er hatte festgestellt, dass es ihn tröstete, wenigstens als Zaungast an ihr teilzunehmen.

Er versuchte, in die Küche zu spähen. Tatsächlich konnte er Gillian sehen, die am Tisch lehnte. Aha, sie hatte sich wieder einmal einen Kaffee nachgeschenkt. Hielt den dicken Keramikbecher in den Händen, trank mit diesen kleinen, nachdenklichen Schlucken, die er schon einmal beobachtet hatte.

Er ging eilig weiter, er konnte es sich nicht leisten, lange an einer Stelle zu verharren. Zu gern würde er herausfinden, worin Gillians Kummer bestand.

Er lief die Thorpe Hall Avenue hinunter, an den Parkanlagen von Thorpe Bay Garden vorbei und erreichte schließlich den Strand. Kalt, verlassen und winterlich lag er vor ihm. Keine Menschenseele war zu sehen.

Er atmete tief durch. Er fühlte sich so erschöpft wie andere nach einem langen und harten Arbeitstag und wusste, woran das lag: er beobachtete so viele Menschen, prägte sich ihre Tagesabläufe ein, ihre Gewohnheiten. Er hätte niemandem erklären können, was ihn so sehr daran faszinierte, aber es war wie ein Sog, in den man geriet. Schicksale, in die man sich hineinträumen konnte. Rollen, in die man schlüpfte. Manchmal war er der erfolgreiche Thomas Ward mit dem schönen Haus und dem teuren Auto. Manchmal war er ein cooler Typ, der weder stotterte noch rot wurde und der die hübsche Frau mit dem Hund zu einer Verabredung bat. Er brachte damit Freude in seinen Alltag, auch wenn das gefährlich war oder grenzwertig.

Aber allmählich veränderte sich etwas, und das beunruhigte ihn. Natürlich blieb er bei seinen klar abgezirkelten Beobachtungsrundgängen. Er hatte sogar in seinem Computer eine Datei über seine Objekte angelegt, und er vergaß an keinem Abend, alles zu notieren, was er gesehen hatte. Aber er tat es nicht mehr mit derselben Hingabe wie früher. Und er begriff auch, warum das so war: Es lag an den Wards, besonders an Gillian Ward. Die Wards wurden immer wichtiger für ihn. Sie wurden zu *seiner* Familie.

Der Wind, der von Nordosten blies, war wirklich kalt. Definitiv zu kalt, entschied er, um hier weiterzulaufen. Er verließ den Strand, und als er oben auf der Uferpromenade an einem Kiosk vorbeikam, blieb er stehen. Nach längerem Kramen in seinen Taschen brachte er zwei Pfund zusammen. Das reichte allemal für einen heißen Kaffee. Er trank ihn im Stehen im Windschutz der Bretterbude. Direkt vor ihm befand sich der Ständer mit den Tageszeitungen. Er las die Schlagzeilen, blieb an der reißerisch aufgemachten Titelseite der *Daily Mail* hängen: GRAUSAMER MORD IN LONDON!

Er verrenkte sich, um ein Stück von dem darunterstehenden Text zu erhaschen. Eine ältere Frau war in einem Hochhaus in Hackney ermordet worden. Die Tat zeichnete sich durch extreme Brutalität aus. Die Frau hatte rund zehn Tage in der Wohnung gelegen, ehe sie von ihrer Tochter gefunden wurde. Es gab keinerlei Hinweise auf das mögliche Motiv des Täters.

„Schlimme Sache", sagte der Kioskbesitzer, der gesehen hatte, worauf Samsons Blick gerichtet war. „Ich meine, vor allem das mit den zehn Tagen. Dass jemand so lange tot ist und niemand merkt es."

Samson murmelte etwas Zustimmendes und trank seinen Kaffee aus. Das Wechselgeld reichte noch für eine *Daily Mail*. Er kaufte die Zeitung und zog nachdenklich weiter.

WENIGSTENS hatte sie endlich aufgehört zu zittern. Detective Inspector Peter Fielder von Scotland Yard war nicht sicher gewesen, ob sie überhaupt vernehmungsfähig war, aber er wusste, dass die Zeit drängte. Carla Roberts hatte vermutlich bereits seit über einer Woche tot in ihrer Wohnung gelegen, ehe sie nun von ihrer Tochter am Tag zuvor entdeckt worden war, und dieser Umstand hatte ihrem Mörder bereits jede Menge Vorsprung verschafft. Es galt rasch zu handeln, aber zunächst war aus dieser wie Espenlaub zitternden jungen Frau, die ihr Baby an sich gepresst hielt, absolut nichts herauszuholen gewesen. Ein Streifenwagen hatte sie am Abend ins Krankenhaus gefahren, wo sie übernachtet und etliche Medikamente bekommen hatte. An diesem Morgen nun hatte man sie in ihr Haus in Bracknell zurückgebracht.

Die Beamten, die sie begleiteten, hatten Fielder über sein Handy verständigt, dass es Keira Jones besser zu gehen schien. Daher saß er nun in dem hübsch eingerichteten Wohnzimmer Keira gegenüber, die zwar kreideweiß im Gesicht war, aber doch deutlich gefasster als am Vortag. Ihr Mann, Greg Jones, war daheim. Als Fielder eintraf, hatte er gerade das Baby gewickelt und dann wieder ins Bett gelegt, und nun stand er am Fenster, die Arme vor der Brust verschränkt. Er war deutlich erschüttert, versuchte aber, einigermaßen ruhig und gefasst zu bleiben.

„Mrs Jones“, sagte Fielder vorsichtig, „wir haben leider keine Zeit mehr zu verlieren. Nach der ersten Schätzung des Rechtsmediziners könnte Ihre Mutter bereits seit etwa zehn Tagen tot sein, das heißt, sie ist unglücklicherweise recht spät gefunden worden ...“

Keira schloss kurz die Augen und nickte.

„Wir haben einen kleinen Sohn, der gerade eine ziemlich anstrengende Phase durchläuft, Inspector“, sagte ihr Mann, „und meine Frau ist seit Monaten am Ende ihrer Kräfte. Meine Schwiegermutter fühlte sich von ihr vernachlässigt, aber ...“

„Greg!“, sagte Keira leise und gequält. „Sie fühlte sich nicht einfach vernachlässigt. Ich *habe* sie vernachlässigt.“

„Lieber Himmel, Keira, wir haben ein kleines Kind. Du konntest nicht ständig nach Hackney fahren und deiner Mutter die Hand halten!“

„Ich hätte sie wenigstens öfter anrufen müssen.“

„Wann haben Sie sie denn zuletzt angerufen?“, fragte Fielder.

Keira überlegte einen Moment. „Das war ... ja, das war am vorletzten Sonntag. Ist also über eine Woche her. Da rief sie relativ spät abends an, gegen zehn Uhr.“

Fielder rechnete nach. „Das muss dann also Sonntag, der 22. November gewesen sein. Heute haben wir den 2. Dezember. Vieles spricht dafür, dass sie ziemlich bald nach dem Gespräch mit Ihnen ... überfallen wurde.“

„Ermordet wurde“, flüsterte Keira.

Er nickte. „Ja. Ermordet wurde.“ Fielder blickte zum Fenster hinaus. „Ihre Mutter war geschieden?“, fragte er Keira dann.

„Ja. Seit zehn Jahren.“

„Haben Sie Kontakt zu Ihrem Vater? Hatte Ihre Mutter Kontakt zu ihm?“

„Nein.“ Keira schüttelte den Kopf. „Wir wissen nicht einmal, wo er sich aufhält. Als sich herausstellte, dass er völlig verschuldet war, setzte er sich wohl ins Ausland ab – auf der Flucht vor seinen Gläubigern."

„Zuvor wurden Ihre Eltern aber noch geschieden?"

„Ja. Als die Pleite offensichtlich wurde, flog auch das Verhältnis meines Vaters mit einer jüngeren Mitarbeiterin auf. Meine Mutter reichte sofort die Scheidung ein."

Fielder machte sich eine Notiz. „Wir werden versuchen, Ihren Vater ausfindig zu machen. Kennen Sie Namen und Adresse seiner damaligen Geliebten?"

Keira schüttelte den Kopf. „Mit Vornamen heißt sie, glaube ich, Clarissa. Den Nachnamen weiß ich nicht mehr. Ich wohnte damals nicht mehr bei meinen Eltern, sondern studierte in Swansea. Ich habe nicht allzu viele Details mitbekommen. Ich meine … " Unvermittelt begann sie zu weinen. „Ich hätte mehr für meine Mutter da sein müssen. Damals und auch jetzt. Dass sie tagelang ermordet in ihrer Wohnung liegt, und keiner merkt es! Das hätte nicht passieren dürfen!" Keira holte ein Taschentuch aus ihrer Handtasche. „Wissen Sie, meine Mutter war nicht gerade ein Mensch, der gute Laune um sich verbreitete. Sie jammerte furchtbar viel. Sie konnte dadurch sehr … anstrengend sein. Aber egal, wie sehr sie anderen auf die Nerven gehen konnte … nie hätte sie einen solchen Tod verdient. Nie!"

Fielder betrachtete sie mitfühlend. Er hatte die tote Carla Roberts gesehen. An Händen und Füßen mit Paketklebeband gefesselt, hatte sie in ihrem Wohnzimmer gelegen. Der Täter hatte ihr ein zusammengeknülltes Stück Stoff in den Rachen gestoßen, ein kariertes Küchengeschirrtuch, wie sich herausstellte. Die erste Untersuchung hatte ergeben, dass sich Carla Roberts daraufhin offenbar hatte erbrechen müssen und mit aller Kraft versucht hatte, das Tuch aus ihrem Mund zu würgen.

„Was ihr hätte gelingen müssen", hatte der Rechtsmediziner noch am Tatort gesagt. „Für mich sieht es so aus, als habe der Täter das Tuch mit der Faust so lange in ihren Rachen gepresst, bis sie an ihrem Erbrochenen erstickt war. Es muss ein grausamer Todeskampf gewesen sein."

Fielder hoffte, dass Keira ihn nie nach diesen Details fragen würde. „Mrs Jones", begann er, „Sie sagten gestern bereits, dass Sie, nachdem auf Ihr wiederholtes Klingeln niemand öffnete, mit dem Zweitschlüssel selbst die Wohnung Ihrer Mutter aufgesperrt haben. Wie sind Sie zuvor ins Haus hereingekommen? Haben Sie für die Eingangstür auch einen Schlüssel?"

„Ja, aber unten war sowieso offen. Ich klingelte, wartete aber gar nicht ab, sondern stieg gleich in den Aufzug. Oben klingelte ich dann wieder. Und wieder. Schließlich schloss ich auf."

„Besitzt außer Ihnen noch jemand einen Schlüssel zu der Wohnung?“

„Nicht dass ich wüsste.“

„Wie es aussieht“, sagte Fielder, „hat Ihre Mutter den Täter selbst in die Wohnung gelassen. Jedenfalls gibt es keinerlei Einbruchspuren. Es könnte sein, dass Ihre Mutter den Täter kannte. Wissen Sie etwas über den Bekanntenkreis Ihrer Mutter?“

„Sie hatte eigentlich keinen. Das war ja genau das Problem. Sie lebte völlig isoliert.“

„Seit wann arbeitete Ihre Mutter nicht mehr?“

„Seit fast fünf Jahren. Sie hatte nach der Scheidung Arbeit in einer Drogerie gefunden, aber das machte ihr wenig Spaß. Schließlich ist sie mit sechzig Jahren in Rente gegangen.“

„Gab es in dieser Drogerie jemals Ärger mit Mitarbeitern?“

„Nein. Sie kam mit allen zurecht. Aber der Kontakt brach nach ihrem Fortgang ab. Ich glaube nicht, dass sie noch mit irgendjemandem aus dieser Zeit in Verbindung stand.“

„Und sonst? Gab es nicht irgendein Hobby, das sie vielleicht gelegentlich mit anderen Menschen zusammengebracht hätte?“

„Nein. Nichts.“

„Und im Haus? Stand ihr da jemand näher?“

„Auch nicht. Jeder dort scheint ziemlich anonym vor sich hin zu leben.“

Fielder dachte an die Brutalität, mit der Carla umgebracht worden war. Möglicherweise hatte der Täter kein Problem mit Carla, der freundlichen, etwas wehleidigen Rentnerin gehabt. Vielleicht hatte er ein generelles Problem mit Frauen. Ein Sadist. Ein Psychopath. Die Tat sah danach aus.

„Gibt es sonst noch etwas, was ich wissen müsste?“, fragte er.

Keira überlegte. „Ich weiß nicht, ob es wichtig ist, aber an dem Abend, an dem ich zuletzt mit meiner Mutter telefonierte, erwähnte sie etwas Eigentümliches … Sie sagte, der Fahrstuhl käme so oft nach oben zu ihr. Aber nie würde jemand aussteigen. Und da außer ihr sowieso niemand dort oben wohnte, kam ihr das mit dem Aufzug seltsam vor.“

„Seit wann hatte sie diese Besonderheit registriert?“

„Sie sprach von ein oder zwei Wochen. Und dass es davor eben nicht so gewesen sei.“

Fielder neigte sich vor. „Mrs Jones“, sagte er, „hatten Sie den Eindruck, dass sich Ihre Mutter bedroht fühlte?“

Keiras Augen füllten sich erneut mit Tränen. „Ja“, stieß sie hervor. „Ja. Ich glaube, sie hatte Angst. Sie konnte nur nicht sagen, wovor.“

SIE SCHRAK HOCH, als der Lichtkegel über die Wand hinter dem Fernseher glitt, und schon im nächsten Moment fragte sie sich, ob sie ihn sich nicht eingebildet hatte. Oder geträumt hatte. Sie war eingeschlafen, trotz des spannenden Krimis, der gerade lief. Aber das passierte ihr oft. Sie war ein Morgenmensch. Sie richtete sich in ihrem Sessel auf und lauschte nach draußen. Sie konnte nichts hören.

Es war ihr drei- oder viermal aufgefallen in der letzten Zeit. Dass ein Auto hier herauskam. Am Abend, in der Dunkelheit. Sie hatte den Motor gehört, sie hatte das Licht der Scheinwerfer über die Wände des Wohnzimmers streichen sehen. Und dann – nichts. Kein Laut, kein Licht. Als habe jemand angehalten, den Motor ausgeschaltet, die Scheinwerfer ebenfalls.

Um im Dunkeln dort zu stehen und … *was zu tun*?

Anne Westley war keine ängstliche Frau. Beim ersten Mal war sie aufgestanden und vor die Haustür getreten. Hatte versucht, irgendetwas zu erkennen, aber das war hier draußen fast unmöglich. Der Wald wuchs bis direkt an das Grundstück heran. Und die Lage ihres Hauses war es auch, was das Auftauchen eines Autos so befremdlich erscheinen ließ. In unmittelbarer Nähe gab es nicht einmal eine Straße. In einiger Entfernung befand sich ein abgelegener Parkplatz, von dem aus Wanderwege in die Wälder führten. An den Wochenenden im Sommer herrschte dort ein gewisses Kommen und Gehen, aber im Winter verirrte sich kaum noch jemand dorthin.

Sie stand auf, ging ans Fenster, versuchte hinauszuschauen, sah aber vor allem ihr eigenes Gesicht, das sich in der Scheibe spiegelte. Sie schaltete das Lämpchen in der Ecke sowie auch den Fernseher aus, und das Zimmer lag im Dunkeln. Wieder starrte sie in den finsteren Abend. Es war schwierig, etwas zu erkennen. Sie ahnte mehr den Garten mit seinen vielen Büschen und den Obstbäumen. Im Sommer hatte sie Kirschen, Äpfel und Birnen ohne Ende geerntet, hatte wochenlang Marmelade und Gelee eingekocht. Alles in große Gläser gefüllt, die Deckel mit Gummiringen verschlossen.

Und dabei immer an Sean gedacht. Daran, dass er vor allem davon geschwärmt hatte: von den Obstbäumen und von der eigenen Marmelade. Sean und sie hatten das Haus acht Jahre zuvor auf einer Wanderung entdeckt. Sie hatten einen Ausflug nach Tunbridge Wells gemacht, der hübschen Stadt im Westen der Grafschaft Kent. Die Gegend war berühmt für ihre Obstplantagen und Hopfenfelder. Sean und Anne waren durch einen Wald gestreift, in dem Maiglöckchen blühten, und plötzlich war das Haus vor ihnen aufgetaucht, ein ehemaliges Forsthaus, wie es schien. Es sah ziemlich verfallen, unbewohnt und wenig einladend aus. Aber das hatte Sean nicht gestört. Er hatte sich in den Garten verliebt und konnte gar nicht mehr aufhören, davon zu reden. „Dieses riesige Grundstück! Die vielen Obstbäume. Die Fliederbüsche. Goldregen, Jasmin, was du willst. Es ist das, wonach ich immer gesucht habe. Ich habe immer darauf gewartet!“

Sie hätte das alles nicht haben müssen. Beide waren sie damals sechzig Jahre alt gewesen, und Anne hätte es vernünftiger gefunden, sich nicht ausgerechnet im Alter mit einem Grundstück zu belasten, das ihnen harte körperliche Arbeit abverlangen würde. Sean hatte natürlich genau andersherum argumentiert. „Gerade wenn wir in ein paar Jahren pensioniert sind, können wir uns das erlauben. Wir haben dann viel Zeit und müssen nichts überstürzen. Was sollen wir in einer Wohnung herumsitzen und aus dem Fenster starren? Komm, lass uns noch einmal etwas Neues versuchen!“

Es war nicht schwer gewesen, das Haus zu erwerben, denn es gab niemanden sonst, der es haben wollte. Und von da an hatten sie ihre gesamte Freizeit dort im Wald verbracht und das Haus renoviert, Stück für Stück, in mühevoller Arbeit, die ihnen aber, wie Anne überrascht festgestellt hatte, eine Menge Befriedigung verschaffte. Und Anne hatte sich oben unter dem Dach ein Atelier ausgebaut. Einige Jahre zuvor hatte sie das Malen entdeckt. Es war zu einer Leidenschaft geworden.

Sie überlegte, ob sie hinausgehen sollte, aber um wirklich zu sehen, ob dort irgendwo ein Auto parkte, müsste sie bis nach vorn zum Tor laufen. Sie schreckte vor der Kälte zurück. Trotzdem, irgendetwas hatte sie aufgeweckt. Sie versuchte, das unheimliche Gefühl zu verdrängen, das sie beschlich. Sie war wirklich vollkommen allein hier draußen.

Sie schaltete das Licht wieder ein, ging in die Küche hinüber und schenkte sich einen Schnaps ein. Sie kippte ihn hinunter, nahm noch einen. Normalerweise reagierte sie nicht mit Alkohol auf Probleme, aber für den Augenblick schien der Schnaps sie tatsächlich etwas zu beruhigen.

Sie hatte nicht einmal nach Seans Tod versucht, sich mit Alkohol zu trösten. Ihrer Erfahrung nach half Arbeit am besten über seelische Probleme hinweg, und so hatte sie sich auf den Garten gestürzt, viel gemalt und so das schlimme erste Jahr überstanden. Nun waren weitere zweieinhalb Jahre vergangen, und sie hatte alles im Griff.

Sean war gestorben, als alles fertig war. Mitten im Sommer, wenige Wochen nach seinem 65. Geburtstag. Beim Abstieg von einer Leiter hatte er eine Sprosse verfehlt und war hinuntergestürzt. Was zunächst nicht allzu dramatisch aussah, denn er hatte sich zwar den Oberschenkelhals gebrochen, aber sonst war nichts passiert. Aber dann hatte er im Krankenhaus eine Lungenentzündung bekommen, keinerlei Antibiotika schlugen an, und innerhalb von vier Wochen war er tot, noch ehe Anne wirklich begriff, was eigentlich geschah.

Der zweite Schnaps entspannte Anne endgültig. Sie kam zu dem Schluss, dass sie sich den Lichtschein nur eingebildet hatte. Dennoch, sie würde die Haustür gründlich verriegeln, mit Sicherheitskette, was sie sonst nicht tat.

Freitag, 4. Dezember

Und? Was machst du jetzt so den ganzen Tag?", fragte Bartek.

Es war laut in dem Pub. Jeder Tisch besetzt, und alle lachten, redeten, tranken. Samson ging nicht so gern hierher, aber Bartek bestand immer darauf, und da Bartek sein einziger Freund war, wollte Samson ihn nicht verärgern. Sie trafen sich manchmal freitags, wenn Bartek frei hatte. Früh, meist gegen sechs. Bartek bekam Stress mit seiner Freundin, wenn er seinen freien Abend ausschließlich mit einem Freund in einer Kneipe verbrachte, daher gingen sie meist spätestens um halb neun wieder nach Hause. Samson war mit dem von seiner Mutter geerbten Auto gekommen. Das bedeutete zwar, dass er nichts trinken konnte, aber er hatte wenig Lust, in der Kälte an der Haltestelle zu warten. Wie üblich hatte er sich den ganzen Tag im Freien herumgetrieben. Irgendwann reichte es.

„Also, ich sitze nicht dauernd daheim, wenn du das meinst", entgegnete Samson nun auf Barteks Frage. „Das wäre mir viel zu langweilig. Und außerdem hatte Millie diese Woche immer erst nachmittags Dienst und war den halben Tag zu Hause, und … na ja, du weißt ja. Auf ihre Gesellschaft kann ich gut verzichten."

Millie arbeitete in einem Pflegeheim für alte Menschen. Samson wusste, dass sie ihren Beruf hasste.

„Dass dir das nicht stinkt", sagte Bartek, „immer noch bei deinem Bruder und deiner Schwägerin zu wohnen! Dafür bist du doch viel zu alt!"

„Das Haus gehört mir aber auch!"

„Dann lass dir anteilig eine Miete zahlen, aber such dir etwas Eigenes."

„Ich habe Angst zu vereinsamen, wenn ich allein lebe", sagte Samson.

Bartek zog die Augenbrauen hoch. „Wie alt bist du jetzt? Vierunddreißig! Es wäre wirklich mal Zeit für eine Frau, mit der du zusammenlebst! Hast du nicht vor, irgendwann einmal zu heiraten und eine Familie zu gründen?"

Samson nahm einen Schluck von seinem alkoholfreien Bier. Bartek hatte den heiklen Punkt erwischt. Nach nichts sehnte sich Samson so sehr wie nach einer Frau, die ihn heiraten würde. Ein Haus, ein Garten, Kinder … Aber die peinliche Tatsache war, dass er überhaupt noch nie eine Freundin gehabt hatte. „Na ja", meinte er ausweichend, „es ist ja nicht so, dass man jeden Tag einer Frau begegnet, die man heiraten würde!"

„Also, meine Freundin hat mich jetzt so weit“, sagte Bartek. „Sie hat mir nun wirklich das Messer auf die Brust gesetzt, und vielleicht war das ganz gut so. Im nächsten Sommer wagen wir es. Großes Fest, jeder kommt. Du bist natürlich auch eingeladen!“

„Wie schön“, sagte Samson und versuchte, nicht allzu neidisch zu klingen. Bartek war einfach ein Glückspilz. Sie hatten einander kennengelernt, als Samson noch nicht Tiefkühlkost ausgefahren, sondern für einen Limousinenservice gearbeitet hatte. Bartek war dort ebenfalls angestellt gewesen, und im Unterschied zu Samson hatte er keine Kündigung bekommen. Bartek hatte immer viele gezielte Anfragen bekommen, wenn ein Wagen gebucht wurde. Können wir Bartek haben? Können wir diesen total netten Polen haben?

„Du musst mehr unter Menschen gehen“, sagte Bartek, „sonst findest du nie die Frau fürs Leben. Was machst du noch mal den ganzen Tag? Wenn du nicht daheim sitzt?“

Kurz überlegte Samson, ob es ratsam war, sich Bartek anzuvertrauen, aber er hätte so gern mit jemandem gesprochen, und außer Bartek gab es niemanden. „In gewisser Weise“, sagte er geheimnisvoll, „gehe ich den ganzen Tag unter Menschen.“

„Ja? Was machst du?“

„Ich schaue mir das Leben anderer Menschen an.“

„Hä?“, machte Bartek.

„Ich laufe durch die Straßen. Immer zu bestimmten Zeiten. Und es ist sehr interessant … also, man findet eine Menge über die Menschen in der eigenen Umgebung heraus. Wie sie so leben.“

Samson dachte plötzlich, dass es idiotisch gewesen war, sich Bartek gegenüber zu öffnen. Er konnte es am Gesicht des Freundes erkennen.

„Heißt das, du *beschattest* andere Leute regelrecht?“, fragte Bartek.

„Ich versuche Dinge über sie herauszufinden. Warum jemand zum Beispiel allein ist. Und wie er damit umgeht.“

„Und was bringt dir das?“

„Erkenntnisse.“

„Ja, aber wozu? Ich meine, was genau willst du eigentlich dabei herausfinden?“

Samson erkannte, dass es zwecklos war. Bartek würde ihn nicht verstehen.

„Das ist doch eine komplett gestörte Methode! Warum gehst du nicht ins Internet? Da tummeln sich Tausende, die dasselbe Problem haben wie du. Da gibt es unzählige Foren, in denen du dich austauschen kannst.“

„Das mache ich ja auch. Aber es ist letztlich so anonym.“

„Du denkst also, du findest eine alleinstehende junge Frau, indem du durch die Straßen streunst und in fremde Häuser spähst?", fragte Bartek. „Sei mir nicht böse, aber für mich klingt das ganz schön schräg. Dir bekommt es nicht, arbeitslos zu sein. Du fängst an, seltsame Marotten zu entwickeln."

„Ich habe mir meine Arbeitslosigkeit nicht ausgesucht."

„Nein, natürlich nicht. Aber bemühst du dich denn, etwas Neues zu finden? Du bist doch noch jung! Notfalls fährst du eben Taxi … irgendetwas. Aber den ganzen Tag lang hinter anderen Leuten herzuschleichen, also, das bringt doch nichts!"

„Es ist interessant. Es gibt da eine Familie", erzählte Samson zögernd. Er hatte plötzlich das Gefühl, den Eindruck verwischen zu müssen, er habe es ausschließlich auf Frauen abgesehen. Er mochte von seinem einzigen Freund nicht für eine Art Triebtäter gehalten werden. „Sie wohnt am anderen Ende unserer Straße."

„Aha. Und was ist mit denen?"

„Er ist Wirtschaftsberater. Hat Gavin mal geholfen. Sie ist sehr attraktiv. Und dann haben sie noch eine bezaubernde Tochter. Etwa zwölf Jahre alt."

Bartek sah nicht weniger perplex drein als zuvor. „Ja, und was willst du mit denen? Die attraktive Mummy für dich abstauben oder was?"

„Nein. Nein, natürlich nicht. Sie sind nur … sie sind so perfekt, weißt du. Eine Traumfamilie. Die Familie, die ich einmal haben möchte!"

Bartek wirkte nun ernsthaft beunruhigt. „Samson, du träumst dich in das Leben anderer Menschen hinein, aber so änderst du dein eigenes kein bisschen. Mir kommt das alles wie eine Flucht vor. Ich werde mal sehen, ob wir etwas für dich arrangieren können. Irgendwo muss es doch eine Frau für dich geben!"

„Ich bin arbeitslos."

„Deswegen wäre es natürlich auch wichtig, dass du dich ernsthaft um Arbeit kümmerst."

„Ich suche ja wie verrückt." Was nicht stimmte. Samson hatte sich diesmal nicht einmal offiziell arbeitslos gemeldet. Auf diese Weise bekam er auch keine Unterstützung, und sein Erspartes würde bald aufgebraucht sein. Aber sowie er sich meldete, musste er Berge von Bewerbungen schreiben – und wie sollte er das mit seiner anderen Tätigkeit vereinbaren? An vielen Tagen schon hatte er gedacht: Morgen melde ich mich arbeitslos, und dann packe ich das Problem an! Aber nie hatte er es geschafft.

WENN ich nur unauffällig von dieser Weihnachtsfeier verschwinden könnte, dachte Gillian. Aber natürlich ging das nicht. Sie konnte nicht aufbrechen ohne Becky, und damit entfiel zumindest jede Möglichkeit eines unauffälligen Abgangs. Die Kinder der verschiedenen Gruppen des Handballvereins tobten unten auf dem Spielfeld herum, Becky mitten unter ihnen. Unmöglich, sie dort herauszulösen. Die Eltern, vorwiegend Mütter, saßen in dem von der Sporthalle durch eine Glasscheibe abgetrennten Klubrestaurant. Der Raum war weihnachtlich geschmückt, und von einem CD-Player erklangen Weihnachtslieder. Das Essen hatten die Eltern selbst mitgebracht und auf einem langen Tisch ein Büfett aufgebaut. Gillian hatte einen Schokoladenkuchen gebacken und zu den anderen Sachen gestellt.

Darcys Mutter Diana hatte in letzter Sekunde abgesagt, weil sich Darcys Halsentzündung verschlimmert hatte, und da Gillian zu niemandem sonst hier je in Kontakt getreten war, hatte sie die erste halbe Stunde allein herumgesessen. Alle anderen Mütter schienen miteinander befreundet zu sein, denn es herrschte ein schier undurchdringliches Gewirr aus Lachen und Reden. Jeder fühlte sich aufgehoben, jeder war glücklich. Jeder außer Gillian.

Schließlich hatte sich eine Mutter, die später gekommen war, neben sie gesetzt. Sie stellte ein Tablett vor sich auf den Tisch, beladen mit verschiedenen Salaten, Käse und einem Glas Sekt. „Gott, habe ich Hunger“, sagte sie und fragte dann: „Sie sind Gillian, stimmt's? Die Mutter von Becky?“

Gillian nickte und fragte sich, weshalb die anderen Frauen das immer wussten. Wie man hieß und wer die Mutter von wem war. Die andere Mutter begann eifrig zu essen und dabei ausgiebig von ihrem Sohn zu erzählen, der seit frühester Kindheit mit allerhand Allergien zu kämpfen hatte. Schließlich nahm sie einen tiefen Schluck von ihrem Sekt und wechselte das Thema. „Sieht Burton nicht wieder fantastisch aus?“, fragte sie mit gedämpfter Stimme.

Gillian suchte den Raum ab und entdeckte John Burton, den Trainer, der inmitten einer Traube von Müttern am Tresen lehnte und vermutlich Rede und Antwort zu den Fortschritten der Kinder stehen musste. Wenn ihn die Situation stresste, so war ihm das nicht anzumerken. Allerdings war sie für ihn auch nicht ungewöhnlich. Gillian sah jedes Mal wenn sie Becky zum Training brachte oder abholte, wie die Frauen ihn umlagerten. Burton sah gut aus, aber vor allem umgab ihn die Aura einer geheimnisvollen Vergangenheit: Es hieß, er sei bei Scotland Yard gewesen und habe dort eine Blitzkarriere hingelegt, sei aber bereits im Alter von 37 Jahren unter mysteriösen Umständen ausgeschieden. Er hatte dann eine private Wachgesellschaft gegründet, beschäftigte gut zwei Dutzend Mitarbeiter und organisierte hauptsächlich Gebäudewachdienste und Personenschutz. Er lebte und arbeitete in London, kam jedoch zweimal in der Woche hinaus nach Southend, um zwei Jugendmannschaften im Handball zu trainieren. Gillian musste zugeben, dass er attraktiv war. „Ja“, antwortete sie daher schließlich, „er sieht schon ziemlich gut aus.“

„Ziemlich gut? Ich muss immer aufpassen, keine unanständigen Fantasien zu entwickeln, wenn ich ihn sehe. Komisch, dass einer wie er keine Frau hat."

„Vielleicht hat er jede Menge Verhältnisse."

„Aber eines seiner Verhältnisse würde dann doch mal hier aufkreuzen. Es ist schon merkwürdig. Ich habe ihn noch nie mit einer Frau gesehen."

„Er will sein Privatleben eben hier nicht ausbreiten", meinte Gillian. Sie konnte das gut verstehen. Die Weiber hier sind wie die Geier, dachte sie.

„Ich finde das trotzdem seltsam", beharrte die andere. „Wie so manches an ihm."

Gillian erwiderte nichts. Sie hatte den Eindruck, dass sie es nicht aushalten würde, nach der Krankengeschichte des Sohnes nun auch die detaillierte Meinung der fremden Frau zum Privatleben des Trainers anzuhören. Sie stand abrupt auf. „Entschuldigung. Ich muss unbedingt eine Zigarette rauchen … Es ist ein Fluch mit dieser Sucht."

Die andere lächelte säuerlich. Sie war beleidigt, das war deutlich zu spüren. Gillian drängte sich durch den Raum, atmete auf, als sie in der Garderobe stand. Sobald sie ihren Mantel unter den Bergen anderer Mäntel gefunden und angezogen hatte, trat sie hinaus in den dunklen Abend. Sie kramte eine Zigarette hervor, zündete sie an. Wie immer hatte das Nikotin eine entspannende Wirkung auf sie. Die Luft in dem Raum war fürchterlich gewesen. Undenkbar, zurückzugehen. Ich drücke mich eine halbe Stunde hier draußen herum, dann sage ich Becky, dass wir gehen müssen, beschloss sie.

Gerade als sie ihre Zigarette in einem leeren Blumenkübel ausdrückte, sah sie John Burton aus der Tür treten. Er hatte sich eine schwarze Jacke angezogen und einen Schal um den Hals geschlungen. Er lächelte, als er sie sah.

„Tun Sie dasselbe wie ich?", fragte er. „Ihre Lungen malträtieren?"

Sie nickte. „Ich fürchte ja. Außerdem …" Sie sprach den Satz nicht zu Ende, weil sie ihn nicht kränken wollte, aber er schien zu verstehen, was sie sagen wollte.

„Außerdem ist es eine gute Gelegenheit, dem allen", er machte eine Kopfbewegung zu der Sporthalle hin, „zu entkommen. Unerträglich."

„Das finden Sie auch?", fragte sie überrascht.

Er kramte ein Zigarettenpäckchen hervor, hielt es ihr hin, und sie nahm sich eine. Während er sich selbst eine Zigarette in den Mundwinkel klemmte, versuchte er sein Feuerzeug in Gang zu bringen, aber die winzige Flamme verlosch immer wieder zitternd. Burton fluchte. Gillian zog ihr Feuerzeug hervor, gab ihm und sich Feuer. „Danke", sagte er.

Sie rauchten schweigend. Schließlich meinte er: „Ich habe Sie hinausgehen sehen. Sie wirkten wie jemand, der auf der Flucht ist."

„Ich hatte gehofft, dass man das nicht bemerkt", erwiderte Gillian.

„Außer mir hat es wahrscheinlich auch niemand bemerkt. Die achten nicht auf andere, jedenfalls nicht in dieser Hinsicht. Aber ich hatte die ganze Zeit über den Eindruck, dass Sie sich nicht besonders wohlfühlen."

Gillian schluckte. Es war erstaunlich, was eine verständnisvolle Bemerkung auslösen konnte. Sie hatte das Gefühl, dass plötzlich Tränen in ihr aufstiegen. „Ich bekam die ganze Krankengeschichte eines Jungen erzählt", sagte sie. „Jede Menge Allergien. Die Frau war sehr eindringlich. Vielleicht habe ich deshalb einen etwas gequälten Eindruck gemacht."

„Ja, das war die Mutter von Philip", erklärte John, „ein sehr netter, aufgeweckter Junge. Meiner Ansicht nach hat er überhaupt keine Allergien. Er hat diese Mutter, und das ist sein ganzes Problem."

Er sagte das so trocken, dass Gillian plötzlich lachen musste. Sie war über sich selbst erstaunt. So komisch waren seine Worte nun auch nicht gewesen. Aber das Lachen kam tief aus ihrem Innern, und zugleich war ihr klar, dass etwas nicht stimmte, weil sie heftiger lachte, als es der Situation angemessen war, dass sie dicht davor war, hysterisch zu werden.

„Aber nicht doch, was ist denn?", fragte John Burton und legte die Hand auf ihren Arm, und da erkannte sie, dass sie nicht mehr lachte, sondern weinte. Die Tränen strömten ihr über das Gesicht. „Ich weiß nicht", stieß sie hervor, „Entschuldigung … ich weiß nicht …"

Kurz entschlossen drückte Burton seine Zigarette aus, nahm auch Gillian die Zigarette aus der Hand und versenkte sie im Blumenkübel. Dann umfasste er ihren Arm. „Kommen Sie. Bevor andere Sie hier draußen sehen … Sie möchten denen sicher nicht das Futter für ihren Tratsch liefern."

Sie konnte nichts sagen, nur den Kopf schütteln. Willenlos ließ sie sich von ihm über den Parkplatz führen, stieg in ein Auto, dessen Tür er für sie geöffnet hatte. Sie registrierte, dass er von der anderen Seite einstieg und neben ihr saß. Sie weinte noch immer, aber es gelang ihr zumindest, ihre Handtasche zu öffnen und nach einem Taschentuch zu kramen. „Es tut mir so leid", schluchzte sie.

Burton schüttelte den Kopf. „Hören Sie auf, sich zu entschuldigen. Ich habe Sie den Abend über beobachtet und gesehen, wie unglücklich Sie waren."

Sie fand endlich ein Taschentuch, schnäuzte sich die Nase.

„Geht's wieder?"

„So einigermaßen. Aber ich kann da jetzt nicht rein."

Burton überlegte. „Es gibt hier in der Nähe ein Pub. Wenn Sie mögen, können wir dort einen Schnaps trinken. Das hilft manchmal."

„Gute Idee. Ich hoffe, ich bin Ihnen nicht zu lästig."

Er ließ den Motor an und steuerte den Wagen aus der Parklücke. Ein paar Minuten später erreichten sie das „Halfway House“. Es lag gleich am Strand und mit direktem Blick auf den Fluss.

Stimmengewirr und lautes Gelächter schlugen ihnen entgegen. Burton entdeckte einen freien Tisch mit zwei Stühlen und bahnte den Weg durch die Menge. „Was möchten Sie trinken?“

„Irgendeinen Schnaps. Am besten einen doppelten.“

Er nickte und drängte sich in Richtung Bar, während Gillian ihren Mantel auszog, ihn über die Stuhllehne hängte und sich setzte. Es tat gut, hier zu sein. Gut, sich ausgeheult zu haben. Sie nahm ihren Handspiegel aus der Tasche und begutachtete ihr Gesicht. Sie sah ziemlich verweint aus.

Sie ließ den Blick durch den Raum schweifen in der Hoffnung, den Eingang zur Toilette zu entdecken. Vielleicht würde ihr ein wenig kaltes Wasser im Gesicht helfen. Ihr Blick blieb plötzlich an einem Mann hängen, der ihr bekannt vorkam. Jünger als sie, höchstens Mitte dreißig. Er saß mit einem anderen Mann vor einem Bierglas und starrte zu ihr herüber. Gillian war sicher, dass sie ihn kannte, brauchte aber einige Sekunden, um ihn einordnen zu können. Dann fiel es ihr ein: Er wohnte in derselben Straße wie sie, nur ganz am anderen Ende. Zusammen mit seinem Bruder und seiner Schwägerin. Den Bruder hatte Tom einmal in einer Nachlassgeschichte beraten und nachher gesagt, es handle sich um etwas eigenartige Leute. Unsicher lächelte sie zu ihm hinüber.

Der junge Mann lächelte schüchtern zurück. Er wirkte erstaunt.

John Burton kehrte an den Tisch zurück, bewaffnet mit zwei großen Schnapsgläsern. „Ging nicht schneller“, sagte er bedauernd und nahm ihr gegenüber Platz. „Haben Sie sich schon akklimatisiert?“

„Ja. Und festgestellt, dass ich wirklich furchtbar aussehe. Tut mir leid.“

„Wir hatten uns doch geeinigt, dass Sie sich nicht mehr entschuldigen.“ Er hob das Glas. „Auf Ihr Wohl!“

Sie nahm einen tiefen Schluck. Und dann gleich noch einen. Der Schnaps sandte Hitzewellen durch ihren Magen. Wahrscheinlich war es falsch, ihn zu trinken. Sie würde nachher ihre Tochter abholen und mit ihr im Auto nach Hause fahren und dabei angetrunken sein, aber sie schob ihre Bedenken zur Seite und nahm den nächsten Schluck. Für den Augenblick wollte sie nur Entspannung, Abstand zu ihren Sorgen und ihrer Traurigkeit.

„Möchten Sie über Ihren Kummer reden?“, fragte John nach einer Weile.

Warum eigentlich nicht? „In wenigen Worten“, sagte sie, „meine Tochter lehnt mich ab, weil sie sich von mir bevormundet fühlt, und mein Mann nimmt mich nicht mehr wahr. Wahrscheinlich also einfach das Übliche.“ Sie versuchte zu lachen.

John Burton stimmte nicht ein, sondern blickte sie nachdenklich an. „Über Ihren Mann kann ich nichts sagen. Aber Ihre Tochter kenne ich zumindest ganz gut. Ich mag Becky. Sie ist sportlich, ehrgeizig und hat Teamgeist. Klar, sie ist auch eigenwillig und manchmal schwierig. Aber möglicherweise macht sie gerade eine problematische Phase durch und verletzt dabei vor allem den Menschen, der ihr am nächsten steht. Sie sollten sich nicht zu viele Sorgen machen: Das kommt alles wieder in Ordnung."

Überrascht von der Klarheit, mit der er das sagte, fragte sie: „Sicher?"

Er nickte. „Darauf würde ich wetten."

„Danke", sagte sie, fasziniert davon, dass er es tatsächlich geschafft hatte, ihr mit wenigen Sätzen ein Gefühl größerer Leichtigkeit zu verschaffen. „Sie verstehen eine Menge von Kindern", meinte sie.

„Ich verstehe etwas von Sport. Und man erfährt viel über Menschen, die man in Ausübung eines Mannschaftssports beobachtet. Im Grunde verhalten sie sich alle dabei wie im richtigen Leben."

Sie sah ihn interessiert an. „Stimmt es eigentlich, dass Sie bei Scotland Yard waren?"

Sein Gesicht verschloss sich. „Ja."

Es war klar, dass er über seinen Beruf und vor allem über die Umstände, die zu seinem Ausstieg geführt hatten, nicht reden würde. Daher gab Gillian dem Thema eine andere Richtung. „Was sagen Sie zu diesem schrecklichen Verbrechen? Das an der älteren Frau in Hackney?"

„Ich kann wenig dazu sagen. Ich weiß nicht mehr als das, was in den Zeitungen steht. Wie dem auch sei, es wird sich aufklären. Die meisten Verbrechen werden irgendwann aufgeklärt."

„Aber nicht alle." Sie wagte einen Vorstoß. „Sind Sie deshalb weggegangen? Von der Polizei, meine ich? Weil es unerträglich war, pausenlos mit schrecklichster Gewalt konfrontiert zu werden und hinterher nicht immer für Gerechtigkeit sorgen zu können?"

Wieder bekam sein Gesicht den verschlossenen Ausdruck. „Es gab eine Menge Gründe", sagte er ausweichend, dann trank er sein Glas leer und blickte auf die Uhr. „Ich fürchte, wir müssen in den Klub zurück. Wenn die merken, dass wir beide fehlen, kommen sie noch auf dumme Gedanken."

„Welche Gedanken denn?", fragte sie und erschrak selbst im nächsten Augenblick über den herausfordernden Klang in ihrer Stimme. Es war nicht ihre Art zu flirten.

„Ich denke, das wissen Sie", sagte John und stand auf. Er war auf ihren Ton nicht eingegangen, und sie hatte das deutliche Gefühl, dass er verärgert war. Vielleicht war sie ihm zu nahegetreten, als sie ihn nach seinem früheren Beruf gefragt hatte.

Als sie hinausdrängten, kamen sie dicht an dem Tisch vorbei, an dem der Mann aus Gillians Straße saß, und jetzt fiel ihr sein Name wieder ein: Segal. Samson Segal. „Auf Wiedersehen", sagte sie.

Er nickte ihr zu, fixierte sie mit seinem Blick. Genauso wie zu Anfang, als sie ihn entdeckt hatte. Beklommen fragte sie sich, ob das die ganze Zeit über so gewesen war. Ob er sie die ganze Zeit über so angestarrt hatte.

Samstag, 5. Dezember

Es war Samstag, aber darum scherten sich Ermittlungsarbeiten selten. Detective Inspector Fielder hatte seiner Frau versprochen, mit ihr in die Stadt zu gehen und ein paar Weihnachtseinkäufe zu erledigen, aber dann war er noch einmal an den Tatort gerufen worden, an dem Carla Roberts auf so schreckliche Weise ihr Leben gelassen hatte.

Detective Sergeant Christy McMarrow trat auf Fielder zu, als er endlich einen Parkplatz gefunden hatte und ausstieg. Fielder mochte Christy, weil sie so engagiert war. Sie war ehrgeizig und sie brannte für ihre Arbeit. Darüber hinaus fand er sie ungeheuer attraktiv, aber er wusste, dass er das eigentlich gar nicht denken durfte.

„Der Hausmeister hat uns angerufen, Sir", sagte sie, „und ich denke, Sie sollten sich das anschauen."

Der Hausmeister, ein kleiner, untersetzter Mann, stand vor der Eingangstür. „Ich habe entdeckt, dass mit der Tür hier etwas nicht stimmt, Inspector", sagte er. „Und ich verstehe nicht, dass mir das nicht schon viel früher aufgefallen ist. Schon die ganze Zeit über konnte man sie einfach aufdrücken. Die Tür hat eine Feder, und wenn man sie aufstößt und hindurchgeht und sie dann hinter sich zufallen lässt, dann fällt sie ins Schloss. Immer. Man muss schon ganz vorsichtig sein, um das zu verhindern. Die Tür war nie geschlossen, als ob jeder, der hindurchgegangen war, sie vorsichtig hinter sich angelehnt hätte. Und warum sollten die Leute das tun? Das wäre ja absurd!"

„In der Tat", sagte Fielder. „Dieser Mechanismus mit der Feder ist kaputt?"

Der Hausmeister nickte. „Ja. Die Tür fällt nun so langsam zu, dass am Ende das Schloss nicht einschnappt. Das ist etwa seit drei, vier Wochen so."

Fielder wandte sich an Christy. „Einer unserer Techniker muss untersuchen, worauf der Defekt zurückzuführen ist. Ob es sich einfach um eine Verschleißerscheinung handelt oder ob nachgeholfen wurde."

„In Ordnung."

„Angenommen, jemand präpariert die Haustür. Kann von da an problemlos aus und ein gehen. Beobachtet Carla Roberts. Tyrannisiert sie ein wenig, indem er gelegentlich den Aufzug hinauffahren lässt. Und geht irgendwann zu ihrer Tür, klingelt, wird eingelassen … Hätte sie das getan? Jemandem einfach so die Tür geöffnet? So allein, wie sie da oben war?“

„Es könnte ja sein, dass sie dem Täter vorher ein- oder zweimal im Haus begegnet ist“, meinte Christy. „Sie hielt ihn vielleicht für einen der anderen Mieter. Jemandem aus dem eigenen Haus würde man schon öffnen, oder?“

Fielder nickte zerstreut. Es waren zu viele Fragen offen. „Wir müssen unbedingt versuchen, etwas über das Privatleben von Carla Roberts herauszufinden. Haben Sie da bereits irgendetwas?“

„Noch nicht“, musste Christy bekennen. „Die Tochter weiß so wenig über das Leben ihrer Mutter, dass sie uns auch nicht weiterhelfen konnte. Ich habe aber ein Adressbuch der Toten. Da stehen ein paar Namen drin, die ich abklappern werde.“

Montag, 7. Dezember

Hast du denn wirklich einmal versucht, richtig mit Becky zu sprechen?“, fragte Tara. „Ich meine, in einer Art, die ihr zeigt, dass du sie ernst nimmst. Sie fühlt sich offensichtlich von dir eingeengt, wie ein Kind behandelt, und sie rebelliert dagegen.“

„Tara, es mag ja sein, dass ich sie wie ein Kind behandle, aber sie ist ein Kind. Sie ist zwölf! Ich weiß, dass sie glaubt, sie wäre bereits erwachsen, aber leider irrt sie sich da.“

„Heutzutage sind Mädchen mit zwölf weiter, als wir es waren. Ich meine aber auch gar nicht, dass du sie von nun an machen lassen sollst, was immer sie möchte. Du solltest ihre Probleme nur nicht herunterspielen.“

Sie saßen in Gillians Küche. Es war Montag, später Nachmittag. Becky war gleich nach der Schule mit zu Darcy nach Hause gegangen. Gillian hatte bis zum frühen Nachmittag gearbeitet und war dann zum Einkaufen gefahren. Sie hatte gerade ihre unzähligen Einkaufstüten mit Lebensmitteln auf den Küchentisch gewuchtet, als Tara anrief. Tara hatte ein Gespräch mit einem Zeugen in Shoeburyness gehabt, und da ihr Rückweg sie fast direkt bei Gillian vorbeiführte, wollte sie auf einen Sprung hereinkommen.

Kurz darauf stand sie in der Tür, wie immer zwar gestresst, zugleich aber auch kühl und sehr elegant in einem dunkelblauen Hosenanzug und einem dazu passenden Mantel.

„Wie kommt Becky denn mit Tom zurecht?“, fragte Tara.

„Mit Tom? Ganz großartig“, sagte Gillian. „Aber das ist auch kein Wunder. Er ist selten zu Hause, und in der wenigen Zeit, die er mit ihr verbringt, kann er natürlich der Traumdaddy sein, der ihr alles erlaubt und jeden Unsinn mitmacht. Für mich bleibt der Alltag, und der steckt voller Fallstricke.“

Tara sah sie aufmerksam an. „Wie läuft es zwischen euch? Zwischen dir und Tom, meine ich?“

Gillian atmete ganz tief ein. „Nicht so gut. Das heißt, eigentlich auch nicht schlecht. Es ist nicht so, dass wir streiten. Wir reden eigentlich wenig miteinander. Er ist, wie gesagt, ohnehin kaum da. Er lebt für unsere Firma und für den Tennisklub, und sehr viel mehr Zeit bleibt dann nicht mehr.“

„Ist er immer noch ein so fanatischer Sportler?“

„Es wird eher schlimmer. Und es bleibt dann nicht nur beim Sport, es gibt Vereinssitzungen und sonstige Treffen und Turniervorbereitungen. Jeden Dienstagabend haben sie ihren Stammtisch. Ich glaube, ich könnte im Sterben liegen, er würde das nicht ausfallen lassen.“

„Du könntest ihn aber doch auch begleiten?“

„Ja, schon. Aber ich spiele nicht Tennis, und die sprechen über nichts anderes. Außerdem lasse ich Becky am Abend nicht gern allein.“

Tara lächelte. „Du bist eine Glucke“, sagte sie. Es klang liebevoll.

Tara und Gillian hatten einander in einem Französischkurs in London kennengelernt, an dem beide fünf Jahre zuvor teilgenommen hatten. Gillian hatte damals ihr Schulfranzösisch aufpolieren wollen und sich daher in der Sprachschule angemeldet. Tara hatte sich kurz zuvor bei der Londoner Staatsanwaltschaft beworben und war eingestellt worden. Ausgerechnet in dem ersten Fall, der dann auf ihrem Schreibtisch gelandet war, hätte es ihr geholfen, etwas besser Französisch zu sprechen, als sie es tatsächlich tat. Es war typisch für sie, dass sie nach dieser Erfahrung sofort einen entsprechenden Kurs belegte. Die beiden Frauen hatten nebeneinander gesessen und einander auf Anhieb gemocht. Seitdem waren sie befreundet.

„Es kann aber nicht sein, dass Tom … Sei mir nicht böse, ja? … Es kann nicht sein, dass er ein Verhältnis hat?“

„Tom? Nie im Leben!“, erwiderte Gillian entsetzt, und genau in diesem Moment klingelte das Telefon. „Entschuldige“, sagte Gillian und ging ans Telefon, das im Gang stand. Sie meldete sich. „Gillian Ward.“

„John Burton. Störe ich?“

Sie fragte sich, weshalb sie beim Klang seiner Stimme ein seltsames Kribbeln im Bauch bekam. „Nein“, sagte sie, „nein, Sie stören überhaupt nicht.“

„Ich wollte mich erkundigen, ob Sie am Freitag gut nach Hause gekommen sind.“

„Oh, danke, ja. Ja, das bin ich.“ Sie wartete. Sie fand, dass ihre Stimme unnatürlich klang. Und sie war sich bewusst, dass Tara genau zuhörte.

„Und dann“, fuhr Burton fort, „wollte ich Ihnen sagen, dass ich am Mittwochabend wieder im Halfway House bin. Falls Sie Lust haben, mich dort zu treffen, würde ich mich freuen.“

Sie war überrascht. Am Freitag hatte sie zu viel getrunken und einen beschämenden Versuch unternommen, mit ihm zu flirten. Sie hatte den Eindruck gehabt, dass sie ihn verärgert hatte. „Am Mittwoch“, wiederholte sie.

„Ja. Ich bin gegen neunzehn Uhr dort. Nach dem Training der Jugendgruppe.“

Becky gehörte noch zur Kindergruppe. Sie war mittwochs nicht dabei.

„Ich ... bin nicht sicher ...“

„Sie können es sich überlegen“, sagte Burton, „ich gehe sowieso hin, und Sie sind völlig frei, sich bis zur letzten Minute zu entscheiden.“

Ihr fiel nur eine Frage ein. „Weshalb wollen Sie mich treffen?“

„Ich finde Sie interessant“, sagte Burton.

Sie schwieg. „Ich überlege es mir“, sagte sie schließlich.

„Okay“, stimmte Burton zu. Sie hatte den Eindruck, dass er ziemlich sicher war, dass sie kommen würde.

„Also, bis dann vielleicht“, sagte sie, und er erwiderte: „Bis dann!“ und legte gleich darauf auf. Das *Vielleicht* hatte er weggelassen.

Du bist ganz schön überzeugt von dir, dachte Gillian.

„Wer war das denn?“, fragte Tara natürlich prompt. „Ich will dich ja nicht in Verlegenheit bringen, Gillian, aber du hattest eine etwas schrille Stimme, und du hast ziemlich rote Wangen bekommen. Was ist los?“

„Das war der Handballtrainer von Becky. John Burton.“

„Und?“

„Er möchte sich Mittwochabend mit mir treffen.“

Tara musterte sie. „Gibt es etwas, was du mir erzählen möchtest?“

Gillian blieb stehen. „Noch nicht. Es gibt noch nichts, was ich erzählen könnte. Ob es irgendwann etwas geben wird ... keine Ahnung.“

„Hm“, machte Tara. Ihr war klar, dass sie im Augenblick nicht mehr erfahren würde. Sie blickte auf ihre Uhr, griff nach ihrer Handtasche und stand auf. „Ich muss leider los. Ich habe noch einen Termin.“ Sie musterte Gillian eindringlich. „Wirst du hingehen? Am Mittwoch?“

Gillian zuckte mit den Schultern. „Ich weiß noch nicht. Im Zweifelsfall ... könnte ich Tom sagen, dass ich mich mit dir treffe?“

Tara lächelte. Es wirkte ein wenig boshaft. „Klar. Ich gebe dir jederzeit ein Alibi. Sag mir einfach Bescheid.“

Gillian begleitete sie zur Haustür. Sie fragte sich, ob das der erste Schritt zum Betrug war und ob sie ihn eben getan hatte: wenn man die Freundin bat, ein Treffen zu bestätigen, das in Wahrheit nicht stattfand. Weil man stattdessen mit einem anderen Mann ausging.

Draußen war es dunkel. Und kalt. Alle Häuser in der Straße waren weihnachtlich geschmückt, leuchteten und funkelten miteinander um die Wette.

Ein Mann ging am Gartenzaun vorbei, schaute nur kurz zu den beiden Frauen hin, ging weiter. Tara schüttelte den Kopf. „Der schon wieder!"

„Wieso schon wieder?"

„Der lungerte hier schon herum, als ich ankam."

Gillian blickte dem Mann nach. „Könnte Samson Segal sein." Sie traf ihn manchmal, wenn sie ihr Haus verließ, und sie meinte, ihn am Gang zu erkennen. „Der ist nett und harmlos. Wohnt am anderen Ende der Straße." *Und geht in die falschen Kneipen und hat dich mit John Burton gesehen!*

„Denk an die vielen Verbrechen, die täglich geschehen", mahnte Tara. „Es laufen eine Menge durchgeknallter Gestalten auf diesem Planeten herum!"

Gillian musste lachen. „Bei deinem Beruf würde ich das wahrscheinlich auch so sehen."

„Sei jedenfalls vorsichtig", bat Tara und schloss die Türen ihres dunkelgrünen Jaguars auf.

Dienstag, 8. Dezember

Es war ihm tatsächlich gelungen, den Hund von seiner normalen Spur abzubringen. Er kannte die Abläufe genau, und er war auch an diesem Morgen nicht enttäuscht worden. Der Hund kam bereits die Wiese heruntergelaufen, als von seinem Frauchen noch nichts zu sehen war. Samson wusste, dass er nun einen Spielraum von ungefähr einer Minute hatte, dann würde die junge Frau hinter den Bäumen auftauchen. Er kauerte am Rand des Grünstreifens, hielt ein Stück Wurst in der Hand und lockte. „Komm, Hundchen. Na komm! Hier gibt es etwas Feines zum Fressen!"

Tatsächlich sprang das zottelige Tier sofort schwanzwedelnd auf ihn zu. Es schluckte die Wurst hinunter und folgte dem Fremden sodann voller Erwartung. Samson schlug einen Bogen und tauchte an einer anderen Stelle wieder in die Anlage ein. Er durfte nicht mit dem Hund gesehen werden.

In der Ferne hörte er sie rufen. „Jazz! He, Jazz, wo bist du?"

Jazz spitzte die Ohren und wandte den Kopf. Samson nahm die nächste Wurst in die Hand. „Jazz! Feines Würstchen!"

Jazz' Gier hatte gesiegt, und er trabte weiter hinter Samson her. Irgendwann wagte es Samson, in das Halsband des Hundes zu greifen und ihn mit sich zu führen. Sie erreichten das Ende des Grünstreifens und überquerten die Straße, um am Rand der weiträumigen Golfanlagen in dieselbe Richtung, aus der sie gekommen waren, wieder hinaufzulaufen. Samson rechnete nämlich damit, dass Jazz' Besitzerin eher unten am Fluss suchen würde, weil sie ihren Hund zuletzt in diese Richtung hatte verschwinden sehen.

Ein langer, kalter Tag stand Samson bevor. Er hatte sich das Gespräch mit Bartek durchaus zu Herzen genommen. Etwas musste er machen. Aktiv werden. Da hatte Bartek schon recht. Der Einfall mit Jazz war ihm zwei Nächte zuvor gekommen, und er fand ihn geradezu genial. Den Hund entführen, sich einen Dreivierteltag mit ihm herumtreiben und ihn sodann der verzweifelten Besitzerin zurückbringen. Ihr erklären, dass er ihn irgendwo aufgegriffen hatte. Sie würde erleichtert reagieren, ihn vielleicht hineinbitten, ihm einen Kaffee anbieten. Womöglich ergab sich daraus mehr.

Jazz hatte das zweite Würstchen und einige Hundecracker verspeist und wurde unruhig. Es war deutlich, dass er umkehren wollte. Samson zog seinen Gürtel aus der Hose und schob ihn durch das Halsband, um eine Leine zu haben. Er redete beruhigend auf den Hund ein. „Wir gehen ja wieder zu dir nach Hause. Keine Sorge." Jazz hörte ihm aufmerksam zu und wedelte mit dem Schwanz. „Ich finde dein Frauchen ganz hübsch", fuhr Samson fort. „Sie gefällt mir nicht so gut wie Gillian, aber Gillian ist leider schon verheiratet." Jazz stieß ein leises Wuff aus.

Sie hatten den Parkplatz des Golfklubs erreicht. Samson trieb sich eine ganze Weile am Klubhaus herum, dann wagte er schließlich den Weg hinunter zum Fluss und weiter zum Strand. Der Nebel hing in dunklen Wolken über dem Wasser. Es war nicht mehr so kalt wie noch vor einigen Tagen, aber Samson fand die Feuchtigkeit fast noch schlimmer.

Sie liefen den Strand entlang. Keine Menschenseele begegnete ihnen. Jazz schien sich mit der Situation abgefunden zu haben. Er trabte neben Samson her, schnüffelte gelegentlich in dem stinkenden Treibgut.

Samson hätte sich ohrfeigen können, weil er nicht daran gedacht hatte, irgendwo hier in der Gegend sein Auto zu parken, um sich darin gelegentlich aufzuwärmen. Er war ein Idiot. Er hatte sich vorgenommen, bis zum späten Nachmittag zu warten, ehe er Jazz zurückbrachte. Jazz' Besitzerin musste völlig entnervt sein, umso größer würde ihre Dankbarkeit ausfallen. Aber er, Samson, würde sich bis dahin eine Grippe eingefangen haben.

Habe ich mal wieder schlau angestellt, sehr schlau. Typisch.

Sie verließen den Strand, wandten sich dem Landesinnern zu und erreichten nun Gunners Park. Samson setzte sich auf eine Bank. Jazz kauerte sich zu seinen Füßen hin. Der Nebel umhüllte sie, nahm ihnen die Sicht.

Samson dachte an Gillian Ward. Eigentlich dachte er seit einiger Zeit nur noch an Gillian Ward, und zwar in einer Weise, wie sich das gegenüber einer verheirateten Frau absolut nicht gehörte. Am Vortag war er um ihr Haus geschlichen. Er hatte ihre Freundin kommen und gehen sehen und dabei auch jeweils einen Blick auf Gillian selbst erhascht. Inzwischen investierte er fast seine gesamte Zeit nur noch in Gillian.

Samson war fast zu Tode erschrocken, als er Gillian am Freitagabend im Halfway House gesehen hatte. Wieso ging sie dorthin? Ohne ihre Familie? Und wer war der Mann, der sie begleitete? Samson kannte ihn nicht, konnte aber den Kerl auf den ersten Blick nicht ausstehen. Wobei er versuchte, seine Abneigung einigermaßen objektiv zu analysieren. War er einfach eifersüchtig? Oder ging tatsächlich etwas von ihm aus, was Samson zu Recht argwöhnisch werden ließ? Etwas Unlauteres, Unsauberes?

Jedenfalls ging der Mann mit der Frau in ein Pub, mit der Samson gar zu gern selbst ausgegangen wäre – zumindest in seiner Fantasie. Was die Realität anging, starb er tausend Tode allein bei der Vorstellung.

Also musste er sich zunächst das Frauchen von Jazz vornehmen. Mal sehen, ob etwas daraus wurde. Wenn es nur nicht so lange dauern würde! Vor Einbruch der Dunkelheit wollte er bei ihr nicht aufkreuzen.

MILLIE hatte um zwölf Uhr Dienstschluss und machte sich sofort auf den Heimweg. Sie blieb nie eine Sekunde länger in dem Pflegeheim, in dem sie arbeitete, als sie unbedingt musste. Sie konnte den Geruch dort kaum ertragen. Den Anblick der alten, gebrechlichen Menschen.

Sie musste den Zug von Tilbury nach Thorpe Bay nehmen. Gavin und sie konnten sich nur ein Auto leisten, und meistens fuhr Gavin damit, weil er sonst noch früher hätte aufstehen müssen, um pünktlich seine Frühschicht zu beginnen.

Millie trottete durch die Straßen zu ihrem Haus. Sie zuckte zusammen, als eine Frau, die ihr entgegenkam, sie plötzlich ansprach. „Entschuldigen Sie!" Eine helle Stimme. Ein wenig schrill. Verzweifelt.

„Ja?" Millie blieb stehen.

„Ich suche meinen Hund." Die Frau hatte weit aufgerissene Augen, wirre Haare. Schweiß glänzte auf ihrer Nase, was darauf hindeutete, dass sie wohl schon lange in der Siedlung herumrannte. „Jazz. Ein Schäferhundmischling. Ziemlich groß und langhaarig. Haben Sie ihn vielleicht gesehen?"

Millie mochte Hunde nicht besonders. „Nein. Ich bin eben erst mit dem Zug von Tilbury gekommen."

„Er ist mir heute früh weggelaufen. Es war noch ziemlich dunkel, und … ich verstehe das nicht, er hat so etwas noch nie gemacht."

„Ich habe keinen Hund gesehen. Wenn mir etwas auffällt, kann ich mich ja bei Ihnen melden, Mrs …?"

„Miss Brown. Michelle Brown." Die junge Frau holte ein Stück Papier und einen Stift aus ihrer Manteltasche, kritzelte ein paar Zahlen darauf. „Meine Telefonnummer. Bitte, wenn Sie … Er ist alles für mich, wissen Sie."

Millie verstaute den Zettel, nickte Michelle zu und setzte ihren Weg fort. Unwahrscheinlich, dass ihr der Hund begegnen würde.

Samsons Auto stand in der Einfahrt. Er war morgens aus dem Haus gegangen, hatte aber wieder einmal seinen Wagen stehen gelassen. Sie schloss die Haustür auf. Sie vermutete, dass ihr Schwager nicht daheim war. Seit einigen Monaten ging er früh und kam spät, und im Grunde war ihr das nur recht. Aber zugleich stimmte es sie misstrauisch. Was zum Teufel tat er den ganzen Tag über? Sie glaubte ihm nicht, dass er Arbeit suchte. Zumal dies nicht erforderlich gemacht hätte, sich von morgens bis abends außerhalb des Hauses aufzuhalten. Sie schaute auf die Uhr. Viertel nach eins. In einer halben Stunde kam Gavin, dessen Schicht heute auch früh endete, zum Mittagessen. Aber sie hatte Zeit, sie konnte rasch etwas auftauen.

Kurzentschlossen stieg sie die Treppe hinauf. Sie hatte schon einige Male in Samsons Zimmer herumgeschnüffelt, wenn er nicht da war, und sie hatte ihr Gewissen damit beruhigt, dass sie sich sagte, er sei schließlich eindeutig verrückt und es sei wichtig für Gavin und sie, ein paar nähere Informationen über ihn zu bekommen. Sie rief seinen Namen, aber als keine Antwort kam, betrat sie entschlossen sein Zimmer. Obwohl sie den Raum seit Jahren kannte, schüttelte sie missmutig den Kopf. Es war das Zimmer eines Teenagers. Nicht das eines Mannes von Mitte dreißig.

Sie schaute in die Regale, warf zwischendurch immer wieder einen prüfenden Blick aus dem Fenster. Als Nächstes öffnete sie die Tür des Kleiderschranks. Der klassische Jugendzimmerschrank aus hellem Holz. Darin sauber gefaltet etliche Pullover, ein paar Hemden, Jeans. Alles brav und solide.

Was sie jedoch am meisten interessierte, war der Computer, der auf dem Schreibtisch stand. Samson hatte ihn sich gekauft, als er noch für den Limousinenservice arbeitete und gar nicht so schlecht verdiente.

Samson saß täglich Stunden an dem Computer. Es war Millie nie gelungen, herauszufinden, was er dabei genau tat. Ein paarmal war sie überraschend und ohne anzuklopfen hineingegangen, aber sie hatte festgestellt, dass er zumindest dann ausgesprochen reaktionsschnell sein konnte: Womit auch immer er sich beschäftigte, er hatte es jedes Mal weggeklickt, noch ehe Millie etwas hatte erkennen können.

Sie wusste, dass es unmöglich war, was sie tat, dennoch schaltete sie den Computer an. Ein rascher Blick aus dem Fenster, immer noch keine Spur von Samson. Der Bildschirm wurde blau. Wie sie befürchtet hatte, fragte ein geöffnetes Fenster nach einem Passwort.

Klar, ganz blöd war er nicht. Millie überlegte hektisch. Die meisten Leute benutzten als Passwort die Namen von Personen, die ihnen nahestanden. Kinder, Ehepartner, Haustiere. Unglücklicherweise gab es in Samsons Leben nichts dergleichen. Sein einziger lebender Verwandter war sein Bruder. Probehalber gab sie Gavin ein, aber der Computer reagierte nicht.

Meinen Namen wird er kaum verwendet haben, dachte sie, verdammt, wen kennt er denn noch?

Sie schaute sich im Zimmer um, als könnten ihr die weißen Wände einen Hinweis geben. Der Kleiderschrank, gefüllt mit den Pullovern, die Mum gestrickt hatte. Die Vorhänge am Fenster, die Mum genäht hatte. Das war es, was das Zimmer erzählte: von der gewaltigen Liebe zwischen Samson und seiner Mutter. Es erzählte von der grenzenlosen Fürsorge einer Frau gegenüber ihrem schwierigen, leidgeprüften Kind. Der Vorname von Millies Schwiegermutter war Hannah.

Sie tippte den Namen ein. Mit einer melodischen Tonfolge öffnete sich der Computer.

„Was um Himmels willen tust du denn da?“, fragte eine Stimme hinter ihr.

Millie fuhr herum. Gavin stand in der geöffneten Tür und sah sie entsetzt an. Sie schaltete sofort den Computer aus und stand auf. Da sie immer nach dem Grundsatz vorging, dass Angriff die beste Verteidigung ist, fuhr sie ihn an: „Musst du dich so anschleichen?!“

„Wie kannst du im Computer meines Bruders stöbern?“, fragte Gavin verstört.

Sie zuckte mit den Schultern. „Im Interesse unserer Sicherheit hielt ich es für notwendig.“

„Wieso Sicherheit? Samson tut doch keiner Fliege etwas zuleide!“

„Woher willst du das wissen? Hast du irgendeine Ahnung, womit er sich jeden Abend stundenlang in seinem Computer beschäftigt? Vielleicht lädt er sich Gewaltspiele herunter. Oder schaut sich Pornos an.“

„Er ist ein erwachsener Mann. Er darf sich anschauen, was er will.“

Sie drängte sich an ihm vorbei zur Tür hinaus und ging die Treppe hinunter.

Notgedrungen musste Gavin ihr folgen. „Das sehe ich anders“, erklärte sie. „Er ist gestört, und solche Menschen muss man im Auge behalten. Und das, was sie so treiben. Oder willst du, dass dein Bruder eines Tages als Amokläufer an einer Schule auftaucht oder etwas Ähnliches?“

„Warum sollte er das denn tun?“

Sie waren in der Küche angelangt. Millie öffnete den Gefrierschrank, nahm eine Packung mit einem Fertiggericht heraus und knallte sie auf den Tisch. „Es geht nur um etwas Vorsorge“, sagte Millie. „Also, willst du nun weiter lamentieren, oder möchtest du, dass ich dir etwas zu essen koche?“

Er schien ansetzen zu wollen, noch etwas zu dem Problem zu sagen, aber er überlegte es sich anders. Er sah müde aus. „Essen“, sagte er folgsam.

Dienstag, 8. Dezember, 22.10 Uhr

Sie ist nicht besser als andere Frauen. Kein bisschen. Michelle Brown. Ich kenne jetzt ihren Namen, und ich kenne nun ihren Charakter. Sie ist arrogant, selbstbezogen, undankbar. Sie ist übrigens nicht einmal besonders hübsch. Aus der Ferne sieht sie besser aus.

Ich sitze jetzt hier und habe mir einen Wollschal um den Hals gewickelt, und vor mir steht ein großer Becher mit heißem Zitronensaft und Honig. Ich spüre, dass ich eine Erkältung bekomme. Ich werde überhaupt nicht mehr warm in den Knochen. Das Abenteuer Michelle Brown werde ich allem Anschein nach mit einer Grippe bezahlen müssen.

Ich war gegen halb sechs bei ihr. Um halb fünf hatte ich den Rückweg angetreten, länger hätte ich es beim besten Willen da draußen nicht ausgehalten. Die Kälte war mir in alle Glieder gekrochen.

Um halb sechs klingelte ich also bei der Brown. Sie riss die Tür auf und stand mir direkt gegenüber, sie sah Jazz an, der wie wild mit dem Schwanz wedelte, und dann lagen die beiden sich in den Armen, das heißt, sie kauerte auf dem Boden, und er winselte und leckte ihr verheultes Gesicht, und um mich kümmerte sich erst einmal überhaupt niemand. Endlich kam sie wieder auf die Füße. Sie wirkte irgendwie … verlegen.

Ich weiß nicht, was ich gehofft hatte. Ich glaube, in der letzten Nacht hatte ich mir manchmal ausgemalt, sie würde mich spontan umarmen. Strahlend. Überfließend vor Dankbarkeit. Stattdessen war sie gehemmt.

„Wo haben Sie ihn denn gefunden?“, fragte sie.

Ich machte eine unbestimmte Handbewegung in Richtung Fluss. Ich war spazieren. Ganz weit Richtung Meer, da kam er plötzlich auf mich zu.

Sie schaute mich ganz ratlos an. „Was wollte er denn dort? Ich verstehe das nicht... Ich verstehe nicht, weshalb er weggelaufen ist. Er hat das noch nie getan!"

Vielleicht hat er irgendwo einen anderen Hund gerochen oder gesehen und ist ihm nachgelaufen, mutmaßte ich.

Sie wirkte nicht überzeugt, aber natürlich dämmerte es ihr nicht im Geringsten, dass in Wirklichkeit ich den Hund entführt hatte.

Wie gut, dass er ein Schild mit meiner Adresse und Telefonnummer am Halsband hat, sagte Michelle, sonst hätten Sie mich ja gar nicht so leicht ausfindig machen können.

Sie hatte keine Ahnung, wie gut ich sie schon kannte. Ja, also, sagte ich, ich bin froh, dass ich ihn entdeckt habe und Ihnen zurückbringen konnte. Er ist ein sehr lieber Hund!

Er ist für mich wie ein Baby, sagte Michelle mit weicher Stimme.

Ich war so durchfroren und ich dachte, du könntest mich jetzt wirklich mal auf einen Kaffee hineinbitten. Schließlich hatte ich ihr ihr Baby zurückgebracht! War ihr das nicht einmal einen Kaffee wert?

Wir standen einander ziemlich verlegen gegenüber, dann sagte Michelle: „Also, nochmals vielen Dank, Mr ...?"

„Segal. Samson Segal."

„Mr Segal. Ich bin Michelle Brown. Ich bin unendlich erleichtert. Der Tag war furchtbar. Ich sah Jazz schon überfahren oder eingefangen für Tierversuche, ich hatte fürchterliche Bilder vor Augen ..."

„Dann wünsche ich Ihnen beiden jetzt noch einen schönen Abend", sagte ich und wandte mich zum Gehen. Sie hielt mich nicht zurück. Sie rief mir ein weiteres Danke hinterher, als ich am Gartentor war. Und das war's. Als ich mich auf der Straße noch mal zum Haus umdrehte, war die Tür schon geschlossen. Und ich stand da. Frierend. Hungrig. Total erschöpft. Für nichts.

Diese Michelle ist wie all die anderen. All diese verdammten Frauen, die dir als Mann zeigen, was du bist in ihren Augen: ein Stück Dreck.

Ich glaube, ich hasse Michelle. Ich hasse jeden, der mir wehtut.

Mittwoch, 9. Dezember

Auch die längste Nacht, dachte Anne, geht irgendwann zu Ende.

Es war sechs Uhr morgens, als ihre Anspannung endlich nachließ. Noch immer herrschte Finsternis draußen, und das würde auch für die nächsten zwei Stunden noch so sein, aber Anne war schon immer um sechs Uhr aufgestanden; an den Wochentagen, um in die Praxis zu gehen, an den Wochenenden, um ungestört zwei Stunden lang zu malen, ehe sie das Frühstück zubereitete.

Die vergangene Nacht hatte Anne im Wohnzimmer verbracht. In eine warme Decke eingewickelt, hatte sie eine heiße Milch getrunken und versucht, ihre aufgewühlten Nerven zu beruhigen. Sie war am Vorabend gegen halb elf ins Bett gegangen, hatte noch eine halbe Stunde lang gelesen und war dann rasch eingeschlafen, aber irgendwann war sie hochgeschreckt und hatte noch für den Bruchteil einer Sekunde einen Lichtschein über die Wände ihres Schlafzimmers gleiten sehen und das Brummen eines Automotors gehört; im nächsten Augenblick erstarb der Motor, verlosch das Licht.

Irgendwo da draußen in der kalten Winternacht stand ein Auto. Saß ein Mensch und … ja, was? Was sollte jemand tun auf dieser Lichtung weitab jeder menschlichen Siedlung? Ein einziges, in einer völligen Einöde befindliches Haus beobachten? Warum?

Sie lag mit pochendem Herzen im Bett und hoffte, sie habe nur geträumt, aber sie wusste, dass es kein Traum gewesen war. Sie musste anfangen, es ernst zu nehmen. Die Leuchtziffern auf ihrem Radiowecker hatten ihr gezeigt, dass es fast halb eins war. Sie hatte sich schließlich aufgerafft und war ans Fenster getreten. Auch hier oben gab es Läden, aber die verschloss sie nie. Sie bewegte sich vorsichtig, um nicht gesehen zu werden, spähte hinaus. Ein schwacher Mondschein hinter den Wolken. Sie konnte nichts erkennen, kein Auto, keinen Menschen. Aber sie wusste, dass da jemand war.

Für einen Moment hatte sie überlegt, die Polizei anzurufen. Ihre Hand hatte zweimal zum Telefonhörer gegriffen, war zweimal wieder zurückgezuckt. Sie fand, dass sich das alles wie die Spinnereien einer schrulligen alten Frau anhörte.

Schließlich hatte sie sich einen Jogginganzug angezogen und war nach unten gegangen. Im Erdgeschoss waren alle Läden fest verschlossen. Sie knipste alle Lichter an, schaltete den Fernseher ein. Stimmen. Jemanden hören. Sich vergewissern, dass sie nicht allein war auf der Welt.

Sie machte sich die Milch heiß und wickelte sich in eine Wolldecke. Schlafen würde sie nicht mehr können in dieser Nacht, das war ihr klar. Sie war wach und schaute abwechselnd an die Wand und in den Fernseher, während da draußen jemand saß und vermutlich ihr Haus anstarrte.

Am Morgen verlor der Albtraum seine scharfen Konturen. Anne hatte vor, in die Stadt zu fahren und ein paar Weihnachtspäckchen für alte Freunde zur Post zu bringen, und sie wusste, dass spätestens dann die tägliche Normalität die Schrecken der Nacht aufheben würde. Sie war jetzt froh, dass sie nicht die Polizei angerufen und sich lächerlich gemacht hatte. Und sie war sogar froh, dass es diese endlose Nacht gegeben hatte, denn sie hatte zu einer Entscheidung geführt: Anne würde das Haus verkaufen und nach London zurückkehren. Dorthin, wo sie fast ihr ganzes Leben verbracht hatte. Und wo die Menschen lebten, die sie noch von früher kannte.

Sie hatte hin und her überlegt, in diesen Stunden, die nicht verstreichen wollten. Den ganzen Schmerz noch einmal durchlebt, in den sie unmittelbar nach Seans Tod gestürzt war. Sie hatte sich auch des Versprechens entsonnen, das sie ihm und sich gegeben hatte in den ersten Minuten, nachdem er im Krankenhaus für immer eingeschlafen war: *Ich mache weiter mit deinem Traum. Mit dem Haus, das du so geliebt hast. Ich lebe das alles für dich mit.*

An diesem Morgen gab sie sich die Erlaubnis, ihr Versprechen zurückzuziehen. Nicht nur weil irgendein Irrer hier im Wald herumzog. Sondern auch weil sie eines begriffen hatte in dieser Nacht: Sie lebte tatsächlich Seans Traum. Aber der hatte mit ihr nichts zu tun, nichts mit ihren Wünschen.

Sie war müde, aber zugleich elektrisiert. Freudig. Erlöst. Wenn sie in der Post gewesen war, würde sie einen Makler aufsuchen. Vielleicht konnte er sich schon in den nächsten Tagen alles hier ansehen und ihr sagen, mit welchem Kaufpreis sie etwa rechnen durfte. Und dann würde sie sich selbst in die Suche stürzen. Eine hübsche Dreizimmerwohnung mit einem großen Balkon, den sie bepflanzen konnte. In einem Haus mit anderen Menschen, mit denen man sich vielleicht anfreunden würde. Abends die Lichter der Stadt um sie herum. Sie merkte, dass ihr fast die Tränen kamen bei dem Gedanken daran, und ihr ging auf, wie schwer es ihr in Wahrheit geworden war, die Isolation, in der sie lebte, zu ertragen.

„Ich habe gestern mit zwei ehemaligen Kolleginnen von Carla Roberts gesprochen, die mit ihr in der Drogerie gearbeitet haben“, berichtete Christy an diesem Morgen Peter Fielder in dessen Büro. „Beide schildern Carla als eine nette, freundliche, allerdings auch äußerst zurückhaltende Frau. Sie soll immer hilfsbereit und warmherzig gewesen sein. Die beiden schließen aus, dass sie Feinde am Arbeitsplatz gehabt haben könnte.“

„Hm“, machte Peter. „Noch etwas?“

„Ich bin das Adressbuch von Carla Roberts durchgegangen, aber es gibt kaum Einträge darin. Ich habe aber doch noch eine Bekannte von früher ausfindig gemacht, aus der Zeit, als Carla noch verheiratet war. Eleanor Sullivan. Sie war mit den Roberts’ befreundet. Ich habe auch sie aufgesucht.“

„Und?“

„Mrs Sullivan beschreibt Carla genauso wie jeder andere: schüchtern, sympathisch, sehr freundlich. Sie sagt, Carla habe ihres Wissens nie mit anderen Menschen Probleme gehabt.“

„Hm“, machte Peter erneut. „Es ist zum Verzweifeln: Sie besaß nicht einmal einen Computer. Es gibt keine E-Mail-Kontakte, keine Websites, die uns Aufschluss geben könnten. Wir tappen so jämmerlich im Dunkeln!“

Was Carla Roberts das Leben schwer gemacht hatte, ihre Scheu und ihre Unscheinbarkeit, erschwerte nun auch die Aufklärung der Umstände ihres gewaltsamen Todes.

„Es muss etwas gegeben haben in ihrem Leben, was den Täter zu dieser Brutalität getrieben hat“, sagte Peter.

„Es sei denn, dass ihre Ermordung überhaupt nichts mit ihr als Person zu tun hat “, gab Christy zu bedenken, „sondern ausschließlich damit zusammenhängt, dass sie in ihrer Einsamkeit ein passendes Opfer abgab. Für einen Mann, der grundsätzlich ein Problem mit Frauen hat.“

„Trotzdem, wir müssen uns an ihr Leben halten, weil wir keine sonstigen Anhaltspunkte haben.“ Er wechselte das Thema. „Was ist mit der Eingangstür des Hochhauses? Gibt es dazu etwas Neues?“

„Ja. Unser Techniker sagt, sie wurde eindeutig manipuliert. Die Feder, die dafür sorgt, dass die Tür automatisch wieder zufällt, wurde wohl mit einer Zange aus ihrer Verankerung gezogen. Damit konnte jeder kommen und gehen, wann er wollte, ohne einen Schlüssel zu besitzen.“

„Könnte der Mörder gewesen sein.“ Peter Fielder rieb sich die müden Augen. „Da draußen läuft ein Irrer herum.“

„Meinen Sie, er tut es wieder?“

„Möglich. Unter Umständen hat er ein Problem, das allein mit Carla Roberts’ Ermordung noch nicht gelöst ist.“

„Ein Typ, der Frauen hasst? Und einfach auf Gelegenheiten lauert, seinen Hass auszuleben? Das würde die Theorie des Zufallsopfers stärken.“

„Bedingt. Nichts ist nur Zufall. Irgendwo in Carla Roberts’ Leben muss es einen Schnittpunkt mit dem Leben ihres Mörders gegeben haben. Ich glaube nicht, dass jemand einfach in den obersten Stock eines Hochhauses hinauffährt, dort an der nächstbesten Wohnungstür klingelt und die Frau, die dort zufällig allein lebt, ermordet, ohne vorher von ihren Lebensumständen Kenntnis gehabt zu haben.“ Fielder stand entschlossen auf. „Nein, ich denke, der Mörder kannte Carla Roberts. Und deswegen müssen wir ihr Leben auseinandernehmen. Und wir sollten uns dabei klarmachen, dass wir vielleicht nicht viel Zeit haben.“

Christy schwieg. Sie wusste, er dachte an das nächste Opfer.

Im Halfway House war es nicht so voll wie am Freitag zuvor. Dennoch herrschte ein reges Stimmengewirr. Noch in der Tür stehend, vergewisserte sich Gillian, dass der Typ aus ihrer Straße, Samson Segal, diesmal nicht anwesend war. Sonst hätte sie auf dem Absatz kehrtgemacht. Er brauchte sie nicht zum zweiten Mal in trauter Zweisamkeit mit einem Fremden zu beobachten. Er schien jedoch nicht da zu sein.

John Burton kam auf sie zu, als sie schon glaubte, ihr Mut werde sie verlassen. Sie hatte fast gehofft, er sei bereits wieder gegangen, denn sie war beinahe eine Dreiviertelstunde zu spät. Es schmeichelte ihr, dass er gewartet hatte, aber zugleich zog sich ihr Magen nervös zusammen.

„Schön, dass Sie gekommen sind", sagte er. Er nahm ihr den Mantel ab und legte seine Hand auf ihren Arm, während er sie zu einem kleinen Ecktischchen führte, auf dem eine Karaffe mit Wein und zwei Gläser standen. „Ich hoffe, der Tisch hier ist in Ordnung?"

„Ja, natürlich. Es tut mir leid, dass ich so spät bin. Wir lassen Becky abends noch nicht allein, und deshalb musste ich warten, bis mein Mann nach Hause kam."

In Wahrheit war Tom recht früh an diesem Tag zu Hause gewesen. Sie hatte ihm am Morgen gesagt, dass sie abends mit Tara verabredet war, und er hatte sich ohne Murren an die Abmachung gehalten, die für derartige Fälle zwischen ihnen bestand: Er kam so früh wie möglich nach Hause, damit Gillian rechtzeitig wegkonnte.

Aber sie hatte gezögert und gezaudert. Und sich dabei immer wieder gefragt, weshalb sie sich so unsicher fühlte. John Burton war der Handballtrainer ihrer Tochter. Er hatte sie auf ein Glas Wein eingeladen. Nicht zu sich nach Hause, sondern in ein öffentliches Pub. Es war nichts dabei.

Tara, mit der sie während der Mittagspause telefoniert hatte, um ihr Alibi abzusichern, brachte die Angelegenheit allerdings auf den Punkt. „Wenn überhaupt nichts dabei ist, warum sagst du dann deinem Mann nicht einfach die Wahrheit? Warum brauchst du dann mich?"

„Tom könnte auf falsche Gedanken kommen."

„Welche Gedanken hast du denn?"

„Tara …"

Tara hatte gelacht. „Hör mal, Schatz, du musst dich vor mir kein bisschen rechtfertigen."

Gillian war schließlich doch losgezogen, sie wollte nicht als Feigling dastehen. Als sie saßen, schenkte John den Rotwein aus. „Sie haben hier erstaunlich guten Wein. Und wenn Sie Hunger haben, könnten wir …"

Sie unterbrach ihn sofort. An Essen konnte sie im Moment nicht einmal denken. „Nein danke. Ich möchte nur etwas trinken."

Sie nahm einen Schluck. Der Wein schmeckte ihr, vor allem aber hatte er eine entspannende Wirkung auf ihre Nerven. Sie fühlte sich gleich ein wenig gelassener.

„Wie geht es mit Becky?“, erkundigte sich John.

Gillian schüttelte den Kopf. „Nichts Neues. Sie kommt mit mir im Moment einfach nicht besonders gut zurecht. Als ich ihr heute früh sagte, dass ich abends weg sein würde, hat sie ausgesprochen gut gelaunt reagiert. Sie liebt es, mit ihrem Vater allein zu Abend zu essen und noch ein wenig fernzusehen. Ich versuche mir nichts daraus zu machen, aber es tut schon weh.“

„Ich glaube, dass viele Mädchen das in bestimmten Lebensphasen haben: eine sehr starke Vaterbeziehung. Die Mutter stört dann. Aber das ändert sich wieder.“

Gillian nickte, dann wechselte sie das Thema. „Offiziell“, sagte sie, „bin ich übrigens gerade mit meiner Freundin Tara zusammen. Ich habe meinem Mann gesagt, dass ich mich mit ihr treffe.“

„Sie haben ihn angeschwindelt? Sie sehen nicht so aus, als ob Sie das oft tun.“

„Nein. Natürlich nicht. Aber ich … wollte einfach keine Probleme.“

„Er hätte etwas dagegen gehabt, dass Sie sich mit mir treffen, das ist klar.“

„Hätten Sie an seiner Stelle nichts dagegen?“

„Ich bin nicht verheiratet. Absichtlich nicht. Um mich mit solchen Schwierigkeiten gar nicht erst abgeben zu müssen.“

Eine Weile sagte keiner von ihnen etwas, und schließlich fragte Gillian: „Weshalb wollten Sie mich treffen? Ich meine … unsere letzte Begegnung kann nicht besonders anregend für Sie gewesen sein.“

„Wieso nicht?“

„Im Wesentlichen habe ich Ihnen etwas vorgeheult. Und Ihnen ein paar gewöhnliche und banale Sorgen geschildert. Nicht gerade aufregend.“

Er sah sie nachdenklich an. „Ich habe Sie nicht als jemand mit banalen Sorgen empfunden, sondern als eine sehr attraktive Frau, die ein paar Probleme hat. Und wer hat die nicht?“

„Sie haben meine Frage noch nicht beantwortet“, hakte Gillian nach. „Weshalb dieses Treffen heute?“

Er lächelte. „Doch. Eigentlich habe ich geantwortet.“ Sie wartete. „Ich habe gerade gesagt, dass Sie eine sehr attraktive Frau sind.“

Seine Direktheit hatte etwas Entwaffnendes. Gillian musste lachen. „Ich bin verheiratet.“

„Ich weiß.“

„Und wohin soll das alles führen?“

„Das entscheiden Sie“, sagte John. „Schließlich sind Sie diejenige, die verheiratet ist. Sie müssen wissen, wie weit Sie gehen möchten.“

„Vielleicht will ich jetzt bloß meinen Wein zu Ende trinken und dann nach Hause gehen.“

„Vielleicht“, sagte John und lächelte wieder.

Sein Lächeln wirkte von oben herab, und er schien nicht zu glauben, dass sie das wirklich tun würde: nach Hause gehen. Sie merkte, dass sie ärgerlich wurde. John Burton wirkte auf einmal ausgesprochen routiniert. Wahrscheinlich zog er gerade eine vielfach erprobte Masche ab. Er verführte, was ihm gefiel, lebte kurze Affären und wandte sich dann dem nächsten Objekt seiner Begierde zu.

Gillian wollte keinesfalls eine weitere Trophäe eines attraktiven Frauenhelden sein. Sie trank den letzten Schluck in ihrem Glas und wehrte ab, als John nach der Karaffe griff. „Für mich nichts mehr, danke. Es war nett mit Ihnen, John. Ich denke, ich fahre jetzt nach Hause.“

Er wirkte überrascht. „Jetzt schon?“

Sie stand auf. „Ja. Ich habe mich entschieden, wissen Sie.“

Er erhob sich ebenfalls, aber sie lief bereits zur Garderobe, schnappte sich ihren Mantel und war durch die Tür, noch ehe sie ihn angezogen hatte. Gillian genoss die Kühle und Stille des feuchtkalten Abends. Sie schlüpfte in ihren Mantel. Ihr fiel plötzlich ein riesiges Gewicht von der Seele. Was hatte sie sich bloß gedacht, als sie beschloss, hierherzukommen?

Sie hatte ihr Auto, das an der Straße parkte, fast erreicht, als John Burton hinter ihr auftauchte. „Nun warten Sie doch“, sagte er. „Meine Güte, haben Sie ein Tempo drauf! Ich musste schließlich noch bezahlen …“

„Mir lag ja auch nicht daran, auf Sie zu warten“, sagte Gillian und öffnete mit der Fernbedienung ihre Wagentüren. Sie wollte einsteigen, aber John hielt sie am Arm fest.

„Was habe ich falsch gemacht?“, fragte er.

„Im Prinzip wahrscheinlich gar nichts“, erklärte Gillian. „Nur – ich will einfach nicht. Ich will meinen Mann und meine Tochter nicht belügen. Ich will mich in nichts verstricken, was das notwendig machen würde.“

„Sie haben Ihren Mann heute bereits belogen.“

„Schlimm genug. Ich muss das ja nicht wiederholen.“

„Warten Sie“, bat er, „bitte. Steigen Sie jetzt nicht einfach ein und fahren davon. Es tut mir leid, wenn ich gerade eben ein ziemlich blasiertes Verhalten an den Tag gelegt habe.“ Er wehrte ab, als sie etwas erwidern wollte. „Nein, es war so. Ich wollte als der große Verführer auftreten, und wahrscheinlich hat Sie das verärgert, und ich kann das verstehen. Es tut mir leid.“

„Es ist schon in Ordnung. Nur …“

„… nur Sie geben mir keine zweite Chance. Können wir uns nicht kurz in Ihr Auto setzen?“, fragte er. „Es ist ziemlich kalt, und man weiß hier auf der Straße nie, wer zuhört.“

„Okay“, willigte Gillian ein. Sie setzte sich hinters Steuer, John rutschte auf den Beifahrersitz.

„Sie faszinieren mich“, sagte er. „Und ich möchte Sie wiedersehen. Ich weiß, die Umstände sind äußerst ungünstig. Trotzdem. Ich kann Sie mir nicht einfach aus dem Kopf schlagen. Ich habe es über das Wochenende versucht. Es gelingt mir nicht.“

„Es gibt bestimmt genügend Frauen, mit denen Sie sich trösten können“, sagte Gillian.

Er sah ihr direkt in die Augen. Sein Gesichtsausdruck wirkte sehr ernsthaft. Und aufrichtig. „Nein“, sagte er, „die gibt es nicht.“

„Unter den Müttern im Klub gelten Sie als pausenloser Verführer.“

„Großartig. Aber es stimmt nicht. Das Ende meiner letzten Beziehung liegt über ein Jahr zurück. In der Zwischenzeit habe ich wie ein Mönch gelebt.“

„Dafür legen Sie ein ziemlich geübtes Verhalten an den Tag, wenn es darum geht, eine Frau für sich zu gewinnen.“

„Wäre ich wirklich geübt, hätte ich rechtzeitig gemerkt, dass ich bei Ihnen mit meinem Verhalten völlig auf dem Holzweg bin. Ich wollte einfach besonders cool rüberkommen. Es war idiotisch.“

„Sie versuchen, sehr geheimnisvoll zu wirken.“

„Was wollen Sie wissen? Ich erzähle es Ihnen!“

„Weshalb sind Sie aus dem Polizeidienst ausgeschieden?“

Er hob beide Hände, eine Geste der Hilflosigkeit. „O Gott. In der Frage lassen Sie nicht locker, oder?“

„Es interessiert mich eben“, sagte Gillian.

„In Ordnung“, sagte er resigniert, „obwohl Sie mich wahrscheinlich jetzt gleich aus dem Auto werfen, wenn ich es Ihnen sage.“

„Klingt nicht gut.“

„Nein. Vor acht Jahren bekam ich eine Anzeige wegen sexueller Nötigung. Die junge Frau war Praktikantin bei mir. Die Staatsanwaltschaft hat das Verfahren mangels Beweisen eingestellt, es kam nicht zur Anklageerhebung. Dennoch konnte ich danach nicht bleiben, es ging einfach nicht mehr. Zufrieden?“

Sie sah ihn erschrocken an.

Als sie daheim in die Garageneinfahrt bog, bewegte sich ein Schatten auf dem Weg, der zur Haustür führte. Tom.

„Ich habe dein Auto gehört, und da dachte ich, ich gehe dir einfach entgegen“, sagte er mit einem Lächeln.

Toms Fürsorge rührte Gillian. Sie hatte oft den Eindruck, er sei eher mit ihrer beider Firma verheiratet als mit ihr, aber es gab Augenblicke, da spürte sie die Wärme, die es vor Jahren zwischen ihnen gegeben hatte und die vom Alltag überlagert noch immer da war. Gerade heute Abend hätte sie allerdings lieber darauf verzichtet. Sie spürte, dass Tom sie von der Seite musterte. Was sieht er?, fragte sie sich beklommen. Was denkt er?

„Und wie war es mit Tara?“, fragte Tom, als sie die Haustür erreicht hatten und eintraten. „Ihr wart in einer Kneipe, oder?“

„Ja. Wieso?“

„Du riechst danach. Übrigens bist du ganz schön früh zurück!“

Sie war nach ihrem überstürzten Abschied von John Burton auf einen Parkplatz in der Nähe von Beckys Schule gefahren und hatte dort eine ganze Weile gewartet, um nicht allzu rasch nach ihrem Aufbruch wieder daheim aufzukreuzen. Irgendwann war es Gillian auf dem Parkplatz zu kalt geworden und sie hatte den Heimweg angetreten, aber für einen Abend mit Tara war sie noch immer ungewöhnlich zeitig zurück.

„Tara hatte noch einen Termin“, erklärte sie nun rasch auf Toms Bemerkung hin. „Du weißt ja, im Prinzip hat sie nie wirklich Zeit. Wir konnten uns nur ziemlich kurz auf halbem Weg zwischen hier und London sehen.“

„Ich verstehe“, sagte Tom. Er betrachtete Gillian im hellen Licht des Eingangsflures. „Du wirkst so angespannt. Ist alles in Ordnung?“

„Natürlich. Aber … na ja, Taras berufliche Geschichten gehen einem manchmal ein bisschen an die Nieren.“

„Ich verstehe ja auch nicht, weshalb du dich ausgerechnet mit …“, setzte Tom an, aber sie unterbrach ihn, ehe er sich wieder auf ihre Freundschaft mit Tara einschießen konnte: „Becky schläft schon?“

„Sie ist vor zwanzig Minuten ins Bett gegangen, und als ich eben nach ihr gesehen habe, schlief sie bereits. Es gab keinerlei Probleme mit ihr.“

Er ging ins Wohnzimmer. Sie folgte ihm, nachdem sie ihre Stiefel abgestreift hatte. Sie konnte sehen, wie abgekämpft er war. Zugleich vibrierte er vor Tatendrang, und wahrscheinlich wäre er am liebsten schon wieder durch die Tennishalle getobt. Es war sein zunehmendes Problem in den letzten Jahren, dass er seinen auf zu hohen Touren laufenden inneren Motor auch nach Büroschluss nicht herunterfahren konnte. Die Selbstständigkeit hatte diese Entwicklung in ihm ausgelöst. Sie trat an ihn heran, legte ihm sacht ihre Hand auf den Arm. „Es kommt schon alles wieder in Ordnung“, sagte sie.

„Natürlich“, erwiderte Tom. Er wusste nicht genau, wovon sie sprach, hatte aber den Eindruck, dass es etwas mit ihrer beider Distanz zu tun hatte, damit, dass das Strahlen aus Gillians Augen verschwunden war. Damit, dass er zu viel arbeitete und viel zu wenig Zeit mit seiner Frau verbrachte. Er verstand es selbst nicht. Er liebte Gillian. Aber um ihr das zu zeigen, hätte er innehalten müssen, und das gelang ihm nicht mehr. Das Leben hatte einen Getriebenen aus ihm gemacht. „Ich liebe dich, Gillian", sagte er leise.

Die Verwunderung, mit der sie ihn ansah, tat fast weh. War es wirklich so lange her, dass er diesen Satz über die Lippen gebracht hatte?

„Ich liebe dich auch", sagte sie.

Er forschte in ihrem Gesicht. Sie schien ihm verändert. Irgendetwas geschah in ihrem Leben, und er wusste nicht, was es war.

„Ich muss dir etwas sagen", begann sie unvermittelt. „Ich war heute ..." Sie stockte.

Tom sah sie fragend an. „Ja?"

„Ach nichts", sagte Gillian. „Es spielt eigentlich keine Rolle."

Anderthalb Stunden zuvor, im Auto mit John Burton, war ihr nach seinem Geständnis zunächst einmal nichts mehr eingefallen, es hatte ihr minutenlang die Sprache verschlagen. John hatte einen alten Kassenzettel, der in der Ablage lag, gegriffen, einen Bleistift aus seiner Jackentasche gezogen und eine Nummer auf den Papierfetzen gekritzelt. „Hier. Meine Handynummer. Ich werde dich nicht weiter belästigen, aber falls du mich sprechen möchtest, kannst du mich jederzeit anrufen. Vielleicht möchtest du manches genauer erfahren oder vielleicht auch über etwas anderes reden, egal, melde dich einfach, wenn dir danach ist!" Mit diesen Worten war er ausgestiegen und in der Dunkelheit verschwunden, und erst später hatte Gillian realisiert, dass sie es jetzt war, die die Fäden in der Hand hielt. Sie konnte ihn anrufen. Sie konnte auch versuchen, die ganze Episode zu vergessen.

„Sicher?", fragte Tom. „Bist du sicher, dass es keine Rolle spielt?"

Sie nickte. „Lass uns schlafen gehen", sagte sie.

Donnerstag, 10. Dezember

Es wird nicht ganz leicht, einen Käufer für das Anwesen zu finden", erklärte der Makler. Er hieß Luke Palm und lebte eigentlich in London, aber Anne hatte ihn auf Empfehlung einer Freundin kontaktiert, und er war sofort nach Tunbridge Wells und bis hinaus in den Wald gekommen.

Nun stand er in Annes Küche, und die Blicke, mit denen er sich umsah, verrieten, dass er beeindruckt war. Vermutlich hatte er nicht erwartet, das alte Haus so schön und komfortabel hergerichtet vorzufinden. „Aber ich muss schon sagen", fuhr er fort, „Sie haben hier ein echtes Juwel geschaffen!"

„Mein Mann hat sich einen Lebenstraum mit dem Kauf und dem Ausbau dieses Hauses erfüllt“, erklärte Anne. „Wir haben viel Liebe und Energie investiert.“

„Das sieht man. Dennoch … die Lage des Hauses …“

„Ich weiß“, sagte Anne. „Es liegt sehr weitab. Das ist es ja auch, was mich zum Verkauf bewegt. Mein Mann und ich wollten unser Alter hier verbringen, aber nun bin ich eben allein und … habe das Gefühl zu vereinsamen.“

„Allein könnte ich hier auch nicht leben“, stimmte Luke Palm ihr sofort zu. „Ich denke, Sie tun absolut das Richtige. Es ist ja auch nicht ganz ungefährlich … so völlig allein draußen im Wald …“

„Wie meinen Sie das?“, fragte Anne.

„Na ja, es merkt hier so schnell niemand, wenn Ihnen etwas zustößt. Sie könnten stürzen, mit gebrochenem Bein auf der Treppe liegen, das Telefon nicht erreichen … Es gibt hier ja keine Nachbarn, die Ihre Rufe hören.“

„Ach, das meinen Sie“, sagte Anne und entspannte sich.

„Ganz abgesehen davon, dass sich auf dieser Welt leider auch jede Menge zwielichtige Gestalten herumtreiben“, fuhr er fort.

Anne fühlte sich sogleich wieder unwohler.

„Das hier ist etwas für eine große Familie“, meinte Luke Palm, „oder für Leute, die viele Tiere haben. Für einen Aussteiger ist es ein Traum!“

Er hatte sich bei seinem Rundgang eine Menge Notizen und einige Fotos gemacht und sagte, er werde ein Exposé anfertigen. „Sowie sich Interessenten melden, sage ich Ihnen Bescheid. Es wird natürlich ein paar Besichtigungen geben …“

„Kein Problem“, sagte Anne, „ich bin meistens zu Hause. Rufen Sie mich einfach vorher an.“

Sie verabschiedeten sich voneinander, der Makler höchst zufrieden und zuversichtlich. Als er vor die Haustür trat, wirbelten Schneeflocken durch die Dunkelheit. „Sie sind eine mutige Frau“, sagte er zum Abschied. „Verschließen Sie bloß gut alle Türen.“

„Mach ich. Aber Unkraut vergeht nicht.“ Sie sah ihm nach, wie er zwischen den Büschen, die den Gartenweg einfassten, verschwand. Sie hatte sich munterer gegeben, als ihr zumute war. Sie verriegelte die Haustür und ging in die Küche zurück, die hell erleuchtet war. Auf dem Tisch standen Kerzen, um die Fenster hatte sie Lichterketten befestigt. Von draußen musste ihr Haus mit dem Weihnachtsschmuck sehr anheimelnd erscheinen, aber wer sollte das eigentlich sehen? Sie drängte den Gedanken beiseite. Genau darüber wollte sie nicht nachdenken: darüber, wer das sehen konnte.

Sie setzte Wasser auf, um sich einen Tee zu machen, und wandte sich dann den Broschüren zu, die ihr Luke Palm dagelassen hatte. Wohnungsangebote in London. Sie war aufgeregt. Zum ersten Mal seit Seans Tod wurde sie von einer schon fast vergessenen Aufbruchstimmung ergriffen. Sie goss den Tee auf und zündete Kerzen an. Es würde ein wunderbarer Abend werden. Sie würde sich mit ihrer Zukunft beschäftigen, Fotos betrachten, Grundrisse studieren.

Sie setzte sich an den Tisch. Und in diesem Moment vernahm sie das Geräusch. Es klang, als sei jemand auf der Veranda vor der Küche.

Ihr erster Gedanke war, dass Mr Palm womöglich etwas vergessen hatte und noch einmal zurückgekommen war, aber es gab keinen Grund, weshalb er dann nicht vorn an der Haustür hätte läuten sollen.

Angestrengt blickte sie durch die Scheiben, aber es war stockdunkel draußen. Wieso hatte sie nicht vorhin, als der Makler noch in der Nähe war, die Fensterläden geschlossen? Weshalb hatte sie überhaupt nicht längst ihre Sachen gepackt und sich bei einer Freundin in der Stadt einquartiert?

Sie erhob sich, hielt den Atem an, lauschte nach draußen. Nichts war mehr zu hören, was sich von den üblichen Lauten unterschied.

Vielleicht habe ich es mir nur eingebildet, dachte sie. Es war wichtig, dass sie die Fensterläden schloss. Sie konnte sich dann sicher fühlen. Die Läden aufzubrechen würde jeden, der hineinwollte, eine Menge Kraft und Zeit kosten und erheblichen Lärm verursachen. Das Schlimme war nur, dass Anne die Terrassentür würde öffnen und hinaustreten müssen, um die Läden aus der Halterung an der Hauswand zu lösen und nach vorn zu klappen.

Benimm dich nicht wie eine hysterische alte Frau, sagte sie streng zu sich. Schließ jetzt die Läden! Entschlossen öffnete sie die Tür. Das Schneetreiben war heftiger geworden. Schon lag eine dünne weiße Decke über dem Gras im Garten. Und über den Stufen, die von der Veranda hinunterführten.

Sie starrte die Stufen an. Ihr Gehirn arbeitete so seltsam langsam. Fußabdrücke im Schnee. Dicke Profilsohlen. Jemand in klobigen Winterstiefeln war hier hinaufgestapft.

Ein Schatten löste sich von der Hauswand. Anne gewahrte ihn aus den Augenwinkeln. Fast zeitlupenartig drehte sie sich um. Sie erkannte einen dicken Anorak, eine Strickmütze, die tief in die Stirn gezogen war.

Noch immer seltsam analytisch dachte sie: Es gibt keinen erklärbaren Grund, weshalb jemand hier im Dunkeln auf meiner Veranda steht.

Es gab zumindest keinen Grund, der ihr harmlos erschienen wäre.

Sie begriff, dass sie um keinen Preis hätte nach draußen gehen dürfen.

Samstag, 12. Dezember

Sie wählte seine Nummer, ehe der Mut sie verlassen konnte. Es war nach zehn Uhr am Abend, aber wie sie John einschätzte, gehörte er nicht zu den Menschen, die früh ins Bett gehen. Zudem war die Frage der Uhrzeit auch nicht das größte Problem in dieser ganzen Angelegenheit. Sondern die Tatsache, dass sie es überhaupt tat: Dass sie einen Mann anrief, der ihr gesagt hatte, wie fasziniert er von ihr war. Der ganz klar eine Affäre mit ihr beginnen wollte. Während sie ganz klar verheiratet war.

Tom hatte sich früh schon ins Schlafzimmer zurückgezogen. Sie konnte hören, dass dort der Fernseher lief, irgendeine Sportsendung. Becky war schon vor fast zwei Stunden vor dem Fernseher im Wohnzimmer eingeschlafen und hatte sich dabei an ihre Mutter gekuschelt.

Gillians innere Unruhe war dennoch nicht weniger geworden.

Sie hatte die schlaftrunkene Becky schließlich ins Bett gebracht, sie sorgfältig zugedeckt und war dann wieder ins Wohnzimmer hinuntergegangen.

Nach zwei Gläsern Wein fühlte sie sich ein wenig entspannter. Der Kassenzettel, auf den John seine Handynummer geschrieben hatte, steckte in ihrer Jeanstasche. Sie zog ihn heraus, nahm das tragbare Telefon von der Ladestation im Flur und ging damit ins Wohnzimmer zurück.

Ein Anruf ist nichts Weltbewegendes, beruhigte sie sich.

Er meldete sich beim dritten Klingeln. Im Hintergrund konnte Gillian Stimmen hören, Reden, Lachen und das Klirren von Gläsern.

„Ich bin es. Gillian."

„Lieber Gott", sagte John, „ich hatte schon Angst, du meldest dich nie wieder." Er schien tatsächlich auf ihren Anruf gewartet zu haben.

„Bei unserem letzten Treffen", sagte Gillian, „habe ich, glaube ich, ein wenig überreagiert. Ich wollte … das nicht so stehen lassen."

„In welcher Hinsicht überreagiert?"

„Ich hätte nicht gleich aufstehen und gehen sollen. Ich fürchte, die Situation hat mich nervlich einfach überfordert."

Das Gelächter im Hintergrund schwoll an. „Wo bist du?", fragte Gillian.

„Im Halfway House. Wir hatten heute ein Turnier im Club, und danach bin ich noch hierhergegangen. Kannst du kommen? Ich sitze mutterseelenallein an einem Tisch und tröste mich mit etwas zu viel Whisky."

Überrascht registrierte Gillian, wie sehr es sie freute und erleichterte, dies zu hören: dass er allein dort war.

„Ich kann nicht weg. Nicht einfach so heute Abend."

„Wann kannst du?", fragte John.

Sie zögerte. „Ich möchte einfach nur reden. Ich war erschrocken, als du mir gesagt hast, weshalb du aus deinem Beruf ausscheiden musstest. Ich wüsste gern mehr darüber."

„Sag einfach wann."

„Am nächsten Donnerstag ist Becky zu einem Geburtstag mit Übernachtung eingeladen. Mein Mann hat abends eine Versammlung in seinem Tennisklub. Ich bin frei."

„Nächsten Donnerstag? Es ist fast eine Woche bis dahin."

„Ich weiß."

„Kommst du zu mir?"

„Zu dir nach Hause?" Sie wollte nicht albern erscheinen. Oder verklemmt und spießig. „Hm … gut, in Ordnung. Du wohnst in London?"

Er diktierte ihr eine Adresse in Paddington, und sie kritzelte sie zu seiner Nummer auf den Kassenzettel. „Also, bis dann", verabschiedete sie sich.

„Ich freue mich", sagte John.

Donnerstag, 17. Dezember

Luke Palm hatte Anne Westley die Woche über mehrfach zu erreichen versucht, war aber immer nur an ihren Anrufbeantworter geraten. Er hatte dringend um Rückruf gebeten, aber vergeblich. Dabei konnte er zwei Erfolge vermelden: Er hatte mögliche Käufer für das Haus im Wald von Tunbridge Wells gefunden. Und er hatte eine bezaubernde Wohnung in Belgravia völlig neu in sein Programm bekommen, von der er überzeugt war, dass sie perfekt zu Anne Westley passte. In beiden Fällen hätte er gern noch vor Weihnachten Besichtigungen durchgeführt.

Er verstand nicht, weshalb sie nicht reagierte. Sie hatte so interessiert gewirkt, so entschlossen, ihrer zweifelhaften Idylle da draußen im Wald endlich zu entkommen.

Das Ehepaar, das sich dafür interessierte, hatte fünf Kinder und jede Menge Tiere. Auch hier war Luke Palm davon überzeugt, der Familie das perfekte Haus anbieten zu können.

Es machte ihn zunehmend nervös, dass es ihm nicht gelang, den Kontakt herzustellen. Und es bereitete ihm Sorgen. An diesem Donnerstag hatte er mehrmals angerufen. Wieder nur der Anrufbeantworter. Es war jetzt früher Nachmittag, er hatte keine Termine mehr. Vielleicht sollte er doch nach Tunbridge Wells fahren und nach Anne sehen. Er hatte ein ungutes Gefühl. Sie war verdammt allein da draußen.

Um zwanzig nach drei machte er sich auf den Weg. Im beginnenden Schneefall und wegen der daraus resultierenden Hysterie der Autofahrer dauerte es noch länger als sonst, bis er die Stadt hinter sich lassen konnte. Es war fast fünf Uhr, als er den kleinen Ausflugsparkplatz am Waldrand hinter Tunbridge erreichte. Kein einziges Auto parkte dort. Luke beschloss, seinen Wagen stehen zu lassen und den Rest der Strecke zu Fuß zu gehen. Das Schneetreiben war dichter geworden, und er misstraute dem unbefestigten Weg, der zum Haus von Anne Westley führte.

Der Weg öffnete sich zu der Lichtung, auf der das Haus stand. Es sah alles aus wie immer, vielleicht sogar noch verwunschener, weil die Flocken wirbelten und alle Bäume überzuckert schienen. Ein Winterwaldmärchen.

Nirgends im Haus brannte Licht, aber er sah Annes Auto im Unterstand, also musste sie wohl daheim sein. Ohne Auto kam sie hier kaum weg.

Er öffnete das Gartentor, ging den Weg zwischen den hohen Büschen entlang, stieg die Stufen zur Haustür hinauf, klingelte. Wartete.

Nichts rührte sich. Er beschloss, sein Glück noch einmal auf der Rückseite des Hauses zu versuchen. Von der Besichtigung her wusste er, dass es dort eine Veranda und einen zweiten Eingang gab, der in die Küche führte.

Er umrundete das Haus. Trotz des rasch schwindenden Tageslichts erkannte er sofort, dass die Verandatür weit geöffnet war. Auf den Stufen davor und auf dem nicht überdachten Teil der Terrasse begann sich der Schnee zu häufen. Jungfräulicher Schnee. Obwohl die Tür offen stand, war hier niemand während der letzten Stunden herausgekommen.

Er blieb stehen und konnte sein eigenes Atmen hören. Das sah einfach nicht gut aus. Anne musste daheim sein, und weshalb brannte dann nirgends ein Licht? Er musste nachsehen, was geschehen war. Vielleicht war Anne Westley gestürzt. Lag irgendwo im Haus, unfähig, sich zu rühren.

Und weshalb ist dann die Tür offen?

Langsam stieg er die Stufen hinauf. Leise rief er: „Hallo? Ist jemand zu Hause? Ich bin es, Luke Palm!“ Er bekam keine Antwort.

Er betrat die Küche, in der es um nichts wärmer war als draußen. Die Tür musste schon eine halbe Ewigkeit offen stehen. Er tastete nach einem Lichtschalter, fand ihn, schaltete das Licht ein und sah sich um.

Die Küche sah aus, als sei sie Minuten zuvor erst verlassen worden. Eine Teekanne, noch halb gefüllt, stand auf dem Tisch. Ein Becher davor. Daneben standen Kerzen, die bis auf die Halter abgebrannt waren. Lukes Blick fiel auf den Abreißkalender neben der Spüle. Er zeigte den 10. Dezember an. Das war der Donnerstag der vergangenen Woche gewesen, als er sich das Haus angeschaut hatte. Seitdem hatte niemand mehr ein Blatt abgerissen. „Hier stimmt etwas ganz und gar nicht“, sagte Luke. Es tat ihm gut, wenigstens seine eigene Stimme zu hören.

Er durchquerte die Küche, trat in den Flur, schaltete auch hier das Licht ein. Ein kurzer Blick aus dem Wohnzimmerfenster zeigte ihm, dass sich der Schneefall weiter verstärkt hatte. Er stieg die Treppe hinauf. Auf halbem Weg fiel ihm zum ersten Mal der eigentümliche Geruch auf. „Verdammter Mist“, sagte er laut.

Er machte sich keine Illusionen: Es war Verwesung, was er roch.

Er fand Anne Westley im Bad, das sich direkt neben ihrem Schlafzimmer befand. Die alte Frau lag vor der Dusche quer über dem Frotteevorleger und richtete den Blick aus weit aufgerissenen, starren Augen an die Decke. In ihrem unnatürlich weit aufgesperrten Mund steckte irgendetwas Kariertes, ein Tuch, ein Schal, Luke konnte es nicht genau erkennen. Ihre Nase war zugekleistert mit Paketklebeband. Auch ihre Handgelenke und Fußknöchel waren mit dem Band gefesselt. Es war nur allzu ersichtlich, dass Anne keinen Unfall gehabt hatte. Sie war auf brutalste Art ermordet worden.

Luke Palm sank auf den Badewannenrand. Er hatte Schweißausbrüche am ganzen Körper und im Gesicht. Er stützte den Kopf in die Hände, bemühte sich, die Tote nicht anzusehen, den Geruch nicht wahrzunehmen.

Die Schwäche verebbte. Er hob den Kopf und sah, dass die Klinke der Badezimmertür seltsam schief herunterhing und dass der Beschlag um das Schloss herum völlig verrutscht war. Es sah aus, als habe jemand das Schloss aufgebrochen. Er stöhnte leise, als ihm aufging, welches Drama sich hier vermutlich abgespielt hatte: Wie auch immer Annes Mörder ins Haus gelangt war, offensichtlich war es Anne gelungen, ihm zunächst zu entkommen. Sie war ins Bad geflüchtet, hatte sich dort verbarrikadiert. Aber ihr Verfolger hatte nicht aufgegeben. Er hatte das Schloss zerstört und war in das Badezimmer eingedrungen.

Luke stand auf. Er musste jetzt die Polizei anrufen. Leise murmelte er den Polizeinotruf vor sich hin. „Neun-neun-neun, neun-neun-neun …“

„ICH HABE damals einen fürchterlichen Fehler gemacht“, sagte John, „und ich hätte mich in den Monaten danach jeden Tag selbst ohrfeigen können. Es war idiotisch. Sie war Studentin am Hendon Police College. Ich war Detective Inspector bei Scotland Yard. Sie machte ein Praktikum bei mir. Ich hätte unter gar keinen Umständen etwas mit ihr anfangen dürfen.“

Draußen fiel der Schnee in immer dickeren Flocken. Selbst hier, mitten in der Stadt, waren alle Geräusche verstummt. Es herrschte eine beinahe feierliche Stille. Johns Schlafzimmer in der weitläufigen, höchst sparsam möblierten Altbauwohnung mitten in Paddington bestand aus einem Kleiderschrank und einer Matratze, die auf dem Boden lag. Es gab keine Vorhänge an den Fenstern, keinen Teppich auf dem Boden.

Gillian hatte die Decken weggeschoben, weil ihr zu warm war, obwohl die Heizung nur wenig Wärme verströmte. Sie fühlte sich friedlich und entspannt, obwohl sie wusste, dass sie dabei war, sich in zahlreiche Probleme zu verstricken. Eines davon, und vielleicht das akuteste, war die Frage, ob es ihr gelingen würde, angesichts der hereinbrechenden Schneemassen wieder nach Hause zu kommen und auch noch rechtzeitig vor Tom da zu sein. Weniger akut, aber langfristig bedeutsam war die Situation, in die sie sich begeben hatte: Sie hatte eine Affäre mit einem anderen Mann begonnen. Es war unwahrscheinlich, dass sich daraus nicht eine Schwierigkeit nach der anderen entwickeln würde.

Nach all den Zweifeln und Sorgen, mit denen sie sich in der Woche vor der Verabredung herumgeschlagen hatte, war dann alles schnell und fast zwangsläufig passiert. Sie hatte an Johns Wohnungstür geklingelt, und er hatte sofort geöffnet, ihre Hand genommen und sie hineingezogen.

„Bis eben“, sagte er, „habe ich noch gefürchtet, du kommst nicht.“

„Ich konnte nicht anders“, sagte Gillian.

Er hielt noch immer ihre Hand. „Möchtest du einen Kaffee?“

„Danach“, sagte sie und dachte in der nächsten Sekunde: *O Gott, Gillian, das hast du doch eben nicht wirklich gesagt! Jeder, der dich kennt, wäre entsetzt! Es ist dir ja selbst total peinlich.*

Er stutzte, zog dann die Augenbrauen hoch. „Okay“, sagte er, „dann eben danach.“ Er hatte ihr aus dem Mantel geholfen, dann war er mit ihr in sein spartanisches Schlafzimmer gegangen. Gillian hatte fast ein Jahr lang keinen Sex mehr gehabt. Nichts bereute sie auf einmal so sehr wie ihre eigene Unverfrorenheit, mit der sie darauf gedrängt hatte, sofort mit John ins Bett zu gehen. Sie trat einen Schritt zurück. „Ich bin nicht so“, sagte sie, „ich meine, nicht so, wie du mich erlebst. Wenn ich mit dir zusammen bin, sage und tue ich immer Dinge, die gar nicht zu mir passen. Ich bin dann eine Fremde. Ich weiß nicht, warum das so ist.“

Er streckte den Arm aus. Sacht zog er mit dem Finger eine Linie von ihrem Kinn über ihren Hals hinunter bis an den Ausschnitt ihres Pullovers. Gillian konnte nicht verhindern, dass ihr Schauer über den ganzen Körper liefen.

„Hast du mal überlegt, dass es andersherum sein könnte?“, fragte er. „Dass die Gillian, die gerade so unverblümt und direkt war, die wirkliche Gillian ist? Und die andere, die aus deinem normalen Alltag, die Fremde?“

Sie schwieg perplex. Am Ende hatte er recht. Ich habe nur diesen Moment, dachte sie, wenn ich jetzt ausweiche und dann nach Hause fahre, dann wage ich es nie wieder. „Ich will mit dir schlafen“, sagte sie.

Er schlang beide Arme um sie. „Ein Glück“, flüsterte er, „alles andere hätte ich jetzt auch kaum ausgehalten.“

Als es vorbei war, nach einer Ewigkeit, als sie beide vollkommen erschöpft waren und vielleicht sogar für einen Moment geschlafen hatten, öffnete John die Augen und sagte, dass er sie liebte.

Gillian sah ihn an und erkannte, dass er es ernst meinte.

Sie war wieder eingeschlafen und erst aufgewacht, als John aufstand und das Zimmer verließ. Sie beobachtete ihn, wie er mit zwei großen Tassen zurückkehrte. Sie tranken den Kaffee, blickten hinaus in den immer dichter fallenden Schnee.

„Warum hast du eigentlich kein richtiges Bett?“, fragte Gillian.

Er zuckte mit den Schultern. „Wenn du dich in meiner Wohnung umsiehst, wirst du feststellen, dass ich überhaupt kaum Möbel habe. Was ich besitze, beschränkt sich auf das Notwendigste. Wenn es um mich herum bürgerlich wird, bekomme ich Beklemmungen.“

„War das schon immer so?“

Er erriet, was sie eigentlich fragen wollte. „Du meinst, ob es etwas mit meinem Beruf zu tun hat? Genau genommen damit, dass ich ihn aufgeben musste?“

„Es war ein Bruch in deinem Leben.“

„Aber keiner, der mich als Mensch verändert hat. Ich war immer so. Ziemlich unkonventionell. Wahrscheinlich hätte ich sonst diesen ganzen Mist nie angerichtet.“

„Du wolltest mir davon erzählen“, sagte Gillian.

Er spielte mit ihren Haaren, betrachtete sie gedankenverloren. „Ja“, sagte er schließlich, „ich glaube, ich kann dir davon erzählen.“

Dann sprach er von dem Fehler, der sein Leben verändert hatte.

„Aber was sie mir später anhängen wollten, die sexuelle Nötigung, das stimmte einfach nicht. Wir hatten eine Affäre. Sie wollte diese Affäre genauso wie ich. Ihre Signale waren eindeutig. Es war natürlich vollkommener Schwachsinn von mir, darauf einzusteigen.“

„Wie lange ging die Affäre?“

„Vier Monate etwa.“

„Wie alt warst du?“

„Ich war siebenunddreißig. Sie war einundzwanzig. Ich dachte … na ja, ich dachte, wir haben einfach Spaß zusammen, irgendwann trifft sie jemanden, der altersmäßig besser zu ihr passt, der sie heiratet … Ich habe einfach den Augenblick genossen.“

„Wann kippte das alles?“

Er lächelte bitter. „Als sie durch eine der Prüfungen fiel. Sie versiebte eine besonders wichtige Arbeit. Danach drehte sie komplett durch. Sie beschwor mich, ich müsste diese Sache aus dem Weg räumen. Mit dem Prüfer sprechen, ihn bewegen, sie durchkommen zu lassen."

Gillian schüttelte den Kopf. „Das konntest du nicht."

„Natürlich nicht. Selbst wenn ich gewollt hätte: So funktionieren die Dinge nicht. Ich habe ihr das auch erklärt. Aber sie war wie von Sinnen. Drohte, unser Verhältnis im ganzen Yard bekannt zu machen, wenn ich mich nicht für sie einsetzte. Ich konnte ihrem Wunsch trotzdem nicht entsprechen. Ich hatte ganz einfach nicht die Möglichkeit."

„Und wie kam es zu der Nötigung?"

„Es hat keine Nötigung gegeben", stellte John klar. „Ich wollte schließlich das Verhältnis beenden. Es hatte ja auch einfach keinen Sinn mehr. Unglücklicherweise war ich blöd genug, noch einmal mit ihr zu schlafen. Während ich eigentlich gerade mit ihr Schluss machte. Es war eine verworrene Situation, ich weiß auch nicht, wieso ich das tat."

„Vermutlich weil sie eine ganz schön aufregende junge Frau war", meinte Gillian sachlich.

Er seufzte. „Ja. Da hast du recht. Auf jeden Fall begriff sie dann, dass es trotzdem zwischen uns zu Ende war. Und da wurde sie völlig hysterisch. Behauptete auf einmal, diesen letzten sexuellen Verkehr nicht gewollt zu haben. Schrie Vergewaltigung und rannte zu meinem Vorgesetzten. Es kam zu einem Ermittlungsverfahren. Der Fall ging schließlich sogar an die Staatsanwaltschaft."

„Und du hast ziemlich in der Tinte gesessen!"

„Das kann man wohl sagen. Dass wir Geschlechtsverkehr hatten, habe ich keineswegs abgestritten. Ich blieb nur dabei, dass alles einvernehmlich geschehen sei. Sie hatte sich selbst Verletzungen zugefügt und verhielt sich genau so, wie man sich eine traumatisierte Frau vorstellt. Dazu kam, dass ich ja in der Zeit ihres Praktikums sozusagen ihr Chef war. Indem ich etwas mit ihr anfing, hatte ich gegen jede Menge ungeschriebener Gesetze verstoßen. Ich wurde vorübergehend vom Dienst suspendiert."

„Aber du konntest deine Unschuld beweisen?"

„Nein. Beweisen kann man das in Geschichten wie dieser nicht. Zum Glück gab es mehrere medizinische Gutachten, in denen die Verletzungen an ihrem Körper mit größter Skepsis bedacht wurden. Außerdem hatte sie sich in Widersprüche verwickelt. Der Fall konnte die Beweisprüfung des Staatsanwalts nicht passieren. Es kam nicht zur Anklageerhebung."

„Trotzdem musstest du gehen?"

„Ich hätte bleiben können. Aber eines war klar: Für all das musste ich die Verantwortung übernehmen. Ich hätte nie ein Verhältnis mit ihr anfangen dürfen. Die Schuld lag bei mir. Ich habe dann ziemlich schnell meinen

Dienst quittiert. Ich wusste, die Geschichte würde mir für immer anhängen. Ich wollte raus, und bis heute bin ich froh über diese Entscheidung."

„Bist du das wirklich?"

„Definitiv – ja! Ich habe dann diesen Gebäude- und Personenschutzdienst gegründet, ich bin nun mein eigener Herr, und es ist genau die Art, wie ich leben möchte. Ich bin nicht dazu geschaffen, mich in einer Hierarchie nach oben zu dienen. Ich habe das spät erkannt, aber zum Glück nicht zu spät."

Sie musterte ihn aufmerksam, fragte sich, ob er wirklich fühlte, was er sagte, oder ob er sich die Dinge zurechtredete, um sie besser ertragen zu können. „Warum bist du überhaupt zur Polizei gegangen?", fragte sie.

„Idealismus", sagte er. „Ich wollte die Guten beschützen und die Bösen verfolgen. Das war es wohl am Anfang. Man verliert natürlich viel von dieser Einstellung, wenn man dem Beruf dann tatsächlich nachgeht, aber das ist wahrscheinlich immer so. In den meisten Berufen, meine ich."

„Die Kinder, die du trainierst …"

Jetzt lachte er. „Na gut. Das sind die Reste des Idealismus. Ich bin der festen Überzeugung, dass es gelingen muss, Kinder und Jugendliche von der Straße zu holen und ihre Energien in sinnvolle Bahnen zu lenken. Ich halte Sport für die beste Methode."

„Warum Southend? Warum so weit draußen?"

„Ich habe es zunächst in zwei Londoner Klubs versucht. Jedes Mal gab es Probleme, als man dort herausfand, dass ich früher bei Scotland Yard war und weshalb ich dort weggegangen bin. Schließlich beschloss ich, weiter fortzugehen. Und es ist gut, dass es so gekommen ist, oder?" Er zog Gillian in seine Arme. „Sonst hätte ich dich ja nicht kennengelernt. Und das", er fing an sie zu küssen, „wäre absolut schade."

Sie schliefen noch einmal miteinander, und es war schließlich ganz dunkel draußen und im Zimmer geworden, als sie sich voneinander lösten. Gillian glitt erneut in den Schlaf, ohne sich noch dagegen wehren zu können. Sie war sehr glücklich und sehr müde.

Als sie aufwachte, hatte sich nichts geändert. Im Licht der Straßenlaterne vor dem Fenster konnte sie den Schnee fallen sehen. Sie blickte auf ihre Uhr und erschrak: Es war halb neun. Spätestens um zehn würde Tom daheim aufkreuzen. Ihr blieben eineinhalb Stunden, um nach Hause zu kommen und gründlich zu duschen, und angesichts der Tatsache, dass es inzwischen seit etwa fünf Stunden ununterbrochen schneite, fragte sie sich beklommen, ob sich die Rückfahrt wohl schwierig gestalten würde.

Sie konnte Johns tiefe Atemzüge neben sich hören. Lautlos stand sie auf, schlüpfte in ihre Kleider, nahm ihre Handtasche. Auf Zehenspitzen verließ sie das Schlafzimmer. Auch auf dem Flur der Altbauwohnung gab es lediglich einen Kleiderhaken an der Wand, an dem ein paar Jacken hingen. Zuoberst befand sich Gillians Wintermantel. Darunter standen ihre Stiefel.

Sie zog sich gerade an, als John, ein Handtuch um die Hüften gebunden, neben ihr auftauchte. „Du willst schon gehen? Ich wollte noch etwas für uns kochen. Einen Wein mit dir trinken …"

Sie schüttelte den Kopf. „Mein Mann kommt bald nach Hause. Ich bin schon viel zu spät."

Er nahm ihr Gesicht zwischen beide Hände. „Wann sehen wir uns wieder?"

„Ich rufe dich an", sagte Gillian.

SIE KAM genau gleichzeitig mit Tom daheim an, nach einer albtraumhaften Fahrt. Schneeverwehungen, quer stehende Autos, immer wieder Staus. Sie hatte nahezu die ganze Zeit über geflucht, weil sie wusste, dass ihr Vorsprung gegenüber Tom zusammenschmolz, und weil sie sich fast panisch in dem Gedanken festgebissen hatte, unbedingt duschen zu müssen: Sie roch nach John. Sie roch nach Sex. Sie konnte Tom so nicht begegnen.

Als sie beide gleichzeitig, jeder aus einer anderen Richtung kommend, in die Einfahrt bogen, begriff Gillian, dass sie die Situation auf irgendeine Weise durchstehen musste.

Es war fast halb elf in der Nacht. Auch bei Tom war es später geworden.

„Wo kommst du denn her?", fragte er überrascht.

„Aus London", sagte sie wahrheitsgemäß. „Weihnachtseinkäufe." Ihr fiel ein, dass sie nicht eine einzige Tüte oder ein Paket dabeihatte. „Äh … ich habe allerdings nichts gefunden. War dann noch etwas essen. Ja, und dann der Schnee. Auf den Straßen geht es nur noch stockend voran."

„Was ist mit Becky?"

„Die übernachtet bei Darcy. Geburtstagsparty."

Sie brachten ihre Autos in die Garage, gingen dann ins Haus. Chuck kam ihnen maunzend entgegen. Der Anrufbeantworter piepte, ein Zeichen dafür, dass sich nicht abgehörte Nachrichten darauf befanden.

„Ich habe mich ziemlich aufgeregt auf der Fahrt", sagte Gillian, „und ich bin völlig verschwitzt. Ich springe mal schnell unter die Dusche."

Tom nickte zerstreut und betätigte die Wiedergabetaste des Anrufbeantworters. Es war nur eine einzige Mitteilung gespeichert.

Die Stimme, die durch den Raum klang, kannten sie beide nicht.

„Ja, also … hallo, hier spricht Samson Segal. Ich bin … ich wohne nur ein paar Häuser weiter. Am Ende der Straße. Ich … also, ich wollte sagen, Ihre Tochter ist bei mir. Weil sie nämlich nicht reinkam zu Hause, und sie war ziemlich verzweifelt, und da habe ich … sie mitgenommen. Sie können sie ja gern abholen.“ Er machte eine längere Pause. „Also … dann auf Wiedersehen.“ Wieder eine Pause. Gestresstes Atmen. Dann legte er auf.

„Was?“, fragte Tom fassungslos.

Gillian, die in ihrer Eile, ins Bad zu kommen, innegehalten hatte, wandte sich um. „Das gibt es doch nicht! Sie sollte doch bei Darcy übernachten!“

„Wieso geht sie mit einem wildfremden Mann nach Hause?!“, rief Tom erschrocken und wütend. „Wieso warst du nicht da?!“

„Und wieso warst du nicht da?!“, schrie Gillian.

„Ich war im Tennisklub. Ich hatte vorher gesagt, dass es spät wird!“

„Bei dir wird es immer spät! Wenn es danach ginge, könnte ich überhaupt nie mehr weg, weil ich hier ständig die Stellung halten muss.“

„Glaubst du, dass jetzt der richtige Moment ist, sich darüber auseinanderzusetzen?!“, fauchte Tom.

Gillian drängte kurzentschlossen an ihm vorbei zur Garderobe und nahm ihren Mantel. „Ich hole jetzt mein Kind ab!“

„Ich komme mit“, sagte Tom.

Wenige Minuten später klingelten sie an der Haustür der Familie Segal. Es dauerte nur Sekunden, bis ihnen geöffnet wurde. Samson Segal stand vor ihnen. „Ich … ich dachte mir, dass Sie es … sind“, stotterte er.

Tom schob sich sofort an ihm vorbei in den Hausflur. „Wo ist unsere Tochter?“

„S-Sie ist eingeschlafen. V-Vor dem Fernseher“, erläuterte Samson.

Ohne eine Aufforderung abzuwarten, ging Tom in Richtung der Stimmen, die nach einem laufenden Fernsehapparat klangen. Gillian lächelte Samson entschuldigend an und folgte ihrem Mann dann.

Im Wohnzimmer lief tatsächlich der Fernseher. Davor lag Becky auf einem Sofa und schlief. Auf dem Sessel daneben saß Gavin Segal und folgte gebannt der Dokumentation, die über den Bildschirm flimmerte. Eine Frau saß am Esstisch und lackierte sich die Fingernägel.

Gavin erhob sich sofort. „Mr Ward …“

„Wie kommt Becky hierher?“, fragte Tom scharf.

„Mein Bruder kam wohl heute Abend zufällig an Ihrem Haus vorbei, als sie dort stand, klingelte und bereits völlig in Tränen aufgelöst war“, erklärte Gavin. „Sie kam von einer Freundin, wenn ich das richtig verstanden habe, und niemand war zu Hause. Er wollte sie nicht einfach da im Schnee stehen lassen und nahm sie deshalb mit zu uns.“

„Ich habe ihm aber gleich gesagt, er muss bei Ihnen eine Nachricht hinterlassen“, sagte die Frau.

Becky schlug die Augen auf, sah ihre Eltern erstaunt an, sprang dann auf und stieß einen Jubelschrei aus. „Dad!“ Sie warf sich in seine Arme.

„Das war sehr nett von Ihnen, Mr Segal“, sagte Gillian zu Samson, der hinter ihr stehen geblieben war. „Meine Tochter sollte eigentlich bei ihrer Freundin übernachten. Sonst wäre natürlich einer von uns daheim gewesen.“

„Ich habe mich total mit Darcy zerstritten“, erklärte Becky, „und deshalb wollte ich dort nicht bleiben.“

„Weiß Darcys Mutter, dass du nach Hause gegangen bist?“, fragte Gillian.

„Ja. Ich habe es ihr gesagt.“

„Und da vergewissert sie sich nicht, dass wir auch daheim sind?“, fragte Tom entgeistert.

„Sie hat fünfzehn Kinder da, die alle bei ihr übernachten“, gab Gillian zu bedenken. „Vermutlich weiß sie kaum mehr, wo ihr der Kopf steht!“

„Trotzdem, es geht nicht, dass …“

Sie wünschte, Tom würde endlich aufhören, auf alles und jeden zu schimpfen. Sie fühlte sich ohnedies schlecht genug. *Meine Tochter kommt daheim nicht rein, weil ich mit meinem Liebhaber im Bett liege.*

„Ich habe mich gern um Becky gekümmert“, sagte Samson. „Ich … W-Wissen Sie, ich mag Kinder.“

„Ja, vielen Dank“, sagte Tom widerwillig.

„W-Wenn Sie mich mal brauchen … Ich hätte Zeit …“

„Mein Schwager ist arbeitslos“, warf die Frau spitz ein.

„Vielen Dank“, wiederholte Tom. Er wollte nach Hause. Er fand das alles schrecklich, das wusste Gillian: die etwas zu schrille Frau mit den dunkelroten Fingernägeln, den stotternden Samson Segal.

Auf dem kurzen Heimweg schwieg Tom verbissen. Erst später, nachdem Gillian Becky ins Bett gebracht und endlich geduscht hatte, meinte er plötzlich: „Ich mag den Kerl nicht. Meiner Ansicht nach ist bei dem mehr als eine Schraube locker.“

Er lag im Bett, hielt ein Buch in der Hand. Gillian stand mitten im Zimmer und kämmte ihre nassen Haare. „Wer?“

„Na, dieser Samson Segal. Der ist nicht ganz dicht.“

„Wieso? Er ist schüchtern und gehemmt, aber er ist sehr freundlich.“

„Er ist nicht normal“, beharrte Tom. „Er ist mindestens Mitte dreißig und wohnt bei Bruder und Schwägerin. Kriegt kein Wort raus, ohne seine Zunge dabei zu verknoten. Es gibt keine Frau in seinem Leben, und …“

„Woher willst du das wissen?“

„Das spüre ich. Der ist viel zu verklemmt für eine Frau. Ich frage mich, wo er sich schadlos hält. Womöglich an Kindern!“

Gillian schüttelte den Kopf. „Du benimmst dich unmöglich, Tom. Mr Segal hat genau das getan, was man als guter Nachbar tut: Er hat sich in einer Notsituation um eines unserer Familienmitglieder gekümmert. Ich bin froh, dass er im richtigen Moment zufällig vorbeikam."

„Genau", sagte Tom. Er setzte sich aufrecht hin. „Ich glaube, das genau ist es, was mich so irritiert: Wieso kam er schon wieder zufällig vorbei? Erinnerst du dich an vergangenen Samstag? Als wir aus dem Haus kamen. Da stand er auf dem Gehweg an unserem Gartenzaun. Was tat er da?"

„Keine Ahnung. Er ging spazieren, blieb vielleicht ab und zu stehen und schaute sich die Häuser an. Seine Schwägerin sagte doch, dass er arbeitslos ist. Er hängt halt den ganzen Tag hier in der Gegend herum, wahrscheinlich weil er nicht weiß, was er sonst tun soll."

„Er hängt vor allem vor unserem Haus herum!", sagte Tom.

„Weil du ihn einmal am Samstag gesehen hast?", fragte Gillian, aber sie konnte sich nicht gegen ein etwas beklommenes Gefühl wehren. Ihr fiel Taras letzter Besuch ein. Als sie Tara zum Abschied vor die Tür begleitet hatte, war Samson Segal gerade vorbeigegangen, und Tara hatte angemerkt, dass er ihr bei ihrer Ankunft auch schon aufgefallen war. Samson Segal kreuzte in den letzten Wochen tatsächlich auffällig oft die Wege der Familie Ward. Dennoch mochte es sich um Zufälle handeln.

Sie schlüpfte ins Bett, zog die Decke hoch. Übermäßig intensiv musste sie plötzlich an John denken. Es war erst ein paar Stunden her, seitdem sie mit ihm geschlafen hatte. Und jetzt lag sie wieder neben Tom und sie nörgelten einander an, weil der Abend einen ziemlichen Schrecken für sie bereitgehalten hatte. So fühlt es sich also an, wenn man in zwei Welten lebt, dachte Gillian, auf der einen Seite leidenschaftlicher Sex mit einem aufregenden und höchst undurchsichtigen Mann in einer praktisch leeren Londoner Mietwohnung. Und dann wieder das gepflegte Häuschen in Thorpe Bay, der übliche Ehezoff, die Sorgen um das Kind.

„Becky muss lernen, dass sie nicht einfach mit einem Fremden mitgehen darf", sagte Tom. „Ich dachte wirklich, das hätte sie längst begriffen!"

Gillian verdrehte die Augen. „Hat sie ja auch. Aber er ist ein Nachbar – ein entfernter Nachbar jedenfalls. Sie kennt ihn zumindest vom Sehen."

„Ja und? Wie oft sind es genau solche Nachbarn, mit denen Kinder vertrauensvoll mitgehen, und hinterher wird es ihnen zum Verhängnis."

„Ich werde morgen noch einmal sehr ausführlich mit ihr sprechen", sagte Gillian. *Und ich werde John nicht wiedersehen*, schwor sie sich, *eine solche Situation darf es nicht mehr geben.*

Montag, 21. Dezember

Nur noch wenige Tage bis Weihnachten", sagte Peter Fielder deprimiert, „und wir sitzen hier, haben ein zweites grauenhaftes Verbrechen und nicht einmal den Anflug einer Spur. Da draußen läuft ein Killer herum, der Frauen auf bestialische Weise tötet, und wir kommen einfach keinen Schritt an ihn heran."

Er saß in seinem Büro, wie immer in aller Herrgottsfrühe. Christy McMarrow war natürlich auch schon da. Sie saß ihm gegenüber, hatte Kaffee mitgebracht. Sie waren beide übermüdet, völlig erschöpft. Am späten Donnerstagnachmittag hatte ein Makler die Polizei hinaus in ein völlig abgeschieden gelegenes Haus hinter Tunbridge Wells gerufen, weil er im Badezimmer die Leiche einer Kundin vorgefunden hatte. Das tief im Rachen der Toten steckende Geschirrtuch hatte die am Tatort eingetroffenen Beamten dazu gebracht, sofort Detective Inspector Fielder von Scotland Yard zu verständigen. Zusammen mit Christy hatte er sich noch am Abend durch dichtes Schneetreiben in die Einöde gekämpft. Das Bild, das sie erwartete, war so aufwühlend wie das in Carla Roberts' Wohnung, hinzu kam aber noch die völlige Abgelegenheit des Hauses im Wald.

„Hier wird man ja verrückt", hatte Peter zu Christy gesagt, völlig fassungslos darüber, welch eigentümliche Orte sich manche Menschen aussuchten, um dort zu wohnen.

In den ersten Stunden war es Luke Palm gewesen, der Makler aus London, der ihnen wichtige Auskünfte über die Ermordete geben konnte. Er berichtete, was er von der Toten wusste: dass sie Anne Westley hieß, dass sie Ende sechzig war und seit drei Jahren verwitwet. Dass Anne die Abgeschiedenheit des Hauses nicht mehr ausgehalten und deshalb ihn, Luke Palm, mit dem Verkauf des Hauses beauftragt hatte. „Mrs Westley hat nicht erwähnt, dass sich irgendetwas Ungewöhnliches ereignet hatte? Etwas, was sie beunruhigte?"

„Davon sagte sie nichts."

„Weshalb wollte sie gerade jetzt hier weg? Kurz vor Weihnachten, mitten im Winter … Ist das ein typischer Zeitpunkt für Menschen, ihren Wohnsitz zu verändern?"

„Das ist eher untypisch", musste Luke Palm zugeben.

„Was nannte sie Ihnen als Grund?"

„Dass es ihr hier zu einsam sei. Es war ihr schon lange viel zu einsam."

„Sie nannte aber keinen konkreten Auslöser?"

„Nein."

„Die Kollegen hier aus dem Ort sagten mir, Sie seien Ihren Angaben zufolge letzte Woche, am zehnten Dezember, hier gewesen, um sich alles anzusehen. Und Sie meinen, das war der Tag, an dem sie ermordet wurde?“

„Der Kalender“, sagte Palm leise, „in der Küche. Der steht immer noch auf dem zehnten Dezember. Deshalb vermute ich das.“

An dieser Stelle war Christy McMarrow ins Zimmer gekommen und hatte Fielder nach oben gebeten. „Die Kollegen von der Spurensicherung“, sagte sie, „haben etwas gefunden.“

Oben stand ein Beamter vor der Badezimmertür und hielt ein durchsichtiges Tütchen in der Hand, in dem das Projektil einer Schusswaffe lag.

„Damit hat er offensichtlich die Tür geöffnet, hinter der sich das Opfer verbarrikadiert hatte. Er hat das Schloss kaputt geschossen.“

„Interessant.“ Fielder betrachtete das Projektil aus zusammengekniffenen Augen. „Am anderen Tatort wurde ja keine Spur einer Schusswaffe gefunden. Er sollte daraufhin aber noch einmal sehr genau untersucht werden.“

Das ganze Wochenende waren die Ermittlungen weitergelaufen. Anne Westley wurde in der Gerichtsmedizin obduziert. Die Ergebnisse lagen Christy an diesem Montagmorgen vor. Sie nahm einen Schluck Kaffee und sagte: „Die Rechtsmedizin bestätigt die Vermutungen des Maklers, was den Tatzeitpunkt angeht. Der zehnte Dezember erscheint als äußerst wahrscheinlich.“

„Woran ist sie gestorben?“, fragte Peter Fielder. „Ist sie auch an ihrem Erbrochenen erstickt?“

„Nein. Der Täter hat ihr das Tuch mit größter Brutalität immer wieder in den Rachen gestoßen, aber offenbar wurde kein Brechreiz ausgelöst. Er hat ihr schließlich die Nase mit Paketklebeband hermetisch verschlossen. Daraufhin ist sie dann erstickt.“

„Er hätte sie leicht erschießen können, wie wir jetzt wissen.“

„Das wäre ihm wahrscheinlich zu schnell gegangen.“

Fielder nickte. Er blickte auf seine Notizen. Anne hatte, ehe sie sich zur Ruhe setzte, als Kinderärztin in einer Praxisgemeinschaft in Kensington gearbeitet. Eigene Kinder hatte sie nicht. „Wir müssen uns in der Praxis umhören“, sagte Fielder, „ob es irgendwann einen Fall medizinischen Versagens gegeben hat, der Anne Westley angelastet wurde.“

„Sie meinen: rachsüchtige Eltern?“, fragte Christy. „Wie verträgt sich das mit Carla Roberts?“

„Kaum. Ich will es auch nur ausschließen. Wir gehen also beide davon aus, dass es sich um jeweils denselben Täter handelt?“

„Da wir die Geschichte mit dem Geschirrtuch absolut vertraulich behandelt haben, kommt ein Nachahmungstäter nicht infrage. Beide Fälle tragen deutlich dieselbe Handschrift.“

Fielder schaute wieder auf seine Notizen. „Wo liegen die Schnittpunkte? Oder der eine Schnittpunkt? Zwischen Carla Roberts und Anne Westley?"

„Auf den ersten Blick haben sie vor allem ihre Einsamkeit gemeinsam", sagte Christy. „Beide lebten sehr abgeschieden und allein."

„Das ist aber auch schon alles."

„Es ist viel. Wenn man in Erwägung zieht, dass es vielleicht doch das ist, was den Täter anzieht: einfach nur die Gelegenheit. Egal welche Frau mit welchem Schicksal und mit welcher Geschichte dahintersteht."

„Na schön", sagte Fielder, „das Prinzip Zufall. Das könnte mir im Fall Westley einleuchten. Ein Psychopath, der sich in den Wäldern herumtreibt und auf Beute lauert. Er kann leicht herausgefunden haben, dass hier eine Frau ganz allein lebt und dass niemand regelmäßig vorbeikommt. Aber wie ist er auf die spezielle Situation von Carla Roberts aufmerksam geworden? Nein, da muss noch etwas anderes sein. Etwas, was Westley und Roberts verbindet, jenseits ihrer beider Einsamkeit."

„Es ist nicht völlig ausgeschlossen, dass die beiden Frauen sich kannten. Beispielsweise ist es auch denkbar, dass Dr. Westley früher die Kinderärztin von Keira Jones, Carlas Tochter, war. Das lässt sich leicht feststellen."

„Ja. Anderes wird schwieriger."

„Es liegt eine Heidenarbeit vor uns."

Montag, 21. Dezember, 22.05 Uhr

Gillian Ward ist um nichts besser als Michelle Brown. Beide sind sie undankbar, hochnäsig und eingebildet, und sie haben schlechte Manieren. Der einen habe ich den Hund zurückgebracht, der ihr Lebensinhalt zu sein scheint. Und bei der anderen habe ich mich sogar um ihr Kind gekümmert. Ihr einziges Kind! Und was bekomme ich dafür? Ein lauwarmes Dankeschön, und das war es dann! Irgendwie kam sie mir fast misstrauisch vor. Als ob ich die Kleine aus irgendwelchen niedrigen Beweggründen heraus mitgenommen hätte!

Ihr Mann war noch schlimmer. Thomas Ward, der absolut unsympathischste Typ aller Zeiten. Kam hier am letzten Donnerstag hereingestürmt, als starte er einen Angriff auf ein Terroristenquartier. Hätte am liebsten wortlos seine Tochter an sich gerissen und wäre wieder verschwunden. Ich weiß genau, dass er dachte, ich sei ein Kinderschänder. Zum Lachen, wenn es sich nicht so demütigend anfühlen würde.

Aber besonders von Gillian bin ich tief enttäuscht. Irgendwie hatte ich gedacht, sie käme vielleicht noch mal vorbei. Wenn nicht am nächsten Tag oder am Wochenende, dann zumindest heute. Um sich noch mal zu bedanken oder um sich für das Verhalten ihres Mannes zu entschuldigen. Aber nichts. Sie kennt mich mal wieder nicht.

Frauen nehmen mich nicht wahr. Egal was ich für sie tue. Bei Gillian dachte ich, sie sei vielleicht anders. Aber im Grunde behandelt auch sie mich wie Dreck. Ich darf den Hass nicht zu groß werden lassen. Hass vernichtet. Auch den, der ihn empfindet.

Donnerstag, 24. Dezember

Millie blickte aus dem Fenster der Gästetoilette im Erdgeschoss, das zur Straße hinausführte. Sie sah Samson, der gerade das Haus verlassen hatte. Er hatte gesagt, er wolle in die Stadt, um letzte Geschenke zu besorgen. Wie üblich traute ihm Millie nicht. Inzwischen war sie davon überzeugt, dass er nicht auf Arbeitssuche ging, wenn er morgens das Haus verließ, und was immer er in all den Stunden tat, ehe er abends wieder aufkreuzte – es konnte nichts Gutes sein.

Samson war jetzt um die Ecke verschwunden. Millie spürte heftiges Herzklopfen, sagte sich aber, dass die Gelegenheit günstig war. Samson für Stunden unterwegs. Gavin hatte Dienst bis zum frühen Nachmittag. Ihr selbst war es gelungen, sich von heute an drei Tage Urlaub freizuschaufeln.

Sie huschte die Treppe hinauf, öffnete Samsons Zimmertür und trat ein. Aufgeräumt wie immer. Nirgends ein Staubkorn. Sie schaltete den Computer ein. Während er hochfuhr, sah sie aus dem Fenster. Sie bekamen nun wirklich eine weiße Weihnacht. Draußen war niemand zu sehen.

Sie wandte sich wieder dem Computer zu, gab das Passwort ein, hielt den Atem an. Mit dem Zauberwort *Hannah* öffnete sich der Bildschirm.

Millie setzte sich, legte die Hand um die Maus. Konzentriert navigierte sie sich durch die Programme. „Komm schon, komm schon“, murmelte sie.

Es gab hier etwas von Belang. Es musste etwas geben.

Zehn Minuten später hatte sie es. Die Datei trug den Namen *Tagebuch*.

Sie öffnete sie, starrte auf den Bildschirm und las und las.

Und wusste kurz darauf, dass sich ihre Suche gelohnt hatte. Samson war verrückt. Er war wahrscheinlich sogar gefährlich. Dafür hatte sie jetzt den Beweis, und nicht einmal Gavin würde die Tatsachen leugnen können.

DAS HAUS war kalt und roch bereits modrig. Seit einer Woche stand es leer. Davor hatte seine Bewohnerin eine Woche lang tot im Badezimmer gelegen. Durch die offene Küchentür waren Kälte und Feuchtigkeit eingedrungen.

Fielder und Christy waren erneut hinaus nach Tunbridge Wells gefahren.

„Okay“, sagte Fielder, „ich wollte mir das Atelier noch einmal ansehen.“

Sie stiegen die Treppe hinauf. Noch immer gab es keinen greifbaren Anhaltspunkt, nichts, was sie einer Erkenntnis hätte näherkommen lassen.

Christy war in der Praxis gewesen, in der Anne Westley bis vor dreieinhalb Jahren gearbeitet hatte, hatte jedoch nichts in Erfahrung bringen können, was darauf hindeutete, dass es irgendwann einmal einen Skandal um einen Kunstfehler gegeben hatte. Christy hatte auch akribisch die alten Patientenkarteien durchsucht. Eine Keira Roberts gab es dort nicht.

Das Atelier unter dem Dach war der hellste Raum im ganzen Haus, die Fenster in drei großen Dachgauben waren nach Süden hin ausgerichtet. Im Zimmer standen mehrere Staffeleien verteilt, und überall lehnten fertige oder halb fertige Bilder. Es dominierten helle, leuchtende Farben und Bilder, die Blumen und Landschaften zeigten.

„Ausgesprochen fröhliche Bilder“, stellte Christy nach einem ersten Blick in die Runde fest, „allerdings nicht so ganz mein Geschmack.“

„Hm“, machte Fielder. Langsam ging er von Bild zu Bild.

„Meinen Sie, wir finden hier etwas?“, fragte Christy zweifelnd.

„Ich weiß nicht. Aber ich denke, ich kann Anne Westley so etwas näherkommen. Die Bilder sind ein Teil von ihr.“

Fielder blieb stehen. Er zog eine Decke von einer Staffelei und betrachtete das Bild, das sich darunter verbarg. „Hier ist etwas“, sagte er, „das nicht ganz so lebenslustig wirkt!“

Christy trat näher. Das Bild sah tatsächlich völlig anders aus als alles, was sich sonst in diesem Atelier befand. Ein schwarzer Hintergrund. Zwei Lichtkegel. Ein flirrender Strahl aus Scheinwerfern. Das Bild wirkte hingefetzt, die Leinwand schien geradezu zornig mit dem Pinsel bearbeitet worden zu sein. Ein Bild, das Wut auszudrücken schien. Und Angst.

„Was stellt das hier dar, Sergeant – ganz spontan gesagt?“, fragte Fielder.

Christy überlegte nicht lange. „Autoscheinwerfer. In der Nacht.“

Er nickte, kniff dann die Augen zusammen. „Auf mich wirkt das Bild so, als schaue man auf ein Abbild des Lichts. Vielleicht das Licht von Autoscheinwerfern, das über eine Wand gleitet?“

„Ich verstehe nicht, was …“

„Ich auch nicht. Es kann auch ganz unerheblich sein. Aber das Bild unterscheidet sich deutlich von allem, was wir hier sonst sehen. Und es war noch dazu abgedeckt. So als habe Anne Westley es selbst nicht gern betrachtet.“

Christy gab ihm recht, dennoch wandte sie ein: „Sir – wir bewegen uns vollkommen im Bereich des Spekulativen. Wir wissen nicht, ob –“

Er unterbrach sie ungeduldig. „Stimmt. Wir wissen nichts. Aber wir müssen irgendwo ansetzen. Bei diesem Bild springt mich etwas an, und zwar das Gefühl von Angst. Anne Westley hatte Angst vor irgendetwas oder irgendjemandem. Und das erinnert mich an Carla Roberts. Sie hatte auch Angst. Hier sehe ich eine Gemeinsamkeit, und deshalb ist es wichtig."

„Aber bringt es uns weiter?"

Er musterte noch immer das Bild. „Keine Ahnung. Aber wenn Sie mich fragen, Anne Westley hat gewusst, dass sie in Gefahr war. Deshalb wollte sie auch Hals über Kopf zwei Wochen vor Weihnachten ihr Haus verkaufen. Der Täter bewegte sich vielleicht bereits über einen langen Zeitraum in ihrer Nähe. Und sie hatte ihn bemerkt."

„Und jetzt?", fragte Christy.

Er antwortete nicht. Sie gingen wieder hinunter. „Ich werde ein oder zwei Leute abstellen, die sich im Umfeld des verstorbenen Professor Westley umsehen", sagte Fielder, als sie unten angekommen waren. „Obwohl ich mir nicht viel davon verspreche. Denn wenn es ein persönlicher Racheakt war, der hier verübt wurde, passt Carla Roberts nicht dazu. Es muss uns gelingen, eine Verbindung zwischen den beiden Frauen herzustellen."

Dienstag, 29. Dezember

Gillian hatte die Weihnachtstage als schwierig empfunden, jedoch versucht, das Beste daraus zu machen. Sie und Tom wollten eigentlich mit Becky zum Schlittenfahren gehen, aber bereits am Weihnachtsmorgen hatte ihre Tochter über Halsschmerzen geklagt, und bis zum frühen Nachmittag hatte sie Fieber bekommen. Sie lag zwei Tage lang im Bett und musste auch danach noch im Haus bleiben. Die obligatorische Reise zu ihren Großeltern nach Norwich wurde abgesagt, und nachdem Becky zuvor herumgemeckert hatte, weil sie sich für Ferien bei den Großeltern eigentlich zu alt fühlte, fing sie nun an zu weinen wie ein kleines Kind. Ihre Laune sank auf den Nullpunkt. Gillian und Tom taten ihr Bestes, kochten abends mit ihr zusammen und spielten Karten mit ihr. Die elektrischen Kerzen am Weihnachtsbaum tauchten das Zimmer in ein warmes Licht. Es war das Bild einer kleinen, glücklichen Familie, und doch wusste Gillian die ganze Zeit über, dass es ein falsches Bild war. Tom wollte eigentlich in sein Büro, weil dort noch Arbeit liegen geblieben war. Weihnachten mit seinem Anspruch auf Besinnlichkeit und Ruhe bedeutete für ihn beinahe unerträgliche Stagnation.

Und Gillian sehnte sich … nach John. Sie hatte sich geschworen, ihn nicht mehr wiederzusehen, aber sie vermisste schmerzlich die Gefühle, die er in ihr auslöste. Sie hatte lange mit Tara telefoniert, gleich am Tag nachdem sie bei John gewesen war. Tara hatte die Affäre mit keinem Wort verurteilt, aber Gillian konnte doch zwischen den Zeilen heraushören, dass die Freundin in der Beziehung zu einem anderen Mann nicht die Lösung von Gillians Problemen sah. Und vielleicht hatte sie damit recht.

Zwei Tage vor Silvester beschloss sie, John aufzusuchen. Sie würde nicht wieder mit ihm ins Bett gehen, aber sie wollte ihn sehen. Einfach nur sehen.

Sie sagte Tom, dass sie Tara besuchen wollte. Er reagierte etwas unwirsch. „Schon wieder! Du hast sie doch gerade erst vor Weihnachten gesehen."

„Vor drei Wochen! Du kannst wirklich nicht behaupten, dass wir uns sehr oft treffen."

„Ich wollte eigentlich für ein paar Stunden ins Büro …"

„Becky hat noch leichtes Fieber. Ich möchte nicht, dass sie allein bleibt."

Tom seufzte. „Wenn nur nicht so viel Arbeit warten würde. Jetzt ist eine gute Zeit, Liegengebliebenes zu erledigen."

„Nur heute, Tom. Schenk mir diesen Nachmittag. Bitte. Falls Becky kein Fieber mehr hat, fahren wir dann morgen gemeinsam nach London und arbeiten den ganzen Tag. Okay?"

„Meinetwegen. Aber sei bitte um sieben Uhr hier, du weißt …"

Sie unterbrach ihn. „Ich weiß. Glaub nicht, dass ich das jemals vergesse. Dienstag. Klubabend!"

Sie kam gegen vier Uhr vor Johns Haus in Paddington an, fand sogar einen Parkplatz in annehmbarer Nähe. Sie klingelte an der Eingangstür, aber nichts rührte sich. Sie klingelte noch einmal, trat einen Schritt zurück, blickte an der Fassade hinauf. Hinter den Fenstern, die zu Johns Wohnung gehörten, lag Dunkelheit. Er schien tatsächlich nicht daheim zu sein.

Sie war ein Idiot. Hatte die Möglichkeit einfach nicht einkalkuliert, dass er vielleicht nicht zu Hause war. John führte einen Wachdienst. Er war ganz schlicht an diesem normalen Dienstagnachmittag bei seiner Arbeit. Und sie hatte sich die Stunden gestohlen, hatte Tom belogen und war hierhergefahren, alles umsonst.

Langsam ging sie zu ihrem Auto zurück. Es war ihr ein unerträglicher Gedanke, einfach zurückzufahren. Ein wenig Zeit blieb ihr noch. Von ihrem Parkplatz aus hatte sie den Eingang zu Johns Haus im Blick.

Sie setzte sich ins Auto, vergrub sich tief in ihren Mantel, versuchte die Kälte zu ignorieren. Es wurde rasch dunkel draußen.

Sie fragte sich, ob sich ein Leben mit John anders anfühlen würde als das Leben mit Tom. Ob es sich dauerhaft anders anfühlen würde. In dieser

Straße. In der kaum eingerichteten Wohnung. Warum legte ein Mann einfach eine Matratze zum Schlafen auf den Boden? Warum diese völlig reduzierte Form? Und keine Frau in seinem Leben, keine Kinder. Nichts davon auch in seiner Vergangenheit. Affären, aber nichts Verbindliches.

Wieder schaute sie zu seinen dunklen Fenstern hinauf. Er ließ sich auf nichts ein. Nicht auf eine Ehe, nicht auf eine Lebenspartnerschaft. Nicht einmal auf anständige Möbel. So wie er lebte, konnte er zu jeder Sekunde aufstehen und gehen. Auf keinen Fall, dachte sie, darf man sich als Frau gefühlsmäßig auf diesen Mann einlassen. Jedenfalls nicht, wenn man nicht ausgesprochen schmerzhaft am Ende auf die Nase fallen möchte.

Um zwanzig nach sechs wusste sie, dass sie dringend eine Entscheidung treffen musste. Tom verließ sich darauf, dass sie um sieben Uhr die kranke Becky übernahm. Außerdem war sie inzwischen schrecklich durchgefroren. Sie stieg aus, ging unschlüssig die Straße entlang. Sie hoffte immer noch, er werde plötzlich auftauchen.

Am Ende der Straße angelangt, blieb sie stehen. Direkt neben ihr befand sich ein Lokal. Indisch. Sich da hineinzusetzen bedeutete, nicht sofort den Heimweg antreten zu müssen. Soll Tom eben eine Stunde später in den Klub gehen, dachte sie und stieß entschlossen die Tür auf.

Der indische Wirt hinter dem Tresen musterte sie. „Sie sehen aber ganz schön verfroren aus!“

„Ja.“ Sie schälte sich aus ihrem Mantel.

„Also“, meinte der Wirt, „ich würde Ihnen erst einmal zu einem Schnaps raten. Und ich habe heute eine schöne heiße Suppe. Würde Ihnen guttun.“

Sie ließ sich auf einen Stuhl fallen. Es war überraschend angenehm, allein in einem fast leeren Restaurant zu sitzen, wie sie feststellte. Sie konnte sich der Wärme hingeben, essen, trinken oder einfach nur die Wand anschauen. Es wurde nichts von ihr erwartet. Vielleicht lag darin das gute Gefühl.

Der Wirt brachte den Schnaps und einen Teller mit dampfender Suppe. „Dann lassen Sie es sich mal schmecken“, sagte er nur und zog sich wieder hinter seinen Tresen zurück.

Die Suppe war scharf und sehr heiß und weckte Gillians Lebensgeister. Als sie fertig war, bestellte sie eine Flasche Mineralwasser und nahm sich eine Zeitung von einem zur Selbstbedienung ausliegenden Stapel. Sieben Uhr vorbei. Halb acht vorbei. Acht Uhr vorbei.

Seltsam, wie leicht sie sich fühlte. Einfach nur dadurch, dass sie sich die Freiheit nahm, die Erwartungen, die andere an sie richteten, zu ignorieren.

Die Uhr ging auf halb neun. Gillian fühlte sich gut, obwohl sie wusste, dass ein wahrscheinlich ziemlich wütender Tom daheim auf sie wartete und dass es mit ihm unweigerlich zu einem Streit kommen würde. Sie begriff, diesmal wollte sie unter allen Umständen den Streit. Sie war sogar entschlossen, Tom von John zu erzählen. Wie würde er reagieren? Fassungslos? Aggressiv? Vielleicht wollte sie das Ende ihrer Ehe.

Obwohl sie mit sich im Einklang war, wurde sie doch die ganze Zeit über das Empfinden nicht los, dass irgendetwas nicht stimmte. Etwas an der Situation irritierte sie, aber sie wusste nicht, was es war.

Um zwanzig vor neun stand sie auf, zog ihren Mantel an, ging zum Tresen und bezahlte ihre Rechnung. Sie trat auf die Straße. Es war kalt, neuer Schneefall hatte eingesetzt. Während sie zu ihrem Auto ging, suchte sie in ihrer Handtasche nach dem Schlüssel. Dabei stieß sie plötzlich gegen ihr Handy, blieb stehen. Schlagartig wusste sie, was sie untergründig die ganze Zeit über gestört hatte: das Handy. Es hatte nicht ein einziges Mal geklingelt. Dabei wäre zu erwarten gewesen, dass spätestens ab Viertel nach sieben Tom im Fünfminutentakt bei ihr anrief, um zu fragen, wo sie blieb. Weil er wegwollte. Aber auch weil er sich Sorgen machte.

Sie nahm es aus der Tasche, vergewisserte sich, dass es eingeschaltet war. Sie schaute auf das Display. Nicht ein einziger Anruf in Abwesenheit. Plötzlich sehr unruhig beschleunigte sie ihren Schritt. War Tom so wütend, dass er nicht einmal anrief? Es passte nicht zu ihm.

Sie bog um Viertel vor zehn in die Einfahrt zu Hause ein. Im Erkerfenster des Wohnzimmers, das zum Vorgarten hinausging, brannte Licht.

Sie stieg aus, verschloss das Auto. Ihr war sehr beklommen zumute. Sie hatte sich so stark gefühlt, als sie in London in der Gaststätte gesessen und ihr Leben mit Tom infrage gestellt hatte, aber nun, da sie ihrem Mann gleich würde gegenübertreten müssen, hatte sie weiche Knie bekommen.

Sie schloss die Haustür auf. Auch der Eingangsflur war hell erleuchtet.

„Hallo?!“, rief sie halblaut. Niemand antwortete.

Er sitzt im Wohnzimmer, hat sich ein paar Schnäpse reingekippt und macht mir jetzt gleich eine furchtbare Szene, dachte sie unbehaglich.

„Tom? Bist du da?“

Immer noch erhielt sie keine Antwort. Sie spähte ins Wohnzimmer. Es war leer. Sie hängte ihren Mantel an die Garderobe, zog ihre Stiefel aus. Auf Strümpfen ging sie in die Küche. Die Gartentür stand offen. Es war eiskalt im Raum. Auf der Arbeitsplatte stand ein Teller mit belegten Broten, daneben lagen ein Messer und eine aufgeschnittene Tomate. Es sah aus, als sei Tom dabei gewesen, für sich und Becky ein Abendessen vorzubereiten, und als sei er dabei völlig unerwartet unterbrochen worden. Und dann hatte niemand etwas gegessen und getrunken. Hatte er plötzlich beschlossen, alles stehen und liegen zu lassen und im Klub zu essen? Und Becky mitzunehmen? Die dafür eigentlich noch zu krank war.

Gillian verließ die Küche und betrat das danebenliegende Esszimmer.

Sie sah die Gestalt, die zusammengebrochen halb auf einem der Stühle am Tisch und halb auf dem Fußboden lag. Sie sah, dass es Tom war. Es war Tom, der über dem Stuhl lag, das Gesicht auf das Sitzkissen gedrückt, die Beine auf eine unnatürliche Art von sich gespreizt. Sie bewegte sich wie in Zeitlupe auf ihn zu.

Ein Infarkt. Er hatte einen Herzinfarkt erlitten. Während er das Abendessen zubereitete. Ein würgender Laut kam aus ihrer Kehle. Großer Gott, warum gerade so? Sie fuhr los, um sich mit ihrem Liebhaber zu treffen, und Tom erlitt ein schreckliches Schicksal. Allein. Ohne Hilfe.

Wo war Becky? Sie schob sich am Tisch vorbei und beugte sich über Tom. *Lieber Gott, lass ihn noch leben.*

Vorsichtig versuchte sie, ihn umzudrehen und dabei sacht auf den Teppich hinuntergleiten zu lassen. Er war schwer, fast zu schwer für sie.

„Tom“, flüsterte sie, verzweifelt und entsetzt, fassungslos. „Tom, bitte sag etwas. Tom! Ich bin es. Gillian. Tom, bitte dreh dich um!“

Sie legte die Hand auf seinen Kopf, tastete mit den Fingern zum Gesicht hin. Hatte plötzlich nasse Finger, zog sie zurück und betrachtete sie ungläubig. Sank auf die Knie. Ihre ganze Hand war voller Blut.

Er konnte sich den Kopf kaum an dem Kissen verletzt haben, in das sich sein Gesicht presste. Er war vorher aufgeschlagen, hatte sich wieder hochgerappelt, hatte es bis zum Tisch geschafft, dort hatten seine Beine versagt … Irgendwo musste Blut im Zimmer sein, am Kaminsims vielleicht oder am Türpfosten. Sie sah sich hektisch um. Konnte die Stelle, an der er aufgeschlagen sein musste, nicht entdecken.

Wo war Becky? Becky musste doch gemerkt haben, dass etwas nicht stimmte. Irgendwann musste sie hinuntergegangen sein und nachgesehen haben, weshalb ihr Vater sie nicht zum Abendessen rief. Sie musste ihn gefunden haben. Was tat ein zwölfjähriges Mädchen dann? Es lief los, holte Hilfe bei den Nachbarn. Längst hätte ein Notarzt da sein müssen, ein Krankenwagen. Wie konnte Tom hier einfach so liegen? Vielleicht seit Stunden.

Wieso stand die Tür zum Garten in der Küche sperrangelweit offen?

Ihr kam ein neuer Gedanke, einer, der die Szenerie in ein völlig anderes Licht tauchte. Sie sprang auf. *Wo war Becky?* Sie lief aus dem Zimmer, jagte die Treppe hinauf. Auch hier oben brannten alle Lichter. „Becky!!“ Sie brüllte den Namen ihrer Tochter. „Becky! Wo bist du?“

Beckys Zimmer war leer. Die Schranktür war offen, die meisten Pullover, Röcke und Jeans waren auf dem Boden ausgebreitet, in wilder Hast, wie es schien, aus ihren Fächern gerissen. Gillian schlug die Bettdecke zurück, spähte dann unter das Bett. Nichts. Keine Spur von Becky.

Sie schluchzte, ohne es zu merken. Ihr Mann lag tot unten im Wohnzimmer, er war möglicherweise von einem Einbrecher ermordet worden, und ihr Kind war wie vom Erdboden verschluckt. Sie lief in das Nebenzimmer, das Schlafzimmer von Tom und ihr. Auch hier brannten alle Lichter, standen die Türen des Kleiderschranks offen, aber der Raum war leer. Wieso war Licht im Bad? Wieso im Gästezimmer? Sie rannte in jeden dieser Räume, alles war hell, aber alles war leer. Keine Spur von Becky.

Immer zwei Stufen auf einmal nehmend, stürzte sie die Treppe zum Dachboden hinauf. Selbst hier brannte die Deckenleuchte.

Gillian atmete schwer. „Becky! Becky, bitte, wo bist du?"

Sie wollte schon wieder hinunterlaufen, aber in diesem Moment vernahm sie ein Geräusch. Es schien aus der nebenan gelegenen Abstellkammer zu kommen. Sie fuhr herum. „Becky?"

Deutlich vernahm sie jetzt ein Schluchzen. „Mummy!"

Sie war wie der Blitz in dem Gerümpelraum. Koffer und Reisetaschen stapelten sich hier, alte Kisten und Kartons, ausrangiertes Spielzeug. Die Kammer war völlig unübersichtlich. „Becky?", fragte Gillian ängstlich.

Der Deckel eines großen Koffers hob sich ein Stück. Beckys Gesicht tauchte auf. Die Augen waren rot und geschwollen vom Weinen, die Haut bleich und mit roten Flecken übersät. „Mummy!"

Gillian stolperte über das Chaos zu ihren Füßen hin zu ihrer Tochter, kniete neben dem Koffer nieder, klappte den Deckel zurück und schlang beide Arme um Becky. „Becky! Um Himmels willen … was ist passiert?"

Becky versuchte sich aufzurichten, fiel aber mit einem Aufstöhnen in sich zusammen. „Mummy, meine Beine! Meine Beine tun so schrecklich weh!"

Gillian massierte die Beine ihres Kindes. Becky musste in einer völlig verdrehten Haltung in dem Koffer gelegen haben, und das möglicherweise über mehrere Stunden. „Das wird wieder, Schatz. Was ist passiert?"

Becky sah sich aus riesigen, grauenerfüllten Augen um. „Ist er noch da?"

„Wer?"

„Der Mann. Er hat irgendetwas Schlimmes mit Papa gemacht, und dann hat er das ganze Haus nach mir abgesucht. Vielleicht ist er noch irgendwo."

„Ich glaube nicht. Wer war das?"

„Ich weiß nicht. Ich weiß nicht!"

Gillian zog Becky in die Höhe. „Geht es? Kannst du laufen?"

Becky unterdrückte einen Jammerlaut. „Ja. Es ... geht schon." Mit schmerzverzerrtem Gesicht stützte sie sich auf Gillian. Irgendwie erreichten sie die Tür. Becky schrak vor dem gleißend hellen Licht im Treppenhaus zurück. „Bist du sicher, dass er nicht mehr da ist?", flüsterte sie.

„Ich bin ja durch das ganze Haus gelaufen. Da ist niemand", antwortete Gillian ruhiger, als sie sich fühlte. Sie war nicht im Keller gewesen.

Sie humpelten die Treppe hinunter. „Ich muss die Polizei anrufen, Becky", erklärte Gillian. „Und den Notarzt. Bitte warte in deinem Zimmer! Und schließ ab!"

„Mum ..."

„Bitte! Tu, was ich sage, Becky!" Sie machte sich von ihrer Tochter los. Es war klar, dass Becky drauf und dran war, hysterisch zu werden, und vorher musste Gillian sie in Sicherheit bringen und die Polizei verständigen.

Becky sah ihre Mutter an. „Wo warst du, Mummy? Wo warst du denn bloß den ganzen Abend?"

Gillian gab ihr keine Antwort.

Donnerstag, 31. Dezember

Er war außer Atem, als er vor der Haustür ankam, obwohl er sich bemüht hatte, ganz normal zu laufen. Er hatte Angst gehabt, am Ende einer Polizeistreife aufzufallen, wenn er wie ein Verrückter durch die Nacht jagte. Er wusste nicht, wie schnell die Mühlen mahlten. Hatte jeder Polizist bereits ein Foto und eine Beschreibung von ihm vorliegen?

Er wischte sich mit der Hand über die Stirn, stellte erstaunt fest, dass sein Gesicht klatschnass war. Und das in dieser kalten Nacht, fast zehn Grad unter dem Gefrierpunkt. Es war halb elf, noch eineinhalb Stunden bis Mitternacht. Aber überall in der Stadt gingen bereits Raketen hoch und sprühten ihre bunten Muster in den dunklen Himmel. Vereinzelt zogen Gruppen fröhlicher Menschen, zum Teil schon ziemlich alkoholisiert, durch die Straßen.

Er blickte an der Fassade hinauf. Ein Mehrfamilienhaus im Stadtzentrum von Southend. Er hoffte, dass Bartek daheim war. Und dass die Partygeräusche, die bis hinunter auf die Straße drangen, nicht aus seiner Wohnung kamen. Was, wenn da oben jetzt dreißig Menschen in Feierlaune herumsaßen? Er zögerte, aber er drückte schließlich doch die Klingel. Er hatte keine Wahl. Er brauchte ein Versteck, und wenn er sich im Freien eines suchte, würde er in dieser eisigen Nacht erfrieren.

Es dauerte eine ganze Weile, bis der Öffner summte. Samson stemmte die Tür auf und machte sich an den Aufstieg in die zweite Etage. Auf dem

Treppenabsatz vor seiner Wohnung stand Bartek und spähte hinunter. Hinter ihm drangen Stimmengewirr und Tanzmusik durch die Tür.

Bartek wirkte verlegen, als er den späten Gast erkannte. „Oh, Samson, wie schön, dass du vorbeikommst!“, sagte er gedehnt. „Wir haben ein paar Gäste und … na ja, ich wollte dich eigentlich auch einladen, aber du gehst ja nicht so gern auf Partys, und da dachte ich, vielleicht …“

Samson erklomm die letzten Stufen. „Bartek, ich brauche Hilfe“, sagte er.

„Du siehst ja schrecklich aus“, stellte Bartek fest. Er zog die Tür hinter sich bis auf einen winzigen Spalt zu. „Was ist passiert?“

„Die Polizei ist hinter mir her“, sagte Samson. „Millie hat mich angezeigt. Und Gavin hat mich gewarnt. Und jetzt … weiß ich nicht, wohin ich gehen soll.“

„Großer Gott“, sagte Bartek. „Was heißt denn angezeigt? Wofür kann sie dich denn anzeigen?“

„Ich habe dir doch erzählt, dass ich … na ja, was ich so mache den ganzen Tag über …“

„Dass du … Frauen beobachtest?“

„Ich habe das ja alles aufgeschrieben“, erklärte er hastig, „meine Beobachtungen und Gedanken und so weiter, und ich habe alles im Computer gespeichert. Millie hat mir nachspioniert. Sie hat mein Passwort geknackt und alles gelesen und ausgedruckt, was sie gefunden hat, und für sie ist das alles der Beweis, dass ich gefährlich bin.“

Bartek schüttelte den Kopf. „Also, so ganz normal ist das ja auch nicht, was du da tust.“

„Vorgestern ist ein Mann ermordet worden. In unserer Straße. Erschossen. In seinem Esszimmer.“

„Ich habe davon gelesen“, sagte Bartek. „Aber wieso …?“

„Millie muss Gavin seitdem ständig in den Ohren gelegen haben, dass man mit meinen Aufzeichnungen zur Polizei gehen müsste, und er hat es ihr auszureden versucht. Trotzdem ist sie heute Morgen mit allem zum Polizeirevier marschiert und hat dort erklärt, dass sie mich für verdächtig hält.“

„Ja, aber ich glaube nicht, dass die Polizei deshalb …“, setzte Bartek an.

„Warte“, unterbrach ihn Samson. „Der Mann, der vor zwei Tagen umgebracht wurde … das ist der Ehemann dieser Frau, die mir so sehr gefällt. Ich habe dir doch von ihr erzählt. Diese Familie, weißt du, die ich am meisten und häufigsten … beobachtet habe. Und ich habe gegen diesen Mann ziemliche Hasstiraden losgelassen. In meinen Aufzeichnungen. Und nun ist er tot, und … na ja, die werden das seltsam finden bei der Polizei, dass ich die Familie … beobachtet habe …“

„Ich fasse es nicht“, sagte Bartek. „Meine Güte, ich habe dir doch gesagt, das ist nicht ganz dicht, was du da treibst! Du bist ganz sicher, dass deine Schwägerin mit den Aufzeichnungen zur Polizei gegangen ist?“

„Gavin hat es mir heute Mittag gesagt. Ich bin dann voller Panik mit meinem Auto weggefahren. Ziellos in der Gegend herum, den ganzen Nachmittag über. Irgendwann kam mir die Idee, dass das gefährlich ist … Ich meine, die haben inzwischen bestimmt auch mein Kennzeichen herausgefunden. Ich habe den Wagen drüben am Gunners Park stehen lassen und mich zu Fuß zur Stadt zurückgeschlagen. Auf tausend Umwegen. Bartek, ich bin seit Stunden unterwegs. Ich bin völlig erledigt. Kann ich hierbleiben?“

„Auf keinen Fall“, sagte Bartek und fügte, als er das entsetzte Gesicht seines Freundes sah, hinzu: „Ich meine, das wäre doch dumm. Bestimmt will die Polizei Namen und Adressen von deinen Freunden wissen, und deine Schwägerin wird ihnen meinen Namen nennen.“

„Aber ich muss doch irgendwohin!“

„Hast du Geld?“

„Hundert Pfund in bar. Das Letzte, was auf meinem Konto war.“

„Okay“, sagte Bartek, „okay. Pass auf, das reicht für irgendeine billige Pension. Die suchst du dir jetzt und nimmst dir ein Zimmer. Und morgen rufst du mich an. Vielleicht ist mir bis dahin ein genialer Einfall gekommen.“

„Eine Pension? Ist das nicht zu gefährlich?“

„Ich würde sagen, es ist nicht halb so gefährlich wie meine Wohnung“, versetzte Bartek.

Samson nickte. Er begriff, dass Bartek recht hatte.

Bartek warf einen Blick zurück durch die Wohnungstür. „Samson, ich habe Gäste. Ich muss da jetzt wieder rein. Wir telefonieren morgen, ja?“

„Bartek“, sagte Samson flehentlich, „bitte, du musst mir glauben: Ich habe mit alldem nichts zu tun. Ich habe Mr Ward nicht umgebracht. Ich könnte nie jemanden umbringen. Ich bin unschuldig.“

„Natürlich glaube ich dir das“, meinte Bartek beruhigend. „Bis morgen.“ Er verschwand in der Wohnung.

Samson wandte sich zum Gehen. Gavin hatte ihm am Mittag geraten, selbst zur Polizei zu gehen. „Du machst es nur schlimmer, wenn du wegläufst. Wenn du nichts getan hast, dann wirst du das denen schon klarmachen können.“

Sicher hatte Gavin recht, und trotzdem … Er hatte die Nerven nicht. Er hatte Angst, riesige Angst, und er konnte nur seinem ersten Instinkt folgen, der ihm riet, sich in Sicherheit zu bringen. Langsam schlich er die Treppe hinunter. Elf Uhr. Noch eine Stunde, dann begann das neue Jahr. Für ihn hielt es von seiner ersten Sekunde an nichts als einen Albtraum bereit.

Freitag, 1. Januar 2010

Peter Fielder hatte für den Vormittag eine Sonderkonferenz im Yard anberaumt und war durch einen bitterkalten Morgen zu seinem Büro gefahren. Er war müde, weil er in der Nacht mit seiner Frau und einem befreundeten Ehepaar in das neue Jahr hineingefeiert hatte, aber er wusste, dass ihm Christy einen Kaffee kochen würde, der ihm seine Lebensgeister zurückbrachte.

Die Konferenz hatte sich als mühsam erwiesen, da alle übernächtigt waren. Eine Beamtin, Detective Constable Kate Linville, hatte die Bemerkung in die Runde geworfen, man habe doch jetzt den Täter, man müsse ihn nur noch finden und festnehmen.

„Ach ja?", hatte Fielder gefragt. „Und wer ist der Täter?"

Die Frau hatte verunsichert um sich geblickt. „Samson Segal. Ich denke, dass –"

„Ich denke, dass wir da vorsichtig sein sollten", hatte Fielder sie unterbrochen. „Ich gebe zu, dass man, wenn man Segals Aufzeichnungen liest, zu dem Schluss kommen muss, dass er eine Schraube locker hat. Aber zunächst nicht mehr und nicht weniger."

„Er äußert sich aggressiv über Thomas Ward", beharrte Kate.

„Er äußert sich hingegen überhaupt nicht über Carla Roberts und Dr. Anne Westley."

„Er treibt sich tagelang in der Gegend herum und spioniert wildfremden Menschen hinterher. Vor allem Frauen. Es würde mich absolut nicht wundern, wenn er derjenige war, der in dem Hochhaus in Hackney mit dem Fahrstuhl hinauf- und hinuntergefahren ist!"

„Genau das werden wir überprüfen", sagte Peter Fielder, „aber solange wir keine Ergebnisse haben, sollten wir uns mit wilden Spekulationen zurückhalten, Constable Linville!"

Kate Linville wurde rot. Sie war nicht mehr ganz jung, hätte längst befördert werden müssen, verharrte aber wie ein vergessener Koffer auf dem Rang eines Constable. Sie war eine zuverlässige Mitarbeiterin, aber sie verfügte nicht über den geringsten kriminalistischen Spürsinn.

Fielder wusste, dass man nun schrittweise vorgehen musste. Ein Team der Spurensicherung war draußen in Thorpe Bay gewesen und hatte im Haus von Samson Segal jede Menge Fingerabdrücke gesichert, die nun mit den wenigen bislang nicht identifizierten Abdrücken aus Carla Roberts' Wohnung in Hackney verglichen wurden. Ebenso wurden Abgleiche mit Spuren aus Anne Westleys Haus vorgenommen. Sollte sich eine Übereinstimmung ergeben, wäre man einen großen Schritt weiter.

Peter Fielder hatte am Ende der Konferenz Constable Linville losgeschickt, noch einmal mit Millie Segal zu sprechen, der Frau, die am Vortag mit den Computereinträgen ihres Schwagers auf einer Polizeiwache in Southend-on-Sea aufgekreuzt war und behauptet hatte, einen gefährlichen Killer enttarnt zu haben.

Fielder betrachtete angestrengt seine Notizen, die vor ihm auf dem Schreibtisch lagen. Christy war jetzt im Nebenzimmer und telefonierte. Die anderen arbeiteten die Aufgaben ab, die er verteilt hatte.

Der Name Thomas Ward sprang ihn aus seinen Notizen an. Er hatte ihn mit einem Fragezeichen versehen. Wie passte Thomas Ward in die Mordserie, in der es um alleinstehende ältere Frauen ging? Auf den ersten Blick gehörte er absolut nicht dazu: Thomas Ward war ein Mann. Er war alles andere als einsam. Er war umgebracht worden, obwohl sich seine kleine Tochter im Haus befand, und er war wenige Stunden später von seiner Ehefrau gefunden worden. Er war nicht an einem Tuch erstickt, sondern er war erschossen worden. Zwei Schüsse hatte sein Mörder auf ihn abgefeuert. Eine Kugel hatte ihn an der Schläfe gestreift und für einen großen Blutverlust gesorgt, aber daran war er nicht gestorben. Der zweite Schuss hatte seine Halsschlagader zerfetzt.

Bei der Analyse des Projektils per Computer hatten die Beamten in Southend einen unerwarteten Treffer gelandet: Thomas Ward war mit derselben Waffe erschossen worden, mit der sich der Mörder von Anne Westley seinen Weg in deren Badezimmer freigeschossen hatte.

Daher war der Fall Ward nun ebenfalls bei DI Fielder gelandet. Doch was hatten Thomas Ward und die beiden ermordeten Frauen gemeinsam?

Christy McMarrow hatte den entscheidenden Gedanken ausgesprochen: „Und wenn Ward gar nicht gemeint war? Wenn der Täter eigentlich seine Frau im Visier hatte? Und nicht wusste, dass sie nicht daheim war?"

Fielder nickte nachdenklich. Er hatte am 30. Dezember, einen Tag nach Wards Ermordung, mit der Ehefrau gesprochen, die ihm recht sachlich hatte Auskunft geben können. Danach war es tatsächlich so, dass Ward an jedem Dienstagabend zu einem Stammtisch in seinem Tennisklub ging. Normalerweise war er nie vor zehn oder halb elf daheim. Wer auch nur ein wenig über die Gewohnheiten der Familie Bescheid wusste, hätte annehmen müssen, Gillian Ward zu Hause vorzufinden, nicht ihren Mann.

Wenn diese nicht an jenem Abend versucht hätte, ihren Liebhaber zu treffen. Auch davon hatte sie ihm erzählt. Es war ihr schwergefallen, aber er hatte nicht den Eindruck gehabt, dass sie Details zurückhielt.

Gillian Ward. Auch diesen Namen hatte er notiert. Und er hatte von dort einen Pfeil gezeichnet, der zu einem weiteren Namen führte, den er in Schwarz geschrieben und dick unterstrichen hatte: *John Burton*.

Das hatte ihn nun wirklich frappiert. Unverhofft auf Burton zu stoßen. Im Zusammenhang mit einer Mordermittlung. Detective Inspector Burton, der Kollege von früher. Der sich auf so unfassbar idiotische Weise seine Karriere ruiniert hatte. Burton, den Fielder nie hatte leiden können, wobei es ihm immer schwergefallen war, seine Abneigung zu begründen. Manchmal hegte er den Verdacht, dass er diesen Mann einfach deshalb nicht mochte, weil er genauso unbekümmert und rücksichtslos durchs Leben ging, wie auch Fielder es sich ab und zu erträumte – ohne es jedoch zu wagen.

Und nun hatte Burton also etwas mit dieser Gillian Ward angefangen, deren Mann jetzt erschossen aufgefunden worden war.

Christy kam ins Zimmer. „Eine Neuigkeit: Das Auto von Samson Segal wurde gefunden. Gunners Park, draußen in Shoeburyness. Von Segal selbst keine Spur. Und dann habe ich mit der Spurensicherung gesprochen. Bislang kein Treffer. Die Fingerabdrücke aus Samson Segals Zimmer finden sich nicht in Roberts' Wohnung. Tunbridge Wells läuft noch."

„Ich bin ohnehin der Ansicht, dass wir es uns mit diesem Segal als Täter zu leicht machen …", begann Fielder, aber Christy unterbrach ihn: „Sir, Entschuldigung, aber ich weiß genau, was bei Ihnen gerade los ist. Sie schießen sich auf Burton ein, und Segal und seine eigenartigen Aufzeichnungen kommen Ihnen keineswegs gelegen. Aber weshalb sollte Burton …"

„… Thomas Ward umbringen? Er hat immerhin eine Affäre mit dessen Frau."

„Und deshalb ermordet er den Ehemann? Wenn er eine Zukunft mit Gillian Ward anstrebt, hätte sie sich doch einfach scheiden lassen können!"

„Vielleicht wollte er Gillian töten. Laut ihrer Aussage wusste er ja nicht, dass sie ihn an diesem Abend besuchen wollte und dass sie in diesem Pub in Paddington herumsaß. Er wähnte sie allein zu Hause."

„Und glaubte, die Tochter sei nicht da?"

„Er trainiert sie im Handball. Durchaus denkbar, dass sie ihm von den geplanten Ferien bei den Großeltern erzählt hat, oder?"

„Und warum wollte er Gillian töten?"

„Vergessen Sie nicht, Sergeant, dass Burton schon einmal wegen eines Sexualdelikts auffällig geworden ist. Was wissen wir denn genau über ihn? Vielleicht ist der Kerl hochgradig gefährlich."

„Sir, John und ich waren damals ein Team, und wir haben toll zusammengearbeitet. Ich kenne seine Stärken – und seine Schwächen. Er kann die Finger nicht von hübschen Frauen lassen, aber das heißt ja noch nicht, dass er eine gewaltige sexuelle Störung hat. Keiner von uns hat doch damals auch nur einen Moment lang geglaubt, dass er dieses ziemlich hysterische Mädchen tatsächlich vergewaltigt hat."

„Christy, ich weiß, dass Sie Burton als Polizisten sehr geschätzt haben. Aber da er nun im Umfeld einer Mordermittlung aufgetaucht ist, müssen wir ihn und seine Rolle in sämtlichen Fällen überprüfen."

„Gut. Schauen wir uns sämtliche Fälle an. Weshalb Carla Roberts und Anne Westley? Nicht gerade Burtons Beuteschema, oder? Die eine Mitte sechzig, die andere fast siebzig. Affären hatte er mit denen bestimmt nicht."

„Was Thomas Ward angeht", beharrte Fielder, „so hat Burton jedenfalls kein Alibi für den Tatzeitpunkt."

Er hatte einen Beamten abgestellt, mit John Burton zu sprechen. John hatte angegeben, am Dienstagnachmittag in seinem Büro gewesen zu sein. Er hatte einen Kunden gehabt, der seine Villa mit einem umfangreichen Sicherungssystem schützen und sich daher beraten lassen wollte. Das Gespräch hatte bis 18 Uhr gedauert und konnte von dem Kunden bestätigt werden. Dann jedoch war John allein geblieben, hatte begonnen, das Konzept für den Kunden zu erstellen, und hatte zudem die Telefonbereitschaft bis 22 Uhr übernommen. Danach war er eigenen Angaben zufolge direkt nach Hause gegangen.

„Nicht jeder, der kein Alibi hat, ist ein Täter", gab Christy zu bedenken. „Außerdem wäre Burton nicht so dumm, seinen Bereitschaftsdienst zu verlassen. Das birgt viel zu viele Risiken."

„Ich schieße mich nicht auf Burton ein", sagte Fielder, „ich versuche nur, mich nicht zu sehr an diesem Samson Segal festzuhalten."

„Segal ist abgehauen. Das spricht nicht unbedingt für ihn. Und nicht für seine Unschuld", sagte Christy.

„Und wie bringen wir Westley und Roberts in der Theorie von Segal als Täter unter? Er hätte die beiden dann doch auch in seinen Notizen erwähnt. Nein, Sergeant", Fielder schüttelte den Kopf, „da passt noch zu vieles nicht zusammen. Wir müssen noch einmal die Vergangenheit von Anne Westley auseinandernehmen, ebenso die von Carla Roberts. Und von Gillian Ward, was einfacher sein wird, weil sie zumindest noch lebt."

„Und wir sollten zusehen, dass wir Samson Segal finden", meinte Christy. „Er ist wichtig, Sir! Entweder hat er selbst Dreck am Stecken. Oder er entpuppt sich als ein interessanter Zeuge. Er hat das Haus der Wards observiert und in ihrem Leben herumgeschnüffelt. Ihm könnte etwas aufgefallen sein, was sich als entscheidend herausstellt."

„Die Schwägerin wird gerade noch einmal befragt", sagte Fielder, „und vielleicht ergibt sich daraus ein Hinweis. Es ist teuflisch kalt draußen. Segal muss irgendwo untergekrochen sein."

„Wir kriegen ihn", versicherte Christy.

IN JENER FURCHTBAREN NACHT waren Gillian und Becky zu Tara übergesiedelt, zusammen mit Chuck, dem Kater, den Gillian nach einer hektischen Suche zu später Stunde völlig verstört ein paar Gärten weiter aufgegriffen hatte. Eine freundliche Polizeibeamtin hatte Gillian erklärt, das Haus müsse nun als Tatort gesichert werden. „Es dürfen keine Spuren vernichtet werden. Kennen Sie jemanden, bei dem Sie vorübergehend wohnen können?"

Gillian hatte zuerst an ihre Eltern gedacht, aber die wohnten viel zu weit weg, und als Nächstes war ihr Tara eingefallen. Sie hatte die Freundin angerufen und ihr erklärt, was geschehen war, und zunächst nichts als Schweigen aus dem Telefonhörer vernommen. Schließlich hatte Tara fassungslos gefragt: „Was ist passiert?", um sich im nächsten Moment als die Frau zu beweisen, die mit Fällen dieser Art beruflich öfter zu tun hatte; sie hatte sachlich und tatkräftig agiert. „Ich bin gleich da", hatte sie gesagt, „ich hole dich und Becky. Natürlich könnt ihr bei mir wohnen, so lange ihr mögt."

Seitdem waren sie hier. In Taras schicker Altbauwohnung in Kensington. Ein Inspector von Scotland Yard war inzwischen erschienen, um mit Gillian zu sprechen, und sie hatte ihm alles gesagt, was sie wusste, hatte ihm auch reinen Wein eingeschenkt, was ihre Geschichte mit John anging. Eine Beamtin hatte sich im Beisein von Gillian und einer Psychologin mit Becky unterhalten. Becky, das wusste Gillian, galt als wichtige Zeugin. Sie hatte den Täter nicht gesehen, war aber die Treppe hinuntergeschlichen, als sie von unten plötzlich ein lautes Poltern und Rumpeln vernahm und ihren Vater rufen hörte: „Was um Himmels willen soll das?!"

Dann waren zwei Schüsse gefallen. Durch die Esszimmertür hatte Becky von der Treppe aus gesehen, wie ihr Vater über einem der Stühle zusammenbrach.

„Hast du überlegt, sofort zu ihm hinzulaufen?", fragte die Beamtin.

Becky schüttelte den Kopf. „Nein." Es klang entschuldigend. „Ich … hatte solche Angst. Ich wollte weg. Nur weg!"

Nichts, was Becky berichtete, half wirklich weiter. Sie hatte gemalt, war so vertieft gewesen, dass sie den Umstand, dass sich ein Fremder im Haus aufhielt und ihren Vater bedrohte, erst realisierte, als Tom laut geworden war.

„Als ich sah, wie Daddy zusammenbrach, bin ich furchtbar erschrocken. Ich stand ja auf der Treppe und bin mit dem Fuß abgerutscht. Es gab ein ziemlich lautes Geräusch, und ich wusste in dem Moment, dass der, der das getan hat, jetzt weiß, dass ich im Haus bin. Ich bin hinaufgerannt und habe ein Versteck gesucht."

Der Koffer in der Gerümpelkammer unter dem Dach war ihr eingefallen, weil sie sich früher darin versteckt hatte, wenn sie mit ihren Freunden im Haus spielte. Sie hatte dort gelegen, mit angehaltenem Atem, und sie hatte gehört, wie der Täter das ganze Haus nach ihr absuchte. Durch alle Zimmer jagte und Schränke aufriss. „Als er heraufkam, bin ich beinahe gestorben vor Angst. Ich dachte, er findet mich gleich. Er hat in der Abstellkammer mit Kisten um sich geworfen. Ich dachte, ich bin jeden Moment tot."

„Aber du hast absolut nichts gesehen?"

Becky schüttelte den Kopf. „Der Kofferdeckel war ja geschlossen. Es war schwarz um mich. Vollkommen schwarz."

Die Beamtin wollte wissen, ob Becky irgendwann zuvor die Haustürklingel gehört hatte, aber das Mädchen konnte sich nicht erinnern. „Ich glaube nicht. Ich weiß es nicht. Aber ich glaube, ich wäre hinuntergegangen, wenn ich sie gehört hätte."

An diesem Neujahrstag war Becky mit Tara zum Schlittschuhlaufen in den Hyde Park gegangen. Tara hatte Gillian überreden wollen, sie zu begleiten, aber sie hatte abgewehrt. „Nein. Geht allein. Ich bin ganz froh, wenn ich für mich sein kann."

Kurz nachdem die beiden gegangen waren, hatte Inspector Fielder angerufen und gefragt, ob er vorbeikommen könnte. Nun saß Fielder mit einer Tasse Kaffee ihr gegenüber auf einem Sessel in Taras Wohnzimmer. Er führte seine Theorie darüber aus, wie der Täter in das Haus hineingekommen sein könnte. „Wir vermuten, dass Ihr Mann die Gartentür geöffnet hatte. Er wollte wohl ein bisschen frische Luft reinlassen. Es gibt nämlich keinerlei Hinweise an der Tür, dass sie gewaltsam aufgebrochen wurde. Der Täter läuft um das Haus herum und betritt die Küche durch den Garten. Deshalb hat auch Becky überhaupt nichts mitbekommen."

„Warum nur?", fragte Gillian. „Warum sollte jemand Tom töten?"

Er stellte eine Gegenfrage. „Sagen Ihnen die Namen Carla Roberts und Anne Westley etwas?"

Gillian brauchte ein paar Sekunden, um die Frage in ihrer ganzen Konsequenz zu begreifen. „Glauben Sie, es besteht ein Zusammenhang …?"

„Sie wissen also, wer diese beiden Frauen sind?"

„Aus den Zeitungen, ja. Ich kenne sie aber nicht."

„Sie haben vorher nie von ihnen gehört? Ihr Mann hat sie nie erwähnt?"

„Nein. Nie."

„Dr. Anne Westley war Kinderärztin in London. Sie waren aber nicht mit Becky …?“

„Nein. Wie ich sagte: Ich kenne sie nicht.“

Peter Fielder nahm einen Schluck Kaffee, dann sah er Gillian ernst an. „Die Tatwaffe. Die Pistole, mit der Ihr Mann erschossen wurde. Mit einer sehr hohen Wahrscheinlichkeit handelt es sich um dieselbe Waffe, die auch gegen die beiden von mir genannten Frauen eingesetzt wurde.“

„Sie wurden auch erschossen?“, fragte Gillian. In den Zeitungen war über die Todesursache nur spekuliert worden, da die Polizei dazu keinerlei Angaben gemacht hatte. Fielder wollte es Gillian gegenüber dabei auch vorerst belassen. „Im Fall Dr. Westley hat der Täter das Schloss einer Tür, hinter der sich die alte Dame verbarrikadiert hatte, zerschossen. Daher konnten wir die Projektile vergleichen.“

Gillian erschien das mehr als seltsam. „Aber wieso sollte jemand, der zwei ältere Frauen ermordet, einen Mann in mittleren Jahren umbringen? Das ergibt doch keinen Sinn!“

„Bislang ergibt in der ganzen Geschichte noch gar nichts einen Sinn“, sagte Fielder. „Es drängt sich allerdings die Vermutung auf, dass …“

Gillian erriet, was er sagen wollte. „Sie denken, dass Tom gar nicht das Opfer sein sollte? Sie denken, ich war eigentlich gemeint?“

Er schien erleichtert, dass sie es selbst ausgesprochen hatte. „Es ist wirklich nur eine Vermutung. Aber tatsächlich ist es ja so, dass Ihr Mann normalerweise an jenem Abend nicht daheim gewesen wäre. Genauso übrigens wie Ihre Tochter. Wer Ihre Familie auch nur ein bisschen kannte, konnte davon ausgehen, Sie allein anzutreffen. Der Täter dringt in das Haus ein und steht plötzlich einem Mann statt, wie erwartet, einer Frau gegenüber. Hat aber wohl kaum eine harmlose Erklärung bereit, weshalb er, bewaffnet mit einer Pistole, ins Esszimmer geschlichen kommt. Er kann Thomas nur noch umbringen – schon um später nicht von ihm identifiziert zu werden. Und zu seinem Entsetzen hört er dann plötzlich von der Treppe her ein Geräusch. Es ist noch jemand im Haus. Jemand, der ihn vielleicht auch gesehen hat. Deshalb sucht er wie ein Wilder, wird aber Gott sei Dank nicht fündig.“

Gillian stöhnte leise. „Aber warum ich? Wer sollte mich töten wollen?“

„Die gleiche Frage stellen wir uns seit Wochen in den Fällen Roberts und Westley“, sagte Fielder. „Und wenn wir Sie nun in eine Reihe mit diesen Morden stellen – und den Mord an Ihrem Mann als ein nicht geplantes Unglück werten –, ergibt das zwei vollendete Tötungsdelikte sowie ein versuchtes, für die uns das Motiv völlig schleierhaft ist. Wir dachten erst, dass es sich um einen Täter handelt, der von einer ungeheuren Aggression gegen

Frauen im Allgemeinen getrieben wird und der Roberts und Westley vielleicht nur deshalb auswählte, weil sie beide so allein lebten, dass sie eine leichte Beute darstellten. Aber in dieses Raster passen Sie nicht. Also muss es etwas anderes sein, was Sie mit den beiden Frauen verbindet."

„Aber ich kenne sie ja überhaupt nicht!"

„Trotzdem kann es Schnittpunkte geben."

„O Gott", murmelte Gillian, „wie furchtbar!"

„Was wissen Sie über Samson Segal?", fragte Fielder.

„Segal? Der Typ, der immer vor unserem Haus herumlungert?"

Vielleicht hat Christy doch recht, dachte Fielder plötzlich, aber ehe er einhaken konnte, klingelte es an der Wohnungstür, und Gillian stand mit einer leise gemurmelten Entschuldigung auf. Als sie zurückkehrte, war sie nicht allein. John Burton folgte ihr auf dem Fuß.

SAMSON SEGAL erschrak fast zu Tode, als jemand an seine Zimmertür klopfte. Da die Absteige, in der er sich einquartiert hatte, mit Sicherheit nicht über einen Zimmerservice verfügte, nahm er nicht an, dass es sich um jemanden vom Personal handelte. Vorsichtig fragte er: „Wer ist da?"

„Ich. Bartek. Mach auf!"

Erleichtert entriegelte Samson die Tür. Er hatte Bartek am frühen Morgen angerufen, war aber nur auf der Mailbox seines Handys gelandet. Er hatte ihm erklärt, wo er sich aufhielt, und ihn dringend gebeten, ihm mit Geld auszuhelfen. Von da an hatte er auf dem durchgelegenen Bett gesessen und verzweifelt gehofft, dass sein Freund irgendwann im Laufe des Tages die Nachricht abhören würde. Mit seinen lächerlichen hundert Pfund würde er nicht weit kommen.

Bartek sah schrecklich aus, das fiel Samson sofort auf, als der Freund ins Zimmer stolperte. Braune Ringe unter den Augen, graue Lippen. Wahrscheinlich hatte er bis in die frühen Morgenstunden gefeiert, war übernächtigt und verkatert. Normalerweise wäre er vermutlich bis zum Abend im Bett geblieben. Stattdessen musste er sich um einen Freund kümmern, der in riesigen Schwierigkeiten steckte.

Samson fühlte sich sofort schuldig. „Bartek! Danke, dass du da bist!"

Bartek sah sich in dem engen Zimmer um. Er hob fröstelnd die Schultern. „Kalt hast du es hier!"

„Die Heizung funktioniert nicht richtig", erklärte Samson.

„Mannomann", sagte Bartek und ließ sich in den Sessel fallen, „Samson, das alles ist eine riesige Scheiße! Die Polizei war vorhin bei mir! Eine Beamtin. Detective Constable Linville. Sie war vorher bei deiner Schwägerin, und die hat ihr den Tipp gegeben, es doch mal bei mir zu versuchen. Hat erzählt, dass wir dicke Freunde sind. Und schon kam sie angerauscht."

„Was hast du gesagt?"

„Dass ich dich zuletzt vor Weihnachten gesehen habe. Und dass ich keine Ahnung habe, wo du steckst."

Samson entspannte sich ein wenig. „Ich bin dir wirklich dankbar, Bartek."

Bartek schüttelte erneut den Kopf. „Dann habe ich deine Nachricht auf meinem Handy abgehört. Das ist leichtsinnig, Samson! Sprich mir nicht mehr auf die Mailbox. Ruf mich von jetzt an überhaupt nicht mehr an!"

Samson merkte, wie seine Knie weich wurden. Er sank auf das Bett. „Aber ich brauche deine Hilfe, Bartek! Ich kann das allein nicht schaffen!"

„Du kannst das auch mit mir nicht schaffen", sagte Bartek. „Das ist eine Tatsache, und der musst du dich stellen. Hier", er kramte in seiner Hosentasche, zog ein paar zerknitterte Scheine hervor, „zweihundert Pfund. Mehr kann ich dir nicht geben. Mehr kann ich überhaupt nicht für dich tun."

Samson beugte sich vor, nahm das Geld. Er würde damit insgesamt fast eineinhalb Wochen in dieser Unterkunft bleiben können. Vorausgesetzt, sein Bild erschien nicht in der Presse. Dann wurde es gefährlich, sich länger als ein paar Stunden an einem Ort aufzuhalten.

„Danke, Bartek. Ich weiß, für dich ist das …"

„Für mich ist das total gefährlich", sagte Bartek, und er klang wütend. „Ich bin kein englischer Staatsbürger, verstehst du? Ich bin dabei, mir hier eine Existenz aufzubauen. Ich arbeite hart. Ich will heiraten. Weißt du, was es bedeutet, wenn sie offiziell nach dir fahnden und ich dir helfe, dich zu verstecken? Du wanderst vielleicht ein paar Jahre in den Knast, aber mir droht die Abschiebung. Ich finde mich plötzlich in Polen wieder, und alles, wofür ich mich angestrengt habe, ist mit einem Schlag kaputt!"

„Aber ich war es nicht, Bartek. Ich habe niemandem ein Haar gekrümmt!"

„Dann lauf nicht weg! Stell dich der Polizei!"

„Das ist doch jetzt zu spät! Nachdem ich erst einmal abgehauen bin!"

„Das kannst du erklären. Panik, Verwirrung. Du bist im ersten Schrecken davongerannt."

„Die werden mir nicht glauben."

„Sie werden dir aber auch nichts beweisen können, wenn du nichts getan hast!"

„Aber du weißt doch, wie das ist. Die brauchen einen Täter, und ich biete mich an. Denen ist das doch am Ende ganz egal, ob ich wirklich …"

„Ach hör auf", unterbrach ihn Bartek, „einfach so stecken die dich nicht in den Knast. Die müssen dir die Tat nachweisen, und wenn du es nicht warst, haben sie damit ein Problem." Er stand auf. „Ich lasse mich da nicht hineinziehen, Samson. Das war eben das Letzte, was ich für dich getan habe. Von jetzt an musst du allein sehen, wie du durchkommst."

Auch Samson erhob sich. „Ich war es nicht", sagte er erneut.

„Dann hast du nichts zu befürchten", erwiderte Bartek.

„Aber du auch nicht", sagte Samson. „Denn du hilfst keinem Killer. Du hilfst einem Unschuldigen." In den Augen seines Freundes gewahrte er den Zweifel. Traurig dachte er: Er ist sich keineswegs sicher.

Die beiden Männer standen einander überrascht gegenüber und musterten sich sekundenlang schweigend. Dann sagte Fielder: „Hallo John. Ich hätte nicht gedacht …"

Er sprach den Satz nicht zu Ende, aber natürlich hakte John ein. „Hallo Peter. Was hättest du nicht gedacht?"

„Dass wir uns im Rahmen einer Mordermittlung wiedersehen. Das hätte ich nicht gedacht", sagte Fielder.

„Mich haben deine Leute ja bereits überprüft", sagte John.

Fielder lächelte freundlich. „Richtig. Und dabei festgestellt, dass du kein Alibi für die Tatzeit hast. Was den Mord an Thomas Ward angeht."

Die Betonung, die Fielder auf den letzten Satz legte, ließ John die Augen zusammenkneifen. „Für welchen Mord sollte ich mich außerdem noch nach einem Alibi umsehen?"

„Niemand verdächtigt dich", sagte Gillian.

„Welcher Mord noch?", wiederholte John.

„Tom ist mit derselben Waffe umgebracht worden, die auch bei der Ermordung der beiden älteren Frauen eine Rolle gespielt hat", erläuterte Gillian. „Du weißt schon, die gerade durch die Zeitungen gingen. Deshalb handelt es sich in allen drei Fällen wahrscheinlich um denselben Täter."

John zog die Brauen hoch. „Dieselbe Waffe?"

„Richtig", sagte Fielder. Er beobachtete John genau und sah, dass ihm bei der Erwähnung der beiden Frauen fast schlagartig derselbe Gedanke kam, der auch bei der Polizei längst offen ausgesprochen wurde: Dass Tom ein zufälliges Opfer geworden war. Dass der Täter seine Frau gemeint hatte. John wandte sich an Gillian. „Gillian …"

„Ich weiß", sagte Gillian. „Möglicherweise war ich gemeint. Ich bin eine Frau, und normalerweise wäre ich an jenem Abend allein zu Hause gewesen. Ich passe besser in die Reihe als Tom."

„Mit aller Sicherheit wissen wir das natürlich nicht", sagte Peter Fielder, „aber es ist schon besser, wenn Sie eine Zeit lang hierbleiben. Auch dann wenn Ihr Haus freigegeben ist.“ Abrupt wandte er sich wieder an John: „Woher wusstest du, dass sich Mrs Ward hier bei ihrer Freundin aufhält?“

„Ich habe ihm heute Morgen eine SMS geschickt“, erklärte Gillian, noch ehe John antworten konnte, „und ihn gebeten zu kommen. Direkt nach Toms … Tod wollte ich ihn nicht sehen, aber inzwischen …“ Sie zuckte hilflos mit den Schultern. „Es geht mir nicht besonders gut“, fügte sie leise hinzu, „und ich muss mich ständig zusammenreißen wegen Becky. Tara, meine Freundin, kümmert sich sehr fürsorglich um mich, aber ich denke immer, dass sie wahrscheinlich ein Problem damit hat, dass ich mich an jenem Abend mit John treffen wollte.“ Sie schluckte. Ihr Gesicht zitterte in dem Bemühen, die Tränen zurückzuhalten.

John trat neben sie, legte den Arm um ihre Schultern.

„So dürfen Sie nicht denken“, bat Fielder. „Es geht hier absolut nicht darum, ob Sie sich Ihrem Mann gegenüber moralisch korrekt verhalten haben. Es geht hier um einen skrupellosen Mörder, der es aus irgendeinem Grund auch auf Ihre Familie abgesehen hatte, und wenn wir hier eine Schuldfrage klären, dann ausschließlich die, die diesen Menschen betrifft.“

Gillian hatte sich ein paar Tränen von den Wangen gewischt. „Und Sie meinen, das könnte Samson Segal sein?“, fragte sie nun.

„Wer ist Samson Segal?“, fragte John sofort.

„Er wohnt bei uns in der Straße“, sagte Gillian, „und er … hat sich ein wenig merkwürdig verhalten. Tom war ziemlich wütend auf ihn.“ Sie sah Peter Fielder an. „Wie sind Sie auf ihn gekommen?“

„Wir haben einen Hinweis bekommen“, sagte Fielder, „aber ich muss dazusagen, dass wir absolut keine Ahnung haben, ob da irgendetwas dran ist. Was meinen Sie mit merkwürdig, Mrs Ward? Und was meinten Sie vorhin genau, als Sie sagten, er habe vor Ihrem Haus herumgelungert?“

„Irgendwann fiel uns auf, dass wir ihn praktisch jedes Mal sahen, wenn wir das Haus verließen. Er ging entweder gerade vorbei oder stand herum.“ Sie zuckte die Schultern. „Aber ich empfand ihn nicht als Bedrohung. Er schien mir ein netter, schüchterner Mann zu sein. Ein harmloser Eigenbrötler.“

„Der Eindruck von Harmlosigkeit mag täuschen“, erklärte Fielder. „Ich habe schon Schwerverbrecher vor mir gehabt, die so harmlos wirkten, dass jede alte Großmutter ihnen ohne Vorbehalt ihr Sparbuch anvertraut hätte.“

„Kurz vor Weihnachten kam es zu einem Zwischenfall“, sagte Gillian. Sie berichtete, dass sie und Tom spät nach Hause gekommen waren, dass Becky die Übernachtungsparty ihrer Freundin abgebrochen hatte und von Samson Segal mit zu ihm nach Hause genommen worden war. Davon, dass Tom dem

Nachbarn gegenüber aggressiv aufgetreten war. Fielder kannte die Geschichte bereits aus Segals Aufzeichnungen, hörte jedoch interessiert zu. Es war durchaus von Bedeutung zu erfahren, dass sich Thomas Ward tatsächlich unangemessen gegenüber dem Nachbarn verhalten hatte. „Wissen Sie, warum Ihr Mann so reagierte?“, fragte er. „Was hatte er gegen Segal?“

Sie überlegte. „Ich glaube, er konnte das selbst nicht richtig begründen. Er mochte Segal einfach nicht.“

„Wir wissen, dass Becky Segal an jenem Abend von den geplanten Ferien in Norwich bei den Großeltern erzählte. Er ging also davon aus, dass sie verreist sein würde“, sagte Fielder.

„Habt ihr diesen Mr Segal schon vernommen?“, erkundigte sich John.

„Nein“, sagte Fielder, „das ist eben das Problem. Er ist verschwunden.“

„Verschwunden? Er ist flüchtig?“ John pfiff leise durch die Zähne. „Verstehe. Das macht ihn nicht unbedingt unverdächtig.“

„Sollte er unschuldig sein, so ist das nicht sein klügster Schachzug“, pflichtete Fielder ihm bei.

„Er ist um das Haus der Wards herumgestrichen“, sagte John, „er hatte Grund, auf Thomas Ward richtig wütend zu sein. Ist er auch in einen Zusammenhang mit den beiden ermordeten Frauen zu bringen?“

Peter Fielder schüttelte den Kopf. „Soweit wir bislang wissen – nein.“

Er hatte den Eindruck, dass John die Tatsache, dass nicht alle Karten auf den Tisch gelegt wurden, durchschaute. Der Mann war mal ein richtig guter Ermittler gewesen. Sehr intuitiv und fähig, das Ungesagte spüren zu können. Konnte er ein Mörder sein?

Du hast ein Problem mit Frauen, dachte Fielder, darauf wette ich. Nicht so deutlich wie Samson Segal. Aber irgendwie tickst du auch nicht richtig. Wer lässt schon eine vielversprechende Karriere sausen, weil er die Finger nicht von einem jungen Ding lassen kann? Wieso bist du offenbar unfähig, eine halbwegs normale Beziehung einzugehen? Wieso jetzt diese Geschichte mit einer verheirateten Frau, Mutter eines der Kinder, die du trainierst?

Fielder zwang sich, wieder sachlich zu agieren, und kam noch einmal auf das Thema von Beckys geplanter Ferienreise zurück. „Wer wusste alles, dass Becky nach Weihnachten fort sein würde?“

Gillian machte eine hilflose Geste mit beiden Armen. „Einfacher wäre zu fragen, wer es nicht wusste. Seit Jahren fahren Tom und ich Becky am 26. Dezember nach Norwich und kehren zwei Tage später zurück. Mein Vater bringt sie uns dann zum Schulanfang wieder. Das war schon immer so.“

„Verstehe“, sagte Fielder.

„Ehe du fragst: Ich wusste es auch“, sagte John. „Wir haben während der letzten Trainingsstunde vor Weihnachten über die Ferienpläne der Kinder gesprochen. Dabei erzählte Becky davon."

Fielder reichte Gillian die Hand. „Auf Wiedersehen, Mrs Ward. Sie haben vor, hierzubleiben? Bei Staatsanwältin Caine? Ich kann Sie hier erreichen?"

„Ja."

„Es wäre gut, wenn Sie ... diese Wohnung nicht zu oft verlassen. Und einfach ein bisschen vorsichtig sind. Jedem gegenüber." Er hätte ihr gern deutlicher klargemacht, dass er Burton misstraute und dass sie sich am besten auch von ihrem Liebhaber fernhielt, aber er konnte seinen Verdacht nicht so deutlich aussprechen. Er hatte nichts gegen John in der Hand.

„Ich werde vorsichtig sein", versprach Gillian. Sie begleitete Inspector Fielder zur Wohnungstür. Nachdem er im Treppenhaus verschwunden war, schloss sie die Tür sehr sorgfältig, legte die Sicherheitskette vor. Als sie ins Wohnzimmer zurückkehrte, kauerte John am Boden und streichelte den schnurrenden Kater, der seinen Fensterplatz verlassen hatte.

„Er misstraut mir", sagte er, „Detective Inspector Fielder. Er konnte mich noch nie ausstehen, und es kommt ihm durchaus gelegen, mich nun im Umfeld eines Verbrechens anzutreffen."

„Er macht auf mich einen sehr sachlichen Eindruck", sagte Gillian. „Er wird sich nicht von seinen persönlichen Gefühlen leiten lassen."

John stand auf. „Glaubst du, dass ich es getan haben könnte?"

Sie sah ihn erstaunt an. „Natürlich nicht."

Er trat auf sie zu. Seine Stimme klang sanft. „Wie geht es dir? Du bist sehr blass."

Sie hatte sich die ganze Zeit über zusammengerissen. Vor allem wegen Becky. Aber jetzt, unter seiner sanften Stimme, brach der Schutzwall ein, den sie mühsam um sich errichtet hatte. Sie begann zu weinen. Die Tränen strömten jetzt nur so, und sie ließ es zu, dass John sie in seine Arme zog und an sich drückte. Sie konnte seinen Herzschlag spüren, seinen Atem. Es war die kräftige, sichere Umarmung eines Mannes, der es gewohnt war, die Ruhe zu bewahren. Es hätte Trost in dieser Umarmung liegen können.

Dass sie keinen fühlte, begriff sie erst danach, als sie sich wieder von ihm gelöst hatte und im Bad verschwunden war, um ihr Gesicht zu waschen. Sie betrachtete sich im Spiegel und verstand nicht, warum sie im Innern kalt und hoffnungslos blieb. Warum sie sich in seiner Umarmung so einsam gefühlt hatte. Vielleicht konnte sie keinen Trost finden. Nirgends. Nie mehr.

Sonntag, 3. Januar

Die Sonntage waren am schlimmsten. An den Sonntagen senkte sich eine bleierne Ruhe über die Stadt, jedenfalls über dieses ziemlich seelenlose Neubaugebiet in Croydon, im Süden Londons gelegen, in dem Liza wohnte.

Im ganzen Haus war nichts zu hören. Die meisten Familien gingen sicher spazieren. Draußen schien die Sonne, der Schnee glitzerte und funkelte, es war eisig kalt. Genau der Tag, an dem man einen ausgiebigen Fußmarsch unternahm, um sich hinterher im warmen Wohnzimmer mit einem Glühwein aufzuwärmen und sich ein schönes Abendessen zu kochen.

Das konnte sie zumindest auch tun: sich etwas Schönes kochen.

Sie blickte auf die Uhr. Noch nicht ganz vier. Etwas früh, um über ein Abendessen nachzudenken.

Über zwei Monate waren vergangen seit ihrem Zusammenbruch bei einer Geburtstagsfeier im „Kensington-Hotel", und nichts war mehr wie vorher. Ihr ganzes Leben hatte sich verändert, allerdings fragte sie sich, ob sie von Leben überhaupt noch sprechen konnte. Sie streifte nur noch wie ein gefangenes Tier durch diese Wohnung in dem völlig anonymen Hochhaus. Sie hatte stark abgenommen, dabei war sie auch vorher schon viel zu dünn gewesen. Manchmal hatte sie zwar Hunger und verspürte Lust zu kochen. Und dann kam irgendeine Erinnerung in ihr hoch und fast gleichzeitig schwappte die Übelkeit über sie hinweg, und sie ließ alles stehen und liegen und löste sich höchstens noch ein Aspirin in Wasser auf. Vorbeugend. Denn als Nächstes kamen die Kopfschmerzen und zwangen sie in ein abgedunkeltes Zimmer, wo sie stundenlang mit einem kalten Waschlappen auf der Stirn die Attacke auszuhalten versuchte.

Auch jetzt ging sie ins Bad und nahm eine Tablette. Aus dem Spiegel sah sie ein Wesen mit fahler Haut an. Sie sah aus wie ein Wrack, aber sie hatte immer noch wunderschöne Haare. Hellblond, lang und leicht gewellt. Es gab Momente, da hielt sie es für möglich, dass es ihr irgendwann gelingen konnte, die Normalität wiederzufinden. Aber natürlich würde das nicht der Fall sein, solange sie jeglichen Kontakt mit anderen Menschen vermied.

An einem Tag wie heute, an dem der Schnee in der Sonne funkelte, hätte sie sonst was dafür gegeben, hinauszukönnen. Einfach durch einen Park zu marschieren. Aber es wäre unvernünftig gewesen, so etwas zu tun. Einfach nur des Vergnügens wegen die Wohnung zu verlassen. Zwei- oder dreimal in der Woche ging sie zum Einkaufen. Das ergab immerhin einen Sinn. Und dann waren da die Expeditionen, die sie gelegentlich in ihren alten Stadtteil, in das Leben von früher, unternahm: um Finley zu sehen. Wenigstens einen Moment lang. Anders hätte sie es überhaupt nicht ausgehalten.

Sie zwang sich, die quälenden Gedanken nicht übermächtig werden zu lassen. Denn das alles war so völlig ohne Perspektive. Die Dauer ihres Aufenthalts hier in Croydon war unabsehbar. Es war ein Aufenthalt ohne Ziel, ohne Hoffnung. Vielleicht musste sie fünf Jahre in dieser Wohnung sitzen.

Sie ging ins Wohnzimmer hinüber und ließ die Jalousien an dem Fenster nach Süden hinunter. Sie konnte die Sonne einfach nicht länger ertragen.

SAMSON sank das Herz in die Hose, als es an seiner Zimmertür klopfte. Seitdem Bartek am ersten Januar bei ihm aufgekreuzt war, hegte er die Furcht, der Freund werde ihn verpfeifen. Im Grunde wartete Samson geradezu auf die Polizei. Er wusste, dass es geschickter gewesen wäre, schleunigst das Quartier zu wechseln, ohne Bartek Auskunft darüber zu geben, wo er sich aufhielt, aber ihm fehlte die Energie. Es war ohnehin nur eine Frage der Zeit, bis er aufgeben musste. Sein Geld zerrann. Seine seelische Kraft sowieso.

„Wer ist da?“, fragte er mit dünner Stimme.

„John Burton. Ich bin ein Freund von Gillian Ward. Können Sie mich hereinlassen?“

Ein Freund von Gillian? Woher zum Teufel wusste Gillian, wo er war?

Vollkommen verwirrt schloss Samson die Tür auf. Der Mann, der vor ihm stand, kam ihm vage bekannt vor, aber er konnte ihn nicht sofort einordnen.

„Darf ich reinkommen?“, fragte John.

Samson nickte und trat zur Seite. Er schloss die Tür hastig wieder und fragte: „Wer sind Sie?“

„Mein Gott, ist das kalt hier“, sagte John. Vorsichtshalber behielt er seine dicke Winterjacke an. Samson fiel in dieser Sekunde ein, wo er ihn schon einmal gesehen hatte: im Halfway House. Zusammen mit Gillian.

„Sie sind ein Freund von Gillian“, sagte er ziemlich lahm.

„Ja, wie ich ja gerade schon erwähnte“, bestätigte John. Unaufgefordert setzte er sich in den Sessel. „Sie wundern sich bestimmt, woher ich Ihren Aufenthaltsort kenne. Ich habe mit Ihrer Schwägerin gesprochen. Sie verwies mich an Ihren Freund. Diesen Polen. Bei dem auch die Polizei schon war. Ihr Freund hat mir dann diese Adresse genannt.“

Na großartig! Bartek schickte jeden vorbei, der nach ihm fragte!

„An Ihrer Stelle“, fuhr John fort, „würde ich hier möglichst schnell verschwinden. Dieser Bartek vergeht vor Angst, er könnte in etwas hineingezogen werden, was ihm die Abschiebung bringt. Dem nächsten Polizeibeamten, der bei ihm vorbeischaut, erzählt er alles, darauf würde ich wetten.“

„Ich weiß nicht, wohin“, flüsterte Samson.

John musterte ihn aufmerksam. „Sie sind in einer schwierigen Situation. Sie haben nicht zufällig für den Zeitpunkt des Mordes an Thomas Ward ein hieb- und stichfestes Alibi?“

„Wann war denn genau die Tatzeit?“

„Zwischen sieben Uhr und halb acht abends. Am 29. Dezember.“

Samson schüttelte hilflos den Kopf. „Ich war gegen neun Uhr wieder zu Hause. Aber selbst das hat, glaube ich, niemand gemerkt. Meine Schwägerin hatte Dienst und war nicht daheim, und mein Bruder schlief schon.“

„Wo waren Sie bis neun Uhr?“

Wahrscheinlich ist es egal, wenn er es erfährt, dachte Samson, vermutlich ist sowieso alles in meinem Leben egal. „Ich bin hinter Gillian Ward hergefahren. Ich sah sie am frühen Nachmittag von daheim mit dem Auto aufbrechen. Ich saß auch gerade in meinem Auto. Fuhr so ein bisschen herum …“

„Sie sind also hinter Gillian hergefahren?“, fragte John. „Warum?“

Das eben war so schwierig zu erklären. „Ich wollte sie nie bedrängen“, begann er. „Ich wollte nur etwas von ihrem Leben mitbekommen. Innerlich teilnehmen.“ Er hielt inne. „Ich kann das einfach nicht erklären.“

„Ich denke schon, dass ich verstehe, was Sie meinen“, sagte John. „Unglücklicherweise klingt das alles ein wenig … neurotisch. Besessen sogar.“ Er machte eine Pause. „Mr Segal, es geht leider inzwischen um mehr als den Mord an Thomas Ward. Sie haben sicher in der Zeitung von den Verbrechen an zwei alleinstehenden Frauen gelesen? In Hackney und in Tunbridge Wells?“

„Ja.“

„Das Problem ist … die Waffe, mit der Thomas Ward erschossen wurde, ist dieselbe, die auch in den beiden anderen Fällen eingesetzt wurde. Verstehen Sie, was das bedeutet?“

In Samsons ungläubig dreinblickenden Augen dämmerte Begreifen. „Es war derselbe Täter? In allen drei Fällen?“

„Davon muss die Polizei ausgehen.“

„Und das soll ich gewesen sein?“ Samson sah John entsetzt an. „Ich s-soll drei Menschen erschossen haben?“

John schüttelte den Kopf. „So direkt würde das im Moment noch niemand sagen. Vieles bleibt da recht ungereimt … Sind Sie den ganzen Tag an Gillian drangeblieben? An jenem 29. Dezember?“

„Nein. Ich habe sie verloren. Auf der A127. Sie fuhr sehr zügig, es herrschte recht viel Verkehr … Und auf einmal war sie weg.“

„Und dann? Es fehlen ja noch etliche Stunden bis neun Uhr abends.“

„Ich wollte nicht nach Hause. Ich bin nicht gern dort, wissen Sie.“

„Weshalb nicht?“

Er überlegte. „Ich weiß nicht, wohin mit mir. Ich habe keine Arbeit. Ich finde keine Frau. Ich habe nichts. Mein Leben ist absolut leer."

John schwieg abwartend. Samson starrte ihn an. Mit fast physisch empfundener Gewalt drängte sich ihm die Erkenntnis auf, dass dieser Mann eine intime Beziehung zu Gillian unterhielt. Er war ihr Liebhaber, sie hatten eine Affäre, und sie hatten sie schon gehabt, als Thomas Ward noch am Leben gewesen war. Die Frage kam ihm sehr plötzlich: Wie interessant war unter diesen Umständen eigentlich John Burton selbst für die Polizei? Schließlich hatte er ein Verhältnis mit einer Frau, deren Mann erschossen wurde. „Wer sind Sie?", fragte er noch mal. „Ich meine, außer ein Freund von Gillian?"

John lächelte. Es schien, dass er die Aggression, die plötzlich von Samson ausging, durchaus spürte. Er stand auf. „Samson, ich habe selbst einmal bei Scotland Yard gearbeitet, und ich verfüge noch über ein paar gute Kontakte. Die ich in den letzten beiden Tagen reaktiviert habe. Daher weiß ich manches über den Fall, was sonst in der Öffentlichkeit nicht bekannt ist."

„Ich verstehe", sagte Samson, bereits wieder eingeschüchtert. Eigentlich verstand er gar nichts. Ein Ex-Bulle. Wieso war er nicht mehr bei der Polizei?

„Unter anderem kenne ich in groben Zügen den Inhalt Ihres … Tagebuchs. Sie haben darin eine starke Verehrung für Gillian zum Ausdruck gebracht, Samson. Sie haben sich in intensive Gefühle für sie hineingesteigert …"

Ach ja?, dachte Samson feindselig. Da können wir uns doch die Hand geben, oder?

„Bei der Polizei glaubt man, dass Gillian in Gefahr sein könnte. Und auch ich habe diese Befürchtung. Und deshalb lag mir daran, Sie kennenzulernen. Und mir liegt daran, zu wissen, was Sie gemacht haben, als Thomas Ward ermordet wurde. Also?" John kehrte zum Ausgangspunkt des Gesprächs zurück. „Was taten Sie, nachdem Sie Gillians Fährte verloren hatten?"

„Nichts, was sich beweisen lässt", sagte Samson. „Ich bin in der Gegend herumgefahren. Saß in zwei oder drei Pubs. Trank Tee. Es war kalt."

„In welchen Pubs?"

„Keine Ahnung. Irgendwo in Wickford. In Rayleigh. Ich war traurig und verwirrt. Ließ mich treiben. Und irgendwann fuhr ich nach Hause."

John betrachtete ihn forschend. „Ich will Ihnen etwas sagen, Samson, es gibt die Vermutung, dass es Thomas Wards Mörder eigentlich auf Gillian abgesehen hatte. Wer die Familie auch nur ein kleines bisschen kannte, musste davon ausgehen, an jenem Dienstagabend Gillian anzutreffen. Und Sie kannten die Familie ziemlich gut. Sie hatten monatelang recherchiert."

„Aber", sagte Samson und ein Anflug von Hoffnung durchströmte ihn, „aber ich wusste, dass Gillian nicht daheim war! Ich war ihr schließlich gefolgt!"

„Das entlastet Sie nicht hundertprozentig, Segal. Denn natürlich könnten Sie davon ausgegangen sein, dass Gillian inzwischen wieder zurück war."

Samson sank in sich zusammen. „Aber wieso sollte ich die beiden anderen Frauen umgebracht haben?"

John zuckte die Schultern. „Ablehnung. Ihr Grundproblem."

„Die waren doch viel zu alt für mich!"

„In der Not frisst der Teufel Fliegen. Ich sage ja nicht, dass es so war. Ich erkläre Ihnen nur, wie viele Szenarien denkbar sind."

„Was wollen Sie?", fragte Samson leise. „Mich jetzt zur Polizei bringen?"

„Vor allem wollte ich mir einen Eindruck von Ihnen verschaffen. Ich werde Sie nicht denunzieren, Segal. Ich wollte Sie nur kennenlernen."

„Heißt das, Sie halten mich für unschuldig?"

„Ich würde es so formulieren", sagte John. „Wenn ich Sie ganz klar für schuldig hielte, dann würde ich jetzt zur Polizei gehen. Verstehen Sie?"

Samson nickte beklommen.

„Ich fürchte Folgendes", fuhr John fort, „die Polizei nimmt Sie fest, und die Verdachtsmomente gegen Sie sind doch so erheblich, dass es zur Anklage kommt. Möglicherweise reicht es am Ende nicht zu einer Verurteilung, aber in jedem Fall zieht sich die Geschichte in die Länge. In dieser Zeit läuft der Täter frei herum, ohne dass überhaupt noch nach ihm gesucht wird. Diese Vorstellung gefällt mir überhaupt nicht, und zwar im Hinblick auf Gillian, die möglicherweise auf der Abschussliste dieses Verrückten steht."

„Und was soll ich jetzt tun? Bartek hat Ihnen sofort gesagt, wo ich bin. Sie sind selbst überzeugt, dass er das auch tun wird, wenn die Polizei noch einmal bei ihm aufkreuzt. Ich bin hier nicht sicher. Außerdem habe ich bald kein Geld mehr."

„Bleiben Sie vorerst in diesem Zimmer", sagte John, „ich überlege mir etwas."

„Kann ich Sie irgendwie erreichen?", fragte Samson.

John ging zur Tür, öffnete sie. „Nein. Warten Sie, bis ich mich melde."

„Bitte … kommen Sie wieder?"

„Sie hören von mir", versprach John.

Donnerstag, 7. Januar

Hast du heute Abend Zeit?", fragte John. Er saß am Steuer seines Autos und hatte gerade vor dem Haus gehalten, in dem Tara wohnte.

Gillian, die neben ihm saß, schüttelte den Kopf. „Becky braucht mich. Und … sie soll nicht den Eindruck haben, dass wir einander ständig treffen."

Das Haus der Familie Ward war von der Polizei freigegeben worden, aber Gillian hatte beschlossen, vorerst dort nicht einzuziehen. Das schreckliche Ereignis erschien noch zu nah. Gillian hatte nur ein paar Sachen holen wollen, Kleidungsstücke, Wäsche, Bücher, und John hatte angeboten, sie zu begleiten. Sie war dankbar, nicht allein in ihr einstiges Zuhause gehen zu müssen. Alles schien unverändert, und doch war es nicht mehr das Heim, in dem sie, Tom und Becky als Familie gelebt hatten. Die Lichterketten in den Fenstern wirkten wie Relikte einer vergangenen Zeit. In der es Ordnung, Vertrautheit, Normalität gegeben hatte. Diese Zeit würde nie wiederkommen.

John half ihr, die zwei Waschkörbe mit Utensilien die Treppen zu Taras Wohnung hinaufzutragen, dann verabschiedete er sich. Als Gillian jedoch die Wohnungstür aufschloss und in das Wohnzimmer trat, blickte sie direkt in die hasserfüllten Augen ihrer Tochter.

„Warum schickst du ihn weg? Glaubst du, ich bin blöd? Ich weiß doch, dass du schon wieder mit ihm zusammen warst."

Tara, die über einem Berg Akten am Tisch saß, blickte bekümmert drein. „Sie hat aus dem Fenster geschaut. Sie hat dich und Burton unten gesehen."

Gillian versuchte über Beckys Haare zu streichen, aber das Mädchen duckte sich rasch zur Seite. „Er ist mein Handballtrainer, Mum! Kannst du ihn nicht in Ruhe lassen? Und er dich?"

„Becky, er hat mir doch nur geholfen, ein paar Sachen aus unserem Haus zu holen. Ich mochte dort nicht allein hingehen."

„Hast du sonst niemanden? Tara hätte dir doch auch geholfen!"

„Jemand musste doch auch bei dir bleiben", gab Tara zu bedenken.

„Ich hätte doch mitkommen können."

„Auf keinen Fall", sagte Gillian. „Becky, du hast etwas sehr Schlimmes in diesem Haus erlebt, und es wäre nicht gut, wenn –"

Beckys Augen sprühten Blitze. „Tu doch nicht so, Mum! Wenn es dir um mich ginge, dann würdest du aufhören, es mit John zu treiben!"

„Becky!", sagte Gillian geschockt.

„Also, Becky, da wirfst du nun wirklich mit ziemlich heftigen Anschuldigungen um dich", sagte Tara. „Und du solltest nicht vulgär werden."

„Es ist vulgär, was sie tun, Tara."

„Wir tun überhaupt nichts", sagte Gillian. „Er ist ein Freund. Mehr nicht."

Becky war voller Wut. „Hör doch auf, mich wie ein Baby zu behandeln! Du hast mir immer noch nicht gesagt, was du eigentlich an dem Abend gemacht hast, als Dad ermordet wurde. Und ich weiß genau, dass du zu feige bist, es mir zu sagen."

„Ich habe es dir gesagt. Ich war in einem Restaurant. Allein. Ich wollte für mich sein und nachdenken."

„Du in einem Restaurant!", sagte Becky gehässig. „Allein! Du gehst doch nie allein essen. Du hast dich mit John getroffen, und wahrscheinlich hast du mit ihm im Bett gelegen, während jemand gekommen ist und meinen Vater erschossen hat!" Bei den letzten Worten versagte ihre Stimme. Trotz der Wut, die sie ihrer Mutter entgegenschleuderte, war es in erster Linie Schmerz, der aus ihr herausbrach.

„Becky, lass uns doch …", sagte Gillian und machte einen Schritt auf sie zu, aber Becky drehte sich um und lief aus dem Zimmer.

Gillian und Tara sahen einander an. „Vielleicht solltest du es nicht abstreiten", sagte Tara. „Die Sache zwischen dir und Burton. Sie spürt genau, dass zwischen euch etwas ist, was nichts mehr mit einer Freundschaft zu tun hat."

„Ich frage mich, ob wir diese ganze Situation irgendwie überstehen werden", flüsterte Gillian.

„Es wird Zeit brauchen", sagte Tara.

Gillian setzte sich in einen Sessel und stützte den Kopf in beide Hände. „Ich habe mich nicht Hals über Kopf in eine Affäre gestürzt, Tara, wirklich nicht. Ich habe mich innerhalb meiner Ehe sehr einsam gefühlt."

„Leider ist dieser John nicht gerade der größte Sympathieträger", sagte Tara. „Er ist mir zu attraktiv, zu selbstsicher, zu routiniert. Der ewige Verführer, der sich auf niemanden wirklich einlässt. Ich hoffe, dass du dich nicht irgendwann an seiner Seite noch verlassener fühlst als an Toms."

„Ich weiß ja gar nicht, was aus uns wird", entgegnete Gillian abwehrend, aber Taras Worte gingen ihr unter die Haut. Die Freundin hatte genau das ausgesprochen, was auch Gillian selbst als beunruhigend empfand. Auf einmal hatte sie das Bedürfnis, über John zu sprechen. Tara war Staatsanwältin. Aber auch ihre beste Freundin. „Er war übrigens nicht immer Chef eines Sicherheitsdienstes", sagte sie, und es klang fast beiläufig. „Er hat früher für Scotland Yard gearbeitet. Er war Detective Inspector."

„Tatsächlich? Und warum hat er dort aufgehört?"

Gillian zögerte, sah zu Boden. „Das war eine dumme Geschichte", sagte sie. „Er hatte eine Affäre mit einer Praktikantin. Und diese junge Frau hat ihn angezeigt, als er mit ihr Schluss machen wollte. Wegen sexueller Nötigung." Sie blickte auf, als sie realisierte, dass keine Antwort kam, und erkannte, dass Tara sie geradezu fassungslos ansah.

„Wie bitte?", fragte Tara schließlich.

„Es kam zu einem Ermittlungsverfahren, aber die Staatsanwaltschaft hat letztlich keine Anklage erhoben. Mehrere Gutachten haben John entlastet.

Die junge Frau hat sich immer wieder in Widersprüche verstrickt. John war absolut unschuldig."

„O ja, natürlich. Garantiert hat sie ihn ohne jeden Grund angezeigt! Gillian, ich kenne mich in solchen Fällen naturgemäß ein bisschen aus. Wenn tatsächlich Ermittlungen aufgenommen wurden und die ganze Sache schließlich beim Staatsanwalt landete, dann gab es durchaus Indizien, die gegen John Burton sprachen. Und für die junge Frau."

Gillian bereute, dass sie mit alldem angefangen hatte. Sie hatte auf Trost gehofft, aber nun war klar, dass Tara ihre Zweifel nur noch verstärken würde. „Ich glaube ihm", erklärte Gillian. „Er hat sich in der ganzen Sache idiotisch verhalten, und das weiß er. Aber er hat niemanden zu etwas genötigt."

„Und das weißt du sicher? Du kennst ihn so gut?"

„Ich kann es mir nicht anders vorstellen", sagte Gillian.

Wieso läuft dieser ganze Tag so verrückt? Wieso greift mich erst meine Tochter an und dann meine beste Freundin? „Was willst du denn, Tara?", fragte sie.

Tara atmete tief durch. „Ich will gar nichts, Gillian. Ich wundere mich nur, dass du … ich könnte mit einem Mann, dem ein solcher Verdacht anhaftet, keine Beziehung eingehen. Das wäre mir einfach zu gefährlich."

„Das hieße, John hätte, selbst wenn er unschuldig ist, nie wieder eine Chance auf ein normales Leben!"

„Du musst ja nicht ausgerechnet seine Chance sein … Hast du überhaupt keine Angst?"

Gillian schüttelte den Kopf. „Nein."

„Na schön!" Tara hob ergeben beide Hände. „Wahrscheinlich geht meine Fantasie mit mir durch. Ich habe John Burton ja nur zwei- oder dreimal gesehen, wenn er dich hier abgeholt hat, aber ich finde, dass er etwas Aggressives ausstrahlt. Ich traue ihm nicht. Ich wundere mich, dass du es tust. Aber vielleicht bin ich auch ein wenig vorbelastet durch meinen Beruf."

„Du denkst aber nicht, dass er etwas mit … Tom zu tun hat?", fragte Gillian nach einer Weile, in der sie versucht hatte, das Gehörte zu verarbeiten.

„Nein", sagte Tara, „das denke ich nicht. Ich denke nur, dass er nicht gut ist für dich. Ich glaube, er ist ein brutaler Kerl. Mit einem völlig gestörten Gefühlsleben. Das macht mir Sorgen."

FIELDER war überrascht, als die Anruferin von der Zentrale zu ihm durchgestellt wurde. Keira Jones. Carla Roberts' Tochter.

„Mrs Jones!", sagte er. „Wie schön, dass Sie mich anrufen!"

Keiras Stimme klang scheu. „Guten Abend. Ich hoffe, ich störe nicht?"

„Keineswegs. Wie geht es Ihnen?"

„Nicht besonders gut, wenn ich ehrlich bin. Die Wohnung meiner Mutter wurde ja inzwischen freigegeben, und ich habe heute begonnen, sie auszuräumen. Es fällt sehr schwer. Es kommen viele Erinnerungen hoch."

„Ich kann das gut nachfühlen", sagte Fielder.

„Also, weswegen ich anrufe", sagte Keira mühsam gefasst. „Ich habe im Briefkasten meiner Mutter einen Brief an sie gefunden, der offenbar gerade heute dort eingetroffen ist. Ich kannte die Absenderin nicht. Eine Frau aus Hastings. Ich habe den Brief gelesen. Die Frau hat anscheinend keine Ahnung, dass meine Mutter nicht mehr lebt. Ich bin mir nicht sicher, aber vielleicht ist der Inhalt des Briefes wichtig. Sie waren doch auf der Suche nach Menschen, mit denen meine Mutter in Kontakt stand, und ganz offenbar gab es da eine Gruppe … von der ich keine Ahnung hatte."

„Was für eine Gruppe?"

„Wenn ich den Brief richtig interpretiere, dann ging meine Mutter bis etwa vor einem Dreivierteljahr einmal wöchentlich zu einer Art Selbsthilfegruppe. Für Frauen, die allein leben. Geschieden oder verwitwet. Sie trafen sich, um über ihre Situation zu reden. Um Menschen kennenzulernen, die ein ähnliches Schicksal erlebt haben."

Fielder überlegte. Es war ein Anhaltspunkt, immerhin. „Es geht aus dem Schreiben eindeutig hervor, dass Ihre Mutter vor einem Dreivierteljahr die Gruppe verließ?", fragte er.

Keira zögerte. „Wenn ich es richtig verstehe, dann war die Frau, die den Brief geschrieben hat, die Initiatorin der Gruppe. Sie ist im April vergangenen Jahres von London nach Hastings gezogen, und damit hat sich wohl alles aufgelöst. Sie erkundigt sich sehr genau, wie es meiner Mutter geht. Sie hat sich Sorgen um sie gemacht. Wollte einfach mal wieder von ihr hören."

„Ich verstehe. Es ist sehr gut, dass Sie mich anrufen, Mrs Jones. Ich werde den Brief bei Ihnen abholen lassen. Können Sie mir bitte Namen und Adresse der Absenderin nennen?"

„Natürlich. Die Frau heißt Ellen Curran." Sie diktierte die Anschrift. Dann fügte sie hinzu: „Halten Sie mich bitte auf dem Laufenden?"

„Selbstverständlich", versicherte Fielder.

Nachdem sie sich verabschiedet hatten, ließ er sich sofort von der Auskunft die Telefonnummer von Ellen Curran geben.

Mrs Curran hob nach dem siebten Klingeln ab und war völlig außer Atem. „Ich bin eben erst nach Hause gekommen", sagte sie entschuldigend, nachdem Fielder sich vorgestellt hatte, und fügte dann alarmiert hinzu: „Scotland Yard? Ist etwas passiert?"

„Ja, leider“, sagte Fielder. Kurz berichtete er von der Ermordung Carla Roberts’. Ellen Curran reagierte entsetzt. Sie hatte keine Ahnung gehabt.

„Das ist ja furchtbar! Um Gottes willen! Weiß man, wer das getan hat?“

„Wir tappen ziemlich im Dunkeln“, musste Fielder gestehen. „Die Ermittlung wird dadurch erschwert, dass Carla Roberts so völlig zurückgezogen lebte, dass wir kaum Ansatzmöglichkeiten finden, uns mit ihrem Leben vertraut zu machen. Zum Glück hat die Tochter heute Ihren Brief gefunden. Ihre Gruppe stellt einen der ganz wenigen Anhaltspunkte dar. Wie viele Frauen nahmen denn an der Gruppe teil?“

„Fünf. Mit mir sechs.“

„Sie hatten die Gruppe ins Leben gerufen?“

„Mein Mann hat mich vor drei Jahren verlassen. Die klassische Geschichte, er hatte etwas Jüngeres gefunden. Ein Jahr lang dachte ich, dieses Drama würde mich umbringen. Dann beschloss ich, mich an den eigenen Haaren aus dem Sumpf zu ziehen. Ich suchte mir einen Job und ich gründete einen Gesprächskreis für Frauen, denen es ähnlich ergangen war wie mir. Es hilft manchmal, mit anderen zu sprechen, die genau wissen, was man fühlt.“

„War Carla Roberts von Anfang an bei der Gruppe dabei?“

„Nein. Anfangs hatten sich nur drei Frauen zusammengefunden. Carla schloss sich uns etwa nach einem halben Jahr an. Etwas später stieß dann die fünfte Frau dazu.“

„Wie hat Carla Roberts von Ihnen erfahren?“

„Vor eineinhalb Jahren brachte eine Zeitschrift einen Bericht über uns. Carla hat den Artikel gelesen. Daraufhin hat sie uns kontaktiert und kam dann auch zu unseren Treffen.“

„Ich brauche eine Liste der Teilnehmerinnen an Ihren Treffen“, sagte Fielder. „Wäre das möglich? Namen, Adressen, soweit Sie sie haben?“

„Irgendwo habe ich eine Liste. Ich könnte sie Ihnen mailen.“

„Da wäre ich Ihnen sehr dankbar.“ Fielder diktierte seine E-Mail-Anschrift. Dann fügte er hinzu: „Gab es jemanden in der Gruppe, mit dem Carla befreundet war? Trotz ihrer Schüchternheit? Jemand, an den sie sich ein bisschen angeschlossen hatte? Dem sie vertraute?“

Ellen überlegte. „Mir schien es so, als sei sie tatsächlich einer der Frauen ein wenig nähergekommen“, meinte sie dann, „Liza Stanford. Die beiden saßen meist nebeneinander, flüsterten manchmal.“ Sie hielt inne. „Liza war eine Ausnahme bei uns“, fuhr sie fort. „Sie war nämlich überhaupt nicht geschieden oder verwitwet. Sie war verheiratet. Aber sie war unglücklich in ihrer Ehe. Sie dachte darüber nach, ob es für sie nicht besser wäre, einen neuen Anfang zu suchen.“

„Erzählte sie etwas Genaueres über die Probleme in ihrer Ehe?“

„Sie blieb sehr vage. Nein, so richtig rückte sie nicht mit der Sprache heraus. Ich hatte den Eindruck, dass sie eine sehr wohlhabende Frau war, die nichts mit ihrem Leben anzufangen wusste und darüber Depressionen bekam. Und der Ehemann war natürlich schuld, weil er sich nicht kümmerte.“

Fielder machte sich ein paar Notizen. Dann schoss er eine letzte, hoffnungsvolle Frage ab. „Sagen Ihnen die Namen Anne Westley und Gillian Ward etwas?“

„Nein“, sagte Ellen Curran.

Samstag, 9. Januar

Der Wohnwagen war knapp fünf Meter lang und drei Meter breit. Er wurde mit Propangas beheizt und war kuschelig warm, das musste Samson zugeben. Die Ausstattung war eher dürftig, aber man konnte hier durchaus eine Zeit lang leben – wenn man seine Ansprüche entsprechend herunterschraubte. In einem eingebauten Hängeschrank befanden sich ein paar Lebensmittelvorräte. Doch Samson hasste es, jeden Tag in diesem engen Wagen eingesperrt zu sein.

Aber er hatte keine Wahl, und er wusste, eigentlich musste er dem Schicksal dankbar sein. Eine Zelle in der Untersuchungshaft wäre noch schlimmer.

John Burton hatte ihn hierhergebracht. In seiner Firma grassierte die Grippe, deshalb gab es Probleme, alle notwendigen Einsätze zu organisieren. Der Wohnwagen, von dem aus die Baustelle bewacht werden sollte, stand leer. „Sie können dorthin“, hatte John gesagt. „Solange es so kalt bleibt und so viel schneit, passiert dort gar nichts, und es wird sich niemand blicken lassen. Auf jeden Fall ist es sicherer als diese Pension.“

Samson war voller Erleichterung aus der Pension ausgezogen, aber nun war er seit drei Tagen hier und hatte das Gefühl, vom Regen in die Traufe geraten zu sein. Wenn er die schmuddlige Gardine an seinem Wohnwagenfenster beiseiteschob, so blickte er auf eine Ansammlung von Rohbauten, die in den grauen Winterhimmel ragten. Die Verlassenheit dieses Ortes war niederschmetternd. Menschen hatte Samson noch nicht ein einziges Mal gesehen, und es verkörperte für ihn den Irrsinn seiner Situation, dass er sich einerseits nach dem Erscheinen von Menschen sehnte, zugleich aber wusste, dass er genau darüber zu Tode erschrocken wäre: In seiner Lage bedeuteten Menschen Gefahr. Er musste froh sein, sich hier halbwegs in Sicherheit wiegen zu dürfen. Aber wie lange konnte er das ertragen?

An diesem Tag war er immerhin zu einem Spaziergang aufgebrochen, hatte die verschneite große Baustelle umrundet und trockenes Brot, das er gesammelt hatte, einigen Vögeln hingeworfen. Als er zum Wohnwagen zurückkehrte, hörte er ein Motorengeräusch und sah Scheinwerfer den Feldweg zur Baustelle entlangkommen. Nach einer Sekunde des Schreckens entspannte er sich. Er kannte den Motor. Es war John, der dort kam.

Gestern hatte er sich nicht blicken lassen, und heute hatte Samson den ganzen endlosen Tag über auf sein Erscheinen gehofft. Burton war der einzige Mensch, auf den er in seiner völligen Isolation hoffen konnte. Der Einzige, der mit ihm sprach, der seinen letzten Kontakt zur Welt darstellte.

Er blieb an den Stufen zum Wohnwagen stehen und wartete. Burton parkte und stieg aus, kam auf ihn zu. „Sie waren spazieren?“, fragte er. Er hielt einen Stapel Zeitungen und Zeitschriften unter dem Arm, den er Samson nun reichte. „Hier. Etwas zum Lesen. Sie langweilen sich zu Tode, stimmt's?“

„Es ist sehr still hier“, bestätigte Samson.

John machte ein paar Schritte zu seinem Auto zurück, öffnete den Kofferraum, zog zwei große Tüten hervor. „Lebensmittel. Und ein paar Flaschen Bier. Alkohol löst keine Probleme, aber manchmal hilft er, sie zu ertragen.“

„Ich trinke eigentlich keinen Alkohol“, sagte Samson steif.

John zuckte mit den Schultern. „Ich lasse die Flaschen hier. Vielleicht ist Ihnen ja doch noch einmal danach.“

„Ja. Danke.“ Samson hatte inzwischen die Tür zum Wohnwagen aufgeschlossen. „Möchten Sie nicht hereinkommen?“

„Keine Zeit. Ich habe noch eine Verabredung.“

„Mit Gillian?“, entfuhr es Samson.

John schüttelte den Kopf. „Nein.“

„Wie … wie geht es Gillian?“

„Ich würde sagen, den Umständen entsprechend“, sagte John. „Sie wirkt auf mich noch immer ziemlich traumatisiert, aber sie versucht, erste Schritte in eine neue Zukunft zu unternehmen. Sie kümmert sich um die Auszahlung der Lebensversicherung und war wieder in ihrem Büro. Ach ja, und sie hat ihre Tochter zu ihren Eltern nach Norwich geschickt.“

„Sie hat Becky weggeschickt?“

„Wegschicken kann man es nicht nennen. Sie und Becky haben sich ständig gestritten, und sie meinte, es sei gut, wenn sie sich für eine Weile aus dem Weg gehen. Gillian hat Becky für den ganzen Januar von der Schule beurlaubt – und in Norwich einen Therapeuten organisiert, zu dem Becky nun regelmäßig gehen wird.“

„Und in dem Fall?“, fragte Samson. „Gibt es da etwas Neues? Haben die eine Spur?“

„Leider nicht dass ich wüsste“, bedauerte John. „Die suchen nach Ihnen und tappen ansonsten ziemlich im Dunkeln. Soweit mir bekannt ist.“ John blickte auf seine Armbanduhr. „Ich muss los. Tut mir leid, Samson. Ich weiß, es ist verdammt einsam hier und Sie fühlen sich hundeelend, aber im Moment kann ich nicht mehr für Sie tun, als hin und wieder nach Ihnen zu sehen und Sie mit dem Nötigsten zu versorgen.“

„Und das ist schon viel“, murmelte Samson. „Danke, John.“ Er nahm die Einkaufstüten hoch, die John in den Schnee gestellt hatte, und betrat seine düstere Behausung. Vielleicht würde er doch ein Bier trinken heute Abend.

Auf dem Weg zurück in die Stadt dachte John über Samson nach. Der Mann war psychisch am Ende, das war deutlich zu spüren gewesen, und er würde vermutlich nicht mehr lange durchhalten. John war sicher, dass Segal bereits mit dem Gedanken spielte, sich freiwillig der Polizei zu stellen.

Auch über seine eigenen Motive dachte John nach, während er sich in den Stadtverkehr einfädelte. Indem er Samson versteckte, machte er sich strafbar. Die Polizei musste nur noch einmal jenen angstschlotternden Polen vernehmen, der Segals einziger Freund zu sein schien, und schon konnten sie erfahren, dass er, John, vor wenigen Tagen ebenfalls dort gewesen war und Segals Aufenthaltsort in Erfahrung gebracht hatte. Ein Wissen, mit dem er sofort hätte zur Polizei gehen müssen. Fielder wartete nur darauf, ihn zu schnappen, und er würde sich diese Gelegenheit nicht entgehen lassen.

John sah eine Parklücke und stellte seinen Wagen ab. Es war noch ein gutes Stück bis zu dem Restaurant, in dem er verabredet war, aber in dieser Gegend waren Parkplätze rar.

Das italienische Restaurant empfing ihn mit Wärme, mit dem Duft nach Pasta und Kräutern. Samstagabend. Es war ziemlich voll, aber John erkannte schon von der Tür aus, dass seine Verabredung bereits da war. Sie saß ziemlich weit hinten, an einem etwas abseits stehenden Tisch.

Sie hatte ihn ebenfalls entdeckt und winkte ihm zu. Als er sich ihr durch die Tischreihen näherte, sah er, dass sie geradezu glühte vor Erwartungsfreude. Sie hatte etwas für ihn. Sie fieberte seiner Überraschung entgegen und dem Lob, das sie bekommen würde.

Detective Constable Kate Linville. 35 Jahre alt. Sah aber aus wie mindestens 42. Hellbraune Haare, blasses Gesicht. Kate wurde von Männern beharrlich übersehen, und auch ihre Karriere bei der Polizei kam nicht recht in Gang. Weshalb sie überhaupt unbedingt diesen Beruf hatte ergreifen müssen, war schon zu Johns Zeiten jedem in der Abteilung ein Rätsel gewesen.

Sie gehörte damals zu den Frauen im Yard, die in John Burton verliebt gewesen waren. Als er nun, viele Jahre später, überlegt hatte, wen er um Informationen bitten konnte, war sie ihm eingefallen. Sie war keineswegs wagemutig, und sie riskierte eine Menge bei dem, was sie tat, ihren Job und ein Disziplinarverfahren, aber er hatte richtig kalkuliert: Sie war so mutterseelenallein, dass sie der Versuchung, auf diese Weise eine Verabredung zu bekommen, nicht würde widerstehen können.

„Hallo Kate“, sagte er, als er den Tisch erreicht hatte.

„Hallo John“, erwiderte sie.

„Tut mir leid, wenn ich etwas zu spät bin. Ich musste in ziemlicher Entfernung parken. Ist ja nicht so leicht hier. Bist du mit dem Wagen da?“

Sie schüttelte den Kopf. „Mit der Bahn. Ich wollte einen Wein trinken können.“

Er setzte sich, nahm die Karte entgegen, die der Kellner ihm reichte. Kate wartete, bis er sich etwas ausgesucht und sie beide bestellt hatten, dann neigte sie sich vor und flüsterte: „Es gibt Neuigkeiten!“

Er lächelte sie an. „Erzähl!“

„Also, wir haben etwas herausgefunden aus dem Leben von Carla Roberts. Und zwar war sie Mitglied so einer Art Selbsthilfegruppe. Allein lebende Frauen. Geschieden, verwitwet und so. Trafen sich einmal die Woche. Die Gruppe gibt es seit einem Dreivierteljahr nicht mehr, aber die Initiatorin hat sich gemeldet und DI Fielder davon erzählt. In der Gruppe gab es eine Frau, mit der war Carla Roberts näher bekannt. Liza Stanford. Nicht allein lebend übrigens. Aber wohl nicht besonders glücklich verheiratet.“

„Verstehe“, sagte John. „Wie viele Mitglieder hatte die Gruppe?“

„Es waren sechs Frauen. Fielder hat alle Namen. Anne Westley gehört leider nicht dazu. Aber die Stanford … das war ein Volltreffer!“

„Inwiefern?“

„Also, Christy hatte gestern die Idee. Sie ging mit der Namensliste aus dieser Frauengruppe in die Praxis, in der Dr. Anne Westley gearbeitet hatte, und verglich sie mit Westleys Patientenkartei. Und welchen Namen entdeckte sie da?“

„Liza Stanford. Da du ja von einem Volltreffer gesprochen hast.“

„Genau“, bestätigte Kate. „Liza Stanford hat einen Sohn, Finley Stanford. Mit ihm war sie vier- oder fünfmal bei Dr. Westley. Der Chef ist natürlich euphorisch. Denn er hat ja schon die ganze Zeit über nach einem Schnittpunkt zwischen Carla Roberts und Anne Westley gesucht. Er geht davon aus, dass es kein Zufall ist, dass sie beide diese Liza Stanford kannten.“

„Ist es vermutlich auch nicht“, sagte John. „Gab es etwas mit dem Sohn? In medizinischer Hinsicht, meine ich. Ein Problem, irgendetwas Ernstes?“

Kate verneinte. „Es ging bei dem Jungen nur um Kleinigkeiten. Nichts, woraus sich ein Tatmotiv gegenüber Westley ableiten ließe.“

„Wie steht es mit Gillian Ward? Kennt sie diese Frau auch?“

Kate verzog bedauernd das Gesicht. „Wurde natürlich auch sofort überprüft. Nein. Sie hat den Namen nie gehört.“

„Habt ihr Liza Stanford aufgesucht?“, fragte John.

Kate sah aus, als habe sie auf diese Frage nur gewartet. „Jetzt kommt das Beste“, sagte sie, „Fielder hat sie natürlich sofort aufgesucht. Gestern am späten Nachmittag noch. Das heißt, er hat es versucht. Und erfahren, dass sie verschwunden ist. Seit fast zwei Monaten!“

„Verschwunden?“

„Er hat ihren Mann angetroffen. Und rate, wer das ist? Stanford. Dr. Logan Stanford!“

„Ach“, sagte John überrascht. „Charity-Stanford?“

„Genau. Dieser sagenhaft reiche Rechtsanwalt mit der Protzvilla in Hampstead und den freundschaftlichen Kontakten bis hin zum Premierminister. Der ständig mit seinen Wohltätigkeitsveranstaltungen in der Regenbogenpresse steht. Und er hat Fielder erklärt, dass seine Frau seit Mitte November verschwunden ist.“

„Aha. Und das findet Stanford normal? Oder hat er irgendetwas in dieser Sache unternommen?“

„Stanford hat nichts unternommen, weil es offenbar nicht völlig ungewöhnlich für seine Frau ist, gelegentlich unterzutauchen. Er hat wohl Fielder gegenüber eingeräumt, dass seine Ehe nicht besonders glücklich ist. Das entspricht dem, was wir aus der Frauengruppe wissen. Liza Stanford trug sich mit Trennungsabsichten. Es ergibt sich das Bild einer zumindest zeitweise ziemlich depressiven, nervösen Frau, die sich immer wieder Auszeiten nimmt, um herauszufinden, wie ihre Zukunft aussehen soll. In diesen Zeiten hat sie keinerlei Kontakt zu ihrer Familie.“

„Worin genau bestehen die Probleme in dieser Ehe? Hat Fielder das erfragen können?“

„Das weiß ich leider nicht“, bekannte Kate. „Du weißt ja, wirklich intensiv bespricht er sich immer nur mit seiner Christy.“

„Der Sohn. Was ist mit ihm? War der zu Hause?“

„Ja. Finley ist zwölf Jahre alt und saß am Computer, als Fielder aufkreuzte. Er scheint nicht sehr gesprächig gewesen zu sein, aber das sind Jungs in dem Alter ja nie. Aber es schien wohl so weit alles in Ordnung mit ihm.“

Der Kellner brachte John und Kate jeweils einen großen Teller dampfende Pasta. Einige Minuten lang aßen sie beide schweigend, was John sehr recht war; so konnte er seinen Gedanken nachhängen. Wenn ich weiterhin mitmischen möchte, dachte er, muss ich auf jeden Fall mit Stanford reden.

Als könne sie seine Gedanken lesen, blickte Kate in diesem Moment von ihren Nudeln auf und fragte: „John, ich weiß, das geht mich eigentlich nichts an, aber … warum? Warum willst du das alles wissen? Warum willst du auf eigene Faust Ermittlungen anstellen?"

Er hatte ihr zu Anfang gesagt, dass er Gillian Ward kannte, deren Mann ermordet worden war, und dass daher sein Interesse rührte. „Es macht mir Spaß", sagte er nun. Zu seinem Erstaunen erkannte er gleichzeitig, dass diese Antwort absolut der Wahrheit entsprach. Er war darin ausgebildet, das zu tun, was er gerade tat, und er merkte, dass ihm seine Arbeit tatsächlich gefehlt hatte. „Und du weißt", fügte er hinzu, „ich kenne die Familie Ward. Ich mag die Tochter sehr gern. Das Mädchen ist völlig traumatisiert. Vielleicht steigert das meinen Zorn auf denjenigen, der das alles getan hat."

Er sah Kate an, dass er sie überzeugt hatte. „Zwei Dinge hatte ich noch nicht erwähnt", sagte sie. „Sie wurden auch bislang aus der Presse herausgehalten. Wir wissen, dass sich sowohl Carla Roberts als auch Anne Westley in den letzten beiden Wochen vor ihrem Tod auf eine sehr diffuse Weise bedroht fühlten."

„Du meinst, beiden Frauen wurde gezielt Angst eingejagt. Wenn der Terror etwa zwei Wochen vor ihrem Tod begann, dann …"

„… deckt sich das zeitlich zumindest grob mit dem Verschwinden von Liza Stanford", vollendete Kate den Satz.

„Du sprachst von zwei Dingen, die du noch nicht erwähnt hast", sagte John.

Sie lächelte plötzlich kokett. „Später", sagte sie. Nach zwei Gabeln mit Nudeln meinte sie: „Manche würden dumm finden, was ich hier tue."

„Ich finde es nicht dumm. Und du kannst dich absolut auf mich verlassen. Niemand wird je von unseren Treffen und Gesprächen erfahren."

Mit einigem Geschick lenkte er auf ein neutrales Thema um. Er sah Kates Strategie: Indem sie betonte, wie weit sie sich in der ganzen Geschichte aus dem Fenster lehnte, hoffte sie, seine Anerkennung und Dankbarkeit zu finden. Er sollte sich ihr verpflichtet fühlen, und dieses Gefühl würde sie dann zu nutzen versuchen.

Er erzählte von der Firma, die er aufgebaut hatte, von den Objekten, die sie bewachten. Nach einiger Zeit schielte er unauffällig auf seine Uhr. Kate durfte keinesfalls die letzte Bahn verpassen.

Er winkte dem Kellner, deutete an, dass er zahlen wollte. Ihm wurde der Hals eng, wenn er Kates begehrlichen Blick auf sich ruhen fühlte.

Als er gezahlt hatte und sie beide in der Dunkelheit auf der Straße standen, sagte er: „Ich begleite dich noch zur Haltestelle."

„Danke." Sie klang frustriert.

Schweigend gingen sie nebeneinanderher. Schließlich sagte sie verzweifelt: „Ich muss nicht unbedingt nach Hause, John. Morgen ist Sonntag. Ich habe keinen Dienst. Wir könnten zusammen frühstücken ..."

„Es tut mir leid, Kate. Das geht nicht."

„Warum nicht? Gibt es ... hast du eine Freundin?"

„Nein. Aber im Moment passt keine Frau in mein Leben."

Er konnte ihr förmlich ansehen, wie sie sich in diesem Moment fühlte: wie eine Idiotin. Trotzdem riskierte er die Frage: „Du sagtest, du hättest noch etwas für mich?"

Sie blickte ihn aus stumpfen Augen an. Überlegte. Schließlich ging ihr wohl auf, dass es sich mit ihrer Selbstachtung noch weniger vereinbaren ließe, wenn sie nun, da sie klar zurückgewiesen worden war, herumzickte.

„Ja. Da ist noch etwas. Was die Morde an den beiden Frauen angeht, wurde ein wesentliches Detail nicht an die Medien gegeben. Auf welche Weise nämlich genau die Opfer getötet wurden."

„Sie wurden also nicht erschossen?" Er hatte sich das schon gedacht, weil immer von besonders grausamen Taten die Rede gewesen war.

„Im Fall Westley hat der Täter ein Türschloss zerschossen, um in einen Raum einzudringen. Ansonsten diente die Waffe wohl nur dazu, sie gefügig zu machen. Der Täter konnte sie jedenfalls mit Paketklebeband an Händen und Füßen fesseln, ohne dass sie sich offenbar zur Wehr setzten."

„Und dann?"

„Er stopfte ihnen ein Geschirrtuch in den Mund. Schob es ihnen ziemlich tief in den Rachen. Bei Carla Roberts bewirkte das, dass sie sich erbrechen musste. Sie ist daran erstickt."

„Und Anne Westley?"

„Da musste er nachhelfen. Sie starb einfach nicht. Er hat ihr schließlich die Nase komplett mit Paketband zugeklebt. Daran erstickte dann auch sie."

„O verdammt", sagte John. „Die Frauen wurden tatsächlich mit Geschirrtüchern erstickt? Gehörten diese Tücher den Opfern? Oder hatte der Täter sie mitgebracht?"

„Sie gehörten den Opfern. Bei Carla Roberts hat deren Tochter das Tuch identifiziert. Und im Fall Westley hat man identische Tücher in einer Schublade gefunden."

Sie kamen am Bahnhof von Charing Cross an, als die Bahn gerade einlief.

„Also dann“, sagte Kate. Ihre Gesichtsfarbe wirkte noch fahler als sonst.

„Komm gut nach Hause“, sagte John, „und – danke!“

Sie war verletzt und drehte sich nicht mehr um, während sie einstieg.

Sonntag, 10. Januar

Zum ersten Mal seitdem Tom ermordet worden war, hatte sie das Haus allein betreten. Beim letzten Mal hatte John sie begleitet. Diesmal gab es niemanden an ihrer Seite.

Sie brachte sofort ihren Koffer nach oben in das Schlafzimmer. Es sah genau so aus, wie sie es am Morgen des 29. Dezember verlassen hatte. Die ordentlich zurechtgezogene bunte Tagesdecke auf dem Bett. Auf ihrem Nachttisch ein umgeklapptes Buch, ein Kriminalroman, den sie zu lesen begonnen hatte. Auf Toms Seite mehrere Sportzeitschriften. Ein Pullover von ihm lag auf dem Stuhl in der Ecke, eine Krawatte hing an der Schranktür.

Gillian spürte, dass es jetzt genau zwei Möglichkeiten für sie gab: Sie konnte sich setzen, das unsichtbare Grauen auf sich wirken lassen und irgendwann zu schreien beginnen. Oder sie konnte sich in die Aktivitäten stürzen, die das Haus nach ihrer langen Abwesenheit verlangte. Sie entschied sich für die zweite Variante.

Die nächsten vier Stunden verbrachte sie damit, Ordnung zu schaffen. Schließlich entfachte sie ein Feuer im Kamin im Wohnzimmer, kochte sich eine große Kanne Kaffee und setzte sich in einen bequemen Sessel. Das Haus roch gut, es war warm, die knisternden Scheite verbreiteten Gemütlichkeit. Der Kaffee war heiß und kräftig.

Drei Uhr. Was sollte sie mit dem restlichen Tag anfangen?

Sie trank ihre vierte Tasse Kaffee, als ihr Handy klingelte. Es war John.

„Hallo. Ich wollte wissen, wie es dir geht.“

„Ganz gut. Ich habe das Haus geputzt, tonnenweise Wäsche gewaschen und gönne mir gerade einen Kaffee.“ Sie klang so unecht munter, dass es ihr schon selbst wehtat. „Und wie geht es dir?“

„Das Haus geputzt? Welches Haus? Bist du bei dir zu Hause?“

„Ja. Ich bin hier wieder eingezogen. Heute Vormittag. Ich kann ja nicht ewig einen Bogen um mein eigenes Zuhause machen.“

Er schwieg einen Moment. „Was ist passiert?“, fragte er dann leise.

Sie gab es auf, Versteck zu spielen. „Ich hatte einen Streit mit Tara. Am Donnerstagabend, gleich nachdem du weg warst. Und seitdem … habe ich mich nicht mehr so richtig bei ihr wohlgefühlt.“

„Worüber habt ihr gestritten?“

„Ich war so dumm und habe Tara erzählt, dass du früher bei der Polizei warst. Und wie es kommt, dass du dort jetzt nicht mehr bist."

„Aha. Und sie hat es ziemlich negativ aufgenommen", vermutete John.

„Na ja, sie fiel aus allen Wolken. Sexuelle Nötigung ist natürlich ein Begriff, der bei den meisten Frauen nicht besonders gut ankommt. Ich habe ihr die Zusammenhänge erklärt, aber sie konnte nicht fassen, dass ich dir deine Version der Geschichte so vorbehaltlos glaube. Schon gar nicht kann sie es nachvollziehen, dass ich mich noch immer mit dir treffe."

„Ich verstehe", sagte John.

„Ich fühlte mich seitdem nicht mehr so richtig wohl in ihrer Gegenwart. Ich wurde nervös, wenn du anriefst. Es war ein wenig erfreulicher Zustand. Außerdem muss ich ins Leben zurückfinden. Ich kann nicht immerzu bei Tara auf dem Sofa sitzen und darauf warten, dass sich ein Weg vor mir auftut. Tara arbeitet schließlich. Ich bin bei ihr ohnehin meist allein."

„Aber bei dir zu Hause bist du auch allein. Und ich denke nicht, dass das gut ist für dich."

„In meiner augenblicklichen Situation kann gar nichts gut für mich sein."

„Lass mich zu dir kommen. Oder komm du zu mir. Bitte."

„Heute nicht, John. Ich muss meinen eigenen Weg finden."

Er konnte sie verstehen, aber ... „Hör zu, Gillian, da ist schließlich noch etwas anderes. Abgesehen von deiner schwierigen psychischen Situation – du weißt, es gibt die Theorie, dass dein Mann ein zufälliges Opfer war. Dass in Wahrheit du gemeint warst."

„Ich weiß. Das ist nicht neu."

„Gillian, der Täter hat nicht erreicht, was er wollte. Und wir wissen nicht, ob er sich damit zufriedengibt."

„Ich mache niemandem die Haustür auf. Das Haus ist gut gesichert, John. Wir haben sogar eine Alarmanlage. Ich kann sie nachts aktivieren."

„Ruf mich sofort an, wenn etwas ist, ja?"

Sie versprach es ihm.

Montag, 11. Januar

Es verblieben drei Frauen auf Christys Liste, die sie hatte aufsuchen wollen: die drei Teilnehmerinnen an Ellen Currans Selbsthilfegruppe, die neben der ermordeten Carla Roberts und der verschwundenen Liza Stanford nun noch übrig waren. Allerdings hatte Christy schon herausgefunden, dass sie nur mit einer der Frauen würde sprechen können. Die beiden anderen waren schon im Dezember gemeinsam zu einer Rundreise durch

Neuseeland aufgebrochen und würden erst im Februar nach England zurückkehren.

Blieb Nancy Cox, die am Telefon sehr nett geklungen hatte. „Kommen Sie einfach am Vormittag zu mir“, hatte sie zu Christy gesagt, „ich genieße seit einem Jahr meinen Ruhestand. Ich habe Zeit.“

Während sie ihren Wagen durch die Stadt steuerte, musste Christy an ihr Gespräch mit Fielder vom Samstag denken. Sie hatte wissen wollen, was Logan Stanford, den sie bislang nur aus der Presse kannte, für ein Typ sei.

„Ich will ehrlich sein, ich mag ihn nicht“, hatte Fielder gesagt. „Aber dieser Umstand sollte natürlich nicht den geringsten Einfluss auf die Ermittlungen haben. Er hat furchtbar viel Geld und lässt das auch richtig raushängen. Außerdem ist er der klassische Staranwalt, von dem man den Eindruck hat, er geht über Leichen, nimmt es mit der Wahrheit nicht allzu genau und erwirkt eine einstweilige Verfügung nach der anderen, wann immer ihm jemand auch nur einen Schritt zu nahe kommt.“

„Das Verschwinden seiner Frau beunruhigt ihn tatsächlich nicht?“

„Er ist es gewohnt, wie er behauptet. Ebenso ist er es gewohnt, dass sie irgendwann wieder auftaucht. Deshalb halten sich seine Sorgen in Grenzen.“

„Finden Sie das normal?“, fragte Christy. „Ich meine, selbst wenn man es gewohnt ist … Ein Mensch, der so depressiv ist, dass er immer wieder für Wochen verschwindet … Das ist doch kein Zustand! Er kann das doch nicht auf sich beruhen lassen. Er müsste versuchen, ihr zu helfen.“

„Er kommt mir ziemlich emotionslos vor. Und sehr auf sein Ansehen konzentriert. Allerdings wissen wir nicht, wie sehr er vielleicht in der Vergangenheit schon versucht hat, irgendetwas gegen ihr Problem zu tun.“

Jetzt, auf dem Weg durch die Stadt, dachte Christy erneut über Fielders Fazit nach. „Da stinkt etwas gewaltig, Christy!“, hatte er betont. „Wir haben zwei ermordete Frauen, und die Frau, die mit beiden zu tun hatte, ist spurlos verschwunden. Ich weiß, dass es die verrücktesten Zufälle gibt, aber an dieser Stelle müsste man mir den Zufall schon beweisen. Und vergessen Sie nicht: Die Ehe der Stanfords war offenbar alles andere als harmonisch. Was wissen wir denn? Vielleicht hat Carla Roberts ihrer Freundin zugeraten, den eiskalten Anwalt endlich zu verlassen, und vielleicht hat das Stanford so richtig gestunken. Eine Scheidung könnte ihn eine Menge Geld kosten. Geld, das er vielleicht gar nicht hat. Vielleicht ist die imposante Villa bis unters Dach beliehen. Die tollen Autos geleast. Eine Scheidung wäre der alles entscheidende Genickbruch. Stanford könnte diese Gruppe, zu der seine Frau ging, gehasst haben, und am meisten Carla Roberts.“

„Und was ist mit Anne Westley? Und Thomas Ward? Oder Gillian Ward?“

Darauf hatte Fielder keine Antwort gewusst.

Bei Nancy Cox erwartete Christy ein Frühstückstisch mit Toastbrot, Rühreiern mit Speck und frisch gebackenen Hörnchen. Dazu gab es eine große Kanne Kaffee. Nancy hatte im Wohnzimmer ihres Reihenhäuschens in Fulham gedeckt. Sie war eine zierliche Frau mit freundlichen Augen, kurz geschnittenen grauen Haaren und einer sehr warmherzigen Ausstrahlung.

Christy, die am frühen Morgen wieder einmal nur im Stehen einen Kaffee hinuntergekippt hatte, ließ sich nicht ungern bewirten.

Was Nancy über Liza berichtete, deckte sich mit dem, was Ellen Curran bereits gesagt hatte. „Mir kam sie immer traurig vor. Niedergeschlagen."

„Was berichtete sie über ihre Ehe? Sie wollte sich ja trennen."

„Ach, wissen Sie, ich habe immer gedacht, die trennt sich nie. Die will sich nur manchmal vergewissern, dass sie die Möglichkeit dazu hätte. Schwer zu sagen, was sie ihrem Mann eigentlich vorwarf. Sie redete so wenig. Sie und Carla Roberts waren immer ziemlich stumm. Während wir vier anderen ohne Punkt und Komma durcheinanderschnatterten."

„Auch wenn Carla und Liza wenig redeten – irgendetwas müssen sie ja mal gesagt haben?"

Nancy überlegte. „Ja, also Liza sagte schon ein paarmal, dass sie sehr unglücklich sei in ihrer Ehe. Ihrem Mann gehe es nur noch um Geld, um Prestige, um sein Ansehen. Ich glaube, sie fühlte sich zutiefst allein, selbst wenn er da war."

„Wissen Sie, ob er einverstanden war, dass sie zu dieser Gruppe ging?"

„Ich glaube, er wusste das gar nicht. Sie hatte ihm wohl ziemlich pauschal etwas von einer Selbstfindungsgruppe erzählt. Er fand das wahrscheinlich ziemlich blöd, hielt es aber wohl nicht für gefährlich."

„Riet Carla ihr zur Scheidung?"

„Ich weiß es nicht. Die beiden haben sich manchmal leise miteinander unterhalten, aber ich weiß nicht, worüber."

Christy trank den letzten Schluck Kaffee, nahm ihre Karte aus der Tasche und schob sie Nancy über den Tisch zu. „Hier. Bitte rufen Sie mich an, wenn Ihnen irgendetwas einfällt. Irgendetwas, was Carla oder Liza gesagt oder auch nur beiläufig erwähnt haben. Alles kann von Bedeutung sein."

Das Grundstück war ungewöhnlich groß, selbst für Hampstead, das Haus lag ein gutes Stück von der Straße zurück und war zwischen den alten, hohen Bäumen nur unvollkommen zu erkennen.

John wollte gerade die Klingel, die zusammen mit einer Überwachungskamera gleich neben dem schmiedeeisernen Tor angebracht war, betätigen, als er einen Jungen sah, der durch den verschneiten Garten kam. Er stapfte mitten durch den Schnee und zog einen Schlitten hinter sich her, eine Art rote Plastikuntertasse mit einem kleinen geformten Sitz.

Der Junge öffnete das Tor und entdeckte in diesem Moment erst den Mann, der dort stand. Er zuckte zusammen. „Hallo“, sagte er unsicher.

„Hallo“, sagte John, „ich heiße John Burton. Du bist …?“

„Finley. Finley Stanford.“

„Hallo Finley. Ich wollte zu deiner Mutter. Ist sie da?“

„Nein.“

„Wo ist sie denn?“

„Ich weiß es nicht.“

„Du weißt es nicht?“

„Sie ist verschwunden“, sagte Finley.

John blickte ihn mit gespieltem Erstaunen an. „Verschwunden? Seit wann ist sie verschwunden?“

„Seit Mitte November. Am 15. November ist sie verschwunden. Das war ein Sonntag.“

„Aha. Sie packte ihre Sachen und ging aus dem Haus und kam nicht wieder? Oder wie?“

„Nein. Wir haben am Sonntagnachmittag zusammen ferngesehen, Mum und ich. Und wir haben Plätzchen gegessen. Am Abend habe ich dann noch ein bisschen am Computer gespielt. Um neun musste ich ins Bett.“ Finley unterbrach sich plötzlich und sah John misstrauisch an. „Wieso wollen Sie das alles wissen?“

„Ich bin ein guter Bekannter deiner Mutter. Ich müsste sie in einer ziemlich dringenden Angelegenheit sprechen. Es wäre wichtig für mich, herauszufinden, was passiert ist.“

„Ja“, sagte Finley bekümmert, „das weiß ich eben auch nicht. Am nächsten Morgen hat mich Dad geweckt und gesagt, dass Mum in der Nacht weggegangen ist, aber dass sie bestimmt wiederkommt. Ich bin dann ganz normal in die Schule gegangen. Ich habe so gehofft, dass sie wieder da ist, wenn ich nachmittags nach Hause komme, aber …“ Er zuckte mit den Schultern. John musterte ihn aufmerksam. Der Junge war blass und feingliedrig, sah aber gesund aus. Er machte sich deutlich Sorgen um seine Mutter, schien aber in sich zu ruhen – vielleicht sogar ein wenig zu sehr. In seiner Tätigkeit als Jugendtrainer war John schon manchmal aufgefallen, dass Kinder aus besonders desolaten Lebensumständen manchmal diese etwas eigentümliche Ruhe ausstrahlten, von der man irgendwann merkte, dass sie Ausdruck einer völligen Zurückgezogenheit des Kindes in sich selbst war.

„In welche Schule gehst du?", fragte er.

„William Ellis School. In Highgate."

„Ist das früher schon mal passiert? Dass deine Mutter einfach verschwunden ist und niemand wusste, wohin?"

„Einmal. Vor zwei Jahren ungefähr. Da kam sie aber nach zehn Tagen wieder."

So ganz normal, wie Stanford es gegenüber Fielder dargestellt hat, ist das Abtauchen von Mrs Stanford nun auch nicht, dachte John.

„Die Polizei hat auch schon nach ihr gefragt", sagte Finley. „Am Freitag. Da war ein Inspector von Scotland Yard hier. Sie sind aber nicht von der Polizei?"

„Nein, Finley. Ich bin nicht von der Polizei."

„Und weshalb dann all diese Fragen?", sagte eine scharfe Stimme hinter ihm. John drehte sich um. Unbemerkt war ein Mann vom Haus herübergekommen. Jeans, Pullover, silbergraues Haar. Logan Stanford.

„Dr. Stanford?", fragte John.

„Was wollen Sie hier?", fragte Stanford zurück, ohne sich vorzustellen. „Was haben Sie mit meinem Sohn zu bereden?"

„Er ist ein Bekannter von Mum", sagte Finley. „Er muss sie sprechen."

„Ach ja? In welcher Angelegenheit?"

„Das ist sehr persönlich", antwortete John.

„Wer sind Sie?", fragte Stanford. Seine Stimme klang ruhig.

„John Burton."

Stanford blickte ihn an. Sehr sachlich. Sehr beherrscht. Es war nicht auszumachen, was in ihm vorging. Er wirkte vollkommen undurchsichtig.

John beschloss, den direkten Weg zu gehen. „Dr. Stanford, die Polizei war am Freitag bei Ihnen. Wegen Ihrer Frau. Sie wissen daher, worum es geht."

„Wer sind Sie?", wiederholte Stanford.

„Zwei Frauen wurden ermordet. Und ein Mann. Der Tod des Mannes war aller Wahrscheinlichkeit nach nicht geplant. Eigentliches Ziel des Täters war seine Frau. Ein Zufall hat sie gerettet, aber es ist durchaus möglich, dass sie in großer Gefahr schwebt. Sie wollen wissen, wer ich bin? Ich bin ein sehr enger Freund dieser Frau. Ihre Sicherheit liegt mir am Herzen."

„Verständlich. Aber ich kann Ihnen da nicht helfen."

„Ich nehme an, Detective Inspector Fielder hat Ihnen die Zusammenhänge erklärt. Sie wissen, auf welche Weise die Polizei auf Ihre Frau kam. Sie ist das einzige bislang bekannte Bindeglied zwischen den beiden toten Frauen. Es wäre wirklich wichtig, mit ihr zu sprechen."

„Ich weiß nicht, wo sie ist."

„Und das halten Sie für einen normalen Zustand? Seit zwei Monaten nichts über den Verbleib Ihrer Frau zu wissen?"

„Was ich für normal halte, müssen Sie schon mir überlassen, Mr Burton. Im Übrigen äußere ich mich der Polizei gegenüber. Nicht aber gegenüber einem wildfremden Mann, der meinen Sohn am Gartentor abfängt und ausfragt. Ich sehe unser Gespräch als beendet an."

Die beiden Männer musterten sich einen Moment lang schweigend. John begriff, dass er im Augenblick nichts ausrichten konnte. „Auf Wiedersehen, Dr. Stanford", sagte er.

„Auf Wiedersehen", erwiderte Stanford. Er legte den Arm um die Schultern seines Sohnes.

Dienstag, 12. Januar

Gillian mistete das Haus aus. In zahllose Tüten verpackt, hatte sie Toms Kleidungsstücke zur Altkleidersammlung gebracht. Kinderklamotten von Becky aussortiert, eigene, lange nicht getragene Sachen beiseitegeräumt.

Im Keller hatte sie sogar noch etliche zusammengefaltete Umzugskartons gefunden. Sie schleppte sie nach oben und begann mit ersten Packarbeiten. Bücher, Porzellan, gerahmte Fotografien, Kerzenständer.

Jetzt, am Dienstagmittag, sah das Haus bereits aus, als stehe der Umzug unmittelbar bevor. Gillian fuhr ihren Computer hoch und fahndete über Google nach einem Makler in Southend oder London. Ihr Blick fiel auf den Namen Luke Palm, und ein Erinnerungsglöckchen schlug an. Der Name war in der Zeitung genannt worden. Palm war der Mann, der die ermordete Anne Westley gefunden hatte. Sie überlegte, dass er für sie vielleicht die günstigste Möglichkeit wäre. Sie konnte ihm offen erzählen, weshalb sie das Haus verkaufen wollte, ohne dass er gleich in Ohnmacht fiele. Sie wählte die Nummer seines Büros und vereinbarte mit Luke Palm einen Besichtigungstermin für tags darauf, am späten Nachmittag gegen halb sechs.

Als sie sich verabschiedet hatten, blickte Gillian hinaus in den tief verschneiten Garten. Voraussichtlich war das ihr letzter Winter hier. Ich tue es wirklich, dachte sie. Ich breche alle Brücken hinter mir ab.

Samson verschloss sorgfältig die Tür des Wohnwagens hinter sich und verstaute den Schlüssel in seiner Anoraktasche. Er schauderte vor der Kälte, die ihn draußen empfing. Ein strahlend blauer Himmel, Sonne, hoher Schnee.

Er hatte eine Tüte mit getrockneten Brotresten bei sich, wedelte nun den Schnee von einem halb fertigen Mauerstück und schüttete das Brot auf die Steine. Er wusste, kaum wäre er ein Stück weit gegangen, würden sich die

Vögel auf der Mauer niederlassen. In den letzten Tagen hatte er sie regelmäßig gefüttert. Sie stellten seine einzige Gesellschaft in der Einöde dar.

„Von jetzt an müsst ihr allein klarkommen", sagte er leise, „ich schaffe es hier nicht mehr."

Sein Plan war, sich über die Felder bis zu den ersten Ausläufern Londons durchzuschlagen, dort ein Postamt zu suchen und über ein Telefonbuch die Adresse von John Burton ausfindig zu machen. Er brauchte eine neue Unterkunft, und Burton war der Einzige, der ihm helfen konnte. Gavin, sein Bruder, wäre die äußerste Alternative. Wegen Millie. Aber ehe er verhungerte oder erfror, würde er sich in die Höhle der Löwin begeben müssen. Letzten Endes würde er sowieso im Untersuchungsgefängnis landen, da machte er sich nichts vor. Es war nur die Frage, wie lange er diesen Moment würde hinauszögern können. Und er hatte längst den Punkt erreicht, an dem er den Aufenthalt in einer Gefängniszelle nicht mehr als das größte aller vorstellbaren Übel ansah. Das Alleinsein hatte ihn fast zerbrochen.

Seit drei Uhr parkte John gegenüber der Schule und behielt alle Ausgänge scharf im Auge. In einiger Entfernung befand sich eine Bushaltestelle. Es war anzunehmen, dass Finley von dort aus seinen Heimweg antreten würde.

Um vier Uhr kam Bewegung auf. Erste Schüler kamen aus der Schule, bald drängten größere Mengen hinterher. Er hoffte, dass ihm Finley in dieser Menschenmenge nicht entwischen würde.

Finley tauchte so plötzlich vor ihm auf, dass John fast erschrocken zusammengezuckt wäre. Der Junge erkannte John und trat auf ihn zu. Er sah ihn einfach nur an, aus ruhigen, sanften Augen.

„Hallo Finley", sagte John.

„Hallo Mr Burton", erwiderte Finley. „Mein Vater hat gesagt, ich soll nicht mit Ihnen sprechen."

„Ja, das habe ich vermutet. Aber es ist wichtig. Es geht um deine Mutter."

Finley wirkte hin- und hergerissen. „Sie kennen meine Mutter aber nicht?", fragte er.

„Nein", gab John zu. „Ich kenne sie nicht. Aber es wäre wichtig, mit ihr zu reden. Es wäre wichtig für jemand anderen, den ich gut kenne."

Finley hob beide Schultern. „Ich weiß nicht, wo sie ist."

„Hast du ein Bild von ihr?", fragte John.

Finley nickte, ließ seinen Schulranzen vom Rücken rutschen und suchte darin herum. Aus einem Geldbeutel zog er ein Foto hervor. „Das ist sie."

John betrachtete das Bild. Eine schöne Frau, wie er sogleich feststellte. Lange blonde Haare, auffallend große Augen. Aber er gewahrte auch die

Angst in den Augen. Zeichen einer Depression? Oder gab es ganz konkrete Ängste, die das Leben von Liza Stanford vergifteten?

Er gab das Bild zurück. „Sie ist sehr schön", sagte er.

Finley nickte. „Ja."

„Hast du noch fünf Minuten Zeit für mich? Für ein Gespräch?"

„Mein Bus geht erst in zehn Minuten", sagte Finley.

„Gut. Finley, verstehst du, der Gedanke ist kaum nachvollziehbar, dass ein Mensch ohne Grund verschwindet. Schon gar nicht eine Mutter. Sie musste zurücklassen, was ihr mit Sicherheit das Liebste auf der Welt ist, nämlich dich. Das tut eine Frau nur, wenn sie unter sehr großem Druck steht."

„Ja", sagte Finley.

„Dein Vater hat der Polizei gesagt, deine Mutter habe immer unter Depressionen gelitten. Weißt du, was Depressionen sind?"

„Man ist dann immer sehr traurig."

„Genau. Könnte man das über deine Mutter sagen? Dass sie immer sehr traurig ist?"

„Ja", sagte Finley ernst.

John versuchte es von einer anderen Seite. „Bei depressiven Menschen ist der Grund für ihre Traurigkeit oft nicht zu erkennen. Ist das so bei deiner Mutter?"

Ein Ausdruck der Unsicherheit huschte über Finleys Gesicht. „So ist es eigentlich nicht", sagte er leise.

„Du kanntest also immer den Grund für ihre Traurigkeit?", insistierte John.

Finley nickte. „Und du weißt auch, warum sie weggegangen ist? Willst du es mir sagen?" Finley schüttelte den Kopf.

„Aber vielleicht würde es mir helfen, sie zu finden."

Finleys Augen irrten nun umher.

„Gab es oft Streit zwischen deinen Eltern?", fragte John.

Finley sah aus, als wollte er am liebsten weglaufen. John begriff, dass er den Jungen kaum noch eine Minute würde halten können. Er brauchte noch dringend eine Information, die er nicht bekommen würde, wenn er weiter in den Jungen drang. Abrupt wechselte er das Thema. „Machst du eigentlich noch etwas außerhalb der Schule?", fragte er leichthin. „Nachmittags, meine ich. Hast du ein Hobby? Rugby? Ein Instrument vielleicht? Irgendetwas?"

Finley schien überrascht und auch erleichtert. „Am Mittwoch spiele ich Handball. Und am Donnerstag habe ich Klavierstunde."

„Du spielst Handball? Das finde ich gut. Spielt ihr hier in der Schule?"

„Ja."

„Und der Klavierunterricht … findet der auch hier statt?“

„Nein. Bei einer Privatlehrerin. In der Nähe der Hampstead-Tube-Station.“

„Verstehe. Ich nehme an, dass dich früher deine Mutter dorthin gebracht hat, stimmt's? Und jetzt gehst du allein?“

„Ja. Mein Vater hat wenig Zeit.“

„Alles klar. Finley – danke, dass du mit mir gesprochen hast. Ich hoffe, du erreichst deinen Bus noch.“

Finley wandte sich zum Gehen. „Auf Wiedersehen“, murmelte er unsicher.

„Auf Wiedersehen“, sagte John. Er blickte dem Jungen nach. Er sah aus wie jemand, der eine unsichtbare Last trägt.

Wenn sich Liza Stanford noch irgendwo in der Nähe aufhielt, überlegte John, würde sie versuchen, wenigstens gelegentlich zu überprüfen, wie es ihrem Sohn ging. Er hegte die Hoffnung, dass Liza manchmal Orte aufsuchen würde, von denen sie wusste, dass Finley dort zu bestimmten Zeiten aufkreuzte, um so einen Blick auf ihn zu erhaschen. Wenn John Glück hatte, gelang es ihm, sie zu erkennen. Es war eine kleine Chance, mehr nicht.

Er schaute auf seine Uhr. Er überlegte, ob es sich noch lohnte, ins Büro zu fahren und nach dem Rechten zu sehen, entschied dann aber, die Dinge telefonisch zu regeln. Und stattdessen Gillian zu besuchen.

CHRISTY MCMARROW saß in DI Fielders Büro. Sie hatte ihren Chef noch am Vortag über ihre Gespräche mit Nancy Cox informiert.

„Was sich für mich immer deutlicher darstellt“, erklärte Fielder nun, „ist die Tatsache, dass Liza Stanford eine wesentliche Rolle inmitten der ganzen Geschichte zukommt. Die Frau kannte zwei der Mordopfer, und eines der Opfer hatte irgendein Problem mit ihr. Und jetzt ist sie verschwunden. Sie ist in die Fälle verstrickt. Wir wissen nicht genau, weshalb und wie, aber ich wette, sie ist der Schlüssel.“

„Das heißt, wir müssen sie unbedingt finden. Was tun wir? Ihren Mann noch einmal richtig in die Mangel nehmen?“

Fielder nickte langsam. „Der Kerl ist ein verdammt harter Brocken. Gibt sich freundlich und durchaus kooperativ, aber wenn er nichts sagen will, sagt er nichts. Zudem hat er beste Beziehungen.“

„Die er mit Sicherheit nutzen wird.“

„Mit absoluter Sicherheit. Wir müssen vorsichtig sein. Der kommt uns im Handumdrehen mit einer Dienstaufsichtsbeschwerde oder etwas in der Art.“

„Trotzdem“, sagte Christy, „ist er im Moment unsere einzige Möglichkeit.“

Fielder nickte, dann fragte er: „Was ist mit Samson Segal? Gibt es von ihm inzwischen eine Spur?“

„Der ist weiter untergetaucht“, sagte Christy. „Er war ja mein absoluter Lieblingsverdächtiger, aber mittlerweile schwanke ich. Vielleicht ist er wirklich nur ein harmloser Spinner, der im Moment von der Panik getrieben wird, ihm könnte etwas angehängt werden.“

„Interessant wäre es zu wissen, ob er die Stanford kannte.“

„Er erwähnt sie nicht in seinen Aufzeichnungen.“

„Man kann es dennoch nicht ausschließen. Auch ihn müssten wir dringend ausfindig machen.“

„Und John Burton?“

„Im Auge behalten“, sagte Fielder. Er fügte hinzu: „Ich habe die Ermittlungsakte von damals anfordern lassen.“

„Sir, es kam nicht zu einem Gerichtsverfahren“, wandte Christy ein. „Die Anschuldigung war unhaltbar!“

„Trotzdem. Ich will das noch mal durchgehen.“

DAS ERSTE, was er sah, als er den Weg zum Haus entlangging, war die weit offen stehende Haustür. Angesichts dessen, was in den letzten Wochen geschehen war, durchfuhr ihn sofort ein eisiges Erschrecken. Aber im selben Moment sah er Gillian um die Ecke aus dem nach hinten gelegenen Garten kommen. In der Hand hielt sie einen Plastikeimer. Sie zuckte zusammen, als sie den Besucher sah, entspannte sich aber, als sie erkannte, wer er war. Allerdings wirkte sie nicht besonders erfreut, wie John registrieren musste.

„Hallo Gillian“, sagte er.

Sie lächelte, eher höflich als herzlich. „Hallo John.“

Er trat auf sie zu und gab ihr einen Kuss, aber sie drehte den Kopf so, dass er mit seinen Lippen nur ihre Wange streifen konnte.

„Es ist wahrscheinlich unhöflich, einfach ohne Voranmeldung vorbeizukommen“, sagte er, „aber ich war gerade in der Nähe …“

„Komm doch rein.“ Sie trat vor ihm ins Haus und stellte den Eimer neben die Tür. „Ich habe die Vögel gefüttert.“

„Aha.“ Er sah sich um. An den Wänden entlang des Flurs stapelten sich Kisten. „Was ist denn hier los?“, fragte er.

„Ich habe schon ein paar Sachen verpackt“, sagte Gillian. Sie verschwand in der Küche. „Möchtest du einen Kaffee?“

„Gern.“ Er sah sich kopfschüttelnd um. Die Anzeichen waren kaum verkennbar: Gillian bereitete ihren Auszug vor. Er trat in die Küche und wandte sich an Gillian, die gerade mit der Kaffeemaschine hantierte. „Warum gehst du nicht zur Küche hinaus, wenn du in den Garten willst?“

Sie hielt inne. „Keine Ahnung“, erwiderte sie, aber dann fügte sie hinzu: „Ich habe ein Problem, die Gartentür offen zu lassen. Dort ist der … Mörder hereingekommen. Es ist einfach … es geht einfach nicht.“

„Die Haustür solltest du dann aber auch nicht offen stehen lassen. Das ist etwas irrational!“

Sie schaltete die Kaffeemaschine ein. „Etwas? Alles in meinem Leben ist seit einiger Zeit völlig irrational.“

John trat näher an sie heran. „Gillian! Was ist los? Was bedeutet das … du packst hier alles? Willst du ausziehen?“

„Ja. Ich verkaufe das Haus. Morgen kommt ein Makler.“

„Wo willst du denn hinziehen?“

„Ich bleibe nicht hier. Ich gehe nach Norwich zurück.“

Völlig entsetzt sah er sie an. „Nach Norwich? Wieso das denn?“

„Dort leben meine Eltern. Als alleinerziehende Mutter, die arbeiten muss, werde ich leider meine Tochter häufig in die Obhut anderer geben müssen. Da sind mir ihre Großeltern lieber als Fremde. Ich brauche in dieser Situation meine Angehörigen, und die sind nun einmal nicht hier.“

„Aber dein Haus ist hier. Becky geht hier zur Schule. Sie hat hier ihre Freunde. Du hast in London eine Firma, von der ihr lebt. Das ist alles hier!“

„Die Firma werde ich verkaufen. Sie steht gut da, also wird das nicht zu schwierig werden. Zusammen mit dem Geld aus dem Hausverkauf habe ich ein gutes Startkapital. Das gibt mir Zeit, eine Arbeit für mich zu finden.“

„Du hast alles bereits perfekt geplant“, sagte John fassungslos.

Der Kaffee strömte zischend in die beiden Tassen, die Gillian in der Maschine platziert hatte. Sie füllte sie mit geschäumter Milch auf und stellte sie auf den Tisch. Vorsichtig nahm John den ersten Schluck. Er betrachtete Gillian, die ihm gegenüberlehnte. Völlig ungeschminkt sah sie jünger aus als sonst. Und so verletzlich, dass er sie am liebsten in die Arme genommen hätte, aber er spürte, dass dies das Letzte war, was sie wollte.

„Es muss ja weitergehen“, sagte sie.

„Ja, aber musst du alle Weichen umstellen? Gillian, es sind erst zwei Wochen vergangen, seit du deinen Mann hier gefunden hast. Du kannst das noch nicht verarbeitet haben. Und schon wirfst du dein ganzes Leben um!“

„Es ist meine Art, mit der Verarbeitung zu beginnen.“

Er kannte sie so nicht. So starr und spröde. Er konnte sagen, was er wollte, er würde Gillian im Innersten nicht berühren.

Er versuchte es trotzdem. „Ich verstehe, dass du in diesem Haus nicht mehr wohnen möchtest. Aber du kannst doch innerhalb dieser Stadt umziehen. Such dir eine hübsche Wohnung für Becky und dich, aber entwurzel euch beide doch nicht gleich vollständig!"

Sie wirkte plötzlich müde. „John – bitte. Ich möchte nicht diskutieren. Es steht alles fest."

Er hätte sie am liebsten an den Schultern gepackt und geschüttelt. Es wunderte ihn, dass auf einmal so starke Emotionen in ihm aufkamen. „Und wenn du zu mir ziehst", platzte er heraus und verbesserte sich sofort: „Wenn ihr zu mir zieht? Du und Becky? Und natürlich euer Kater?"

Sie blickte überrascht auf. „Zu dir?"

„Warum nicht? Es ist eine andere Umgebung, also das, wonach du suchst. Und du hättest Unterstützung in der Betreuung von Becky."

Sie lachte fast. „John! Du bringst es nicht einmal fertig, Möbel in deine Wohnung zu stellen, solche Angst hast du vor jeder Art der Festlegung. Glaubst du im Ernst, du kommst damit zurecht, dass eine Frau, ein Kind und ein Kater bei dir einziehen?"

Er wusste, dass ihre Frage berechtigt war. Und doch wusste er auch, dass seine Antwort vollkommen der Wahrheit entsprach. „Ja. Ich komme mit allem zurecht, wenn du bei mir einziehst."

Sie schüttelte den Kopf. „John … Wir kennen einander kaum. Wir sind einmal miteinander ins Bett gegangen. Mehr war nicht."

Er sah sie geradezu verzweifelt an. Er wusste, dass er mit seinem Vorschlag, sie könne zu ihm ziehen, viel zu schnell, zu überfallartig gewesen war. „Wenn du es so siehst", sagte er, „dann ja – mehr war nicht. Aber seitdem liebe ich dich, Gillian."

„John, es geht einfach nicht. Versteh das bitte. Als ich Tom mit dir betrogen habe, da habe ich mich doch einfach nur benommen wie ein kleines Kind, das um Zuwendung und Geborgenheit bettelt. Ich kann doch jetzt nicht einfach weitermachen, als ob nichts geschehen wäre. Verstehst du?"

„Ja, ich kann verstehen, dass du dich mit den schrecklichsten Schuldgefühlen herumschlägst. Aber… ich glaube trotzdem, dass wir zusammengehören. Und ich weiß, dass ich dich liebe."

„Ich kann nicht … ich will dir nicht wehtun. Aber ich gehe nach Norwich. Zu meiner Familie. Zu dem Rest meiner Familie."

Überwältigt von dem Schmerz, der plötzlich in ihm anschwoll, fragte er dennoch noch einmal: „Gibt es irgendetwas, womit ich dich für mich gewinnen kann?"

Sie wandte den Blick von ihm ab. „Nein", sagte sie.

Mittwoch, 13. Januar

Das schöne Wetter war schon wieder vorbei. Es schneite seit dem frühen Morgen. John war den Vormittag über in der Firma gewesen, hatte wenigstens ein paar liegen gebliebene Schreibtischarbeiten erledigen können. Sein Kopf schmerzte. Nach seinem gestrigen Besuch bei Gillian war er im Halfway House abgetaucht und hatte sich mit Alkohol zugeknallt. Er hatte Schutz vor den Gedankenspiralen gesucht, die ihn bedrängten.

John Burton stand vor einer erschütternden Erkenntnis: Er hatte sich in eine Frau verliebt. Er hatte sich so sehr verliebt, dass ihm der Gedanke, diese Frau zu verlieren, fast unerträglich schien.

Um die Mittagszeit wurde er unruhig. Es gab genug Arbeit, um den ganzen Tag am Schreibtisch zu verbringen, aber sein eigentliches Vorhaben war gewesen, ab drei Uhr Position vor Finleys Schule zu beziehen, in der Hoffnung, Finleys Mutter treibe sich vielleicht dort herum, um heimlich einen Blick auf ihren Sohn zu werfen, wenn er zu seinem Sportkurs ging. Die Frage war, ob er, John, an der ganzen Geschichte überhaupt noch dranbleiben wollte. Sein Motiv war Gillian gewesen, die Tatsache, dass sie womöglich in Gefahr schwebte. Sollte er sich angesichts der neuesten Entwicklung wegen Gillian noch für etwas engagieren, was ihn kaum etwas anging?

Schließlich entschied er, es trotzdem zu tun. Es passte nicht zu ihm, sich beleidigt zurückzuziehen, wie er fand.

Pünktlich um drei parkte er vor Finleys Schule. Und wartete. Spähte. Irgendwann, irgendwo musste Finleys Mutter auftauchen.

„Ja, also“, sagte Luke Palm, „das Haus ist in einem wirklich guten Zustand. Gepflegt und freundlich … Ich sehe da keine allzu großen Probleme.“

Sie standen im Esszimmer. Draußen brach die Dunkelheit herein. Es schneite. Ohne Unterlass, seit dem frühen Morgen.

Gillian merkte, wie angespannt sie war. „Es gibt da noch etwas“, sagte sie zögernd. „Sie wollten wissen, weshalb ich verkaufe, und mögliche Käufer werden das auch fragen. Ich sagte Ihnen ja, dass mein Mann gestorben ist und ich daher in die Nähe meiner Eltern ziehen will. Die Wahrheit ist – er ist nicht einfach gestorben. Er …“ Sie sprach nicht weiter.

Palm nickte. „Ich weiß. Ich hatte das bei Ihrem Anruf nicht sofort begriffen, aber es wurde mir klar, als ich überlegte, weshalb mir Ihr Name bekannt vorkommt. Es stand in irgendeiner Zeitung. Ich weiß, Ihr Mann …“

„Er wurde ermordet. Ich habe ihn hier, in diesem Zimmer, gefunden.“

Palm sah sich beklommen um. „Verstehe. Aber wir müssen es Kaufinteressenten nicht sagen, und wenn es jemand von selbst herausfindet und dann abspringt, können wir es nicht ändern."

Gillian nickte. „Danke. Das war der Grund, weshalb ich Sie als Makler wollte. Ich dachte, Sie verstehen das alles besser. Weil Sie ja irgendwie auch … ein gebranntes Kind sind."

Beide schwiegen sie, hingen ihren Gedanken nach, die sich um die absurden Konstellationen drehten, in die Menschen in ihrem Leben geraten konnten. Sie begleitete ihn zur Tür, sie verabschiedeten sich voneinander, und sie sah Palm nach, der noch bevor er die Straße erreicht hatte, wo sein Wagen parkte, vom Schneetreiben verschluckt wurde.

Ihr Blick fiel auf den Eimer mit Vogelfutter, der neben der Tür stand. Sie hatte heute völlig vergessen, das Vogelhaus aufzufüllen. Sie schlüpfte in ihre Stiefel, zog ihre Jacke über, nahm den Eimer und stapfte um das Haus herum. Es war inzwischen völlig dunkel.

Es war nicht einfach, sich vorwärtszukämpfen. Gillian sank bis über die Knie in den Schnee. Sie schaufelte mehrere Hände voller Futter unter die Überdachung und trat den Rückweg an. Erleichtert atmete sie auf, als sie die Tür erreichte, aus der ein freundlicher Lichtschein nach draußen fiel. Sie schloss die Tür, sperrte den Schnee, die Kälte, die einfallende Nacht aus.

Am Garderobenspiegel im Flur schälte sie sich aus ihrer Jacke, bückte sich dann und zog sich die Stiefel von den Beinen. Als sie sich wieder aufrichtete und dabei mit ihrem Blick den Spiegel streifte, meinte sie, im Hintergrund eine Bewegung wahrzunehmen. In der Küche!

Ein paar Sekunden lang verharrte sie reglos. Es war wie ein Schatten gewesen, der im Bruchteil eines Moments vorüberglitt, und sie war nicht sicher, ob sie sich nicht getäuscht hatte. Ihr Herz schlug plötzlich hart und schnell. Die Haustür hatte weit offen gestanden, solange sie draußen gewesen war. Sollte sich jemand draußen herumgedrückt und auf eine Gelegenheit gewartet haben, so hätte er sie zweifellos gefunden: Fünf Minuten reichten, in ein Haus zu huschen und sich dort zu verstecken.

Auf einmal war sie sicher, dass jemand da war. Sie spürte es. Ihr erster Impuls war, die Polizei anzurufen, aber als sie sich hastig umblickte, sah sie, dass das Telefon nicht in der Ladestation im Flur steckte. Es lag wahrscheinlich in der Küche, und wenn sich dort jemand versteckt hielt, war es wahnsinnig, sich hineinzuwagen. Sollte sie zu den Nachbarn laufen? Hallo, kann ich bitte von euch aus die Polizei anrufen? Ich habe einen Schatten in meiner Küche gesehen. Sie wäre bis auf die Knochen blamiert, wenn sich nachher herausstellte, dass überhaupt niemand hier gewesen war.

Sie verharrte, vollkommen unschlüssig, was sie tun sollte. Sie hatte nichts, um sich im Notfall zu verteidigen. Auf keinen Fall durfte sie von der Haustür weg, von ihrem Fluchtweg ins Freie. Aber sollte sie die ganze Nacht über hier stehen? Vielleicht spinne ich einfach, dachte sie.

Und genau in diesem Moment erlosch das Licht. Überall. Im ganzen Haus. Gillian schrie auf, und nun hielt sie nichts mehr. Sie riss die Haustür auf und jagte ins Freie, hinein in die Dunkelheit und den Schneefall, obwohl sie auf Strümpfen war und keinen Mantel trug. Sie wäre auch barfuß losgerannt. Nur weg. Fort aus der tödlichen Falle, in die sich ihr Haus verwandelt hatte.

Sie hatte fast das Ende des Gartenweges erreicht, als ein Schatten vor ihr auftauchte. Er versperrte ihr den Weg, sie prallte gegen ihn und begann zu schreien, begann mit erhobenen Fäusten auf das Wesen einzuschlagen.

Auf einmal wurden ihre Handgelenke mit eisernem Griff festgehalten und nach unten gedrückt. „Was ist denn los, Herrgott noch mal?“ Es war eine Männerstimme.

„Lass mich los!“, keuchte sie.

„Ich bin es. Luke Palm. Was ist denn passiert?“

„Luke Palm?!“ Sie schrie den Namen mit hoher, schriller Stimme.

„Ich glaube, ich habe mein Notizbuch bei Ihnen liegen lassen. Deshalb bin ich zurückgekommen. Sie zittern ja am ganzen Körper!“

Ihre Arme fühlten sich weich wie Pudding an. „Bitte lassen Sie mich los.“

Vorsichtig ließ er ihre Handgelenke los, abwartend, ob sie erneut nach ihm schlagen würde. Aber sie konnte sich überhaupt nicht mehr bewegen. „Bei mir im Haus ist jemand“, flüsterte sie.

„In Ihrem Haus? Wer?“

„Ich weiß nicht. Da ist jemand. Und das Licht ist plötzlich ausgegangen. Ich habe die Vögel gefüttert. Und die Tür war offen. Als ich zurückkam … war da ein Schatten in der Küche …“ Sie merkte selbst, dass sie sich ziemlich überspannt anhörte.

„Sie haben ja fast nichts an“, sagte Palm. „Kommen Sie, Sie müssen ins Haus zurück.“

„Aber da ist jemand“, beharrte sie.

„Ich komme mit“, sagte Palm kühn.

Sie stolperte neben ihm her zur Haustür. Der Flur lag in vollkommener Dunkelheit. Palm tastete nach dem Lichtschalter, aber es tat sich nichts. „Wahrscheinlich eine Sicherung. Haben Sie irgendwo eine Taschenlampe?“

„Ja, in der Kommodenschublade unter dem Spiegel, ganz oben.“

Luke Palm zog die Schublade auf, fand die Taschenlampe und schaltete sie an. „Wo haben Sie den Schatten gesehen?“

„In der Küche.“

Palm schien plötzlich selbst nicht mehr erpicht darauf zu sein, sich in den dunklen Raum zu wagen. „Der Sicherungskasten ist im Keller? Das Ganze wird einfacher, wenn wir Licht haben."

Sie stiegen hintereinander die Kellertreppe hinunter. Am Sicherungskasten stellten sie fest, dass tatsächlich der Hauptschalter herausgesprungen war. Palm legte ihn um. Sofort drang helles Licht vom oberen Flur herunter in den Keller. „Wie konnte das passieren?", fragte Gillian verwirrt.

„Keine Ahnung. Irgendetwas hat das System überlastet. Kommen Sie, wir gehen wieder nach oben."

Oben empfing sie Lampenschein in allen Räumen. Sie spähten in die Küche. Der Raum war leer. „Ich glaube, hier ist niemand", sagte Palm. Probeweise rüttelte er an der Tür, die in den Garten führte, und gab einen überraschten Laut von sich, als sie aufschwang. „Die Tür ist nicht verschlossen! Wissen Sie, ob Sie sie vorhin verschlossen hatten?"

„Ich weiß es nicht", bekannte Gillian.

Palm sah hinaus. Es gab etliche Fußspuren auf der Terrasse, die allerdings bereits wieder zuschneiten. Das war jedoch kein Wunder: Im Zuge der Hausbesichtigung waren er und Gillian auch draußen gewesen.

Er war jetzt mutiger geworden. Sie schauten im Esszimmer und im Wohnzimmer nach, durchsuchten dann den ersten Stock und den Speicher, aber sie stießen auf keine Menschenseele.

„Ich glaube, ich habe mich völlig idiotisch aufgeführt", sagte Gillian, als sie wieder im Wohnzimmer ankamen. „Ich dachte wirklich, eine Bewegung gesehen zu haben. Ich fürchte, meine Nerven sind ziemlich angespannt."

„Das ist doch kein Wunder. Bei allem, was in diesem Haus passiert ist. Hören Sie, finden Sie nicht doch, dass Sie die Polizei verständigen sollten? Die könnten jemand vorbeischicken, der sich noch einmal genau umsieht."

Gillian schüttelte den Kopf. „Ich mache mich ja lächerlich. Es reicht, dass ich mich vor Ihnen blamiert habe."

„Mir ist nicht wohl bei dem Gedanken, jetzt nach Hause zu fahren und Sie hier sich selbst zu überlassen."

„Ich verriegle alle Türen."

„Trotzdem, Sie sollten nicht allein sein."

Sie wusste, dass er recht hatte. Ob der Schatten, den sie gesehen hatte, ein Mensch aus Fleisch und Blut gewesen war oder nicht – es war nicht gut, wenn sie allein war. Sie ahnte, wie ihre Nacht aussehen würde: Sie würde nicht schlafen können. Mit angehaltenem Atem auf jedes Geräusch im Haus lauschen. Bei jedem Knarren aufrecht im Bett sitzen.

„Ich überlege mir etwas", versprach sie.

Er war völlig durchgefroren, als er nach Hause kam, obwohl er während der Rückfahrt die Heizung im Auto in voller Stärke hatte laufen lassen. Er hatte sich zu lange bei eisiger Kälte im Freien herumgetrieben. Liza Stanford war nicht zu sehen gewesen. Er begann seinem eigenen Plan zutiefst zu misstrauen – wer sagte ihm denn, dass Liza überhaupt irgendein Interesse an ihrem Sohn hatte?

Nachdem er irgendwann zu fortgeschrittener Stunde Finley Stanford aus der Turnhalle hatte kommen und in Richtung Bushaltestelle verschwinden sehen, ohne dass auch nur ein Schatten seiner Mutter irgendwo zu erspähen gewesen wäre, beschloss er aufzugeben. Für immer. Das Ganze war nicht seine Angelegenheit. Sollte die Polizei die Geschichte aufklären.

Er fühlte sich fast von einer Last befreit, als er daheim die Treppen zu seiner Wohnung hinaufstieg. Abrupt blieb er stehen, als er eine Gestalt bemerkte, die auf dem Treppenabsatz vor seiner Wohnung kauerte. Samson Segal blickte ihn aus angsterfüllten Augen an. „Endlich", sagte er.

Er war der Letzte, den John hier anzutreffen erwartet hätte, im Grunde auch der Letzte, den er jetzt am Hals haben wollte. „Samson!", sagte er überrascht. „Wie sind Sie hier reingekommen?"

Samson erhob sich unsicher. „Ein Nachbar von Ihnen, ein älterer Mann hier aus dem Haus, hat mich reingelassen. Ich saß im Hauseingang unten und habe mich fast zu Tode gezittert, und er hatte Mitleid. Ich habe gesagt, ich sei einer Ihrer Mitarbeiter und müsse mit Ihnen reden."

„Verstehe." John begriff, dass ihm nichts anderes übrig blieb, als Segal in die Wohnung zu bitten. Er schloss die Tür auf und führte Samson in sein Wohnzimmer, wo er ihn auf den einzigen Sessel drückte, der mitten im Raum auf dem glänzenden Parkettboden stand. Immerhin war das Zimmer gut geheizt. „Möchten Sie etwas trinken?"

„Am liebsten einen heißen Tee", bat Samson.

John verschwand in der Küche. Nach einigen Minuten kehrte er mit einer Kanne Pfefferminztee, zwei Tassen und einer Zuckerdose auf einem Tablett ins Wohnzimmer zurück. In Ermangelung eines Tisches stellte er das Tablett auf den Boden und setzte sich selbst mit dem Rücken an die Wand gelehnt auf das Parkett. „Warum sind Sie hier, Samson?"

„Ich habe es nicht mehr ausgehalten. Gestern Mittag bin ich los. Ich habe den Wohnwagen gut abgeschlossen. Hier sind die Schlüssel." Er holte die Schlüssel aus seiner Jackentasche, legte sie ebenfalls auf den Fußboden.

„Gestern Mittag? Wo haben Sie denn die letzte Nacht verbracht?"

„Ich war gestern Abend hier. Ihre Adresse habe ich aus einem Telefonbuch. Ich habe eine Irrfahrt mit verschiedenen Bussen hinter mich gebracht, dann habe ich ewig vor dem Haus gewartet. Aber … Sie kamen nicht …“

Klar. Gestern Abend hatte er stundenlang in einer Kneipe gesessen.

„Schließlich habe ich die Kälte nicht mehr ausgehalten“, fuhr Samson fort. „Ich bin zum Bahnhof gegangen. Dort habe ich mich die ganze Nacht über herumgedrückt, ständig meine Plätze gewechselt, um nicht zu sehr aufzufallen. Ich hatte furchtbare Angst, von der Polizei aufgegriffen zu werden.“

„Das war verdammt riskant, Segal. Sie haben wirklich Glück gehabt.“

„Ich weiß, aber was hätte ich tun sollen? In Ihrem Hauseingang erfrieren?“

„Sie hätten in dem Wohnwagen bleiben müssen.“

„Ich kann das nicht mehr. Bitte, verstehen Sie mich doch. Ich sitze dort und werde verrückt. Ich weiß ja auch gar nicht, was geschieht. Bin ich immer noch verdächtig? Oder haben die jemand anderen inzwischen?“

„Kann ich schon verstehen.“

„Ich bin dann heute Vormittag wieder hierhergekommen“, sagte Samson. „Sie waren immer noch nicht da. Aber zum Glück hat mich der ältere Herr dann ziemlich bald reingelassen.“

John überlegte. „Wo wollen Sie jetzt hin?“

Auf Samsons Gesicht malte sich helles Erschrecken. „Kann ich nicht hierbleiben?“

„Ein ganz schön hohes Risiko für mich.“

„Ich weiß. Aber ich habe sonst niemanden.“

„Ich setze Sie nicht einfach vor die Tür, keine Angst. Irgendetwas wird uns einfallen.“ John trank von seinem Tee, während er überlegte. Das Problem war, dass ihm nichts anderes einfallen wollte, als Samson bei sich zu behalten und zu hoffen, dass man bei der Polizei nicht auf die Idee kam, ihm einen Besuch abzustatten. *Er klebt an mir, bis die den Täter haben.*

Er fragte sich, ob das irgendwann der Fall sein würde. Wie er von Kate Linville wusste, waren Fielder und sein Team ebenfalls an Liza Stanford dran – aber würde es ihnen gelingen, sie aufzustöbern?

Sein Entschluss, sich aus der ganzen Geschichte herauszuziehen, geriet schon wieder ins Wanken. Er hatte das Gefühl, dass es ihm eher gelingen würde, das Dickicht dieses Falles zu durchdringen, als der Polizei. Die Frage war nur, ob er Lust dazu hatte. Vielleicht spielte seine Lust aber auch schon gar keine Rolle mehr. Vielleicht zwang ihn einfach die Tatsache, dass er sich auf Samson Segal eingelassen hatte, zum nächsten Zug.

„Ich habe schon überlegt, ob ich mich der Polizei stelle“, sagte Samson. „Dann wäre wenigstens alles vorbei. Es ist furchtbar, auf der Flucht zu sein. Manchmal möchte ich nur noch aufgeben.“

„Bitte tun Sie das vorerst nicht. Ich hänge mit drin, vergessen Sie das nicht!“

„Ich würde niemandem sagen, dass Sie mir geholfen haben“, beteuerte Samson sofort.

John schüttelte den Kopf. Samson Segal hatte keinen blassen Schimmer von der Raffinesse und Hartnäckigkeit, mit der Verhöre geführt wurden. „Ich bin unter Umständen an etwas dran …“, begann John. Ihm wurde klar, dass er morgen nun doch noch einen Versuch starten würde. Finley Stanford hatte Klavierstunde. Irgendwo in der Nähe der Hampstead-Tube-Station.

„Also, heute Nacht bleiben Sie jedenfalls hier“, sagte er. „Irgendwo muss ich noch einen Schlafsack haben, den können Sie bekommen. Und dann sehen wir, wie sich die Dinge entwickeln.“

Als der Pizzabote klingelte, war es nach elf Uhr. Tara nahm die beiden heißen Pappschachteln in Empfang, zahlte und kehrte ins Wohnzimmer zurück, wo Gillian auf dem Sofa saß, in Schlafanzug und Bademantel und mit dicken Wollsocken an den Füßen. Ihre Haare waren noch nass, sie hatte eine halbe Stunde lang in der Badewanne gelegen, um wieder warm zu werden.

Gillian hatte eine ganze Weile mit sich gerungen, aber außer Tara war ihr niemand sonst eingefallen, zu dem sie flüchten konnte – außer John, und das würde neue Probleme mit sich bringen. Sie hatte noch stundenlang mit Luke Palm in ihrer Küche gesessen, verängstigt, fast panisch. Gegen neun Uhr hatte Palm schließlich gesagt, dass er nach Hause müsse, dass er aber nur gehen könne, wenn sich Gillian endlich entschließe, die Nacht nicht allein zu verbringen. Sie hatte begriffen, dass sie keine Minute mehr in ihrem Haus aushalten würde. Daher hatte sie Tara angerufen. Luke Palm hatte sie im Auto mit nach London genommen und direkt vor Taras Haustür abgesetzt. Tara hatte ihr Vorwürfe gemacht, weil sie nicht sofort die Polizei gerufen hatte. „Das wäre das einzig Richtige gewesen! Die müssen doch wissen, wenn so etwas passiert!“

„Tara, ich bin mir doch überhaupt nicht sicher, ob irgendetwas passiert ist. Ich dachte, ich hätte einen Schatten in der Küche gesehen. Aber ich kann mich auch getäuscht haben.“

Gillian hatte auch abgewehrt, zumindest nachträglich die Polizei zu verständigen, wie es Tara vorschlug. „Nein. Ich bin todmüde, Tara. Ich will mich jetzt nicht mit einem Beamten unterhalten und mir Vorhaltungen machen lassen. Ich kann einfach nicht mehr.“

Tara hatte nachgegeben. Sie hatte das Wasser in die Wanne gelassen und ihre Freundin hineinverfrachtet, dann Pizza bestellt. Gillian war ihr dankbar, dass sie so unkompliziert reagierte. Es hatte kein echtes Zerwürfnis zwischen ihnen gegeben, aber ihre Affäre mit John hatte einen Missklang erzeugt, den sie beide noch nicht aus dem Weg geräumt hatten. Als sie nun im Wohnzimmer saßen und Pizza aßen, sagte Tara unvermittelt: „Gillian, ich wollte dir das die ganze Zeit schon sagen: Es tut mir leid, wie heftig ich reagiert habe. Ich war einfach erschrocken. Sexuelle Nötigung, das ist so ein Begriff, da zuckt man zusammen. Ich habe dich damit vertrieben."

„Na ja, jetzt hast du mich ja schon wieder bei dir", sagte Gillian. „Du siehst, wirklich losgeworden bist du mich nicht."

„Gott sei Dank. Meine Wohnung steht dir immer offen." Tara neigte sich vor. Sie wirkte sehr ernst. „Gillian, ich habe den Eindruck, du bemühst dich, mit all dem Schrecken fertigzuwerden, indem du alles als Hirngespinste abtust. Aber dein Mann, den du erschossen in eurem Haus gefunden hast, war höchst real. Es war schon nicht in Ordnung, dass du in euer Haus zurückgekehrt bist. Noch einmal lasse ich so etwas nicht zu."

„Ich bin ja jetzt in Sicherheit."

Tara verzog das Gesicht. „Ich weiß nicht, ob du hier sicher bist. Gillian, wir wissen nicht, wer hinter dir her ist. Noch immer gibt es diesen Samson Segal, und er ist noch nicht gefasst. Er hat offensichtlich monatelang hinter dir herspioniert. Glaubst du ernsthaft, dass er mich nicht kennt? Und dass er sich nicht relativ schnell ausrechnen könnte, wo du dich versteckt hältst?"

„Wir haben keine Ahnung, ob er etwas mit alldem zu tun hat", sagte Gillian, aber sie merkte selbst, dass sie nicht allzu überzeugend klang.

„Damals, als du mit Becky hier warst, konnte ich mir ziemlich einfach freinehmen", sagte Tara, „aber jetzt im Moment geht das nicht. Du bist hier den ganzen Tag allein, während ich im Büro bin. Und dieser Gedanke stimmt mich nicht besonders glücklich."

„Ich mache niemandem die Tür auf."

„Und wie lange hältst du das durch? Hier von morgens bis abends herumzusitzen, ohne eine Menschenseele zu treffen?"

„Das klingt sehr anstrengend", gab Gillian zu. Sie hatte plötzlich keinen Hunger mehr, schob ihren Pizzakarton zur Seite. „Was schlägst du vor?", fragte sie.

„Eine Pension?", meinte Tara zögernd. „Irgendwo auf dem Land."

„Hm. Was mache ich da den ganzen Tag?"

„Na ja, zunächst einmal wärst du einfach in Sicherheit. Das ist die Hauptsache."

Gillian dachte nach. „Ich weiß nicht … Vernünftig wäre es bestimmt …"

Vielleicht konnte sie von dort aus ihr neues Leben in Norwich vorbereiten.

Einen Laptop mitnehmen und Stellenangebote durchsuchen. Den Immobilienmarkt erkunden. „Wir dürfen zu niemandem ein Sterbenswort sagen“, sagte sie.

„Nein“, bekräftigte Tara.

Donnerstag, 14. Januar

Er hatte das Backsteingebäude der Hampstead-Tube-Station seit einer Stunde fest im Blick. Ebenso die Hampstead High Street und die Heath Street. Trotz Kälte herrschte reges Leben zwischen den Häusern mit ihren Geschäften und Cafés. Es würde nicht einfach sein, zwischen all den Passanten den Menschen ausfindig zu machen, den er suchte: eine blonde Frau, die Ausschau nach ihrem Sohn hielt.

Wichtig war es nun, Finley auszumachen, wenn er aufkreuzte, und herauszufinden, in welchem Haus er verschwand.

Gegen halb fünf, als er bereits überzeugt war, nichts mehr zu entdecken, was ihn weiterbrachte, gewahrte er plötzlich Finley Stanford, der die High Street entlangkam. Er musste weiter vorn aus dem Bus gestiegen sein. Er trug einen Rucksack auf dem Rücken, in dem sich vermutlich die Klaviernoten befanden.

John war mit einem Schlag hellwach. Wenn Liza Stanford einen Blick auf ihren Sohn werfen wollte, dann wäre es jetzt der günstigste Zeitpunkt. Er sah sich um. Die Straße hoch, die Straße hinunter. Gab es irgendwo eine Gestalt, die ihm verdächtig vorkam?

Die Frau schien aus dem Nichts aufzutauchen. Plötzlich stand sie da, gut hundert Meter entfernt von ihm die Straße hinauf. Sie trug eine Strickmütze tief ins Gesicht gezogen. Ihre Haare hatte sie vollkommen darunter versteckt. Am merkwürdigsten aber erschien angesichts der herrschenden Witterung ihre riesige Sonnenbrille. Dazu der hochgeschlagene Mantelkragen, der über das Kinn hinaufgezogene Schal … Eine Frau, die keinesfalls erkannt werden wollte. Sie starrte ein Haus an, das auf der ihr gegenüberliegenden Straßenseite lag. Es gab dort eine schmale Hofeinfahrt, und genau in dieser Einfahrt verschwand soeben der kleine Finley Stanford.

Sie schien sich an seiner Gestalt förmlich festzusaugen.

John war sich sicher. Er war sich vollkommen sicher. Er hatte sie.

Er setzte sich in Bewegung. Entweder war er zu hastig gewesen, oder Liza Stanford hatte einen sechsten Sinn für Gefahren entwickelt. Sie schrak zusammen und trat dann blitzartig den Rückzug an. Sie war so schnell verschwunden, dass es den Anschein hatte, als sei sie nie da gewesen.

John rannte jetzt. Er war zu unvorsichtig gewesen, zu ruckartig.

Er blieb stehen, weil er sie nicht mehr sehen konnte. Es war zum Verrücktwerden. Sie war fast zum Greifen nahe gewesen. Hätte er es ein bisschen geschickter angestellt …

Es half ihm nicht, wenn er sich seinem Ärger hingab, er musste ruhig bleiben und überlegen. Es gab die Möglichkeit, dass sie mit dem Auto hierhergekommen war, und dann hatte sie es wahrscheinlich in einer der Seitenstraßen geparkt. Was bedeutete, dass sie auf die High Street hinausfahren musste, denn ringsum gab es fast nur Einbahnstraßen. Wenn er sie dabei erkannte, konnte er sich vielleicht an ihre Stoßstange heften.

Es war die einzige kleine Chance, die er noch hatte. Er lief zu seinem Auto zurück, das er ebenfalls in einer Seitenstraße abgestellt hatte. Er stieg ein und fuhr nach vorn, um die Straße vor sich genau überblicken zu können. Wenn Liza hier vorbeikam, würde er sofort aufschließen können.

Angespannt schaute er jedem Auto entgegen, das sich ihm von der linken Seite näherte. Dann plötzlich sah er sie kommen. Ein kleiner blauer Fiesta, am Steuer die Frau mit der Sonnenbrille und der tief in die Stirn gezogenen Mütze. Sie wirkte völlig auf den Verkehr konzentriert. Dicht hinter ihr fuhr ein anderes Auto. Es würde waghalsig sein, sich dazwischenzuschieben, und John konnte nur hoffen, dass er nun nicht auch noch einen Unfall verursachte. Kaum war der Fiesta knapp an ihm vorbei, schoss er hinaus. Der Fahrer des nachfolgenden Wagens trat mit aller Kraft in die Bremsen. Aber John war auf der Straße, und es hatte keinen Zusammenstoß gegeben.

Es schien so, als bemerke Liza Stanford überhaupt nicht, dass sie verfolgt wurde. Jedenfalls unternahm sie nicht einen einzigen Versuch, Johns Wagen abzuhängen. Sie bewegten sich in Richtung Londoner Süden und erreichten schließlich den Stadtteil Croydon im Südosten. Liza kurvte zwischen einigen Wohnsilos herum, steuerte dann ihren Wagen in eine Parklücke am Straßenrand. John hatte es schwerer. Er musste noch ein ziemliches Stück fahren, ehe er eine Möglichkeit fand, sein Auto abzustellen. So schnell er konnte, hastete er zurück. Zum Glück traf er Liza noch an, als sie vor der gläsernen Eingangstür eines der Hochhäuser stand und in ihrer Handtasche nach dem Schlüssel suchte. Er trat direkt neben sie. „Liza Stanford?"

Sie erschrak so sehr, dass ihr die Tasche aus den Händen in den Schnee fiel. Entsetzt blickte sie John an. Er konnte ihre zitternden Lippen sehen.

Er bückte sich, hob die Tasche auf und reichte sie ihr. „Sie sind doch Liza Stanford?", fragte er, obwohl er längst wusste, dass sie vor ihm stand.

„Wer sind Sie?“, fragte sie zurück. Ihre Stimme klang ein wenig heiser.

„John Burton.“

„Mein Mann hat Sie auf mich angesetzt?“

Er schüttelte den Kopf. „Nein. Mit Ihrem Mann hat das nichts zu tun. Ich muss mit Ihnen sprechen. Es ist wichtig.“

Er konnte spüren, dass sie ihm nicht traute. Sie schlug sich offenbar mit der Frage herum, wie er sie hatte finden können.

„Sie waren vorhin auf der Straße“, sagte sie. „Als ich …“

„Ja“, sagte John, „als Sie Ihren Sohn beobachteten. Ich habe mir gedacht, dass Sie kommen würden, deshalb habe ich dort gewartet.“

Sie war kreideweiß im Gesicht. „Haben Sie mit Finley gesprochen?“

„Ja.“

„Wie geht es ihm?“

„Gut. Aber er vermisst Sie natürlich. Und irgendetwas bedrückt ihn – über die Tatsache hinaus, dass seine Mutter plötzlich verschwunden ist.“

Sie rang mit sich, das konnte John sehen. Noch immer war sie voller Argwohn, voller Furcht. Er wagte einen direkten Angriff. „Kennen Sie Dr. Anne Westley? Und Carla Roberts?“

Zum zweiten Mal innerhalb weniger Minuten zuckte sie zusammen. Dann sagte sie: „Kommen Sie. Wir reden miteinander.“

Sie fand ihren Schlüssel und schloss die Haustür auf. Er folgte ihr zum Aufzug und fuhr mit ihr nach oben. Die Wohnung war mit hellen Holzmöbeln eingerichtet. Alle Gegenstände sahen neu aus. Eine persönliche Note bekam das Wohnzimmer nur durch etwa zwei Dutzend gerahmte Fotografien von Finley. Ganz normale Bilder einer ganz normalen Kindheit. Und doch war irgendetwas in dieser Familie nicht normal. Ganz und gar nicht.

John wandte sich um, als Liza den Raum betrat. Sie trug ein Tablett mit zwei Kaffeetassen und einem Milchkännchen. Ihrer Maskierung hatte sie sich entledigt. Keine Sonnenbrille mehr, keine Mütze. John sah die schöne Frau, die er von dem Bild in Finleys Geldbeutel her kannte. Große Augen, volle Lippen. Langes blondes Haar. Sie war noch attraktiver, als er sie sich vorgestellt hatte. Und sie sah noch trauriger aus, als er geahnt hatte.

„Warum?“, fragte er und deutete auf eines der Bilder ihres Sohnes. „Warum tun Sie sich das an? Die Trennung von Ihrem Kind?“

Sie stellte das Tablett auf den hölzernen Esstisch. „Sie hatten mich nach Anne Westley und Carla Roberts gefragt“, sagte sie. „Nach den beiden ermordeten Frauen. Um die geht es, oder?“

„Ja.“

„Sie sind aber nicht von der Polizei?“

„Nein. Ich bin eine Art … privater Ermittler. In meinem persönlichen Umfeld ist ein Verbrechen geschehen, das mit den Morden an Mrs Westley und Mrs Roberts zu tun haben könnte, und nur deshalb mische ich mich in diese ganze Geschichte ein."

„Ich verstehe", sagte Liza, obwohl sie eher verwirrt wirkte.

„Kennen Sie eine Familie Ward?", fragte John. „Thomas und Gillian Ward?"

Sie überlegte. „Nein."

„Thomas Ward wurde ebenfalls ermordet."

„Das ist mir entgangen", sagte sie. „Von Carla und von Dr. Westley habe ich in der Zeitung gelesen."

„Anne Westley war die Kinderärztin Ihres Sohnes."

„Ja."

„Mochten Sie sie? Oder gab es Probleme?"

„Ich mochte sie. Fin mochte sie auch. Sie hatte eine sehr nette Art mit Kindern."

Er beobachtete sie genau. „Wie war Ihr Verhältnis zu Carla Roberts?"

Sie setzte sich an den Tisch, zog eine der Tassen zu sich heran und bedeutete ihrem Gast mit einem Kopfnicken, ebenfalls Platz zu nehmen. „Es war kein besonders enges Verhältnis. Wir lernten uns in dieser Frauengruppe kennen, über die Sie vermutlich Bescheid wissen?"

Er nickte, setzte sich nun ebenfalls, nahm einen Schluck Kaffee. „Ja."

„Wir waren beide so etwas wie Außenseiter. Die anderen Frauen plapperten, was das Zeug hielt. Ich bin nicht so ein Mensch. Und Carla war ähnlich. Wir saßen eher schweigsam herum."

„Ist das nicht etwas widersprüchlich? Geht man nicht in solche Gruppen, gerade weil man sich mitteilen möchte?"

„Vielleicht. Ich ging jedenfalls hin, weil ich Hilfe suchte, und dann merkte ich, dass ich sie dort eigentlich nicht finde."

„Die Polizei sucht nach Ihnen", sagte John unvermittelt.

„Die werden mich nicht finden. Es sei denn, dass Sie mich verpfeifen."

„Ich habe Sie gefunden. Die könnten auf denselben Gedanken kommen: sich an Ihren Sohn zu heften."

„Ich werde ihn lange Zeit nicht mehr sehen. Ich bin jetzt gewarnt."

„Liza", sagte John eindringlich, „die Polizei ermittelt unter Hochdruck in mittlerweile drei Mordfällen, die mit hoher Wahrscheinlichkeit demselben Täter zugeordnet werden können. Das größte Problem bestand bisher darin, dass es zwischen allen drei Opfern absolut keine Verbindung zu geben schien. Sie nun sind der erste Lichtblick seit Wochen: Zwei der Opfer waren mit Ihnen bekannt. Die Polizei wird nicht ruhen, bis sie Sie hat."

Sie sah ihn ernst an. „Ich habe niemanden umgebracht. Dr. Westley habe ich vier- oder fünfmal gesehen, als ich mit meinem Sohn in der Praxis war. Ich kenne sie überhaupt nicht näher. Und Carla Roberts war eine total neurotische ältere Frau, die einem auf die Nerven gehen konnte, aber das war auch alles. Ich bringe niemanden um, weil er mich nervt, Mr Burton."

John seufzte. „Also reiner Zufall das alles? Dass die beiden Frauen ermordet werden und Sie gleichzeitig untertauchen? Aber gerade nur bis an das andere Ende von London ziehen? Rein räumlich gesehen waren die Opfer noch durchaus in Ihrer Reichweite."

Liza bekam schmale Augen. „Fantasieren Sie immer so wild?" Er konnte die Wut in ihrem Gesicht sehen.

„Warum werfen Sie mich nicht hinaus?", fragte John. „Warum haben Sie so entsetzliche Angst, dass ich dann sofort zur Polizei marschiere und Ihr Versteck verrate? Warum zum Teufel fürchten Sie nichts so sehr wie eine mögliche Entdeckung? Was ist los, Liza? Was ist mit Ihrem Leben los?"

Sie antwortete eine ganze Weile nicht. „Sie wollen es wirklich wissen? Was mit meinem Leben los ist?", fragte sie schließlich. „Ich fasse es nicht! Nach all den Jahren will es wirklich jemand wissen!"

DIE VILLA lag völlig im Dunkeln. Nicht einmal am Tor brannte eine Lampe oder an dem gewundenen Weg, der zum Haus hinführte. Christy warf einen Blick auf ihre Armbanduhr. Es war sechs Uhr. Sie hatte gehofft, entweder Dr. Stanford selbst oder zumindest seinen Sohn daheim anzutreffen, aber niemand hatte auf ihr Läuten reagiert. Sie überquerte langsam und unschlüssig die stille, verschneite Straße zu ihrem Auto hin. Als sie gerade aufschließen wollte, wurde sie plötzlich angesprochen.

„Wollten Sie zu den Stanfords?"

Christy drehte sich um. Am Gartentor des Hauses, das dem der Stanfords schräg gegenüberlag, stand eine Frau. Christy schätzte sie auf Anfang siebzig. Sie trat auf die Frau zu. „Ja. Ich müsste dringend mit einem von ihnen sprechen – mit Dr. Stanford oder mit seiner Frau. Aber es scheint niemand da zu sein."

Die Frau sprach mit gesenkter Stimme. „Mrs Stanford hat seit vielen Wochen niemand mehr gesehen."

„Ach nein?" Christy tat überrascht. „Seit Wochen, sagen Sie?"

„Seit … warten Sie … Mitte November, würde ich meinen. Da habe ich sie zuletzt gesehen. Sie hat ihren Sohn von der Schule abgeholt."

„Vielleicht ist Mrs Stanford krank und liegt im Bett?", mutmaßte Christy.

„Ich bitte Sie – krank! Zwei Monate lang? Nein, das glaube ich nicht. Das glaubt auch hier von den Nachbarn niemand."

„Was glauben Sie denn? Und was glauben die Nachbarn?“, fragte Christy.

Die Frau sprach nun noch etwas leiser. „Das ist ein Drama da drüben!“, zischte sie. „Sie sagen nicht, dass Sie das von mir haben, ja? Ich habe nämlich Angst vor ihm. Alle haben sie hier Angst vor ihm!“

„Sie sprechen von Dr. Stanford?“

„Dem würden Sie ja nichts anmerken. Sehr korrekt, sehr höflich. Aber als Nachbar sieht und beobachtet man manches. Also, Liza Stanford, die war manchmal grauenhaft zugerichtet. Sie trug ja praktisch immer eine riesige Sonnenbrille, aber ich habe sie manchmal auch gesehen, wenn sie ohne Brille rasch ans Tor kam, um die Post aus dem Briefkasten zu holen. Die hatte oft ein ganz zerschlagenes Gesicht. Zugeschwollene Augen, blaue Flecken.“

Christy hielt den Atem an. „Und Sie meinen …?“

„Ich will über niemanden böse Gerüchte in die Welt setzen“, sagte die Frau. „Aber man kann schließlich eins und eins zusammenzählen, oder? Wer sollte wohl diese Frau regelmäßig so furchtbar zurichten?“

„Ich verstehe“, sagte Christy. „Es sieht tatsächlich so aus, als ob … Aber ich frage mich, weshalb sie dann nie zur Polizei gegangen ist.“

„Er hat viel Einfluss, ihr Mann“, sagte die Frau. „Viel Geld, großes Ansehen. Kennt Gott und die Welt. Ist wahrscheinlich auch ein enger Kumpel vom Polizeichef. Vielleicht sieht Liza ohnehin keine Chance für sich.“

„Und Sie sagen, alle hier haben Angst vor Dr. Stanford?“

Die Frau nickte. „Ist ja kein Wunder. Wirklich, Sie hätten die Frau manchmal sehen müssen. Ein Mann, der so etwas tut, der kann nicht ganz normal sein. Der ist gefährlich. Ich meine, das waren nicht einfach ein paar Ohrfeigen, verstehen Sie? Er muss voller Hass auf sie losgegangen sein.“

„Aber niemand aus der Nachbarschaft hat je versucht einzugreifen?“

„Wie denn? Sie hätte alles abgestritten, wenn man sie gefragt hätte. Sie hat die Spuren ja immer zu verbergen versucht. Und die Polizei rufen … den Mut hatte niemand. Man hat auch die Situation selbst nie direkt mitbekommen. Am Schluss hätten sie gar nichts gegen ihn machen können, aber er hätte bestimmt herausgefunden, wer ihn angezeigt hat, und dann …“

„Und dann …?“, fragte Christy, als die Frau nicht weitersprach.

„Sie kennen ihn nicht. Ich hatte einfach Angst.“

„Dem Sohn war nichts anzumerken? Gab es Anzeichen dafür, dass er auch misshandelt wurde?“

„Nein. Nie. Irgendwie glaube ich, dass Stanford kein Problem mit Kindern hat. Er hat ein Problem mit Frauen.“

Christy dankte für das Gespräch und verabschiedete sich, prägte sich aber den Namen der Frau, der auf einem Klingelschild am Tor stand, und die Hausnummer ein.

Auf der Fahrt zurück Richtung Innenstadt rief Christy über die Freisprechanlage Fielder an und schilderte ihm das Gespräch mit der Nachbarin.

Von Fielder kam entgeistertes Schweigen. Christy erklärte ihm ihre Schlussfolgerungen: „Ich meine, dass sich Liza Stanford entweder vor ihrem Mann irgendwo versteckt hält, weil sie sich in echter Lebensgefahr fühlt. Oder dass sie schon gar nicht mehr lebt. Dass er es ist, der sie hat verschwinden lassen."

„Wissen Sie, was Sie da sagen?"

„Natürlich weiß ich das. Stanford ist ein Mann, den seine ganze Nachbarschaft fürchtet. Der seine Frau regelmäßig übel zurichtet. Die Nachbarin beschrieb im Grunde einen Psychopathen."

„Trotzdem sind das alles nur Vermutungen, Christy. Und auch die Behauptung, dass er seine Frau misshandelt, können Sie nur durch das Gespräch mit einer Nachbarin stützen. Das ist bislang recht dünn."

„Was ist daran dünn? Liza ist verschwunden. Zwei Frauen, die sie kannte, sind von einem offensichtlichen Psychopathen ermordet worden!"

„Sie meinen, Stanford ... Charity-Stanford, der Mann, der regelmäßig Hunderttausende Pfund für die Ärmsten dieser Erde sammelt ... dieser Mann ist dafür verantwortlich?"

„Ich würde das nicht ausschließen. Der Mann tickt nicht richtig. Der hat ein Machtproblem, deswegen peinigt er seine Frau immer wieder auf brutale Weise. Vielleicht hat er in Carla Roberts eine Gefahr gewittert. Vielleicht hat Liza Carla das Desaster ihrer Ehe anvertraut und Carla hat sie bearbeitet: Geh zur Polizei! Zeig ihn an! Wenn du es nicht tust, dann tu ich es! In der Art. Ihm ist das zu Ohren gekommen, und er ist durchgedreht."

„Und Dr. Westley?"

„Wie ich aus meinen Befragungen in der Arztpraxis weiß, hat Dr. Westley den Versuch unternommen, mit einer Kollegin über Liza Stanford zu sprechen. Weil es ein Problem gab, wie sie es ausdrückte. Sie mag Spuren der Misshandlungen entdeckt haben. Oder Liza hat ihr gegenüber etwas angedeutet. Anne Westley wusste nicht genau, was sie tun sollte, und wollte deshalb mit jemandem reden. Der Tod ihres Mannes hat dann alles verdrängt."

„Aber das war vor über drei Jahren. Sie wurde jetzt erst umgebracht."

„Weil Stanford vielleicht erst jetzt davon erfahren hat. Liza mag es ihm im Streit an den Kopf geworfen haben. Meine Freundin weiß Bescheid! Und die ehemalige Kinderärztin unseres Sohnes auch!"

„Und wie bringen wir Thomas Ward in dieser Theorie unter? Oder Gillian Ward, falls sie gemeint war?"

„Das weiß ich nicht“, musste Christy zugeben, „aber ich bin fast sicher, dass es eine Verbindung gibt. Nur kennen wir sie noch nicht.“

„Wir müssen Liza Stanford finden, es hilft alles nichts. Nach allem, was wir wissen, könnte es sinnvoll sein, sämtliche Frauenhäuser im ganzen Umkreis abzuklappern. Gut möglich, dass sie in eines geflüchtet ist.“

„Sie kann tot sein. Oder sich in höchster Gefahr befinden.“

Sie konnte Fielder seufzen hören. „Ich weiß, worauf Sie hinauswollen. Aber nach Lage der Dinge reicht das alles nicht für einen Haftbefehl gegen Stanford. Wir haben nichts als Vermutungen und vage Aussagen.“

„Die Aussage der Nachbarin war keineswegs vage“, widersprach Christy. Sie merkte, wie sich eine riesengroße Wut in ihr zusammenzuballen begann. Fielder wand sich vor Unbehagen, und sie wusste genau, warum er das tat. Stanfords Einfluss. Erfolgreicher Anwalt, guter Freund der Politiker. Fielder sah jede weitere Beförderung in der Ferne am Horizont verschwinden, wenn er jetzt einen Schritt tat, unter dem das Eis später nicht halten würde.

„Wir werden unsere Bemühungen, Mrs Stanford zu finden, verstärken“, sagte Fielder förmlich. „Bevor ich nicht ihre Aussage habe, unternehme ich nichts gegen ihren Mann.“

Freitag, 15. Januar

Es war fast halb eins in der Nacht, als John Burton sich verabschiedete. Sie hatte sich sicherer gefühlt in seiner Nähe. John Burton war jemand, der sich nicht einschüchtern ließ, und er war in der Lage, sich seiner Haut zu wehren. Trotzdem wusste sie nicht, ob sie ihm trauen konnte. Vielleicht ging er schnurstracks zur Polizei und verriet ihren Aufenthaltsort.

Er war verschwunden, und ihre Wohnung kam ihr nicht mehr wie ein Versteck vor, das vor der Welt schützte. John Burton hatte sie gefunden. Das bedeutete, jeder konnte sie finden.

Sie musste sich so rasch wie möglich eine andere Bleibe suchen.

Sie setzte sich an ihren Esstisch, schenkte sich noch einen Kaffee ein. Sie hatte mehrere Kannen gekocht, den ganzen langen Abend über, während sie John Burton, diesem wildfremden Mann, die Geschichte ihres Martyriums erzählt hatte. Die psychischen Erniedrigungen, mit denen es angefangen hatte. Die Zwanghaftigkeit, mit der er sie kontrolliert hatte. Die Jahre, in denen es noch nicht zu Tätlichkeiten gekommen war, in denen sie aber zunehmend das Gefühl gehabt hatte, nicht mehr atmen zu können. In denen sie über jeden Schritt, jeden Handgriff hatte Rechenschaft ablegen müssen.

Er hatte ihr die Frage gestellt, die zwangsläufig kommen musste: „Weshalb haben Sie ihn nicht verlassen?“

Und sie hatte leise geantwortet: „Männer wie er tun vor allem eines: Sie rauben ihren Opfern jedes Selbstvertrauen. Sie zerstören die Seelen. Plötzlich hat man nicht mehr die Kraft zu gehen. Man glaubt nicht mehr an sich. Man glaubt nicht mehr, dass man irgendetwas im Leben bewältigen kann.“

„Wann“, fragte John schließlich, „fing er an, Sie zu schlagen?“

„Nachdem Fin auf der Welt war. Er kam nicht damit zurecht, dass es nun noch einen anderen Menschen für mich gab. Mein Kind. Ein Kind zu haben gibt Kraft. Ich fühlte mich stärker, als Finley geboren wurde. Er hatte nicht mehr die totale Kontrolle über mich. Für ihn war das unerträglich.“

Sie schilderte, wie schwierig es geworden war, ihre Verletzungen zu verbergen. Immer die große Sonnenbrille, wenn sie wieder einmal ein violett unterlaufenes Auge hatte. Eine aufgeplatzte Lippe bedeutete, tagelang das Haus nicht verlassen zu können. „Ich hatte Angst. Am allermeisten davor, Fin zu verlieren. Mein Mann ist mächtig und einflussreich. Ich habe es immer für möglich gehalten, dass ich am Ende den Kürzeren ziehe, auch dann wenn ich schwer verletzt zur Polizei schwanke und ihn anzeige. Er hätte sich da herausgewunden. Wissen Sie, ich war früher wegen Depressionen in Behandlung. Er hätte es hinbekommen, dass man mich für verrückt erklärt.“

„Das ist nicht so einfach“, meinte John.

Um ihre Angst zu beweisen, hatte sie schließlich vor ihm, diesem Fremden, ihren Pullover ausgezogen. Sie trug ein tief ausgeschnittenes Top darunter. Sie hatte gehört, wie er nach Luft schnappte, als er die schlecht vernarbten Schnittwunden unterhalb ihres Halses und an ihren Armen sah. „Er fing an, mit einem Messer auf mich loszugehen“, flüsterte sie.

„Großer Gott, Liza!“ Burton stand auf und ging auf sie zu, zog sie in seine Arme, und sie blieben minutenlang so stehen. Dann hatte sie sich von ihm gelöst und sich wieder angezogen, und er hatte versprochen: „Ich helfe Ihnen, Liza. Glauben Sie mir, ich werde Ihnen helfen.“

„Er bringt mich um, wenn er mich noch einmal in die Finger bekommt.“

„Das wird er nicht. Er wird ins Gefängnis wandern.“

Sie hatte höhnisch gelacht. „Und Sie glauben, von dort aus kann er niemanden organisieren, der es mir heimzahlt?“

„Wollen Sie ihn ungeschoren davonkommen lassen? Und sich für den Rest Ihres Lebens verstecken?“ John hielt kurz inne, dann fragte er: „Ihr Mann hat nie gefürchtet, dass sich Finley jemandem anvertraut? Einem Lehrer? Einem Klassenkameraden oder dessen Eltern?“

„Mein Mann weiß nicht, was Furcht ist. Zumindest weiß er nicht, wie sie sich anfühlt. Er weiß nur, wie man sie verbreitet. Er hat Fin genauso paralysiert wie mich."

Burton hatte noch einmal nach Carla und Anne gefragt.

Liza lächelte, bitter und resigniert. Carla und Anne waren ihre beiden Versuche gewesen, Hilfe zu finden. Beide Versuche waren gescheitert.

„Ihren Mann störte es nicht, dass Sie zu dieser Frauengruppe gingen?", hatte Burton wissen wollen.

Sie hatte den Kopf geschüttelt. „Er wusste nicht, dass sich dort Frauen trafen, die geschieden waren oder getrennt lebten. Ich hatte ihm etwas von Esoterik erzählt, was er idiotisch fand, was ihn aber nicht beunruhigte."

„Sie vertrauten sich Carla Roberts an?"

„Nicht in allen Details. Eines Tages trafen wir uns außerhalb der Gruppe bei ihr zu Hause und Carla fragte mich, weshalb ich immer eine Sonnenbrille trug. Ich nahm einfach die Brille ab und sagte: Darum! Ich sah übel aus. Das rechte Auge war fast völlig zugeschwollen und dunkelviolett unterlaufen. Kein schöner Anblick."

„Wie reagierte Carla?", fragte John.

„Sie war ziemlich fassungslos und entsetzt. Aber … was soll ich sagen? Etwa eine Viertelstunde später kreiste sie bereits wieder um ihre eigenen Themen. Ihr treuloser Mann. Die Tochter, die sich nicht genügend kümmert. Ihre Einsamkeit. Sie war so. Kein schlechter Mensch, aber sie vermochte niemanden außer sich selbst zu sehen."

„Hat sie Sie je wieder darauf angesprochen?"

„Nein. Wir sahen uns aber auch kaum noch. Die Gruppe löste sich auf, und meine persönliche Lage spitzte sich zu. Ich konnte kaum mehr soziale Kontakte wahrnehmen."

„Und an Dr. Westley hatten Sie sich schon früher gewandt?"

Sie hatte ihm geschildert, dass Dr. Westley bei einem Arztbesuch mit Finley eine Verletzung an Lizas Stirn bemerkt habe, und sie daraufhin der Ärztin von den Misshandlungen erzählt habe. Dr. Westley habe sich danach jedoch nicht mehr gemeldet, vermutlich habe sie wegen der einflussreichen Stellung von Logan Stanford gezögert, etwas zu unternehmen.

„Ahnte Ihr Mann, dass es außerhalb der Familie zwei Menschen gab, die ihm gefährlich werden konnten?", fragte John. „Weil sie wussten, was sich bei Ihnen daheim abspielte?"

Sie überlegte. „Ich habe es ihm nicht gesagt. Aber natürlich könnte er es herausgefunden haben."

„Und der Name Ward sagt Ihnen gar nichts? Thomas und Gillian Ward."

„Nein. Tut mir leid. Nie gehört."

Dann hatte er sich verabschiedet. Er hatte ihr seine Karte dagelassen. Falls ihr noch etwas einfiele. Oder sie Hilfe brauchte.

JOHN gingen tausend Gedanken durch den Kopf, während er durch die nächtliche Stadt fuhr. Er war aufgewühlt, und es drängten sich ihm, während er nachdachte, viel zu viele bestürzende Möglichkeiten auf.

Eine war die: Er hatte Dr. Stanford im Verdacht gehabt. Aber konnte es auch sein, dass er Liza selbst in Erwägung ziehen musste? Diese Frau war durch die Hölle gegangen. Der Dreckskerl, mit dem sie verheiratet war, hatte einen Sadismus an ihr ausgetobt, der John erschütterte. Der Mann war krank, keine Frage. Aber war er ein Mörder?

Wie sehr hatte es Liza verbittert, von den beiden Frauen, die Bescheid wussten, keinerlei Hilfe zu erhalten? Eines stand fest: Sowohl Carla Roberts als auch Anne Westley hätten Liza bereitwillig die Tür geöffnet und sie eingelassen. War Liza untergetaucht, um einen Rachefeldzug zu starten?

Er schlug auf das Lenkrad. Verflucht, er verstrickte sich immer tiefer in den Fall. Erst Samson. Nun Liza. Beide wurden von der Polizei gesucht. Von beiden kannte er den Aufenthaltsort. Längst hätte er mit allem, was er wusste, zur Polizei gehen müssen. Er machte sich strafbar.

Er bog in die Straße ein, in der er wohnte, und blickte sofort zu den Fenstern seiner Wohnung hinauf. Erleichtert registrierte er die Dunkelheit, die dahinter herrschte. Samson Segal hatte sich offenbar schlafen gelegt, Gott sei Dank. Er hatte nicht die geringste Lust auf ein nächtliches Gespräch mit ihm.

Er parkte das Auto, schloss die Haustür auf, schlich nach oben. Als er in der Wohnung angekommen war, spähte er in das Wohnzimmer. Schattenhaft konnte er die Umrisse von Samsons Körper erkennen. Er lag zusammengerollt in seinem Schlafsack auf der Isomatte und atmete ruhig. Zum Glück war er nicht aufgewacht.

John verschwand in sein Schlafzimmer, streifte seine Kleider vom Leib. Als er auf seine Matratze fiel, überkam ihn die Erinnerung an Gillian jäh und schmerzhaft. Er grub das Gesicht in das Kissen. Er musste sich diese Frau aus dem Herzen reißen, unter allen Umständen.

„ICH MACHE ES", sagte Gillian. Sie und Tara saßen einander gegenüber in der Küche und frühstückten. „Ich werde mir irgendwo ein Zimmer nehmen und erst einmal untertauchen." Sie hatte die ganze Nacht wach gelegen und nachgedacht. Sie fühlte sich in Taras Wohnung sicher, aber ihr war klar, dass dieses Gefühl täuschen konnte.

„Bist du sicher?“, fragte Tara zurück. Sie sah noch sehr schläfrig aus. Es war halb sieben in der Frühe.

„Ja. Solange wir nicht wissen, ob es nicht wirklich jemand auf mich abgesehen hat, ist es einfach besser, wenn ich von der Bildfläche verschwinde.“

„Ich denke, dass du bald zurückkommen kannst. Die Polizei ermittelt unter Hochdruck. Sie werden den Typen finden.“

„Ich werde mich mit meiner Zukunft beschäftigen“, sagte Gillian. „Ich nehme meinen Laptop mit. Über das Internet werde ich mich auf Job- und Wohnungssuche in Norwich machen.“

„Das klingt gut“, sagte Tara. „Hör zu, ich muss jetzt ins Büro, aber es ist Freitag, ich kann heute früher Schluss machen. Ich würde vorschlagen, dass ich dich heute Nachmittag nach Thorpe Bay fahre, damit du alles einpacken kannst, was du brauchst. Von dort startest du dann mit deinem Auto.“

Gillian protestierte. „Das kann ich nicht annehmen, Tara. Du hast so viel zu tun. Lass mich die Bahn nehmen.“

Tara schüttelte den Kopf. „Dann bist du eine halbe Ewigkeit unterwegs. Ich kann dich wirklich fahren. Es ist kein Problem.“ Sie trank den letzten Schluck Kaffee und stand auf. „Du wartest hier auf mich?“

„Alles klar. Danke“, sagte Gillian.

JOHN WACHTE AUF, weil er bis in den Schlaf hinein gespürt hatte, dass sich plötzlich jemand in seinem Zimmer befand. Er schreckte hoch, setzte sich auf und blickte in das lächelnde Gesicht von Samson Segal.

„Habe ich Sie geweckt?“, fragte Samson besorgt.

„Schon in Ordnung. Wie spät ist es denn?“, fragte er.

„Gleich acht Uhr.“

„O verdammt“, sagte John, „ich müsste schon im Büro sein.“ Vor lauter Müdigkeit musste er in der Nacht vergessen haben, die Weckuhr einzuschalten. Er stand auf, blickte zum Fenster. Der Tag war angebrochen. Die Wohnung roch nach frischem Kaffee.

„Ich habe Frühstück gemacht“, erklärte Samson. „Ich war sogar schon weg und habe ein Päckchen Toastbrot gekauft.“

„Sie sollen doch in der Wohnung bleiben!“

„Aber dann hätten wir absolut nichts zum Essen gehabt. Schon gestern Abend …“ Er schwieg verlegen.

John fuhr sich mit den Händen durch seine wirren Haare. „Tut mir leid. Daran hätte ich denken sollen. Ich komme gleich zum Frühstück.“

Er verschwand im Bad, duschte heiß und ausgiebig, zog Jeans und Pullover an und ging in die Küche. Samson hatte, da es auch hier keinen Tisch gab, Teller, Tassen, Brotkorb und den Toaster auf die Arbeitsfläche gestellt und zwei alte Barhocker herangeschoben. Er schenkte Kaffee ein.

„Sagt Ihnen der Name Stanford etwas?“, fragte John. „Dr. Logan Stanford?“

Samson überlegte. „Stanford … ist das nicht dieser Anwalt? Der so unglaublich viel Geld hat und andauernd irgendwelche Wohltätigkeitsveranstaltungen organisiert? Er steht ziemlich oft in der Zeitung.“

„Persönlich kennen Sie ihn aber nicht?“

Samson lachte. „Nein. Einer wie der würde mich doch gar nicht wahrnehmen! In diesen Kreisen verkehre ich nicht.“

John beschloss, zumindest einige Details seines Ermittlungsstandes weiterzugeben. „Seine Frau, Liza Stanford, hatte Kontakt zu den beiden ermordeten Frauen. Zu Carla Roberts und Anne Westley.“

„Ja? Woher wissen Sie das?“

„Egal. Ich weiß es. Und es wäre wichtig zu wissen, ob sie oder auch ihr Mann ebenfalls Kontakt zu Gillian Ward hatten. Sie wissen da nicht zufällig etwas?“

„Leider nein“, sagte Samson verwirrt, „ich nehme an, Sie möchten wissen, ob ich Dr. Stanford einmal bei den Wards gesehen habe? Nein, habe ich nicht. Und wie seine Frau aussieht, weiß ich überhaupt nicht.“

„Sehr attraktiv. Groß, schlank. Lange blonde Haare. Trägt immer eine große Sonnenbrille. Sie ist eine Frau, die auffällt.“

„Nein“, sagte Samson. „Tut mir leid.“

John fiel es nicht allzu schwer, sich Charity-Stanford als brutalen Mörder vorzustellen, nachdem er nun wusste, wie der vornehme Herr seine Gattin zuzurichten pflegte. Aber trotzdem blieben jede Menge Ungereimtheiten. Kate hatte berichtet, dass sowohl Carla als auch Anne möglicherweise wochenlang auf subtile Weise eingeschüchtert worden waren. Dass Stanford über einen längeren Zeitraum hinweg jeden Tag ein Hochhaus aufsuchte und dort im Fahrstuhl auf und ab fuhr, um einer alleinstehenden Frau Angst einzujagen, war fast nicht vorstellbar.

Liza … Sie hatte zweifellos Gründe, Carla und Anne zu hassen und die Rache auszukosten. Er konnte sich diese geschundene und verzweifelte Frau allerdings nur schwer in dieser Rolle vorstellen.

„Hat Mrs Stanford etwas mit den Verbrechen zu tun?“, fragte Samson.

„Ich weiß es nicht.“ John spielte mit der Toastscheibe, die auf seinem Teller lag. Wovon lebte Liza eigentlich?, überlegte er. Sie musste die Wohnungsmiete bezahlen, sie musste essen und trinken. Abgesehen davon musste die Wohnung auch auf einen überprüfbaren Namen gemietet worden sein, und ihren eigenen konnte sie kaum verwendet haben.

Wenn er Stanford richtig einschätzte, hatte der seine Konten längst sperren lassen. Und das führte zu der nächsten Frage: Wer unterstützte Liza Stanford? Verflixt noch mal, daran hätte er einfach früher denken müssen.

„Sie sind völlig in Gedanken versunken", sagte Samson. „Glauben Sie, dass Sie der Lösung des Falles nähergerückt sind?"

John antwortete wahrheitsgemäß: „Das kann ich nicht sagen. In gewisser Weise ja, aber ich durchdringe die Sache noch nicht."

„Sie sind meine einzige Hoffnung", sagte Samson rasch. „Bitte, bleiben Sie dran. Sie sind vielleicht der Einzige, der mich entlasten kann."

„Ich tue, was ich kann, Samson", versprach er. „Sie können sicher sein, dass –"

In diesem Moment klingelte das Telefon. John entschuldigte sich, verließ die Küche. Das tragbare Gerät lag im Wohnzimmer auf einem Bücherstapel.

„Hier ist Kate Linville", sagte eine weibliche Stimme am anderen Ende.

„Oh … hallo Kate." Er wunderte sich, dass sie anrief. An jenem Abend an der Haltestelle Charing Cross hatte er geglaubt, er werde nie wieder etwas von ihr hören.

„Wie geht es dir?", fragte sie förmlich.

„Danke. Gut. Und dir?" Was will sie?, fragte er sich.

„Auch gut. John." Kate zögerte, dann fuhr sie fort: „Ich weiß auch nicht, warum ich es für nötig halte, dich zu warnen, aber … na ja, du bist mir nicht völlig gleichgültig."

„Mich warnen?"

„Vielleicht steckt nicht viel dahinter. Aber Fielder hat sich deine Ermittlungsakte geben lassen. Ich weiß das, weil ich sie bei der Staatsanwaltschaft für ihn anfordern musste."

„Die Akte von damals?"

„Wie viele Akten hast du? Ich meine die wegen Vergewaltigung", sagte Kate süffisant.

„Verstehe. Er klammert mich also noch immer nicht ganz aus. Aber die Sache damals kam nicht vor Gericht. Er wird daraus nichts konstruieren können."

„Ja", sagte Kate, „ich wollte dich nur auf dem Laufenden halten. Übrigens konnte ich auf dem Aktendeckel sehen, dass du im Moment offenbar sehr begehrt bist. Fielder ist innerhalb kürzester Zeit schon der Zweite, der sie haben wollte."

„Ehrlich? Wer denn noch?"

„Es gab noch eine Anforderung von … warte mal, wie war der Name …?" Er hörte es rascheln, Kate blätterte in irgendwelchen Notizen herum.

„Es war eine Frau. Und zwar selbst eine von der Staatsanwaltschaft. Moment, hier habe ich es … Tara Caine. Staatsanwältin."

„Tara …!" Nun schnappte er nach Luft. Gillians beste Freundin. „Das gibt's doch nicht!", rief er.

Ein paar Puzzleteile fügten sich zusammen. Gillians plötzliche völlige Ablehnung seiner Person. Ihr Wunsch, nach Norwich zurückzugehen. Sie hatte sich mit Tara gestritten, nachdem sie der Freundin Details über seine Vergangenheit anvertraut hatte. Sie war sogar bei ihr ausgezogen. Aber offenbar hatte dies Tara nicht entmutigt. Sie hatte weiter gegen ihn gehetzt. Hatte sich seine Ermittlungsakte beschafft, hatte versucht, belastende Momente zu finden, die sie ihrer Freundin mit Sicherheit genüsslich schilderte. Sie war eine Schlange. Eine verdammte Schlange.

Er riss sich zusammen. „Danke, Kate. Ich weiß es sehr zu schätzen, dass du mir das alles gesagt hast." Dann fiel ihm noch etwas anderes ein. „Kate, könntest du mir einen weiteren Gefallen tun? Ich habe hier ein Autokennzeichen. Es kostet dich nur einen Anruf – ich muss wissen, auf welchen Namen der Wagen zugelassen ist."

„Kann ich machen", sagte Kate nach einer kurzen Pause.

Er zog den Zettel aus der Hosentasche, auf dem er das Kennzeichen von Lizas Auto notiert hatte, und diktierte es ihr.

Das Handy klingelte. Gillian erkannte die Mobilnummer von John auf dem Display und zögerte kurz. Dann beschloss sie, den Anruf entgegenzunehmen. John hatte ihr nichts getan. „Hallo John", sagte sie.

„Hallo Gillian. Wie geht es dir?"

„Alles in Ordnung."

„Wirklich?"

„Ja. Oder", sie korrigierte sich: „Alles in Ordnung ist vielleicht nicht der richtige Ausdruck nach allem, was geschehen ist. Aber ich fange mich."

„Bist du immer noch mit dem Ausräumen des Hauses beschäftigt?"

„Nein. Ich bin nicht daheim. Ich bin wieder bei Tara."

Von der anderen Seite kam Schweigen. „Dann habe ich natürlich schlechte Karten", sagte John schließlich. „Sie ist komplett gegen mich. Und inzwischen dürfte sie dich mit all ihren Vorbehalten ja auch überzeugt haben."

„Wir haben überhaupt nicht mehr über dich gesprochen. Ich bin wieder zu ihr gezogen, weil ich mich allein in dem großen Haus nicht mehr wohlgefühlt habe." Sie unterschlug die Vorkommnisse jenes Abends. Schließlich wusste sie immer noch nicht, ob sie nicht einer Einbildung erlegen war.

„Können wir uns sehen?" Er klang fast flehentlich.

„Nein. Es ist …"

„Bitte, Gillian. Nur sehen. Einen Kaffee zusammen trinken. Über Belanglosigkeiten reden. Ich will dich nur sehen."

„Es geht nicht, John. Ich verlasse heute die Stadt. In wenigen Stunden."

„Du reist schon nach Norwich ab?"

„Nein, noch nicht. Ich werde eine Weile untertauchen. Mich in irgendein Hotel auf dem Land zurückziehen. Hoffen, dass sich alles aufklärt und ich dann versuchen kann, mir wieder ein normales Leben aufzubauen."

Er wirkte völlig perplex. „In ein Hotel? Warum das denn? Auf dem Land? Wo? In welches Hotel?"

„Das spielt doch keine Rolle. Ich bleibe dort eine Zeit lang, ordne mein Leben neu und versuche dann wieder, Boden unter den Füßen zu finden."

„Warum bleibst du nicht bei Tara?"

„Es ist einfach besser so."

„Gillian, da stimmt doch etwas nicht! Vor wem versteckst du dich? Du wirkst auf mich wie ein Mensch, der auf der Flucht ist!"

„Ich bin ein Mensch, der herausfinden muss, wie es weitergeht, John. Das ist alles."

„Aber du findest das doch nicht heraus, indem du ständig deinen Aufenthaltsort wechselst. Steckt Detective Inspector Fielder dahinter? Will er dich an einem unbekannten Ort in Sicherheit bringen?"

„Die Polizei hat keine Ahnung davon."

Er schwieg eine Weile. Dann fragte er leise: „Versteckst du dich vor mir?"

„Warum sollte ich mich vor dir verstecken?"

„Weil sie gegen mich hetzt. Tara. Keine Ahnung, was sie dir erzählt hat. Aber ich habe heute erfahren, dass sie sich meine Ermittlungsakte von damals hat geben lassen. Und das wird sie nicht ohne Grund getan haben."

Gillian war ehrlich überrascht. „Deine Ermittlungsakte? Davon hat sie mir nichts erzählt."

„Wahrscheinlich solltest du nicht wissen, dass sie mir hinterherspioniert. Aber sie hat die Akte definitiv in den Händen gehabt."

„Sie ist meine Freundin, John. Sie hat sich vermutlich ernsthaft Sorgen gemacht. Deshalb wollte sie selbst noch einmal nachlesen, was damals geschehen ist. Aber du musst mir glauben: Sie hat mir nichts davon gesagt. Also wahrscheinlich nichts darin gefunden, was sie nicht schon wusste."

„Kann sie auch nicht. Die haben damals nichts, absolut nichts gehabt, woraus sie eine Anklage hätten zimmern können. Weil es nichts gab."

„Ich habe in dieser Hinsicht keine Zweifel an dir, John. Aber ich muss jetzt auf eigenen Beinen stehen. Ich muss mein eigenes Gleichgewicht finden."

Sie schwiegen. „Also dann“, sagte John schließlich, „pass auf dich auf.“ Er klang resigniert. „Mach ich“, versprach Gillian. Sie klappte ihr Handy ohne weitere Verabschiedung zu. Unruhig blickte sie auf die Uhr. Es war gleich neun. Noch viele Stunden bis zum frühen Nachmittag, wenn Tara zurückkehren würde. Sie hatte alles gepackt. Sie konnte nur noch warten.

John war schließlich ins Büro gegangen, obwohl er zunächst gefürchtet hatte, sich dort auf nichts konzentrieren zu können. Aber die Arbeit musste getan werden, und die Alternative hätte auch nur darin bestanden, mit dem trübsinnigen Samson daheim in der Wohnung zu sitzen.

Für einige Stunden gelang es ihm, in seine vertraute, alltägliche Welt einzusteigen; ein Umstand, der seine Nerven beruhigte. Er musste die Dienstpläne für die nächsten Wochen erstellen, Anfragen beantworten, Rechnungen schreiben. Er merkte kaum, wie die Zeit verging.

Gegen halb vier verspürte er großen Hunger. Er beschloss, sich Hamburger zu besorgen und nach Hause zu fahren. Er hatte einiges geschafft. Samson versank wahrscheinlich schon wieder in Depressionen. Es war besser, ihn nicht zu lange allein zu lassen.

Kaum hatte John sein Büro verlassen, legte sich Beklemmung über ihn. Er hatte Liza gefunden und mit ihr gesprochen, aber der erhoffte Durchbruch war ausgeblieben. Er war eigentlich nicht weiter als zuvor.

Irgendetwas sehe ich noch nicht, dachte er.

Er fuhr bei einem McDonald’s vorbei und kaufte Cheeseburger und Pommes frites für sich und Samson. Als er daheim ankam, saß Samson in einem Sessel und las ein Buch. John konnte sofort sehen, dass es ihm schlecht ging. Er hatte einen gequälten Ausdruck in den Zügen.

Es muss jetzt endlich etwas geschehen, dachte John. „Hier“, er reichte ihm die Tüte, „es wird Ihnen besser gehen, wenn Sie etwas essen!“

„Danke“, sagte Samson leise, und er klang nicht so, als glaube er das.

Gerade als sie zu essen begannen, klingelte das Telefon. John meldete sich.

Es war Kate. „Entschuldige, John. Ich bin nicht eher dazu gekommen, deine Bitte zu erfüllen. Es war ein furchtbar stressiger Tag.“

„Kein Problem. Hast du den Fahrzeughalter ermitteln können?“

„Ja. Und das ist nun wirklich merkwürdig. Der Wagen ist auf Staatsanwältin Tara Caine zugelassen. Ein Zufall?“

„Das ist … unglaublich“, sagte John langsam.

„Gibt es etwas, was ich wissen sollte?“, fragte Kate.

„Ich kann im Moment nichts sagen. Mir ist das alles noch nicht klar. Ich muss mich erst sortieren.“ Tara Caine!

„Also, wenn du dich sortiert hast, dann denk mal an mich“, sagte Kate etwas spitz, ehe sie den Hörer auflegte.

Samson hatte aufgehört zu essen. „Was ist los?“

John schob seinen angebissenen Burger in die Pappschachtel zurück. Er hatte keinen Hunger mehr. Tara Caine. Liza Stanford fuhr ein Auto, das auf die Staatsanwältin zugelassen war. Und John hätte darauf wetten können, dass auch ihr Mietvertrag auf Tara lief. War es Tara, die hier die Fäden zog? Die Liza mit einer Wohnung und einem Auto versorgt hatte, die sie mit Geld unterstützte und ihr Untertauchen überhaupt erst ermöglicht hatte?

Er überlegte fieberhaft. Welche Schlüsse ließen sich daraus ziehen?

„Was wissen Sie über Tara Caine?“, fragte er. „Die beste Freundin von Gillian Ward?“

Samson dachte nach. „Die sie öfter in Thorpe Bay besucht hat? Nicht viel, leider. Ich war ja nur ein Beobachter von außen. Die beiden schienen recht eng befreundet zu sein. Gillian freute sich, wenn sie kam. Sie umarmten einander. Worüber sie dann natürlich sprachen … keine Ahnung!“

„Gillian wohnt im Moment bei ihr. Für mich ist jetzt die Frage: stellt vielleicht Tara das Bindeglied dar, nach dem wir immer gesucht haben?“

John griff wieder nach dem Telefon und wählte Gillians Handynummer. Gillian meldete sich nicht, nur die Mailbox sprang nach einer Weile an. Nach kurzem Zögern hinterließ er ihr eine Nachricht. „Gillian, hier ist John. Ich würde dich gern sprechen, es ist wichtig. Ruf mich doch bitte schnell zurück, ja? Danke!“

„Ist Gillian in Gefahr?“, fragte Samson mit großen Augen.

„Ich weiß es nicht. Ehrlich. Keine Ahnung. Das ist alles sehr rätselhaft.“

„Aber Tara stellt keine Gefahr für sie dar? Ihre beste Freundin?“

„Ich hoffe nicht“, sagte John. Er griff nach seiner Jacke, die er auf die Fensterbank geworfen hatte. „Ich muss noch mal los. Ich muss ein Gespräch führen.“ Er würde jetzt sofort zu Liza Stanford fahren. Sie war die einzige Person, die ihm ein paar dringende Fragen beantworten konnte.

Es war vier Uhr, als Tara in ihre Wohnung zurückkehrte. Sie hatte Sandwiches gekauft und ein paar Flaschen Mineralwasser.

„Ich weiß ja nicht, wie weit du heute noch fährst“, sagte sie, „aber damit verhungerst und verdurstest du wenigstens unterwegs nicht!“

„Du bist fantastisch, Tara“, sagte Gillian dankbar. Sie war erleichtert, die Freundin endlich zu sehen. Es hatte sie zunehmend entnervt, Stunde um Stunde in Taras Wohnung zu sitzen und untätig zu warten.

„Das ist doch ganz selbstverständlich“, sagte Tara. Sie blickte an sich hinunter. Sie trug einen hellgrauen Hosenanzug und hochhackige Stiefel. Wie sie es darin schaffte, über die Schneeberge entlang der Straße zu turnen, war Gillian ein Rätsel. „Ich ziehe mich noch schnell um."

Zehn Minuten später saßen die beiden Frauen in Taras Auto. Tara jetzt in Jeans und dicker Jacke und mit wasserdichten Boots an den Füßen. Auf den Rücksitz hatte Gillian ihre Reisetasche und die Proviantttüte gestellt.

Sie kamen nur langsam voran. Der Freitagnachmittagsverkehr stürzte die Stadt in das übliche Chaos. Erst als sie die Autobahn erreichten, ging es endlich etwas schneller.

„Weißt du schon, wohin du fahren wirst?", fragte Tara.

„Ehrlich gesagt habe ich immer noch keine Ahnung", bekannte Gillian. „Ich frage mich einfach nur ständig, ob es wirklich nötig ist." Sie drückte ihr Gesicht gegen die Fensterscheibe. Sie fühlte sich angenehm kühl an. „Diese Flucht. Direkt nachdem ich dieses … Erlebnis daheim hatte, wollte ich nur noch weg. Zu dir. Und bis heute früh dachte ich auch noch, dass es besser sei, London zu verlassen. Aber jetzt bin ich unsicher, ob ich nicht doch etwas überstürze. Mich einfach nur verrückt mache. Wegen … nichts!"

„Thomas, der ermordet in eurem Haus lag, ist nicht nichts", erinnerte Tara, „und das, was neulich passiert ist, musst du – "

„Ich weiß ja gar nicht, ob etwas passiert ist", unterbrach Gillian. „Inzwischen erscheint es mir immer wahrscheinlicher, dass da gar nichts war. Ein Schatten! Vermutlich war es reine Einbildung."

„Vielleicht aber auch nicht. Möglicherweise hattest du nur riesiges Glück, weil dieser Luke Palm noch einmal zurückkam", gab Tara zu bedenken.

Das Glas unter Gillians Wange schien plötzlich kälter zu werden.

… weil dieser Luke Palm noch einmal zurückkam …

Ich habe ihr doch den Namen des Maklers gar nicht genannt, dachte Gillian. Egal, es ist auch nicht wichtig, dachte sie, aber sie konnte nicht verhindern, dass der Gedanke wie ein kleiner, hartnäckiger Wurm an ihr nagte.

Wenn ich ihr den Namen nicht genannt habe, woher weiß sie ihn dann?

Sie entsann sich des Abends, der erst zwei Tage zurücklag. Sie sah sich in Panik aus dem Haus stürzen, auf Strümpfen war sie durch den Schnee gelaufen und am Gartentor mit einer großen Gestalt zusammengeprallt, auf die sie in blindem Entsetzen eingeschlagen hatte. Der vermeintliche Gegner hatte sie schließlich an den Handgelenken gepackt und festgehalten.

„Ich bin es. Luke Palm!"

Und sie hatte geschrien. „Luke Palm?" Laut und schrill in ihrer Angst.

Wenn jemand im Haus oder im Garten gewesen war, hätte er es hören können. Das ist absurd, dachte sie. Sie musterte Tara von der Seite. Die gerade

Nase, die vollen Lippen. Die hohe Stirn. Sie war eine so schöne Frau. Seltsam, dass es offenbar nie einen Mann in ihrem Leben gegeben hatte.

Woher, verdammt, kennt sie den Namen?

„Was ist los?“, fragte Tara. Sie hatte zur Seite geblickt. „Du bist ja ganz blass. Geht es dir nicht gut?“

„Doch. Alles in Ordnung.“ Gillian versuchte ein Lächeln, das offenbar nicht sehr überzeugend ausfiel, denn Tara hakte nach. „Wirklich? Du wirkst so verstört!“

„Ich bin mir einfach nicht sicher, ob ich das Richtige tue“, sagte Gillian. „Es erscheint mir auf einmal so verrückt, mich irgendwo an einem fremden Ort zu verkriechen. Das ist ein so dramatischer Schritt.“

„Hierzubleiben könnte sich als der dramatischere Schritt entpuppen“, sagte Tara. „Falls der Täter es noch einmal versucht.“

Sie hatten Thorpe Bay erreicht. Gillian spürte eine untergründige Nervosität. Es gab eine Stimme in ihr, die sie eindringlich beschwor: Mach, dass du wegkommst! Hier stimmt etwas nicht! Sieh zu, dass du aus dem Auto deiner Freundin hinauskommst. Sieh zu, dass du sie loswirst!

Tara bog in die Einfahrt von Gillians Haus. Die Räder ihres Autos gruben sich in den Schnee. „Da sind wir“, sagte sie. Sie blickte Gillian an.

Und Gillian sah es. Sah es in ihren Augen. Einen fremden Blick. Unnatürlich vergrößerte Pupillen. Die Augen waren völlig starr.

Plötzlich hatte Gillian Angst. Und wusste dabei eines genau: Tara durfte es nicht merken. „Okay“, sagte sie so leichthin wie möglich, „dann gehe ich schnell hinein, packe noch ein paar Sachen zusammen, und dann fahre ich los. Du solltest dich schon auf den Rückweg machen, Tara. Dann bist du vor Einbruch der Dunkelheit zu Hause.“

„Ich habe es gar nicht so eilig“, sagte Tara. Sie öffnete die Tür und stieg aus. „Ich komme mit.“

Gillian stieg ebenfalls aus. Sie hielt den Haustürschlüssel in der Hand. Die Hand zitterte, und sie hoffte, dass Tara das nicht sah.

Tara ging um das Auto herum. Sie bewegte sich völlig normal.

In diesem Moment hörte Gillian ihr Handy klingeln. Es befand sich in ihrer Handtasche, die noch vor dem Beifahrersitz von Taras Auto lag.

Gillian drehte sich sofort um, aber Tara hielt sie zurück. „Lass doch. Du rufst dann einfach zurück. Du solltest jetzt keine Zeit verlieren.“ Sie hatte wieder den starren Blick bekommen.

Gillian spürte Schweiß auf ihrer Stirn. „In Ordnung“, meinte sie. Sie stapften langsam zum Haus. Gillian schloss auf, trat sich den Schnee von den Füßen. Sie hörte, dass Tara dicht hinter ihr das Gleiche tat.

Sie spürte ihr Herz laut und schnell schlagen. Sie wusste nicht, ob es Zufall war, dass Tara fast wie eine zweite Haut unmittelbar an ihr klebte. Undenkbar, dass sie allein irgendwohin gehen, vielleicht telefonieren konnte. Es gab eigentlich nur einen, den sie anrufen konnte, der einfach herbeieilen würde: John. Sie musste nur sagen: Bitte komm her! Und er würde kommen.

Aber es war ausgeschlossen, heimlich zu telefonieren. Tara war wie ein Schatten hinter ihr. Auf die Toilette, dachte Gillian, kann sie nicht mit.

Es gab eine Gästetoilette im Erdgeschoss. Mit einem Fenster, das ins Freie führte. Sie konnte versuchen hinauszuklettern, auf die Straße zu laufen.

„Was ist?", fragte Tara. „Wolltest du nicht hinaufgehen und deine Sachen packen?"

„Ich muss erst einmal dringend auf die Toilette", sagte sie entschuldigend. „Wartest du einen Moment?"

Tara starrte sie an. In diesem Augenblick klingelte das Telefon. Beide Frauen fuhren zusammen. Dann streckte Gillian den Arm aus.

Tara hielt sie zurück. „Lass es einfach klingeln. Das hält uns nur auf!"

Nach dem sechsten Läuten sprang der Anrufbeantworter, der ebenfalls im Flur stand, an.

Samson war weit davon entfernt, wirklich zu verstehen, in welche Richtung sich die Dinge entwickelten, und John hatte so schnell die Wohnung verlassen, dass er ihm auch keine einzige Frage mehr stellen konnte. Verwirrt und beunruhigt blieb er in den kahlen Räumen zurück.

Er ließ sich die letzten Gesprächsminuten noch einmal genau durch den Kopf gehen. „Gillian ist doch nicht in Gefahr?", hatte er gefragt, und die wenig beruhigende Antwort von John lautete: „Ich weiß es nicht." Und dann hatte er gefragt, ob ihr Gefahr von Tara drohe, von ihrer besten Freundin, und diesmal hatte John geantwortet: „Ich hoffe nicht." Was auch nicht besser war.

Samson war aus Johns Andeutungen nicht einmal ansatzweise schlau geworden. Er hatte telefoniert, und dann war der Name Tara Caine gefallen, und John war wie elektrisiert gewesen. John hatte versucht, Gillian anzurufen, aber sie war nicht an ihr Handy gegangen. Wenn sie in Gefahr schwebte, so hatte sie möglicherweise nach wie vor keine Ahnung davon.

Samson wollte endlich etwas tun. Nützlich sein. Vor allem für Gillian.

John hatte mit seinem ins Leere gelaufenen Anruf offenkundig versucht, Gillian zu warnen. Warum sollte nicht er, Samson, dasselbe probieren?

Er könnte sich Tara Caines Telefonnummer von der Auskunft besorgen und dann dort anrufen. Falls Tara schon zu Hause war, konnte er sich vielleicht mit einem fremden Namen vorstellen, und vielleicht verband ihn Tara daraufhin mit Gillian.

Und dann? Würde sie eine Warnung unauffällig entgegennehmen, während die Person, vor der sie gewarnt wurde, direkt neben ihr stand?

Trotzdem, dachte er, ich probiere es. Er hätte sich all seine Gedanken nicht machen müssen: Bei der Auskunft erfuhr er, dass Tara Caines Telefonnummer nicht weitergegeben wurde. Die Staatsanwältin hatte ihre Privatnummer sperren lassen.

Er konnte sich nicht einfach wieder in den Sessel setzen und Däumchen drehen. Plötzlich kam ihm ein Geistesblitz. Gillian wohnte zurzeit bei Tara, aber mit einiger Wahrscheinlichkeit kam sie ab und zu in ihr Haus zurück. Um Blumen zu gießen, nach der Post zu sehen. Ihre Telefonnummer kannte er auswendig. Und sie hatte einen Anrufbeantworter. Oft genug hatte er bei den Wards angerufen, wenn er wusste, dass niemand daheim war, und dann hatte er ihrer Stimme auf dem Anrufbeantworter gelauscht.

Mit zittrigen Fingern tippte er jetzt die vertraute Nummer ein und räusperte sich mehrmals.

Wie gebannt blickten Gillian und Tara auf den Anrufbeantworter.

Laut und deutlich klang Gillians eigene Stimme durch den Raum. „Hinterlassen Sie uns doch bitte eine Nachricht."

Der Apparat piepte. Als Erstes war ein kräftiges Räuspern zu hören. Ein Mann, dachte Gillian. „Ja, also, hallo Mrs Ward", sagte jetzt eine Stimme. Eindeutig ein Mann. „Ich bin es. Samson. Samson Segal."

Gillian sperrte Mund und Augen auf. Samson Segal. Dieser seltsame Mann, der sich vor der Polizei versteckt hielt. Er rief an und traute sich sogar, auf ihren Anrufbeantworter zu sprechen.

„Mrs Ward, wir machen uns Sorgen um Sie. Es kommt Ihnen vielleicht eigenartig vor, aber Sie sollten vorsichtig sein mit Ihrer Freundin. Mit Tara Caine. Da stimmt etwas nicht. Ziehen Sie sich zurück. Bitte." Er machte eine Pause. „Ich hoffe, Sie hören dieses Band bald ab", fügte er dann hinzu. „Es ist wichtig. Bitte." Mit einem Klicken beendete er das Gespräch.

Gillian bewegte sich nicht. Sie wusste nicht, von wem Segal sprach, wenn er „wir" sagte. Es war ihr völlig unklar, wie er darauf gekommen war, in Tara eine Gefahr zu sehen. Aber eines begriff sie: Er hatte recht. Und auch sie selbst sah keineswegs Gespenster.

„Du hast aber treue Freunde", sagte Tara hinter ihr seltsam emotionslos. „Nette und besorgte Freunde. Wie schön für dich."

Gillian drehte sich zu Tara um und versuchte zu lächeln. „Segal ist kein

Freund. Ein völlig gestörter Typ. Wie du weißt, sucht die Polizei nach ihm. Er meint wohl, seine Lage verbessert sich, wenn er wilde Gerüchte streut."

„Interessante Gerüchte", sagte Tara.

Gillian zuckte mit den Schultern. „Der Mann ist nicht ganz dicht. Hör mal, ich sollte mich jetzt beeilen. Ich gehe rasch auf die Toilette, und dann ..."

„Was hast du vor?", fragte Tara. In ihrer Haltung, in ihrer Stimme lag etwas Lauerndes. „Dich durch das Klofenster auf und davon zu machen?"

Gillian versuchte gleichmütig zu erscheinen, spürte aber, dass sie unnatürlich klang. „Natürlich nicht, wie kommst du denn darauf? Ich will nur ..."

„Vergiss es", unterbrach Tara sie, „versuch nicht, mich für blöd zu verkaufen! Du willst dich abseilen. Du schlotterst vor Angst, Gillian. Und nicht erst seit dieser Trottel dumm genug war, seine Warnung lautstark durch das ganze Haus zu schmettern! Du hast dich schon im Auto verändert. Aber da war ich mir noch nicht hundertprozentig sicher. Aber so ... nach dieser eindeutigen Warnung. Glaubst du ernsthaft, ich lasse dich jetzt noch einen Moment lang aus den Augen?"

„Warum, Tara?", fragte Gillian. „Was ist los? Habe ich dir irgendetwas getan?"

Tara betrachtete sie interessiert. Gillian erwiderte ihren Blick voller Beklommenheit. Da war das vertraute Gesicht der Freundin – und doch war es vollkommen verändert. Mit einem anderen Ausdruck, mit einer fremden Mimik. Dazu diese Stimme, die nicht Taras Stimme war. Eine Stimme ohne Gefühle, eine eigenartig seelenlose, unmenschliche Stimme.

„Mir persönlich hast du gar nichts getan", sagte Tara. „Mir persönlich haben auch Carla und Anne nichts getan." In ihrer Stimme war Hass.

Gillian zuckte zurück. „Carla und Anne ...", wiederholte sie fassungslos. „Du hast sie ...?"

Tara zuckte mit den Schultern. „Die Welt ist nicht ärmer ohne die beiden."

„Und Tom ...?"

„Tom war nicht geplant."

„Tara, ich verstehe nicht, was los ist", sagte Gillian beschwörend, „bitte erkläre mir doch ..."

Tara lachte. „Nein, mein Schatz. Ich weiß genau, was du vorhast. Du willst mich hier in ein langes Gespräch verwickeln und hoffst, dass in der Zwischenzeit jemand vorbeikommt und dir aus der Klemme hilft. Vergiss es! Wir müssen überlegen, was wir jetzt tun. Weißt du, was tragisch ist? Ich hatte wirklich beschlossen, dich laufen zu lassen. Keine Ahnung, warum.

Vielleicht liegt es an der gemeinsamen Zeit. Vielleicht daran, dass ich zweimal gescheitert bin bei dir."

Sie war der Schatten, dachte Gillian voller Grauen. Und daher kannte sie auch Lukes Namen. Sie hat zweimal versucht, mich umzubringen.

„Ich wollte dich aus meiner Nähe haben. Ich kann dich nicht mehr ertragen, Gillian. Da du Angst hattest, hier allein zu wohnen, hätte ich ein kleines Hotel genial gefunden. Irgendwo. Von dort wärest du direkt nach Norwich gezogen, und wir hätten einander in diesem Leben hoffentlich nicht wiedergesehen. Aber nun kann ich dich nicht gehen lassen."

„Bitte, Tara! Warum?"

Tara griff in die Tasche ihrer Winterjacke und hatte in der nächsten Sekunde eine Pistole in der Hand. Sie richtete sie auf Gillian. „Wir müssen erst einmal weg von hier. Und dann muss ich überlegen, was ich mit dir mache." Sie wies mit der Waffe Richtung Haustür. „Wir gehen jetzt hinüber in die Garage. Du gehst vor mir her. Wenn du versuchst abzuhauen, dann hast du eine Kugel im Kopf. Kapiert?"

Gillian schluckte. Sie kam sich vor wie in einem seltsamen, völlig irrealen Theaterstück. Langsam setzte sie sich in Richtung Haustür in Bewegung. Tara trat zur Seite, um sie vorbeizulassen. Sie griff sich eine Rolle Paketklebeband, die auf einem Stapel von Umzugskartons gleich neben der Tür lag.

Als sie draußen stand, sagte Gillian flehend: „Tara, ich weiß nicht, was du gegen mich hast. Aber was es auch ist – denk doch bitte an Becky. Sie hat nur noch mich."

Tara lachte erneut, ein unheimliches Lachen, in dem keinerlei Emotionen lagen. „Genau an sie denke ich, Gillian. An sie habe ich die ganze Zeit gedacht. Becky war der Grund. Weißt du was? Für manche Kinder ist es besser, sie wachsen ohne Mutter und Vater auf. Für manche Kinder ist jedes Waisenhaus besser. Glaub mir, ich weiß, wovon ich spreche."

„Aber …"

„Halt bitte den Mund und geh endlich weiter!", befahl Tara. Sie presste die Pistole tief in die Falten von Gillians Mantel. Falls jemand vorbeikam, hätte er sie nicht sehen können. „Wir haben sicher noch Zeit, miteinander zu reden. Später." Sie machte eine Kopfbewegung in Richtung Garage.

„Ich wusste, dass Sie wiederkommen würden", sagte Liza Stanford resigniert. Sie hatte zunächst auf Johns Klingeln nicht geöffnet, sodass er schließlich unten auf dem Platz vor dem Hochhaus auf und ab gegangen war in der Hoffnung, dass sie aus dem Fenster spähte und sah, dass nur er es war, der sie besuchte, nicht ihr Mann oder die Polizei. Dann hatte er wieder geklingelt, und endlich war der Summton des Türöffners erklungen.

„Möchten Sie einen Tee?“, fragte sie, nachdem er eingetreten war.

„Nein. Danke. Liza – kennen Sie eine Tara Caine?“ Er beobachtete sie genau, während er die Frage stellte.

Sie erschrak. „Tara Caine. Ja. Ja, ich kenne sie.“

„Ich hatte Sie gestern gebeten, mir alles zu sagen“, sagte John.

„Nach ihr hatten Sie nicht gefragt“, entgegnete Liza leise. Sie ging ins Wohnzimmer, ließ sich auf einen Stuhl am Esstisch fallen.

John folgte ihr, blieb aber mitten im Zimmer stehen. „Ihr Auto ist auf sie zugelassen. Und ich nehme an, sie hat auch die Wohnung gemietet?“ Liza nickte. „Sie versorgt Sie mit Geld? Denn Ihr Mann dürfte seine Konten gesperrt haben, wie ich ihn einschätze.“

„Sie hat ein Konto auf ihren Namen eingerichtet und mir die EC-Karte überlassen. Damit hebe ich Geld ab, wenn ich etwas brauche.“

„Recht großzügig. Sie zahlt die Miete, sie zahlt Ihren Lebensunterhalt. Das ist nicht selbstverständlich, oder?“

„Ich werde ihr alles zurückzahlen. Das haben wir vereinbart.“

„Aha. Und wann soll das sein? Und wie?“

„Das weiß ich noch nicht. Es musste alles so schnell gehen … Wir konnten die Dinge nicht bis zum Ende planen. Ich musste weg, ich musste untertauchen.“

„Woher kennen Sie Tara Caine?“, fragte John.

„Ich kenne sie seit dem 31. Oktober letzten Jahres“, sagte Liza.

„Also noch nicht lange?“

„Nein. Zweieinhalb Monate etwa.“

Er trat an den Tisch heran, setzte sich Liza gegenüber. „Wie haben Sie sie kennengelernt?“

Liza lächelte. „Zufall. Wir waren eingeladen, mein Mann und ich. Fünfundsiebzigster Geburtstag eines ehemaligen Kollegen meines Mannes. Große Feier im ‚Kensington-Hotel‘. Mein Mann bestand darauf, dass ich mitkomme, obwohl es mir schlecht ging. Ich war nervlich ziemlich am Ende, und außerdem hatte ich mal wieder ein hübsches Veilchen im Gesicht. Das linke Auge.“

„Ihr Mann schien das Risiko, dass über Sie und womöglich auch über ihn getuschelt wird, nicht zu scheuen?“

„Er wusste, ich würde die Verletzung irgendwie unkenntlich machen. Ich besitze ein extrem deckendes Camouflage-Make-up.“

„Sie gingen also auf dieses Fest …“

Sie nickte. „Es waren viele Menschen dort. Vor allem natürlich Juristen. Anwälte. Staatsanwälte. Richter. Mein Mann war wie immer der Mittelpunkt, schwang große Reden. Brüstete sich mit seinen Wohltaten. Mir selbst ging es dabei immer schlechter. Ich fand es unerträglich heiß in dem Raum, ich bekam Angst um mein Make-up. Verrückt, oder? Eigentlich wäre es doch für meinen Mann peinlich gewesen, wenn alle mein blaues Auge gesehen hätten. Aber ich empfand es immer nur als eine Schande für mich."

„Nach allem, was ich weiß", sagte John, „geht das vielen Frauen in Ihrer Situation so."

„Ich flüchtete in die Damentoilette. Zum Glück war dort gerade niemand. Während ich vor dem Spiegel versuchte, mein Make-up zu erneuern, fing ich an zu weinen. Es wurde ein richtiger Weinkrampf. Dann ging plötzlich die Tür auf. Es war Tara, die hereinkam. Ich kannte sie damals noch nicht, aber ich vermutete, dass sie auch zu den Gästen des Geburtstagsfestes gehörte. Es gelang mir nicht mehr, rechtzeitig in eine der Kabinen zu flüchten. Ich hantierte wild mit einem Haufen Kleenextüchern herum und versuchte so zu tun, als hätte ich nur eine Erkältung … Und dann stand Tara auf einmal hinter mir und fragte, ob sie mir helfen könne. Ich ließ die Kleenextücher sinken. Ich weinte. Wir sahen einander im Spiegel an. Die Haut um das Auge herum schillerte in allen Tönen. Ich glaube, eine Minute lang sprach niemand, und dann sagte Tara einfach nur: ‚Ihr Mann?' Und zum ersten Mal suchte ich nicht nach einer Ausrede. Ich nickte einfach nur. Und Tara fragte: „‚Sie sind doch die Frau von Logan Stanford?' Und ich nickte wieder."

„Darauf entstand der Plan, dass Sie sich verstecken?", fragte John.

„Noch nicht", sagte Liza. „Ich erklärte, ich könne keinesfalls zu der Feier zurück. Tara half mir. Sie schleuste mich ungesehen aus dem Hotel, organisierte ein Taxi und fuhr mit mir nach Hause."

„Sie haben ihr dann alles erzählt?"

„Ja. Absolut alles. Es strömte nur so aus mir heraus."

„Sie ist Staatsanwältin. Theoretisch hätte sie danach ein Verfahren einleiten müssen, ob Sie nun zustimmen oder nicht."

„Das sagte sie auch. Ich flehte sie an, es nicht zu tun. Schließlich versprach sie, es zu unterlassen. Aber bevor sie ging, sah sie mich an und sagte: ‚Liza, ich werde nicht aufgeben, bis Sie von selbst zur Polizei gehen und ihn anzeigen. Sie müssen diesen Schritt tun. Er ist wichtig. Bringen Sie diesen Verbrecher hinter Gitter!' So sagte sie wörtlich."

„Und dann", vermutete John, „blieb sie an Ihnen dran?"

„Ja. Sie rief mich fast täglich an. Bedrängte mich, ermutigte mich. Manchmal war ich froh, ihre Stimme zu hören. Manchmal fühlte ich mich in die Enge getrieben."

„Sie steigerte sich in die Situation hinein?"

„Ja", sagte Liza, „und zwar mit einer Heftigkeit, die mich überraschte. Manchmal kam es mir vor, als hasste sie Logan beinahe mehr als ich. Es muss ihr schwergefallen sein, nicht sofort mit Ermittlungen gegen ihn zu beginnen. Andererseits sollte ich nicht mit dem Gefühl zurückbleiben, von ihr oder der Polizei gerettet worden zu sein. Ich sollte mich selbst retten. ‚Das ist für später ganz, ganz wichtig, Liza', sagte sie immer wieder."

„Ich frage mich, weshalb sich Tara Caine mit solcher Vehemenz in Ihren Fall hineinkniete", meinte John. „Weshalb hat sie Ihnen die Wohnung hier gemietet?"

„Ach, das ging dann recht schnell. Mitte November eskalierte es wieder einmal zwischen meinem Mann und mir, und ich flehte Tara an, dass sie mir helfen müsse, vor ihm zu fliehen. Seitdem ist Tara alle paar Tage hier. Sie will, dass ich Logan anzeige. Dass ich die Scheidung einreiche."

„Haben Sie Tara von Carla Roberts erzählt?", fragte John. „Und von Anne Westley?"

„Ich habe ihr von beiden erzählt, ja. Tara wollte wissen, ob denn nie jemand in meinem Umfeld etwas gemerkt habe, und ich sagte, nein, nicht dass ich wüsste, aber ich hätte mich zwei Frauen anvertraut in der Hoffnung, es werde etwas geschehen. Aber das hatte ja nicht funktioniert."

Da war etwas … Er hatte danach gesucht, im Ermittlerteam hatten sie ebenfalls danach gesucht: nach dem Menschen, der sie alle drei gekannt hatte, alle drei Opfer, die so lange ohne jede Verbindung zueinander erschienen waren. Carla, Anne und Tom. Gillian, die möglicherweise an Toms Stelle hätte sein sollen. Zum ersten Mal hatte er nun einen Namen: Tara Caine.

Irgendwie hängt alles mit Tara Caine zusammen. Und Gillian ist bei ihr! Er zog sein Handy hervor. „Entschuldigen Sie", sagte er, „ich muss kurz telefonieren." Er tippte zum zweiten Mal an diesem Tag Gillians Handynummer ein. Wieder nahm niemand den Anruf entgegen. Wieder meldete sich nach einer Weile nur die Mailbox. Er sprach erneut darauf: „Gillian, ich bin es, John. Bitte ruf mich an. Es ist wichtig. Bitte melde dich doch!"

John wusste, dass der Moment gekommen war, an dem er zu Detective Inspector Fielder gehen müsste. Er verfügte inzwischen über Informationen, die er nicht mehr zurückhalten durfte, und er brauchte den Polizeiapparat mit all seinen Möglichkeiten, um weitermachen zu können. Er stand auf. Bevor er zur Polizei ging, würde er zu Tara Caine fahren. Am Ende saßen die beiden Frauen noch in der Wohnung, und Gillian ging nur deshalb nicht an ihr Handy, weil sie seine Nummer im Display sah und fürchtete, von ihm wieder bedrängt zu werden.

Aber er glaubte das selbst kaum. Als sie zuletzt gesprochen hatten, war Gillian nach eigenen Worten kurz davor gewesen, London zu verlassen. Jetzt war Freitagabend. Sie war wahrscheinlich seit Stunden unterwegs. War Tara bei ihr?

Es war heiss im Auto. Tara musste die Heizung auf die höchste Stufe gedreht haben. Die dicke Wolldecke, die über ihr lag, tat ein Übriges: Gillian hatte das Gefühl, dass ihr der Schweiß in Strömen am Körper hinunterlief.

Die Angst, ersticken zu müssen, überflutete sie in Wellen von Panik. Sie brauchte ihre ganze psychische Kraft, die Panik immer wieder niederzuringen. Eingesperrt in dieser Hitze, die schwere Decke über Kopf und Körper, den Mund mit Paketklebeband verschlossen, durfte sie nicht durchdrehen.

In der Garage, durch einen Pfeiler vor neugierigen Blicken geschützt, hatte Tara das Klebeband mehrfach um Gillians Kopf gewickelt. Es war nun fest mit ihren Haaren verpappt. Sie hatte ihre Hände auf dem Rücken kreuzen müssen, dann hatte Tara auch die Handgelenke festgezurrt.

„Wo ist dein Autoschlüssel?“, hatte sie gefragt.

Gillian konnte nur undeutliche Laute von sich geben, hatte aber eine Kopfbewegung in Richtung von Taras parkendem Auto gemacht. Tara verstand. Sie holte die Handtasche ihrer Freundin in die Garage, kramte darin herum. Sie fand den Schlüssel, nahm ihn heraus, stellte die Tasche wieder zurück. Gillian musste an das Handy darin denken, auf dem irgendjemand noch eine knappe halbe Stunde zuvor versucht hatte, sie zu erreichen. Sie würde keine Chance mehr haben, den Anruf zu beantworten.

Tara öffnete Gillians Auto und befahl ihr, sich auf den Beifahrersitz zu setzen. Dann verschloss sie das Auto. Gillian versuchte verzweifelt, das Klebeband von ihren Handgelenken zu lösen, aber sie schaffte es nicht mal, es auch nur ein wenig zu lockern.

Im Rückspiegel sah sie, dass Tara in ihr eigenes Auto stieg, den Wagen wendete und ihn rückwärts dicht an das offene Garagentor heranfuhr. Ihr dämmerte, dass sie umgeladen werden sollte. Tara stieg aus, klappte ihren Kofferraumdeckel hoch. Sie zog Gillian aus ihrem Auto. „Du steigst jetzt in meinen Kofferraum“, befahl sie. „Und keine Tricks!“

Gillian, wehrlos, die Pistole dicht an ihrem Körper, kletterte resigniert in den Kofferraum des Jaguars. Es war nicht viel Platz, sie musste die Embryostellung einnehmen, wobei ihre Knie fast an ihr Kinn stießen.

Sie kämpfte mit den Tränen, als sie spürte, wie Tara nun auch ihre Fußknöchel unbarmherzig verschnürte. Dann zog Tara eine dicke Wolldecke aus dem Kofferraum von Gillians Wagen und warf sie über die gefesselte Frau. „Damit du nicht frierst. Wer weiß, wie lange wir unterwegs sind."

Während die Heckklappe zugeschlagen wurde, Tara ihren Wagen ein Stück nach vorn setzte, dann wieder ausstieg und das Garagentor schloss, überlegte Gillian, wie ihre Chancen standen. Wann würde man sie vermissen? Ihre Eltern und Becky würden wahrscheinlich irgendwann anrufen und sich nach dem zweiten oder dritten Versuch wundern, dass sie weder die Anrufe annahm noch sich zurückmeldete. Aber dann? Wie sollten sie sie jemals finden?

Sie hatte John gesagt, dass sie sich in ein Hotel auf dem Land zurückziehen wollte. Wenn er das der Polizei mitteilte, würde man ihr Verschwinden vielleicht gar nicht weiter untersuchen: Man würde annehmen, dass sie ihrem Plan gefolgt war und nicht gestört werden wollte. Allerdings stand ihr Auto in der Garage. Aber würde überhaupt jemand dort nachsehen?

Einen Hoffnungsschimmer gab es: Samson Segal, der Blödmann, dem sie ihre augenblickliche heikle Lage verdankte, war aus vollkommen unerfindlichen Gründen darauf gekommen, dass Tara Caine eine Gefahr darstellte. Aber was würde er letztlich mit diesem Wissen anfangen?

Was hatte Tara vor? Sie hätte sie leicht auf der Stelle, noch im Haus, erschießen können. War es ein gutes Zeichen, dass sie es nicht getan hatte? Nicht unbedingt, entschied Gillian verzweifelt. Tara war nicht dumm. Sie wollte genau das tun, was sie angekündigt hatte: einen sicheren Ort finden und dann überlegen, wie sie nun am besten weiter verfuhr. Die Dinge waren ihr aus dem Ruder gelaufen. Sie hatte sich wegen Luke Palm verquasselt, und dann war noch Samsons Anruf erfolgt.

Inzwischen hatte Tara ihrer einstigen Freundin gegenüber praktisch schon ein Geständnis abgelegt. Sie kann mich gar nicht laufen lassen, dachte Gillian, sie kann jetzt nur noch versuchen, mich auf eine Art verschwinden zu lassen, bei der kein Verdacht auf sie fällt.

Bei diesem Gedanken fiel ihr das Atmen schlagartig noch schwerer. Das Auto fuhr an, stoppte, fuhr an. Stadtverkehr. Früher Freitagabend. Sie würden Stop-and-go fahren, bis sie die Stadtgrenze erreicht hatten, mindestens.

Gedämpft konnte sie die Stimme eines Radiomoderators vernehmen. Er verlas gerade den Wetterbericht. Es würde sehr kalt werden in den kommenden Tagen. Dann setzte Musik ein.

Man bekommt immer eine zweite Chance, dachte Gillian, halte dich bereit, deine zu nutzen.

Sie schob den Gedanken beiseite, der sich ihr sofort aufdrängte: Blöder Spruch, das mit der zweiten Chance. Es stand nirgendwo geschrieben, dass man die bekam. Manchmal hatte man nicht mal eine einzige.

Er hatte erwartet, dass bei Tara Caine niemand zu Hause war. Trotzdem hatte er ein paarmal geklingelt, war schließlich zurückgetreten und hatte hinaufgespäht. Taras Balkon. Dahinter die Scheiben des Wohnzimmerfensters. Alles war dunkel. Es war der Moment, zur Polizei zu gehen.

John setzte sich wieder in sein Auto. Ihn ängstigte die Tatsache, dass nun sowohl Gillian als auch Tara spurlos verschwunden waren.

Kurzentschlossen ließ er den Motor an und wendete den Wagen. Er fuhr Richtung Scotland Yard.

Samstag, 16. Januar

Constable Rick Meyers hatte sich auf einen eher beschaulichen Samstagmorgen im Polizeirevier von Manchester eingestellt. Er hatte Bereitschaftsdienst, aber er vermutete, dass nicht viel passieren würde. Die verschneite Welt draußen schien still und friedlich. Meyers war daher regelrecht entsetzt, als plötzlich sein Vorgesetzter aufkreuzte und ihm einen Zettel vor die Nase hielt.

„Wir müssen da etwas überprüfen. Anfrage von Scotland Yard in London. Es geht um eine Mrs Lucy Caine-Roslin. Wohnt in der Reddish Lane in Gorton. Leider müssen Sie da hinfahren."

„Worum geht es denn?", fragte Meyers.

„Es könnte sein, dass sich ihre Tochter bei ihr aufhält. Und eben das müssen wir herausfinden. Scotland Yard hat einige wichtige Fragen an sie."

„An die Tochter?", fragte Meyers begriffsstutzig.

„Ja. Die ist verschwunden, muss aber dringend befragt werden, und es besteht die Möglichkeit, dass sie zu ihrer Mutter gefahren ist. Die Tochter heißt Tara Caine. Staatsanwältin aus London."

„Staatsanwältin? Echt? Und die stammt aus so einer Ecke?"

„Offensichtlich."

„Und weshalb rufen wir bei dieser Lucy Caine-Roslin nicht einfach erst einmal an?", fragte Meyers, während er schwerfällig aufstand.

„Das wurde mehrfach versucht. Es geht dort niemand ans Telefon. Es hilft nichts. Sie müssen da rasch vorbeifahren."

Wenigstens gab es an diesem noch frühen Samstagmorgen kaum Verkehr, und Rick Meyers kam gut voran. Trotzdem hätte er diesen Job jetzt nicht gebraucht. Kein Polizist fuhr gern nach Gorton im Süden Manchesters. Es gab bessere und schlechtere Ecken dort, und die schlechteren bestanden zu einem guten Teil aus abbruchreifen Häusern, in denen Junkies lebten.

Das Straßenbild veränderte sich langsam, Gorton kündigte sich schleichend an. Die Wohnhäuser entlang der Straßen wurden allmählich schäbiger. Ein Schrottabladeplatz. Direkt daneben gammelte eine Reihenhauskette vor sich hin. Nur der Müll, der sich teils in Plastiksäcken auf den Grundstücken türmte, verriet, dass diese Bruchbuden noch bewohnt wurden. Dann kamen Mehrfamilienhäuser. Beschmierte Wände. Herausgebrochene Fensterscheiben. Immer mehr Müll, immer mehr Verwahrlosung.

Die Reddish Lane zog sich über eine große Strecke hin, und Meyers stellte erleichtert fest, dass sich die betreffende Hausnummer nicht in der schlechtesten Ecke befand. In den unteren Stockwerken etlicher Häuser dort gab es Läden und Geschäfte. Die Gegend wirkte alles andere als wohlhabend, war aber auch nicht verwahrlost.

Mrs Caine-Roslin bewohnte ein frei stehendes kleines Haus, das aus roten Ziegelsteinen gebaut war und von einem winzigen Hof umgeben wurde, an dessen hinterem Ende man einen etwas baufälligen Schuppen entdecken konnte. Das Erdgeschoss bestand aus einer ehemaligen Ladenfront, die jetzt mit einem blauen Rollo verschlossen war. Ein Schild wies darauf hin, dass sich hier eine Reparaturwerkstatt für Fahrräder befand. Das Schild war alt und die Schrift darauf nur mühsam zu entziffern. Die Werkstatt schien es nicht mehr zu geben. Fraglich war, ob es im Haus noch Bewohner gab.

Rick Meyers parkte am Straßenrand und stieg aus. Es gab eine Tür, die in den unteren Bereich des Hauses führte, aber diese war mit zwei über Kreuz genagelten Brettern unpassierbar gemacht worden. Direkt daneben zog sich eine steile Treppe an der Außenmauer entlang nach oben. Dort gab es eine weitere Tür. Sie schien noch zugänglich zu sein.

Auf der Treppe lag so hoher Schnee, dass es Rick Meyers nur mit größter Mühe gelang, hinaufzuklettern. Sein Eindruck verstärkte sich, dass hier niemand mehr wohnte.

Er war endlich oben angekommen und klopfte an die hölzerne Tür. „Mrs Caine-Roslin? Können Sie mir bitte öffnen?“ Er lauschte angestrengt. „Hier ist Constable Meyers. Ich habe nur eine Frage an Sie.“

Nichts rührte sich. Er klopfte erneut, diesmal kräftiger. Alles blieb vollkommen still. Probeweise bewegte Meyers die Türklinke. Zu seinem Erstaunen gab sie nach. Die Tür öffnete sich nach innen. Sie war überhaupt nicht verschlossen gewesen.

Er keuchte, als ihn der widerliche Verwesungsgeruch traf, der aus der hermetisch abgedichteten Wohnung nach draußen strömte.

„Lieber Gott!“ Er riss rasch das Küchenfenster auf und lehnte sich weit hinaus. Kalte, klare Winterluft traf sein Gesicht.

Meyers hasste, was er jetzt tun musste. Aber er war Polizist. Er musste dem Schrecken, der in dieser Wohnung auf ihn lauerte, auf den Grund gehen. Er presste ein Taschentuch vor Mund und Nase und sah sich in der Küche um. Sie schien sauber und ordentlich aufgeräumt zu sein. Auf dem Tisch standen zwei Teller, auf denen nicht näher definierbare Essensreste vor sich hin gammelten. Zwei halb gefüllte Weingläser und eine Weinflasche standen daneben. Was immer mit Lucy Caine-Roslin geschehen war, es hatte sie bei einer Mahlzeit unterbrochen. Einer Mahlzeit, bei der sie offenkundig nicht allein gewesen war.

Auf der Anrichte entdeckte er eine braune Papiertüte. Der Aufdruck verriet, dass es sich bei dem Essen um ein Fertiggericht aus einem chinesischen Mitnahmerestaurant gehandelt haben musste. Jemand hatte die alte Frau besucht. Hatte die Bewirtung gleich selbst mitgebracht. Und dann …?

Er verließ die Küche. Er wusste, dass die eigentliche Herausforderung noch auf ihn wartete.

Meyers fand Lucy Caine-Roslin in einem Kinderzimmer. Jedenfalls schien es das zu sein: ein *ehemaliges* Kinderzimmer. Eine Schlafcouch mit einer geblümten Patchworkdecke. Hölzerne Regale mit Kinderbüchern darauf.

Lucy Caine-Roslin lag in der Mitte des Raumes auf dem Rücken und sah aus wie eine dunkel angelaufene, aufgeblähte Hauthülle, die einmal ein Mensch gewesen war. Kälte und trockene Luft in der schwach geheizten Wohnung hatten sie jedoch besser konserviert, als das unter weniger günstigen Umständen der Fall gewesen wäre. Ihr Gesicht war relativ gut erhalten.

Normalerweise hätte Meyers angenommen, dass der Tod der alten Frau natürlichen Ursprungs war. Dieser Vermutung widersprach jedoch der Umstand, dass im Mund der Toten irgendetwas zu stecken schien, etwas Großes und zunächst Undefinierbares. Mit absoluter Selbstbeherrschung trat Meyers näher heran und beugte sich tiefer über den stinkenden Leichnam. Ein Tuch. Ein großes kariertes Tuch. Könnte ein Geschirrtuch sein. Jemand hatte es ihr gewaltsam in den Rachen gestopft. Und ihr mit mehreren Streifen Paketklebeband die Nase verschlossen.

Er richtete sich wieder auf, trat ans Fenster, öffnete auch dieses. Er lehnte sich hinaus und nahm zum zweiten Mal einen tiefen Zug der frischen Luft.

„Meine Güte“, murmelte er und wischte sich mit dem Taschentuch über die Stirn, die feucht von Schweiß war.

Meyers entsann sich seines Auftrags. Die Tochter. Er war losgeschickt worden, um die Tochter aufzustöbern.

Obwohl er davon ausging, dass er sich allein in der Wohnung befand, inspizierte er sicherheitshalber noch einmal alle Räume. Danach stand fest: Die gesuchte Staatsanwältin hielt sich nicht in ihrem Elternhaus auf.

Meyers zückte sein Handy. Nun musste er erst einmal Verstärkung anfordern. Lucy Caine-Roslins Tod würde ganz genau untersucht werden. Das war alles, was man für die alte Frau noch tun konnte.

Sie war eingeschlafen, was sie zunächst nicht für möglich gehalten hatte. Ihre Erschöpfung hatte über Entsetzen und Übelkeit gesiegt. Wie lange sie geschlafen hatte, wusste sie nicht. Geweckt hatte sie ein heftiges Rucken des Autos und gleich darauf das Geräusch durchdrehender Räder und das Aufheulen des Motors. Sie kommt nicht weiter, dachte sie.

Sie. Ihre beste Freundin. Eine Vertraute. Ein Mensch, den sie seit Jahren kannte und der ihr plötzlich vollkommen fremd geworden war.

Sie konnte hören, wie Tara ausstieg und die Tür hinter sich zuwarf. Gleich darauf wurde die Heckklappe des Autos aufgerissen. Eiskalte Luft flutete in das Innere des Wagens, drang sogar unter die erstickend heiße Decke. Diese wurde im nächsten Moment weggezogen.

„So. Weiter geht's nicht", sagte Tara. „Der Schnee liegt zu hoch. Aussteigen!" Während sie sprach, zog sie ein Messer hervor, ließ die Klinge aufspringen und schnitt das Klebeband durch, das Gillians Fußknöchel zusammengehalten hatte. „Komm raus!", befahl sie.

Gillian versuchte sich aufzurichten und stöhnte gleich darauf vor Schmerzen. Sie hatte zu lange in einer unbequemen Lage ausharren müssen, gerüttelt von einem Auto, das sich über schwer passierbare Straßen gekämpft hatte. Ihr ganzer Körper schmerzte. Sie konnte Tara als großen dunklen Schatten vor dem Kofferraum wahrnehmen. Über ihr bleigrauer Himmel. Hinter ihr schneebedeckte Weite. Nichts, was an ein Haus oder an eine Siedlung erinnert hätte.

„Mach schon", drängte Tara. Und als es Gillian noch immer nicht gelang, sich zu rühren, beugte sich Tara vor, packte sie unter beiden Armen und zog sie nach draußen. Sie tat das mit einer überraschenden Kraft. Da Gillian sich nicht auf den Beinen halten konnte, fiel sie der Länge nach in den Schnee. Die winzigen Kristalle schnitten schmerzhaft in Gillians Gesichtshaut. Unartikulierte Jammerlaute ausstoßend hob sie den Kopf und rappelte sich auf. Da ihre Hände noch immer gefesselt waren, fiel es ihr schwer, das Gleichgewicht zu erlangen.

Tara half ihr auf die Füße. „Das wird besser werden. Deine Muskeln werden sich entspannen. Wir haben noch einen ziemlichen Fußmarsch vor uns."

Gillian kämpfte gegen den Schwindel, der sie befiel, kaum dass sie auf den Beinen stand. Sie merkte, dass sie entsetzlichen Durst hatte. Das Klebeband vor ihrem Mund, die Hitze im Auto hatten sie völlig austrocknen lassen. Verzweifelt versuchte sie, Tara dies klarzumachen. Sie spürte genau, dass sie nicht weit kommen würde, wenn sie nicht etwas zu trinken bekam.

Tara schien zu überlegen, dann griff sie in Gillians Gesicht und riss ihr mit einem kräftigen Ruck das Klebeband herunter. Es war so mit den Haaren verklebt, dass sie es nicht entfernen konnte, aber zumindest gelang es ihr, das Band unter das Kinn zu zerren, wo es hängen blieb.

„Wasser", krächzte Gillian.

Tara öffnete die Autotür und holte eine Flasche Mineralwasser, die sich in der Tasche auf dem Rücksitz befand. Da Gillian wegen ihrer gefesselten Hände nicht allein trinken konnte, hielt Tara ihr die Flasche an die Lippen. Gillian trank gierig und wie eine Verdurstende. „Bitte", sagte sie, als sie fertig war, „bitte nicht mehr den Mund zukleben."

„Fühlt sich blöd an, so wenig Luft zu bekommen, stimmt's?", gab Tara zurück, und es klang fast mitfühlend. „In Ordnung, ich lasse das Klebeband unten. Hier ist sowieso niemand, der dich hören könnte, wenn du schreist. Trotzdem, wenn du um Hilfe rufst oder wegzulaufen versuchst, dann klebe ich dich so zu, dass dir Hören und Sehen vergehen. Ist das klar?"

„Ja", sagte Gillian. Sie sah sich um. Schneebedeckte Weite, so weit das Auge reichte. In der Ferne ein Wald. Die Straße, auf der sie gekommen waren, war einigermaßen geräumt. Nirgends war ein Dorf zu entdecken. Tara hatte recht: Sie könnte schreien, so viel sie wollte, niemand würde sie hören. Und weglaufen: Wie weit würde sie kommen? Tara hätte sie sofort eingeholt. Mit den auf den Rücken gefesselten Händen würde sie sich nur schwerfällig bewegen können. Sie hatte keine Chance.

„Wo sind wir?", fragte sie.

Tara öffnete ihre große Handtasche und räumte einige Lebensmittel hinein; eingeschweißtes Brot und zwei Plastikflaschen mit Wasser. Sie nahm ihre Pistole in die Hand. „Peak District", sagte sie. „Sozusagen in der Mitte von Nirgendwo."

Peak District. Der große Nationalpark im Norden Englands. Er erstreckte sich über mehrere Grafschaften und begann an seiner nordwestlichen Grenze fast vor den Toren Manchesters. Manchester. Tara stammte aus Manchester.

„Du kennst dich hier aus?", fragte Gillian unsicher.

„Das kann man wohl sagen. Wir sind ganz in der Nähe der Hütte. Der perfekte Ort. Dort findet uns niemand.“

„Welche Hütte?“

„Keine Fragen“, sagte Tara knapp. „Beweg dich endlich! Hier entlang.“ Tara wies mit der Waffe über die Felder. „Hier verläuft ein Weg, auch wenn man ihn im Moment nicht sieht. Geh einfach geradeaus.“

Am Ende der Felder begann das Waldgebiet, das Gillian schon bei ihrem ersten Rundblick aufgefallen war. Es ließ sie ein klein wenig Hoffnung schöpfen. Wenn es überhaupt irgendeine Möglichkeit zur Flucht gab, dann in einem Wald. Vielleicht bot er die Möglichkeit, sich zu verstecken. Aber sie machte sich keine Illusionen. Sie müsste sehr viel Glück haben, sollte es ihr gelingen, ihre Bewacherin zu überrumpeln. Und auch dann konnte sie nur überleben, wenn sie es schaffte, möglichst schnell ein Dorf oder zumindest ein Gehöft zu finden. Es herrschte bittere Kälte. Unwahrscheinlich, dass man mehr als eine Nacht im Freien überstehen konnte.

Sie stapfte los. Stellenweise sank sie fast bis zu den Knien im Schnee ein. Hinter sich konnte sie Tara atmen hören. Auch ihr fiel die Wanderung nicht ganz leicht. Sie schleppte die Tasche mit dem Proviant und hielt in der anderen Hand eine Schusswaffe.

Einmal blieb Gillian stehen. Sie hatte den Eindruck, schon Stunden gelaufen zu sein. „Können wir eine kurze Pause machen?“, fragte sie und drehte sich zu Tara um.

Tara schüttelte den Kopf. „In einer halben Stunde müssten wir bei der Hütte sein. Das halten wir noch durch.“

„Tara, kannst du mir nicht wenigstens erklären, weshalb …“

„Nein“, unterbrach Tara, „ich spare meinen Atem. Solltest du auch tun.“

„Von dir“, sagte Detective Sergeant Christy McMarrow mit kalter Stimme, „hätte ich jetzt gern ein paar sehr überzeugende Erklärungen.“

Sie saßen in Christys Büro in Scotland Yard. Samstagvormittag. Detective Inspector Fielder war nach Croydon gefahren, um erneut mit Liza zu sprechen, die er bereits am Vorabend aufgesucht hatte, zwei seiner Leute kontaktierten Logan Stanford, andere waren nach Thorpe Bay zum Haus der Wards gefahren, wieder andere zu Taras Wohnung in Kensington. Constable Kate Linville, die sich nach dem Telefonat mit John tatsächlich sofort darangemacht hatte, Informationen über Tara Caine zu beschaffen, hatte einen der wenigen wirklich gelungenen Auftritte in ihrem beruflichen Leben, als sie sofort mit entscheidenden Angaben aufwarten konnte: Dass Tara Caine nur noch eine einzige lebende Verwandte hatte, nämlich ihre Mutter, die in

Manchester wohnte und vielleicht etwas über den möglichen Aufenthaltsort ihrer Tochter sagen konnte.

Nachdem mehrere Versuche, Mrs Caine-Roslin telefonisch zu kontaktieren, gescheitert waren, hatte man schließlich die dringende Bitte an die dortige Polizeidienststelle gerichtet, die alte Frau aufzusuchen und herauszufinden, ob sich ihre Tochter bei ihr aufhielt. John nahm erleichtert zur Kenntnis, dass der Apparat endlich in Bewegung kam. Am Vorabend hatten sie ihn stundenlang befragt, waren natürlich freudig darauf angesprungen, dass er Liza Stanford ausfindig gemacht hatte, hatten aber voller Skepsis auf seinen Verdacht Tara Caine betreffend reagiert. Fielder hatte noch am späten Abend Liza aufgesucht und ein erstes Gespräch mit ihr geführt, aber alles, was Tara Caine und Gillian Ward betraf, war auf den nächsten Morgen verschoben worden. Eine ganze Nacht war sinnlos verstrichen, eine Nacht, die John ohne eine einzige Minute Schlaf verbracht hatte. Gleich am Morgen war er wieder im Yard aufgekreuzt und hatte zu wissen verlangt, was denn nun als Nächstes geschehen würde.

Christy McMarrow hatte Zeit für ihn, und es war schnell klar, wie ihr Auftrag lautete: herauszufinden, woher sein Insiderwissen stammte. John allerdings weigerte sich, die Quelle seiner Informationen preiszugeben. Er und Christy hatten jahrelang zusammengearbeitet. Sie mochten einander, waren manchmal zusammen nach Dienstschluss etwas trinken gegangen. John hatte deshalb gehofft, er könne ihr seine Situation verständlich machen. Aber Christy verschanzte sich hinter einer Wand der Unpersönlichkeit. Er versuchte es noch einmal. „Christy, ich …“

Sie unterbrach ihn sofort. „Ich habe immer noch keine Antwort auf die Frage, wie du darauf gekommen bist, nach Liza Stanford zu suchen.“

Er fühlte die Ungeduld in sich wachsen. „Christy, spielt das jetzt wirklich eine Rolle? Wir haben doch andere Probleme. Gillian Ward ist verschwunden. Staatsanwältin Caine ebenfalls. Letztere …“

„… muss mit den ganzen Verbrechen nichts zu tun haben“, sagte Christy. „Diese Theorien sind ziemlich weit hergeholt, John. Du verdächtigst ernsthaft eine Staatsanwältin, eine Serienmörderin zu sein?“

„Ich habe nur darauf hingewiesen, dass sie der erste bislang aufgetauchte Mensch ist, der alle Opfer kannte. Und es beunruhigt mich, dass sie nun wie vom Erdboden verschluckt ist. Und Gillian Ward mit ihr.“

„Nun, ich denke …“, hob Christy an, aber in diesem Moment läutete das Telefon auf ihrem Schreibtisch. Christy lauschte und sagte dann knapp: „Ich nehme das Gespräch bei Ihnen in Empfang. Moment bitte.“ Sie erhob sich. „Entschuldige mich für einen Augenblick. Ich bin gleich wieder da.“

Sie verließ den Raum. John stand auf, trat ans Fenster. Er vibrierte vor Ungeduld. Die Beamten kamen zweifellos in die Gänge, aber für seine Vorstellung viel zu langsam. Noch fünf Minuten, nahm er sich vor, noch fünf Minuten gebe ich dieser idiotischen Veranstaltung hier, dann bin ich weg. Und dann suche ich auf eigene Faust nach Gillian.

Christy kam in das Zimmer zurück, als die fünf Minuten gerade um waren. Sie sah sehr angespannt aus. John begriff sofort, dass sie beunruhigende Neuigkeiten erfahren hatte. „Gillian Wards Auto steht bei ihr daheim in Thorpe Bay in der Garage“, erklärte Christy. „Reifenspuren in der Einfahrt weisen auf ein weiteres Auto hin, das vor Kurzem dort war.“

John wurde blass. „Könnte es ein Jaguar sein?“

Christy nickte. „Ja. Und ehe du weiterfragst: Es könnte sich um die Reifen des Jaguars von Staatsanwältin Caine handeln.“ Sie zögerte kurz. „Unsere Leute haben den Anrufbeantworter von Mrs Ward abgehört“, fuhr sie dann fort. „Es gab da einen höchst eigenartigen Anruf. Gestern.“

„Die Beamten sind ins Haus eingedrungen?“ John war klar, dass in der Kürze der Zeit kaum eine Ermächtigung dafür hatte eingeholt werden können. Irgendetwas schien die ganze Sache sehr brenzlig gemacht zu haben. „Was ist passiert?“

„Anordnung von DI Fielder.“ Christy zögerte. „Die zuständige Polizeidienststelle in Manchester hat sich mit ihm in Verbindung gesetzt. Man hat Lucy Caine-Roslin, die Mutter von Staatsanwältin Caine, gefunden. Tot in ihrer Wohnung. Wie es scheint, ist sie ermordet worden.“

„Verdammt noch mal!“

„Es scheint sich um denselben Täter zu handeln wie in den Fällen Roberts, Westley und Ward. Dafür sprechen bestimmte Hinweise am Tatort.“

Ein Geschirrtuch im Mund der Toten?, hätte John um ein Haar gefragt, aber er verschluckte den Satz gerade noch. Hätte er sein Wissen preisgegeben, wäre Christy endgültig klar gewesen, dass es einen Maulwurf im Yard gab. Er brauchte Constable Linville nicht noch mehr zu gefährden, als er es ohnehin schon getan hatte.

„Was ist mit der Nachricht auf Gillians Anrufbeantworter?“, fragte er stattdessen.

„Sie stammt von Samson Segal.“ Christy fixierte ihn scharf. „Von dem Mann, den wir suchen.“

Er zuckte mit keiner Wimper. „Tatsächlich?“

„Ja, tatsächlich. Er spricht Mrs Ward direkt an und warnt sie vor Staatsanwältin Caine. Er sieht eine Gefahr in ihr. Und nicht nur er allein. Er spricht ausdrücklich von ‚Wir‘. Er und noch jemand anderes, den er namentlich nicht nennt, machen sich Sorgen um Mrs Ward. Sie wird gebeten, vorsichtig zu sein. Hast du eine Ahnung, wer diese ominöse Person neben Samson Segal sein könnte?“

„Nein.“

Sie sah ihn durchdringend an. „Wo hält sich Samson Segal auf, John?“

„Woher soll ich das wissen?“

„Die Polizei sucht ihn. Wer ihn versteckt, macht sich strafbar.“

„Weiß ich. Ich bin lange genug dabei gewesen.“ Er trat an ihren Schreibtisch heran, stützte beide Hände auf die Tischplatte und beugte sich vor. Sein Gesicht war dicht vor ihrem. „Christy, erzähl mir doch nicht ernsthaft, dass du noch immer Samson Segal verdächtigst! Der Mann ist vollkommen harmlos!“ Er richtete sich auf. „Gillian ist verschwunden. Tara Caine ist ebenfalls nicht auffindbar. Gillian war aber zuletzt bei ihr, sie hat bei ihr gewohnt. Möglich also, dass die beiden Frauen zusammen London verlassen haben. In Taras Auto? Nach Thorpe Bay? Immerhin befinden sich dort am Haus Reifenspuren, die von Caines Auto stammen könnten. Aber wohin ging es dann? Vielleicht in Richtung Manchester? Tara Caines Heimat. Und dort lief irgendetwas völlig schief, denn nun ist Tara Caines Mutter tot …“

„Mrs Caine-Roslin wurde nicht erst jetzt getötet“, sagte Christy. „Die Kollegen in Manchester sagen, dass sie definitiv schon seit Längerem tot in der Wohnung gelegen haben muss. Mindestens acht Wochen.“

Er starrte sie an. Was ist passiert? Warum ist es passiert?

„Das Motiv“, sagte Christy McMarrow. Sie schien eher zu sich selbst als zu John zu sprechen. „Welches Motiv sollte Staatsanwältin Caine bloß für all das haben? Ich sehe einfach keinen roten Faden!“

„Ihr müsst sie finden!“, sagte John drängend. „Ich fürchte, dass Gillian in Lebensgefahr schwebt. Angenommen, Caine hat Thomas Ward ermordet, und angenommen, ihr eigentliches Ziel war Gillian, dann ist Caine jetzt genau da, wo sie sein wollte. Sie hat Gillian in ihrer Gewalt.“

Sie erreichten die Hütte, als Gillian schon nicht mehr an deren Vorhandensein geglaubt hatte. Mit dem Auto, so schätzte sie, hätten sie von der Abzweigung aus, an der sie es hatten stehen lassen, etwa noch zehn Minuten gebraucht; zu Fuß war es mehr als eine Stunde. Das lag auch am Schnee, in den sie stellenweise fast bis zur Hüfte einsanken. Sie hatten fast das gesamte Mineralwasser ausgetrunken, mehr wollte Tara nicht herausrücken, aber Gillians Durst schien nicht zu löschen zu sein. Die trockene Luft und die körperliche Anstrengung dörrten sie aus. Mehr als einmal dachte Gillian, keinen Meter mehr weiterlaufen zu können.

Irgendwann erreichten sie das Waldstück, was das Vorwärtskommen nicht einfacher machte. Unter der Schneelast waren viele Äste abgebrochen und versperrten den Weg. Recht bald aber öffnete sich der Wald zu einer Ebene hin – wiederum keine menschliche Siedlung, so weit das Auge reichte –, und am Rand der Ebene, im Schutz der Bäume, stand tatsächlich die Hütte.

Es war eine Art Blockhaus, das Gillian erblickte, größer und stabiler, als sie es sich vorgestellt hatte. Es befand sich auf einer bewaldeten Anhöhe. Ein steiler Abhang führte hinunter zum Tal, das sich endlos zu dehnen schien.

„Da unten gibt es einen Bach", sagte Tara. Sie spähte den Abhang hinunter. „Wahrscheinlich gefroren und dann zugeschneit. Als Kind habe ich dort stundenlang gespielt. Staudämme gebaut und solche Dinge."

„Du warst auch als Kind schon hier?", hakte Gillian nach. Tara sah normaler aus, während sie in harmlosen Worten über ihre Kindheit sprach. Ihre Augen blickten wach und lebendig drein, nicht starr und stumpf wie am Vortag daheim in Thorpe Bay, als Samson Segal mit seinem Anruf alles vermasselt hatte. Gillian begriff, dass viel davon abhing, Tara nicht wieder in diesen seltsamen Zustand abgleiten zu lassen.

Tara blickte sich um. „Ja. Mein Vater hat die Hütte gebaut. Ganz allein."

„Er muss sehr geschickt gewesen sein."

„Er konnte alles, wofür man eine handwerkliche Begabung brauchte", bestätigte Tara. Sie hatte jetzt einen Schlüssel aus der Tasche gefischt und versuchte, das Schloss zu öffnen. Es gelang ihr nicht sofort.

„Hier ist jahrelang niemand mehr gewesen", murmelte sie.

„Deine Eltern kommen nicht mehr hierher?"

„Mein Vater ist schon lange tot. Ich war acht, als er starb."

„Oh … das tut mir leid."

Gillian wurde plötzlich klar, dass sie nie darüber gesprochen hatten.

Tara kämpfte mit dem Schloss, schließlich gab es nach und mit laut quietschenden Scharnieren schwang die Holztür auf. „Nach Ihnen", sagte Tara ironisch und wies Gillian mit einer Handbewegung an, einzutreten.

Eisige Kälte und die abgestandene, muffige Luft vieler Jahre empfing sie. Dämmerung, die es den Augen schwer machte, etwas zu erkennen.

Es war, als betrete man ein Grab. Das war der erste, beklemmende Eindruck, der Gillian befiel. Tara knipste eine Taschenlampe an, die sie mitgebracht hatte, und machte sich an den Läden zweier Fenster zu schaffen, die ähnlich schwierig zu öffnen waren wie die Tür. Gillian konnte zwei übereck stehende Sofas erkennen und einen hölzernen Tisch dazwischen. Einen gusseisernen Ofen. Einen kleinen Schrank. Und eine Tür, die in ein weiteres Zimmer zu führen schien.

„Auf den beiden Sofas haben meine Eltern immer geschlafen", erklärte Tara. „Ich hatte die kleine Kammer dahinter."

Der erste Fensterladen schwang auf. Es wurde deutlich heller im Raum, aber dadurch offenbarte sich auch sein völlig heruntergekommener Zustand. An den Wänden wuchsen Moos und Schimmel. Die Sofas schienen in Auflösung begriffen. Den Fußboden bedeckte stellenweise irgendetwas Glitschiges; womöglich handelte es sich um Flechten, die sich hier angesiedelt hatten. Unmöglich, hier zu wohnen. Aber Gillian schwante, dass sich Tara nicht groß um all das scheren würde.

Der zweite Laden ging auf, und die Umgebung wurde noch trostloser.

„Meinst du, wir könnten versuchen, den Ofen in Gang zu setzen?", fragte Gillian.

Tara zuckte mit den Schultern. „Wenn hinter der Hütte noch Holz gestapelt ist, dann vielleicht. Obwohl die Scheite ganz schön nass sein dürften. Setz dich doch", sagte sie und nickte in Richtung der beiden Sofas.

Gillian zögerte. „Setz dich!", wiederholte Tara scharf.

Gillian setzte sich. Unter ihrem Gewicht gab das Sofa vollkommen nach, und sie sank fast bis auf den Boden hinunter.

Tara verließ die Hütte, kam aber gleich darauf mit leeren Händen zurück. „Kein Holz da. Aus dem Feuer wird nichts."

Gillians Mut sank, wenn das überhaupt noch möglich war. Jetzt, da sie sich nicht mehr bewegte, fing sie entsetzlich an zu frieren, trotz des dicken Mantels, den sie trug. Tara hatte tatsächlich einen völlig abgelegenen Ort gefunden, kein Mensch würde sie hier entdecken. Tara würde sich ihrer einstigen Freundin auf irgendeine Weise entledigen. Dann würde sie allein nach London zurückkehren, in der Hoffnung, dass ihr niemand auf die Schliche kam. Sie konnte jedem erzählen, dass sich Gillian auf den Weg in ein Hotel gemacht und dass sie nichts mehr von ihr gehört hatte. Sie konnte Gillian die Kehle durchschneiden. Sie konnte sie erschießen. Sie konnte sie im Grunde aber auch einfach in der Hütte zurücklassen und Fenster und Türen wieder verrammeln. Es würde nicht allzu lange dauern, bis sie verhungert und erfroren wäre. In dieses Waldstück kam wahrscheinlich alle Lichtjahre einmal ein Mensch, also würde niemand ihre Schreie hören. Es würde sie wahrscheinlich nicht einmal jemand finden, wenn sie schon tot war. Taras Plan, sie nicht in London oder Thorpe Bay zu töten, ginge damit auf: ohne Leiche kein Mord. Selbst wenn man sie verdächtigte, würde man ihr nichts nachweisen können.

Sie musste über Flucht nachdenken, denn darin bestand ihre einzige, winzige Chance. Vielleicht gelang es ihr auch, in den Besitz des Autoschlüssels zu kommen und irgendwie den Weg zurück zum Auto wiederzufinden. Der

Autoschlüssel lag neben dem Schlüssel zur Hütte auf dem unbrauchbaren Ofen. Er war Tara aus der Tasche gefallen, als sie die Flasche mit dem kläglichen Rest an Mineralwasser herauszog, und sie hatte ihn fast gedankenverloren, wie es schien, auf den Ofen gelegt. Da sie aber direkt davorstand, gab es keine Möglichkeit für Gillian, auch nur in seine Nähe zu gelangen.

Tara hielt beide Arme eng um ihren Körper geschlungen. Sie fror auch und wirkte plötzlich sehr ermattet. „Wir waren früher nie im Winter hier“, sagte sie, und es klang fast entschuldigend. „Meist kamen wir zum ersten Mal im Jahr an Ostern in die Hütte. Dann den Sommer über. Und spätestens Mitte Oktober war Schluss!“

„Wir sind in der Nähe von Manchester?“, fragte Gillian.

Tara nickte. „Im Dark Peak. Dem nördlichen Teil des Nationalparks.“

Gillian seufzte mutlos. Der Peak District teilte sich in den Dark Peak im Norden und den White Peak im Süden, wie sie wusste. Der White Peak war vergleichsweise dicht besiedelt, während der Dark Peak vorwiegend aus Hochmooren bestand, die sich meilenweit ausdehnten, ohne dass man auf eine menschliche Niederlassung stieß. Wanderer suchten manchmal diese Einsamkeit, aber sicher nicht zu dieser Jahreszeit.

„Gehört das Land deiner Familie?“, fragte sie, um das Gespräch weiterzuführen.

Tara lächelte ironisch. „Meine Güte! Meine Familie hatte nie viel Geld. Mein Vater besaß eine Fahrradwerkstatt, und er verkaufte auch gebrauchte Räder, die er wieder gut in Schuss gebracht hatte. Damit hielt er uns ganz ordentlich über Wasser, aber ein Stück Land … das wäre nie drin gewesen!“

„Aber …“

„Ja, die Hütte ist sozusagen illegal erbaut. Das Land hier gehört niemandem, und zum Glück hat sich nie jemand darum geschert. Meine Eltern kamen irgendwann einmal während einer Wanderung hierher, das war noch vor meiner Geburt, und mein Vater sagte zu meiner Mutter, hier würde er ihr ein Blockhaus bauen. Was er dann auch tat.“

„Es muss dich sehr getroffen haben, als er so früh starb“, sagte Gillian. Unauffällig bewegte sie hinter ihrem Rücken die Hände. Sie hatte den Eindruck, als habe sich das Klebeband um ihre Handgelenke etwas gelockert. Noch lange nicht so, dass sie sich hätte befreien können, aber mit viel Geduld konnte es ihr womöglich gelingen, irgendwann die Hände herauszuziehen.

„Ein Herzinfarkt“, sagte Tara. Es war, als senke sich ein Schatten über ihr Gesicht. Gillian konnte fast physisch den Schmerz und die Trauer spüren, die noch immer auf dieser Frau lasteten – Jahrzehnte nachdem das für sie wahrscheinlich Unfassbare geschehen war. Tara bewegte unruhig die Hände.

„Verdammt, ich hätte an Zigaretten denken sollen. Ich brauche jetzt dringend eine. Scheiße!“ Ihr Schmerz verwandelte sich in Wut, und zwar in rasantem Tempo. Gillian empfand das als beängstigend. Ohnehin hatte sie das Gefühl, dass Tara zu einer Art emotionalem Pulverfass geworden war. So hatte sie die Freundin früher nie erlebt.

„Tara“, sagte Gillian, „ich bin deine Freundin. Und was immer geschehen ist –“

„Spar dir das“, sagte Tara kalt. „Du warst meine Freundin, Gillian. Früher. Aber ich habe mich von Anfang an in dir getäuscht. Du bist ein bisschen wie meine Mutter, und das ist so ziemlich das Schlimmste, was ich über einen Menschen sagen kann. Meine Mutter war eine richtig nette und umgängliche Frau, und ich glaube, niemand hätte gedacht, sie könnte zu etwas wirklich Bösem in der Lage sein. Jeder mochte sie.“

„Deine Mutter … war nicht so nett, wie alle dachten?“, fragte Gillian sanft. Sie konnte jetzt deutlich spüren, dass sich das Klebeband lockerte. Am liebsten hätte sie wild mit den Armen geruckt, beherrschte sich aber. Solange Tara sowohl ein Messer als auch eine Pistole neben sich liegen hatte, würde sich Gillian auch mit freien Händen noch in der unterlegenen Position befinden.

„Meine Mutter war schwach. Ich habe das lange Zeit nicht bemerkt, weil mein Vater ihr Kraft verlieh. Aber als er tot war, da zeigte sie ihr wahres Gesicht. Wurde zu einem Tag und Nacht heulenden Jammerlappen. Konnte dies nicht, konnte jenes nicht. Ihre Nerven, ihre Gesundheit. Mein Vater hatte eine Lebensversicherung abgeschlossen, die uns zunächst über Wasser hielt, aber glaubst du vielleicht, meine Mutter hätte diese Zeit genutzt, um sich einen Job zu suchen? Nein, sie saß nur in der Ecke und weinte sich die Augen aus und wusste nicht, wovon wir von nun an leben sollten. Ich war acht! Ich konnte ihr nicht helfen. Ich war überfordert.“

„Aber irgendwie …“

„… ging es weiter, meinst du?“ Tara nickte. „Ja, es ging weiter. Nachdem meine Mutter genug geheult hatte, fiel ihr nämlich ein geradezu genialer Ausweg ein. Eigentlich der klassische Ausweg für eine Frau wie sie. Sie angelte sich den nächsten Kerl. Sie konnte einfach nicht ohne Mann. Und sie sah nicht schlecht aus damals. Sie war Mitte dreißig und recht ansehnlich. Sie hätte unter einer ganzen Reihe Männer auswählen können. Netter, sympathischer Männer.“ Tara griff nach dem Messer, mit dem sie einige Zeit zuvor Gillians Fußfesseln durchschnitten hatte. Langsam fuhr sie mit Daumen und Zeigefinger der rechten Hand daran entlang. Gillian sah, dass auf dem Daumen ein feiner Riss entstand, aus dem Blut trat. „Aber sie wählte Ted Roslin. Wahrscheinlich weil er sie mit allen möglichen Verführungskünsten umschmeichelte. Er gab ihr das Gefühl, eine fantastische Frau zu sein. Kurz vor meinem neunten Geburtstag haben sie geheiratet."

Das Blut trat nur langsam aus dem zarten Spalt. Aber es wurde stärker.

„Doch dann folgte auch schon der große Frust für sie. Ich glaube, Ted Roslin hatte mit meiner Mutter einen ziemlich guten Fang gemacht. Das Haus gehörte ihr, und er konnte in die Fahrradwerkstatt meines Vaters einsteigen. An meiner Mutter selbst war er überhaupt nicht interessiert, entgegen allem, was er vor der Eheschließung geheuchelt hatte. Sie ließ ihn einfach völlig kalt. Manchmal habe ich gehört, wie sie ihn geradezu anflehte, sie in die Arme zu nehmen. Sie wollte ständig mit ihm schlafen, und er erfand ständig Ausreden. Er hatte einfach keinen Bock auf sie."

„Warum nicht?", fragte Gillian. „Sie war jung und hübsch ..."

„Er stand nicht auf Frauen", unterbrach Tara. „Kapiert? Er stand auch nicht auf Männer." Zufrieden betrachtete sie das Blut, das jetzt warm und hell über ihre Hand lief. „Er stand auf kleine Mädchen", sagte sie.

Zum Glück war die M1 hinauf in den Norden weitgehend schneefrei und gut befahrbar. Sie kamen zügig vorwärts. Bald würde es dunkel werden, und John wollte Manchester am frühen Abend erreichen. Über die Auskunft hatte er zwei Lucy Caines in Manchester ausfindig gemacht. Der Doppelname fehlte, dennoch war er überzeugt, dass es sich bei einer der beiden um Taras Mutter handeln musste. Zwei Adressen. Das ließ sich bewältigen.

Neben ihm auf dem Beifahrersitz saß ein nervöser Samson Segal, erleichtert, dass er mitfahren durfte, und zugleich angstvoll aufgeregt, weil er keine Ahnung hatte, wie das alles ausgehen würde. Nach dem Gespräch mit Christy McMarrow im Yard war John sofort zurück in seine Wohnung gefahren, um die Adresse von Lucy Caine ausfindig zu machen und dann nach Manchester aufzubrechen. Es konnte sein, dass er völlig danebenlag, aber da Manchester sein einziger Anhaltspunkt war, beschloss er, sich an ihm festzuhalten. Tara Caine war dort aufgewachsen. Vielleicht kannte sie noch aus ihrer Kindheit Rückzugsmöglichkeiten in Manchester und dem Umland.

Samson hatte voller Spannung auf ihn gewartet und ihn sofort mit Fragen bestürmen wollen, aber John hatte ihm sogleich das Wort abgeschnitten. „Haben Sie bei Gillian angerufen? Und eine Warnung für sie auf dem Anrufbeantworter hinterlassen?"

Samson war blass geworden. „Ja ..."

„Das war leichtfertig, Samson. Es ist nur zu hoffen, dass Caine nichts von Ihrer Nachricht mitbekommen hat. Sonst könnte das den Schlamassel, in dem Gillian steckt, noch verschärft haben."

„Warum?“, fragte Samson entsetzt.

„Falls Tara Caine wirklich gefährlich ist, und leider müssen wir das mittlerweile annehmen, waren Gillians Chancen, heil aus der Sache rauszukommen, größer, solange Caine davon ausgehen durfte, dass Gillian keine Ahnung hat.“

„Ich wollte sie warnen. Ich dachte …“

„Aber das können Sie nicht über einen Anrufbeantworter tun. Sie haben doch keine Ahnung, wer den abhört.“

Samson hatte ausgesehen, als versinke er in einer schweren Depression. Als John ankündigte, er werde für zwei Tage fort sein – mindestens, wie er hinzufügte –, ging ein Ruck durch Samsons Körper. „Ich komme mit!“

„Nein. Sie warten hier.“

„Ich möchte mit. Bitte. Ich tue nichts, was ich nicht mit Ihnen abstimme. Aber ich kann hier nicht warten. Ich werde verrückt!“

John hatte gezögert, dann aber zugestimmt. Samson konnte weniger Unfug anrichten, wenn er ihn unter seiner Kontrolle hatte. Zudem ergaben sich vielleicht Situationen, in denen es gut war, eine zweite Person bei sich zu haben. „Okay. Aber Sie halten die Klappe, verstanden?“

Als sie sich Manchester nun näherten, fragte Samson, der die ganze Zeit über geschwiegen hatte: „Was tun wir als Erstes, wenn wir da sind?“

„Wir suchen Mrs Caines Adresse“, sagte John. „Und dann will ich sehen, ob ich irgendetwas in Erfahrung bringen kann. Es muss Nachbarn geben, die die Familie schon lange kennen. Vielleicht gibt es Orte oder Plätze, wo sie schon früher gern hingegangen ist. Es besteht die Möglichkeit, dass Tara dorthin mit Gillian geflohen ist.“

„Glauben Sie, wir haben irgendeine Chance?“, fragte Samson.

„Bei einer Suche nach der Nadel im Heuhaufen wäre mir wohler.“

In einem Punkt hatten sie zumindest Glück: Gleich die erste Adresse in einem Vorort von Manchester, die sie anfuhren, erwies sich als die richtige. Ein Haus aus Ziegelsteinen, ein kleiner Hof. Interessant für John war aber eigentlich nur eines: das Absperrband der Polizei, das vor dem Hoftor und ein Stück entlang der Mauer gespannt war. Es konnte sich nur um den Ort handeln, an dem man die tote Lucy Caine-Roslin gefunden hatte.

Er parkte das Auto gleich neben einem Schneehaufen am Straßenrand. Die beiden Männer stiegen aus. Eisige Kälte umfing sie, aber die Straßenlaternen spendeten zumindest genügend Licht.

„Was tun wir jetzt?“, fragte Samson.

Es war kurz nach sechs Uhr. In den meisten Wohnungen ringsum brannten Lichter. „Wir werden Folgendes tun“, sagte John, „wir spielen mit relativ offenen Karten, aber wir sagen nichts von Gillian und nichts davon, dass Tara Caine womöglich eine verdammt gefährliche Person ist. Wir sagen aber, dass wir sie suchen. Wir sind Freunde von ihr aus London. Dass ihre Mutter heute ermordet aufgefunden wurde, dürfte sich hier in diesem Viertel bereits herumgesprochen haben. Tara ist verschwunden, und wir sind in größter Sorge um sie. Wir möchten wissen, ob jemand einen Ort kennt, an den sie sich zurückgezogen haben könnte. Verstanden?"

„V-Verstanden", stotterte Samson.

„Sie schaffen das", sagte John aufmunternd. „Passen Sie auf, Sie übernehmen gleich hier diese Straßenseite. Ich fange mit dem direkten Nachbarn an und arbeite mich dann nach oben."

„Soll ich mich mit meinem richtigen Namen vorstellen?"

„Sicher. Es läuft ja keine landesweite Fahndung nach Ihnen."

Sie stapfte durch den Schnee. Die Dunkelheit war längst hereingebrochen, der Himmel noch zu wolkig, als dass Mond und Sterne hätten hervorscheinen können, aber die weißen Felder gaben der Nacht ein wenig Helligkeit.

Sie war der einzige Mensch weit und breit. Dies zu wissen gab ihr ein Gefühl von Ruhe. Fast Geborgenheit.

Der Daumen, in den sie sich geschnitten hatte, schmerzte. Sie mochte diesen Schmerz. Sie tat das immer wieder, sie ritzte sich gern. Es faszinierte sie, ihr Blut fließen zu sehen. Meist ritzte sie sich die Beine. Deshalb trug sie auch immer Hosenanzüge. Ihre Beine konnte sie nicht mehr herzeigen.

Sie wusste, dass sie sich nicht verlaufen würde. Sie kannte die Gegend, sie hätte sich blind hier zurechtgefunden. Allerdings war sie erschöpfter, als sie gedacht hatte. In der Nacht davor hatte sie nicht geschlafen, war Richtung Norden gefahren, hatte in einem schier endlosen Stau gesteckt.

Kurz nach ein Uhr war sie auf einen Rastplatz gefahren, weil sie pausieren musste. Andernfalls würde sie nicht durchhalten. Sie hatte sich über beide Vordersitze ausgestreckt und versucht, ein wenig Ruhe zu finden.

Bevor sie weitergefahren war, hatte sie Gillians Handtasche in einem Müllcontainer entsorgt, das Handy, das sie zuvor ausgeschaltet hatte, in einen anderen geworfen. Würde vermutlich nie jemand finden.

Die Wanderung bis zur Hütte war anstrengend gewesen, der Weg jetzt zurück war es ebenfalls. Sie hatte nicht richtig einkalkuliert, wie weit sich der Weg von der Hauptstraße bis zur Hütte bei diesem Schnee hinziehen würde. Sie blieb einen Moment stehen, zog den Schal höher, den sie sich vor ihr Gesicht zu drapieren versuchte. Die Kälte schnitt in die Haut und schmerzte in den Lungen. Es war so anstrengend, guter Gott!

Trotzdem, es konnte nicht mehr allzu weit sein bis zum Auto. Der Gedanke, den Motor zu starten und die Heizung einzuschalten, verlieh ihr neue Kraft. Sie durfte jetzt nicht schlappmachen. Natürlich wäre es vernünftiger gewesen, bis zum nächsten Morgen zu warten. Ein paar Stunden Schlaf hätten Wunder gewirkt. Aber in der Hütte war es eiskalt. Der vermoderte alte Holzbau bot keinen wirklichen Schutz. Es bestand die Gefahr, dort im Lauf der Nacht im Schlaf zu erfrieren. Also hatte sie Gillian noch einmal nach draußen begleitet, damit diese hinter einem Gebüsch endlich pinkeln konnte, danach hatte sie ihre Füße wieder gefesselt, hatte die Fensterläden geschlossen und auch die Tür wieder sorgfältig verriegelt. Der Rest war klar: Gillian würde erfrieren oder verhungern, wahrscheinlicher war, dass sie erfror, ehe der Hunger zu einem Problem wurde. Sie hatte ihr die spärlichen Vorräte dagelassen, zwei Sandwiches, etwas Wasser, hauptsächlich deshalb, weil sie sie nicht wieder mitschleppen wollte. Viel nützen würden sie nichts. Wegen ihrer auf dem Rücken zusammengebundenen Hände konnte Gillian ohnehin nichts zu sich nehmen. Falls es ihr gelang, sich zu befreien, hatte sie doch keine Chance, aus der Hütte auszubrechen. Leider war das nicht zu ändern. Gillian würde sterben. Sie war zu einer Gefahr geworden.

Zunächst hatte sie tatsächlich vorgehabt, Gillian nicht mehr anzugreifen. Es war bei ihr nicht dasselbe wie bei den beiden alten Frauen.

Vielleicht kannte sie sie zu gut. War zu vertraut mit ihr. Vielleicht war es eine abergläubische Furcht, die sie plötzlich lähmte. Es war alles so einfach gewesen bei Carla Roberts und Anne Westley. Die Probleme, die sich bei Gillian auftaten, schienen eine Warnung zu sein: Lass sie in Ruhe!

Es war ein Fakt, dass es bei Gillian zweimal nicht funktioniert hatte. Beide Male hätte es schlecht ausgehen können für Tara.

Gillians plötzliche Veränderung auf dem Weg von London nach Southend hatte Tara vorsichtig werden lassen. Lass sie nicht aus den Augen, hatte ihr eine innere Stimme geraten, und deshalb war sie ihr ins Haus gefolgt. Dort war Gillian so harmlos aufgetreten, dass Tara schon geglaubt hatte, sich getäuscht zu haben. Aber zum Glück rief genau in diesem Moment dieser komische Kauz an.

Weshalb hatte Gillian schon vorher Verdacht geschöpft? Während der langen Fahrt nach Manchester hatte Tara die Antwort auf diese Frage gefunden: Dass es eben um den Namen jenes Maklers ging. Luke Palm. Gillian hatte ihn nie genannt. Sie hatte ihn an jenem Abend gehört, als Palm plötzlich zurückkehrte und Gillian laut nach ihm rief.

Alles war schiefgegangen an jenem Tag. Tara war mit einbrechender Dunkelheit nach Thorpe Bay gekommen. Sie hatte vorgehabt, bei Gillian zu klingeln. Sie wäre eingelassen worden, und das hätte Gillians Schicksal besiegelt. Aber dann hatte sie das fremde Auto vor dem Haus parken sehen und argwöhnte sofort, dass Gillian Besuch hatte. Sie musste eine halbe Ewigkeit warten, bis sich der Fremde, von dem sie erst später erfuhr, dass es sich um einen Makler handelte, endlich verabschiedete. Gillian war in den Garten gegangen, die Haustür stand weit offen, und Tara nutzte den Moment, huschte hinein. Sie hatte in der Küche auf Gillian gewartet, aber dann fiel plötzlich der Strom aus, wozu sie nichts beigetragen hatte, Gillian geriet in Panik, und dann kehrte auch noch Luke Palm überraschend zurück. Tara hatte gerade noch in den Garten flüchten und sich in einem weiten Bogen zurück zu ihrem Auto durchschlagen können.

Sie sah ihr Auto gerade in dem Moment, da das Verlangen, sich einfach in den Schnee fallen zu lassen und auszuruhen, schon fast übermächtig geworden war. Es stand dort als dunkler, kleiner Schatten am Rand der Straße. Der Wind hatte die Wolken am Himmel bereits so weit auseinandergezerrt, dass sie jetzt hier und da einen Stern erkennen konnte. Aber gerade deswegen wurde es immer kälter. Sie wühlte in ihrer Tasche. Den Schlüsselbund hatte sie beim Aufbruch am frühen Nachmittag einfach hineingeworfen. Irgendwo musste er sein … Sie fand alles Mögliche, bloß keine Schlüssel. Puderdose. Geldbeutel. Ein Päckchen Taschentücher. *Keinen Schlüssel.*

Sie hatte das Auto erreicht, setzte die Tasche auf der Kühlerhaube ab und suchte weiter, indem sie alle Dinge herausräumte. Endlich bekam sie einen Schlüssel zu fassen, aber an dem herzförmigen Anhänger aus Plastik erkannte sie sofort, dass er zu der Hütte gehörte. Es war nicht der ihres Autos, der zusammen mit ihrem Wohnungsschlüssel an einem Ring hing.

In Panik stülpte sie nun die ganze Tasche um. Jede Menge Kleinkram fiel heraus, Notizzettel, einzelne Geldstücke. Sie stöhnte auf. „Verdammt!" Sie wusste genau, dass sie die Schlüssel in die Tasche geworfen hatte.

Sie stand an einem eisigen Winterabend bei Nordwind und einer Temperatur, die nach ihrem Gefühl mindestens 20 Grad unter dem Gefrierpunkt liegen musste, irgendwo im Dark Peak neben einem Auto und konnte damit nicht fahren. Weit und breit gab es kein Haus, geschweige denn ein Dorf.

Sie drängte die aufkeimende Panik zurück. Ihre Situation war nun weit schlimmer, als wenn sie in der Hütte ausgeharrt hätte. Sie schwebte jetzt in unmittelbarer Lebensgefahr. Umso wichtiger, dass sie einen klaren Kopf behielt. Sie rief sich die entscheidenden Situationen Schritt für Schritt in ihr Gedächtnis zurück. Die Hütte. Gillian gefesselt auf dem Sofa. Sie selbst stand an den Ofen gelehnt. Redete. Erzählte. Neben ihr auf dem Ofen lag der Schlüssel, mit dem sie die Hütte aufgeschlossen hatte. Nur er?

Sie kniff die Augen zusammen, visualisierte den Raum. O Gott, nein, nicht nur der Schlüssel, mit dem sie die Hütte aufgeschlossen hatte. Direkt daneben lag der Bund mit Auto- und Wohnungsschlüssel daran. Er war aus der Tasche gefallen, als sie die Vorräte ausgepackt und ihn dabei aus Versehen mit erwischt hatte. Sie hatte ihn auf den Ofen gelegt.

Gillian hatte gebettelt, endlich pinkeln zu dürfen. Sie war an dem Ofen vorbeigekommen. Hatte sie sich den Schlüsselbund geschnappt?

Das konnte sein. Wie bösartig sie war! Das konnte tatsächlich sein. Es würde allerdings bedeuten, dass sie ihre Hände besser bewegen konnte als gedacht. Wahrscheinlich hatte sich das Klebeband gelockert.

Fast hätte Tara laut aufgelacht. Das war wirklich zu gut. Sie hatte den Schlüssel zu der Hütte, in der Gillian eingesperrt war, und stand neben dem Auto, das ihr nichts nützte. Während Gillian im Besitz des Autoschlüssels war, aber in der Hütte festsaß.

Fassungslos rüttelte sie an dem Griff der Autotür und erzielte einen unerwarteten Erfolg: Der Wagen war nicht verschlossen. Sie konnte sich zumindest hineinsetzen. In Windeseile klaubte sie den auf der Kühlerhaube verstreut liegenden Inhalt ihrer Tasche zusammen und flüchtete auf den Beifahrersitz. Es war eiskalt im Auto, aber für den Moment bedeutete es schon eine Erleichterung, einen Schutz vor dem Wind zu haben. Und es gab die dicke Wolldecke hinten im Kofferraum. So konnte sie es vielleicht eine Weile aushalten.

Einen Moment überlegte sie, ob es ihr gelingen würde, die Zündung kurzzuschließen und das Auto damit zu starten, aber sie verwarf den Gedanken dann wieder. Sie hatte keine Ahnung, wie so etwas funktionierte. Das Risiko, damit etwas kaputt zu machen, war zu groß.

Sie wog ihre Chancen und Möglichkeiten ab. Zurück zur Hütte? Gillian den Schlüssel entreißen? Oder einfach hier warten in der Hoffnung, dass vielleicht am nächsten Morgen ein Räumfahrzeug vorbeikam und sie abschleppte? *Du sitzt in der Falle, Tara!*

Nein, tat sie nicht. Sie lehnte den Kopf zurück, atmete tief durch.

Nachdenken. Kühles Blut bewahren. Und dann das Richtige tun.

Das war immer ihr Rezept gewesen, und es hatte immer funktioniert.

JOHN hatte fast das Ende der Straße erreicht, ohne dass er in seinem Vorhaben auch nur einen einzigen Schritt weitergekommen war. Er war auf höchst unterschiedliche Reaktionen gestoßen. In zwei Wohnungen hatte man ihm überhaupt nicht geöffnet, obwohl sowohl Lichtschein als auch das Geräusch von Schritten die Anwesenheit der Bewohner verrieten.

Manche hingegen waren froh gewesen, dass jemand in ihren einsamen, langen Abend platzte, und hatten bereitwillig erzählt – nur nicht das, was John interessierte. Immerhin gab es einige, die Tara kannten. Die schon in der Straße gewohnt hatten, als Tara noch zu Hause gelebt hatte. John bekam sie als ein sehr hübsches, aber auch ungewöhnlich dünnes und immer in sich gekehrtes Kind und junges Mädchen geschildert. Mit niemandem aus der Straße war sie in näheren Kontakt getreten, hatte sich völlig abgeschottet.

„Die wirkte immer so unglücklich", berichtete eine ältere Frau, die nach eigenen Angaben im Jahr 1981 nach Gorton gezogen war. „Ihr Vater war gestorben, und die Mutter hatte sich neu verheiratet. Der Kerl war irgendwie seltsam."

„Gab es einen Ort, an den Tara sich flüchtete? Um der möglicherweise schwierigen Familiensituation zu entgehen?"

Die Frau hatte mit den Schultern gezuckt. „Kann sein. Aber ich weiß es nicht. Tut mir leid. Ich würde Ihnen gern helfen."

John stand in der Dunkelheit auf der Straße, fröstelte im schneidenden Wind. Er kam nicht weiter und die Zeit verrann. Plötzlich gewahrte er eine Gestalt auf der anderen Straßenseite. Samson. Er winkte mit beiden Armen.

John war mit drei Schritten bei ihm. „Was gibt es?"

Samson stotterte vor Aufregung. „I-Ich habe jemanden. Könnte etwas sein. Ein alter Mann. Er kennt die Caines seit ewigen Zeiten. Er … Ach, kommen Sie mit!"

Im Laufschritt rannten die beiden Männer die Straße hinunter. Das Haus, vor dem Samson schließlich stehen blieb, lag ein Stück unterhalb des Hauses der Caines auf der gegenüberliegenden Straßenseite.

Kurz darauf saßen sie auf einem uralten Sofa im warmen Wohnzimmer von Angus Sherman und hielten jeder ein Glas mit Sherry in der Hand.

Mr Sherman erzählte, dass er Tara hatte heranwachsen sehen. „Ich war gut mit ihrem Vater bekannt. Ein sehr netter Mann."

„Mr Sherman, wir müssten wissen, ob …", setzte John an.

Sherman nickte. „Natürlich. Mir fiel da vorhin etwas ein, als Ihr Bekannter an der Tür stand und nach einem Rückzugsort für Tara fragte. Da fiel mir die Hütte ein. Im Peak District. Ganz oben im nördlichen Teil, wo die Moore sind und praktisch kein Mensch wohnt. Dort hatten sie eine Hütte."

„Inmitten der Einsamkeit?"

„Inmitten der Einsamkeit. Ike Caine – der Vater – hat sie damals eigenhändig gebaut. So eine Art Blockhaus. Gleich nach der Heirat mit Lucy. Es sollte ein Geschenk für sie sein."

„Und Tara ging gern dorthin?"

„Sowie es das Wetter zuließ, verbrachte die Familie praktisch jedes Wochenende dort. Tara liebte diese Aufenthalte."

„Glauben Sie, dass diese Hütte noch steht?", fragte John.

Angus wiegte nachdenklich den Kopf. „Tja, ich weiß nicht … Ike hat sie in der ersten Hälfte der Siebzigerjahre gebaut. 1978 ist er gestorben. Danach war die Familie, glaube ich, nur noch selten dort. Aber eigentlich … Sie könnte schon noch stehen, oder?" Er sah John fragend an.

Dreißig Jahre. John hatte seine Zweifel. Aber es war ein Strohhalm. Der einzige. „Wissen Sie, wo genau sich die Hütte befindet?", fragte John.

Sherman stand auf, holte ein Buch aus dem Regal und begann darin zu blättern. „Ein Buch über den Peak District … Irgendwo gibt es hier eine Karte … Leider kann ich Ihnen auch nur das ungefähre Gebiet nennen … Ach, hier ist es!" Er legte das Buch auf den Tisch. Die drei Männer beugten sich darüber. Die aufgeschlagene Seite zeigte eine Schwarz-Weiß-Karte des Peak District. Mit einem Bleistift malte Sherman einen kleinen Kreis zwischen die Linien. „Hier", sagte er. „Wenn ich Ike richtig verstanden habe, müsste sich die Hütte dort irgendwo befinden." Er wies auf einen schwarzen Strich. „Das hier ist eine Landstraße. Beginnt fast direkt hinter Manchester. Die müssten sie früher immer genommen haben, wenn sie zur Hütte fuhren. Allerdings führt sie nicht bis vor die Tür. Das letzte Stück muss ein unbefestigter Feldweg gewesen sein. Wo genau der abzweigt, weiß ich nicht."

„Wahrscheinlich gibt es dort Dutzende von Feldwegen", mutmaßte John.

Sherman warf einen düsteren Blick hinaus zum Fenster. „Aber wissen Sie, es ist sowieso illusorisch zu glauben, Sie könnten bei diesem Wetter die Hütte erreichen. Dort muss der Schnee meterhoch liegen. Unmöglich, mit dem Auto durchzukommen. Die Landstraße ist vielleicht geräumt, nie im Leben aber die Nebenstraßen oder der Feldweg."

John und Samson sahen einander an. Sherman hatte zweifellos recht.

„Aber", sagte John, „Tara Caine ist dann auch nicht bis zur Hütte vorgedrungen. Jedenfalls nicht mit dem Auto."

Zum ersten Mal mischte sich Samson in die Unterhaltung ein. Vor lauter Stress stotterte er wieder. „Aber dann müssten wir auf d-das Auto stoßen. Es müsste da irgendwo an der Straße stehen!"

„Richtig", sagte John und stand auf, „und es müsste Fußspuren im Schnee geben. Wir versuchen es. Haben Sie herzlichen Dank, Mr Sherman. Sie haben uns sehr geholfen. Wir machen uns sofort auf den Weg."

Auch Sherman stand zittrig auf. „Nehmen Sie das Buch mit. Damit Sie die richtige Straße in den District hinein finden."

SIE HATTE DIE TASCHENLAMPE. Tara hatte sie zurückgelassen. Damit besaß sie Licht. Das war viel. In ihrer Lage. Ihre Hände und Füße waren frei. Kaum hatte sie gehört, wie Tara von draußen die Tür verschloss, hatte sie ihre Handgelenke aus dem Klebeband befreit. Es war dann nicht mehr schwierig gewesen, sich auch der Fußfesseln zu entledigen.

Sie hatte den Autoschlüssel! Sie hatte ihn im Vorbeigehen gegriffen und dann fest in der geschlossenen Hand gehalten. Die Hütte war hermetisch verriegelt. Und eisig kalt. Gillian musste hier raus. Wenn sie am Leben bleiben wollte, musste sie raus!

Ihr Gedanke, als sie den Schlüssel gegriffen hatte, war der gewesen, dass sie damit Tara zwang, zurückzukommen. Niemals konnte Tara zu Fuß den District verlassen. Das Auto nützte ihr nichts, und es war unwahrscheinlich, dass Menschen vorbeikamen. Schon gar nicht in der nun hereinbrechenden Nacht. Die Kälte, Gillians grausamster Feind im Moment, war da draußen für Tara ein noch größerer Feind. Sie brauchte den Schlüssel. Also musste sie zurückkommen. Und dann …

Ja, was eigentlich? Konnte es Gillian gelingen, sie zu überwältigen? Eine Frau, die mit einer Pistole und mit einem Messer bewaffnet war?

Inzwischen hatte sich daher ein neuer Gedanke in Gillian verfestigt: Ich sollte hier raus sein, bevor sie wiederkommt!

Im matten Schein der Lampe durchsuchte sie die ganze Hütte. Nichts, nichts, nichts, was ihr helfen konnte. Vergeblich hatte sie nach Besteck Ausschau gehalten, nach einem Küchenmesser, mit dem sie sich hätte bewaffnen können. Irgendwann hatte vielleicht die alte Mrs Caine alles abgeholt, weil sie wusste, die Hütte würde nicht mehr benutzt werden.

Es musste Gillian gelingen, entweder das Schloss der Eingangstür oder eines der Schlösser an den Fensterläden aufzubrechen. Irgendetwas, was sich als Brechstange verwenden ließe, wäre nun mehr als willkommen gewesen, aber es gab nichts. Ein paar Möbelstücke. Kein Werkzeug, kein Besteck.

Sie blickte auf den Schlüsselbund in ihrer Hand. Zwei Schlüssel befanden sich daran: Taras Autoschlüssel und ihr Wohnungsschlüssel. Der Wohnungsschlüssel war vergleichsweise schmal, der Bart scharf gezackt. Er war der einzige einigermaßen spitze Gegenstand, über den sie verfügte. Möglicherweise ihre einzige, geringe Chance.

Sie rückte ein Regal in die Nähe der Eingangstür und drapierte die Taschenlampe so darauf, dass der Schein das Schloss beleuchtete, dann kniete sie davor nieder und untersuchte das Metall. Der verstorbene Mr Caine war handwerklich geschickt gewesen, und Gillian fürchtete, dass er nicht irgendein simples Schloss nachlässig montiert hatte. Bestimmt war es ihm ein

Anliegen gewesen, seine Hütte perfekt zu sichern. Probehalber stocherte sie mit ihren Schlüsseln ein wenig in dem Schloss herum. Nichts tat sich.

Gut. Es gab noch zwei Fenster. Mit schweren Holzläden davor. Vielleicht hatte sie da mehr Glück. Sie verschob das Regal mit der Taschenlampe darauf erneut und betrachtete aufmerksam die Fensterkonstruktion.

Einfache kleine, quadratische Glasscheiben. Sie ließen sich leicht öffnen, indem sie einen nicht weiter gesicherten Riegel beiseiteschob. Die Läden dahinter stellten das Problem dar. Sie wurden von zwei Seiten kommend in der Mitte zusammengeklappt und dort von einem großen Riegel gehalten, den ein Vorhängeschloss unbeweglich machte. Das Vorhängeschloss sah so stabil aus, dass Gillians Mut sank.

Konzentrier dich, befahl sie sich im Stillen, finde einen Weg. Irgendwann kreuzt Tara hier wieder auf, weil sie mit dem Auto nicht wegkommt, und bis dahin solltest du über alle Berge sein.

Tara hatte ihre eigene Mutter umgebracht. Tara hatte Carla Roberts und Anne Westley umgebracht. Sie hatte Tom umgebracht, eigentlich jedoch Gillian im Visier gehabt. Und bis jetzt schien sie alle ihre Taten für logisch und erklärbar zu halten. Sie wusste, dass sie damit in Konflikt mit dem Gesetz geriet, aber auf der Ebene einer übergeordneten moralischen Instanz hielt sie sich für vollkommen unschuldig.

Er hat mich fünf Jahre lang vergewaltigt. Ted Roslin, mein Stiefvater. Manchmal kam er wochenlang jede Nacht in mein Bett. Sein Hunger wurde größer, je mehr er ihn stillte. Er vergewaltigte die kleine Tochter der Frau, die er geheiratet hatte, die er nur deshalb und aus keinem einzigen anderen Grund geheiratet hatte als dem, dass sie ebendiese Tochter hatte. Ich war ein hübsches Kind. Blond. Langbeinig. Mit großen, leuchtenden Augen. Ich hatte ihm auf den ersten Blick gefallen, wie er mir verriet.

Irgendwann kapierte meine Mutter dann, was vor sich ging. Er gab sich schließlich keine große Mühe mehr, seine „besondere Beziehung" zu mir zu verbergen. Mum hatte wütende, eifersüchtige Diskussionen deswegen mit ihm. Verstehst du? Was er mit mir tat, störte sie gar nicht so sehr, schlimmer war für sie, dass er es mit ihr nicht tat. Aber bei allen Wortgefechten, die sie sich mit ihm lieferte, lenkte sie stets alsbald ein. Denn größer als alles war die Angst, er könnte sie verlassen. Sie arrangierte sich mit der Situation, damit er nur blieb.

Gillian hatte Taras Stimme gelauscht, die noch immer in ihrem Kopf dröhnte. Trotz der brenzligen Situation, in der sie sich befand, hatte sie ihr vollkommen entsetzt zugehört, als sie von der Zeit nach dem Tod ihres geliebten Vaters erzählte. Von der Zeit in der Hölle.

Gillian schob die Gedanken daran beiseite. *Die Fensterläden.*

Sie bestanden aus zusammengefügten Brettern und waren mit jeweils zwei Scharnieren auf jeder Seite an den Wänden befestigt. Die Scharniere waren über Eisenbänder, die in das Holz verschraubt waren, mit den Läden verbunden. Ihr Blick blieb an einem der verschraubten Eisenbänder hängen. Um das Band herum hatte das Holz eine andere Färbung angenommen, die Fasern sahen fast schwarz aus. Mit dem spitzen Wohnungsschlüssel von Tara stieß sie dagegen. Tatsächlich gelang es ihr, ein wenig in das Holz einzudringen. Sie merkte, wie ihr Atem vor Erregung schneller ging. Auch um die übrigen Eisenbänder herum zeichnete sich die schwarze Färbung ab, und wo auch immer sie dort mit dem Schlüssel hinstieß, fand sie die morsche Struktur vor. Die rostenden Schrauben schienen im Lauf der Jahrzehnte das Holz angegriffen und verändert zu haben.

Mit beiden Fäusten hämmerte sie gegen die Läden. Die verdammten maroden Stellen mussten nachgeben! Was sie nicht taten. Gillian ließ die Arme sinken. *Ich brauche einen Hammer.* Ein völlig illusorischer Wunsch. In der Hütte gab es kein Werkzeug. Das hatte sie gründlich genug erforscht.

Was ließe sich noch verwenden? Wenn sie eine Art Rammbock hätte, einen Gegenstand, den sie wieder und wieder gegen das modrige Holz schlagen konnte, so lange, bis es hoffentlich nachgab. Sie leuchtete mit der Lampe durch den Raum. Ein Tischbein. Das ließe sich vielleicht verwenden.

Sie stellte die Lampe wieder ab, kippte den Tisch und drehte ihn auf den Kopf, sodass die Platte auf dem Boden lag. Dann untersuchte sie die hölzernen Beine. Sie waren mit der Tischplatte verschraubt und an den Seiten mit den Brettern verleimt. Wenn es ihr gelang, mit dem Schlüssel den Leim von den Brettern zu lösen, wäre sie ein Stück weiter. Die eine Schraube würde vielleicht nicht allzu großen Widerstand leisten können.

Angst und Mutlosigkeit schwappten plötzlich wie eine große Welle über sie hinweg und nahmen ihr für Sekunden den Atem. Die Chance war so klein. Die Gefahr so groß.

Sie riss sich zusammen. Millimeter für Millimeter begann sie, den Leim aus dem Spalt zwischen den Hölzern herauszulösen.

John fuhr. Samson saß neben ihm und hielt Shermans Buch auf dem Schoß. Es war stockdunkel draußen. Sie passierten die letzten Ausläufer der südlichen Stadtteile Manchesters.

„Wir sind auf der M60“, sagte Samson kurz darauf. Das war die Ringautobahn, die Manchester umschloss. „Bei Stockport müssen wir runter, dann kommen wir auf eine Schnellstraße, die zum Peak District führt. Dort müssen wir etwa … fünf Meilen entlang …“

„Alles klar“, sagte John. „Das wird schwieriger, als es auf der Karte aussieht, Samson. Wir müssen die richtige Straße in den District hinein erwischen – oder zumindest die Straße, die Sherman für die richtige hielt.“

„Ich weiß“, sagte Samson beklommen. „Hoffentlich kommen wir nicht zu spät.“

Sie verließen die Autobahn, fuhren die Schnellstraße entlang, auf der kaum Verkehr herrschte, und bremsten jäh ab, als ein Ausflugsparkplatz angezeigt wurde, der zu Wanderungen in den Peak District einlud, und sie außerdem ein Schild entdeckten, das auf eine Straße hinwies, die in die Hochmoore führen sollte. John hielt, knipste die Innenbeleuchtung über sich an und zog das Buch zu sich hinüber. „Mit einer hohen Wahrscheinlichkeit ist das hier die richtige Straße“, sagte er, „jedenfalls die Straße hier auf dem Plan.“

Die Straße war schmal, aber sie war einigermaßen geräumt, und sie führte vom Parkplatz aus durch ein kurzes Waldstück, das sich schließlich in baumlose Felder zu beiden Seiten öffnete. Schnee, so weit das Auge reichte. Er schenkte ihnen trotz der Dunkelheit etwas Orientierung. Der Schnee war ein Segen und ihre einzige Hoffnung. Schon jetzt war es John völlig klar, dass es keine Chance gab, hier eine Hütte zu entdecken, die sich am Rand irgendeines Feldweges befand. Hätten Gillian und Tara mit dem Auto dort vorfahren können, hätte man die Suche aufgeben müssen. Aber wegen des Schnees mussten sie ihren Wagen am Rand einer geräumten Straße stehen gelassen haben, und das machte den Heuhaufen, in dem sie eine Stecknadel suchten, kleiner. Der Anker der Hoffnung. Ein Jaguar, der irgendwo parkte.

John hielt sich an diesem Anker fest, während sie in die dunkle, kalte, wilde Einsamkeit vorstießen. *Wir kommen, Gillian! Bitte, Liebste, halte durch!*

Sie hatte das Auto von innen verriegelt, sich dann auf den Rücksitz gelegt, die dicke Wolldecke aus dem Kofferraum gezogen und sie über sich gebreitet. Trotz der warmen Hose, die sie trug, des gefütterten Anoraks und nun der Decke fror sie bald wieder erbärmlich. Sie winkelte die Beine stark an und hielt sie mit beiden Armen fest umschlungen; dennoch gelang es ihr nicht, des Zitterns Herr zu werden, das ihren ganzen Körper schüttelte.

Ständig überlegte sie, ob sie das Richtige tat. Doch draußen drohte ihr der Kältetod ganz sicher, hier drinnen nur vielleicht.

Zwischendurch hatte sie auch noch einmal mit dem Gedanken gespielt, doch zur Hütte zurückzuwandern und sich den verdammten Autoschlüssel zu holen, aber sie hatte diese Möglichkeit rasch verworfen. Gillian würde sich auf diesen Fall vorbereitet haben. Tara hatte nicht vor, sich von einer in Panik und Todesangst befindlichen Gillian eine Kommodenschublade oder sonst irgendetwas auf den Kopf schlagen zu lassen. Sollte die andere dort lauern und warten, bis sie Wurzeln schlug. Viel Spaß dabei.

Sie konnte sich nicht vorstellen, dass es Gillian gelingen würde, sich aus der Hütte zu befreien, aber sie hatte schon manches Verrückte erlebt, und daher behielt sie das Messer in der Hand, während sie dort auf dem Rücksitz lag. Die Pistole hatte sie unter die Fußmatten geschoben. Mit einer geladenen Waffe dicht an ihren Körper gepresst einzuschlafen, erschien ihr zu gefährlich. Beim Herumtasten im Kofferraum hatte sie ein Stück Draht, wie man ihn vor allem im Garten verwendet, in die Finger bekommen. Sie hatte eine Schlinge daraus geformt, die sie nun in der anderen Hand hielt.

Obwohl sie völlig übermüdet war, jagten ihr gleichzeitig doch so viele Gedanken durch den Kopf, dass sie keine Entspannung fand. Sie hatte Gillian alles erzählt, von Ted Roslin und von der Blutspur, die sie, Tara, hinter sich herzog, weil sie versuchen musste, Frieden zu finden, für sich und ihre Seele. Dadurch war alles wieder aufgewirbelt worden, und nun lag sie da und vor ihrem inneren Auge tauchten so viele Bilder auf, und die meisten dieser Bilder hatte sie nie wieder sehen wollen. Sie versuchte, sie zu verdrängen, indem sie sich zwang, einen Plan all dessen aufzustellen, was sie unbedingt erledigen musste, sowie sie nach London zurückgekehrt war. Im Büro wartete eine Menge Arbeit. Außerdem musste sie die Zeit finden, sich wieder einmal bei Liza blicken zu lassen. Die Frau saß zu viel allein herum. Sie befand sich zwar in Sicherheit vor ihrem Mann, ihrem Peiniger, aber nun drohte ihr Gefahr aus anderen Richtungen: die Sehnsucht nach ihrem Kind. Das Alleinsein. Die Perspektivlosigkeit, in die ihr Leben abzugleiten drohte.

Sie muss den verdammten Kerl endlich anzeigen, dachte Tara. Sie träumte seit Wochen davon, Anklage gegen Logan Stanford zu erheben. Es würde ihr ein unfassbares Vergnügen bereiten. Aber sie musste sicher sein, dass Liza nicht umkippte. Sie kannte Frauen ihrer Art. Sie waren unberechenbar.

Sie hatte Gillian von ihrer ersten Begegnung mit Liza erzählt, im Waschraum des Hotels während einer Geburtstagsfeier. Tara glaubte nicht an Zufälle. Es war Bestimmung, dass sie genau in dem Moment zur Toilette musste, als die Frau von Charity-Stanford in Tränen aufgelöst versucht hatte, ihr Veilchen am Auge abzudecken. Tara hatte sofort verstanden, was los war. Gewaltopfer erkennen einander. Liza Stanfords Martyrium hatte vor Tara gestanden wie ein schreiend rotes Ausrufezeichen.

Liza hatte ihre ganze Leidensgeschichte vor Tara ausgebreitet, und es war etwas Seltsames geschehen: Indem sie Liza zu ihren Abgründen begleitete, schienen sich jene Türen zu öffnen, die Tara zum Schutz vor ihren eigenen Schrecken über Jahre so sorgfältig verschlossen gehalten hatte. Sie sprangen auf und offenbarten Bilder und Gefühle, von denen sie gehofft hatte, sie werde nie wieder mit ihnen konfrontiert sein. Und während sie schier verzweifeln wollte über Lizas Zaudern, erkannte Tara, dass sie selbst um nichts besser war. Auch sie hatte sich vor dem Begleichen der Rechnung gedrückt. Jetzt bemerkte sie, wie viel Gift sich in ihr angesammelt hatte. Und dass da noch jemand auf sie wartete. Darauf, dass sie die Dinge in Ordnung brachte.

Nicht Ted Roslin. Der alte Drecksack, der sich eingeredet hatte, das Kind, das er missbrauchte, zu lieben, war längst gestorben, nach einer langen Leidenszeit, die ihm der Prostatakrebs und eine früh einsetzende Demenz eingebracht hatten.

Lucy Caine-Roslin. Ihre Mutter. Die Frau, die sie verraten hatte. Mit ihr hatte sie nichts geklärt, in all den Jahren nicht. Sie hatte sie ab und zu in Gorton besucht, hatte ihr mit einiger Zufriedenheit ihre beruflichen Erfolge hingeknallt. Sie war in ihrem schicken Jaguar in der Reddish Lane vorgefahren und dort elegant gekleidet ausgestiegen, hatte mit allem Erreichten geprotzt und geglaubt, dadurch ihren Seelenfrieden zu finden. War dabei aber zu feige gewesen, anzusprechen, was geschehen war. Und deshalb hatte das mit dem Seelenfrieden auch nicht funktioniert.

Sie dachte an den dunklen Novembertag, an dem sie wieder nach Manchester gefahren war. Ein Wochenende. Liza war noch nicht daheim ausgezogen, aber die Situation zwischen ihr und Logan spitzte sich zu. Ihre ganze eigene Vergangenheit war wach geworden in Tara. Weil sie immerzu Lizas Geschichten hörte. Weil sie nichts mehr verdrängen konnte.

Es war schon dunkel gewesen, als sie vor ihrem Elternhaus ankam. Wie immer war die Wohnungstür nicht abgeschlossen, und Tara fand Lucy im Wohnzimmer. Lucy saß natürlich vor dem Fernseher. Gleichzeitig arbeitete sie an einem der vielen albernen Häkeldeckchen, die sie überall in der Wohnung als Untersetzer verteilte. Sie trug eine dicke, flauschige Strickjacke und Fellpantoffeln an den Füßen, denn es war nicht sehr warm in der Wohnung. Lucy sparte immer an den Heizkosten.

Lucy hatte sich gefreut, ihre Tochter zu sehen. Da das Esszimmer nicht geheizt war, deckten sie und Tara in der Küche den Tisch. Tara hatte Essen vom Chinesen mitgebracht, außerdem einen teuren Rotwein aus London. Lucy bekam glänzende Augen. „Das ist ja wie Weihnachten“, sagte sie.

Tara beugte sich vor. Sie hatte ein paar Schlucke Wein getrunken, ihr Essen aber fast unberührt gelassen. Sie hatte keinen Hunger. „Mum, ich bin gekommen, um etwas mit dir zu besprechen“, sagte sie. „Es gibt etwas, worüber wir reden müssen.“

Lucy sah sie aus arglosen Augen an. „Ja?“

„Ted“, sagte Tara. „Ted Roslin.“

Lucy schien verwirrt. „Was ist mit ihm?“

„Wir haben nie über ihn gesprochen.“

Lucy wiegte bedauernd den Kopf. „Und nun ist er schon so lange tot! Du solltest mal wieder zum Friedhof gehen.“

„Ich?“ Tara wusste, dass sie aggressiv klang, was sie eigentlich hatte vermeiden wollen. „Warum sollte ich zum Grab von Ted gehen? Ich könnte das Grab meines Vaters besuchen, ja, aber seines bestimmt nicht!“

„Was hast du? Du bist so zornig.“

„Nein. Ich bin nicht zornig. Tut mir leid, wenn dir das gerade so vorkam.“ Tara war über sich selbst erstaunt. Sie kämpfte innerlich mit den schlimmsten Aggressionen, ausgelöst einfach durch den bloßen Anblick ihrer Mutter, aber es gelang ihr, ruhig und freundlich zu klingen. Der Beruf, dachte sie. Sie hatte gelernt, sich gegenüber den übelsten Subjekten jeweils so zu verhalten, wie es am vielversprechendsten erschien, um sie dahin zu bekommen, wo sie sie haben wollte.

„Mum, ich möchte einfach etwas verstehen. Das ist der Grund, weshalb ich heute hierhergekommen bin. Es geht, wie gesagt, um Ted.“ Sie beobachtete ihre Mutter genau. „Du weißt, was er mir angetan hat.“

Lucy klappte zu wie eine Auster. Man konnte es genau auf ihrem Gesicht sehen. „Fängst du schon wieder damit an?“

„Schon wieder?“ Tara starrte ihre Mutter an. „Sagtest du, schon wieder? Wann habe ich denn je davon angefangen?“

„Früher“, erklärte Lucy, „früher bist du doch ein paar Mal angekommen … hast mir das Leben schwer machen wollen …“ Sie stand auf. „Nun dachte ich wirklich, du willst einen netten Abend mit mir verbringen“, sagte sie gekränkt, „stattdessen greifst du mich an und machst Vorwürfe und …“

„Setz dich hin, Mum!“, befahl Tara. Ihre Stimme klang so scharf, dass sich Lucy tatsächlich wieder auf ihren Stuhl sinken ließ. „Diesmal wimmelst du mich nicht ab, und du läufst auch nicht davon. Du bleibst hier sitzen und beantwortest meine Fragen. Verstanden?“

„Wie redest du denn mit mir?“

„Wie du es verdienst, Mum. Genau so. Wie es eine Mutter verdient, die fünf Jahre lang zusieht, wie ihre kleine Tochter vom Stiefvater vergewaltigt wird, und die nicht ein einziges Mal eingreift. Nicht ein Mal!“

„Fünf Jahre“, sagte Lucy, „dass du immer so übertreibst!“

„Fünf Jahre, Mum, und das weißt du genau! Ich war neun, als er anfing. Ein halbes Jahr nach eurer verdammten Hochzeit. Und ich war vierzehn, als er aufhörte. Weil ich Gott sei Dank endlich die Formen einer Frau annahm und er nichts mehr mit mir anfangen konnte."

„Was willst du?", fragte Lucy. „Ich möchte wirklich wissen ...", setzte sie an, aber Tara unterbrach sie mit schneidender Stimme: „Nein. *Ich* möchte etwas wissen! Ich möchte wissen, warum du es zugelassen hast. Warum du mich nicht beschützt hast. Warum du diesen widerlichen Bastard nicht vor die Tür gesetzt und ihm einen kräftigen Tritt gegeben hast!"

Lucy griff nach einem Taschentuch. Gleich würde sie zu weinen anfangen. „Ich bin alt. Ich habe niemanden auf der Welt. Nur dich. Und nun kommst du her und quälst mich! Eine alte Frau, die sich nicht wehren kann!"

„Was war mit dem Kind, das sich nicht wehren konnte?"

Lucy betupfte ihre Augen. „Meine Güte! Du tust so, als ob ... etwas Schlimmes vorgefallen wäre. Nur weil Ted dich mochte. Er war ein gutherziger Kerl. So leicht hätte ich keinen anderen gefunden. Wer heiratet eine verwitwete Frau mit Kind? Ohne dich hätte ich bessere Karten gehabt, so musst du das auch einmal sehen."

Später erinnerte sich Tara, dass dies der Moment gewesen war, als der Schwindel einsetzte. Sie hatte gemerkt, dass ihr Blick nicht mehr klar war und dass es in ihren Ohren leise zu rauschen begann. „Du meinst also, es ist nichts Schlimmes vorgefallen?", fragte sie leise. „Ist es für dich normal, wenn ein erwachsener Mann von bald fünfzig Jahren Nacht für Nacht in das Bett eines neunjährigen Mädchens steigt? Ihm den Mund zuhält, wenn es zu schreien versucht? Ihm erklärt, dass es in ein Waisenhaus kommt, wenn es irgendjemandem etwas sagt? Findest du das nicht schlimm?"

Lucy putzte sich die Nase. „Für mich war es auch nicht leicht. Du siehst immer nur dich. Ich musste damit leben, dass er mich ablehnte. Ich konnte machen, was ich wollte, er ignorierte mich. Er stierte hinter dir her. Er wartete am Hoftor, wenn du aus der Schule kamst. Er verfolgte dich mit seinen Blicken. Immerzu. Während ich Luft für ihn war."

„Du warst eine erwachsene Frau. Ich war ein Kind!"

Plötzlich, nur für den Bruchteil einer Sekunde, trat ein Ausdruck von Hass in Lucys Augen. „Ein Kind! Ein ganz schön berechnendes kleines Ding warst du! Jung! Und das hast du ausgespielt! Mit deinen engen Jeans, deinen knappen T-Shirts. Du hast es genossen, mich auszustechen."

Tara merkte nicht, dass sie aufstand. Die Küche schwankte um sie herum. Es war zwecklos. Sie würden nichts klären. Ihre Mutter würde nicht bereuen. Ihre Mutter fühlte sich als das eigentliche Opfer.

„Ich glaube, ich kann dir nicht verzeihen, Mum", sagte sie.

Auch Lucy erhob sich. Automatisch, wie sie es immer tat, griff sie nach dem Küchentuch, das neben dem Herd hing, und wischte einen kleinen Klecks Soße von der Tischplatte. „Was denn verzeihen?“, fragte sie. Sie klang weder zynisch noch ironisch. Sie klang einfach nur … fragend.

Und all der Schmerz war wieder da. Alle Verlassenheit. Alle Verzweiflung. Alle Hilflosigkeit. Und sie begriff, es hatte sie nie verlassen. Das Gefühl, vollkommen allein auf der Welt zu sein. Verraten von der Frau, die sie geboren hatte. Und in diesem Moment war ihr Blick auf das rot-weiß karierte Geschirrtuch gefallen, mit dem ihre Mutter die Tischplatte bearbeitete.

„Du hast ja immer noch dieselben alten Geschirrtücher“, hörte sie sich sagen. Es war der Augenblick, in dem sie die Kontrolle verlor.

Sie hatte nicht geahnt, wie wunderbar es sich anfühlte.

SIE STIESS EINEN TRIUMPHSCHREI AUS. „Wahnsinn!“, schrie sie. Sie hielt das Tischbein in der Hand. Sie wusste nicht, wie viel Zeit vergangen war, aber sie schätzte, dass es eine gute Dreiviertelstunde gedauert hatte, bis sie den Leim vollständig abgelöst hatte. Dann hatte sie wieder und wieder an dem Bein gedreht und gerüttelt. Und plötzlich, als sie schon glaubte, ihre Kräfte würden sie endgültig verlassen, da gab die Schraube nach.

Sie brauchte eine Minute, um wieder zu Kräften zu kommen. Sie sank auf das Sofa, versuchte ihren keuchenden Atem zu beruhigen. Nur einen Moment. Sie hatte nicht mehr viel Zeit. Tara konnte jetzt jeden Augenblick zurückkehren. Diesmal würde Tara sie sofort erledigen. Ersticken mit einem tief in den Rachen geschobenen Geschirrtuch. Wie sie es mit ihrer Mutter getan hatte. Und mit Carla Roberts und Anne Westley.

Vorhin, hier in der Hütte, als Gillian zusammengekauert auf dem alten Sofa saß und Tara am Ofen lehnte, da hatte sie über das Problem der unterlassenen Hilfeleistung gesprochen. Gillian hatte nicht den Eindruck gehabt, dass von ihr eine Antwort erwartet wurde, daher hatte sie geschwiegen.

Die unterlassene Hilfeleistung wird als Delikt viel zu stiefmütterlich behandelt. In unserer Gesellschaft und im Strafrecht. Letztlich halten viele sie für eine Bagatelle. Der Täter ist der Böse. Derjenige, der zusieht und nicht eingreift … nun, der verhält sich vielleicht nicht ganz korrekt. Aber mit dem Täter ist er natürlich auch nicht gleichzusetzen. Und deshalb geht man oft über ihn hinweg.

Sie stand auf, griff mit beiden Händen das Tischbein. Sie bemühte sich, ihre ganze verbliebene Kraft in diesen ersten Schlag zu legen. Sie holte aus und ließ das Holz mit Wucht gegen die Fensterläden krachen. Nichts bewegte sich. Gillian hielt inne, schöpfte neue Kraft. Jetzt noch einmal. *Gib alles, Gillian! Komm, los! Du schaffst das. Du musst das schaffen!*

Der nächste kräftige Schlag. Sie vernahm ein Knirschen. Womöglich hatte sich auch etwas bewegt, aber sie war nicht sicher.

In diesem Land lassen Eltern ihre Kinder verhungern, und die Nachbarn wenden sich ab. In unserem Land werden Frauen von ihren Ehemännern gequält, und niemand will etwas gemerkt haben. In unserem Land werden Schüler von ihren Klassenkameraden gemobbt, bis sie sich in ihrer Verzweiflung vor den nächsten Zug werfen, und die Lehrer greifen nicht ein. Es passiert ständig und überall. Und es kann nur deshalb passieren, weil die Mehrheit der Bevölkerung zu bequem, zu feige, zu desinteressiert, zu lethargisch ist, um irgendetwas zu unternehmen.

Vielleicht war es falsch, in kleinen Stößen gegen die Läden zu schlagen. Vielleicht sollte sie versuchen, das Tischbein ein Mal mit ganzer Kraft dagegenzurammen. Sie packte es mit beiden Händen, nahm ein Stück Anlauf und krachte mit dem Holz gegen die Läden. Die Läden zitterten. Diesmal war sie sicher. Sie untersuchte die Scharniere. Das Holz hatte sich an den entsprechenden Stellen bereits um einige Millimeter herausgelöst. Es konnte klappen. Noch einmal kurz ausruhen, ehe sie den nächsten Angriff startete.

Tara hatte die aberwitzige Geschichte von Liza Stanford erzählt. Gillian kannte Logan Stanford nicht persönlich, aber sie hatte oft über ihn in der Zeitung gelesen. Dass sich seine Frau vor ihm versteckte, dass sie von ihm auf brutalste Weise über Jahre gequält worden war, hätte sie nie für möglich gehalten.

„Charity-Stanford? Das gibt es doch nicht! Bist du sicher?“

„Ich habe Liza gesehen. An jenem Abend im Hotel. Ihr blaues Auge. Und später hat sie mir ihren Körper gezeigt. Narben, Hämatome. Der vornehme Herr Rechtsanwalt ist ein Sadist. Und ein Psychopath!“

„Gab es denn niemanden, dem sie sich hätte anvertrauen können? Und der ihr dann geholfen hätte, ihn schleunigst zu verlassen?“

„Sie hat zwei Frauen eingeweiht in all den Jahren. Zwei Frauen, von denen sie sich Hilfe erhoffte. Eine Freundin. Und dann die Kinderärztin ihres Sohnes. Carla Roberts. Und Dr. Anne Westley.“

Sie hatte es in dieser Sekunde verstanden. Als Tara die beiden Namen nannte. Carla Roberts und Anne Westley. Sie hatte die ganze Geschichte verstanden. Das Warum. Den so sinnlos erscheinenden Tod zweier harmloser älterer Frauen. Und Taras Motiv.

„Die beiden haben nicht geholfen?“

„Nein. Roberts war so mit ihrer eigenen Wehleidigkeit beschäftigt, die hat sich gar nicht groß interessiert. Und Westley war offenbar derart unschlüssig, was sie nun am besten tun sollte, dass sie letzten Endes entschieden hat, gar nichts zu tun.“

Unterlassene Hilfeleistung. Das große Thema in Taras Leben.

„Und deshalb hast du die beiden …?“

„Ob du es glaubst oder nicht, ich hatte das zunächst gar nicht vor. Ich war ziemlich wütend auf diese beiden Frauen, die einen Menschen in höchster Not im Stich gelassen hatten, aber ich dachte nicht daran, sie zu töten. Ich wollte ihnen bloß ein bisschen Angst einjagen. Ich habe sie terrorisiert. Liza Stanford hatte Tag und Nacht Angst um ihr Leben. Die beiden sollten wenigstens eine Ahnung davon bekommen, wie sich das anfühlt.“

„Ich verstehe. Das hat bestimmt seinen Zweck erfüllt.“

„Ja, nervös waren die beiden alten Damen auf jeden Fall. Aber …“

„Aber es reichte dir nicht?“

Gillian atmete tief durch. Ein letzter, verzweifelter Versuch. Mit all ihrer Kraft, mit ihrem ganzen Gewicht und mit dem Tischbein in beiden Händen warf sie sich gegen die Fensterläden.

Es tat einen ohrenbetäubenden Schlag, als einer der Läden aus seiner Verankerung brach. Er krachte nach draußen, riss den anderen Laden mit sich, vermochte ihn aber nicht zu lösen. Das Fenster war offen.

Gillian sah hinaus in die Nacht und in den Schnee und brauchte ein paar Sekunden, um zu erfassen, dass es wirklich geklappt hatte. Sie war frei.

Jetzt hieß es, überlegt vorzugehen und nichts zu riskieren.

Die kostbaren Schlüssel verstaute sie tief in ihrer Manteltasche und vergewisserte sich mehrfach, dass sie nicht herausfallen konnten. Dann packte sie die beiden Sandwiches und die Wasserflasche, in der sich wenigstens noch ein Rest Wasser befand, in die andere Tasche. Die Taschenlampe, die ihr unschätzbare Dienste geleistet hatte, kam zu dem Schlüsselbund.

Sie schwang sich auf das Fensterbrett und sprang auf der anderen Seite hinunter. Sie landete im tiefen, weichen Schnee, rappelte sich auf und bewegte sich vorsichtig zur Vorderseite der Hütte hin. Sie spähte um die Ecke.

Aber niemand war zu sehen. Der Schnee gab Helligkeit, und zwischen großen Wolkenlücken schienen der Mond und die Sterne hindurch. Gillian kämpfte sich durch das kurze Waldstück, blieb dann stehen. Von hier aus hatte sie einen guten Überblick. Vor ihr lag die Ebene, über die sie und Tara gekommen waren. Sie vermochte sogar die Spuren im Schnee zu erkennen. Es würde nicht weiter schwierig sein, den Rückweg zum Auto zu finden.

Unangenehm war die Tatsache, dass die Ebene keinerlei Schutz vor Blicken bot. Als weithin sichtbare schwarze Gestalt würde sie über sie hinwegwandern. Sollte sich Tara auf dem Rückweg zur Hütte befinden, würde sie sie bereits von Weitem sehen. Umgekehrt galt das aber natürlich genauso.

Sie würde Tara früh genug sehen, um zu überlegen, was zu tun war. Immerhin hatte sie noch einen kleinen Vorteil auf ihrer Seite: Sie rechnete damit, Tara zu begegnen. Tara hingegen ging davon aus, ganz allein hier draußen zu sein.

Sie stapfte los. Irgendwoher kam eine Energie, die es eigentlich gar nicht mehr hätte geben dürfen. *Ich schaffe das. Mich wird sie nicht töten.*

Unvermittelt war da wieder Taras Stimme. Der Schauer des Entsetzens, den sie in Gillian auslöste.

„Nein, es reichte mir irgendwann nicht mehr, Roberts und Westley zu erschrecken."

„Und da hast du sie umgebracht?"

„Ja. Aber in dem Moment, da es geschah ... waren es gar nicht sie, die ich tötete. Als ich Roberts und Westley tötete, erkannte ich, dass ich, solange ich lebe, nicht damit aufhören kann."

„Womit?"

„Lucy. Meine Mutter. Ich kann nicht aufhören, meine Mutter zu töten."

JOHN UND SAMSON waren der Landstraße eine halbe Ewigkeit lang gefolgt, ohne dass sie Taras Auto entdeckt hätten, und nun plötzlich endete alles in einer Art großem Wendehammer. Vor ihnen lag dichter Wald, neben ihnen auch. Und nirgends eine Spur von einem anderen Auto, geschweige denn von einer Hütte oder gar von zwei Frauen, die durch den Schnee stapften.

John wendete notgedrungen, hielt dann aber erst einmal an. „So. Das scheint es mit dieser Straße gewesen zu sein. War offenbar falsch."

Samson klang tief deprimiert. „Es gibt hier sicher viele solcher Straßen."

„Zweifellos. Zeigen Sie mir noch mal die Karte." John studierte den Plan. „Hier könnten wir meiner Ansicht nach ungefähr sein. Das heißt, wir befinden uns noch immer in dem Gebiet, das Sherman umkreist hat. Allerdings ziemlich weit am unteren Rand." John ließ den Motor wieder an. „Ich erinnere mich, dass es ganz zu Beginn eine Abzweigung gab. Schien in Richtung Norden zu führen. Diese Strecke sollten wir als Nächstes versuchen."

Sie fuhren wieder durch den späten Abend, der nun völlig versunken war in nächtlicher Dunkelheit. Samson starrte angestrengt aus dem Fenster, immer in der Hoffnung, einen entscheidenden Hinweis zu entdecken. Es dauerte ihm viel zu lange, bis sie die Abzweigung erreichten, gegen die sie sich anfangs entschieden hatten, weil die Straße so schmal erschien.

„Es dauert alles viel zu lang", stieß auch John zwischen den Zähnen hervor. Sie bogen in den Weg ein. Er führte in eine weite, baumlose, hügelige Landschaft. „Die Hochmoore", sagte John, „das sind hier die ersten Ausläufer." Er fluchte. „Die Moore hatte Sherman erwähnt. Wir sind vorhin zu weit nach Süden abgekommen, und ich hätte das viel eher merken müssen."

Er bremste, als sich die Straße gabelte. Es war eine kleine Kreuzung, an der sie standen. Sie konnten geradeaus fahren, rechts oder links.

„Mist“, sagte Samson.

„Im Grunde“, meinte John, „könnten wir jetzt eine Münze werfen.“ Er blickte hinaus, versuchte, sich zu orientieren. „Sherman sagte, die Hütte sei am Rand eines Waldgebietes errichtet worden. Wo sehen wir Wald?“

Beide Männer stiegen nun aus. Der Wind, der noch stärker geworden war, ließ sie zusammenzucken. „Verdammt, ist das kalt“, sagte John. Er hauchte warmen Atem in seine Hände.

„Dort hinten“, meinte Samson. Er wies in nördliche Richtung. „Ich glaube, da ist Wald am Horizont!“

Der etwas dunklere Streifen, der irgendwo in weiter Ferne verlief, konnte tatsächlich ein Waldgebiet sein. Das bedeutete, dass sie geradeaus mussten.

Sie stiegen ein und fuhren weiter. Ihrer winzigen Chance hinterher.

SIE WAR irgendwann tatsächlich eingeschlafen, obwohl sie gerade das hatte vermeiden wollen. Sie schreckte aus einem wirren Traum hoch, wollte sich aufsetzen, wurde aber durch einen Schmerz, der ihren ganzen Körper beherrschte, daran gehindert. Sie hatte den Eindruck, steif gefroren zu sein. Es durfte ihr keinesfalls mehr passieren, dass sie einfach einschlief. Es war gefährlich. Sie hatte Glück, dass irgendetwas sie geweckt hatte.

Irgendetwas? Sie setzte sich mühsam, die Schmerzen in ihrem Körper ignorierend, auf. Und sah Gillian.

Sie stand vielleicht zehn Schritte vom Auto entfernt. Genau genommen konnte sie Gillian eigentlich gar nicht direkt erkennen. Sie sah nur eine schwarze Gestalt, die sich vom Weiß des Schnees und von der Helligkeit der Mondnacht abhob. Sie stand dort unbeweglich, schien das Auto zu betrachten. Es konnte sich nur um Gillian handeln. Wer sonst sollte hier in dieser Einöde nachts herumlaufen?

Tara war jetzt hellwach. Vorsichtig ließ sie sich auf den Sitz zurücksinken. Verdammt, verdammt, verdammt! Ihr wurde ganz schlecht bei der Vorstellung, sie würde noch immer schlafen. Gillian hätte sie leicht überwältigen können. Alles wäre zu Ende gewesen.

Wie zum Teufel war es ihr gelungen, die Hütte zu verlassen? Die Hütte war dermaßen gesichert, dass es praktisch unmöglich war, hinaus- oder hineinzukommen, wenn alles verschlossen war.

Die Schlüssel. Der Autoschlüssel. Er war nun in greifbare Nähe gerückt. Wenn es ihr gelang, Gillian unschädlich zu machen, dann war Tara im Besitz des Schlüssels. Und endlich in der Lage, diesen unwirtlichen Ort zu verlassen. Sie versuchte ihre Pistole zu angeln, aber diese war unter dem Sitz zu weit nach vorn gerutscht, sie fand sie nicht. Egal, sie war ohnehin kein guter Schütze. Ihr blieb das Messer, das sie in der Hand hielt, aber sie konnte nicht ausschließen, dass Gillian auch bewaffnet war; schließlich hatte sie sich mithilfe von irgendetwas aus ihrem Gefängnis befreit. Taras Position auf dem Rücksitz war darüber hinaus nicht ausgesprochen günstig. Wenn Gillian in das Innere des Autos spähte, ehe sie einstieg …

Vorsichtig zog Tara an der Decke, breitete sie über den ganzen Sitz und über sich aus. Sie drückte sich, so flach sie nur konnte, in die Polster. Natürlich, die Decke hatte zuvor hinten im Kofferraum gelegen. Aber sie bezweifelte, dass Gillian jetzt gerade einen Sinn für derartige Feinheiten hatte.

Tara schrak zusammen, als plötzlich ein metallisches Geräusch durch den ganzen Wagen zu zucken schien. Was war das? Doch gleich darauf entspannte sie sich wieder. Gillian hatte mit der Fernbedienung des Schlüssels den Türöffner betätigt. Tara grinste. Wie gut, dass sie den Wagen von innen verschlossen hatte.

Komm, flüsterte sie lautlos, *komm rein. Setz dich ans Steuer. Nun mach schon.* Sie vernahm das Knirschen von Schritten im Schnee. Die Fahrertür wurde geöffnet.

Tara hielt das Messer und die Drahtschlinge fest in beiden Händen.

Sie hatte den Weg diesmal schneller zurückgelegt, trotz ihrer Erschöpfung, getrieben von ihrer Angst. Gillian atmete auf, als sie endlich das Auto sah. Sie war nicht erstaunt, es noch vorzufinden, denn wie hätte Tara es in Bewegung setzen sollen? Ihre Schritte wurden jedoch langsamer und vorsichtiger. Da sie Tara auf der gesamten Strecke nicht gesehen hatte, war sie zu der Erkenntnis gelangt, dass diese nicht versucht hatte, sich den Schlüssel zu holen. Vermutlich hatte sie sich zu Fuß auf den Weg gemacht.

Sie musterte den Wagen eine Weile aufmerksam, aus sicherem Abstand heraus. Sie sah viele Spuren im Schnee, die wahrscheinlich noch von ihrem und Taras Aufbruch am Nachmittag herrührten. Womöglich waren aber auch frische Spuren von Tara dazugekommen. Sicherlich hatte sie erst vor dem Auto stehend festgestellt, dass sie den Schlüssel nicht mehr besaß.

Nichts regte sich, und schließlich richtete sie den Schlüssel auf den Wagen und betätigte den Öffner. Die Lichter flammten für eine Sekunde auf, die Türen öffneten sich. Wären sie nicht abgeschlossen gewesen, hätte das Geräusch, wie Gillian wusste, anders geklungen. Gut. Niemand hatte in der Zwischenzeit den Wagen geöffnet. Sie näherte sich langsam.

Als sie die Fahrertür erreichte, ließ sie ihren Blick über das Innere des

Autos gleiten. Das Auto war leer. Auf dem Rücksitz lag die Wolldecke, in dicken, aufgeworfenen Falten. Sie öffnete die Tür und klopfte den Schnee von den Stiefeln, während sie einstieg. Sie sank hinter das Steuer, steckte den Schlüssel ins Schloss und drehte ihn herum. Der Motor sprang stotternd an, erlosch dann aber gleich wieder.

Die Kälte wahrscheinlich. *Komm schon, spring an!*

Auch der zweite Versuch schlug fehl. Aus Erfahrung mit ihrem eigenen Auto wusste sie, dass man in solchen Fällen am besten eine Minute wartete. Meistens klappte es dann. Sie ließ sich zurücksinken, lehnte den Kopf an die Stütze. Sie zwang sich zur Ruhe. Die Anspannung ließ ihren ganzen Körper zittern. Sie hatte es fast geschafft. Hatte sich aus der gefährlichsten Situation ihres ganzen bisherigen Lebens befreit. Jetzt musste nur noch das Auto anspringen, dann war sie endgültig in Sicherheit.

Sie wurde das Gefühl einer Gefahr nicht los. Irgendetwas ließ ihr Herz rasen. Sie wollte sich gerade nach vorn beugen und zum dritten Mal versuchen, den Motor anzulassen, da begriff sie plötzlich: die Wolldecke. Sie hätte im Kofferraum liegen müssen. Keinesfalls auf dem Rücksitz!

Sie stieß die Autotür auf und versuchte sich mit einem blitzschnellen Sprung in Sicherheit zu bringen. Gleichzeitig erfüllte ein dunkler Schatten hinter ihr den Rückspiegel. Gillian war den Bruchteil einer Sekunde zu spät. Die Drahtschlinge wurde über ihren Kopf gestülpt und schnitt mit einem grässlichen Schmerz in ihren Hals. Sie wurde so heftig zusammengezerrt, dass Gillian in ihrem Versuch, nach draußen zu entkommen, zurückgerissen wurde. Voller Panik griff sie mit beiden Händen nach dem Draht, der ihr die Luft abschnürte. Sie gab einen röchelnden, verzweifelten Laut von sich.

„Halt still“, sagte Tara. „Halt still, sonst strangulierst du dich selbst!“

Gillian fügte sich. Der Druck ließ ein wenig nach. Sie bekam wieder etwas mehr Luft, aber noch immer tat ihr der Hals furchtbar weh. Tara hatte so stark an der Schlinge gerissen, dass sich der Draht tief in die Haut gegraben hatte. Vermutlich würde man noch wochenlang den Abdruck sehen.

Wenn sie noch wochenlang lebte.

Während sie darum rang, gleichmäßiger zu atmen, nannte sie sich im Stillen eine geradezu abgrundtief dumme Idiotin. Als sie noch draußen gestanden hatte, hatte sie aus der Tatsache, dass sich die Türen des Autos über die Fernbedienung entriegeln ließen, geschlossen, dass Tara sie am Vormittag bei ihrer beider Ankunft verriegelt hatte. Damit war für sie klar gewesen, dass Tara nicht im Auto sein konnte. Die Variante, dass das Auto offen gewesen und Tara eingestiegen war, dass sie dann die Türen von innen verschlossen hatte, war ihr nicht in den Sinn gekommen.

„Ja, blöd gelaufen“, stimmte Tara zu, als hätte sie ihre Gedanken lesen können. „Manchmal tappt man in die simpelste Falle. Aber mach dir nichts draus. Das ist auch schon anderen passiert.“

Gillian hörte, wie ein Messer aufschnappte. Gleich darauf spürte sie die kalte Klinge seitlich dicht unterhalb ihres rechten Ohres. Sie machte eine verzweifelte Bewegung, bezahlte das aber sofort mit einem erneuten tiefen Einschneiden des Drahtes in ihre Haut. Sie gab einen Jammerlaut von sich und fügte sich sofort wieder in ihre alte Position.

„Braves Mädchen“, sagte Tara. „Du lernst schnell. Probier keinen Aufstand, sei klug. Du kannst ihn nicht gewinnen.“

Hoffnungslosigkeit und Trauer legten sich wie Blei über Gillian. Sie hatte so heftig gekämpft. Und nun doch verloren.

Obwohl ihr der Hals so wehtat, gelang es ihr, einigermaßen verständliche Worte zu formen. „Wa…rum?“, fragte sie. „Warum … ich?“

„Ja, warum du?“, wiederholte Tara. „Nun habe ich dir so viel von mir erzählt, und du kannst es dir noch immer nicht denken? Hast du es nicht kapiert? Den Fehler, den du gemacht hast? Den unverzeihlichen Fehler?“

Gillian schwieg. Sie verstand es in diesem Moment. Den Fehler. Der in Taras krankem Gehirn wie eine Wiederholung ihrer eigenen Geschichte aussehen musste. „John“, stieß sie hervor.

Tara berührte sie fast sanft mit der Klinge. „Richtig. John. Er war dein Fehler.“

Gillian hustete. „Ich … halte John für … unschuldig“, stieß sie hervor.

„Geschenkt!“ Taras Stimme klang scharf. „Du hast eine kleine Tochter. Und du lässt dich mit einem Kerl ein, gegen den wegen einer Sexualstraftat bereits ermittelt wurde? Du riskierst es, diesen Menschen vor die Nase deiner Tochter zu setzen? Du spielst mit der körperlichen und seelischen Unversehrtheit deines Kindes? Und findest das normal?“

„Ich …“

„Ja, ich, ich, ich! Dir geht es nur um dich. Du warst scharf auf ihn, und da hast du alle Bedenken einfach zur Seite gewischt. Doch es gibt noch Becky. Und Becky zu retten, das war mein felsenfester Entschluss. Sie soll nicht durchmachen, was ich durchgemacht habe. Niemals.“

Gillian hustete wieder. Ihre Stimme normalisierte sich etwas, aber der Hals brannte wie Feuer. „Du wusstest es schon vor Weihnachten?“, fragte sie. Sie hatte Tara erst im neuen Jahr von Johns Vorgeschichte berichtet, aber kurz nach Weihnachten hatte sie bereits ihren ersten Mordversuch an der einstigen Freundin gestartet. Und Tom, den völlig unschuldigen Tom, getötet. Es war so grauenhaft. So pervers und schrecklich. Eine Frau, die Amok lief.

„Bei dem Namen Burton hat es in meinem Kopf geklickt. Ich wusste, dass irgendwann einmal jemand diesen Namen im Zusammenhang mit einem Ermittlungsverfahren genannt hatte. Für mich war es nicht schwierig, an die Akte zu kommen. Mir war übrigens auch klar, dass du Bescheid wusstest. Du bist nicht gut im Lügen, Gillian. Als du mir schließlich die Wahrheit sagtest, habe ich mein Entsetzen nur gespielt. Ich wusste längst Bescheid."

Gillian hustete erneut. „Tara, geh nicht weiter auf diesem Weg, bitte. Es sind genügend Unschuldige gestorben. Diese beiden alten Frauen in London und Tunbridge … sie haben versagt, aber das rechtfertigt nicht ihren Tod. Aber was du mir erzählt hast über deine Kindheit – ich kann verstehen, weshalb du nur noch diesen Weg gesehen hast."

„Ach ja?"

„Ja", sagte Gillian verzweifelt. Sie erkannte, dass Tara ihr nicht glaubte, aber sie log nicht in diesem Moment. Gillian spürte nicht den kalten Hass, die rücksichtslose Grausamkeit einer erwachsenen Frau in Tara. Sie spürte die abgrundtiefe Verzweiflung eines hilflosen Kindes. „Ich würde für dich aussagen, Tara. Jeder Richter, der deine Geschichte hört, wird …"

„… mich freudig ziehen lassen? Wie naiv bist du, Gillian? Natürlich werden sie mich einsperren, wenn sie mich kriegen. Sie werden sagen, dass alles ganz schrecklich war früher, aber dass man mich schließlich nicht als tickende Zeitbombe frei herumlaufen lassen kann. Lustig, nicht? Roslin ist nicht hinter Gittern gelandet. Meine Mutter auch nicht. Burton spaziert fröhlich in der Gegend herum. Charity-Stanford wird seiner Strafe ebenfalls entgehen, weil ihn Liza, die blöde Kuh, wahrscheinlich nie im Leben anzeigt. Aber ich darf den Rest meines Lebens im Knast verbringen. So sieht die Gerechtigkeit auf dieser Welt aus! Und das werde ich nicht hinnehmen."

Der Druck des Drahtes auf Gillians Hals verstärkte sich.

Sie schloss für einen Moment die Augen, mutlos und ohne eine Idee, wie sie Tara jetzt noch erreichen könnte. Als sie die Augen wieder aufschlug, glaubte sie, in der Ferne für eine Sekunde ein Licht aufblitzen zu sehen. Es war sofort wieder verschwunden, aber noch ehe Gillian es als eine verrückte Täuschung ihres überreizten Gehirns abtun konnte, tauchte es erneut auf. Diesmal hielt es etwas länger an, verschwand dann wieder. Tauchte wieder auf. Gillian starrte in die Nacht, als wolle sie die Dunkelheit durchbohren mit ihren Blicken. *Mach dir bloß keine Hoffnung. Das ist nie im Leben ein Auto. Du bist hier vollkommen allein mit dieser durchgedrehten Frau, und du hast eine Drahtschlinge um den Hals und ein Messer an der Wange. Du steckst in einer richtig vertrackten Situation, und das ist das Ende.*

Sie schloss wieder die Augen, öffnete sie, und da war erneut das Licht.

Und nun erkannte sie auch, dass es sich um zwei Lichter handelte. Es war doch ein Auto, das dort durch die Nacht fuhr. Und es kam näher.

Tara hatte es offenbar noch nicht bemerkt. Sie erzählte irgendetwas, was Gillian nicht verstand, und sagte dann plötzlich: „So. Es wird Zeit." Sie begleitete ihre Worte mit einem Ruck an der Schlinge.

„Ich wollte es nicht selbst machen", sagte Tara. „Du warst jahrelang meine Freundin, Gillian. Aber du bist eine Gefahr für mich geworden. Es wäre mir lieber gewesen, du wärest in der Hütte zu Tode gekommen, aber nachdem du ausbrechen musstest … Mir bleibt nichts übrig, als dich unschädlich zu machen. Ich will nicht ins Gefängnis. Verstehst du?"

„Ja."

„Gut. Wir steigen aus. Schön langsam."

Gillian überlegte verzweifelt, wie es ihr gelingen könnte, Zeit zu schinden. Irgendjemand fuhr die Straße entlang und musste innerhalb der nächsten zehn Minuten genau hier vorbeikommen. Sicher würde er sich wundern, wenn er ein Auto hier stehen sah. Er würde davon ausgehen, dass jemand eine Panne hatte, würde anhalten und nachsehen.

Nur blöd, wenn ich dann schon tot bin! Es musste doch irgendein Thema geben, in das sich Tara noch verwickeln ließ. Ihr kam ein Einfall. Tara hatte ihr erzählt, wie sie ihre Mutter getötet hatte: Sie hatte ihr ein Geschirrtuch tief in den Mund gestopft, ihr sodann die Nase mit Paketklebeband verschlossen. Sie hatte sie ersticken lassen. Und dann von der Küche hinüber in ihr eigenes einstiges Kinderzimmer geschleift. An den Ort des lange zurückliegenden Verbrechens.

„Ich möchte noch etwas wissen, Tara", sagte sie. „Dieses Geschirrtuch, mit dem du … also das du deiner Mutter …"

„Mit dem ich sie erstickt habe? Und die beiden anderen Frauen auch?"

Gillian atmete tief. „Ja, das meine ich. Wie … wie bist du darauf gekommen? War das Zufall?"

Als ob es erheblich war. Aber jede Sekunde, die sie jetzt gewann, konnte entscheidend sein. Schon sah sie die Lichter wieder. Deutlich näher.

„Zufall? Nichts in dieser ganzen Geschichte war ein Zufall", sagte Tara verächtlich. „Meine Mutter war immer eine sehr gute Hausfrau. Immerzu putzte und wischte sie etwas. Bei uns kann man vom Fußboden essen, sagte sie gern. Ja, und diese karierten Geschirrtücher hatte sie eben überall griffbereit liegen. Um jedem Schmutzfleck gleich zu Leibe rücken zu können." Sie hielt inne, dachte kurz nach. „Ich habe mir überlegt, dass es ihre Art war, den Schmutz loszuwerden, den Ted in unsere Familie brachte und über den sie genau Bescheid wusste. Sie setzte ihm ihre saubere Wohnung entgegen, und als ich an jenem Abend das Geschirrtuch sah, dachte ich …"

Gillian wagte nicht, noch einmal etwas zu sagen. Tara zitterte. Sie konnte das daran spüren, dass die Drahtschlinge schmerzhaft an ihrem Hals ruckte.

„Ich dachte: Erstick doch an deiner Verlogenheit", fuhr Tara fort, „und dann, na ja, dann geschah genau das. Sie erstickte daran."

Tara richtete sich plötzlich auf. „Da ist ja ein Auto", sagte sie verblüfft. „Ach du Scheiße!"

„DAS SIND SIE", sagte John. Er bremste jäh. In sein erstes Gefühl überwältigender Erleichterung, die beiden Frauen tatsächlich entdeckt zu haben, mischte sich sofort das Entsetzen über die brenzlige Situation, in der er sie antraf: Sie hatten das Auto verlassen und standen mitten auf der Straße. Tara hielt sich einen halben Schritt hinter Gillian. Sie drückte ihr ein Messer an den Hals. Gillian schien vor Angst wie erstarrt.

„Lieber Himmel!", stieß Samson hervor.

John schaltete den Motor aus, ließ aber die Scheinwerfer brennen. „Sie bleiben hier im Auto", wies er Samson an. „Verstanden?"

„Ja. W-Wo gehen Sie hin?"

John hatte die Fahrertür geöffnet. „Ich will mit Tara Caine reden. Und noch mal: Sie rühren sich nicht vom Fleck!"

Samson nickte. Er blickte aus riesigen Augen durch die Windschutzscheibe auf das Bild, das sich ihm bot. Er schien vollkommen verstört.

John stieg aus und tat ein paar vorsichtige Schritte auf die beiden Frauen zu. Im Mondlicht und im Kegel der Scheinwerfer konnte er alles in fast brutaler Deutlichkeit sehen. Es war ein scharfzackiges Messer, das Tara Caine in der Hand hielt. Im Näherkommen erkannte er nun auch, weshalb Gillian den Kopf so völlig unbeweglich hielt: Eine Schlinge aus Draht lag um ihren Hals und wurde von Tara zusammengehalten.

Allerdings: Die Pistole, mit der sie Thomas Ward erschossen hatte, schien Tara nicht zur Hand zu haben. Sie konnte ihn nicht einfach abknallen.

„Keinen Schritt näher, Burton!", sagte Tara. Ihre Stimme klang klar und befehlsgewohnt. Sie hatte alles im Griff, zumindest war sie davon überzeugt. Er blieb stehen. „Was wollen Sie?", fragte er.

„Woher glauben Sie zu wissen, dass ich irgendetwas will?", gab Tara zurück.

„Wir können uns hier jetzt auch stundenlang gegenüberstehen. Aber das bringt Sie vermutlich nicht weiter."

„Ich kann Ihre Freundin jetzt auch auf der Stelle töten. Glauben Sie mir, Sie würden es nicht verhindern können."

„Sicher, aber was hätten Sie davon? Ich hätte Sie eine halbe Sekunde später überwältigt, und das war es dann für Sie. Keine angenehme Perspektive, schätze ich."

Gillian gab einen leisen Schmerzenslaut von sich. John hatte die Bewegung bemerkt: Tara hatte an der Drahtschlinge geruckt. Es war deutlich, für jeden auch nur rhetorischen Sieg, den er erzielte, würde Gillian leiden müssen. Er merkte, wie sich seine Hand unwillkürlich zur Faust ballte. Caine war brutal und skrupellos. Absolut gefährlich. Er sah sie abwartend an.

„Den Autoschlüssel", sagte Tara. „Ich möchte, dass Sie ihn zu mir herüberwerfen. Und zwar so, dass ich ihn mit meinem Fuß erreichen kann."

„Den Autoschlüssel?"

„Den Autoschlüssel und Ihr Handy."

Er begriff, was sie vorhatte. „Sie wollen mit meinem Auto fliehen. Und Gillian mitnehmen. Und mich hier stehen lassen."

„Schlauer Junge. Immerhin haben Sie noch mein Auto, was Ihnen ein wenig Schutz vor dem Wind bieten wird. Natürlich ohne Schlüssel. Zu Fuß nach Manchester dauert es verdammt lange, und wahrscheinlich verlaufen Sie sich auch noch. Aber womöglich kommt ja auch jemand vorbei, der Sie mitnimmt. Obwohl das um diese Jahreszeit hier schon eine verdammt ausgestorbene Gegend ist."

Leise sagte er: „Und Sie glauben ernsthaft, Sie kommen damit durch? Die Polizei des ganzen Landes sucht Sie, Staatsanwältin Caine. Man hat Ihre Mutter gefunden. Sie sind hochgradig tatverdächtig. Sie sind doch vom Fach. Sie wissen, dass Sie Ihre Lage verbessern, wenn Sie jetzt aufgeben. Wenn Sie Gillian freilassen."

„Bringt mir gar nichts", sagte Tara kalt. „Bei allem, was ich auf dem Gewissen habe. Ich habe nicht Ihr Glück, Burton. Dass man mir nichts nachweisen kann."

Er überlegte. „Ich schlage Ihnen etwas vor, Mrs Caine. Sie haben offenbar schon selbst erkannt, dass Sie eine Geisel brauchen, wenn es auch nur die kleinste Chance für Sie geben soll, aus Ihrer prekären Situation herauszukommen. Gillian hat eine kleine Tochter, die bereits den Vater verloren hat. Bitte nehmen Sie ihr nicht auch noch die Mutter. Lassen Sie sie frei und nehmen Sie mich stattdessen mit."

Es war ein Versuch, aber er hegte wenig Hoffnung. Tara war schlau. Allein der Austausch hier auf dieser nächtlichen Straße barg für sie viel zu viele Risiken.

„Ihr Handy", sagte sie anstelle einer Antwort. „Und den Schlüssel!"

Er zog sein Handy aus der Hosentasche, kauerte sich nieder und schubste es auf der Straße zu den beiden Frauen hinüber. Es schlitterte über die flache, gefrorene Schneedecke und blieb direkt vor Taras rechtem Fuß liegen.

„Sehr schön. Den Schlüssel!"

John richtete sich wieder auf. „Den habe ich stecken lassen."

„Dann holen Sie ihn."

Rückwärts ging er zu seinem Auto zurück. Sie hat noch nicht bemerkt, dass ich einen Beifahrer habe, dachte er, sonst hätte sie ihn bereits aussteigen oder ihn den Schlüssel bringen lassen. Klar, die Scheinwerfer blenden sie. Sie kann nichts dahinter erkennen.

Erst neben seinem Wagen drehte er sich um und öffnete die Fahrertür. Es gelang ihm nur in letzter Sekunde, einen Laut der Überraschung zurückzuhalten: Der Beifahrersitz war leer. Der Rücksitz auch, wie er mit einem raschen Blick feststellte. Samson Segal hatte das Auto verlassen. Zweifellos durch die Heckklappe. Das hätte John ihm absolut nicht zugetraut. Er musste den Schalter für die Entriegelung neben dem Lenkrad entdeckt und betätigt haben, hatte sich dann nach hinten geschlängelt und durch eine nur einen Spaltbreit geöffnete Heckklappe auf die Straße gerollt. Und dann? Was hatte er vor? John fühlte sich tief beunruhigt. Es gab ein paar Büsche rechts und links, vom Schnee in dicke, große Schneebälle verwandelt. Irgendwo dahinter musste er sich herumdrücken, etwas anderes war nicht denkbar.

Das konnte verdammt in die Hose gehen. Ich hatte ihm gesagt, er soll sich nicht bewegen, dachte er wütend.

„Wird's bald?!", rief Tara.

Er zog den Schlüssel ab. Er hoffte, dass Samson nicht irgendetwas Verrücktes vorhatte. Es war ein denkbar ungünstiger Moment, sich zum Helden aufzuschwingen. Er war hoffnungslos verliebt in Gillian und sicher wild darauf, sich zu ihrem Retter zu machen, aber das konnte eigentlich nur in einem Fiasko enden. *Ich hätte ihn nicht mitnehmen sollen. Es war von Anfang an keine gute Idee.*

Mit dem Schlüssel in der Hand näherte er sich langsam den beiden Frauen. Gern hätte er mit den Augen das Gelände rechts und links der Straße abgesucht, um Samson zu erspähen, aber er wagte es nicht. Tara hätte bemerkt, dass er nach irgendetwas oder irgendjemandem Ausschau hielt.

„Alles klar", sagte er, „ich habe jetzt hier den Schlüssel."

„Her damit. Auf demselben Weg wie das Handy!"

Er ließ den Schlüssel über den Schnee rutschen. Er zielte dabei so, dass er ein gutes Stück von dem Handy entfernt landete.

„Eine Knarre haben Sie nicht zufällig, Ex-Bulle?", fragte Tara. „Ziehen Sie Ihre Jacke aus und werfen Sie sie schön weit von sich!"

Er tat, wie ihm geheißen. Mit ihrem Blick tastete sie seinen Pullover ab, konnte jedoch nirgends die Ausbuchtung eines Pistolenhalfters erkennen.

John sah, dass Tara ganz langsam in die Hocke ging. Mit der Drahtschlinge zwang sie Gillian, jede ihrer Bewegungen mitzumachen. Das Messer blieb direkt an Gillians Hals. Dennoch würde es gleich einen kritischen Moment geben – kritisch für Tara. Sie hatte nur zwei Hände. Mit der einen musste sie die Drahtschlinge halten. Mit der anderen musste sie zunächst das Handy greifen und in die Tasche stecken. Und dann musste sie sich ziemlich verrenken, um an den Schlüssel zu kommen. Würde sie das Messer zwischen die Zähne nehmen? Oder in die andere Hand? John wusste, das war der Augenblick, an dem man sie überwältigen konnte, weil sie nicht imstande war, reflexartig zuzustechen. Es war vielleicht die einzige Chance, die sich bot. Er schätzte die Entfernung zwischen sich und den beiden Frauen ab. Zu weit. Er würde nicht schnell genug da sein.

Als könnte Tara Gedanken lesen, verharrte sie plötzlich, noch ehe sie nach dem Telefon gegriffen hatte. „Zurück“, sagte sie. „Bis zum Auto! Und zwar sofort!“ Sie begleitete den Befehl mit einem Rucken an der Drahtschlinge. Gillian stöhnte, griff unwillkürlich mit beiden Händen an ihren Hals.

John blieb nichts übrig, als sich zu fügen. Langsam wich er zurück.

„So ist es gut“, sagte Tara, als er neben dem Auto stand. Vorsichtig nahm sie das Messer in die Hand, mit der sie die Schlinge hielt. Mit der anderen ergriff sie das Handy und schob es in ihre Jackentasche. Dann versuchte sie den Schlüssel zu erreichen. Es gelang ihr nicht. Er lag zu weit entfernt.

In diesem Moment sah John, dass Samson hinter dem Jaguar auftauchte. Er hatte sich tatsächlich unbemerkt entlang der Büsche an den beiden Frauen vorbeigeschlichen, hatte das Auto umrundet und stand jetzt hinter ihnen. Er befand sich nur wenige Schritte von ihnen entfernt. Er besaß nun alle die Vorteile, die John gebraucht hätte, um Tara zu überwältigen: Er war vor allen Dingen dicht genug an ihr dran. Hinzu kam, dass sie nichts von ihm wusste. Wenn er es geschickt anstellte, konnte er noch näher kommen, ohne dass sie ihn bemerkte. *Wenn er es geschickt anstellte …*

Der Begriff *geschickt* im Zusammenhang mit Samson erschien absurd, dennoch klammerte sich John nun an diese winzige Hoffnung.

Tara richtete sich notgedrungen wieder auf, zerrte Gillian mit hoch.

Sie musste sich etwa zwei Schritte weit zur Seite bewegen, um den Schlüssel greifen zu können. John konnte die Wut auf ihrem Gesicht erkennen. Sie wusste natürlich, dass er absichtlich so schlecht gezielt hatte.

Jetzt, dachte John, jetzt! Vielleicht hatte die Gedankenübertragung funktioniert. Samson sprintete plötzlich los. Er hatte die beiden Frauen in weniger als einer Sekunde erreicht, genau in dem Augenblick, da Tara die Bewegung in ihrem Rücken gehört hatte und herumfuhr. Er prallte mit so viel

Wucht gegen sie, dass sie an Gegenwehr nicht mehr denken konnte. Sie ließ Gillian los und fiel zu Boden. Das Messer hielt sie noch immer fest umklammert, und es konnte nur noch eine Sekunde dauern, ehe sie es Samson zwischen die Rippen stoßen würde.

Aber jetzt war auch John zur Stelle. Er stieß Samson zur Seite, kniete auf Taras Brustkorb und entwand ihr mit einem einzigen geschickten Griff die Waffe. Dann sprang er auf und zog Tara langsam auf die Füße, während er ihren Arm auf den Rücken bog. „Keine falsche Bewegung", warnte er, „sonst wird es schmerzhaft."

Sie schien plötzlich wie betäubt, denn weder sagte sie etwas noch unternahm sie einen Versuch, sich ihm zu widersetzen. Dennoch ließ John nicht für eine Sekunde in seiner Vorsicht nach. Sie war eine gefährliche Gegnerin, immer noch. Und sie hatte absolut nichts mehr zu verlieren.

„Wir gehen jetzt zu meinem Auto", sagte er, „und zwar langsam. Schritt für Schritt. Befolgen Sie alles, was ich Ihnen sage, dann muss ich Ihnen nicht wehtun. Okay?"

Sie nickte.

Er hätte sich gern um Gillian gekümmert, aber das musste warten. Ihrer aller Sicherheit ging jetzt vor. Aus den Augenwinkeln sah er, dass sie mitten auf der Straße kauerte, mindestens ebenso geschockt wie Tara. Aber sie hatte bereits einen Tröster gefunden: Samson saß neben ihr und hielt sie im Arm. Unbeholfen strich er ihr über die Haare. Sie weinte nicht, aber sie hatte den Kopf an seine Schulter gelegt, in einer Geste, die weniger Schutzbedürfnis verriet als völlige Übermüdung und restlose Erschöpfung.

Samson sah benommen aus. Ergriffen. John gönnte es ihm von ganzem Herzen. Vielleicht war es der größte Moment im Leben des Samson Segal. Und er hatte ihn sich wirklich verdient.

Mittwoch, 20. Januar

Als er in die Thorpe Hall Avenue einbog, merkte John, dass sich tatsächlich etwas wie Balsam auf seine Seele legte. Es hatte seit Tagen keinen Neuschnee mehr gegeben, aber unter dem kalten Nordwind war alles in Eis erstarrt. An diesem Tag sah die ganze Gegend aus wie ein Wintermärchen.

Er hoffte, dass Gillian ihm nicht den Kopf abreißen würde, wenn er jetzt plötzlich bei ihr auftauchte. Sie hatte ihm gesagt, dass sie nachmittags den Zug nach Norwich nehmen wolle und bis etwa halb drei zu Hause sei. Nun hoffte er, dass er sie vielleicht zum Bahnhof bringen durfte. Er hatte sie am Vortag angerufen und ihr gesagt, dass er ein Gespräch mit seiner früheren

Kollegin Sergeant McMarrow in Scotland Yard führen wolle, und daraufhin hatte Gillian ihn gebeten, sie anzurufen, falls er etwas Neues über Tara, die nach London überstellt worden war, herausfand.

Er hatte Christy auch deshalb getroffen, um mit ihr über Samson Segal zu sprechen. „Ich kann dir nicht versprechen, dass du keinen Ärger bekommst", hatte sie gesagt. „Segal wurde polizeilich gesucht, und du hast ihm Unterschlupf gewährt. Ganz gleich, wie die Sache nun ausgegangen ist, ich muss dir nicht sagen, dass …"

„Klar", hatte er sie unterbrochen. „Ich weiß."

„Ich lege natürlich ein gutes Wort für dich ein. Und für Segal auch. Wenn ich das alles richtig verstanden habe, hat er euch rausgehauen, dort oben im Peak District."

„Das hat er. Keine Ahnung, wie das sonst ausgegangen wäre." Er hielt kurz inne. „Was ist mit Caine?", fragte er dann.

„Die sitzt hier in London in Untersuchungshaft. Wir haben Gillian Wards Aussage über all das, was Tara Caine ihr erzählt hat. Sie hat aber auch bei uns inzwischen ein Geständnis abgelegt."

„Da kommt einiges zusammen."

„Das kannst du laut sagen." Christy zählte es an den Fingern auf: „Mord an Lucy Caine-Roslin. Mord an Carla Roberts. Mord an Dr. Anne Westley. Mord an Thomas Ward. Die Entführung und versuchte Ermordung von Gillian Ward. Das reicht für mehrfach lebenslänglich. Es ist verrückt, nicht? Diese beherrschte, immer so seriös wirkende Frau."

Er kannte inzwischen die ganze Geschichte von Gillian. Noch in der Nacht damals im Peak District hatte sie ihm alles erzählt, aufgeregt und verzweifelt und – trotz allem – voller Mitleid für die Frau, die ihre beste Freundin gewesen war.

„Tara Caine ist selbst ein Opfer", sagte er nun. „Sie hat Schreckliches mitgemacht. Die Gewissheit, dass sie für den Rest ihres Lebens ins Gefängnis gehen wird, hinterlässt kein wirklich gutes Gefühl."

Christy zuckte die Schultern. „So ist das eben manchmal. Wann sind die Dinge schon einfach schwarz oder weiß? Und vergiss nicht, dass drei völlig unschuldige Menschen bei alldem ihr Leben lassen mussten."

Er bremste seinen Wagen vor Gillians Haus. Er konnte verstehen, dass sie hier nicht mehr wohnen wollte. Gleich darauf klingelte er an der Tür. Er hoffte, dass sie nicht doch früher als geplant abgereist war. Doch da wurde ihm bereits geöffnet.

Gillian. Es war kurz nach zwei Uhr, und er hatte erwartet, sie mehr oder weniger reisefertig zu sehen. Aber sie stand in schwarzen Leggins und dickem Pullover vor ihm, die nackten Füße steckten in unförmigen Pantoffeln.

„Oh“, sagte sie, „ich hatte nicht mit Besuch gerechnet.“

„Tut mir leid, dass ich einfach so hier aufkreuze. Aber ich dachte … na ja … Ich wollte dich gern noch einmal sehen. Und ich könnte dich auch zum Bahnhof fahren, wenn du möchtest.“

„Komm doch rein“, sagte sie.

Er trat ins Haus. Noch immer stapelten sich die Umzugskartons in der Diele. Allerdings sah er keinen Koffer, keine Reisetasche.

„Ich fahre nicht nach Norwich“, erklärte sie. „Ich habe heute Morgen mit meinen Eltern telefoniert. Sie bringen Becky und Chuck am Wochenende hierher. Ab Anfang Februar muss Becky unbedingt in die Schule gehen, und davor sollten wir etwas Zeit haben, uns wieder aneinander zu gewöhnen.“

Er starrte sie an.

„Möchtest du einen Espresso?“, fragte sie.

„Ja, gern.“ Er folgte ihr in die Küche. „Was heißt das, Gillian? Sie soll hier wieder in die Schule gehen?“

„Zunächst auf jeden Fall. Bis ich das Haus verkauft und etwas anderes gefunden habe.“ Sie füllte Kaffeebohnen in die Maschine. „Ich werde nicht nach Norwich ziehen.“

„Nicht?“

„Nein. Ich habe gestern Abend lange nachgedacht. Ich kann nicht in die Obhut meiner Familie zurück. Es wäre genau das Falsche. Ich habe mich nicht besonders erwachsen benommen, bevor das … das mit Tom passierte, und genau das muss sich ändern. Ich muss endlich erwachsen werden.“

„Ich kann nachvollziehen, was du meinst“, sagte John. „Aber ich finde, dass du dich verdammt erwachsen verhalten hast in den letzten Tagen. In diesem ganzen Albtraum, in den wir alle geraten sind, warst du zu jeder einzelnen Minute stark. Und sehr mutig.“

Sie reichte ihm seinen Kaffee. „Ich habe mir gedacht, ich suche eine Wohnung für mich, Becky und Chuck in London. Ich werde die Firma nicht verkaufen, sondern sie von nun an eben allein führen. Es wird hart und anstrengend werden, und da ist es wichtig, dass ich einen kurzen Heimweg habe, denn ich muss mich ja auch um Becky kümmern. Aber es wird schon gehen. Andere alleinerziehende Mütter bewältigen das schließlich auch.“

„Natürlich wird es gehen. Du kriegst das hin.“ Er musste an sich halten, nicht zu viel Freude, Erleichterung, ja: Glück in seine Stimme zu legen. Sie blieb. Sie kam sogar nach London. Er atmete tief durch.

Sie spürte, was in ihm vorging. „John …“

Und er wusste, was sie sagen wollte. „Ich weiß, dass du Zeit brauchst, Gillian. Aber wir könnten vielleicht mal was zusammen trinken gehen. Oder essen? Wir könnten einander besser kennenlernen. Ich meine, bisher …“

„… haben wir nur miteinander geschlafen“, vollendete Gillian, als er stockte. „Ja, kennenlernen wäre schön. Aber ich kann dir nichts versprechen, John.“

„Natürlich nicht. Ich will ja auch nur eine Chance. Mehr nicht.“ Er trank seinen Espresso, stellte die Tasse dann auf den Tisch. Jetzt, in diesem Moment, hätte er Gillian so gern in seine Arme gezogen, ihren Herzschlag gespürt. Aber er wusste, dass der nächste Schritt nur von ihr ausgehen konnte.

„Eine Chance bekommst du auf jeden Fall“, sagte Gillian mit weicher Stimme. Sie lächelte voller Wärme. „Ich verdanke dir mein Leben, John. Die Polizei hätte uns niemals rechtzeitig gefunden. Wärst du nicht …“

„Nein!“ Er legte kurz seinen Finger auf ihre Lippen. „Nicht! Du hast dich schon in jener Nacht im Peak District hundert Mal bedankt. Ich möchte nicht …“

„Was?“

„Was auch immer in Zukunft zwischen uns sein wird, ich möchte nicht, dass es von Dankbarkeit bestimmt ist. Ich meine, im Fall dass du mich irgendwann anrufst, um dich mit mir zu verabreden, worauf ich zutiefst hoffe, dann tu das nicht, weil du denkst, es mir schuldig zu sein. Das wäre schrecklich. Tu es nur, wenn du es wirklich möchtest.“

Sie nickte. „Das kann ich dir versprechen.“

Sie schwiegen beide ein paar Augenblicke lang, dann sagte John: „Ich gehe dann jetzt besser. Du hast sicher eine Menge zu tun.“

„Gibt es etwas Neues von Tara?“

„Sie ist in Untersuchungshaft. Hat aber auch der Polizei gegenüber alles gestanden.“

„Was ist mit der Frau, die alles ausgelöst hat? Liza Stanford?“

John hatte mit Christy auch über Liza gesprochen. „Liza hat Anzeige gegen ihren Mann erstattet“, berichtete er. „Die Polizei hat sie in einem Frauenhaus untergebracht. Ihr Sohn ist bei ihr. Natürlich wird das alles nicht so einfach. Sie muss die Anschuldigungen gegen ihn beweisen. Dr. Westley, die eine gute Zeugin abgegeben hätte, ist tot. Und Staatsanwältin Caine, deren Aussage ebenfalls Gewicht gehabt hätte, sitzt wegen vierfachen Mordes im Gefängnis. Stanford selbst wird sich mit ganzen Heerscharen hochkarätiger Anwälte umgeben. Leider liegen die Dinge nicht allzu ungünstig für ihn, aber das bleibt alles abzuwarten. Hauptsache, sie geht nicht zu ihm zurück. Das hoffe ich zutiefst.“

„Eigentlich war sie nur ein kleiner Stein am Wegrand. Und hat eine solche Kette schrecklicher Dinge in Bewegung gesetzt."

„Sie war der Auslöser, das stimmt", sagte John. „Aber was da in Caine brodelte und seit Jahrzehnten unterdrückt wurde, hatte eine Dimension angenommen, die nur ein kleines Ventil brauchte. Wäre es Liza Stanford nicht gewesen, dann hätte Caine jemand anderen oder etwas anderes gefunden."

Er hatte recht, das wusste Gillian. Sie begleitete John zur Tür.

„Du meldest dich?", fragte er. „Lass mich deine neue Adresse wissen, ja?"

„Ja", versprach sie.

Er hob die Hand, strich ihr über die Wange, dann ging er den Weg entlang zu seinem Auto. Als er sich noch einmal umdrehte, hatte sie die Tür schon wieder geschlossen. Er war trotzdem glücklich. Geradezu schreiend glücklich.

Er blickte die Straße entlang und sah Samson auf sich zukommen. Mit dicker Wollmütze, die er sich tief in die Stirn gezogen hatte. Er wirkte betont unbeteiligt und zufällig, wie er dahergeschlendert kam, aber John dachte sofort: Er tut es schon wieder. Er lungert schon wieder um Gillians Haus herum. Als ob ihm das nicht bereits genug Ärger eingebracht hätte!

„Hallo Samson", sagte er.

Wie immer wenn er angesprochen wurde, wirkte Samson irgendwie erschrocken. „Oh, John", sagte er dann jedoch. Er machte eine Kopfbewegung in Richtung des Hauses. „Alles in Ordnung m-mit Gillian?"

„Alles in Ordnung."

„Schade, dass sie so weit wegzieht."

„Ja …", sagte John unbestimmt.

„Ich gehe ein wenig spazieren", erläuterte Samson. Er sah sorgenvoll und bekümmert aus.

John blickte zum Ende der Straße, zu dem schäbigeren Ende, dort, wo Samson wohnte. „Wie geht es so daheim?", erkundigte er sich. „Es war ja wohl nun eine Entschuldigung fällig vonseiten Ihrer Schwägerin?"

Samson schüttelte den Kopf. „Die hat sich nicht entschuldigt. Würde die nie tun. Sie hat mir nur Vorwürfe gemacht, weil ich weggelaufen bin. Und war böse, weil ich wieder da bin."

„Wie lange wollen Sie sich das noch antun, Samson? Sich in Ihrer Familie als fünftes Rad am Wagen fühlen und sich in andere Welten träumen, weil die Realität so schwer zu ertragen ist?" Im nächsten Moment taten ihm seine Worte leid. „Entschuldigung. Geht mich ja eigentlich nichts an."

„Doch. Ich meine, kein Problem", versicherte Samson. „Sie haben ja recht."

John sah ihn an und dachte an die Nacht im Peak District. Es mutete tatsächlich seltsam an, sich diesen linkischen, stotternden, unsicheren Mann als einen Retter in der Not vorzustellen, aber John musste es sich glücklicherweise nicht vorstellen, er wusste, wie es gewesen war. Samson hatte mutig und klug gehandelt, beherzt und dennoch bedacht. Er verdiente es, dass ihm endlich jemand eine Chance gab. „Wissen Sie, ich habe mir da etwas überlegt“, sagte John. „Bei mir hat letzten Freitag ein Mitarbeiter gekündigt. Das heißt, ich hätte eine freie Stelle anzubieten. Wie wäre es?“

Samson klappte der Unterkiefer hinunter. „Meinen Sie, dass ich …?“

„Sie haben doch gerade erst bewiesen, dass Sie in kritischen Momenten einen kühlen Kopf bewahren“, sagte John. „Und ich kann Ihnen versichern, die Situationen, in die die Mitarbeiter meiner Firma geraten können, sind in der Regel weit weniger gefährlich. Möchten Sie es nicht einfach versuchen?“

Samson konnte es noch immer kaum glauben. „Das wäre … das wäre …“

„Sie brauchen eine Arbeit“, sagte John, „und wenn ich Ihnen noch etwas raten darf: Ziehen Sie endlich bei Ihrem Bruder aus. Es wäre jetzt der richtige Zeitpunkt, ein neues Leben zu beginnen.“

Im Stillen fügte er hinzu: Für uns alle.

„Da haben Sie recht“, sagte Samson. Er brachte den Satz tatsächlich selbstbewusst, ohne zu zögern oder zu stottern, über die Lippen. Er stand da im hellen Sonnenlicht des Wintertages, und es war, als habe sich bereits etwas in ihm verändert. „Ja, Sie haben wirklich recht“, wiederholte er.

Er lächelte plötzlich, und John begriff, dass er Zeuge eines seltenen Moments wurde: Samson war glücklich.

„Mir ist immer das Buch, an dem ich arbeite, das nächste."

CHARLOTTE LINK

Charlotte Link, Jahrgang 1963, gehört seit Jahren zu der kleinen Gruppe deutscher Schriftsteller, deren Romane eine Bestsellergarantie zu haben scheinen. Bis zur Veröffentlichung von *Der Beobachter* wurden von ihren Romanen wie *Das Haus der Schwestern* (1999), *Die Täuschung* (2002), *Der fremde Gast* (2005), *Das Echo der Schuld* (2006) oder *Das andere Kind* (2009) allein in Deutschland 16,5 Millionen Bücher verkauft, was sie zur erfolgreichsten deutschen Autorin der Gegenwart macht.

Nicht nur ihre Leser sind von Charlotte Links Romanen gefesselt, auch die Autorin selbst kommt während des Schreibens oft kaum von ihren Figuren los. So ging es ihr etwa bei Samson, der Titelfigur ihres Romans *Der Beobachter,* einem „hochgradig gestörten Menschen, der vollkommen aus der Spur geraten ist. Solche Charaktere faszinieren mich. Ich beschäftige mich im Vorfeld des Schreibens fast rund um die Uhr mit einer solchen Figur, versuche mich langsam und beharrlich in das Denken und Fühlen dieser mir im Prinzip fremden Wesensstruktur hineinz arbeiten. Das hat viel mit Intuition, mit Einfühlen zu tun." Da stellt sich fast zwangsläufig die Frage, ob es Personen in ihrem Werk gibt, die Charlotte Link besonders ans Herz gewachsen sind. Darauf hat die Autorin eine klare Antwort: „Nein. Mir ist immer das Buch, an dem ich arbeite, das nächste, die Figuren stehen mir ganz nah, besetzen mich rund um die Uhr. Es fällt mir am Ende nie ganz leicht, mich von ihnen zu trennen. Sie werden dann jedoch von ihren Nachfolgern abgelöst." Und wie sieht ihr nächstes Projekt aus? „Sorry. Darüber spreche ich wirklich nie!"

Die Inselärztin

Carin Winter

Wenn Florian doch nur ein wenig von Georgs Zuverlässigkeit und Ernsthaftigkeit hätte, dachte sie, oder Georg ein Stück von Florians Unbekümmertheit und Spontaneität! Warum kann man aus diesen beiden nicht einen einzigen Traummann machen?

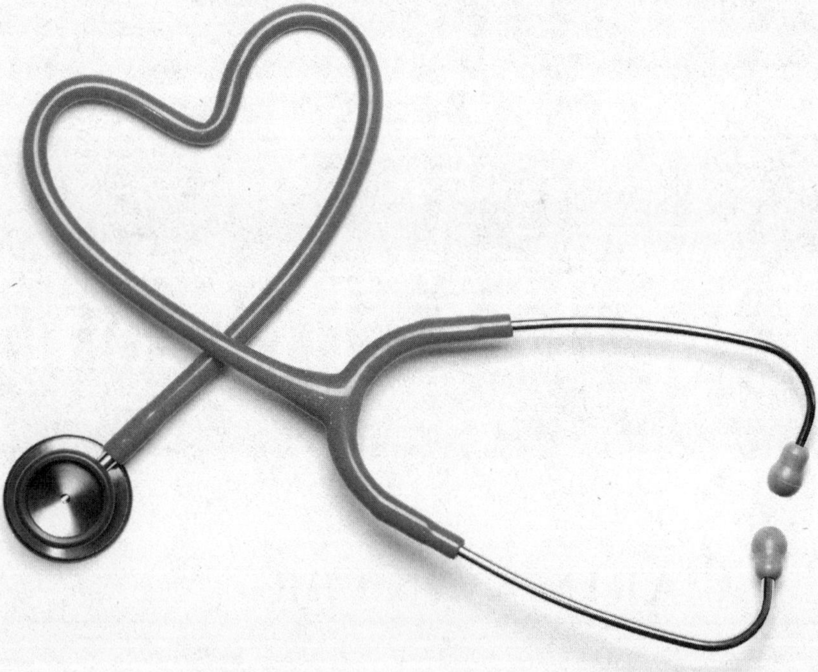

1

Gut eingeführte Arztpraxis in Vitte auf Hiddensee abzugeben, engagiertes Personal vorhanden, Einzugsgebiet 1200 Einwohner", stand in der Anzeige im *Ärzteblatt*.

Viola hatte sich ein wenig lustlos an ihren Schreibtisch gesetzt, um die Angebote durchzusehen, aber nun hob sie den Kopf. Hiddensee! Irgendwo tief in ihrem Gedächtnis hatte dieser Begriff wie Dornröschen im Schlaf gelegen und war nun plötzlich wieder aufgewacht, verbunden mit dem Bild eines grauhaarigen alten Mannes mit gütigen Augen und erhobenem Zeigefinger beim Erzählen.

Großvater, dachte sie, unser Großvater von Rügen, der in einem kleinen, mit Stroh gedeckten Pfarrhaus in Rappin aufgewachsen war, mit sechs Geschwistern. Und der unzählige Geschichten und Sagen von den Inseln Rügen und Hiddensee gewusst hatte.

„Wenn ich einmal im Ruhestand bin", pflegte er am Schluss immer zu sagen, „dann werde ich nach Hiddensee umsiedeln, und dort möchte ich begraben werden, auf dem Friedhof neben der Kirche, zwischen den alten Seeleuten, die mir all diese Geschichten erzählt haben."

Leider ging sein Wunsch nicht in Erfüllung, und nun ruhte er in Rappin, wo er bis zuletzt gelebt hatte.

Aber genau auf dieser kleinen Insel an der Westküste von Rügen wurde jetzt ein Arzt gesucht. War das ein Wink des Schicksals?

Viola schob den Stuhl zurück, trat an das Regal neben dem Schreibtisch und holte sich den Autoatlas herunter. Tatsächlich, da befand sich Hiddensee, schmal, lang gezogen, die südliche Spitze nicht weit vom Festland entfernt. Rechts direkt daneben Rügen, sehr viel größer. Man musste schon genau hinsehen, um festzustellen, dass Hiddensee nicht einer der langen Zipfel Rügens war, sondern eine eigene Insel.

Und ganz weit weg von München, dachte Viola. Das ist schon mal gut.

Sie erhob sich und stellte das schwere Buch wieder zurück. Dabei fiel ihr Blick auf das Foto, das immer noch in einem hellen Holzrahmen im Regal stand. Jochen, Oberarzt in der Chirurgie, 42 Jahre alt, geschieden, zwei Kinder, lachte mit blitzenden Augen in die Kamera. Ein gut aussehender Mann mit hellem, dichtem Haar und selbstbewusster Haltung. Er hatte den rechten Arm locker um Violas Schultern gelegt, und sie, einen Kopf kleiner als er, sah ihn strahlend an, die rotbraunen Locken wie immer ein wenig zerzaust, die schmale Nase mit einem leichten Schwung nach oben, Mund und Kinn energisch, immerhin. Das Beste, fand sie, waren ihre Augen, groß und von einem hellen Grau. Sprechende Augen, hatte Jochen immer gesagt.

Wenn man allerdings genauer hinsieht, dachte sich Viola, kann es dann vielleicht sein, dass Jochen gar nicht die Kamera anlacht, sondern sein Strahlen der attraktiven Kollegin gilt, die das Foto geschossen hat? Warum hatte sie das nie bemerkt?

Viola packte das Bild und knallte es in den Eimer neben dem Schreibtisch. Das hätte sie schon vor Wochen machen sollen, aber diesen letzten, endgültigen Schlusspunkt unter ihre Liebesgeschichte mit Jochen zu setzen, hatte sie sich bisher noch gescheut.

Doch jetzt spürte sie wieder ihre alte Entschlusskraft, und das schien mit einer kleinen Insel in der Ostsee zusammenzuhängen.

Sie setzte sich an den Schreibtisch und sah sich die Anzeige im *Ärzteblatt* noch einmal an. Dann griff sie nach dem Telefon.

Ja, die Praxis sei noch nicht vergeben, erklärte ihr eine sympathische Frauenstimme, die sich mit „Gemeindeverwaltung Hiddensee“ gemeldet hatte. „Wir haben schon mehrere Bewerbungen und werden dieses Mal sehr genau abwägen, wer zu uns passt. Mit unserem letzten Arzt haben wir keine gute Erfahrung gemacht.“

„Was war denn mit ihm nicht in Ordnung?“, wollte Viola wissen.

„Er hat die Praxis vor einem Jahr übernommen, nachdem unser bisheriger Arzt nach vierzigjähriger Tätigkeit abgemustert hat. Und zehn Monate später ist er nach Rostock verschwunden mit der Bemerkung, er habe es sich anders vorgestellt.“

Ich weiß eigentlich auch nicht, was auf dieser Insel auf mich zukommt, dachte Viola, aber da klärte die junge Frau sie auch schon auf: „Im Winter geht es hier gemächlich zu, da gibt es nur die Inselbewohner zu versorgen. In den Sommermonaten allerdings kommen die Urlauber und die Tagesgäste, da bleibt nicht viel Zeit zum Segeln oder um am Strand zu liegen, das müssen Sie sich klarmachen. Andererseits“, fügte sie nach einer kurzen Pause hinzu, „ist Hiddensee der Ort mit den meisten Sonnenstunden in Deutschland. Und wenn Sie Ruhe und Stille suchen, die finden Sie hier auf jeden Fall.“

Wollte sie Ruhe und Stille? Auch das war ungewiss. Aber nun hatte Viola schon den ersten Schritt getan, und sie würde nicht wieder zurückrudern.

Alles Weitere passte. Die Ablösesumme war erschwinglich, was aber auch bedeutete, dass man sich nicht unbedingt eine goldene Nase verdienen konnte. Doch das war ihr nicht wichtig. Sie solle so bald wie möglich ihre Bewerbungsunterlagen schicken, man werde ihr dann Bescheid geben. Die Entscheidung liege vor allem bei den Einwohnern.

Dr. Viola Herz, 34 Jahre alt, wieder Single und mit in den Papierkorb entsorgten Träumen und Wünschen, stand noch einmal auf und ging zum selben Regal, in dem nicht nur der Autoatlas seinen Platz hatte, sondern auch alle ihre Ordner, ihre medizinischen Bücher, ein kleiner anhänglicher Teddybär, der immer dabei gewesen war, wohin es sie auch gezogen hatte in den letzten Jahren, und daneben ein Glas mit Sand und Muscheln. Sie war früher oft am Meer gewesen, schließlich stammte sie aus Hamburg, und da war die Küste nicht weit.

Sie nahm die Akte heraus, die ihr ganzes Leben enthielt, und sah die einzelnen Papiere durch.

Ihr Lebenslauf las sich beruhigend einfach: Grundschule, Gymnasium, Abitur, Medizinstudium. Dann die erste Stelle in der Hamburger Klinik bei ihrem Vater, der dort Chefarzt war. Und danach der Rutsch nach Süden. Seit vier Jahren war sie nun schon hier in München. Mit der Ausbildung zur Allgemeinärztin war sie fertig, nur die Kassenzulassung fehlte noch. Aber die würde sie im Handumdrehen bekommen.

Und vor zwei Jahren hatte sie Jochen kennengelernt, den Herrn Oberarzt, den begehrtesten Mann auf der Station. Sein Charme, seine Wärme und die Tatsache, dass er sie ziemlich schnell ganz offen umworben hatte, hatten sie damals fast schwindlig vor Glück werden lassen.

„Jetzt hole ich dich doch noch ein", hatte sie ihrer älteren Schwester Ina freudestrahlend am Telefon erklärt. „Ich habe vor, so schnell wie möglich eine Tochter und einen Sohn zu bekommen, dann bist du mir mit deinen zwei Kindern nicht mehr voraus."

„Glückwunsch!" Ina lachte. „Ich freue mich für dich, Viola. Wann ist denn die Hochzeit?"

„Wir haben uns Weihnachten vorgenommen, wenn Jochens Kinder Ferien haben. Du wirst natürlich eingeladen, und ich hoffe, dass du mit der ganzen Familie anreist!"

Doch dann war alles ganz anders gekommen. Jochen hatte seinen Charme und seine Wärme auch mit anderen Frauen geteilt, immer wieder. Zuletzt war es eine Diätassistentin gewesen, eine dunkelhaarige, rassige Schönheit, die Viola mit spöttischem Blick musterte, wenn sie ihr begegnete.

Und so hatte sie schließlich die Konsequenz gezogen und gekündigt. Ihren Arbeitsplatz und ihrem Oberarzt. Und sie war wieder in ein möbliertes Zimmer gezogen, nachdem sie in Jochens eleganter Wohnung so lange Zeit viel Raum und Luxus genossen hatte.

Wie viele Tränen und schlaflose Nächte sie das alles gekostet hatte, hatte sie niemandem erzählt. Und wie viel Kraft, nach Jochens Anrufen nicht sofort wieder zu ihm zu fahren und in seine Arme zu sinken.

Viola lehnte sich auf dem Stuhl zurück und hing ihren Gedanken nach, die immer noch viel zu oft um diesen verdammten Mann kreisten. Sie sah sein Gesicht vor sich mit dem ansteckenden Lächeln, sie dachte daran, mit welcher Begeisterung er immer seinen Rucksack packte, wenn es ihn in die Berge zog, an die ruhige, feste Art, wenn er im Operationssaal seine Instrumente einsetzte, an seine Zärtlichkeit und Wärme, wenn sie bei ihm war. Aber mit Täuschungen und Ausflüchten konnte sie nicht leben.

Viola schrak hoch, als der graue Tigerkater, der schon die ganze Zeit neben ihrem Stuhl gelauert hatte, plötzlich mit einem weichen Sprung auf ihrem Schoß landete.

„Pauli“, sie kraulte ihn leicht im Nacken, und er fing an, wohlig zu schnurren, „willst du nach Hiddensee? Mit mir zusammen? Aber sicher willst du. Es ist ziemlich weit, wir werden einen ganzen Tag unterwegs sein, aber es wird dir dort gefallen. Es gibt Sand und Meer und strohgedeckte Häuser und viele, viele Vögel, und vielleicht auch einen Leuchtturm. Aber der interessiert dich wahrscheinlich weniger.“

Pauli schnurrte leise und legte sich bequem auf Violas Schoß zurecht. Und Viola griff jetzt endlich nach ihren Unterlagen und schrieb ihre Bewerbung.

Als Viola eine Stunde später aus dem Haus trat, blieb sie überrascht stehen. Die Luft war kalt und klar, auf dem Gras im Vorgarten lag im Schatten eine glitzernde Reifschicht. Daneben, wo die Sonne bereits angekommen war, hatte sie die Eiskristalle schon geschmolzen, und winzig kleine funkelnde Wassertropfen hingen an den Grashalmen.

Wo war sie die letzten Wochen eigentlich gewesen? Hatte sie sich so in ihrem Kummer vergraben, dass sie kein Auge mehr für die Schönheit ihrer Umgebung gehabt hatte? Andererseits hatte der Januar bis jetzt fast ausschließlich Nebel und trübe Wolken geboten, und so konnte sie sich nicht vorwerfen, nur aus lauter Niedergeschlagenheit bis auf den Tiefpunkt abgesackt zu sein.

Aber jetzt schien die Sonne, und als würde sie Violas Trübsinn ebenso wegschmelzen wie die Eiskristalle auf dem Gras. Es mochten weitere Tage kommen, an denen sie deprimiert war, aber nie, nie wieder würde sie wegen eines Mannes wochenlang abtauchen und das Leben an sich vorbeigehen lassen, das nahm sie sich fest vor.

Langsam und tief die kalte Luft einatmend, ging Viola mit dem Umschlag, der ihre Bewerbung enthielt, zum Briefkasten. Der Kater Pauli lief zunächst eine kleine Strecke hinter ihr her, drehte dann aber wieder um. Auf einem Holzstapel neben dem Haus wartete er in der Sonne auf seine Herrin.

Viola entschloss sich, noch einen kleinen Abstecher in die Bücherei zu machen. Sie wollte sehen, was es dort an Büchern zu Hiddensee gab. Außer den Sagen und Geschichten von ihrem Großvater und dem Klang seiner Stimme mit den immer wieder eingestreuten Wörtern auf Plattdeutsch wusste sie nicht viel über die Insel. Und jetzt war sie neugierig, auf was sie sich da überhaupt einlassen wollte.

„Die Insel Hiddensee ist ungefähr 17 km lang und maximal 3,7 km breit“, las sie. „Sie erinnert in der Form an ein Seepferdchen.“ Stimmt, mit einiger Fantasie konnte man tatsächlich dieses kleine Wassertier erkennen.

„Im Norden befindet sich der Dornbusch, ein bis zu 72 m hohes, hügeliges Gelände mit Wald, im Süden ist die Insel flach mit Dünen, Heide, Salzwiesen und Sand. Es gibt vier Dörfer auf Hiddensee. Ganz im Norden Grieben, das nur aus wenigen Häusern besteht. Dann Kloster mit Heimatmuseum, Inselkirche, Gerhart-Hauptmann-Haus und Künstlergalerien.“ Kultur konnte man also auch erwarten.

Dann gab es noch Vitte, den Hauptort, in dem sich die Arztpraxis befand, sowie ein kleines Fischerdorf am Südende der Insel namens Neuendorf mit seinem alten Ortsteil Plogshagen. Neuendorf war denkmalgeschützt, also sicher sehr romantisch. Die Einwohnerzahl lag bei um die 1200 für die ganze Insel, und in Vitte wohnten gerade mal 600 Insulaner.

„Die Insel ist autofrei.“ Ach du liebe Zeit, wie sollte sie da ihre Besuche machen? „Ausnahmen sind landwirtschaftliche Zugmaschinen, Feuerwehr, Polizei sowie Arzt und Rettungsdienst.“ Sehr schön, das hätte sie sich denken können. Damit konnte man leben.

Nach einer halben Stunde ging Viola langsam und nachdenklich wieder heimwärts. Pauli erwartete sie auf dem Holzstoß. Er schnurrte wohlig, als sie ihn streichelte; sein Fell war sonnenwarm und seidig.

„Sonne“, teilte Viola ihm mit, „Sonne gibt es auf Hiddensee reichlich. Ich glaube, es könnte dir dort gefallen. Wie es mit mir ist, weiß ich noch nicht. So ganz allein … Aber egal wo ich demnächst lande, allein werde ich auf jeden Fall erst einmal sein.“

2

Drei Wochen später war Viola mit ihrem vollgepackten Kombi unterwegs in Richtung Norden. Auf dem Nebensitz Pauli in seinem Transportkorb.

Viola fuhr gemächlich. Es regnete, einzelne Schneeflocken mischten sich unter die Tropfen, aber je weiter Viola vorankam, desto heller wurde es.

Viola fragte sich, wie es jetzt wohl in der Klinik in München aussah. „Vielleicht ist gerade Visite“, sagte sie zu Pauli. „Weiße Kittel, strenge Hierarchie, der Chef vorne, dann der Oberarzt, dahinter Assistenten, schließlich Frau Dr. Viola Herz, schon an der Grenze zu den Pflegerinnen, ganz hinten ein oder zwei Schwesternschülerinnen. So war das. Eigentlich lächerlich, immer noch diese Halbgott-Mentalität. Deshalb wollte ich ja auch irgendwann einmal eine eigene Praxis. Zusammen mit Jochen.“

Sie seufzte. Jochen hatte bis zum letzten Tag mehrmals angerufen und sie von ihrem Entschluss, die Praxis auf Hiddensee zu übernehmen, abbringen wollen, der Schuft, und es war Viola nicht immer leichtgefallen, fest zu bleiben. Wenn sie seine Stimme am Telefon gehört hatte, war die alte Sehnsucht wiedergekommen, aber auch der alte Zorn.

„Dabei ist er immer noch mit seiner neuen Flamme zusammen, und die wird nicht die letzte bleiben“, stellte sie verbittert fest und schlug mit der Faust aufs Lenkrad, sodass Pauli erschrocken zusammenzuckte.

Eigentlich, überlegte sie, gehört so ein Mann verboten. Viel zu leicht hatte er Erfolg bei den Frauen, mit seinem Lächeln und seiner zielstrebigen Art, sie zu umwerben. Und vor allem mit dieser gewissen hauchdünnen Spur von Melancholie im Hintergrund seiner Augen – damit konnte er jedes Herz rühren. Warum schmelzen Frauenherzen nur so schnell, wenn sie meinen, bei einem Mann heimlichen Weltschmerz zu spüren? Und letzten Endes ist es dann gar kein heimlicher Weltschmerz, sondern vielleicht nur unheimliches Selbstmitleid.

Also war ihr zum Schluss nichts anderes übrig geblieben, als das Gefühl aus- und den Verstand einzuschalten. Und nun war sie unterwegs. Und voller widersprüchlicher Empfindungen. Sie war aufgeregt und neugierig, hatte aber auch Angst vor dem eigenen Mut und Zweifel, ob die Entscheidung richtig war.

Was würde sie vorfinden in Hiddensee? Würde sie es schaffen, die Praxis weiterzuführen? Würde sie mit den Inselbewohnern klarkommen? Würde sie es überhaupt aushalten auf so einer kleinen Insel? Sicher war sie keineswegs.

Zwei Tage vor ihrer Abfahrt hatte sie Panik überkommen. Sie hatte sich ans Telefon gehängt und ihre Schwester Ina angerufen, vier Jahre älter und weiser als Viola.

„Ina, ich sage den Insulanern ab", hatte sie hervorgestoßen, „ich komme nach Hamburg. Was soll ich ganz allein auf einer Insel? Und noch dazu im Winter! Ich werde die Leute dort nur enttäuschen, wenn ich es auch nicht aushalte wie der Arzt vorher. Und wer weiß, vielleicht mögen sie mich gar nicht!"

„Sie mögen dich jetzt schon, Viola", hatte Ina energisch widersprochen. „Sie haben sich für dich entschieden, weil du eine Frau bist, also sind bereits fünfzig Prozent der Einwohner auf deiner Seite. Und es gibt zwei Sprechstundenhilfen und Rettungssanitäter, das hast du mir letzte Woche alles selbst erzählt. Außerdem hast du eine gute Ausbildung, du warst fast ein Jahr lang in einer Landpraxis in Bayern, und du liebst deinen Beruf. Das zählt, Viola. Die Menschen auf einer Insel haben keine anderen Krankheiten als die auf dem Festland."

„Und wenn ich den Inselkoller bekomme?"

„Dann lauf am Meer entlang, bis du außer Atem bist, und hinterher rufst du mich an, abgemacht?"

Viola hatte gelacht. „Gut, das mit dem Absagen war auch nicht so ganz ernst gemeint. Trotzdem, in einer Ecke meines Herzens sitzt ein kleines Kind und hat schlicht und einfach Angst."

„Das gehört dazu", hatte die große, weise Schwester gemeint, „und wenn du es schaffst, die Insel zu erobern, dann wirst du ein ganzes Stück gewachsen sein."

Viola runzelte die Stirn, als sie an Inas Worte dachte. Sie hat gut reden, diese gestandene Familienmutter mit zwei gut erzogenen Kindern, dachte sie, sie hat ihren Platz gefunden. Während ich mal wieder auf der Suche bin.

Sie holte sich einen Keks aus der Packung neben Paulis Korb. „Pauli", sagte sie kopfschüttelnd zu dem Kater, „noch nie hat mein Leben so einen ungeplanten Satz in eine andere, ungewisse Richtung gemacht."

Ja, immer war jemand da gewesen und hatte gewusst, wo es für sie langging, zuerst ihr Vater, dann Jochen. Vielleicht hatte diese ganze Geschichte sogar etwas Gutes, vielleicht musste sie sich wirklich einmal allein durchbeißen.

„Und außerdem habe ich ja dich", sagte sie zu Pauli und kraulte ihm durch das Gitter seiner Behausung mit dem Zeigefinger das Fell.

HIDDENSEE konnte man von Stralsund aus in zwei Stunden mit dem Personenschiff erreichen. Oder aber man fuhr nach Rügen und nahm von Schaprode aus die kürzere Strecke übers Wasser mit der Fähre.

Es gab auf Hiddensee drei Anlegestellen, in Kloster, Vitte und Neuendorf; Viola wurde in Vitte erwartet. Sie musste also über den Rügendamm und zu dem kleinen Schaproder Hafen, da sie ihren Kombi auf die Insel mitnehmen durfte. Die Genehmigung dafür hatte sie in der Tasche – ein erstes Privileg als angehende Inselärztin.

Der Hafen von Vitte war klein und gut überschaubar, mit drei Anlegestellen für die Fähren. Ein halbes Dutzend Fischkutter lag an der Längsseite des Hafens, Scheinwerfer waren installiert, damit die Fischer auch bei Nacht landen konnten. Ein gepflasterter Platz umgab den Hafen, an einer Stelle waren Fahrräder abgestellt. Gepflegte Häuser mit tief herabgezogenem Walmdach standen um den Platz. Auf dem Wasser trieben einige Eisschollen, man hatte also Frost gehabt in letzter Zeit.

Auf dem Kai, an dem die Fähre festmachte, standen zwei Frauen, beide ohne Mütze und mit sturmerprobter Kurzhaarfrisur. Die eine war älter, grauhaarig, ein wenig füllig, im langen dunklen Wintermantel, die andere blond, jung, mit vom Wind geröteten Wangen. Das musste das „engagierte Personal“ aus der Anzeige sein. Sie standen ganz ruhig da und musterten die paar Fahrgäste, die von Bord kamen.

Als Viola auf sie zuging, kam Bewegung in die Ältere der beiden. Sie streckte die Hand aus und trat ihr entgegen. Mit einem festen Händedruck und den Worten: „Sie sind sicher unsere neue Ärztin“, wurde Viola empfangen. „Ich bin Lisa Jensen“, erklärte die Frau und lachte Viola an, „Sprechstundenhilfe und Haushälterin in einem, wenn gewünscht.“

Lisa hatte ein liebenswürdiges breites Gesicht mit klaren grauen Augen, ihre Hand war warm wie ein kleiner Ofen, und unter ihrem Mantel steckten zwei feste Beine in dicken Gummistiefeln.

„Und das ist Doris“, fuhr sie fort und winkte ihre Kollegin heran, „Krankenschwester, sie hilft nachmittags in der Praxis aus.“

Der Händedruck von Doris fiel weicher aus, ein wenig zögerlich, aber über ihr schmales Gesicht mit der glatten Stirn über aufgeweckten Augen glitt ein warmes Lächeln. „Willkommen auf Hiddensee, Frau Doktor“, sagte sie. „Wir sind froh, dass Sie so schnell kommen konnten.“

Für einen kurzen Moment zuckte Viola bei diesem „Frau Doktor“ zusammen. In der Klinik war das anders gewesen, da war sie eine unter vielen, aber hier war sie die einzige Frau Doktor weit und breit.

„Danke“, erwiderte sie. „Es ist alles noch sehr ungewohnt für mich, immerhin ist es meine erste eigene Praxis.“

„Wir drei werden es schon schaffen“, erwiderte Lisa aufmunternd. „Und dann gibt es ja auch noch das Rettungsfahrzeug und den Hubschrauber für

Notfälle und die Kollegen auf Rügen, die Sie immer anrufen können, wenn nötig. Also machen Sie sich mal keine Sorgen. Und nun holen Sie Ihr Auto, und dann fahren wir ins Arzthaus, und Sie trinken erst einmal eine heiße Tasse Tee, wenn Sie mögen."

Praxis und Wohnung lagen in einem hübschen Backsteinbau mitten in Vitte, mit kleinen Erkern und einem Giebel mit Balkon nach Süden. Leider hatte das Haus kein Reetdach. Trotzdem, von außen sah es sehr heimelig aus. Im Erdgeschoss befanden sich die Praxisräume, die wollte Viola sich später ansehen. Im ersten Stock, schon halb unterm Dach, kam man in die Wohnung: eine große gemütliche Küche mit Holztisch und Eckbank, ein Wohnzimmer mit ebenfalls viel Platz und nur einem Kachelofen, einem in die Jahre gekommenen Sofa und einem Tischchen davor. Dafür konnte man durch das Giebelfenster auf den Balkon treten und hatte vor allem einen wunderschönen Blick auf das Meer. Ganz nah war es, nur wenige Häuser und ein schmaler Dünenkamm lagen dazwischen.

In Schlaf- und Arbeitszimmer warf sie nur jeweils einen kurzen Blick, für mehr war später noch Zeit. Jetzt gab es erst einmal Tee! In der Küche war es wunderbar warm, endlich konnte man die Wintersachen ausziehen.

Doris machte sich schon am Herd zu schaffen, und Lisa holte die Tassen aus dem Schrank. Viola stellte den Katzenkorb auf den Boden und befreite Pauli. Der Kater kam vorsichtig heraus, schaute sich skeptisch um und begann, seine neue Umgebung zu erkunden.

Draußen wurde es langsam dunkel, als alle drei um die dampfende Teekanne saßen. Ein Marmorkuchen stand auf dem Tisch. Doris hatte ihn gebacken, wie sie verlegen gestand, und Viola fühlte sich an ihre erste Studentenbude in Tübingen erinnert. Damals war sie aus Hamburg gekommen, verfroren und bereits voller Heimweh, und die Wirtin hatte sie zuerst in ihre Küche eingeladen, auch zu Marmorkuchen.

„Ihrer Sprache nach sind Sie nicht nur in Hamburg geboren, sondern auch aufgewachsen, richtig?", fragte Lisa. „Sie müssten das Meer also gut kennen. Und die Sorte Menschen auf einer Insel."

„Oh ja", entgegnete Viola und lächelte, „ich bin ein richtiges Nordlicht, komme also gut mit dieser Art zurecht. Ich bin selbst ein Sturkopf."

„Und was hat Sie im Süden festgehalten?" Lisa machte keinen Hehl aus ihrer Neugier, aber schließlich konnte sie Violas Mutter sein, da durfte man schon ein wenig nachforschen.

„Der Reiz des Neuen", erklärte Viola. „Und später ein Mann", setzte sie hinzu.

„So, ein Mann! Und der wollte nicht mitkommen?"

„Vor allem wollte ich das nicht."

„Aha, Klarschiff gemacht und allein in See gestochen", stellte Lisa zufrieden fest.

Von Doris kam ein leises Lachen. „Ein Lieblingswort von Lisa", teilte sie Viola mit. „Klarschiff machen, das ist ihr wichtig."

Lisa schnitt noch einmal von dem Kuchen ab. „Greifen Sie zu, Frau Doktor, Sie können ein paar Pfund mehr auf den Rippen gut vertragen. Im Gegensatz zu mir." Sie blickte Viola auffordernd an.

Diese Frau, dachte Viola, ist ein Muttertier und ziemlich resolut, sie nimmt kein Blatt vor den Mund. Aber was soll's, wir werden uns schon vertragen.

Als hätte Lisa ihre Gedanken erraten, sagte sie schmunzelnd: „Um es gleich klarzustellen: Ich bin keine typische Insulanerin, ich stamme aus dem Rheinland, deshalb trage ich auch das Herz auf der Zunge. Sie müssen also nicht befürchten, dass alle hier so gesprächig sind. Die Männer sowieso nicht. Die werden am Anfang eher zurückhaltend reagieren. Mein Mann gehört auch dazu. Er ist hier geboren. Na, ich hoffe, er hat es nicht bereut, dass er mich hergeholt hat."

„Gibt es denn viele aus dem Westen auf der Insel? Sind die überhaupt erwünscht?" Das war Viola schon lange im Kopf herumgegangen, schließlich hatte Hiddensee in der DDR gelegen, und sie war ein Wessi.

„Nun, die Gemeinde hat gleich nach der Wende den bisherigen Bürgermeister abgesetzt und sich einen aus Helgoland geholt. Die Hiddenseer leben nicht hinter dem Mond. Und nun haben wir auch noch eine Ärztin aus Hamburg. Die Leute sagen: ‚Hierher ist der Sozialismus nie richtig gekommen, und mit dem Kapitalismus wird's genauso gehen. Wir sind eben ein eigenes Völkchen', und sie sind stolz darauf. Keine Sorge also, Sie haben nichts zu befürchten."

„Wieso habe eigentlich ich das Rennen gemacht?", fragte Viola. „Ich habe bisher nur erfahren, dass nach hundert Jahren Arzt zur Abwechslung einmal eine Ärztin genehm wäre. Aber das kann doch nicht alles sein."

„Es war der alte Wenzel", bemerkte Doris.

„Ach, der alte Wenzel!" Lisa fegte vor Ärger beinahe ihre Tasse vom Tisch. „Der wollte doch nur mal wieder das letzte Wort haben. Wir hatten eine Gemeindeversammlung", wandte sie sich an Viola, „und wichtige Punkte waren erstens, Sie sind in Hamburg geboren, zweitens, Sie können sofort anfangen, drittens, Sie sind eine Frau, und viertens, Sie kommen aus einer Arztfamilie. Wir hatten am Schluss zwei Favoriten, Sie und noch eine Kollegin. Und da stand der alte Wenzel auf."

„Er ist einer der ältesten Einwohner hier, sechsundachtzig", erklärte Doris mit heiterer Stimme. „Und er hat auf Platt ganz energisch zum Bürgermeister gesagt, er kenne Ihren Großvater, er habe mit ihm in Rappin als Junge gespielt. Sein Vater sei oft mit ihm drüben im Pfarrhaus gewesen. Es stand in Ihrem Lebenslauf, das mit dem Großvater."

„Nein, das gibt's doch nicht!" Viola schüttelte den Kopf. „Und daran erinnert er sich noch? Ich habe meinen Großvater im Lebenslauf erwähnt, weil er mir wichtig ist. Er hat mir sozusagen vom Himmel herunter den Tipp gegeben, mich hier zu bewerben. Aber dass er auch noch bei der Entscheidung eine Rolle gespielt hat …" Sie legte lächelnd ihre Hände um die warme Teetasse.

„Sie haben ihn in guter Erinnerung", bemerkte Doris.

„Ja, er hat mir immer Geschichten erzählt, und in seinen letzten Jahren hat er sogar einige kleine Bücher auf Plattdeutsch geschrieben. Meine Mutter hat sie mir geschickt, ich wusste das gar nicht."

„Das ist gut, dann können Sie gleich Platt lernen. Das mögen die Leute, vor allem die älteren", versicherte Lisa.

Stille trat ein, Pauli kam in die Küche und legte sich auf seine Decke neben der Tür. Er kuschelte sich ein und schloss wohlig die Augen.

Auf einmal war Viola nur noch müde. Sie wollte nicht mehr reden, sondern bloß noch eine Weile am Fenster stehen, hinaussehen in die Dunkelheit, und ankommen. Sie hob den Kopf und sah Doris, die sie beobachtet hatte, in die Augen.

Doris nickte. „Ich glaube, wir sollten nun gehen", sagte sie, stand auf und zog Lisa mit sich hoch. „Unsere Frau Doktor braucht jetzt Ruhe." Und dann waren sie auch schon auf der Treppe. „Gute Nacht, und bis morgen", hörte Viola sie noch rufen, dann war alles still.

Das gesamte Gepäck, all die Kartons und Koffer, stand noch im Flur. Egal, morgen war auch noch Zeit zum Auspacken.

3

Am nächsten Morgen, einem Samstag, wurde Viola von Pauli geweckt, der über die Bettdecke spazierte und sie anschnurrte. Er hatte Hunger. Also stand sie auf und holte eine Packung Trockenfutter. Dann drehte sie im Wohnzimmer und im Bad die Heizung auf. Ölzentralheizung, also war sie doch nicht ganz am Ende der Welt!

Es war kalt im Schlafzimmer. Frierend kroch sie wieder unter die Decke, sah sich aber jetzt erst einmal bei Tageslicht in dem Raum um: ein Kleiderschrank aus hellem Holz, zwei Nachttischchen rechts und links des Bettes, eine kleine Kommode unterm Fenster, Holzdielen auf dem Fußboden und ein bunter Webteppich. Nicht üppig, aber ausreichend. Vor den beiden Sprossenfenstern hingen hellblau-weiß karierte Vorhänge.

Viola schüttelte lächelnd den Kopf. Sie war ganze 34 Jahre alt und hatte noch nie in ihrem Leben eigene Möbel besessen. In Hamburg hatte sie bei ihren Eltern gelebt, in einer vornehm eingerichteten großen Villa, einen ganzen Trakt hatte sie dort für sich gehabt. Und in München war sie zuerst in einem möblierten Zimmer untergekommen. Später hatte Jochen ihr erklärt, sie brauche sich nichts anzuschaffen, sie könne bei ihm einziehen. Was sie dann auch tat. Bei ihm wohnte sie in Schwarz und Weiß, mit einigen bunten Kunstdrucken an den Wänden und seidenen Kissen auf dem Sofa.

Aber hier, hier gab es Entfaltungsmöglichkeiten, was das Einrichten betraf. Zum ersten Mal in ihrem Leben musste sie sich Gedanken darüber machen, was ihr wirklich gefiel. Im Wohnzimmer befand sich außer dem alten Sofa in Dunkelgrün und dem kleinen Tisch davor noch gar nichts, der Fernseher stand auf dem Boden. Das Arbeitszimmer enthielt einen Schreibtisch, einen Stuhl und ein Regal. Der Vorgänger, der nur zehn Monate da gewesen war, hatte seine eigene Ausstattung beim Auszug wieder mitgenommen. Die vorhandenen Möbel waren von der Gemeinde gestellt worden, sie könne sie übernehmen, wenn sie wolle, hatte ihr Lisa erklärt.

Aber das hatte noch Zeit.

Zum ersten Mal fiel Viola die Stille auf, die sie umgab. Von draußen waren nur wenige Geräusche zu hören. Ein Pferdewagen fuhr mit Geklapper vorbei, die Stimmen von zwei Frauen klangen herauf, und ein kleiner Vogel sang sein Morgenlied.

Nach einer Weile raffte Viola sich auf und stieg aus dem Bett. Im Bad war es inzwischen angenehm warm, und sie duschte und wickelte sich anschließend in ihr großes Handtuch. Dann stellte sie sich vor den Spiegel, der über dem Waschbecken hing. Fast hätte sie erwartet, eine Fremde zu sehen; noch vor nicht allzu langer Zeit war sie die Freundin des angesehenen Oberarztes in der Klinik gewesen, mit Aussicht auf ein elegantes Heim, eine gesicherte Zukunft und ein oder zwei Kinder. Jetzt stand sie im Badezimmer eines alten Ziegelsteinhauses auf Hiddensee und wusste nicht, was auf sie zukommen würde. Immer noch hatte sie das Gefühl, ihr Leben, das bisher so geradlinig verlaufen war, habe plötzlich eine unerwartete Wendung genommen, wie ein Hase, der sich noch in der Luft herumwarf und dann in einer anderen Richtung weiterlief.

War sie ein Hase?

Im Moment fühlte sie sich so.

Viola, lass dich nicht hängen, hörte sie ihren Vater sagen.

Kind, einen Schritt nach dem anderen, ergänzte ihre Mutter.

Und genau das wollte sie tun. Der nächste Schritt bestand darin, sich anzuziehen und einen Gang zum Meer zu machen. Vielleicht würde ihr der Wind die Zweifel über die See hinwegpusten. Und dann war sie hoffentlich gut gerüstet für das weitere Programm: die Einrichtung der Praxis eingehend in Augenschein nehmen, sich von Lisa über Organisation und Abläufe hier informieren lassen, und auspacken musste sie ja auch noch. Morgen war Sonntag, und am Montag sollte ihr zu Ehren ein Empfang im Rathaus stattfinden.

Sobald Viola aus dem Haus trat, fühlte sie sich besser. In der Nacht hatte es geregnet, nun nieselte es noch leicht. Viola wandte sich nach links, entlang der schmalen Straße Süderende. Auf beiden Seiten standen schmucke einstöckige Häuser mit weißen Außenwänden, manche mit Reet gedeckt, manche mit leuchtend roten Ziegeln. Kleine Giebel, die ihr vorkamen wie Augen, die aufs Meer hinaussahen, saßen auf den Walmdächern. Bald bog Viola nach rechts in einen kurzen Seitenweg ein, der nach dem letzten Haus in einen schmalen Fußweg überging und in die Dünen führte. Sie waren mit Seegras, niederem Heckenrosengestrüpp und kleinen, sich tief duckenden Büschen bewachsen. Dann kam sie über den Dünenkamm, und einige Meter unter ihr lag der Strand und dahinter das Meer, endlos bis zum Horizont, grau, blau, grün, mit einzelnen weißen Wellenkämmen. Der Himmel war bedeckt, aber ganz hinten war ein heller Streifen zu sehen, dort, wo die Wolken bereits lichter wurden.

Das war Hochgefühl pur!

Viola konnte nicht anders, sie breitete die Arme aus und lief auf den Strand hinunter, über angespülte Holzstücke, Seetang und Muscheln bis zum Wasser. Es begrüßte sie, zog sich zurück, kam ihr wieder entgegen. Sie holte tief Luft. Sie war kein Hase mehr, jetzt war sie wie ein Vogel, der sich im Sturm wiegte und die Welt von oben sah.

Nach einer Weile wandte sie sich langsam um und ging ein Stück den Strand entlang nach Süden. Wenn ich jetzt noch einen Bernstein finde …, dachte sie. Sie bückte sich, doch das, was da goldgelb leuchtete, war nur ein Stück rund geschliffenes Glas.

Als Viola sich wieder aufrichtete, stand auf einmal ein Mann vor ihr, jung, kräftig, mit gebräunter Haut und langen dunklen Haaren, die er im Nacken zusammengebunden hatte. Er sah leicht verwegen, aber nicht unsympathisch aus. Trotzdem erschrak sie. War er ein Urlauber oder ein Inselbewohner?

Er sah eher wie ein Südländer aus, nicht wie jemand hier aus der Gegend. Mit einem Lächeln in seinem Gesicht und seinen braunen Augen blickte er sie an.

„Bernstein findet man meist nach einem heftigen Sturm aus Nordwest“, sagte er, „wenn das Meer wieder einige seiner Schätze an den Strand geworfen hat. Aber keine Angst, Stürme gibt es hier öfter … Sie sind wohl die neue Inselärztin?“

„Sieht man mir das an?“, fragte Viola überrascht.

„Sie sind hier das Tagesgespräch“, erwiderte er amüsiert. „Ihre Bewerbung hängt im Rathaus aus, und da ist auch ein Bild von Ihnen zu sehen. Ein sehr schönes Bild übrigens.“

„Oh.“ Viola wusste nicht, was sie darauf antworten sollte, aber da war er auch schon an ihr vorbei und einige Schritte weitergegangen. Er winkte ihr noch mit der Tüte zu, die er in der Hand hielt, und rief: „Der Bäcker hat schon auf, es gibt warme Rosinenbrötchen!“

Rosinenbrötchen! Das war genau das Richtige für ihr erstes Inselfrühstück.

„Gute Idee“, antwortete sie. „Danke für den Tipp!“

Hatte er das noch gehört? Er drehte sich nicht um, ging gemächlich den Strand entlang weiter Richtung Süden. Ein Künstler wahrscheinlich, fiel es Viola ein, die sollte es hier auf der Insel in größerer Anzahl geben, auch im Winter, hatte sie gehört.

Viola machte sich auf den Heimweg. Im Bäckerladen standen zwei Frauen. Sie begrüßten Viola mit freundlichem Nicken und dem eindeutigen Ausdruck in der Miene: ah, unsere neue Ärztin. Alle wussten schon, wer sie war, daran würde sie sich gewöhnen müssen.

„Guten Tag, Frau Doktor“, sagte die Verkäuferin. „Schön, dass Sie da sind. Hoffentlich halten Sie es hier länger aus als Ihr junger Vorgänger.“

Ein alter Mann mit Strickmütze, der gerade gehen wollte, blieb stehen und sah Viola unter dichten weißen Augenbrauen hervor durchdringend an.

„Hei wier ein'n Klaukschieter“, brummelte er in seinen Bart.

„Er hat nicht so recht hierher gepasst“, übersetzte die Bäckersfrau eilig. „Es war für ihn nur ein vorübergehender Aufenthalt, bis er die moderne Praxis in Rostock kaufen konnte. Na, nun sind ja Sie da, und wir sind alle froh darüber. Was darf ich Ihnen einpacken?“

Viola nahm vier Rosinenbrötchen. Sie musste nicht einmal bezahlen. „Zum Einstand“, meinte die Bäckersfrau, „um Ihnen den Anfang zu versüßen.“

Nach dem Frühstück stieg Viola wohlgemut ins Erdgeschoss des Arzthauses, um sich die Praxisräume anzusehen. Kater Pauli begleitete sie neugierig. Die Treppe mündete in den Vorraum hinter der Haustür. Links befand sich der Eingang zum Wartezimmer. Es war eingerichtet mit bequemen Stühlen, einem Mitteltisch, auf dem verschiedene Zeitschriften lagen, und einer wunderschönen alten Standuhr in der Ecke.

Rechts ging es ins Vorzimmer mit Schreibtisch und Karteischränken und von da aus ins Sprechzimmer. An der Tür blieb Viola stehen. Der vertraute Geruch nach Desinfektionsmitteln begrüßte sie. An der rechten Wand stand eine große alte Untersuchungsliege, daneben ein Glasschrank mit Verbandsmitteln, ein Regal mit Büchern, hinten im Zimmer weitere Schränke in Weiß mit sauber blitzenden Glastüren für alle möglichen Instrumente, ein Medikamentenschrank, ein Schreibtisch mit einem Stuhl dahinter und zweien davor für die Patienten.

Ganz langsam betrat Viola den Raum. Er erinnerte sie an die einfache Landarztpraxis in der Nähe von München, in der sie fast ein Jahr lang mitgearbeitet hatte, bevor sie noch einmal in die Klinik gemusst hatte. Sie hatte sich dort sofort wohlgefühlt. Neben dem Sprechzimmer befanden sich noch eine Toilette und ein kleines Labor, und von da aus gelangte man in eine Art Abstellraum. Eigentlich war es ein helles, gemütliches Zimmer, aber es schien nicht benutzt zu werden.

Nirgends war ein Computer zu sehen, alles wurde noch von Hand dokumentiert. Es gab auch keine modernen Geräte wie Ultraschall, dafür sauber sterilisierte Päckchen mit der Aufschrift „Nähen". Man war hier also noch ein Allround-Mediziner mit Handbetrieb.

Später am Vormittag machte sich Viola daran, ihre Kartons auszupacken. Die leeren stapelte sie mit der Öffnung nach vorn übereinander, so konnte sie sie als Regal benutzen, bis sie eigene Möbel hatte. Ihr Laptop kam ins Arbeitszimmer auf den alten Schreibtisch. Paulis Katzenklo stellte sie in den Flur, sein Schlafkorb fand einen Platz im Wohnzimmer.

So, und was konnte man nun machen?

Bisher, hatte Lisa ihr mitgeteilt, war dreimal in der Woche eine Ärztin aus Rügen herübergekommen. Sie hatte eine Art Notbetrieb gewährleistet. Monika Blum hieß sie. Sie war auch mal über Nacht geblieben und hatte dann gegenüber bei ihrer Schwägerin gewohnt. Mit ihr würde Viola sich an den Wochenenden abwechseln können.

„Diesen Samstag und Sonntag ist sie leider nicht da", hatte Lisa erklärt, „aber wir haben unsere gut ausgebildeten Sanitäter mit ihrem Rettungswagen, die können auch die Notfälle übernehmen. Um diese Jahreszeit ist es sowieso ruhig, weil kaum Gäste da sind. Sie haben also noch zwei Tage Schonfrist."

Dann ist jetzt ein Erkundungsgang durch Vitte fällig, dachte Viola. Das war ihre Art, sich mit einem neuen Ort vertraut zu machen. Zuerst der nähere Umkreis, dann die weitere Umgebung. Pauli hielt es ähnlich. Morgen würde sie ihn zum ersten Mal aus dem Haus lassen.

Das Telefon schrillte, und Viola schrak zusammen. War das für sie? Natürlich, es musste für sie sein, außer ihr wohnte niemand hier. Sie nahm den Hörer ab. „Viola Herz."

„Frau Doktor", Lisas kräftige, klare Stimme erklang, „es tut mir leid, Sie schon stören zu müssen, aber meine Nachbarin macht sich Sorgen um ihre Tochter. Sie hat Angst, es wäre der Blinddarm. Und die Sanitäter meinten, Sie könnten vielleicht einmal danach sehen, wo Sie doch schon da sind."

Was, jetzt schon die erste Patientin? Darauf war Viola eigentlich noch gar nicht gefasst.

„Ich komme und hole Sie ab", fuhr Lisa fort, „und die Karteikarte und den Arztkoffer auch. Es ist alles drin, was Sie brauchen."

„In Ordnung", antwortete Viola, „aber ich habe meine eigene Tasche, und die ist griffbereit und gut gefüllt."

„Wunderbar, dann also bis gleich", entgegnete Lisa erfreut.

Das junge Mädchen war ungefähr zwölf Jahre alt, lag mit blassem Gesicht im Bett und sah Viola unwillig an, als sie sich zu ihr an den Bettrand setzte.

„Du hast mich mitten im Auspacken erwischt", sagte Viola, „aber wenigstens hat sich mein Kater schon eingerichtet. Und du willst deinen Blinddarm loswerden? Wie heißt du denn?"

„Britta, und ich will nichts anderes, als heute Abend zu meiner Freundin gehen. Sie hat Geburtstag und macht eine Disco im Keller. Ich will keine Blinddarmentzündung!"

„Na, dann schaue ich mir das mal an", meinte Viola und schlug die Bettdecke zurück. „Leg dich mal gerade auf den Rücken."

Viola ließ sich die Stelle zeigen, an der die Schmerzen am stärksten waren. Sie drückte aber nicht sofort darauf, sondern fing erst auf der anderen Seite an, wo es Britta nicht wehtat. Das war wichtig, damit sich das Mädchen nicht gleich verkrampfte, und Viola konnte sich langsam an den schmerzenden Punkt herantasten.

Die Diagnose war ziemlich schnell klar: deutlicher Druckschmerz im rechten Unterbauch, Loslassschmerz, die blasse Haut ... Es war nicht einmal ein Blutbild zur Sicherung nötig. Das Mädchen musste ins Krankenhaus. Britta wehrte sich mit Händen und Füßen dagegen, aber Viola ließ keine Diskussion zu. Während Lisa nach dem Hubschrauber telefonierte, packte Brittas Mutter einige Sachen zusammen.

Schließlich fing die Kleine an zu weinen. Was machte man mit einer Zwölfjährigen, die zu einer Disco eingeladen war und stattdessen ins Krankenhaus musste? Viola versuchte, sich an die Zeit zu erinnern, als sie selbst so alt gewesen war. „Vielleicht könnt ihr, wenn du wieder zu Hause bist, eine zweite Disco veranstalten, zur Feier deiner Genesung."

Doch Britta ließ sich nicht so leicht beruhigen. Sie drehte sich zur Wand und schob die Fäuste vors Gesicht. Erst als ihre Mutter kam und ihr versprach, sie würde, wenn sie wieder daheim sei, die lang ersehnte Spielkonsole für den Fernseher bekommen, hörte sie auf zu wüten.

Die Teenies sind auf der Insel auch nicht anders als auf dem Festland, dachte Viola lächelnd. Und die Mütter ebenfalls nicht.

Donnernd kündigte sich der Helikopter an. Ganz in der Nähe fand er einen Landeplatz. Mit dem Rettungswagen fuhren Britta und ihre Mutter zum Hubschrauber, und kurz darauf war er wieder auf dem Weg nach Bergen auf Rügen ins Krankenhaus. In knapp zwanzig Minuten würde er landen.

Die Herren vom Krankenwagen kamen noch einmal zurück und hießen Viola mit einem kernigen Handschlag willkommen.

„Auf gute Zusammenarbeit", sagte der ältere der beiden.

„Das war ein erfolgreicher Einstieg", meinte der jüngere anerkennend. „Ich glaube, wir werden gut miteinander auskommen."

Später saßen Lisa und Viola zusammen im Sprechzimmer und erledigten die nötige Schreibarbeit.

„Na, nun sind Sie schneller in den Stiefel hineingekommen als geplant", meinte Lisa und klappte mit einem energischen Knall die Karteikarte zu. „Einen Computer haben wir nicht, wie Sie sehen", erklärte sie, „und der junge Doktor wollte kein Geld investieren, solange er nicht wusste, ob er bleiben würde. Unser alter Arzt, der über vierzig Jahre hier tätig war, kam auch ohne aus. Bei ihm war alles noch solide Handarbeit. Er hatte außerordentlich viel Erfahrung und war sehr beliebt. Jetzt genießt er sein Rentnerdasein auf Rügen."

„Warum hat er Hiddensee denn verlassen, nachdem er so lange hier lebte?"

„Er wollte seinem Nachfolger nicht im Weg sein. Die Menschen hier lassen Altbekanntes nicht gern los, sie hätten ihn weiterhin aufgesucht mit ihren Problemen. Sie werden schon sehen, als Ärztin werden Sie auf der Insel an allererster Stelle die Frau Doktor sein und erst dann eine ganz normale Frau. Und so ist er nach Rügen umgezogen. Dort kann er in aller Ruhe sein Privatleben genießen."

Viola lächelte in sich hinein. Sie wusste, was es hieß, auf dem Land ganz weit weg von aller Welt zu wohnen. Die ersten Jahre ihrer Kindheit hatte sie in einem kleinen Nest in der Nähe von Hamburg verbracht, wo der Pfarrer, der Lehrer, der Doktor und der Bürgermeister die absoluten Respektspersonen waren. Aber das war eine Weile her, und sie hätte nicht gedacht, dass das hier immer noch so war.

Diese Mischung aus „hinter dem Mond" und „zeitgemäß" fing an, ihr Spaß zu machen. Langweilig würde es ihr auf Hiddensee auf keinen Fall werden, das ahnte sie schon.

4

Am Sonntagmorgen rief Lisa an und fragte, wie es ihr gehe.

„Danke, gut." Viola hatte keine Lust auf ein langes Gespräch. „Ich mache mich gerade fertig für eine Inselumrundung. Na ja, mal sehen, wie weit ich komme."

„Dann passen Sie nur auf, dass Sie nicht ins Vogelschutzgebiet geraten. Unser Herr Biologe, der dort in seiner Hütte haust, kann da ziemlich unangenehm werden."

„Er wird mich schon nicht fressen", antwortete Viola. „Ein einzelner Spaziergänger wird seine wertvollen Vögel sicher nicht stören."

„Darüber denkt er anders, aber das werden Sie dann schon sehen. Und am Montag um neun Uhr ist die Begrüßung beim Bürgermeister, Sie denken doch dran?"

„Aber ja, keine Sorge", erwiderte Viola ein wenig ungeduldig.

„Übrigens, der kleinen Britta geht es gut, sie ist noch gestern Abend operiert worden. Der Blinddarm war hochakut. Ihre Diagnose war absolut richtig."

Sehr gut, nun konnte sie ihren Inselgang aus vollem Herzen genießen. „Das freut mich", antwortete sie. „Bis morgen dann, Lisa."

Pauli strich um Violas Füße, als sie zur Tür ging. „Ja, du darfst heute auch raus", sagte sie. „Aber geh nicht zu weit, damit du wieder nach Hause findest."

Der Kater rannte ihr voraus die Treppe hinunter. Unten blieb er kurz an der offenen Haustür stehen, dann machte er sich auf den Weg, die Umgebung zu erkunden, und verschwand hinter einem Gebüsch.

Der Himmel war bewölkt, ein kalter Wind pfiff von Nordosten, und Viola zog ihre Mütze tief in die Stirn und den Schal übers Kinn. Als sie die Straße verließ und auf den schmalen Fußweg Richtung Strand einbog, hörte sie das Meer rauschen, dann sah sie die weißen Schaumkronen auf den Wellen. Heute hatte die See keine gute Laune. Die Wellen spritzten und klatschten heftig an die Buhnen. Am besten kam man nah am Wasser vorwärts, wo der Sand fest war und man nicht bei jedem Schritt einsank. Zudem roch es wunderbar nach Meer und Tang und Muscheln. Da nahm Viola es gern in Kauf, ab und zu von einem Schwall zerstäubender Wassertropfen getroffen zu werden.

Mit zügigen Schritten marschierte sie in Richtung Süden. Ab und zu waren auf dem Dünenkamm dichte Heidekrautbüsche zu sehen. Sie waren noch ohne Blüten, aber im Sommer musste es ein sehr schöner Anblick sein. Dann tauchten Kiefern auf, dunkelgrün über dem hellen Dünengras, ein richtiger Wald!

Viola war nun schon angenehm warm geworden. Ihrer Schätzung nach war sie fünf oder sechs Kilometer gegangen und nur wenigen Menschen begegnet. Bisher hatte sie den Wind immer im Rücken gehabt, und der Rückweg versprach anstrengender zu werden. Sollte sie umdrehen? Nein, nur noch ein Stückchen, es war einfach zu verlockend.

Mehrere Wegzeiger wiesen nach links auf Neuendorf hin, das hinter dem Dünenkamm lag, dann wurde es wieder einsamer. Sie lief und lief.

Und dann stand da auf einmal ein kleiner Leuchtturm mitten zwischen Kiefern oben in den Dünen. Viola stapfte durch den Sand hinauf und umrundete ihn. Eine Außentreppe führte auf halbe Höhe. Es waren nur wenige Stufen, aber von hier aus konnte sie die Insel weit übersehen. Lieber Himmel, die letzten Kilometer war sie ganz schön schmal geworden! Schlank und zerbrechlich, das hatte man vom Strand aus gar nicht gesehen. Viola konnte erkennen, dass sie immerhin durch einen Damm aus Steinen und Erde vor einer Überschwemmung geschützt war.

Sie stieg die Metalltreppe wieder hinab und setzte ihren Strandspaziergang fort. In einiger Entfernung stand ein Schild, und als sie näher kam, konnte sie es entziffern: NATURSCHUTZGEBIET, BITTE NICHT BETRETEN, UM STÖRUNGEN DER VÖGEL BEIM BRÜTEN ZU VERMEIDEN.

Aha, das Vogelreservat. Und irgendwo dort hinten musste eine Hütte mit einem unfreundlichen Biologen stehen.

Möwen schaukelten in der Luft, ein schmaler Pfad wand sich durch die Büsche. Kein grimmiger Biologe zu sehen. Viola konnte nicht widerstehen und folgte dem Weg. Nach etwa zehn Minuten tauchte hinter einem Hügel ein kleines geducktes Haus auf. Sein Reetdach wirkte wie eine tief über die Ohren gezogene warme Mütze. Auf der Südseite war ein Solarmodul montiert, auch hier hatte also die Technik Einzug gehalten.

Nicht weit von dem Häuschen entfernt befand sich eine Plattform. Eine Holztreppe führte hinauf. Von oben hatte Viola einen herrlichen Blick über das Vogelschutzgebiet. Es erstreckte sich über eine weit ausgedehnte Fläche. Dahinter konnte man das Meer sehen und am Horizont wohl auch einen Streifen vom Festland. Als Viola zurückblickte, sah sie ganz in der Ferne Vitte und Kloster liegen, und weiter vorn, vielleicht vier Kilometer entfernt, die weißen Häuser von Neuendorf und Plogshagen.

Plötzlich flogen Hunderte von Vögeln auf, kreisten eine Weile in der Luft und ließen sich dann irgendwo wieder nieder. Auf einigen Baumstümpfen und Pfosten im Wasser saßen große schwarz gefiederte Vögel, im Meer schwammen Schwäne. Außer Möwen, Schwänen und Enten kannte Viola keine Seevogelart. Das soll sich ändern!, beschloss sie, als sie die knarrende Treppe wieder nach unten stieg.

Sie umrundete das Haus. Es war niemand da, die Haustür verschlossen, der Herr Biologe also unterwegs. Durch eines der Fenster konnte sie eine heimelige Küche mit einem Holzofen erkennen. Durch ein anderes Fenster erspähte Viola ein kleines Zimmer mit Schlafsofa, Tisch und einer Arbeitsecke. Das war es dann auch schon. Ziemlich bescheiden, die Behausung.

Als Viola auf die Uhr sah, erschrak sie. Der Heimweg würde bestimmt zwei Stunden dauern. Es wurde Zeit.

Eine halbe Stunde später hatte sie einen Wanderweg erreicht, der teilweise auf einem Damm entlanglief. Sie wollte nicht wieder direkt am Strand zurückgehen. Nach einer Weile erreichte sie Neuendorf und Plogshagen. Malerisch standen dort mitten in den Wiesen mehrere kleine, weiß gestrichene Häuser, alle mit Reet gedeckt.

Eins der Häuschen schien älter als die anderen zu sein, es stand etwas erhöht auf dem Wiesendamm und war aus Ziegelsteinen erbaut. Rauch stieg aus seinem Schornstein, die Außenwände waren schon ziemlich verwittert. Als Viola vorbeiging, öffnete sich die Haustür und ein alter Mann trat heraus, eine Pfeife im Mund. Es war der Alte, den sie am Vortag in der Bäckerei gesehen hatte. Sie grüßte freundlich, aber er sah sie nur mit unbewegtem Gesicht an. Dann wandte er den Blick dem Strand zu. Unten joggte ein Mann vorbei, in ruhigem Tempo, einen kleinen Rucksack auf dem Rücken. Seine dunklen Haare wehten im Wind. Auch ein Bekannter: der Künstler, dem Viola beim ersten Gang zum Meer begegnet war. Ein sportlicher Künstler also.

„Hei löppt as'n Haas", hörte sie den Alten brummen, dann trat er wieder in sein Haus. Er ging gebückt, mühsam, ein Bein zog er nach, wie Viola besorgt bemerkte. Einer ihrer neuen Patienten vielleicht?

Der Rückweg nach Vitte war mühsam, immer hart am Wind, wenn auch auf einer befestigten schmalen Straße. Müde, aber angenehm warm und durchgeblasen, betrat Viola am Nachmittag wieder ihre Wohnung. Pauli war sofort gekommen, als er sie durch den Vorgarten gehen sah. Sie warf sich aufs Sofa, der Kater sprang neben sie und kuschelte sich an ihre Seite.

Hier ließ es sich aushalten.

Es war schön hier.

Nein, es war traumhaft hier, sogar im Winter. Und bald wurde es Frühling. Wie die Insel dann wohl aussah?

DAS RATHAUS, zu dem Viola sich am Montagmorgen begab, erwies sich als zweistöckiger Bau mit hübschen Sprossenfenstern. Der Empfang ihr zu Ehren war zum Glück nicht so feierlich und steif, wie Viola es befürchtet hatte. Ungefähr fünfzehn Personen nahmen daran teil. Bürgermeister Lükke, ein großer blonder Mann in Pullover und Kordhose, hieß sie freundlich willkommen und erzählte einiges über die Inselgeschichte. Viola behielt nur, dass Hiddensee von allen möglichen Menschen vereinnahmt worden war: von Mönchen, von preußischen Herzögen, von den Schweden, schließlich von Kaufleuten, die Hiddensee mit Mann und Maus und Fisch erworben hatten – und die armen Einwohner mussten immer dafür sorgen, dass die Besitzer gut leben konnten.

„Heute gehört die Insel uns, und wir müssen keine Fische oder Schilf oder Korn mehr abliefern“, erklärte er, „und der Arzt wird auch nicht mehr in Naturalien bezahlt.“ Er lachte Viola zu. „Dafür müssen wir im Sommer mit Schwärmen von Gästen fertig werden, aber das sind wir gewohnt, und davon leben wir ja schließlich. Und nun zeigen wir Ihnen die Hauptstadt.“

Damit meinte er Vitte mit seinen 600 Einwohnern. Immerhin, es gab ein kleines Lebensmittelgeschäft, eine Buchhandlung, die Bank, das Zeltkino, eine Schule und drei oder vier Hotels. Das Wetter war schön, und so beschloss man, gemeinsam die zwei Kilometer nach Kloster zu wandern. Dort sahen sie sich die Kirche an.

Den Friedhof, auf dem Violas Großvater seine letzte Ruhe hatte antreten wollen, würde sie einmal in aller Stille allein besichtigen. Vielleicht schaute er ja ab und zu herunter und freute sich über seine Enkelin, die nun hier gelandet war.

Nach einem interessanten Vormittag kehrte Viola in ihr Arzthaus zurück. Für den frühen Nachmittag hatte sich Frau Doktor Blum angesagt, die Ärztin aus Rügen, die sie an ihren freien Wochenenden vertreten würde. Nun saß sie mit ihr in ihrer Küche und konnte endlich alle ihre Fragen anbringen.

„Dass ich jetzt eine Kollegin hier habe“, sagte Monika Blum fröhlich, „das gefällt mir. Mal etwas anderes nach all den Männern. Und ich bin froh, dass ich wieder mehr Zeit für mich habe. Ich bekomme demnächst das erste Enkelkind.“

Frau Blum als Oma? Diese schmale, lebhafte Frau mit den Lachfältchen um die Augen und der Figur eines jungen Mädchens? Vielleicht hatte sie früh geheiratet.

„Ja“, sie schien Violas Gedanken an ihrem Gesicht abzulesen, „ich war Mitte zwanzig, als meine erste Tochter kam. Ich habe in Rostock studiert und da auch meinen Mann kennengelernt. Mit ihm bin ich dann in Gingst auf Rügen gelandet. Ich hatte nie eine eigene Praxis, ich war schon immer der Einspringer, habe Wochenenddienste und Urlaubsvertretungen gemacht. Und viel dabei gelernt. Vor allem über niedergelassene Ärzte. Da gab es manchmal ganz schön komische Typen.“ Sie schüttelte den Kopf. „Aber nun fragen Sie, was Sie noch wissen wollen.“

Viola hatte eine Liste zusammengestellt, die sie nun abhakte. Wann und an welches Labor konnte man abgenommenes Blut schicken, welches Krankenhaus war am schnellsten zu erreichen, wie gestalteten sich die Wochenenden, welche Fachärzte saßen wo, wie ging die Abrechnung vor sich? Die Ärztin beantwortete alles klar und kurz.

Als sie fertig waren, sah sie Viola von der Seite nachdenklich an. „Angst?“, fragte sie mit warmer Stimme.

Viola überlegte, dann antwortete sie: „Nicht vor dem medizinischen Bereich. Auch nicht vor fehlenden Schaufensterbummeln oder Großstadtunterhaltung. Eher davor, dass hier jeder jeden kennt, dass ich nicht einfach anonym sein kann, wenn ich das Bedürfnis habe, allein und ungestört am Strand entlangzulaufen. Das wird bald nicht mehr möglich sein.“

„Das muss aber nicht unbedingt Enge bedeuten“, gab Frau Blum zu bedenken. „Es kann auch ein Gefühl von Geborgenheit geben.“

„Genau das möchte ich herausfinden: ob dieses begrenzte Stück Erde mich erdrückt oder ob ich hier freier leben kann als in einer Stadt.“

„Entwärrer geiht datt gaut un wi koam dörch orrer datt geiht scheif un wi versup’n, sagen die alten Fischer, wenn sie in einen Sturm geraten“, antwortete Monika Blum mit einem Lächeln in den Augen.

Viola holte tief Luft. „Ich hoffe, dass es gaut geiht und ich nicht versupe“, antwortete sie belustigt. „Aber das passt zu diesem Menschenschlag hier, dieses pragmatische Annehmen des Schicksals. Ich könnte mir denken, dass hier ein guter Boden ist für tief verwurzelte Lebensweisheiten. Und ich glaube, es gibt noch viel für mich zu entdecken.“

Am Dienstagmorgen lag eine blendend weiße Schicht Schnee über Hiddensee. Passend dazu stand Viola dann wirklich zum ersten Mal in Weiß in der Tür zum Wartezimmer und sagte: „Der Nächste bitte“ – so, wie sie es sich vorgestellt hatte.

Zu dieser Jahreszeit war es auf einer Insel genau wie auf dem Festland – die Grippe ging um. Und so fand Viola ein gut gefülltes Wartezimmer mit hustenden und niesenden Patienten vor. Allerdings waren da nur Frauen und Kinder. Das hatte sie sich schon gedacht: Die Männer schickten erst einmal eine Vorhut, bevor sie selbst kamen.

Das Stethoskop war pausenlos im Einsatz. Die ausgestellten Rezepte wurden gesammelt, von Lisa oder Doris am Hafen der Fähre mitgegeben, in der Apotheke in Gingst wurden die Medikamente zusammengestellt und meist noch am selben Tag geliefert, wenn es der Fahrplan erlaubte. An der Ausgabestelle Süderende konnte die verschriebene Medizin dann abgeholt werden. Alles war bestens eingespielt. Es klappte fast immer, außer wenn im Winter das Wasser im Bodden, wie die See zwischen Hiddensee und Rügen genannt wurde, gefroren war. Aber im Arzthaus waren auch alle wichtigen Arzneien vorrätig.

Allerdings hatte Viola den Eindruck, dass einige der Inselbewohner recht munter aussahen. Viola hegte den Verdacht, dass sie wohl mehr aus Neugier gekommen waren und die neue Ärztin besichtigen wollten. An ihren Status als wichtige Person in diesem kleinen Universum musste sie sich erst noch gewöhnen.

Lisa wusste zu jedem Patienten einiges zu sagen, sie kannte eine Menge Hintergründe und Geschichten. „Frau Schwarz schwört auf Homöopathie“, erklärte sie, als sie Viola die Karte vorlegte. „Sie weigert sich, irgendetwas anderes zu nehmen.“ Oder: „Der kleine Jakob ist ein schneller Junge. Wenn eine Impfung fällig ist, ist er weg wie nichts.“ Familie Gann hatte einen Bernhardiner, erfuhr Viola, man durfte bei ihnen nicht so einfach durchs Gartentörchen eintreten, sonst lief man Gefahr, gebissen zu werden.

Nach einer Weile wurde es Viola dann doch zu viel, und sie teilte Lisa freundlich, aber klar mit, dass sie genug Zeit habe, die Patienten genauer kennenzulernen. Sie wolle sich selbst ein Bild machen.

Danach legte ihr Lisa die Karteikarten stumm auf den Schreibtisch.

Nur beim letzten Patienten an diesem Tag konnte sie es sich nicht verkneifen, noch einmal ihre Meinung zu sagen: „Das ist Herr Sommer, Herr Dr. Georg Sommer, er hat in Bergen auf Rügen eine Fachbuchhandlung und wohnt hier in einem Häuschen im Dorf, das er und seine Schwester von einer Tante geerbt haben. Die Schwester wollte es an Feriengäste vermieten, aber er meinte, er wolle lieber selbst drin wohnen, bevor fremde Leute alles ruinierten. Mehr weiß man von ihm nicht, er ist nicht besonders zugänglich. Meist ist er sowieso nur am Wochenende da. Und“, setzte sie mit funkelnden Augen hinzu, „man munkelt, er sei durch eine unglückliche Liebesgeschichte so abweisend geworden.“

Viola musste unwillkürlich in sich hineinlachen. Lisa hatte wohl auf Granit gebissen bei dem Versuch, die Lebensumstände dieses Herrn zu erkunden.

Georg Sommer, ein gut gebauter Mann, 45 Jahre alt, wie Viola mit einem Blick auf die Karte feststellte, kam mit festen Schritten zur Tür herein. Seine dichten braunen Haare waren von einem kurzen Seitenscheitel aus nach hinten gekämmt, in den blauen Augen lag ein besonnener und ernsthafter Ausdruck. Er trug ein weißes Hemd und einen weichen, dunklen Pullover. „Georg Sommer“, stellte er sich vor. „Willkommen auf Hiddensee, Frau Doktor.“ Seine Augen ruhten eine kleine Weile auf ihr. Er schien Gefallen zu finden an dem, was er sah. „Ich brauche einen Überweisungsschein für den Internisten“, erklärte er. „Die Vorsorgeuntersuchung ist fällig, und mein Hausarzt in Bergen fährt Ski in Davos.“

Ach, deshalb hatte er sich gleich am ersten Tag hierher gewagt! Bei einer Überweisung konnte nichts schiefgehen, und außerdem konnte man einen ersten Blick auf die neue Ärztin werfen.

„Und meinen Blutdruck könnte man auch mal wieder messen, zur Vorsicht.“

Viola lachte und zog den Apparat zu sich heran. Der Blutdruck machte keinerlei besorgniserregende Sprünge. Alles in Ordnung, wie sie es erwartet hatte. Sie blickte auf und sah direkt in sein aufmerksames Gesicht.

Auf einmal fühlte sie sich gar nicht mehr wie eine Frau Doktor, auf einmal war sie einfach eine junge Frau im Gespräch mit einem attraktiven Mann. Er sah das wohl auch so, denn mit einem leichten Lächeln bemerkte er: „Sie kommen ursprünglich aus Hamburg, habe ich gehört? Und waren die letzten Jahre in München? Halten Sie das überhaupt aus auf so einer kleinen Insel?“

Aha, er hatte also auch ihren Lebenslauf im Rathaus studiert!

„Ich hoffe es“, sagte Viola. „Und wenn es einmal schwierig werden sollte, gibt es ja noch Rostock und Stralsund.“

„Und Bergen“, setzte er hinzu. „Eine schöne Stadt. Überhaupt ist Rügen eine interessante Insel. Ich könnte Ihnen einige sehenswerte Stellen zeigen.“

„Wollen Sie mich abwerben?“, fragte Viola lächelnd.

Er lachte. „Nicht so öffentlich“, versicherte er, „ich hätte dann bestimmt an die tausend Inselbewohner gegen mich. Ihre ruhmreiche erste Tat mit der kleinen Blinddarmpatientin hat Ihnen ja schon die ersten Lorbeeren eingebracht. Aber im Ernst, es ist gut, dass Sie im Winter hier anfangen und nicht in der Hochsaison, so können Sie sich langsam einarbeiten. Und ich kann Sie vielleicht doch einmal nach Rügen entführen."

„Ist hier im Sommer wirklich so viel los?", erkundigte sich Viola.

„Sehr viel. All die Inselgäste, die hier wohnen, und dann noch die Tagesbesucher, die von Rügen oder vom Festland kommen. Da werden Sie alle Hände voll zu tun haben."

„Gerade dann, wenn es warm wird und man baden kann", seufzte Viola.

„Ich hoffe, Sie werden trotzdem Zeit zum Baden finden. Im Übrigen habe ich mein Auto drüben in Schaprode am Hafen stehen, also vergessen Sie nicht: Ausflug nach Bergen! Mit Fünf-Sterne-Essen auf Hiddensee zum Abschluss, Kochen ist nämlich meine große Leidenschaft."

Eine Leidenschaft hatte er also auch, der Herr Buchhändler.

„Ich werde darüber nachdenken", versprach Viola.

Als Georg Sommer gegangen war, fand Lisa Viola lächelnd an ihrem Schreibtisch sitzen. „Er war ja richtig beschwingt, als er aus Ihrem Sprechzimmer kam", erklärte Lisa, „so habe ich ihn noch nie gesehen. Mehr als Guten Tag hat er nie zu jemandem hier gesagt. Was haben Sie mit ihm gemacht?"

„Nichts Besonderes. Vielleicht ist er gar nicht so ein Eisblock, wie Sie meinen", erwiderte Viola. „Aber er wollte mich abwerben, nach Rügen."

„Du liebe Zeit, das werden Sie sich doch gut überlegen, nicht wahr? Herr Sommer ist eigentlich kein Mensch für eine kleine Insel, er wohnt hier nur wegen dieses Hauses. Wochentags bleibt er sowieso meist in Bergen, er hat sich dort direkt über seinem Geschäft eingemietet. Am Samstag kommt er dann mit der Mittagsfähre und fährt Montag früh wieder. Ich kann mir schon vorstellen, dass er Sie lieber dort sähe, vielleicht denkt er, Sie versauern hier und sprechen eines Tages nur noch Platt."

Viola musste lachen. „So schlecht fände ich das gar nicht! Aber im Ernst, jetzt bin ich erst einmal hier, da will ich nicht gleich wieder umziehen."

„Wir werden es Ihnen so schön wie möglich machen", antwortete Lisa. „Keine Chance für Georg Sommer!" Sie verabschiedete sich und eilte zur Tür. Dann wandte sie sich noch einmal um. „Das war schon einmal ein guter Anfang heute, nicht wahr?"

„Ja, das denke ich auch", stimmte Viola ihr zu.

Sie blieb noch eine Weile sitzen. Sie fühlte sich nun doch etwas erschöpft und war froh, dass sie nur eine Treppe hochsteigen musste, um in ihre Wohnung zu kommen. Dort bereitete sie sich eine Tütensuppe zu.

Georg Sommer, dachte sie, der Hobbykoch, würde eine Tütensuppe sicher für einen Fehltritt halten. Aber was stellt er mit einem selbst gekochten anspruchsvollen Essen an? Einfach allein genießen? Und was macht er abends in Bergen? Ob er es ernst gemeint hatte mit seinem Angebot, ihr Rügen zu zeigen?

„Das wäre schon ein verlockendes Programm", sagte sie zu Kater Pauli. „Zuerst Bergen besichtigen, dann noch nach Rappin fahren und Großvaters altes Pfarrhaus besuchen, und zum Schluss hier noch ein leckeres Essen?" Pauli maunzte aufmunternd. „Ja, ja, du hast recht, auch der Mann gefällt mir, nicht nur sein Angebot. Vielleicht melde ich mich wirklich mal bei ihm. Aber was unternehme ich heute Abend noch? Ausgehen?"

Es gab eine Kneipe in Vitte, die übers ganze Jahr geöffnet war und sehr gemütlich sein sollte, wie Lisa erzählt hatte. „Bei Ottilie" hieß sie, wahrscheinlich der Name der Inhaberin. Viola nahm sich vor, sie in den nächsten Tagen einmal zu besuchen. Aber nicht mehr heute Abend. „Ich glaube, ich werde es mir lieber mit dir gemütlich machen, Pauli." Sie hob den Kater hoch, ging mit ihm ins Wohnzimmer und ließ sich dort aufs Sofa sinken.

5

In den nächsten Tagen kam Viola kaum dazu, die Insel weiter zu erforschen. Nicht dass die Praxis so überlaufen gewesen wäre, die Leute schienen es sich schon genau zu überlegen, ob sie sich auf die neue Ärztin einlassen sollten. Aber das machte Viola kein Kopfzerbrechen. Vorerst war sie damit beschäftigt, ihre Siebensachen weiter auszupacken, den Haushalt in Schwung zu bringen, in den Praxisräumen einiges umzustellen und Karteikarten mit den Vorgeschichten ihrer Patienten zu studieren.

Manchmal fühlte sie sich wie jemand, der, ohne lange nachzudenken, ins kalte Wasser gesprungen war. Jetzt musste sie schwimmen. Und es ging. Vielleicht konnte man mit der Zeit noch einiges verbessern, Geräte anschaffen, einen Computer vor allem, aber hier tickten die Uhren langsamer, und das war gut.

Mit der Insel wollte sie sich nach und nach weiter vertraut machen. Deshalb war sie froh, dass Monika Blum angeboten hatte, gleich dieses erste Wochenende zu kommen, sich bei ihrer Schwägerin im Haus gegenüber einzunisten und die Notfälle zu übernehmen.

Am Freitagnachmittag, als Viola von einem kleinen Spaziergang nach Hause kam, lag ein Strauß aus Narzissen und Tulpen vor der Tür. Erstaunt hob sie ihn auf. Ein Briefumschlag steckte dabei, und als Viola die Karte herauszog, las sie: *Für die erste, gut überstandene Woche! Ich hoffe, Sie freuen sich über einen kleinen Frühlingsgruß. Georg Sommer*

Was für eine nette Überraschung. Sie würde morgen Nachmittag bei seinem Haus vorbeigehen und sich bedanken, wenn sie vom Vogelschutzgebiet zurückkam, das sie noch einmal aufsuchen wollte. So langsam begannen immer mehr Zugvögel einzufallen. In den letzten Tagen war es am Himmel ziemlich lebhaft geworden, Kraniche zogen vorüber, Schwäne, Gänse und Enten, aber sie wusste viel zu wenig von der Vogelwelt hier, und vielleicht konnte man sogar den Vogelwart antreffen und sich einiges erklären lassen.

In der Wohnung stellte sie die Blumen mangels Vase in eine Milchkanne. Wenn das Herr Sommer wüsste! Aber es sah wirklich gut aus. Eigentlich gefiel Viola dieses Arrangement fast besser als ein richtiges Blumengefäß. Es passte zum Holzboden und den gewebten Vorhängen. Manchmal brachten solche Notlösungen schönere Ergebnisse als das Gewohnte, man musste nur offenbleiben.

Jetzt musste sie erst einmal ein Problem lösen: Pauli brauchte eine Katzenklappe in der Hintertür des Hauses und in ihrer Wohnungstür. Wer konnte das machen? Sie würde sich beim Bürgermeister eine Erlaubnis holen, denn das Haus gehörte der Gemeinde. Die hatte es 1914 gebaut, also musste man es mit aller Ehrfurcht behandeln. Aber einen eigenen Ein- und Ausgang für Pauli würde es schon verkraften. Er würde der Erste sein, der hier standesgemäß einzog. Und irgendwann einmal musste auch sie sich vernünftig einrichten.

Etwas unschlüssig setzte sich Viola zu ihrem Kater aufs Sofa. „Pauli, was soll ich heute Abend machen? Ich habe die Wahl zwischen Fernsehen und Lesen. Aber mir ist nach Gesellschaft zumute, und du bist zwar ein netter Kerl, aber das reicht mir im Moment nicht."

Pauli räkelte sich auf dem Kissen und legte sich auf den Rücken, alle viere von sich gestreckt. Viola kraulte ihn eine Weile nachdenklich. Dann kam ihr Bei Ottilie in den Sinn. Entschlossen sprang sie auf. Wenn sie es sich zu lange überlegte, würde sie tausend Gründe finden, nicht allein hinzugehen. Eine Gaststätte auf einer kleinen Insel im Spätwinter konnte ganz gemütlich sein. Vor allem wenn die Kneipenwirtin Ottilie hieß.

Es dämmerte bereits, als Viola das Haus verließ, und es herrschten Windstille und knackige Kälte. Viola steckte die Hände tief in die Taschen und ging das Süderende entlang Richtung Dorfmitte.

Am Ende der Straße fand sie das mit Reet gedeckte Haus mit dem Schild bei Ottilie. Aus mehreren Bogenfenstern fiel Licht in einen Vorgarten. Viola konnte gut besetzte Tische erkennen, Musik erklang. Nun zögerte sie doch ein wenig. Aber dann gab sie sich einen Ruck und trat ein.

Hinter der Tür blieb sie stehen. Ein niedriger, aber großzügiger Raum mit Holzdielen und dunklen Balken an der Decke lag vor ihr. Die Tische waren aus poliertem Holz, mehrere schöne alte Kupferlampen verströmten ein warmes Licht. Etwa die Hälfte der Tische war besetzt.

An einer Wand neben dem Tresen hingen alte Bilder von Schiffen und Fischern, die ihre Netze flickten. Sie meinte sogar, auf einem Foto den Alten mit der Pfeife aus den Dünen zu erkennen, und trat näher.

Hinter dem Tresen stand eine Frau, an die sechzig Jahre alt, stämmig und mit vielen kleinen Falten im Gesicht. Sie hatte lebhafte Augen und dichtes graues Haar. „Das ist der alte Jehann“, erklärte sie. „Er wohnt unten im Süden und könnte Ihnen viel über die Insel erzählen. Wenn er wollte“, setzte sie hinzu. „Er redet nicht mit jedem. Und Guten Abend auch, Frau Doktor.“ Sie hatte eine tiefe, weiche Stimme, in der jetzt ein leises Lachen mitschwang.

Einige Leute drehten sich um und nickten Viola zu. Mehr Beachtung schenkte man ihr aber nicht, und Viola seufzte erleichtert auf.

Ottilie wies auf einen runden Tisch direkt vor dem dicken Kachelofen, der neben der Theke stand, und Viola zog ihren Anorak aus und setzte sich.

Erst jetzt bemerkte sie, woher die Musik kam. Nicht aus einem Lautsprecher. Hinten im Raum, auf einem kleinen Podium, stand ein Mann und spielte auf einer Klarinette. Wunderschöne Klänge, eigentlich zu schade, um als Hintergrundmusik zu dienen, aber das schien ihn nicht zu stören.

Ottilie kam hinter dem Tresen hervor. „Was darf ich Ihnen bringen?“ Mit gedämpfter Stimme fügte sie hinzu: „Ich freue mich so, dass Sie hier sind! Der vorige junge Herr Doktor ist nie gekommen. Dabei hätte ich ihn bestimmt nicht aufgefressen.“

„Einen heißen Tee hätte ich gerne“, sagte Viola. „Irgendwie gehört auf einer Insel im Winter immer ein heißer Tee dazu.“

„Mit einem tüchtigen Schuss Rum.“ Ottilie nickte aufmunternd.

„Vielleicht nicht ganz so tüchtig“, bat Viola, „sonst komme ich nicht allein nach Hause.“

„Darüber müssen Sie sich keine Gedanken machen“, antwortete Ottilie. „Wir haben schon öfter einen unserer Gäste im Bollerwagen heimgefahren.“

„Lieber Himmel, nein, wie würde ich denn dann als Inselärztin dastehen!“

„Ärzte sind auch nur Menschen“, erklärte die Wirtin bestimmt, ging zum Tresen zurück und begann, den Tee vorzubereiten.

Viola sah zu dem Mann mit dem Instrument hinüber. Er war groß und schlank, in Jeans und Pullover und hatte lange dunkle Haare. Den kannte sie doch! Sie hatte ihn schon zweimal gesehen. Gleich am ersten Tag war er ihr am Strand begegnet: dieser dunkelhaarige Kerl, der sie so erschreckt hatte, dann aber sehr freundlich gewesen war. Der Künstlertyp. Und später hatte sie ihn vorbeijoggen sehen, als sie von ihrem langen Spaziergang zurückkam. Und der alte Jehann hatte irgendetwas von einem Hasen gesagt.

Der Hase spielte also abends in Ottilies Kneipe auf einer Klarinette. Und das auch noch sehr gut. Wer hätte das gedacht!

Viola lehnte sich zurück und betrachtete ihn. Jung sah er aus, wie Ende zwanzig vielleicht. Und war ganz versunken in sein Spiel. Nach einer Weile sah er auf, und als er sie entdeckte, leuchtete Erkennen in seinen Augen und er grüßte sie mit den Augenbrauen. Sie lächelte, senkte den Kopf, nahm ihre Tasse und trank in kleinen Schlucken von dem Tee, den Ottilie ihr gebracht hatte.

Die Klarinette verstummte, und der Musiker kam zielstrebig an Violas Tisch. „So sieht man sich wieder“, sagte er, setzte sich einfach ihr gegenüber hin und bestellte ebenfalls einen Tee mit Rum. „Schon einen Bernstein gefunden?“

„Nein, dazu hatte ich keine Zeit. Aber es gab ja inzwischen auch keinen richtigen Sturm.“

„Sehr gut aufgepasst“, lobte er.

„Danke“, meinte sie belustigt. „Spielen Sie öfter hier?“

„Immer freitags, und an diesem Abend ist Skatklopfen oder lärmende Unterhaltung verboten. Darauf achtet Ottilie.“

„Ottilie gefällt mir“, gestand Viola. „Der Freitagabend ist für mich also in Zukunft schon verplant, sehr gut.“

„Und spiele ich dabei auch eine kleine Rolle?“, wollte der Hase wissen.

„Nun ja, ich könnte es erwägen“, erwiderte sie mit gespieltem Ernst.

„Wunderbar! Dafür dürfen Sie sich das nächste Mal auch ein Lied aussuchen. Sie haben eine Woche Zeit, darüber nachzudenken.“

So ging es noch eine Zeitlang weiter, dann erhob er sich, um wieder an sein Instrument zu gehen. Von unterwegs warf er ihr noch augenzwinkernd eine Kusshand zu. Ein netter Kerl, dachte Viola, mit dieser typischen Haltung: Hier bin ich, was kostet die Welt? Wie er sich so einfach und ohne zu fragen zu ihr an den Tisch gesetzt hatte. Und diese unwiderstehlich funkelnden braunen Augen … Unwiderstehlich natürlich nur für ein junges Mädchen, korrigierte sie sich, aber nicht für eine gestandene Inselärztin.

Viola blieb noch eine Weile sitzen, aber irgendwann spürte sie die Müdigkeit nach einem langen Tag und verabschiedete sich.

Und dann dachte sie nur noch an Pauli und ihr Bett.

AM SAMSTAGMORGEN hatten Nebel und Kälte der vergangenen Nacht die Welt verzaubert. Die Sonne schien von einem unwahrscheinlich blauen Himmel herab. Und alles war mit einer glitzernden Reifschicht überzogen, die Dächer, die Bäume, das Gras. Es war eisig kalt.

Monika Blum war bereits eingetroffen, um in den nächsten Stunden die Stellung zu halten. Unternehmungslustig trat Viola aus dem Haus. Sie hatte einen Rucksack dabei und machte sich gut gelaunt auf den Weg zum Naturschutzgebiet. Ein böiger Wind kam vom Meer, das tiefblau in der Sonne leuchtete, und schäumte das Wasser zu weißen Wellenkämmen auf.

Heute Abend werde ich Farbe im Gesicht haben, trotz der Kälte, dachte Viola, und dann rufe ich in Hamburg an, bei den Eltern. Das war schon längst überfällig, aber nach ihrem langen Spaziergang würde sie in der richtigen Stimmung dazu sein, ausgeruht, durchgeblasen und zufrieden.

Bis zu dem Schild, das das Vogelschutzgebiet auswies, war Viola nur drei Menschen begegnet. Sie kannte sie nicht, man begrüßte sich aber immer freundlich. Sie stapfte den kleinen sandigen Hang hinauf, der vom Strand aus in die Dünen führte. Überall glitzerte der Reif auf den Gräsern, Sträuchern und Bäumen, und alle möglichen Vögel tummelten sich in der Luft. Hoffentlich war der Vogelwart zu Hause, vielleicht würde er sich über einen Besuch freuen in seiner Einsamkeit hier draußen.

Kurze Zeit später erblickte sie das Reetdach. Aus dem Schornstein kam eine schmale Rauchfahne, die sofort im Wind zerstob. Er schien also da zu sein. Viola zögerte ein wenig, und gerade als sie das niedrige Gebäude vorsichtig umrunden wollte, öffnete sich die Tür.

Der Klarinettenspieler stand vor ihr. Aber dieses Mal machte er ein finsteres Gesicht, ein sehr finsteres sogar. „Wie kommen Sie hierher?“, fragte er mit Unheil verkündender Stimme. „Haben Sie das Schild nicht gelesen?“

„Schon, aber jetzt ist doch noch keine Brutzeit, oder?“, verteidigte sich Viola ärgerlich. Er konnte ja schließlich ein wenig höflicher sein, auch wenn er zornig war.

„Das Verbot gilt für das ganze Jahr! Einige Vögel sind jetzt schon auf der Suche nach einem Brutplatz, und da sind sie besonders empfindlich. Aber davon haben Sie wohl nicht viel Ahnung.“

„Und Sie haben wohl nicht viel Ahnung vom höflichen Umgang unter Menschen“, gab Viola heftig zurück.

„Mit Höflichkeit komme ich in solchen Situationen nicht weit, die Erfahrung habe ich schon gemacht. Ein deutliches, klares Wort, und alle haben mich sofort verstanden“, erwiderte er. Seine dunklen Augen funkelten grimmig, keine Spur war da mehr von der träumerischen Versunkenheit beim Spiel gestern Abend, auch kein unwiderstehlicher Blick und keine Freude über ihren Besuch. So also konnte man sich täuschen.

„Und nun?“, fragte Viola.

„Nun gehen Sie wieder nach Hause zurück, diesen Weg hier.“ Er zeigte auf den Pfad, den sie gekommen war. „Wenn Sie sich rechts von den Kiefern halten, stoßen Sie auf den offiziellen Wanderweg, der nach Neuendorf führt. Auf dem können Sie gehen, so weit Sie wollen, nur keinesfalls wieder umkehren, dort steht nämlich ebenfalls ein Schild. Und das gilt auch für die Frau Doktor!“

„Ich kenne den Weg“, platzte Viola heraus, „ich war schon einmal hier.“

„Und warum haben Sie das Verbot ein zweites Mal missachtet?“

„Ich dachte, wenn ich Sie hier antreffe, könnte ich vielleicht einiges über Seevögel erfahren.“

„So, eine Privatunterrichtung? Da haben Sie sich aber getäuscht! Ab Mai mache ich Führungen, daran können Sie teilnehmen.“

Viola sah ihn noch einen Augenblick an. „Klaukschieter“, murmelte sie dann, das hatte der alte Jehann in der Bäckerei auch gesagt. Und wenn Violoa auch trotz Hamburg und des Großvaters aus Rappin schnell gesprochenes Platt nicht immer verstehen konnte – *das* hatte sie sehr gut verstanden.

Der Klaukschieter schien nicht zu wissen, was das hieß, denn er rührte sich nicht. Mit erhobenem Kopf wandte Viola sich um und ging mit festen Schritten zurück. Nach einer Weile drehte sie sich noch einmal um. Der Klaukschieter grinste von einem Ohr zum anderen, und ein Schwarm Möwen wiegte sich über ihm im Wind und stieß laute Schreie aus.

Noch immer verärgert, kam Viola an dem Wanderweg an, der an dem schmalen Waldstück entlangführte. Die Kiefern und kahlen Laubbäume links waren immer noch dick mit Reif überzuckert, rechts dehnten sich weite Wiesen aus, das Gras war gelb, nur die Spitzen ebenfalls weiß. Nachdem sie den Deich passiert hatte und zwischen den Fischerhäusern in Neuendorf hindurchgelaufen war, stieß sie am kleinen Hafen an der Ostseite auf die befestigte Straße, die nach Vitte führte, das etwa fünf Kilometer entfernt lag. Auch sie kannte sie schon von ihrer letzten Wanderung. Schließlich kam sie in die Dünenheide und danach an einer Ansiedlung mit lauter gleichförmigen Ferienhäusern vorbei, die alle noch Winterschlaf hielten.

Dann führte sie eine Abzweigung nach rechts zum Boddenufer auf der Ostseite der Insel. Hier gab es keinen Sandstrand, nur sumpfige Wiesen, auf denen der Reif in der Sonne taute. An so einem herrlichen Tag hatte sie in München ihre Bewerbung geschrieben. Welten lagen dazwischen.

Eigentlich hatte er ja recht, der Herr Vogelschützer. Warum sollte es für sie eine Ausnahme geben? Aber ein wenig netter hätte er schon sein können.

Als Viola in Vitte am Hafen vorbeikam und die Fischkutter sah, überfiel sie plötzlich Hunger. Eines der Gasthäuser am Kai hatte geöffnet, und sie trat ein. Zehn Minuten später hatte sie eine kräftige Fischsuppe vor sich stehen und war mit sich und der Welt zufrieden. Der unwirsche Herr der Dünen war vergessen, die stattliche Wirtin der Hafenschenke hatte sie begrüßt, sie sofort als die neue Frau Doktor identifiziert und setzte sich zu ihr.

„Ja, der Florian Jung", sagte sie, nachdem Viola ihr von der Begegnung mit dem Vogelwart erzählt hatte, „der hat schon oft Leute vor den Kopf gestoßen. Der nimmt seine Arbeit ernst. Aber das ist schon recht so. Seit sie die Vögel hier beobachten und schützen, sieht man einige, die selten geworden waren, nun wieder öfter. Er hat mich einmal mitgenommen und mir einen Säbelschnäbler gezeigt, die waren viele Jahre lang ganz verschwunden."

Florian Jung hieß er also, der musikalische Biologe, und er konnte auch freundlich sein und jemanden mitnehmen in sein Hoheitsgebiet. Aber vorerst war Viola nicht mehr nach Naturkunde zumute.

Gestärkt und ausgeruht trat sie aus der Hafenschenke. Gerade legte das Fährschiff aus Schaprode am Steg an. Einige Leute stiegen aus, darunter Georg Sommer. Was für ein Zufall, dachte sie beglückt.

Georg Sommer war mit zwei vollen Baumwolltaschen beladen. Als er Viola sah, kam er schnell auf sie zu. „Wie schön, Sie zu sehen!", sagte er. „Und ganz ohne Arztkittel."

„Den hat heute Frau Dr. Blum an", entgegnete sie. „Vielen Dank übrigens für den wunderbaren Strauß! So ein Hauch Frühling im Wohnzimmer macht alles gleich viel heller und freundlicher."

Er nickte. „Ja, der Winter kann hier sehr kalt sein, und ich dachte, Sie ertragen ihn vielleicht besser mit ein paar bunten Blumen."

„Oh, ich habe gerade eine Wanderung ins Naturschutzgebiet hinter mir, in Sonne und eiskalter, klarer Luft, und danach habe ich eine warme Fischsuppe gegessen – so etwas kann nur der Winter bieten."

„Stimmt, die Fischsuppe, die machen sie hier wirklich gut, vor allem wenn sie mit Räucherlachs und frischen Kräutern verfeinert ist."

Viola wusste nicht, ob sie die verfeinerte Version gegessen hatte, es hatte einfach sehr gut geschmeckt.

„Ich habe Besorgungen gemacht", fuhr er fort, während sie langsam den Wallweg entlanggingen. „Samstags fahre ich immer nach Rügen oder Stralsund zum Einkaufen. Ich brauche ab und zu ein paar spezielle Lebensmittel, die es hier nicht gibt."

„Und was haben Sie heute erstanden? Gibt es ein raffiniertes Samstags-Menü?" Einen kochenden Mann fand sie um einiges unterhaltsamer als einen aufgebrachten Vogelschützer.

„Ente aus dem Wok ist geplant", teilte er ihr mit, „mit Austernpilzen, Möhren, Frühlingszwiebeln und Sojasoße. Gewürzt mit einer Spur Sambal Manis und meiner selbst gemachten Curry-Spezialmischung."

Viola war beeindruckt.

Offensichtlich sah er es ihrem Gesichtsausdruck an. Ohne zu zögern, fügte er hinzu: „Ich lade Sie gern demnächst mal zum Essen ein, wenn Sie möchten. Haben Sie nächstes Wochenende Zeit?"

„Das klingt gut", erwiderte sie. „Manchmal habe ich ehrlich gesagt schon große Lust auf etwas, was nicht zu meinem Repertoire gehört. Und das beschränkt sich leider auf Tiefkühltruhe und Suppenpäckchen."

Georg lachte. „Dann habe ich bei Ihnen ja auf jeden Fall schon einen Pluspunkt!" Inzwischen waren sie bei Violas Haus angekommen, und Georg blieb stehen. „Ich könnte zum Beispiel mal wieder gefüllte Lachsforelle mit Salzkartoffeln und Fenchelgemüse machen", überlegte er laut.

„Das klingt gut. Einverstanden!" Viola ging zur Haustür, wandte sich noch einmal um und winkte ihm zu.

„Ich freue mich!", rief er, dann drehte er sich um und ging mit festen Schritten das Süderende hinab.

6

Am Sonntagmorgen war Viola bereit für ein längeres Gespräch mit ihren Eltern.

„Viola, endlich!" Ihre Mutter war sofort am Apparat. „Ich habe schon so auf deinen Anruf gewartet! Erzähl, wie geht es dir?"

„Gut! Die erste Woche war allerdings recht anstrengend. Es gibt so viel Neues, das ich mir merken muss; so eine Praxis zu führen ist doch viel aufwendiger, als ich dachte. Ich habe zwar zwei sehr tatkräftige Helferinnen, aber letzten Endes muss ich doch alles auch selbst können: den Notkoffer in Ordnung halten, den Medikamentenschrank auffüllen, die Kartei und den Terminkalender führen, die Laborproben wegschicken und so weiter. Die beiden sind nur zu den Sprechzeiten da, und wenn ein Anruf außerhalb dieser Zeit kommt, muss die Frau Doktor selbst ans Telefon."

„Das hättest du hier einfacher haben können", meinte die Mutter ein wenig vorwurfsvoll. „Du weißt ja, dass Vater dir eine gute Stelle in seiner Klinik freihält. Verdienst du auf deiner Insel denn wenigstens genügend?"

„Ich habe keine Ahnung. Das wird sich in ein paar Wochen herausstellen."

„Immerhin klingt deine Stimme nicht gerade bedrückt", stellte die Mutter fest. „Du bist also nicht mehr so unglücklich?"

„Wenn du Jochen meinst: Ab und zu tut es schon noch weh, vor allem wenn ich höre, dass er jetzt fest mit dieser Dame zusammen ist, die ‚bloß ein Ausrutscher' war. Aber meine Entscheidung, auf die Insel zu gehen, bereue ich bis jetzt noch nicht."

„Hast du denn schon nette Hiddenseer kennengelernt? Außer den Patienten?"

Viola ließ sie in Gedanken Revue passieren, die „netten" Hiddenseer, von Jehann, dem alten Fischer, über Ottilie bis hin zu Georg und Florian. Eine bunte Mischung. „Oh ja", sagte sie, „drei Männer und eine Frau."

„Drei nette Männer? Das ist aber erfreulich."

„Ja, nicht wahr? Einer ist Ende achtzig und spricht nicht mit jedem, einer spielt Klarinette und jagt Spaziergänger aus dem Schutzgebiet, und einer will für mich am nächsten Wochenende gefüllte Lachsforelle kochen."

„Dann halte dir den warm, der kochen kann", sagte ihre Mutter lachend.

Viola erzählte noch von ihrer Wohnung und der provisorischen Einrichtung, von Pauli und ihrem langen Spaziergang, dann legte sie auf und sann darüber nach, was sie in der Wohnung noch ein- und umräumen wollte. Heute durfte sie keine große Wanderung machen: Sie hatte ihrer Kollegin Monika Blum gestern beim gemütlichen Nachmittagskaffee erklärt, sie könne am Sonntag selbst die Notfälle versorgen, sie wolle sich das Dorf Vitte einmal genauer ansehen. „Da bin ich über mein Handy erreichbar und schnell in der Praxis, wenn es nötig ist." Frau Blum war sofort damit einverstanden gewesen.

Und tatsächlich klingelte, kaum dass Viola aufgelegt hatte, das Telefon. „Frau Doktor?" Die Stimme einer Frau war am Apparat. „Es tut mir leid, Sie am Sonntagmorgen zu stören, aber mein Sohn, der kleine Pascal, hat ziemlich starke Ohrenschmerzen."

„Kommen Sie in einer halben Stunde", sagte Viola, dann sprang sie mit einem Satz aus dem Bett. Sie duschte, zog sich an und stand in Weiß an der Tür, als es klingelte.

Der kleine Pascal hatte eine dicke Mütze auf und sah darunter feindselig hervor. Viola holte den Ohrenspiegel. „Guck, das ist eine Taschenlampe fürs Ohr“, erklärte sie ihm. „Es kitzelt ein wenig und ist vielleicht auch etwas kalt, und am besten ist es, wenn du schön stillhältst. Kannst du das?“

Er nickte verständnisvoll, aber als Viola den Ohrenspiegel hob, rannte er zum Wandschirm an der Liege und versteckte sich hinter ihm. Die Mutter war zum Glück eine resolute Person. Sie schnappte sich ihren brüllenden Sohn und kehrte zum Stuhl zurück.

„Sie müssen ihn gut festhalten“, erklärte Viola, „ich kann sonst nichts erkennen. Es ist wichtig, dass ich das Trommelfell sehe.“

Dann holte sie eine Einmalspritze und gab sie Pascal. „Zu Hause kannst du die auspacken, Wasser einfüllen und spritzen. Na, ist das nicht toll?“

Das Kind fand das auch, aber es wollte sofort Wasser haben. Fragend sah die Mutter Viola an. Die nickte. „Wir legen die gefüllte Spritze hier auf den Tisch, und du kannst sie dir nehmen, wenn wir fertig sind.“

Der Junge war einverstanden und wehrte sich nun nicht mehr.

„Das Trommelfell ist ziemlich gespannt, aber es ist noch keine Mittelohrentzündung“, erklärte Viola aufatmend. „Haben Sie Paracetamol zu Hause?“

„Ja, als Saft, er hat heute Morgen schon einen Löffel bekommen.“

„Gut. Außerdem muss Wärme aufs Ohr. Wissen Sie, wie man ein Zwiebelpäckchen macht?“

Der Kleine sah Viola mit großen Augen an. „Zwiebel stinkt!“, sagte er.

„Ja, aber deinem Ohr tut es gut“, erwiderte Viola. „Kommst du morgen wieder?“

Er nickte. Dann lief er zur Tür und feuerte seine Spritze ab. Ein Kubikzentimeter Wasser geriet aufs Holz, aber darüber war niemand böse. Viola gab der Mutter noch Nasenspray mit, dann setzte sie Pascal eigenhändig seine dicke Wollmütze auf und geleitete beide hinaus.

An diesem Sonntag kamen noch vier Patienten mit Fieber und Erkältung, ein Mann mit verstauchtem Fuß und eine Frau mit einem steifen Nacken. Dazu der kleine Pascal mit den Ohrenschmerzen, das waren sieben Patienten insgesamt. Das konnte man verkraften. Die Wohnung sah nun mit weiteren Regalen aus leeren Kartons ganz lustig aus und vor allem aufgeräumt, und am Nachmittag machte Viola einen kleinen Rundgang durch Vitte.

AM MONTAG saß Pascal wieder mit seiner Mutter im Wartezimmer, und als Lisa die beiden hereinführte, rief sie Viola zu: „Keine Schmerzen mehr und keine Angst vor der Frau Doktor. Wenn das mal kein Erfolg ist!“ Der Kleine schwenkte freudig seine Spritze und ließ sich dieses Mal ohne Weiteres ins Ohr sehen.

Danach saß Viola versonnen an ihrem Schreibtisch. Manchmal brauchte sie eine kurze Atempause. Jochen hatte immer gesagt, sie träume vor sich hin. Aber mit Träumen hatte das nichts zu tun, sie hing nur einfach ihren Gedanken nach. Und manchmal kam sogar etwas Gutes dabei heraus. Wie jetzt zum Beispiel. Der alte Jehann fiel ihr ein, der ganz allein in der Fischersiedlung Plogshagen in seinem Häuschen wohnte. Er musste dringend besucht werden, er litt seit Jahren unter erhöhtem Blutzucker und hatte offene Wunden an den Beinen. Doris, die vormittags als Dorfpflegerin arbeitete, gab ihm regelmäßig seine Spritzen, aber die Beine verband er sich selbst.

Viola griff nach dem Telefon. Doris meldete sich sofort. „Wir könnten gleich nach dem Mittagessen zu Jehann fahren", sagte Viola, „ich hätte es fast vergessen. Ist das in Ordnung?"

„Ich hole Sie ab", antwortete Doris erfreut. Sie sprach langsam und überlegt und meist nur das Nötigste, aber sie war sorgfältig und aufmerksam, und sie sah viel mehr, als man dachte. Ein Kind der Insel, hier geboren, mit vielen Fischern unter ihren Vorfahren. Sie wohnte bei ihrer Oma, die Eltern hatte es nach der Wende in den Westen gezogen. „Jehann wird wahrscheinlich nicht sehr begeistert sein, aber das hilft ihm nichts", bemerkte sie.

„Wir werden ihn schon überreden können, uns seine Beine zu zeigen. Ich habe ihn neulich vor seinem Haus gesehen, er schien ziemliche Schmerzen zu haben." Sie verabredeten sich für 14 Uhr, und Viola legte auf.

Lisa öffnete die Tür. „Kann ich den Nächsten hereinschicken?"

„Aber sicher. Wer ist denn dran?"

So würde es in den kommenden Tagen und Wochen weitergehen, und Viola würde nach und nach die Bewohner von Hiddensee kennenlernen.

Doris und Viola hatten je eine dicke Tasche bei sich, als sie sich auf den Weg zum ehemaligen Fischer Jehann machten. Sie fuhren mit Violas Auto auf der schmalen Straße nach Neuendorf; zweimal mussten sie anhalten, weil ihnen eine Kutsche entgegenkam.

Neuendorf mit dem älteren Ortsteil Plogshagen hatte nur diese eine Straße, die an dem kleinen Hafen endete. Links und rechts zweigten schmale Wege ab, an denen die weiß gekalkten Häuschen mit den Reetdächern einfach auf der Wiese standen, ohne Zaun oder Garten, genau wie früher, als alle Bewohner noch Fischer waren.

Viola parkte am Straßenrand, und sie gingen das restliche Stück zu Fuß weiter. Die Wiese war steinhart gefroren.

„Wie wird das denn im Sommer gemacht, wenn das Gras wächst? ", erkundigte sich Viola bei Doris. „Muss man sich da einen Weg schneiden?"

„Sie werden es nicht glauben, aber es gibt bei uns sogar Rasenmäher“, antwortete diese mit unterdrücktem Lachen.

„So habe ich das nicht gemeint.“ Viola warf ihr einen gut gelaunten Blick zu. „Ich weiß ja, dass die Insel nicht hinter dem Mond liegt.“

„Ein wenig ist das schon so, hier gehen die Uhren noch langsamer als anderswo, und wir sind sogar stolz darauf. Das haben auch die vielen Künstler und Berühmtheiten gemerkt, die hier gelandet sind in den letzten hundert Jahren. Die haben auch die Ruhe genossen.“

„Gerhart Hauptmann“, erwiderte Viola schnell.

„Albert Einstein, Asta Nielsen, Günter Grass, Thomas Mann, Käthe Kruse, Joachim Ringelnatz und noch viele mehr.“

„Du lieber Himmel, was haben die alle hier gemacht?“

Doris überlegte. „Sich erholt, nachgedacht, auf gute Ideen gekommen … Zu so etwas ist Hiddensee immer gut.“

„Ja, ich könnte mir denken, dass sie im Sommer aus den Großstädten geflohen sind und sich hier mit anderen zum Gedankenaustausch getroffen haben. Das ergab dann vielleicht so eine Art intensive kreative Aura.“

„Na ja, nicht nur kreativ, meine Oma regt sich heute noch über das lockere Völkchen auf. Sie haben nämlich auch das Nacktbaden erfunden.“ Doris zog bedeutsam die Augenbrauen hoch. „Da sind Welten aufeinandergeprallt, und Neuem gegenüber sind die Hiddenseer immer sehr zurückhaltend.“

„Na, dann wollen wir mal nach Jehann sehen, hoffentlich fällt uns etwas ein, damit er mich an seine Beine lässt.“

Und dann waren sie auch schon an seinem kleinen Fischerhaus. Doris klopfte an und öffnete die Tür. „Jehann, wir sind es, die Frau Doktor und ich!“, rief sie.

Der alte Mann saß in einem tiefen Ohrensessel und sog an einer Pfeife. Seine grauen Haare standen nach allen Richtungen ab. Der Bart und die buschigen Augenbrauen ließen nicht viel von seinem Gesicht erkennen, nur die hellen Augen blickten den Eintretenden misstrauisch entgegen.

„Die Frau Doktor möchte sich einmal deine Beine ansehen, Jehann.“ Doris stellte ihre Tasche auf den Tisch in der Mitte des Zimmers. Jehann nahm die Pfeife aus dem Mund, sagte aber nichts, sondern schaute Viola nur an.

„Er raucht ja gar nicht richtig“, sagte sie erstaunt.

„Schon lange nicht mehr“, erklärte Doris, „aber er hat es gern, wenn er seine Pfeife im Mund spürt.“ Sie ging vor Jehann in die Hocke. „Ich wickle jetzt deine Binden ab, Jehann. Die Frau Doktor ist extra deswegen mit hergekommen.“

Er zögerte, doch schließlich winkte er ihr zu, einen Hocker zu holen, und legte ächzend das Bein drauf. „Na, denn kiekt ji man“, brummte er.

Viola bemerkte, dass der alte Fischer in keinem guten Zustand war. Ausgetrocknet, zu mager, auch die Wohnung sah verwahrlost aus. Offenbar hatte er keine Verwandten, die sich um ihn kümmerten.

Doris hatte inzwischen die Binde vom rechten Bein entfernt. Der Unterschenkel war geschwollen und rot, und an einer ovalen, mehrere Zentimeter langen Wunde blieb der Verband hängen.

„Was haben Sie draufgemacht?“, fragte Viola.

„Honig“, antwortete er in reinstem Hochdeutsch.

„Oh!“ Darauf war Viola nicht vorbereitet. Deshalb klebte es so.

Vorsichtig löste Doris die Binde und säuberte die Stelle. Viola holte ein Päckchen mit Salbengitter aus ihrer Tasche und öffnete es. Sie legte das Gitter auf die Wunde und ein steriles Mullviereck darüber. Dann reichte sie Doris eine frische Mullbinde. Darüber kam noch ein Kornährenverband.

Jehann begutachtete das Werk erst argwöhnisch, aber dann nickte er. Er war ganz offensichtlich zufrieden.

„Haben Sie noch Honig da?“, erkundigte sich Viola. „Es ist vielleicht besser, wenn Sie ihn essen, als ihn auf die Wunde zu schmieren, sonst klebt der Verband immer fest. Aber Sie haben es bisher ganz gut gemacht.“

Wieder nickte er. „Honig ist gut, datt is nich so’n niemoodschen Kroam, wi dei junge Dokter mi inräd’n wull.“

Doris lachte. „Der ‚niemoodsche Kroam‘ war ein Antibiotikum, das unser Kurzzeitdoktor damals aufgeschrieben hat.“

Das andere Bein war ebenfalls geschwollen, aber nicht offen. Es wurde genauso sorgfältig bandagiert.

„Wir werden Ihre Beine jetzt abwechselnd jeden Tag frisch wickeln, einmal Doris und einmal ich, und ich hoffe, die Wunde heilt dann bald wieder zu und Sie haben keine Schmerzen mehr beim Gehen.“ Viola stand auf und schloss ihre Tasche.

„Dass Sie ihm den Honig nicht schlechtgemacht haben, hat ihn so beeindruckt, dass er sogar fast Hochdeutsch gesprochen hat“, sagte Doris, als sie wieder draußen waren. „Ich denke, wenn Sie das nächste Mal allein kommen, wird es keine Probleme geben.“

„Wer sorgt denn eigentlich für ihn?“

„Niemand, er will es nicht. Er kocht selbst, aber der Himmel weiß, was er da so zusammenbraut. Mich lässt er die Insulin-Injektionen machen, aber sonst nichts. Es geht ihm nicht gut.“ Sie seufzte.

Bevor sie zum Auto zurückkehrten, wollte Viola gerne noch einen kleinen Abstecher zum Strand machen. Doris war gleich dafür zu haben.

Schon von oben, von den Dünen aus, konnte Viola drei Männer erkennen, die in brusthohen Wathosen im Wasser standen und mit Käschern nach etwas fischten. „Gibt es hier Krabben?“, fragte sie erstaunt.

„Nein, das sind Bernsteinfischer.“ Doris sagte es völlig selbstverständlich.

Bernsteinfischer! Viola hatte schon von ihnen gelesen und immer so eine Art Ehrfurcht empfunden. Bernsteinfischer, das klang wie Goldwäscher oder Perlentaucher, Diamantenschürfer, Schatzsucher. Und nun standen sie leibhaftig da unten im kalten Wasser.

Sie lief die Dünen hinunter, Doris ihr hinterher.

„Habt ihr schon etwas gefunden?“, rief Doris ihnen zu. Einer der Bernsteinfischer, ein älterer Mann, hatte sich umgewandt und kam nun aus dem Wasser. Er hielt ihnen die offene Hand hin. Dort lagen zwischen grünen Algenschlieren zwei kleine gelbe Steine, unscheinbar und trübe. An Violas Miene sah er, dass sie enttäuscht war. „Wenn die geschliffen sind, leuchten sie golden, wie es sich gehört“, erklärte er ihr. „Möchten Sie einen?“

„Danke, nein, ich möchte selbst einen finden“, erwiderte sie schnell.

Er sah sie aufmerksam an. „Ach, und sich dann etwas wünschen, ich weiß. Aber es klappt nur einmal mit dem Wunsch. Sonst wären wir alle hier schon reiche Leute.“ Er blinzelte ihr zu und watete zurück ins Wasser.

DIE NACHMITTAGSSPRECHSTUNDE verlief ohne Probleme, und auch in den nächsten Tagen kam Viola gut zurecht. Sie fühlte sich schon richtig heimisch in der Praxis und kannte einige ihrer Patienten bereits mit Namen. Vormittags half ihr Lisa, und an den drei Nachmittagen in der Woche, an denen die Praxis geöffnet war, war Doris da, deren Mitarbeit Viola als sehr angenehm empfand.

Die beißende Kälte in den vergangenen Tagen war wohl ein letztes Aufbäumen des Winters gewesen, denn am Freitag fühlte sich die Luft auf einmal so lau und warm an, dass Viola nachmittags schon eine Weile auf dem Balkon in der Sonne sitzen konnte, in eine Decke eingewickelt, windgeschützt und vor den Blicken der Inselbewohner verborgen. Unten im Vorgarten blühten die Krokusse in Violett und Gelb. Und dann kamen hoch oben im Formationsflug Zugvögel vorüber. Florian Jung hätte ihr jetzt sicher erklären können, welche Art das war, aber vielleicht ärgerte er sich noch immer über ihr Eindringen in seine kostbare Vogelwelt.

Heute Abend würde sie wieder bei Ottilie vorbeischauen, nahm sich Viola vor. Sie freute sich schon darauf. Und nicht nur auf Ottilie, musste sie sich eingestehen, fast noch mehr auf Florian, trotz der Standpauke in den Dünen.

Unten vor dem Haus waren aufgeregte Stimmen zu hören, jemand kam im Laufschritt auf die Haustür zu und klingelte Sturm. Viola fuhr auf, warf die Decke ab und rannte die Treppe hinunter.

Ein Mann stand draußen, aufgeregt. „Frau Doktor, ein Unfall, der junge Fred ist mit dem Fahrrad gestürzt, er ist bewusstlos!“

Viola schnappte ihre Tasche und den roten Koffer und sprang ins Auto. Der Mann setzte sich auf den Beifahrersitz und dirigierte sie ein Stück Richtung Norden. Schon von Weitem konnte sie mehrere Leute erkennen, die sich um einen am Boden liegenden Jungen scharten.

Als Viola ankam, machten sie Platz. Noch im Gehen hatte sie sich die Handschuhe übergestreift, jetzt kniete sie neben ihm nieder.

Der Junge blutete aus der Nase. Seine Gesichtshaut war blass, die Lippen blau, der Herzschlag zum Glück spürbar, stellte Viola erleichtert fest, aber die Atmung schien blockiert. Sie öffnete seinen Mund. Die Zunge war nach hinten zum Gaumen gerutscht. Mit der rechten Hand holte sie sie nach vorn, streckte die linke aus und sagte: „Das Beatmungsgerät aus dem Koffer bitte.“ Jemand reichte ihr die Maske mit dem Beutel, sie setzte dem Jungen die Maske auf, hielt sie fest und drückte dann den Beutel zusammen. Die Brust des Jungen hob sich leicht, die Lippen bekamen wieder Farbe.

„Ich übernehme das“, sagte eine Stimme neben ihr. Eine kundige Hand griff nach der Maske, die andere nach dem Beutel, und Viola machte sich daran, vorsichtig weiterzuuntersuchen. Arme und Beine schienen in Ordnung zu sein, keine Knochenbrüche, keine tiefen Wunden, nur ein paar Abschürfungen.

„Hat jemand den Hubschrauber angefordert?“, fragte sie.

„Schon unterwegs“, war die Antwort.

Sie atmete auf. Trotzdem war noch keine Entwarnung angesagt. Es konnten innere Verletzungen vorhanden sein. Sie wollte gleich eine Nadel legen und eine Flasche anhängen. Mit ruhiger Hand nahm sie die Blutdruckmanschette, legte sie um den schmalen Oberarm des Jungen und nahm den kleinen Eingriff vor, den sie so oft schon gemacht hatte.

„Er atmet wieder von selbst“, sagte die Stimme neben ihr.

Viola sah auf die Brust des Jungen. Sie hob und senkte sich leicht, sein Kopf lag seitlich. Jemand hatte ihm ein Kissen untergeschoben.

„Danke“, sagte Viola. „Wir sollten ihn nicht weiter bewegen, bis der Rettungsarzt kommt.“

Nun erst sah sie auf und genau in die Augen von Florian Jung, der das Atemgerät noch in den Händen hielt.

„Gut gemacht“, sagte er leise und lächelte.

„Danke gleichfalls“, erwiderte Viola. Sie legte ihre Hand leicht auf die Brust des Kindes und sah es aufmerksam an. Dann wandte sie sich wieder Florian zu. „Sie kennen sich gut aus mit Erster Hilfe.“

„Während des Studiums in Bremen war ich beim Rettungsdienst. Ich hätte sogar beinahe Medizin studiert. Aber dann hat doch die Biologie gesiegt.“ Er stand auf. „Der Rettungswagen ist da.“

Das Auto stoppte hinter ihnen, und die Sanitäter sprangen heraus. Sie brachten eine Silberdecke mit und holten die Trage heraus, einer legte das EKG-Gerät an, und dann hörte man auch schon den Hubschrauber. Er landete in der Nähe. Alles ging nun sehr schnell, der Notarzt machte eine Injektion, und dann war Fred schon unterwegs nach Rügen.

Die Zurückbleibenden standen stumm nebeneinander. Ein Mann hob das Fahrrad auf, ließ es aber gleich wieder fallen, setzte sich auf den Boden und schlug die Hände vors Gesicht.

„Der Vater des Jungen“, flüsterte jemand Viola zu, „Max Pagel.“

Sie ging zu ihm hin. „Er ist schwer verletzt“, sagte sie. „Aber er ist in guten Händen, und sein Kreislauf ist stabil, außerdem atmet er selbst, das sind alles gute Zeichen. Ich denke, wir haben alle Berechtigung anzunehmen, dass er wieder gesund wird.“

Der Mann sah auf. „Vielen Dank, Frau Doktor! Wenn der Junge durchkommt, hat er es auch Ihnen zu verdanken.“

Viola sammelte ihre Sachen ein. Sie verstaute das Blutdruckmessgerät in der Tasche, und das Beatmungsgerät verschwand im Koffer.

Florian stand am Rand des Wegs und sah ihr zu. „Soll ich Sie nach Hause fahren?“, fragte er besorgt.

„Nein danke, nicht nötig“, antwortete sie. Sie wollte jetzt kein Mitgefühl. Damals auf der Notfallstation, wo sie ein halbes Jahr lang gearbeitet hatte, ging man auch immer schnell zur Tagesordnung über, man durfte auf keinen Fall bei jedem Unglück mitleiden. Und das sollte hier nicht anders sein …

„Die ersten Zugvögel sind da“, sagte Florian, das Thema wechselnd, als ahnte er, was in ihr vorging. „Irgendwann in den nächsten Wochen könnte ich Sie ins Allerheiligste mitnehmen und Ihnen diese Wunderwelt zeigen.“

Viola atmete tief durch. „Wird Ihre Wunderwelt durch mich denn nicht entweiht?“, fragte sie schnippisch.

„Wenn ich Sie führe und Ihnen zeige, wie man sich verhalten muss, nicht.“

„Na dann, Florian Jung, bis später einmal“, erwiderte Viola. Sie stieg ins Auto und fuhr los, winkte aber noch einmal zurück. Ein überzeugter Naturschützer, ein begabter Klarinettist und jetzt auch noch ein ausgebildeter Rettungshelfer – dieser junge Mann war nun schon für einige Überraschungen gut gewesen.

Als Viola später zu Ottilie ging, leuchtete im Westen ein schmaler, heller Streifen der untergehenden Sonne. Alles war rötlich überhaucht: Abendstimmung auf Hiddensee im März. Dazu der Geruch nach Meer, ein paar schläfrige Möwenschreie und ein reetgedecktes Haus, aus dessen Fenstern Lichtschein fiel und die Klarinette zu hören war.

Viola trat ein. Ihr Platz neben dem Kachelofen war frei. Ottilie brachte einen Tee mit Rum, und Florian begrüßte sie mit einem aufmerksamen Blick. Viele Leute an den Nachbartischen nickten ihr zu. Irgendwie war es hier wie in einem gemütlichen Zuhause.

Nach einer Weile trat Florian an ihren Tisch. „Sie haben noch einen Wunsch frei", sagte er.

„Oh." Viola hatte überhaupt nicht mehr daran gedacht. Was würde sie jetzt gern hören? Etwas Langsames, Romantisches, zum Träumen, zum Entspannen, zum Mitsummen. „‚Plaisir d'amour', kennen Sie das?"

„Aber sicher. Habe ich schon oft gespielt." Er ging zurück auf die kleine Bühne, und schon bei den ersten Tönen wusste Viola, dass es ein Fehler gewesen war, sich ausgerechnet dieses Lied zu wünschen. Ihr Lieblingslied mit Jochen, um Himmels willen, wie konnte sie nur! Ruckartig stand sie auf und verließ den Raum.

In der Toilette ließ sie sich kaltes Wasser übers Gesicht laufen. Dann atmete sie tief durch. Sie war hier die Inselärztin und nicht eine kleine Assistentin, die unglücklich in den Oberarzt verliebt war.

Nach einer Weile riss sie sich zusammen und ging ins Gastzimmer zurück. Jetzt war Florian sicher wieder ärgerlich, weil sie mitten in dem Lied, das er extra für sie gespielt hatte, verschwunden war. Aber sie merkte ihm nichts an, und er hatte in der Zwischenzeit auf eine flotte Melodie gewechselt, die sie nicht kannte. Niemand hatte ihr etwas angesehen, gut so.

An Violas Tisch saß Doris und blickte ihr erwartungsvoll entgegen. „Ich habe im Krankenhaus angerufen", sagte sie. „Fred ist zwar noch ohne Bewusstsein, aber es geht ihm auch nicht schlechter."

„Danke", entgegnete Viola. „Kennst du ihn gut?"

„Ich kenne alle hier", erwiderte Doris. „Fred ist der Sohn einer Freundin von mir. Sie bleibt im Krankenhaus, bis er aufwacht."

Ganz unwillkürlich hatte Viola sie geduzt. „Wollen wir beim Du bleiben?", fragte sie ihre Helferin und hob das Teeglas.

„Gern.“ Doris hatte ebenfalls einen Tee vor sich. „Ich soll auch einen Gruß von Jehann bestellen. Er hat dich ins Herz geschlossen, und das ist gar nicht so selbstverständlich.“

„Erzähl mir ein wenig von ihm“, bat Viola. So würde sie auf andere Gedanken kommen.

„Jehann ist auf der Insel aufgewachsen und dann Matrose geworden“, berichtete Doris. „Zwei Jahre lang ist er auf einem Segelschiff halb um die Welt gefahren, dann ist er zurückgekommen und Fischer geworden. Er hat immer gesagt: ‚Man muss nicht um den halben Globus reisen, um Erfahrungen zu machen und weise zu werden, das kann man auch hier auf Hiddensee.‘ Er war verheiratet, seine Frau ist vor zehn Jahren gestorben. Seitdem lebt er allein. Um ihn herum haben die anderen Fischer ihre Häuser ausgebaut und modernisiert, sie werden jetzt teilweise als Ferienhäuser vermietet. Seines ist noch wie früher. Was meinst du, wie oft Jehann im Sommer, wenn er vor seinem Haus sitzt und seine Pfeife im Mund hat, von den Touristen fotografiert wird?“ Sie lachte. „Deswegen hat er sich in den letzten Jahren seinen Bart nicht mehr stutzen lassen. Ja, und nun gibt es ein Problem. Die Gemeinde und der Bürgermeister wollen am Rand von Neuendorf ein Wellness-Zentrum errichten, im Stil durchaus angepasst, einzelne weiß getünchte Reetdachhäuser, aber eben ziemlich modern und weiträumig. Das bedeutet natürlich mehr Touristen und neue Arbeitsplätze, was viele befürworten. Aber die andere Hälfte der Inselbewohner ist dagegen. Florian ist ein erbitterter Gegner der Pläne, da er um sein Vogelschutzgebiet besorgt ist.“

„Und Jehann ist auch dagegen?“

„Er ist nicht nur dagegen, er ist der Grund, dass die ganze Sache vorerst auf Eis liegt. Sein Häuschen steht auf dem Stück Land, das sie dafür brauchen, und das gehört ihm.“

„Hat Jehann eigentlich Verwandte?“, erkundigte sich Viola.

„Nur einen Neffen, er kommt ihn ab und zu besuchen.“

„Na, wenn der das erfährt …“

„Der weiß es, aber was soll er machen? Er kann das Grundstück des alten Jehann nicht ohne dessen Zustimmung verkaufen.“

Viola machte sich Sorgen um Jehann. Er war viel zu gebrechlich, um allein zu leben. Nur sein Sturkopf war stark.

„Und du, hast du keine Lust, Hiddensee eines Tages zu verlassen?“, fragte Viola nach einer Weile.

Doris sah auf. „Nein, ich möchte an keinem anderen Ort der Erde leben. Ich bin hier geboren und groß geworden und habe meine Ausbildung im

Krankenhaus in Bergen gemacht. Meine Eltern leben jetzt in Dortmund, und meine Mutter will immer, dass ich zu ihnen komme. Aber das habe ich nicht vor. Außerdem möchte ich meine Oma nicht allein lassen. Und Großstadt ohne Meer, das halte ich keine zwei Wochen aus!"

„Ja", Viola nickte, „ich war mir auch immer sicher, dass ich meinen endgültigen Platz nicht in einer Großstadt finden würde, auch als ich in München war und mich in Jochen verliebt hatte. Darüber gab es immer wieder Streit; er wollte nicht aufs Land. Aber dieses Problem hat sich ja nun gelöst."

„Da kam Hiddensee ja gerade recht!", stellte Doris erfreut fest.

„Es war mir eigentlich egal, wo ich lande, es sollte nur möglichst weit weg sein. Aber als ich Hiddensee in der Anzeige gelesen habe, hat es etwas in mir bewegt, und jetzt bin ich hier. Wenn ich nicht zurechtkomme, kann ich jederzeit zu meinem Vater an sein Krankenhaus in Hamburg."

„Na, ich hoffe, du bleibst! Wir hoffen es alle."

„Ich habe mir ein Jahr gegeben, um mir darüber klar zu werden, und es ist noch viel Zeit, um mich hier häuslich einzurichten."

„Wenn du eines Tages anfängst, dir eigene Möbel zu kaufen, dann ist das ein gutes Zeichen, nicht wahr?"

„Möglich", stimmte Viola zu.

Sie saßen noch eine Weile beieinander, dann stand Viola auf. „Ich bin müde", sagte sie und gähnte. „Wir sehen uns dann am Montag. Bist du öfter bei Ottilie?"

Doris nickte. „Meist am Freitagabend."

„Könnte eine nette Gewohnheit werden."

„Das finde ich auch", pflichtete Doris bei.

Viola verabschiedete sich von Ottilie, winkte Florian zu und ging hinaus.

Es war sternenklar. Wie weit der Himmel hier war! Den Blick in die Ferne störten nur ein paar niedrige Hausdächer. Ganz hinten segelte ein halber Mond, man konnte sich vorstellen, er sei ein kleines Schiff auf dem Meer. Und der Leuchtturm schwenkte seinen hellen Arm hoch oben im Kreis.

Viola schloss die Haustür auf. Auf dem Anrufbeantworter blinkte das rote Licht. Sie drückte auf den Wiedergabeknopf. „Viola, denken Sie an morgen Abend? So gegen 18 Uhr? Ich würde mich freuen, wenn Sie die gefüllte Lachsforelle mit mir essen würden. Georg."

In dieser Nacht schlief Viola so tief und fest wie schon lange nicht mehr. Sie merkte nicht einmal, dass Pauli sich in ihr Bett schlich und an ihren Rücken kuschelte.

7

Georgs kleines Haus war in zehn Minuten von der Praxis aus zu erreichen. Kaum hatte sie geklingelt, da öffnete er schon mit Schwung die Tür und strahlte sie an. „Wie schön, dass Sie so pünktlich sind“, sagte er und nahm ihr den Mantel ab. „Sie sehen fabelhaft aus.“

Also war es richtig gewesen, das gelbe Kleid anzuziehen, dachte Viola.

Auch Georg hatte sich feingemacht, mit hellblauem Hemd und Fliege. Er geleitete Viola ins Wohnzimmer, bat sie, in einem Sessel Platz zu nehmen, und schenkte ihr ein Glas Weißwein ein. „Ich muss noch einmal in die Küche“, teilte er ihr mit. „Sie können sich inzwischen ein wenig umsehen.“

Das Zimmer war groß und nahm fast das gesamte Erdgeschoss ein. Zwei schöne alte Schränke standen an den Wänden, ein Regal voller Bücher, wie es sich für einen Mann der Literatur gehörte. In der südlichen Wand befand sich ein Erker, dessen Fenster von langen grün-weißen Vorhängen verdeckt wurden. Halb im Erker stand der runde Esstisch. Er war sorgfältig für zwei Personen gedeckt, inklusive Kerzen und einem kleinen Rosenstrauß.

Als Georg jetzt feierlich hereinschritt und eine silberne Platte auf den Tisch setzte, lächelte sie ihn an. „So viel Vorbereitung für eine Inselärztin, die meist von Fertiggerichten lebt! Ich bin sehr beeindruckt.“

„Das sind Sie wert“, erwiderte er. Er schenkte sich ebenfalls Weißwein ein und hob das Glas. „Wir könnten vom steifen Sie auf das einfachere Du übergehen, das macht alles gemütlicher. Oder sind Sie anderer Meinung?“

„Aber nein, und wenn wir schon beim Du sind, können Sie mir – kannst du mir“, verbesserte sie sich rasch, „auch gleich noch das Geheimnis der wunderbar duftenden Füllung in diesem Fisch verraten.“

„Weißbrot, Estragon, Gouda, Mandeln, Senf und Crème fraîche“, erklärte er. „Man muss sie mit Andacht genießen, die Forelle.“

Und genau das taten sie dann auch. Es schmeckte himmlisch.

„Wie kommt denn ein Fachbuchhändler nach Bergen auf Rügen?“, fragte Viola, nachdem sie den Fisch gebührend gelobt hatte. „Kann man auf dieser Insel davon leben?“

„Ich habe die Buchhandlung vor acht Jahren übernommen und auf Versandhandel spezialisiert, das läuft sehr gut. Eigentlich komme ich aus Greifswald. Ich bin dort aufgewachsen und habe nach einer Buchhandelslehre noch Germanistik studiert. Bücher waren schon immer meine Leidenschaft.“

„Und Kochen.“

Er lachte ihr zu. „Und Kochen. Wenn ich meine Mutter besuche, die jetzt in Kiel bei meiner jüngeren Schwester lebt, verbanne ich sie immer aus der Küche."

„Und nun fährst du mit Schiff und Auto zur Arbeit."

„Ja, aber nicht täglich. Ich wohne wochentags in Bergen in einer kleinen Mietwohnung über dem Laden. Am Wochenende bin ich hier. Solange das Haus ausgebaut und renoviert wurde, kam ich auch häufiger. Das Haus ist übrigens 1923 errichtet worden, es hat zuerst einem Bauern von der Insel gehört, dann einem Herrn aus Berlin, der immer nur im Sommer da war. Und dann haben es mein Onkel und meine Tante gekauft, als Ruhestandsdomizil. Meine Tante hat bis zuletzt darin gewohnt." Georgs blaue Augen waren auf sie gerichtet. „Und du, wie kommst du hierher?", erkundigte er sich.

„Das stand alles in meinem Lebenslauf, der im Rathaus hing, den hast du doch gelesen."

„Das schon, aber ich frage mich, wieso du dich ausgerechnet für Hiddensee entschieden hast."

„Ich wollte weit weg von einem Mann", sagte sie.

„Das macht man, wenn man verletzt wurde", bemerkte Georg. „Seitensprünge?"

Viola überlegte. „Es waren nicht die Affären an sich", meinte sie dann, „sondern die Lügen, die Ausflüchte, das Hintergehen. Wie kann ich mich für einen Mann entscheiden, den ich nicht kenne? Wenn ich Klarheit habe, kann ich sagen, ja, ich bleibe trotzdem mit dir zusammen, oder nein, ich gehe. Ich fühlte mich betrogen, weil er mir etwas vorgemacht hat. Es ist so, als würde man ein neues Auto kaufen, und dann stellt sich heraus, dass es nur überlackiert ist und unter der Farbe rostet." Jetzt konnte sie schon wieder lachen.

„Du warst noch nie verheiratet?"

„Nein."

„Ich auch nicht."

„Willkommen im Klub", antwortete Viola und lächelte ihn an.

Beim Nachtisch, einer Schoko-Bananen-Creme mit Sahnehäubchen, rückte Georg wie nebenbei damit heraus, dass seine letzte Beziehung in die Brüche gegangen war, weil die Kollegin, mit der er in Bergen liiert gewesen war, „letztlich zu schwierig" gewesen sei.

„Ihr habt nicht zusammengewohnt?"

„Nein, ich hatte noch nie eine gemeinsame Wohnung mit einer Frau", erklärte er ernst. „Es hat sich einfach nicht ergeben."

Dann erzählte er Viola noch, dass sein Vater früh verunglückt sei. Er selbst war gerade zehn Jahre alt geworden. „Meine Schwester ist sechs Jahre jünger als ich. Ich habe zuerst die Lehre im Buchhandel gemacht und eisern gespart, um noch studieren zu können. Es ist nicht immer einfach gewesen, aber seit ich diese Buchhandlung besitze, läuft alles bedeutend besser. Jetzt kann ich mir einiges leisten."

Und genau das musste Viola nun bestaunen und tat es gern. Den großen Flachbildfernseher, eingebaut in einen alten Schrank, die Rollläden, die sich automatisch öffneten und schlossen, die raffinierte Beleuchtung, die man je nach Bedarf variieren konnte.

Schließlich zeigte Georg Viola die Küche. Hier herrschte sichtbar Hightech. Induktionsherd, Backofen und Mikrowelle hatten weder Knopf noch Schalter, sondern waren mit Touchscreen zu steuern. Und der Kühlschrank wusste angeblich sogar, wann die Milch zur Neige ging. Während Viola sich umsah, räumte Georg die Spülmaschine ein. Er machte das genauso ordentlich wie alles, was er tat. Nebenher erklärte er Viola, dass man am Strand nicht nur Bernstein finden konnte, sondern auch Hühnergötter: Steine mit einem durch Auswaschung entstandenen Loch. Außerdem gab es Donnerkeile, Versteinerungen uralter Tiere in Keilform, nur wenige Zentimeter groß. „Wir könnten einmal zusammen ins Heimatmuseum in Kloster gehen", schlug er vor. „Da ist auch eine Kopie des Wikingerschatzes ausgestellt, der hier vor über hundert Jahren nach einem Sturm angeschwemmt wurde."

Ja, das würde sie gern mit ihm machen. Und noch einiges mehr.

Als sie aus der Haustür traten, war es windstill und so ruhig, dass man nur ihre Schritte hörte. Georg begleitete sie nach Hause. An ihrer Tür angelangt, sah er sie mit ernster Miene an. „Ich wünsche dir eine ruhige Nacht ohne Notfall, Viola", sagte er. „Und wenn du ein wenig von mir träumen würdest, hätte ich nichts dagegen." Dann wartete er, bis sie aufgeschlossen hatte.

„Gute Nacht, Georg", erwiderte sie lächelnd und schloss die Tür mit sanftem Druck.

ANFANG APRIL kamen die Ostergäste auf die Insel und mit ihnen ein tagelanges Sturmtief mit heftigen Regengüssen. Die armen Urlauber saßen in ihren Pensionen und Hotels fest und Viola in ihrer Wohnung.

Zum ersten Mal, seit sie hier war, versank sie in Trübsinn. In den ersten Wochen war alles noch so neu und sie viel zu beschäftigt gewesen, um Katzenjammer zu bekommen. Georg bemühte sich liebevoll um sie und kochte ihr jeden Samstag seine Spezialmenüs, auch das Heimatmuseum in Kloster hatten sie besucht, und am Freitagabend ging Viola zu Ottilie. Allerdings war Florian zurzeit verschwunden, seine Vögel brauchten ihn jetzt dringender als Ottilies Gäste. Auch hatte bisher jedes Mal ein Spaziergang zum

Meer gereicht, um Ärger oder Traurigkeit im Wind und dem Rauschen der Wellen loszuwerden.

Nun saß sie in ihrem Wohnzimmer und starrte auf die Kartonregale an der Wand. Was konnte man tun, wenn so stürmisches Wetter war, dass man draußen nicht mal gerade gehen konnte?

Die Inselbewohner nahmen das Wetter zum Anlass, ihre neue Ärztin aufzusuchen, und so waren die Sprechstunden voll und Viola schon in den Mittagspausen hundemüde.

Irgendwann hielt sie es einfach nicht mehr aus. Im Inselmarkt erstand sie einen „Friesennerz", die berühmte gelbe, wasserdichte Regenjacke mit Kapuze, und ein Paar Gummistiefel dazu, und dann machte sie sich auf an den Strand. Der Wind blies sie fast um, die Regentropfen peitschten ihr schmerzhaft ins Gesicht, aber so konnte man wenigstens mit etwas kämpfen und dabei Frust und schlechte Laune loswerden. Viola mühte sich ein Stück am Strand entlang, kehrte aber bald wieder um. Zum Glück hatte sie auf dem Heimweg den Sturm im Rücken. Er blies sie wieder nach Hause.

Sie setzte sich in die Küche und zog die nassen Sachen aus. Der Gang zum Meer hatte gutgetan. Und es gab auch Erfreuliches, das durfte sie nicht vergessen. Der kleine Fred mit dem Fahrradunfall war auf dem Weg der Besserung. Er würde wieder ganz gesund werden, hatten die Ärzte im Krankenhaus gesagt.

An einem Freitagnachmittag klarte der Himmel plötzlich auf. Die Sonne kam hervor und das Meer beruhigte sich.

Am Wochenende war das Wartezimmer voll, trotz des schönen Wetters. Warum fuhren die Menschen in den Urlaub und traten dort in eine scharfe Muschel, verdarben sich den Magen oder holten sich eine Blasenentzündung im kalten Wasser? Die Inselbewohner wiederum hackten Holz und bekamen Splitter in den Finger, erkälteten sich bei dem schlechten Wetter oder spürten gerade am Sonntag wieder einmal ihr Rheuma.

Am Montagvormittag war Viola schlecht gelaunt. Eigentlich hätte sie sich nach diesem Wochenende einen freien Tag verdient gehabt, mit Sonnenbad am Strand und nackten Füßen in den Wellen. Zu allem Unglück kündigte ihr Lisa auch noch eine Frau Bertram an mit den Worten: „Das ist eine harte Nuss. Wenn sie nach einer Viertelstunde immer noch bei Ihnen ist, komme ich rein und sage, Sie müssten dringend weg."

Frau Bertram war eine ältere, chic gekleidete Frau, mit Goldkette und randloser Brille. Sie begrüßte Viola mit den Worten: „Ich war schon bei so vielen Ärzten, keiner konnte mir helfen."

Aha, Viola kannte diese Falle. Ihr erster Reflex war, sich zu sagen, da scheint diese arme Frau aber bei einigen ziemlich unfähigen Kollegen gelandet zu sein. Bei mir ist sie richtig. Doch dann erinnerte sie sich an eine Freundin, die Psychologin war und immer gesagt hatte, bei den Worten „kein Arzt konnte mir bisher helfen“, da muss es bei dir klingeln; dann liegt das mit ziemlicher Sicherheit nicht an den Ärzten, sondern an der Patientin.

„Was haben Sie denn für Beschwerden?“, fragte Viola.

„Ich hatte vor fünf Jahren einen Autounfall, mein Mann ist gefahren, und ich erlitt einen Knöchelbruch. Seither habe ich in diesem Knöchel Schmerzen. Ich kann nicht gehen, nur in der Wohnung, deshalb haben wir auch eine Ausnahmegenehmigung: Ich darf hier ein Auto haben, ein Elektroauto, ich kann ja sonst nicht aus dem Haus.“

„Und was ist bisher unternommen worden?“

„Oh, alles, was man sich denken kann. Ich war zweimal in Kur, bei mehreren Spezialisten, immer heißt es, wir können nichts finden. Ich denke, ein Nerv ist eingeklemmt, nur was man da machen könnte, das weiß niemand.“

Ausführlich erzählte sie Viola von ihren Krankenhausaufenthalten, bis Viola sie schließlich unterbrach. „Frau Bertram, ich muss mir die Befunde durchsehen und darüber nachdenken, kommen Sie doch bitte Ende der Woche wieder. Aber eines möchte ich Ihnen gleich sagen: Wir werden hier nicht in erster Linie über Ihre Schmerzen reden, sondern über alles andere, worüber Sie wollen, und auch nie länger als zehn Minuten. Mehr kann ich für Sie wahrscheinlich nicht tun.“

Verblüfft schaute die Frau Viola an, dann stand sie auf. „Ich werde darüber nachdenken“, sagte sie kühl. Dann ging sie.

Viola sah aus dem Fenster. Frau Bertram stieg in ihr Auto, das sie direkt vor dem Haus geparkt hatte. Fahren konnte sie also. Nicht dass sie diese Schmerzen einfach erfunden hätte – Viola war sicher, dass sie sie wirklich spürte, aber sie glaubte nicht an einen eingeklemmten Nerv.

„Na, alle Achtung!“ Lisa kam herein. „Zwölf Minuten, und sie ist freiwillig gegangen. Meinen Sie, sie kommt wieder?“

„Ich weiß es nicht. Ich hoffe.“

„Auf solche Leute können wir verzichten“, brummte Lisa. „Diese Frau hat einfach zu viel Zeit zum Nachdenken. Sie lebt in einer Villa unten in der Nähe vom Hafen, hat einen Mann, der nie da ist und viel Geld verdient, und fährt jeden Meter hier mit dem Auto.“

Viola setzte sich wieder an ihren Schreibtisch. „Psychosomatische Beschwerden sind auch Krankheiten“, erwiderte sie, „und diese Menschen haben dazu noch das Pech, dass sie uns auf die Nerven gehen.“ Sie seufzte. „Aber einmal in der Woche zehn Minuten, das können wir aushalten, oder?“

Lisa lachte. „Dann schreiben Sie ihr wenigstens eine anständige Rechnung, sie ist nämlich Privatpatientin."

„Das werde ich, und dann gehen wir alle drei essen, Doris, Sie und ich."

Am Mittwochnachmittag kam Viola endlich wieder einmal dazu, zum Meer hinunterzugehen, über den Strand zu laufen und ihr Gesicht in den Wind und die Sonne zu halten. Diese letzten Tage mit strahlendem Sonnenschein und voller Wärme hatten die Landschaft so verändert, dass man es kaum glauben konnte. Auf den Wiesen zeigte sich überall dichtes samtiges Grün, die Schlehenbüsche trugen weiße Blüten, in den Gärten sah man Tulpen und Forsythien. Oben auf dem Dornbusch sollte es ab Mai blühenden Ginster geben. Die vielen Hänge färbe er golden, hatte Ottilie erzählt. Viola brauchte eigentlich dringend ein paar freie Tage, um nichts zu verpassen.

Aber an diesem Nachmittag am Meer kam sie nicht weit. Die Sonne schien so warm, dass sie Schuhe und Strümpfe auszog und sich nach einer Weile an einer windgeschützten Stelle in den Sand setzte. Eine Menge Treibholz, Tang und Muscheln bedeckte weite Teile des Strandes. Viola ließ sich den warmen Sand durch die Finger laufen und stocherte ein wenig mit einem Stock herum. Auf einmal schrie sie leise auf. Ein gelber Stein hatte sich in den Algen verwickelt, er war pflaumengroß, rundlich, und an einer Seite glänzte er honigfarben.

Ein Bernstein! Ein richtiger Bernstein, kein abgeschliffenes Glas dieses Mal. Gerade jetzt, wo sie nicht einmal danach gesucht hatte! Sie befreite den Stein vorsichtig von seinem Unrat und rieb ihn sauber.

„Gratuliere", sagte eine Stimme hinter ihr.

Florian! Ihr Herz machte einen freudigen Satz. Sie hatte gehofft, ihm irgendwann einmal zu begegnen, aber er war wie vom Erdboden verschluckt gewesen seit dem Abend, an dem er ihr Wunschlied gespielt hatte. Nun war er da und stand neben ihr: tiefbraun, die dunklen Haare zum Pferdeschwanz gebunden, jung, voller Lebendigkeit, lachend – ein Bild von einem Mann.

Viola hielt ihm strahlend den Stein entgegen. „Ist der nicht schön?"

Florian ließ sich schwungvoll neben sie in den Sand fallen und nahm ihr vorsichtig den Stein aus der Hand. „Wunderschön! Wollen Sie ihn schleifen lassen?"

„Ich weiß noch nicht, wahrscheinlich schon. Jetzt habe ich einen Wunsch frei, nicht wahr? So sagt man doch."

„Ja, Sie dürfen ihn nur nicht laut aussprechen."

„Da muss ich erst nachdenken", erklärte Viola und schloss die Augen.

„Aber nicht wieder den falschen Wunsch."

Viola sah ihn unbehaglich an. Hatte er gemerkt, wie sehr sie an jenem Freitagabend bei Ottilie ihr Wunschlied bereut hatte?

Ja, er hatte.

„Ihre Augen haben Sie verraten", sagte er. „Ich wusste sofort, dass Sie mit diesem Lied keine schönen Erinnerungen verbinden."

Sie senkte den Kopf. „Doch, viel zu schöne Erinnerungen."

„Ich verstehe", erwiderte Florian. Seine Hand berührte ihre, als er ihr den Stein zurückgab. „Haben Sie Lust, mit mir einen Abstecher zu den Brutplätzen zu machen? Und haben Sie Lust, vom Sie zum Du überzugehen?"

Viola sah ihm in die braunen Augen. „Das Betreten des Schutzgebietes ist für Unbefugte verboten."

„Ich bin befugt, und ich kann Sie mitnehmen, wenn Sie brav sind und sich an meine Anweisungen halten", entgegnete er.

„Dann ja", antwortete sie.

„Ja zum Mitkommen oder ja zum Duzen?"

„Zu beidem." Ihre Augen strahlten.

Florian sprang auf, dann zog er Viola hoch und hielt ihre Hand fest. „Wie alt bist du eigentlich?", fragte er. „Oder ist das ein Geheimnis?"

„Aber nein, ich bin stolze 34 Jahre alt. Ich werde demnächst 35. Warum?"

„Manchmal wirkst du jünger und manchmal älter, ich kann dich schwer einordnen."

„Ach, und wie ist es mit dir? Lass mich raten."

„Ich habe zuerst Musik studiert, zwei Jahre lang, in Bremen, da leben auch meine Eltern. Und dann, weil ich leider kein musikalisches Genie bin, habe ich auf Biologie umgesattelt, und das war dann das Richtige. Seit drei Jahren bin ich im Beruf. Ein Jahr davon war ich bei Greenpeace, mit denen bin ich ziemlich in der Welt herumgekommen, und seit letztem Sommer bin ich hier. Du kannst es dir also ausrechnen."

„Zwischen 29 und 33, also noch ein richtiger Frischling."

„Im Dezember bin ich 30 geworden, um genau zu sein. Zufrieden?"

„Na, junger Mann, da war ich ja schon längst aus den Windeln raus, als du auf die Welt gekommen bist."

„Wenn dich der Gedanke freut", antwortete er lächelnd.

Es wurde ein schöner Nachmittag. Florian und Viola radelten nach Süden, so weit es ging, ließen die Räder stehen und gingen zu Fuß weiter.

Florian führte sie an den Rand des Schutzgebietes mit seinen unzähligen Brutvögeln. Große Schwärme zogen immer wieder über sie hinweg, gingen auf den Sandbänken weit draußen nieder und flogen wieder auf. Das waren die Zugvögel auf dem Weg nach Norden und Osten, die hier Rast machten.

Oft konnte man sich bei dem Lärm der Tiere kaum unterhalten. Aber es war faszinierend anzusehen, und als sie dann in Florians Heim ankamen, das genau genommen dem Naturschutzbund gehörte, und er ihr später am Computer seine Aufzeichnungen zeigte, war er in ihrer Achtung deutlich gestiegen. Florian kochte auf seinem Gasherd einen Tee. Mit schwungvollen Griffen hantierte er in der winzigen Küche. Die Sonne fiel durchs Fenster auf seine dunklen Locken, und er sah aus wie ein Pirat aus der Südsee. Es fehlte nur die Augenklappe.

„Woher stammt eigentlich deine Familie?", fragte Viola. „Wie ein Nordlicht siehst du ja nicht gerade aus."

Er stellte eine dicke Henkeltasse vor sie auf den Tisch. „Mein Großvater war Italiener, ein Seefahrer und Abenteurer, der die halbe Welt gesehen hat. Dann hat er sich eines Tages unsterblich in ein blondes Mädchen aus Bremen verliebt, als er dort an Land ging, und war von Stund an sesshaft und glücklich mit seiner Elisabeth. Sie hatten drei Söhne. Mein Vater ist auch dunkel, na ja, und ich habe es ebenfalls geerbt. Ich bin übrigens ein Sandwich-Kind", teilte er ihr mit erhobenem Zeigefinger mit. „Ich habe noch eine große und eine kleine Schwester. Sandwich-Kinder haben zwei Vorzüge: Sie sind verantwortungsbewusst wie die Erstgeborenen und Sonnenscheinchen wie die jüngsten. Das sieht man mir doch an, nicht wahr?"

„Eine gewagte Theorie!" Viola warf ihm einen lachenden Blick zu. „Danach wäre ich auch ein Sonnenschein. Ich bin nämlich eine Jüngste."

„Das habe ich sofort gemerkt, als ich dich zum ersten Mal am Strand gesehen habe, im Sand buddelnd und Muscheln sammelnd", antwortete Florian mit einem undefinierbaren Ausdruck in den Augen. War das nun lustig oder ernst gemeint? Auf einmal wusste sie nicht mehr, was sie sagen sollte.

„Ich muss gehen", bemerkte sie nach einer Weile. „Es wird spät."

„Ich begleite dich ein Stück", sagte Florian, „damit du mir meine Vögel nicht in Verwirrung bringst." Er sprang auf. „Komm. Ich zeig dir noch mein Kraftwerk."

Es entpuppte sich als die Solaranlage auf dem Reetdach, die Viola schon beim ersten Besuch bemerkt hatte. Er brauchte den Strom eigentlich nur für seinen Rechner, erklärte er ihr. Wenn es kalt war, heizte er ein Holzöfchen ein, und Licht gab es aus Petroleumlampen. Ein echtes Kontrastprogramm zu Georgs modernem Haus, dachte Viola.

„Es ist nicht ganz stilecht, mit diesen Platten auf dem Schilfdach", meinte Florian, als sie auf dem schmalen Weg zurückgingen, „aber umweltfreundlich, und ohne Computer läuft heute nun mal nichts."

„Altbewährtes und Modernes", stimmte Viola zu, „wie so vieles hier auf der Insel."

„Aber das Moderne droht das Altbewährte zu verdrängen", stellte Florian mit finsterem Gesicht fest. „Hast du schon von diesem Unsinn mit dem geplanten Wellness-Zentrum gehört?"

„Ja. Meinst du, es bedeutet keine Aufwertung für Hiddensee?"

„Es bedeutet jede Menge blasierter Gäste, die das Schild vom Vogelschutzgebiet ignorieren."

„Wie ich auch."

„Genau, und die zutiefst beleidigt sind, wenn ich ihnen das klarmache. Jehann wird bedrängt, dass er sein Grundstück hergibt. Zum Glück ist er ein alter Sturkopf und hat sich bis jetzt erfolgreich widersetzt."

„Ich mag ihn", bemerkte Viola. „Manchmal besuche ich ihn einfach so, privat, und wenn ich auch nicht immer alles verstehe, was er sagt, so weiß ich doch, dass er sehr viel Lebensweisheit hat."

Am Abend saß Viola müde, aber glücklich und zufrieden mit Pauli auf ihrem Sofa. Sie hatte schon lange nicht mehr so viel gelacht wie heute in den Stunden mit Florian. „Weißt du", sagte sie zu Pauli, „dieses angenehm prickelnde Gefühl, wenn ich bei ihm bin, und seine Aufmerksamkeit, das tut mir ausgesprochen gut. Ja, ja, ich weiß, er ist ein Abenteurer wie sein Großvater, und sicher hat er in jedem Hafen eine Braut. Wenn es ernst für mich werden sollte, löse ich die Leinen, versprochen."

8

Ende der Woche saß Frau Bertram wieder im Wartezimmer.

„Ich dachte, sie kommt nicht mehr", sagte Lisa, als sie die Karte auf den Schreibtisch legte.

„Vielleicht hat sie einfach Langeweile", meinte Viola, „oder braucht jemanden zum Reden. Aber immerhin hat sie mir meine deutlichen Worte das letzte Mal nicht krummgenommen."

Frau Bertram machte ein freundliches Gesicht, als sie hereinkam. „Ich habe eine Erkältung", teilte sie Viola mit. „Ich brauche etwas gegen den Husten. Vor allem nachts plagt er mich."

Viola erhob sich und nahm ihr Stethoskop vom Schreibtisch. „Ich werde Sie abhorchen und Ihnen etwas verschreiben, aber eigentlich sollte hier in dieser guten Meeresluft niemand eine Erkältung bekommen."

„Das hat mir vor Jahren auch schon ein Arzt gesagt, und darum sind wir hierhergezogen und haben das ‚Hotel Seeblick' übernommen, unten am Hafen. Aber es hat nichts genützt. Ja, wenn ich normal gehen könnte … Aber mit diesen Schmerzen komme ich kaum aus dem Haus."

Viola seufzte innerlich. Ist sie wieder bei ihrem Lieblingsthema angekommen, dachte sie unwillig.

„Die Lunge ist frei", versicherte sie Frau Bertram nach der Untersuchung. „Sie führen also das Hotel? Können Sie sich wenigstens bei Sonne in eine warme Decke einwickeln und auf die Terrasse legen?"

„Das kann ich bei meinen Gästen nicht tun", wehrte Frau Bertram ab, „die kommen doch dauernd mit irgendwelchen Anliegen. Und als Hotelbetreiberin ist es nicht angebracht, am helllichten Tag in der Sonne zu liegen."

„Und Ihr Mann, ist er nicht auch für die Gäste da?"

Sie hob den Kopf. „Mein Mann ist meist in Bergen oder Stralsund, dort haben wir noch zwei weitere Hotels."

Viola machte große Augen. „Da gibt es sicher viel Arbeit", sagte sie.

„Wir haben zum Glück gutes Personal, aber ich muss trotzdem immer präsent sein. Manchmal wünsche ich mir, ich könnte einfach einmal einen Tag lang davonlaufen, immer am Strand entlang. Unsere Urlauber sind oft stundenlang unterwegs."

„Wie viele Zimmer haben Sie denn?"

„Fünfzehn, aber wir vermieten nur an Paare ohne Kinder. Wir haben sehr viele Stammgäste, die ihre Ruhe wollen."

Viola runzelte die Brauen. Kinderfeindlich also auch noch, dachte sie. Was ist mit dieser Frau nur los, dass sie so wenig Lebensfreude hat? Leider gab es keinen Hebel, den man einfach umlegen konnte, um Patienten wie Frau Bertram wieder zum Strahlen zu bringen.

Frau Bertram erhob sich. „Die zehn Minuten sind um", bemerkte sie.

„Kommen Sie wieder, wenn der Husten nicht besser wird", sagte Viola.

„Keine Sorge, mich werden Sie so schnell nicht los", war die Antwort.

Lass dich nicht verunsichern, ermahnte Viola sich selbst, als sie wieder an ihrem Schreibtisch saß. Hotelbesitzerin hin oder her, diese Frau ist ganz bestimmt nicht glücklich mit ihrem Leben. Und heute Abend bin ich bei Ottilie und werde sie fragen, was sie mir über Frau Bertram erzählen kann.

AM ABEND wusste Ottilie tatsächlich einiges über das Ehepaar Bertram zu sagen. „Die Bertrams", erklärte sie, „das sind sozusagen unsere oberen Zehntausend. Frau Bertram fährt des Öfteren nach Bergen oder Stralsund zum Einkaufen, aber ansonsten sitzt sie hier auf der Insel fest und hat ein Auge auf ihre Gäste. Das sind meist ebenfalls gut betuchte Herrschaften, nicht besonders kinderfreundlich, leider, aber wir haben eben auch hier die unterschiedlichsten Menschen. Wir sind kein Biotop für auserlesene Lebewesen.“ Sie zwinkerte Viola zu. „Trotzdem ist diese Insel etwas ganz Eigenes, und ich möchte an keinem anderen Ort der Welt wohnen, nur hier.“

„Das kann ich nachvollziehen. Es gibt Orte, an denen fühlt man sich von Anfang an wohl.“

„Ja, aber Frau Bertram nicht.“

„Warum nicht?“

„Ich weiß es nicht. Sie weiß es wahrscheinlich selbst nicht. Aber vielleicht bekommst du es mit der Zeit heraus.“ Vor einiger Zeit waren sie zum Du übergegangen.

Dann drehte Ottilie sich zu Florian um, der gerade Pause machte und bei Bekannten am Nebentisch saß. „Komm her, Musiker, und erzähl unserer Frau Doktor, was du im Sommer am Samstagabend so treibst.“

Florian kam gut gelaunt an ihren Tisch. „Muss ich das? Dann ist mein guter Ruf bei ihr dahin.“

„Ist es *so* schlimm?“, fragte Viola mit erhobenen Augenbrauen.

„Wie man es nimmt.“ Er neigte sich zu ihr hinüber: „Ich spiele Klavier, auf einem teuren Flügel, im Hotel Seeblick bei Frau und Herrn Bertram. Und manchmal singe ich sogar dazu.“

Viola sah ihn entgeistert an, dann brach sie in Lachen aus. „Nein, wirklich? Und was spielst du da so?“

„Alles Mögliche für die meist älteren Herrschaften, von Udo Jürgens bis Placido Domingo. Ich werde sehr gut bezahlt dafür. Ein armer Biologe hat hier kaum sein Auskommen.“

„Er spielt ausgezeichnet, und er singt auch gut“, sprang ihm Ottilie bei. „Seine Klavierabende sind im Hotel sehr begehrt. Du musst es dir einmal anhören, Viola.“

„Kann ich mir dann noch mal ein Lied wünschen?“, fragte Viola.

„Was sollte es denn sein?“

„‚Ganz in Weiß‘ von Roy Black, das kommt mir immer in den Sinn, wenn ich in der Tür meines Sprechzimmers stehe und sage: Der Nächste bitte.“

Florian lachte, dann fing er leise an zu singen: „Ganz in Weiß, mit einem Blumenstrauß, so siehst du in meinen schönsten Träumen aus …“

Dieser Abend bei Ottilie wurde sehr unterhaltsam. Nach und nach kamen auch einige andere Gäste an den Tisch neben dem Kachelofen: Lisa mit ihrem Ehemann, Doris, das Inselkind, mit einer Freundin, und der Inselpastor Busche, ein großer, dunkelhaariger, humorvoller Mann. Geschichten von der Insel wurden erzählt, auch Anekdoten über die bisherigen Ärzte. Eines

Tages werde ich vielleicht selbst ein Stück Geschichte dieser Insel sein, überlegte Viola. War das nun erfreulich oder nicht? Aber lange dachte sie darüber nicht nach.

Es war schon spät, als Viola Ottilies Kneipe verließ. Florian begleitete sie durch den Ort. In einigen Häusern brannte noch Licht, ein leichter warmer Wind blies Violas Haare durcheinander. Florian wickelte sich eine ihrer Locken um den Finger. „Gefangen", sagte er und blieb neben ihr stehen.

„Oh, so einfach ist das nicht", antwortete Viola und warf den Kopf zurück.

Florian strich ihr mit dem Finger langsam über die Nase bis zu den Lippen. Dann nahm er ihr Gesicht in beide Hände und küsste sie auf den Mund. „Doch, so einfach ist das", erwiderte er.

Noch bevor Viola reagieren konnte, ließ Florian sie los, und mit einem leisen, lachenden „Gute Nacht, Frau Doktor" verschwand er Richtung Strand.

AM NÄCHSTEN MORGEN, einem Samstag, klingelte es um acht Uhr Sturm im Arzthaus. Verschlafen und erschrocken warf Viola sich den Bademantel über und rannte hinunter zur Haustür.

Doris stand davor, aufgeregt. Sie musste schnell gefahren sein mit ihrem Fahrrad, denn sie war ziemlich außer Atem. „Jehann ist weg!", stieß sie hervor. „Ich bin gerade bei seinem Haus gewesen und wollte ihm seine Insulinspritze geben. Die Tür war verschlossen, aber ich habe ja einen Schlüssel. Er ist nicht da."

„Kann es sein, dass er einen Morgenspaziergang macht?", fragte Viola.

„Nein! Ich habe nachgesehen, von seinen Kleidern fehlt der größte Teil, auch sein Insulin ist nicht mehr im Kühlschrank. Die Wohnung ist aufgeräumt. Er ist fort, irgendjemand muss ihn mitgenommen haben!"

„Komm herein!", forderte Viola sie auf und geleitete Doris nach oben in die Küche, wo sie ihr einen Stuhl hinschob.

Doris setzte sich und holte erst einmal Luft. „Dass er einfach wegfährt, ohne uns etwas zu sagen, das ist auch nicht seine Art. Abgesehen davon, dass er nicht gut gehen kann und es allein mit Koffer gar nicht bis zum Hafen schafft. Jehann ist in den letzten 30 Jahren kaum von der Insel heruntergekommen, und nie allein."

„Hat er Verwandte? Könnte er dort sein?"

„Er hat nur diesen Neffen. Ich glaube, der hat ihn geholt. Aber keiner der Nachbarn hat Jehann weggehen sehen."

„Und kannst du dir denken, warum? Was sollte der Neffe denn mit seinem alten Onkel anfangen? Ihn zu einem Ausflug einladen?"

„Nein." Doris schüttelte bedrückt den Kopf. „Er ist der einzige Erbe, und ich könnte mir vorstellen, dass er Jehann umstimmen will, das Grundstück zu verkaufen, oder sonst etwas Undurchsichtiges vorhat." Ihr standen Tränen in den Augen. Jehann war für Doris wie ein Großvater.

„Wie heißt der Neffe? Weißt du, wo er wohnt?", fragte Viola.

„Er heißt Norbert Storm und arbeitet in Stralsund, das ist alles, was ich weiß. Aber Jehann muss seine Anschrift oder seine Telefonnummer in seiner Wohnung haben, und ich wollte dich fragen, ob du mitkommst, suchen."

„Sollen wir die Polizei informieren?"

Doris überlegte. „Nein", sagte sie dann, „das würde zu viel Aufruhr verursachen. Gehen wir zuerst noch einmal zu seinem Haus."

Viola zog sich schnell an, steckte das Handy in die Tasche und stieg auf ihr Fahrrad. Gemeinsam fuhren sie zu Jehanns kleiner Kate.

Es war so, wie Doris berichtet hatte. Jehanns wichtigste Sachen waren eingepackt worden, das Bett gemacht, nichts lag herum. Alles sah aus, als wäre er in Urlaub gefahren.

„Ich glaube, er ist schon gestern Abend abgeholt worden", sagte Viola. „Vielleicht, als es dunkel war. Sonst hätte ihn doch jemand sehen müssen."

„Sie müssen mit dem Wassertaxi aufs Festland gefahren sein", sagte Doris. „Wenn sie auf die Fähre gegangen wären, hätte sie mit Sicherheit jemand erkannt und die halbe Insel wüsste schon, dass Jehann fort ist."

„Das können wir leicht nachprüfen. Ich rufe nachher in der Zentrale an", entschied Viola.

Sie fanden keine Adresse oder sonstige Hinweise auf den Neffen, deshalb schloss Doris das Haus wieder ab und machte sich schweren Herzens auf den Rückweg, um ihre restlichen pflegebedürftigen Patienten zu besuchen.

„Ich werde es überall erzählen, vielleicht hat doch jemand etwas gehört", meinte sie, als sie sich trennten. „Das ist das Gute an so einem abgeschiedenen Ort, dass jeder jeden kennt."

Doris fuhr langsam zur Hauptstraße zurück. Man sah ihr an, wie besorgt sie war.

Schon eine Stunde später bekam Viola die Auskunft, dass am späten Freitagabend ein Wassertaxi mit einem Mann zum Hafen von Neuendorf gefahren war. Er war so um die Mitte vierzig gewesen, hatte kurze braune Haare gehabt und war sehr entschlossen aufgetreten. „Er sagte, er würde in einer halben Stunde wiederkommen, ich solle warten", erklärte der Fahrer des Bootes. „Und dann brachte er einen bärtigen Alten mit, der ziemlich gebrechlich aussah und einen Koffer dabeihatte. Am Hafen in Stralsund sind sie ausgestiegen. Der alte Mann hat aber nicht den Eindruck gemacht, als wäre er gezwungen worden mitzukommen", setzte er noch hinzu.

So, das bezeugte also schon einmal, dass es der Neffe gewesen sein musste, der Jehann abgeholt hatte. Aber was bezweckte er damit?

Als Doris am späten Vormittag wieder zu Viola kam, brachte auch sie eine Erfolgsmeldung. Die alte Anna aus Vitte, die Jehann nach dem Tod seiner Frau lange Zeit den Haushalt besorgt hatte, kannte die Adresse des Neffen. Jehann hatte sich eigentlich immer gut mit ihm vertragen. Einige Male war er mit ihm nach Stralsund gefahren, um im Hafen die alten Schiffe anzusehen, die dort immer wieder ankerten. Jehann war jedes Mal begeistert zurückgekommen. Diese alten Windjammer waren seine große Liebe, seit er als junger Kerl zwei Jahre mit so einem Schiff gesegelt war.

Wortlos holte Viola das Telefonbuch. Norbert Storm, Bahnhofstraße 34, Stralsund, hatte einen eingetragenen Anschluss. Aber der Versuch, ihn anzurufen, erbrachte nichts, Herr Storm meldete sich nicht. Vielleicht waren sie gerade im Hafen unterwegs?

„Aber wenn er mit seinem Onkel nur einen kleinen Ausflug unternehmen wollte, dann hätte er doch kurz Bescheid sagen können, damit sich niemand Sorgen macht“, sagte Doris bedrückt.

Viola blätterte schon wieder im Telefonbuch und wählte dann die Nummer des Hafenmeisters.

Fünf Minuten später blickte sie Doris erleichtert an. „Die vor Kurzem renovierte *Gorch Fock* ist vor ein paar Wochen zur Besichtigung im Hafen freigegeben worden“, sagte sie. „Bestimmt sind sie dort.“

Doris lief zum Fenster. Sie starrte kurz hinaus, dann kam sie zurück. „Ich fahre rüber“, erklärte sie. „Das gefällt mir nicht. Auch wenn Jehann sich freut, das alte Schiff zu sehen, ist er einfach nicht mehr kräftig genug für solche Unternehmungen.“

„Ich komme mit“, antwortete Viola sofort. Und dann hatte sie noch eine Idee. „Georg!“, sagte sie. „Er kann uns helfen. Am schnellsten sind wir drüben, wenn wir nach Schaprode übersetzen, dort sein Auto nehmen und nach Stralsund fahren. Ach, er will ja am Abend kochen. Na egal, ich bin sicher, dass er uns trotzdem hilft.“

Georg war sofort bereit mitzukommen. Er wollte sowieso noch einkaufen, und die Fähre fuhr in einer halben Stunde von Neuendorf über den Bodden nach Schaprode. Monika Blum war schon unterwegs, um den Tagesdienst zu übernehmen. Es passte alles.

Auf dem Schiff war jeder mit seinen eigenen Gedanken beschäftigt. Georg prüfte noch einmal seinen Einkaufszettel und dachte über das Essen nach, das er am Abend kochen wollte, und Viola erfreute sich an der Weite des Meeres, den glitzernden Wellen und der klaren Luft. Wie schön, so unerwartet zu einem Ausflug zu kommen! Das ein klein wenig schlechte Gewissen über ihre Freude an der Fahrt störte sie nicht. Sie waren ja für Jehann unterwegs. Doris blieb während der Weiterfahrt mit dem Auto von Schaprode über den Rügendamm zum Festland sehr still. Nur einmal sagte sie: „Er wird bestimmt wieder versuchen, Jehann zum Verkauf des Grundstücks zu überreden, und vielleicht wird er ihm sogar drohen."

„Sie meinen mit einem Betreuungsverfahren?", fragte Georg.

„Ja, Jehann hat mir erzählt, dass er so etwas schon einmal angesprochen hätte. Er hätte gesagt, Jehann könnte seine eigenen Angelegenheiten nicht mehr überblicken und keine wichtigen Entscheidungen treffen. Aber Jehann hat damals kurz und bündig abgelehnt."

„Dazu braucht es auch das Vormundschaftsgericht", bemerkte Viola.

„Ja, und ich werde es zu verhindern wissen!", sagte Doris. Ihre Miene war besorgt, aber entschlossen, die Hände lagen fest in ihrem Schoß.

Während sie durch Stralsund fuhren, schaute sich Viola mit wachen Augen um. Viele Kirchtürme, hohe gotische Giebelhäuser aus Backstein und schöne alte Brücken: die Hansestadt war nach der Wende an allen Ecken und Enden renoviert worden.

Georg hielt am Passagierhafen. „Kann ich euch noch behilflich sein?", fragte er, als Viola und Doris ausgestiegen waren.

„Nein danke. Wir suchen zuerst auf der *Gorch Fock* und fahren später in die Bahnhofstraße, wenn Jehann nicht auf dem Schiff ist", antwortete Viola.

„Wenn er bis heute Abend nicht auftaucht, solltet ihr die Polizei informieren", meinte Georg. „Ich warte auf jeden Fall mit der Rückfahrt auf euch."

In seinen Augen lag Mitgefühl, und Viola dankte es ihm, indem sie ihm zulächelte. Georgs Zuverlässigkeit beruhigte sie, und als sie mit Doris eine halbe Stunde später an der Anlegestelle des Hochseeseglers angelangt war, vergaß sie über dem Anblick dieses strahlend weißen Schiffes fast, warum sie hier waren. Der schöne, renovierte Windjammer erhob sich riesig vor ihr, drei Masten reichten in schwindelnde Höhen.

Viola trennte sich von Doris, und jede suchte eine Seite des Schiffes ab. Aber sie konnten weder Jehann noch seinen Neffen finden.

Doris schüttelte bekümmert den Kopf, als sie sich am Kai wiedertrafen. Eine Turmuhr schlug drei Uhr, und an einer Imbissbude holten sie sich schnell gebratene Scholle. Anschließend fuhren sie zur Wohnung von Jehanns Neffen. Das Mehrfamilienhaus in der Bahnhofstraße 34 sah gepflegt aus: hellgelber Anstrich, davor ein kleiner Garten mit blühenden Narzissen. Norbert Storms Klingel befand sich unten, er wohnte also im Parterre.

Man hörte einen melodischen Klang, als Viola den Knopf drückte, aber es rührte sich nichts.

Was konnte man jetzt noch tun?

Violas Handy klingelte. Es war Georg. Er wollte wissen, ob sie Jehann gefunden hätten und wo er sie abholen sollte.

Doris und Viola setzten sich auf eine Bank in der Nähe, während sie auf Georg warteten und nachdachten. Doris war ihre Unruhe deutlich anzumerken. Schließlich erhob sie sich, um bei den Nachbarwohnungen zu läuten. Vielleicht wusste dort jemand, wo Norbert Storm war.

Sie hatte Glück. Viola sah, wie sie mit einer Frau sprach, die aus dem Fenster schaute.

„Er war tatsächlich hier!", berichtete Doris kurz darauf aufgeregt. „Die beiden sind heute Morgen aus der Wohnung gekommen, Norbert und Jehann, er hat der Frau seinen Onkel sogar vorgestellt. Dann sind sie in sein Auto gestiegen. Den Koffer haben sie mitgenommen. Jehann war offensichtlich ganz munter, er erzählte, sie würden zum Hafen fahren und am Abend wieder auf die Insel zurück." Doris zog die Augenbrauen zusammen und sah nachdenklich zu dem Haus zurück. „Aber wozu dann der große Koffer?"

Im Moment konnten sie nichts weiter unternehmen, also warteten sie ungeduldig auf Georg, der kurze Zeit später mit seinem Wagen neben ihnen hielt.

Als er vom Ergebnis der Suche hörte, wiegte er den Kopf. „Soll ich die Polizei anrufen?", schlug er vor.

„Nein." Doris sah ihn grimmig an. „Wenn dieser Neffe das vorhat, was ich von Anfang an vermutet habe, wird uns die Polizei nicht helfen können."

„Und woran denkst du? Doch nicht tatsächlich an so eine Art Entführung, um an das Erbe zu kommen?", fragte Viola ungläubig.

„Doch, genau das. Er könnte irgendeine Geschichte erfinden, zum Beispiel dass er die letzte Fähre nach Hiddensee verpasst hat, und Jehann dann zum Übernachten in einem Altenheim abliefern. Und wenn er schon mal dort ist … Ich traue diesem Norbert Storm nicht, und wenn Jehann morgen nicht wieder zu Hause ist, komme ich noch einmal hierher!"

Es war schon dunkel, als sie wieder am Hafen von Neuendorf ankamen. Georg hatte sich bereits verabschiedet und war mit seinen Einkäufen in den Inselbus nach Vitte gestiegen. Viola und Doris schauten noch bei Jehanns Häuschen vorbei, aber es gab keine Spur von dem alten Fischer.

Sie beschlossen, zu Fuß nach Vitte zu gehen. Der Mond stand voll über dem Meer und beleuchtete den Weg durch die Heide, es roch nach Thymian und anderen Sträuchern.

„Wenn jemand hier aufgewachsen ist und sein Leben verbracht hat wie

Jehann", sagte Doris, „dann kann man ihn nicht mehr verpflanzen im Alter. Er würde verkümmern und verdorren."

„Du liebst diese Insel genauso wie er, nicht wahr?"

„Ja. Kannst du das verstehen?"

„Ich fange an, es zu verstehen", sagte Viola.

Als sie Doris' Haus erreichten, fiel ihr etwas ein. „Du hast morgen Vormittag doch Patienten zu versorgen. Soll ich das übernehmen, damit du noch mal nach Stralsund fahren kannst?"

„Das würdest du wirklich tun?", fragte Doris. „Zwei Stunden Krankenschwester spielen? Du bist doch Ärztin, ist das nicht unter deiner Würde?"

„Aber nein", erwiderte Viola lächelnd. „Pastor Busche gibt Segelkurse, euer Lehrer betreibt eine Pension, und Bürgermeister Lükke hilft eigenhändig beim Streichen der Räume im Rathaus. Warum soll ich dann nicht auch mal für zwei Stunden als Krankenpflegerin losziehen? Hier geht vieles, was anderswo Kopfschütteln hervorrufen würde, das habe ich schon bemerkt."

„Ja, das ist wahr, und es hat bereits auf dich abgefärbt, scheint mir. Vielen Dank, Viola, dann fahre ich gleich in der Früh wieder los." Doris drückte Violas Hand, und zum ersten Mal an diesem Tag sah Viola sie lächeln.

EINE STUNDE SPÄTER saß Viola bei Georg in der Küche und sah zu, wie er mediterranes Kartoffelgulasch zubereitete. Er arbeitete konzentriert und mit ganzer Hingabe. Wahrscheinlich führte er genauso seinen Buchladen.

Nach dem Essen, als sie satt und zufrieden im gemütlichen Erker zusammensaßen, kam Viola noch einmal auf Jehann zu sprechen. „Wenn er nun Jehann dazu bringt, ihm eine Betreuungsverfügung zu geben?"

„Du meinst den Neffen?" Georg musste sich erst einmal in Violas Gedankengänge einklinken.

„Ja. So langsam denke ich, dass Doris' Sorge gar nicht so unberechtigt ist. Eine Betreuungsverfügung muss Jehann nicht mal selbst unterschreiben, da reichen ein Antrag von Storm, ein ärztliches Gutachten und ein Notar, der die Sache mit dem Gericht regelt."

„Viola", Georg legte beruhigend seine Hand auf ihre, „kein Arzt und kein Notar wird Jehann auf diese Art und Weise entmündigen. Jehann ist in vollem Umfang geschäftsfähig."

„Aber Jehann ist schließlich schon 89 Jahre alt und braucht regelmäßige Betreuung und seine Spritzen. Er ist schon sehr hinfällig, eigentlich sollte er gar nicht mehr allein leben. Das könnte der Neffe anführen. Und es kann sogar sein, dass er in einer fremden Umgebung mit fremden Menschen die Orientierung verliert oder dass er Medikamente bekommt, die ihn verwirren.

Da kann so ein alter Mensch furchtbar schnell geistig abbauen. Ich darf gar nicht daran denken! Hoffentlich klärt sich bald alles auf. Weißt du, Georg, irgendwie verkörpert er eine Art zu leben, nach der ich mich manchmal sehne. Eine einfache Art zu leben, ohne unnützen Ballast."

„Aber Viola! Ohne dein Auto und dein Handy und deine Geräte könntest du gar nicht Ärztin sein. Oder willst du anfangen, Kräuter zu pflücken, und auf moderne Arzneimittel verzichten?"

„Ich möchte beides! Manchmal mit allen neuzeitlichen Mitteln ausgestattet sein oder, wenn mir danach ist, mich in einer Hütte im Wald verkriechen, das Wasser von der Quelle holen und Beeren sammeln. Du nicht?"

Georg sah sie ein wenig verwundert an. „Nein, ich habe doch alles, was ich brauche, meine Wohnung, meinen Beruf, meinen Arbeitsplatz." Er machte eine Pause. „Und irgendwann werde ich auch eine Frau haben und Kinder, zwei vielleicht. Und ich kann dir versichern, dass diese Frau es bei mir gut haben wird."

Viola stockte der Atem. Meinte er sie damit? Sie hatte schon mehrmals vorsichtig darüber nachgedacht, wie es wäre, ihr Leben mit Georg zu verbringen. Eine Ehe mit ihm wäre wahrscheinlich nicht gerade eine Achterbahnfahrt mit Höhen und Tiefen, aber wer wünschte sich schon eine lebenslange Achterbahnfahrt?

Sie sah Georg in die Augen, und er betrachtete sie mit einem Blick, der ihr Herzklopfen machte. Gab es für sie bei Georg wieder dieses Gefühl von Glück, das sie vor langer Zeit irgendwo in München zurückgelassen hatte? Ein wenig verwirrt senkte sie den Kopf. Das Besteck glänzte im Schein der Kerzen auf dem edlen Porzellan ihres Tellers. Unwillkürlich kam ihr Florian in den Sinn mit seinen beiden einzigen Tassen und der winzigen Küche. Er kannte Georg nicht, aber sie sah bereits seinen leicht amüsierten Gesichtsausdruck vor sich, wenn er Georg einmal begegnete. Mit welchem Vogel würde er Georg vergleichen? Viola hatte er das letzte Mal eine Ringelgans genannt, wegen ihrer Haare. Und sie hatte gekontert: Trottellumme!

Unwillkürlich begann sie zu lächeln, als sie daran dachte.

„Was erfreut dich so?", fragte Georg und nahm ihre Hand in seine.

„Ach, mir ist gerade etwas eingefallen", erwiderte Viola. „Ein Vogelschützer hat mich mit einer Ringelgans verglichen. Meine Frisur hat ihn dazu inspiriert."

„Ein dir gut bekannter Vogelschützer?"

„Nein, nicht sehr gut."

„Das sollte er auch bleiben", gab Georg zurück und zog ihre Hand an seinen Mund.

Und dann dachte Viola nicht mehr an Florian.

9

Am Sonntagvormittag versorgte Viola zuerst Doris' Patienten und dann einige weitere in ihrer Praxis. Anschließend machte sie noch einen Besuch bei der alten Anna, Jehanns ehemaliger Haushälterin, die seinen Neffen Norbert schon oft gesehen hatte.

„Wie ist er denn so, dieser einzige Verwandte? Meinen Sie, er hat etwas Unschönes im Sinn?", fragte Viola.

Anna saß in ihrer Küche. Die Falten in ihrem Gesicht zeugten von Wind und Wetter auf See. Ihr Mann war Fischer gewesen, und sie war oft mit hinausgefahren. Ihre Miene verdüsterte sich. „Ich weiß es nicht. Höflich ist er, und er hat seinen Onkel früher öfter mitgenommen auf einen Ausflug."

„Er kennt die Pläne mit dem Wellness-Zentrum."

„Aber ja, schon lange. Er liegt seinem Onkel seither in den Ohren, er solle sein Grundstück verkaufen. Aber Sie kennen ja Jehann. ‚Nicht vor meinem Tod', hat er immer gesagt. ‚Danach mag er machen, was er will.' "

„Ich hoffe, dass Doris ihn heute Abend wieder mitbringt", seufzte Viola. „Lieber Himmel, man kann doch nicht einfach seinen Onkel entführen!"

„Wenn dem Neffen das Wasser bis zum Hals steht, traue ich ihm alles zu", meinte Anna düster. „Und Jehann ist nicht mehr in der Lage, allein vom Festland auf die Insel zurückzugelangen."

Nicht gerade optimistisch gestimmt kehrte Viola nach Hause zurück. Gedankenversunken öffnete sie das Gartentor, und plötzlich stand sie vor Florian. Vor einem Florian, der sie zornig und mit gerunzelter Stirn ansah.

„Was höre ich da?", fragte er aufgebracht. „Jehann ist verschwunden und niemand hat es für nötig gehalten, mir Bescheid zu sagen? Wo ist er?"

„Er ist wahrscheinlich in Stralsund. Sein Neffe hat ihn geholt", erwiderte Viola kühl und wollte an ihm vorbei, aber er trat ihr in den Weg. „Dieser Neffe hat nichts Gutes mit ihm vor. Hätte ich sofort von Jehanns Verschwinden erfahren, wäre er jetzt schon wieder hier!"

„Florian", Viola wurde ungehalten, „du bist bei deinen Vögeln meist nicht erreichbar, weil du das Handy abschaltest, und du hättest auch nicht mehr tun können als wir bis jetzt. Führ dich nicht auf wie eine deiner Möwen, die immer auf anderen rumhacken. Wenn du dich wieder benimmst, wie es sich gehört, kannst du mit reinkommen."

Florians Miene glättete sich ein wenig. „Tut mir leid", sagte er, „aber ich möchte nur, dass Jehann nichts passiert."

„Das wollen wir alle", antwortete Viola und ging ihm voran ins Haus.

Sie kochte einen Tee und berichtete Florian alles: die Sache mit dem Koffer, Jehanns aufgeräumte Wohnung, ihr vergebliches Klingeln an der Tür des Neffen und die Erklärung der Nachbarin. Florian sah immer finsterer drein.

„Ich gehe zum Hafen", sagte er und sprang auf. „Wenn Doris mit dem Nachmittagsschiff nicht kommt, fahre ich hinüber."

Viola sah ihm nach. Dann schüttelte sie den Kopf. Florian war ein junger Hitzkopf, er sollte erst einmal erwachsen werden.

Am späten Sonntagnachmittag klingelte es an Violas Haustür, und Georg stand davor. Gleichzeitig bogen Doris und Florian um die Ecke, Doris mit verweinten Augen, Florian voller Wut.

Viola stellte sie einander vor, und sie setzten sich in Violas Küche an den Tisch, Florian mit einem skeptischen Seitenblick auf Georg.

Doris hatte an Norbert Storms Haus gewartet, bis er herauskam, und war ihm dann im Taxi, das um die Ecke parkte, nachgefahren. „Wie im Kino", setzte Florian mit blitzenden Augen hinzu.

Storm war vor einem großen, lang gezogenen Gebäude ausgestiegen, das von einer Parkanlage umgeben war.

„Vor einem Altenheim!", sagte Doris. „Genau, wie ich befürchtet hatte!"

Nach einer Stunde war Storm wieder erschienen. Doris hatte ein wenig Zeit verstreichen lassen und dann am Eingang nach Jehann gefragt. Sie war in ein Zimmer im ersten Stock geführt worden, in dem Jehann auf dem Bett gelegen hatte. „Er war kaum ansprechbar und hat mich nicht erkannt", berichtete Doris, und erneut liefen ihr die Tränen über die Wangen. Die Schwester hatte ihr erklärt, dass viele ältere Menschen durch die Umstellung erst einmal unruhig seien und verwirrt, dass sie sich aber nach ein paar Tagen immer gut einleben würden.

Jehann sei, so hatte Doris noch erfahren, gestern Nachmittag von seinem Neffen gebracht worden. „Das Zimmer ist vor ein paar Tagen frei geworden, und Jehann war bereits seit Monaten angemeldet!", sagte sie wutentbrannt.

Der alte Mann hatte sich bei seiner Ankunft kaum auf den Beinen halten können. Er war sehr müde gewesen und sofort ins Bett gebracht worden. In der Nacht war er aufgewacht, hatte sich angezogen, seine Kleider in den Koffer gepackt und hatte nach Hause gehen wollen. Die polnische Nachtschwester hatte sein Platt nicht verstanden, er nicht ihr Deutsch, und als sie ihn festhalten wollte, hatte er ihr „eine gewischt". Daraufhin war der Arzt gekommen und hatte Jehann eine Injektion gegeben, worauf dieser wieder ruhig geworden war.

Am frühen Morgen dann, also heute, hatte er an seinem Tee gerochen und ihn an die Wand geschleudert. Er hatte weder gegessen noch getrunken, sondern war wieder Richtung Ausgang gelaufen, so gut er konnte, bis sie ihn dort geschnappt hatten.

„Die Schwestern sind freundlich und bemühen sich sehr um ihn", sagte Doris, „aber sie können auch nichts anderes tun, als ihm Beruhigungsmittel zu geben. Sie sagen, in ein paar Tagen hat er sich eingelebt."

„Was will der Neffe damit erreichen? Ein Altenheim kostet Geld, und Jehanns Rente reicht dafür sicher nicht", sagte Viola aufgebracht.

„Na, das ist doch klar!", rief Doris wütend. „Eine Entmündigung, oder eine Betreuungsverfügung, wie es so vornehm heißt, dann das Grundstück verkaufen und das Geld einstecken."

„So einfach geht das nicht", meldete sich Georg zu Wort. „So ein Verfahren dauert seine Zeit. Aber es ist nicht auszuschließen, dass er damit durchkommt, und das geht am besten, wenn der alte Mann in einem Heim ist."

„Morgen Nachmittag zur Besuchszeit hole ich ihn", sagte Florian.

„Und ich fahre mit!", rief Doris. „Um eins geht die Fähre, da sind wir gegen vier im Altenheim."

„Wunderbar. Ich mache die Praxis zu und begleite euch!", verkündete Viola voller Begeisterung.

Georg warf ihr einen schnellen Blick zu. „Auf keinen Fall! Du bist seine Ärztin, das kann schlecht für dich ausgehen, Viola. Florian und Doris kann nichts passieren, sofern Jehann sich nicht wehrt, sondern freiwillig mitgeht auch wenn der Neffe noch keine schriftliche Verfügung hat."

„Das ist richtig", musste Florian widerstrebend zugeben.

„Ich komme mit meinem Wagen zum Heim", fuhr Georg fort, „und warte draußen. Ihr solltet einen Brief vorbereiten und in sein Zimmer legen, in dem steht, dass ihr Jehann wieder nach Hause gebracht habt, sonst tretet ihr eine Großfahndung los."

„Georg, das würdest du tun?", rief Viola. „Danke, dafür hast du einen Orden verdient!"

„Ich werde darauf zurückkommen", antwortete Georg lächelnd und erhob sich.

Auch Florian sprang auf. „Gut, so kann es gehen. Das wird spannend! Aber jetzt muss ich zu meinen Vögeln. Wir treffen uns dann morgen um eins an der Fähre. Dem Herrn Neffen werden wir es zeigen!"

Doris erhob sich ebenfalls. „Viola, kannst du dann gleich zu Anna kommen, wenn Jehann wieder da ist? Ich gehe jetzt zu ihr und bitte sie, ihm eines ihrer Zimmer herzurichten, dann kann er erst einmal bei ihr bleiben."

„Aber sicher“, stimmte Viola zu. „Ich hoffe nur, dass morgen alles klappt.“

„Wenn er nicht selbst gehen kann, nehmen wir einen Rollstuhl.“ Doris hatte wieder Farbe im Gesicht. Die Aussicht, Jehann morgen holen zu können, zusammen mit Florian, dem Draufgänger, und Georg, dem Bedächtigen, gab ihr Zuversicht. Diese zwei Männer seien eine gute Kombination bei so einem Unternehmen, sagte sie zu Viola, als sie sich verabschiedete.

In der Sprechstunde am Montag war vor allem von Jehann die Rede. Die ganze Insel wusste bereits, dass der alte Fischer von seinem Neffen in ein Altenheim gebracht worden war. Die Empörung war groß.

Lisa hatte vor Aufregung rote Wangen. „Dieser Norbert Storm“, verkündete sie entrüstet, „hat immer so getan, als wäre er um seinen Onkel besorgt. Beim letzten Besuch hat er allen Ernstes behauptet, der alte Mann wäre vernachlässigt, er werde immer vergesslicher und könne nicht mehr allein gelassen werden und man müsse eine Lösung finden. Aber dass er ihn einfach mitnimmt in ein Heim, das hätte ich nie gedacht!“

„Jehann scheint freiwillig mitgefahren zu sein“, gab Viola zu bedenken.

„Ja, weil er ihm das Blaue vom Himmel herunter versprochen hat. Jehann hat oft gesagt, er hätte nur noch einen Wunsch, nämlich noch einmal auf einem Windjammer zu stehen. Alte Bäume darf man nicht verpflanzen, und schon gar nicht so einen, der mit dem Meer aufgewachsen ist. Der braucht Wasser und Wind und Möwen und seinen Tee, mit oder ohne Rum“, schimpfte Lisa vor sich hin.

„Ja, das meine ich auch“, stimmte Viola ihr zu. Vielleicht war Jehann wirklich zu sehr vereinsamt, vielleicht hatte der Neffe ein wenig recht gehabt. Aber sie hatte es mehrmals erlebt, wie schnell ein alter Mensch seinen Lebenswillen verlieren konnte, wenn er sich abgeschoben fühlte.

Um 18 Uhr ging Viola zu Anna, die bereits ein hübsches, gemütliches Zimmer im Erdgeschoss hergerichtet hatte, mit einem bunten Webteppich und einem breiten Bett. Und mit Jehanns Ohrensessel und seiner geliebten Sammlung exotischer Muscheln und vom Meer geschliffener Steine. Viola setzte sich in den Sessel und stellte sich vor, wie Jehann dasaß, an seiner kalten Pfeife zog und sagte: „Ick bün wärrer doar!“

Eine Stunde später klingelte ihr Handy. „Viola, wir sind in zwanzig Minuten am Hafen!“ Florians Stimme klang aufgeregt. „Jehann ist bei uns. Anna soll Tee kochen mit einem guten Schuss Rum, er braucht ihn jetzt!“

Viola sprang auf. „Anna“, rief sie, „ich hole Jehann mit dem Auto vom Hafen ab!“

Jehann war schwach wie ein Segel ohne Wind. Er konnte nur mit Hilfe von Georg und Florian ins Haus gelangen, aber in seinen Augen glomm Leben auf, als er seinen alten Ohrensessel sah und seine Muscheln.

Die Männer setzten ihn in den Sessel, und Anna reichte ihm eine Tasse Tee. Jehann roch daran, und sein Gesicht verklärte sich. Er nahm einen großen Schluck und schloss die Augen. „Bün ick froh, wärrer tau Huus tau sin'n", sagte er und lehnte erschöpft den Kopf an den Sessel.

Es wurde noch ein langer Abend bei Viola in der Küche mit Doris, Georg und Florian. Sie erzählten, wie sie Jehann vorgefunden hatten. „Im Rollstuhl im Aufenthaltsraum war er", berichtete Doris empört. „Festgeschnallt, damit er nicht wieder davonlaufen konnte."

„Doris hat er zum Glück gleich erkannt", sagte Florian, „und als sie um Erlaubnis bat, mit ihm ein wenig nach draußen fahren zu dürfen, hat die Schwester das sofort genehmigt. Eine sehr hübsche Schwester übrigens." Florian lächelte in der Erinnerung versonnen vor sich hin. Georg und Doris hatten Jehann dann rausgefahren und sofort zum Auto, während Florian noch ein wenig mit der jungen Pflegerin geschäkert hatte. „Immerhin habe ich erfahren, dass sie sich sehr um Jehann bemüht hat. Sie hat es mit viel Geduld fertiggebracht, dass er etwas gegessen hat. Und der Neffe hat tatsächlich ein Betreuungsverfahren eingeleitet, das hat sie auch erzählt."

„Dem Kerl geht es doch wirklich nur ums Geld", sagte Viola fassungslos.

„Jehann kann jederzeit Einspruch erheben", erklärte Georg, „und das solltet ihr morgen gleich machen, dann hat dieser Norbert Storm keine Chance."

Am nächsten Tag kam ein wutschnaubender Norbert Storm in die Praxis. Er wollte sofort zu Viola vorgelassen werden, aber Lisa hielt ihn unerbittlich im Vorzimmer fest, bis er an der Reihe war.

„Sie können doch nicht einfach jemanden aus dem Altenheim holen!", schnaubte er, als er ins Sprechzimmer stürmte. „Ich weiß, dass Sie mit der Sache zu tun haben."

„Und Sie können Ihren Onkel nicht einfach gegen seinen Willen ins Altenheim stecken und noch dazu versuchen, eine Entmündigung zu erreichen", erwiderte Viola.

„Erstens habe ich das nicht gegen seinen Willen getan, und zweitens ging es ihm hier so schlecht, dass es nötig war, ihm eine gute Pflege zu besorgen. Er ist seit Monaten vernachlässigt worden, hat übermäßig Alkohol getrunken, er hat nicht richtig gegessen, und er war bereits teilweise verwirrt. Als der Arzt in Stralsund ihn nach Datum und Wochentag fragte, hat er das nicht gewusst. Er ist nachts aufgestanden und wollte weglaufen, und er war aggressiv und hat die Schwestern angegriffen!"

„Ach, aber sobald er wieder auf der Insel war, war er brav wie ein Lämmchen, hat normal gegessen und getrunken und niemanden angefallen. Und wissen Sie, warum? Weil ihn hier niemand in ein enges Zimmer zwingt ohne Aussicht aufs Meer, weil er hier bekannte Gesichter um sich herum hat und Menschen, die sein Platt verstehen, und weil er hier zu Hause ist."

„Sobald das Betreuungsverfahren beim Gericht durch ist, kann ich entscheiden, wo Jehann seinen Lebensabend verbringt", verkündete Herr Storm großspurig.

„Ich habe ein heute unterzeichnetes Papier von Jehann, aus dem hervorgeht, dass er Beschwerde dagegen einreicht. Und ich kann Ihnen versichern, dass Ihr Onkel bei voller geistiger Gesundheit war, als er es unterschrieb."

Einen Augenblick lang dachte Viola, der Mann würde platzen vor Wut, aber er sah sie nur mit grimmiger Miene an.

„Sie werden noch von mir hören!", schleuderte er ihr entgegen, und dann verschwand er. Er musste sich sichtlich zusammenreißen, um nicht die Tür hinter sich zuzuknallen.

10

Jehann ging es bei Annas liebevoller Betreuung Tag für Tag besser, und als er das erste Mal draußen vor dem Haus in der Sonne saß, sah das halbe Dorf bei ihm vorbei. Jehann genoss die Aufmerksamkeit, und als dann noch zu Pfingsten ein Schub Touristen anrückte, kam er in Hochform. Wenn er vor Annas Haus saß, mit wallendem grauem Bart und dichten weißen Haaren, die Pfeife im Mundwinkel, dann zückte so manch einer die Kamera.

Florian machte sich ab und zu einen Spaß daraus, sich neben ihn zu setzen und mit ihm Platt zu reden. Ja, Florian konnte Platt. Er nahm Unterricht bei Jehann, seit er auf der Insel war. Florian konnte überhaupt viel. Jetzt in den Pfingstferien spielte er tatsächlich samstagabends im Hotel Seeblick auf dem schwarzen Flügel, und manchmal sang er dazu.

Vor ein paar Tagen war Viola dort gewesen, nach einem langen, anstrengenden Samstag. Er hatte ihr hauptsächlich Besuche der Tagesgäste gebracht, die sich von Bienen stechen ließen, Sonnenbrand hatten oder trotz Pferdeallergie die Zugtiere der Kutschen streichelten. Und dann – es war schon dunkel, aber sie fühlte sich zu unruhig, um ins Bett zu gehen, und Georg besuchte seine Mutter in Kiel – fielen ihr Florian und das Hotel Seeblick ein. Sie wollte nur einmal sehen und hören, was er dort machte, und sich ganz leise hinten an einen Tisch setzen und ein Glas Wein trinken.

Das Hotel der Bertrams war ein verspielter Bau mit kleinen Erkern und Giebeln, Fachwerk in Dunkelbraun und Sprossenfenstern, die typisch für Hiddensee waren. Der Gesellschaftsraum war groß, fast wie ein Saal, die Wände leuchteten in einem warmen Apricot, das von weißen Balken unterteilt wurde. Die meist älteren Herrschaften unterhielten sich gedämpft, zwei Paare tanzten, während Florian an seinem schwarzen Flügel saß und spielte.

Himmel, sah der Kerl gut aus! Er trug ein weißes Hemd und eine Fliege zum dunklen Anzug. Wenn ihn seine Möwen so sähen, sie würden vor Staunen ins Wasser fallen.

Viola setzte sich an einen kleinen Tisch und bestellte einen Rotwein. Dann betrachtete sie ihn. Er spielte gerade einen langsamen Walzer. Seine kräftigen braunen Hände glitten leicht über die Tasten. Er wirkte entspannt und gut gelaunt. Nach einer Weile hob er den Kopf und blickte in den Raum, und schon hatte er sie erspäht. Er lachte sie an und zwinkerte ihr zu.

Kurze Zeit später legte er eine Pause ein und setzte sich zu Viola an den Tisch. „Schön, dass du da bist", sagte er und nahm ihre Hand in seine. „Aber du siehst müde aus."

„Heute hatte ich viel zu tun", erwiderte Viola.

Florian sah sie teilnahmsvoll an. „Für dich geht es nun erst richtig los, Frau Doktor. Für mich dagegen wird es langsam ruhiger. Der Hauptzug der Vögel nach Norden und Osten in ihre Sommerquartiere ist vorbei, und es kommen Studenten und Praktikanten auf die Insel und übernehmen viele Aufgaben. Aber für die Urlauber ist jetzt Hochsaison. Und das bis Ende September. Dann gehen sie zum Glück wieder, und die Kraniche kommen."

„Die Kraniche. Davon habe ich schon gehört, das muss ein aufregendes Spektakel sein."

„Ja, im Herbst fallen sie zu Tausenden hier ein. Sie tanzen auf den Wiesen, verspielt wie Kinder, manchmal schaukeln sie in der Luft und lassen die Beine baumeln. Sie trompeten tagsüber so laut, dass man sein eigenes Wort nicht versteht; nachts schlafen sie im knietiefen Wasser im Stehen, und man hört keinen Ton von ihnen. Aber es gibt etwas, das mir besonders gut an ihnen gefällt."

„Und das wäre?"

„Wenn sie jung sind", Florian sah Viola vergnügt an, „amüsieren sie sich mal mit dem einen Weibchen, mal mit dem anderen … Aber irgendwann suchen sie sich ihre Traumfrau oder ihren Traummann und bleiben zusammen bis ans Ende. Eine sehr weise Lebenseinstellung, meinst du nicht?"

„Oh ja. Und, ist es auch deine?", fragte Viola.

„Ich finde, man kann von den Kranichen sehr viel lernen", erwiderte

Florian und umging so eine direkte Antwort. Er blieb noch bei ihr sitzen, bis er wieder zum Flügel musste, und Viola genoss diese halbe Stunde mit ihm in diesem eleganten Hotel und das angenehm prickelnde Gefühl, einfach eine junge Frau mit einem attraktiven Mann neben sich zu sein.

Die Insel veränderte sich von Tag zu Tag. Überall rüstete man sich für die Hauptsaison: Läden wurden geöffnet, Restaurants gelüftet und gereinigt, Pensionen geputzt und die Lebensmittelgeschäfte neu bestückt.

Nach Pfingsten grassierte eine Magen-Darm-Grippe auf Hiddensee, und Viola war ständig unterwegs.

Eines Freitagabends wollte die Sprechstunde kein Ende nehmen. Der junge Fred, dessen Kopf nach dem schweren Fahrradunfall wieder völlig in Ordnung war, zeigte ihr heulend seinen Zeigefinger. Er hatte ihn sich beim Skaten eingequetscht. Der Nagel fehlte, Blut trat aus einem breiten Riss.

„Na, Fred, was hast du denn jetzt schon wieder angestellt?“, fragte Viola, als sie die Fingerkuppe betrachtete. „Das ist jetzt schon der dritte Unfall, seit ich hier bin. Vor zwei Wochen hast du dir beide Knie aufgeschürft beim Inlineskaten ohne Knieschützer.“

„Er ist ein Draufgänger“, seufzte seine Mutter. „Kaum sehe ich nicht hin, ist er schon auf und davon. Aber wenigstens setzt er einen Helm auf, seit Sie ihm das eingebläut haben.“

„Na, immerhin etwas.“ Viola säuberte die Kuppe vorsichtig, dann drückte sie braune Salbe auf einen Mulltupfer und band ihn fest. Mit einer zweiten Binde fixierte sie den Finger am benachbarten. „So, fertig. Damit hat er ein wenig Halt, und du kannst ihn nicht zu sehr bewegen.“ Zu Freds Mutter sagte sie: „Kinderfinger heilen erstaunlich gut. In vier Wochen ist er wieder wie neu. Und zum Verbinden kommst du morgen wieder, Fred, abgemacht?“

„Bestimmt!“ Fred strahlte, und dann hüpfte er an der Hand seiner Mutter zur Tür hinaus.

Viola sah ihm nach. Die Kinder auf der Insel wuchsen ohne Autos auf, ohne Hetze, sie gingen hier in den Kindergarten und in die Schule, die meisten Mütter hatten eine Pension und waren daheim. Trotzdem versäumten die Kinder nichts, dachte sie. Auch hier gab es Fernseher und Computer. War das nicht ein Paradies für sie? Sie hatten Schafe, Kühe und Pferde, sie halfen beim Sanddorn-Melken und sahen zu, wie aus dem Saft Gelee und Likör hergestellt wurden. Das wäre auch für ihre Kinder ein wunderbares kleines Universum …

Doris kam herein und unterbrach Violas Gedanken.

„Die letzte Patientin“, sagte sie und legte eine Karte auf den Tisch. „Frau

Bertram. Du siehst erschöpft aus, Viola. Ich werde zusehen, dass sie nicht zu lange bleibt."

Frau Bertram hatte es sich angewöhnt, jeden Freitagabend gegen Ende der Sprechstunde zu kommen. Immer hatte sie irgendwelche Beschwerden: Magendrücken, Kopfschmerzen oder einen steifen Rücken. Und jedes Mal erzählte sie Viola, was sie früher alles unternommen hatte, als ihr noch kein eingeklemmter Nerv das Leben schwergemacht hatte.

Viola war müde und konnte sich nicht mehr richtig konzentrieren. Aber das war nicht schlimm, denn Frau Bertram war ohnehin nicht an Ratschlägen interessiert. Was sie eigentlich wollte, war Viola immer noch unklar.

Im Moment hatte sie den Eindruck, dass es Frau Bertram viel besser ging als ihr selbst, so wie diese Frau dasaß und lebhaft erzählte.

Als Doris nach zehn Minuten hereinkam und wortlos anfing aufzuräumen, erhob sich Frau Bertram. „Nächste Woche kommt ein befreundetes Ehepaar in unser Hotel", erklärte sie Viola. „Die beiden sind seit fast zwanzig Jahren immer für vier Wochen hier. Ich werde ihnen die neue Inselärztin empfehlen. Und, Frau Doktor, ich glaube, mein Mann hat auch einmal eine Generalüberholung nötig."

„Dann soll er sich einen Termin geben lassen", antwortete Viola zurückhaltend. Wollte Frau Bertram verhindern, dass sie am Hungertuch nagte, indem sie ihr Patienten vermittelte? Das war nicht nötig, die Praxis florierte. Die 1200 Einwohner der Insel und die vielen Urlauber hielten Viola ganz schön auf Trab, und wenn dann noch der große Sommeransturm kam mit Hunderten von Tagesgästen … Viola mochte gar nicht daran denken. Gerade in der schönsten Zeit, in der alle Welt Urlaub machte, hatte sie am meisten zu tun. Und dabei fühlte sie sich selbst bereits urlaubsreif. Wenigstens heute Abend. Sie wollte frühzeitig ins Bett gehen, nahm sie sich vor, vielleicht fühlte sie sich dann am nächsten Morgen besser.

Doch zuerst standen noch zwei Hausbesuche an, einer im Norden oben in der „Griebener Boddenschenke", wo die Mutter der Wirtin eine Injektion gegen ihre Rückenschmerzen brauchte. Die alte, sehr energische Dame stand immer noch mit in der Küche, wenn die Sommersaison begann, und das wollte sie dieses Jahr auch wieder tun.

Ihre Tochter war davon nicht so begeistert. „Frau Doktor", bat sie jedes Mal wenn Viola kam, „machen Sie ihr klar, dass sie sich in ihrem Alter wirklich mehr Ruhe gönnen darf."

Doch die alte Frau lachte nur. „Ruhe habe ich im Grab noch genug, Anita, und unsere Frau Doktor bringt mich doch immer wieder auf die Beine, nicht wahr?"

Das hatte sich schon zu einem richtigen kleinen Ritual entwickelt, und die heiße Fischsuppe danach gehörte inzwischen auch dazu.

Der zweite Besuch war in der Nähe des Hafens zu machen. Ein fünfjähriges Mädchen hatte seit zwei Tagen hohes Fieber, und Viola wollte vor dem Wochenende noch einmal nach ihr sehen.

Als Viola endlich von ihren Besuchen zurückkam und das Gartentor öffnete, war es schon dunkel. Auf der Treppe zur Haustür saß Florian, neben ihm Kater Pauli, der sich genüsslich im Nacken kraulen ließ.

„Florian, du bist doch nicht krank?", fragte Viola besorgt.

„Nein, Frau Doktor, aber ich habe zwei Karten für das Varieté morgen Abend in Stralsund, und ich möchte dich dazu einladen."

Viola setzte sich neben ihn. „Ins Varieté? Morgen Abend? Warum?"

„Weil es dir guttun würde, mal für ein paar Stunden hier herauszukommen. Du musst dann allerdings deinem Georg absagen. Wir wollen nämlich schon mit der Mittagsfähre rüber, einen Schaufensterbummel machen. Hinterher gehen wir gepflegt essen und dann ins ‚Salto mortale'."

„Georg ist nicht *mein* Georg", versetzte Viola steif, „und woher weißt du überhaupt, dass ich samstagabends immer bei ihm esse?"

„Das, meine liebe Viola, weiß die ganze Insel."

„Und wenn ich mit dir nach Stralsund fahre? Weiß es dann auch die ganze Insel?"

Florian lachte. „Die halbe", erwiderte er.

Viola überlegte. Ein gemütlicher Abend bei Georg, der sie liebevoll umsorgte, gegen ein Varieté in Stralsund mit Florian. Warum musste man sich immer für das eine oder das andere entscheiden? Warum konnte man nicht beides haben? Beide?

Aber da hörte sie sich schon sagen: „Was soll ich denn anziehen?"

DEN SAMSTAGVORMITTAG, als Monika Blum bereits im Einsatz war, brachte Viola damit zu, alle möglichen Outfits auszuprobieren. Als sie in ihre Pumps schlüpfte, stellte sie fest, dass sie ihr zu eng geworden waren. Kein Wunder, wenn man nur noch bequeme Joggingschuhe trug. Trotzdem, die Pumps mussten mit, sie würde sie aber erst am Abend anziehen.

Florian klingelte pünktlich um 10 Uhr, und als Viola ihm öffnete, machte sie große Augen. Er hatte seine dunklen Locken im Nacken zusammengebunden, und zu einem perfekt sitzenden blauen Jackett und einer hellen Hose trug er ein beigefarbenes Seidenhemd. Er zog eine Krawatte aus der Tasche. „Die kommt heute Abend zum Einsatz", teilte er Viola mit.

Dann hefteten sich seine Augen mit einem erfreuten Ausdruck auf Frau

Doktor Viola Herz. Viola hatte sich ihr kornblumenblaues Kleid aufgebügelt, das in einem weiten Rock ausschwang. Aber ihre Füße steckten in Joggingschuhen. „Willst du in diesen Schuhen ausgehen?“, erkundigte er sich.

„Hier“, Viola zog die Pumps aus der Tasche, „genau wie deine Krawatte.“

„Na, wir sind ja ein Pärchen!“ Florian nahm ihren Mantel vom Haken. „Joggingschuhe und Cocktailkleid, das gibt es nur auf unserer kleinen Insel.“

Unternehmungslustig zogen sie los, und Viola fiel es nicht schwer, alles ein paar Stunden hinter sich zu lassen. Schon die Fahrt mit einem der Schiffe der „Weißen Flotte“ empfand sie als berauschend. Vor vier Monaten war sie in entgegengesetzter Richtung gefahren, und es war lausig kalt und bewölkt gewesen. Heute aber schien die Sonne, und nach zwei Stunden näherten sie sich der Stralsunder Skyline und dem Hafen unter blauem Himmel.

Florian führte sie in die Innenstadt, durch ein altes Stadttor und an dicken Mauern vorbei. Viola genoss die vielen Eindrücke, die Menschen, den Lärm, die Farben, die Gerüche, und sie war heilfroh über die Joggingschuhe, auch wenn sie damit vielleicht etwas gewöhnungsbedürftig aussah.

Gegen Abend hatten Viola und Florian die Stadt eingehend besichtigt und beschlossen, sich ganz bequem ein Taxi zu bestellen und zum Hafen fahren zu lassen. Das Varieté befand sich in einem der umgebauten Speicher, der auch eine kleine Imbissstube beherbergte.

„Ein Fünf-Sterne-Menü wäre für mich jetzt verschwendet“, teilte Viola Florian mit. „Ich habe einen Bärenhunger und esse alles, was ich bekommen kann, egal, wie es schmeckt.“

Beide entschieden sich für Currywurst mit Pommes und Salat. Wenn das Georg gewusst hätte, dass Viola ein Essen bei ihm gegen Pommes eingetauscht hatte!

„Ich war mal am Yukon“, erzählte Florian. „Drei Wochen lang sind wir den Fluss runtergepaddelt, und es gab jeden Tag selbst gefangenen Fisch. Nachher habe ich mir geschworen, nie wieder Fisch zu essen, aber kurze Zeit später hat er mir wieder geschmeckt.“

„Wo warst du eigentlich noch nicht?“, wollte Viola wissen.

„Ach, da gibt es noch vieles, das mich reizen würde. Aber Kanada, das könnte dir auch gefallen, die Bären, die Elche …“

„Ich glaube, ich bin eher ein Stubenhocker. Aus Europa bin ich noch nie herausgekommen. Ich weiß auch gar nicht, ob ich das möchte. In dem Dorf in Bayern, in dem ich dieses eine Jahr gearbeitet habe, gab es einen Weg, den ich oft gegangen bin, und er ist mir nie langweilig geworden. Jedes Mal habe ich etwas Neues entdeckt."

„Aber Viola, andere Länder, Kulturen, Menschen, Pflanzen, Tiere – interessiert dich das nicht? Es gibt so vieles auf der Erde, das ich kennenlernen möchte, mit eigenen Augen, nicht nur durch das Fernsehen oder Bücher."

„Letzten Endes läuft es darauf hinaus, dass du ein Zugvogel bist und ich ein Heimbrüter", stellte Viola nachdenklich fest.

Florian strich ihr vorsichtig eine Locke aus der Stirn. „Es gibt immer wieder Zugvögel, die eines Tages am Ort bleiben und nicht mehr wegfliegen. Also besteht bei mir durchaus noch Hoffnung", meinte er lächelnd.

Das kleine Theater war mit dunkelroten Samtsesseln ausgestattet und einem Samtvorhang in derselben Farbe. Viola setzte sich in ihrem Sitz zurecht und freute sich auf das Programm. Geboten wurde eine bunte Mischung aus Artisten, Komikern, Tanz, ein Zauberer verblüffte die Zuschauer, und am Schluss kam der große Auftritt eines Travestiekünstlers.

„Wie kann es sein, dass ein Mann in so einer Aufmachung besser aussieht als die meisten Frauen?", fragte Viola, als sie die Vorstellung verließen. „In der Realität ist das sicher ein ganz unscheinbarer Kerl, aber auf der Bühne ist seine Ausstrahlung ganz unglaublich."

„So ein strahlendes Bühnenwesen könnte man auch aus dir machen, aber ich mag dich lieber in Natur", erwiderte Florian und legte Viola den Arm um die Schultern.

Er war ihr nah, aufregend nah, und sie wäre gern noch lange mit ihm so durch die Nacht geschlendert. Aber da war auch schon der Hafen, und Florian fragte: „Möchtest du noch etwas trinken, bevor wir fahren?"

„Nein danke, Florian", antwortete Viola. „Es war ein wunderbarer Tag, und jetzt noch eine Fahrt übers Meer durch die Nacht nach Hause, das ist das Sahnehäubchen. Sehen wir nach, ob ein Wassertaxi angelegt hat."

Am Himmel funkelten unzählige Sterne, und langsam verschwanden die Lichter von Stralsund hinter ihnen, und das Boot nahm Kurs auf Hiddensee. Viola saß an Florians Seite gelehnt.

„Hast du gemerkt, dass ich vorhin ‚nach Hause' gesagt habe?", fragte sie. „Ich habe das Gefühl, ich fahre heim, nach erst vier Monaten auf der Insel!"

Florian zog sie an sich, und Viola genoss seine Wärme und die Sicherheit, die er ausstrahlte. Auch das gehört dazu, zu „daheim", dachte Viola. Ein Mann mit Wärme gegen den kühlen Fahrtwind und einem festen Arm, wenn das Boot waghalsig übers Wasser prescht.

11

Im Juni brachten die Fähren im Stundentakt Tagesgäste auf die Insel. Dazu kamen die Urlauber, die auf der Insel wohnten. Alles war geschäftig und voller Eifer. Wenn das Wetter kalt und nass war, saßen die Menschen in den Restaurants, bei Sonne radelten sie über den Deich oder fuhren mit Planwagen über die Insel. Florian machte Führungen und legte sich mit den Leuten an, die unbefugt sein Revier betraten. Freitags spielte er weiterhin bei Ottilie auf seiner Klarinette und samstags im Hotel Seeblick auf dem Flügel.

Violas Sprechstunden waren voll, und sie kam selten dazu, am Strand zu liegen, aber sie ging oft auf einen kleinen Schwatz bei Jehann vorbei. Er hatte beschlossen, für immer bei Anna zu bleiben. Es machte ihm großen Spaß, vor ihrem Haus in der Sonne zu sitzen und all die Menschen zu beobachten, die jetzt vorbeikamen. Der Herr Neffe hatte sich nicht mehr gemeldet, doch Jehann meinte, er hätte nichts dagegen, wenn Norbert ihn wieder mal besuchen käme. Er sei schließlich sein einziger Verwandter.

Viola war weiterhin jeden Samstagabend bei Georg zum Essen, und am Sonntag wanderte er mit ihr oft ein Stück über die Insel.

Es gab jetzt auch Gemäldeausstellungen, die man besuchen konnte. Maler kamen auf die Insel und stellten ihre Bilder aus, Hiddensee von allen Seiten, und natürlich wurden in den Galerien auch andere Künstler geehrt. Bei einigen Werken war sich Viola nicht einig mit Georg. Aber wenn die Meinungen auseinandergingen, nahm Viola das mit Gelassenheit, es hatte schließlich keine Konsequenz, sie wollten die Bilder ja nicht kaufen.

Dreimal war Viola inzwischen auch auf Rügen gewesen. Georg hatte ihr Bergen gezeigt, eine kleine, sehr hübsche Stadt, auf Hügeln gelegen. Einmal war Viola allein hingefahren und hatte Georg in seiner Buchhandlung überrascht. Gut sah er aus, wie er da stand, inmitten der sauber geordneten Literatur, bestens informiert und sehr höflich zu seinen Kunden.

„Was haben Sie nur mit unserem unnahbaren Bücherwurm gemacht?“, fragte Lisa eines Tages. „Früher hat man nie mehr als einen kurzen Gruß von ihm bekommen, wenn man ihm begegnete. Jetzt bleibt er doch tatsächlich auch einmal stehen und ist bereit für ein kleines Gespräch.“

Viola wusste nicht, was sie mit Georg gemacht hatte. Gar nichts, wollte sie sagen, aber sie zog es vor, zu lächeln und von etwas anderem zu reden.

Ende Juni erlebte Viola das erste heftige Inselgewitter. Es war bereits morgens sehr warm, und man spürte, dass etwas in der Luft lag. Die Vormittagssprechstunde zog sich hin, und als Viola endlich in ihre Wohnung kam und aus dem Fenster übers Meer sehen konnte, bogen sich die Bäume schon im Sturm. Eine schwarze Wolke lag schwer und dunkel über dem Wasser und öffnete dann über Hiddensee ihre Schleusen. Es blitzte und donnerte. Viola lief in ihrer Wohnung hin und her. Richtig entspannen konnte sie sich bei dem Getöse nicht.

Und auch in ihr selbst sah es in der letzten Zeit nicht sehr ruhig aus. Und daran waren diese zwei Männer schuld, die beide in ihren Träumen umherspukten, jeder auf seine Weise.

Konnte man in zwei Männer gleichzeitig verliebt sein? Ja, man konnte, und ausgerechnet ihr, Viola, musste das passieren. Zwei völlig unterschiedliche Männer. Und zwei unterschiedliche Gefühle ihnen gegenüber. Georg liebte sie für seine Ernsthaftigkeit, seine Zärtlichkeit, seine Fürsorge und seine Zuverlässigkeit. Zu Florian fühlte sie sich hingezogen durch seine spontane Art, seine Lebendigkeit, er nahm sie in den Arm und wirbelte sie im Kreis herum, lachte und flirtete mit ihr ungeniert, aber ebenso konnte er auch Lisa überfallen und mit ihr durchs Sprechzimmer tanzen.

Viola setzte sich aufs Sofa und legte den Kopf auf die Lehne. Was sollte in der Liebe überwiegen, das Gefühl oder der Verstand? Es war immer dieselbe alte Frage. Darüber konnte man ewig nachgrübeln.

Aber sie kam zu keinem Entschluss.

Im August saß Viola an einem besonders warmen Abend auf ihrem Balkon. Es war so lange hell draußen, dass man noch um 22 Uhr ohne Lampe lesen konnte. Aber Viola hatte ihr Buch immer wieder sinken lassen und einfach in den weiten Himmel geblickt, der im Westen goldgelb über dem Meer leuchtete. Solche Sommerabende liebte sie über alles, und hier waren sie viel länger als im Süden.

Unten vor dem Haus hörte sie Stimmen, und als sie sich übers Geländer beugte, sah sie ein Ehepaar mit zwei Kindern auf die Haustür zukommen. Die Mutter führte ein Mädchen an der Hand, das verletzt schien. Viola lief hinunter und ließ die Familie ein. Das Kind sei mit dem Fahrrad gestürzt, erzählte die Mutter, habe Schürfwunden und Prellungen, und sie wolle sichergehen, dass nichts gebrochen sei. Ja, einen Helm habe sie aufgehabt, und sie sei auch nicht bewusstlos gewesen.

Viola setzte die Kleine auf die Untersuchungsliege. Sie war acht Jahre alt und hieß Kordula.

„Es ist nichts gebrochen", sagte Viola, als sie das Mädchen untersucht hatte. „Eine Rippenprellung, aber nicht schlimm, Schürfwunden an den Knien, Bluterguss am linken Arm – ich glaube, du hast noch einmal Glück gehabt, meine Liebe. Wie sieht es mit der Tetanus-Impfung aus?"

Der Vater zog den Impfausweis aus der Tasche. „Erst vor einem Monat aufgefrischt", teilte er Viola mit.

„Also nicht nötig. Was können wir dir denn noch Gutes tun?", fragte sie Kordula.

„Ich möchte ins Bett", erwiderte das Mädchen, „ich bin müde."

„Das sollst du auch. Ist es weit?"

„Nein, wir wohnen in einer Pension ganz in der Nähe", antwortete die Mutter und half ihrer Tochter, sich aufzurichten.

Alle vier verließen beruhigt die Praxis.

Mitten in der Nacht klingelte das Telefon. Viola war zu benommen, um sofort zu verstehen, was los war. Aber dann hörte sie den Namen Kordula. Die Mutter war am Apparat. „Es geht ihr auf einmal sehr schlecht, sie klagt über Bauchschmerzen und ist furchtbar blass."

Viola war schlagartig hellwach. Milzriss, dachte sie, warum um alles in der Welt hatte sie daran nicht gedacht? Bei Fahrradstürzen prallten Kinder manchmal mit dem Bauch auf den Lenker, eigentlich sollte man immer danach fragen und auch den Bauch abtasten.

Sie hastete durch die Dunkelheit zur Pension, und als sie das Kind sah und den Bauch vorsichtig abtastete, war sie sich sicher. „Wir müssen sie sofort ins Krankenhaus bringen lassen", sagte sie zu den bestürzten Eltern.

Der Hubschrauber musste alarmiert werden. Danach konnte Viola nichts anderes tun als warten. Die Minuten zogen sich hin, bis der Helikopter endlich eintraf.

Als das Kind eingeladen war und sich auf dem Weg ins Krankenhaus befand, ging Viola langsam durch die Morgendämmerung nach Hause. Sie konnte nicht mehr schlafen, daher setzte sie sich auf den Balkon und ließ die kühle Morgenluft über sich hinwegwehen.

Aber dann musste sie doch eingenickt sein, denn auf einmal schien die Sonne hell und warm auf ihre Haare, und Florian kniete neben ihrem Liegestuhl. „Ich habe Frühstück mitgebracht", sagte er leise.

„Ich kann nichts essen", antwortete Viola müde. „Ich habe kaum geschlafen."

„Ich weiß", erklärte Florian, „ich war heute Morgen in Kloster und habe alles erfahren. Jetzt komm, der Kaffee ist fertig."

Viola erhob sich. „Wie viel Uhr ist es?", fragte sie hastig.

„Beinahe neun, also genau die richtige Zeit zum Frühstücken."

„Ich muss in einer halben Stunde unten sein", sagte sie mit zitternder Stimme.

„Musst du nicht, heute Morgen fällt die Sprechstunde aus. Lisa ist schon da und regelt alles."

Viola sah Florian an. Auf einmal liefen ihr die Tränen über die Wangen. Florian nahm sie in die Arme und hielt sie fest. Viola legte den Kopf an seine Schulter und brach in Schluchzen aus.

Nach einer Weile sah sie auf. „Hast du ein Taschentuch?", fragte sie mit erstickter Stimme. Florian hatte eines.

„Ich weiß gar nicht, was mit mir los ist, zu wenig Schlaf wahrscheinlich."

„Und vielleicht noch ein bisschen Kummer über all das, was du vor Monaten durchgemacht hast, könnte das sein?"

„Ich dachte, ich wäre darüber hinweg", schniefte Viola.

„Jetzt vielleicht schon. Das war der Rest, der musste noch weggeschwemmt werden."

Viola konnte schon wieder ein wenig lachen. „Es geht mir schon besser", sagte sie und stand auf. Sie trat hinter Florians Stuhl, legte die Arme um ihn und drückte ihre Wange auf sein Haar.

Florian sah auf. Blitzschnell zog er sie zu sich herunter und küsste sie auf den Mund. „Mir jetzt auch", sagte er mit einem Lächeln.

Vom Krankenhaus erfuhr Viola, dass die kleine Kordula erfolgreich operiert worden war. Der Kollege am Telefon versicherte ihr, ein Milzriss wie der vorliegende könne anfangs völlig ohne Symptome bleiben, stunden- oder tagelang. Erst wenn der Bluterguss durch die Milzkapsel gehe, träten plötzliche Schmerzen auf. Viola wusste das, aber die Bestätigung, dass sie keinen Fehler gemacht hatte, war für sie doch wichtig.

Ende August, an einem Sonntagnachmittag, feierte sie bei Ottilie ihren Geburtstag mit Doris, Lisa und deren Mann und Florian und Georg. Nun war sie 35 Jahre alt.

Florian erzählte von seinen Abenteuern bei Greenpeace. Er hatte in Russland Bäume gepflanzt und sich in Thailand ums Trinkwasser bemüht. Irgendwann einmal wollte er zu den Berggorillas in Afrika.

„Du bist ein richtiger Vagabund", erklärte Lisa und boxte ihn in die Seite. „Wann kommst du mal zu uns ins Rheinland? Da ist auch was los!"

„Na, ich glaube, dein Jan ist ganz froh, dass er nicht zu oft hinmuss", sagte Ottilie lachend zu Lisa.

„Einmal im Jahr reicht", bestätigte Jan. „Nach der Wende hat es mich an den Rhein gezogen, aber jetzt habe ich ja Lisa, die lässt mich nicht vergessen, woher sie kommt."

„In den Neunzigerjahren habe ich das Reisen auch genossen", warf Georg ein, „vor allem Nordfrankreich, die Normandie, und dann natürlich Paris – das waren Höhepunkte!" Er sah Viola an. „Ich kann dir noch vieles zeigen. Du warst sicher noch nicht in Dresden oder Leipzig, auch wir haben unsere Schätze!"

Florian hob sein Glas. „Bestimmt sehr lehrreich", murmelte er, aber nur Viola hatte es gehört und warf ihm einen strafenden Blick zu.

Doris sah mit leuchtenden Augen von einem zum anderen. „Ich finde es am schönsten", erklärte sie, „wenn ich von einer Reise wieder hierherkomme. Oft war ich ja noch nicht weg, ich glaube, ich habe nicht viel Seemannsblut geerbt von meinem Großvater."

„Wenn man auf so einem zauberhaften Fleckchen Erde wohnt, ist das absolut verständlich", stimmte ihr Viola zu.

„Du bist auch lieber ein Nesthocker, stimmt's?", neckte sie Florian.

„Man muss ja nicht immer um die ganze Welt jetten", gab Viola zurück. „Wenn du einmal so alt und weise bist wie ich, wirst du das einsehen."

War sie alt und weise? Mit 35? Das ging ihr durch den Kopf, als sie wieder zu Hause ankam. In diesem einen Jahr seit meinem letzten Geburtstag ist so viel geschehen, dachte sie. Nicht nur die Umgebung ist eine ganz andere als bisher, auch ich beginne, mich zu verändern. Wie genau, kann ich gar nicht so richtig sagen.

Später, als es schon beinahe dunkel war, machte sie noch einen Gang zum Friedhof in Kloster. Das hatte sie schon lange vorgehabt. Ganz allein und in aller Stille wollte sie sich die alten Grabsteine ansehen und den Ort, an dem ihr Großvater gern seine letzte Ruhe gefunden hätte.

Viola strich mit den Fingern über einen der alten Steine. „Danke, Großvater", sagte sie leise, „ich glaube, es war eine gute Idee von dir, mich hierherzuschicken."

12

Ein paar Tage später wurde die Insel von einem heftigen Orkan überfallen, und Viola saß am Fenster und sah dem Toben draußen zu. Wie im Leben, dachte sie, so schnell war das Tief gekommen. Am Tag zuvor hatte noch die Sonne geschienen, und über Nacht war alles anders geworden.

Und genau wie im Leben war nach zwei Tagen wieder alles vorbei. Zurück blieben ein leichter Regen und eine Stimmung, die schon etwas an den

Herbst erinnerte, mit Nebelfetzen und ein paar kühlen Nächten. Aber dann raffte sich der Sommer noch einmal auf. Es wurde heiß, windstill und wunderschön.

Und Viola dachte über Urlaub nach. Wohin fährt man in Urlaub, wenn man auf einer Urlaubsinsel wohnt? Das war die Frage. Auf jeden Fall wollte sie im Herbst zwei Wochen verreisen.

An einem Donnerstagmorgen, während der Vormittagssprechstunde, kam ein Anruf vom Krankenhaus in Bergen. Georg war am Apparat. „Viola“, hörte sie seine Stimme, „ich bin auf der Treppe im Archiv umgeknickt. Daraufhin konnte ich mein linkes Knie nicht mehr gebrauchen.“

„Ach du liebe Zeit!“, stieß Viola erschrocken hervor. „Und wo bist du jetzt?“

„In der Klinik. Sie haben einen Kreuzbandriss festgestellt, und ich werde gleich hierbleiben. Morgen soll er operiert werden.“

„Das ist ja ein Pech, Georg! Tut es sehr weh?“

„Nein, wenn ich das Knie nicht bewege, geht es. Aber könntest du vielleicht Mertens fragen, ob er mir heute Abend ein paar Sachen rüberbringt? Er hat einen Schlüssel von meinem Haus.“

Viola überlegte kurz. „Ich kann doch selbst kommen, nach der Abendsprechstunde.“

„Nein, nein“, wehrte Georg ab, „da bist du müde, und ich wollte dich auch um etwas anderes bitten: Könntest du mich mit meinem Auto am Krankenhaus abholen, wenn ich übermorgen entlassen werde? Es steht beim Laden. Ich werde nur schwer und mit zwei Krücken gehen können.“

„Aber natürlich“, versprach Viola. „Und, Georg, das ist nur ein kleiner Eingriff, du musst dir keine Sorgen machen.“

„Ich weiß“, erwiderte er, „und ich kenne den Chefarzt hier recht gut, er hat sich schon öfter bei mir Bücher geholt.“

Viola musste unwillkürlich lachen. Georg konnte sie sich gar nicht als ganz normalen Patienten vorstellen, nein, er musste mit dem Chefarzt bekannt sein. So, wie er auch kein ganz normales Essen kochte, sondern immer das Besondere betonte: die kleine Prise Muskat an der Kürbissuppe, den Schuss Weißwein zur Steinpilzsuppe – das machte ein Gericht in seinen Augen erst vollkommen. Diesmal war die Chefarztbehandlung das Besondere, das Georgs Unfall vollkommen machte.

DER NÄCHSTE TAG war ein Freitag. Am Nachmittag, gegen Ende der Sprechstunde, kam Doris mit einem verschmitzten Lächeln ins Behandlungszimmer. Sie hatte die Karte von Frau Bertram in der Hand.

„Was ist los?“, erkundigte Viola sich neugierig.

„Sie ist zu Fuß gekommen, ohne Auto, die ganzen 500 Meter bis hierher ist sie gegangen. Und sie hat ein kleines Mädchen mitgebracht!“

Violas Augen funkelten. „Na, dann schick sie mal rein.“

Frau Bertram betrat das Sprechzimmer mit einem etwa achtjährigen Mädchen an der Hand. „Frau Doktor, das ist Nina.“ Sie schien richtig stolz auf die Kleine zu sein. „Ein ganz liebes Kind, nicht wahr?“ Sie blickte Nina fürsorglich an. Nina nickte.

Viola lehnte sich zurück und wollte etwas sagen, aber Frau Bertram fuhr bereits fort: „Ninas Mutter hat ihre Eltern in unser Hotel gebracht, sie sind Stammgäste bei uns, schon seit Jahren. Und auf dem Rückweg hatte sie mit ihrer Tochter kurz vor Stralsund einen Autounfall. Nun liegt sie dort im Krankenhaus. Wir haben Nina natürlich sofort geholt, die Großeltern und ich. Nina ist zum Glück nichts passiert.“

„Das ist sehr nett von Ihnen. Und wie geht es Ninas Mutter?“

„Gut, sie kann bald wieder entlassen werden. Die Großeltern sind heute Mittag rübergefahren, um sie zu besuchen.“

„Und da kümmern Sie sich um Nina?“

„Ja, wir waren schon im Inselmarkt und haben Malbücher und Stifte gekauft, nicht wahr, Nina? Und sie stört auch nicht unsere anderen Gäste, alle haben viel Freude an ihr.“

Viola wusste nicht genau, was Frau Bertram eigentlich von ihr wollte. War sie nur zum Erzählen hier? Warum auch nicht, Frau Bertram war im Grunde eine einsame Frau, ihr Mann war die meiste Zeit bei den anderen Hotels.

„Nina hat einen Schock bekommen durch den Unfall“, fuhr Frau Bertram fort, „sodass sie jetzt schreckliche Angst hat vor dem Autofahren. Ich weiß gar nicht, was ich tun soll. Irgendwann muss sie doch wieder mit ihrer Mutter nach Hause.“

Aha, so war das also. Und deshalb bemühte sich Frau Bertram zu Fuß. Eine ungewöhnliche Therapie, aber offensichtlich wirksam.

„Ich glaube“, Viola sprach langsam und nachdenklich, „es ist wichtig, dass Sie mit Nina immer wieder über den Unfall reden und über ihre Angst. Vielleicht erzählen Sie ihr auch von Ihrem eigenen Unfall.“

Nina sah überrascht auf. „Du hast auch einen Unfall gehabt?“

„Ja“, Frau Bertram zögerte, „aber das ist schon lange her.“

„Es sitzt Ihnen immer noch in den Knochen.“

„Ich weiß nicht … Vor dem Autofahren habe ich jedenfalls keine Angst“, widersprach Frau Bertram.

„Wie auch immer, lassen Sie Nina jetzt nicht allein mit ihren Schwierigkeiten. Sie braucht Sie!“, versicherte Viola eindringlich.

„Nun, sie bleibt noch einige Tage bei uns, wir werden schon miteinander klarkommen." Frau Bertram strich dem Mädchen übers Haar. „Als Erstes werden wir eine Kutschfahrt über die Insel machen, morgen, und Nina kann den Pferden Zucker mitbringen, nicht wahr, Kleines?"

Ninas Augen strahlten. „Ja, darauf freue ich mich schon", verkündete sie mit fröhlicher Stimme.

Als die beiden wieder gegangen waren, kam Doris herein. „Ich glaube, das ist der Anfang einer wunderbaren Freundschaft", sagte sie und lächelte.

„Ja, das glaube ich auch", meinte Viola versonnen.

Abends rief sie bei Georg in der Klinik an. Am Morgen war er operiert worden, aber es musste ihm inzwischen schon wieder ganz gut gehen, denn er war sofort am Apparat. „Ja, Viola, ich habe alles gut überstanden. Morgen kommen die Schläuche raus, und am Nachmittag kann ich nach Hause. Holst du mich ab?"

„Sicher, es war doch so ausgemacht." Viola legte sich einen Zettel und einen Stift zurecht. „Soll ich etwas für dich einkaufen?"

„Ja, das wäre sehr nett. Meine Mutter kommt am Sonntag. Solange ich noch an Stöcken gehen muss, wird sie hierbleiben. Also, ich brauche Folgendes …" Er diktierte ihr eine lange Liste.

Du leiwe Tied, da war einiges dabei, das sie auf der Insel nicht bekommen würde. Das musste sie in Bergen besorgen, bevor sie zur Klinik fuhr.

AM ABEND drängten sich bei Ottilie die Menschen, hauptsächlich Urlauber, und Viola kam sich vor wie eine Sardine in der Büchse. Doris und Lisa waren schon da und weitere Bekannte, auch Florian, aber ohne seine Klarinette. Er hatte gerade die Nase voll von Touristen. „Heute habe ich wieder zwei Mountainbiker erwischt", sagte er grimmig, „in der Dünenheide, und ich könnte wetten, dass auch einige auf dem Dornbusch waren."

„Mir wird es im Sommer auch zu viel", stimmte Doris zu, „bis zu zweitausend Besucher jeden Tag. Habt ihr die Schlange vor dem Bäcker gesehen?"

Florian blickte Viola an. „Und du? Wie sieht es in deinen Sprechstunden aus?"

„Es geht. Wenig Inselbewohner, die haben keine Zeit zum Krankwerden, dafür viele Gäste, und die machen vor allem eine Menge Schreibarbeit."

„Zum Beispiel galoppierende Schwindsucht mit ärztlicher Hilfe", sagte Lisa.

„Wie bitte?" Viola sah sie verblüfft an.

Lisa lachte. „Sie müssen sich einmal die alten Kirchenbücher aus dem 19. Jahrhundert ansehen, damals hat der Pfarrer immer die Todesursache hinter das Sterbedatum eingetragen, und weil er auch schreiben musste, ob der Patient einen Arzt hinzugezogen hatte oder nicht, klingt das dann so: ‚Gicht mit ärztlicher Hilfe‘, wenn er vor seinem Tod behandelt wurde. Und wenn er ohne Arzt gestorben ist, hieß es: ‚Lungenentzündung ohne Arzt‘. Damals gab es auf der Insel noch keinen Doktor. Ab und zu kam einer von Rügen hierher, aber meistens mussten sich die Leute selbst helfen. Erst 1905 zog einer nach Vitte, und später hat die Gemeinde das Arzthaus gebaut."

„In dem ich jetzt wohne", meinte Viola. „Immer noch mit Kartonregalen."

„Worauf wartest du?", fragte Ottilie.

Viola zuckte die Schultern. „Ich weiß es nicht. Aber ich bin sicher, eines Tages wache ich morgens auf und fahre sofort ins nächste Möbelgeschäft."

„Und wir fahren alle mit, damit du es dir nicht noch einmal anders überlegst", erwiderte Ottilie.

Georg war kein einfacher Patient, das merkte Viola gleich, als sie ihn am Samstagnachmittag in der Klinik abholte.

Er kam schlecht damit klar, so hilflos zu sein. Bis zu seinem Auto war es nicht weit, das ging mit den Krücken ganz gut. Aber dann musste er sich hineinzwängen, und das gestaltete sich schwierig. Viola wollte ihm helfen, doch er meinte, er schaffe es besser allein. Schließlich saß er neben ihr und seufzte tief und unzufrieden auf. Dann dirigierte er sie durch die kleine Stadt in Richtung Schaprode, obwohl sie den Weg inzwischen ganz gut kannte. Mit seinem gesunden Bein trat er neben ihr auf die nicht vorhandene Bremse und das nicht vorhandene Gas.

In Schaprode mussten sie auf die *Vitte* umsteigen, das Schiff nach Hiddensee, und während der Überfahrt erzählte er ihr, wie es ihm in der Klinik ergangen war. Sein Hauptthema war das Essen. Ein Fünf-Sterne-Menü hatte er natürlich nicht bekommen. „Wenn ich länger in einem Krankenhaus liegen müsste, ich würde glatt verhungern", erklärte er ihr, war aber schon wieder bereit, über sich selbst zu lächeln. Wenigstens war er mit der Operation zufrieden, die würde er als Fünf-Sterne-Erfolg bewerten, sagte er.

Auf Hiddensee fuhr ihn Viola mit ihrem Wagen bis zu seiner Haustür und begleitete ihn ins Wohnzimmer. Sie kochte noch einen Tee, „danke, aber sechs Minuten ziehen lassen, bitte", und setzte sich dann zu ihm.

Er hielt ihre Hand und sah sie dankbar und ernst an. „Du bist wirklich eine wunderbare Frau", sagte er, „jede andere wäre ungeduldig geworden mit mir. Tut mir leid, dass ich so ungemütlich bin."

„Jede andere Frau würde sich glücklich schätzen, so einen guten Freund zu haben", gab Viola zurück. Und das stimmte auch. Davon abgesehen fand sie es schön, dass es „jede andere Frau" nicht gab.

„Und du, bist du es auch?“, wollte Georg wissen.

„Aber natürlich, Georg.“ Sie drückte seine Hand. Da saß er auf seinem Sofa, das Bein in der Schiene hochgelegt und so hilflos, dass Viola ihn am liebsten in den Arm genommen hätte. Aber mit einem frisch operierten Kreuzbandriss sollte ich das lieber auf ein andermal verschieben, dachte sie.

Nach einer Weile sagte sie nachdenklich: „Weißt du, ich dachte, ich könnte keinem Mann mehr vertrauen. Aber bei dir scheine ich es wieder zu lernen.“ Und ich könnte mir eine Zukunft mit dir gut vorstellen, und wenn du während der Woche in Bergen bist, fehlst du mir, setzte sie im Stillen hinzu.

Als sie zu Hause ankam, stand ein wunderschöner Blumenstrauß vor ihrer Tür. Dunkelblauer Rittersporn, weiße duftende Lilien, rosa und rote Rosen, Viola war ganz überwältigt. Er war von Georg. Er musste ihn noch von der Klinik aus bestellt haben.

Viola stellte den Strauß im Wohnzimmer in eine Vase, dann warf sie sich aufs Sofa. Pauli kam und legte sich neben sie. „Sieh dir diesen Strauß an!“ Viola kraulte ihn im Nacken. „Er ist von einem Mann, den ich sehr mag. Und der mich offensichtlich auch mag. Morgen werde ich seine Mutter kennenlernen. Was sagst du dazu?“

Pauli sah Viola an und schnurrte.

Georgs Mutter kam mit der Mittagsfähre. Viola erkannte sie sofort. Klein und zierlich, die grauen Haare in einem Dutt am Hinterkopf festgezurrt, einen hellen Sommermantel überm Arm. Sie trug ein dunkelblaues Kleid mit weißem Kragen und zog einen leichten Rollkoffer hinter sich her. Ihre Augen blinzelten in der Helligkeit der Sommerinsel.

Als Viola auf sie zu trat, hob sie den Kopf. „Sie sind wohl die Freundin von Georg?“, erkundigte sie sich scheu.

Viola wurde etwas verlegen. „Ich bin Viola Herz und hier die Inselärztin, und Georg und ich kennen uns gut“, erklärte sie etwas zurückhaltend. „Ich habe einen Bollerwagen dabei, auf den können wir Ihren Koffer laden.“

Mit Georgs Mutter ging Viola dann durch das Dorf. Die kleine alte Frau sah sich neugierig um. „Ich bin noch nie hier gewesen“, sagte sie. „Georg hat immer so viel zu tun. Einmal habe ich ihn in Bergen besucht in seiner Wohnung und im Laden. Später haben er und seine Schwester das Haus hier geerbt. Ich heiße übrigens Katharina.“

Katharina Sommer begrüßte ihren Sohn, der auf dem Sofa lag, mit herzlicher Freude, und Viola verließ die beiden lächelnd.

„Für heute Abend habe ich noch etwas Besonderes für dich geplant“, rief ihr Georg nach. „Sei pünktlich wieder da, Viola, es wird dir schmecken!“

DIE INSEL wurde an diesem sonnigen Wochenende Anfang September noch einmal von unzähligen Tagesgästen aufgesucht, und Viola hatte das Bedürfnis, sich irgendwo einen einsamen Platz zu suchen. Georg wusste sie gut versorgt und in der Praxis hielt Monika Blum dem Ansturm stand, also konnte sie ausfliegen.

Sie rief Florian an.

„Du bekommst eine Sondererlaubnis“, erklärte er sofort. „Komm zu meinem Haus, dann zeige ich dir einen meiner Lieblingsplätze.“

Als Viola nach einer halben Stunde atemlos vom schnellen Fahrradfahren auf Florians Haus zu kam, stand er schon vor der Tür. „Komm, wir gehen zu den Sammelplätzen für die Zugvögel! Sie werden schon langsam unruhig. Der Herbst ist in Aussicht, die ersten Scharen werden wohl schon bald nach Süden starten. Dann kommen die Durchzügler aus dem Baltikum und Russland und Schweden, da ist hier ganz schön was los.“

Er schlug einen Pfad Richtung Südosten ein. Dort wurden die Dünen flacher, und bald konnte man auf eine weite Fläche sehen, die aus Wiesen, Tümpeln und teilweise sumpfigem Boden bestand, auf dem Schilf wuchs. „Allerstrengstes Sperrgebiet“, teilte Florian Viola mit. „Hier ist ein kleiner trockener Hügel, das ist ein guter Aussichtspunkt.“ Er setzte sich in den Sand, und Viola nahm neben ihm Platz.

Eine Zeit lang sahen sie in die grüne Weite, die in der Ferne undeutlich in eine helle Sandbank überging. Hin und wieder flog ein Schwarm Vögel auf, kreiste über ihren Köpfen und landete dann irgendwo im Gras.

„Kiebitze“, sagte Florian und deutete auf einen Schwarm. „Diese Kleinen da – sie haben hier gebrütet und machen sich nun auf den Weg nach Süden. Schau, dort sitzen ein paar Kormorane in der Sonne, diese großen schwarzen Vögel auf dem Baumstamm. Ihre Lieblingsplätze sind draußen, auf den Reusenpfählen. Sie sind gute Taucher, aber ihr Gefieder ist nicht eingefettet wie bei den anderen Wasservögeln, und wenn sie wieder aus dem Meer auftauchen mit einem Fisch im Schnabel, breiten sie in der Sonne ihre Flügel zum Trocknen aus.“

„Wie unser Pastor auf der Kanzel sehen sie aus, wenn er im schwarzen Talar die Arme hebt“, kommentierte Viola.

„Du bist vielleicht eine respektlose Person!“, sagte Florian, dann zog er sie auf einmal lachend in seine Arme, ließ sich mit ihr in den Sand fallen, und sein Kopf schob sich über ihren vor die Sonne. Er beugte sich nieder und küsste sie vorsichtig auf die Stirn und die Nase, und dann, als Viola die Arme um ihn legte, auf den Mund, ungestüm und impulsiv und ganz offensichtlich mit großem Vergnügen.

Schließlich wand sich Viola aus seiner Umarmung und setzte sich auf. „Wer ist hier respektlos?“, fragte sie schwer atmend und sah auf Florian hinunter, der liegen blieb.

„Zerzauste Locken“, meinte dieser mit einem nachdenklichen Blick, „Augen voller Lebendigkeit, Sand auf der Wange, ein kleiner Zweig in den Haaren – ein schöner Anblick. Du passt auf diese Insel, Viola. Hast du vor hierzubleiben?“

„Ich weiß es nicht.“ Warum will Florian das wissen? Was plant er, will er vielleicht auch für länger auf der Insel bleiben? Und falls ja, war sie der Grund dafür? „Ich weiß es wirklich nicht“, wiederholte sie.

„Ist ja schon gut.“ Florian setzte sich auf und nahm ihre Hand. „Habe ich dir eigentlich schon von den Singschwänen erzählt? Im Herbst und im Frühjahr ziehen sie hier durch. Sie sind die schönsten großen Vögel, schneeweiß mit einem gelb-schwarzen Schnabel und schwarzen Füßen. Tagsüber holen sie sich ihr Futter in den Getreidefeldern, und nachts rufen und singen sie, wenn sie über den Himmel ziehen, es klingt wie feines Glockengeläut. Sie trällern, um einen Partner zu finden. Wenn alles still ist, hört man sie meilenweit. Es ist einzigartig.“

Florian fasste Violas Hand fester. „Viola“, sagte er, „ich werde demnächst wieder für drei Monate bei Greenpeace arbeiten, die brauchen noch Leute.“

Viola richtete sich auf. „Du fährst fort?“ Sie konnte es nicht glauben, eben noch hatte sie gemeint, er bliebe in der nächsten Zeit hier. Und hatte Herzklopfen gehabt bei diesem Gedanken. Nun machte er schon wieder Pläne.

„Nur für drei Monate, von Ende September bis voraussichtlich Ende Dezember. Dann komme ich wieder. Im Winter mache ich meine Dokumentation, die Auswertung aller Beobachtungen in diesem Jahr.“

„Aber du kannst uns doch nicht einfach allein lassen! Was sagt denn Ottilie dazu? Und Frau Bertram mit ihrem Flügel?“

„Ende September ist die Saison ziemlich vorüber. Frau Bertrams Hotel wird sich leeren und keinen Klavierspieler mehr brauchen. Und Ottilie kommt auch eine Weile ohne mich zurecht.“

„Und ich?“

„Du wirst dich hoffentlich darauf freuen, dass ich wiederkomme.“

Viola sprang auf und funkelte ihn zornig an. „Vielleicht bin ich dann auch weg. Ich möchte im Herbst zwei Wochen Urlaub machen.“

„Dann“, erwiderte Florian, stand auf und umfasste mit festem Griff ihre Taille, „dann werde ich mich darauf freuen, dass du wiederkommst.“

Viola entwand sich ihm und blickte auf die Wiesen und das Wasser. Die Enttäuschung trieb ihr die Tränen in die Augen. Dieser Vagabund, dachte sie, dieser Zugvogel! Kommt und geht, wie er will. Was habe ich eigentlich gedacht? Dass er mir zuliebe hierbleibt? Und warum sollte er das?

Nach einer Weile drehte sie sich zu ihm um. Er blickte sie mit seinen braunen Augen unergründlich an, und sie spürte den Schmerz in ihrem Bauch. Die Insel ohne Florian, und auch noch im Winter … Er würde ihr fehlen, viel mehr, als sie gedacht hatte. „Ich muss los", sagte Viola. „Georg hat mich zum Abendessen eingeladen, seine Mutter ist da."

Auf Florians Stirn erschien eine steile Falte. „Was macht er denn heute Gutes, der Herr Hobbykoch?", erkundigte er sich.

„Ich weiß es nicht, es soll eine Überraschung sein", sagte Viola. „Und es wird eine schöne Überraschung werden", setzte sie angriffslustig hinzu. „Georg verschwindet nicht einfach monatelang und lässt mich allein!" Sie brach auf und sah nicht mehr zurück, bis sie den Wanderweg erreichte.

Auf dem Heimweg hatte sie Gegenwind und strampelte sich einiges von ihrer Niedergeschlagenheit und Wut von der Seele. Wenn Florian nur ein wenig von Georgs Zuverlässigkeit und Ernsthaftigkeit hätte, dachte sie, oder Georg ein Stück von Florians Unbekümmertheit und Spontaneität! Warum kann man aus diesen beiden nicht einen einzigen Traummann machen?

Georg und seine Mutter waren in der Küche zugange, als Viola ankam. Sie setzte sich an den Küchentisch und beobachtete, was zwischen Mutter und Sohn ablief. Georg stand auf seinem gesunden Bein an der Arbeitsplatte und putzte Dill, den er dann klein schnitt, seine Mutter schlug Eier schaumig. Der Dill kam in eine Pfanne, in der schon einiges schmorte, dann kippte Georg noch Erbsen und Krabben dazu.

„Setz dich doch hin", meinte seine Mutter, „und leiste Viola Gesellschaft."

Er zögerte ein wenig, dann nahm er bei Viola am Tisch Platz. Behutsam schenkte er ihr ein Glas Wein ein und erhob es. „Auf einen schönen Abend mit den beiden besten Frauen der Welt."

Er beobachtete die eine der beiden besten Frauen am Herd und rief: „Nicht zu viel Pfeffer, Mama, und jetzt die Eimasse drüber, aber vorsichtig!"

Mama sah kurz zu Viola hinüber und zwinkerte ihr zu. Dann schob sie die feuerfeste Form in den Backofen, und als Georg gerade nicht hinüberblickte, streute sie schnell noch geriebenen Käse auf eine Seite des Auflaufs. Zufrieden kam sie dann an den Tisch. „In zwanzig Minuten können wir essen."

Das Kartoffelomelette mit Krabben wurde ein voller Erfolg. Georg schien allerdings kurz ernstlich böse zu sein, als er den Käse entdeckte.

„Das nächste Mal wirst du aus der Küche verbannt", versicherte er seiner Mutter. „Käse passt einfach nicht zu Krabben, aber das wirst du nie lernen."

Dann lachte er auf einmal und schüttelte den Kopf. „So hat sie es schon immer gemacht“, erklärte er Viola. „Wenn ich nicht da war, hat sie Möbel verrückt oder Wände angestrichen und mich vor vollendete Tatsachen gestellt. So weit kann sie heute nicht mehr gehen, zum Glück, nur den Käse auf die Krabben streuen. Immerhin nur auf die eine Hälfte des Auflaufs!“

Später, als Georgs Mutter schon zu Bett gegangen war und sie gemütlich mit ihm beisammensaß, erzählte Viola ihm noch einige Inselanekdoten, die sie von Ottilie gehört hatte. Der Wein machte sie leicht im Kopf und ein wenig müde, und Florian, der Abenteurer, war weit weg.

Schließlich brachte Georg Viola zur Tür und nahm sie trotz der Krücken in den Arm. Er küsste sie lange, und Viola schmiegte sich an ihn und erwiderte seine Küsse innig. „Gute Nacht, Georg“, sagte sie und strich ihm zärtlich eine Haarsträhne hinters Ohr. „Danke für den schönen Abend. Und für alles.“

In der Nacht kam ein Gewitter, fast so heftig, wie Viola es hier schon einmal erlebt hatte. Sie stand auf und holte Pauli aus seinem Korb. Er rollte sich dicht neben ihr zusammen und schnurrte, dann schlief sie wieder ein.

Am nächsten Morgen war es endgültig Herbst auf der Insel. Die Luft fühlte sich merklich kühler an, Nebelschwaden zogen übers Dorf.

Viele Inselgäste reisten ab. Dafür hatten die Bewohner von Hiddensee wieder mehr Zeit, den Arzt aufzusuchen, und Viola hatte genug zu tun.

Georg konnte bereits nach zwei Wochen ohne Krücken gehen, und seine Mutter reiste ab, nicht ohne Viola wiederholt die Hand zu schütteln.

In Viola machte sich eine eigenartige Stimmung breit. Sie war ruhelos und bedrückt und wusste nicht, warum. In der Praxis lief alles gut, sie kam mit den Patienten klar, sie hatte echte Freunde hier gefunden, und es gab Georg. Florian hatte seine Sachen gepackt und war erst einmal nach Bremen gefahren zu seinen Eltern, danach flog er nach Japan, um dort Wale zu retten. Jehann fühlte sich wohl in seinem Zimmer bei Anna, und Frau Bertram sah man nun öfter zu Fuß ins Dorf kommen. Die kleine Nina war abgereist, wollte ihre „Tante Ines“ aber im Spätherbst mit den Großeltern wieder für eine Woche besuchen.

Am Freitagabend saß Viola wieder einmal bei Ottilie am Kachelofen. Ottilie setzte sich zu ihr und blickte sie an. „Was ist denn mit dir los?“

„Ich weiß nicht“, Viola drehte unschlüssig ihr Glas im Kreis, „vielleicht so eine Art Herbstblues.“

„Vielleicht solltest du endlich einmal deine Wohnung einrichten. Du hast immer noch keine eigenen Möbel, eigene Vorhänge, eigene Bilder. In der Wohnung bist du noch nicht angekommen.“

„Ja, da hast du wohl recht", stimmte Viola zu.

„Wenn der Winter kommt und man nicht mehr so viel draußen ist, muss man es sich in seinem Bau gemütlich machen. Mit den eigenen Sachen, mit denen man sich wohlfühlt."

„Ich wollte auch schon lange einmal das Sprechzimmer umräumen und den kleinen Raum daneben zu einem Behandlungszimmer umfunktionieren, dann können Lisa und Doris dort Verbände anlegen und Blutdruck messen, und das EKG-Gerät könnte ich da auch hineinstellen."

In den nächsten drei Tagen hatte Viola keine Zeit, trüben Gedanken nachzuhängen. Sie schloss die Praxis, und mit Hilfe von Mertens, dem Zeitungsausträger, strich sie die Wände neu: ein helles, warmes Gelb im Sprechzimmer, ein blasses Apricot im Wartezimmer. Das kleine neue Behandlungszimmer wurde hellblau bis auf halbe Höhe, dann lief eine Zierleiste rundum, und nach oben wurde es weiß gestrichen, so wirkte es geräumiger. Das Labor blieb weiß, bekam aber ein paar bunte Blumen in der Ecke, wo das Blut abgenommen wurde, damit die Patienten ein wenig abgelenkt waren.

Als die Praxis in neuem Glanz erstrahlte, lud Viola Georg zur Besichtigung ein. Er lächelte. „Eigenwillig", war sein Kommentar, „aber echt Viola. Und Blumen an der Wand! Meinst du, das gefällt deinen Patienten?"

„Es muss mir gefallen", gab Viola zurück, „es ist meine Praxis, mein Arbeitsplatz!"

Georg sah sie mit einem wohlwollenden Blick an, dann ging er hinüber ins Sprechzimmer und setzte sich auf den neuen bequemen Drehstuhl hinter ihrem Schreibtisch. Viola ließ sich auf dem Besucherstuhl nieder. Sie sah Georg erwartungsvoll an, doch er blickte gedankenversunken aus dem Fenster. Offensichtlich beschäftigte ihn gerade etwas anderes.

Aber dann drehte er sich um, und sein Gesicht zeigte einen feierlichen Ernst. „Wenn du heute Abend zu mir zum Essen kommst, möchte ich dir etwas sagen", erklärte er mit bedeutungsvoller Stimme.

„Und das wäre?", wollte Viola wissen.

„Heute Abend", wehrte Georg ab, „nicht jetzt."

Auf einmal wurde sie hellhörig. Georg schien etwas wirklich Wichtiges im Sinn zu haben, und das konnte eigentlich nur ein Gespräch über eine gemeinsame Zukunft sein.

Georg war aufgestanden, nahm ihre Hand und sagte: „Es gibt Putenrouladen mit Champignonfüllung und zum Nachtisch Bratäpfel mit Marzipan-Leinsamen. Sei also bitte pünktlich."

„Bin ich je zu spät gekommen?", fragte Viola leicht gereizt.

„Nein", bestätigte Georg ernsthaft, „aber heute ist es besonders wichtig."

Als er gegangen war, ließ Viola sich auf ihren Drehstuhl sinken. Die Zukunft war auf einmal greifbar. Mit Georg würde sie eine Familie haben können, Kinder …

Sie stand auf und ging nach oben in ihre Wohnung. War es überhaupt noch nötig, sich hier richtig einzurichten? Wenn Georg und sie heiraten würden, dann brauchte sie diese Wohnung sowieso nicht mehr. Unwillkürlich lachte sie auf. Da machte sie große Pläne, und dabei war es noch gar nicht sicher, ob ihr Georg heute Abend einen Heiratsantrag machen würde.

Aber als Viola pünktlich um 19 Uhr vor seiner Tür stand, vergingen alle Zweifel. Georg hatte sich in Schale geworfen, er trug einen dunkelblauen Anzug mit weinroter Krawatte und sah ausgesprochen gut aus. Der Esstisch war mit Kerzen und Blumen gedeckt, und aus der Küche roch es appetitlich. Viola wartete halb auf eine Ansprache, doch zuerst wurde das festliche Menü serviert und genossen.

Erst als Georg den Nachtisch hereingebracht hatte und mit Viola noch einmal auf den schönen Abend anstieß, sagte er: „Auf diesen Abend sollen noch viele weitere folgen, Viola, und ich hoffe und wünsche mir, dass du dann als meine Frau neben mir sitzen wirst. Hast du es dir schon gedacht, dass ich dich heute fragen will? Ich wollte dich ein wenig vorwarnen, damit du nicht zu sehr überrumpelt wirst von meinem Antrag“, setzte er hinzu und nahm der Situation damit den feierlichen Ernst.

Viola sah ihn dankbar an und lachte. „Ja“, gab sie zu, „ich hatte es schon vermutet. Ich hatte allerdings noch zwei andere Möglichkeiten im Sinn: erstens, dass du vielleicht ein völlig neues Menü kreiert hast, das in die Geschichte eingehen wird, und zweitens, dass du deine Fachbuchhandlung umstellen wirst auf Esoterik, Science-Fiction und Fantasy.“

„Ich glaube, du kennst mich inzwischen so gut, dass du weißt, welche Bücher mir liegen und welche nicht“, antwortete Georg. „Aber im Ernst, Viola, wollen wir zusammen Pläne machen? Ich bin jetzt 45 Jahre alt, und ich habe in meinem ganzen Leben noch keine Frau gefunden, die so einzigartig ist wie du.“

„Georg, jetzt übertreibst du!“ Nun wurde Viola doch ein wenig verlegen. „Aber was unsere gemeinsamen Pläne betrifft: Ja, ich möchte dich heiraten.“

Und dann stand sie auf, ging um den Tisch herum, setzte sich Georg auf den Schoß, legte die Arme um ihn und küsste ihn leidenschaftlich.

SPÄT IN DER NACHT begleitete Georg sie nach Hause. Vor ihrer Haustür nahm er sie noch einmal in den Arm und küsste sie innig, dann ging er mit festen Schritten zurück. Er hatte gemeint, es müsse ja nicht sofort die ganze Insel wissen, dass sie sich verlobt hätten.

Als Viola im Bett lag, ließ sie sich den Abend noch einmal durch den Kopf gehen. So ganz überraschend kam Georgs Antrag nicht, sie hatte schon des Öfteren mit dem Gedanken gespielt, wie es sein würde, mit ihm zusammen ihr weiteres Leben zu verbringen. Nun wurde es Realität. Es war ihr Weg. Es fühlte sich gut an, sie wollte mit Georg eine Familie gründen.

Sie knipste noch einmal das Licht an und nahm den Ring vom Nachttisch. Das war typisch Georg, er hatte nicht mit einer Absage gerechnet. Und zu einem Heiratsantrag gehörte für ihn ein Ring. Es war ein schmaler Goldreif mit drei winzigen Diamanten.

Viola schaltete das Licht wieder aus und sah in die Dunkelheit draußen. Der Leuchtturm erhellte sie in seinem langsamen, gleichmäßigen Rhythmus.

13

Am Sonntagvormittag frühstückte Viola bei Georg, als das Handy klingelte und sie zu einem Patienten gerufen wurde. Georg schlug ihr vor, am Abend noch einmal zu ihm zu kommen, er wolle etwas mit ihr besprechen.

Als sie abends voller Erwartung bei ihm eintraf, eröffnete er ihr, dass er vorhatte, im Oktober eine Städtereise zu machen, Wien, Budapest, Venedig, vielleicht Mailand oder Rom.

„Eine Städtereise?" Violas Augen leuchteten auf. „Georg, das ist eine gute Idee, ich wollte ohnehin Urlaub machen." Und es war sicher auch eine gute Gelegenheit, sich gegenseitig besser kennenzulernen.

„Wir fahren mit dem Zug", schlug Georg vor, „das ist bequemer, und man kann unterwegs lesen oder sich mit den Sehenswürdigkeiten der nächsten Stadt befassen. Ich werde mal überlegen, wie wir am besten vorgehen."

Er war schon eifrig bei der Sache. Da klingelte erneut Violas Handy.

„Ich muss noch einmal weg", teilte sie Georg seufzend mit. „Es sind immer dieselben, die am Sonntag anrufen."

Diesen Mann hatte sie schon einige Male besucht, er trank zu viel, alle paar Wochen ließ er sich volllaufen und wurde dann aggressiv und bedrohte seine Frau. Viola hatte es bisher immer geschafft, ihn zu besänftigen, teils durch ihre bloße Anwesenheit, teils durch eine Beruhigungsinjektion, obwohl das bei einem erhöhten Alkoholpegel nicht ganz ungefährlich war. Nach verschiedenen Gesprächen in seinen nüchternen Intervallen hatte er sich bereit erklärt, einen Entzug in der Klinik zu machen, der Termin stand schon fest. Vielleicht hatte er Angst bekommen und wieder zu seinem gewohnten Mittel gegriffen.

„Viola“, riet ihr Georg eindringlich, „wenn es kein dringender Notfall ist, solltest du nicht immer gleich springen. Kann das nicht bis morgen warten? Die Leute gewöhnen sich sonst sehr schnell daran, dass du immer erreichbar bist, und nutzen es aus.“

„Eigentlich habe ich bisher nicht den Eindruck, dass man mich wegen Kleinigkeiten aus dem Haus holt“, entgegnete Viola, „und ich möchte auch nicht am Telefon entscheiden, ob ein Fall dringend ist oder einen Tag warten kann. Diesen Mann kenne ich gut, ich weiß mit ihm umzugehen.“

„Du kannst bei jedem Anruf einen Grund finden, den Patienten selbst zu übernehmen“, erwiderte Georg. „Es ist eine Frage der inneren Einstellung, Viola. Du bist nicht allein verantwortlich für die ganze Insel hier. Außerdem“, fügte er hinzu und zog sie an sich, „bin ich ja auch noch da, und ich möchte gern ab und zu ungestört mit dir zusammen sein.“

„Ich weiß. Aber dieses eine Mal möchte ich noch selbst fahren. Ich verspreche dir, am nächsten Wochenende konsequenter zu sein.“

Georgs Miene blieb missbilligend, als sie ging, und Viola fühlte sich irritiert. Sie war hin- und hergerissen zwischen dem Gedanken, dass Georg recht hatte, und ihrem Pflichtgefühl, das vielleicht wirklich zu ausgeprägt war.

Mitte Oktober fuhren Viola und Georg in Urlaub. Viola wurde das Herz leicht und zugleich schwer, als sie an der Reling stand und die Insel verschwinden sah. Ein Dutzend Enten flog über den Himmel. Sie dachte an Florian, der sich nur ein einziges Mal per SMS bei ihr gemeldet hatte: Er sei laufend im Einsatz. Sie war auch nicht mehr bei dem kleinen Naturschutzhaus gewesen, obwohl sie sich vorgenommen hatte, dort ab und zu nach dem Rechten zu sehen. Aber dann trat Georg neben sie, und sie wandte sich nach vorn, der Zukunft zu.

Wien empfing sie am nächsten Tag mit schönstem Wetter, mit Herbstlaub und Heurigem und Oper und all den wunderschönen Gebäuden, von denen sie schon so viel gelesen hatte. Georg führte sie zu den wichtigsten Sehenswürdigkeiten, und er wusste über alles Bescheid. Viola musste manchmal lachen: Sie hatte einen eigenen Fremdenführer. Sie genoss ihre Freiheit in vollen Zügen: kein Telefon, kein Notfall, kein volles Wartezimmer.

Als Nächstes fuhren sie nach Budapest. Die Donau blinkte als breites Band zu ihnen herauf, als sie oben auf der Fischerbastei standen, und Viola wünschte sich, ein paar Stunden auf der Margareteninsel im Gras zu liegen.

„Das kannst du überall, an jedem Fluss, Viola, dazu musst du nicht nach Budapest fahren“, entgegnete Georg freundlich und führte sie zur nächsten wichtigen Kirche. Viola seufzte innerlich auf, 24 Stunden am Tag mit Georg zusammen zu sein fing an, ein wenig anstrengend zu werden.

Nach Budapest kam Venedig. Meer, ganz anders als auf Hiddensee, aber immerhin Meer. Mit Möwen und dem Geruch nach Tang und Muscheln am Strand. Das war ihr das Wichtigste an Venedig.

Und schließlich Rom. Mit dem Trevi-Brunnen, in den man eine Münze warf und sich etwas wünschen durfte. Viola tat das ganz allein, während Georg eine Kirche besichtigte. Er hatte ihr zugestanden, so lange ein wenig draußen im Schatten auszuruhen.

In den letzten Tagen ihres Urlaubs wurde Viola müde und leicht gereizt, ohne selbst den Grund dafür zu kennen. Georg schob das auf die ungewohnten Anstrengungen und empfahl ihr fürsorglich, im nächsten Hotel einen Ruhetag einzulegen.

Doch als sie dann in Heidelberg ankamen, der letzten Stadt vor ihrer Heimfahrt, hatte Viola das Bedürfnis, noch einmal loszuziehen, aber allein. Wenigstens einen Tag lang. Georg hielt dies für keine gute Idee. „Du musst dich erholen, und das Schloss und die Altstadt sehen wir uns morgen an. Ich verstehe auch nicht, warum du jetzt auf einmal allein unterwegs sein willst. Wir haben doch bisher alles so schön gemeinsam gemacht."

„Gerade deswegen, Georg! Ich möchte herausbekommen, ob ich eine Stadt mit anderen Augen sehe als du."

Er schüttelte den Kopf, aber dann lächelte er. „Na, dann zieh mal los, Mädchen, wenn du es unbedingt so haben willst, und heute Abend treffen wir uns zum Essen im Hotel." Es war seine etwas gönnerhafte Art, die Viola kurz zornig machte, doch sie schwieg. Er hatte es sicher gut gemeint, und außerdem war er immer geduldig und zuvorkommend. Man konnte nicht böse auf ihn sein.

HIDDENSEE empfing Viola und Georg Anfang November mit Sturm, Regen und Kälte. Anders die Menschen, die sich alle freuten. Lisa hatte einen Apfelkuchen gebacken, Doris einen Strauß aus Sanddornzweigen ins Wohnzimmer gestellt, und Jehann brachte eine kleine Buddel Rum vorbei.

Viola hatte gleich am nächsten Tag gut zu tun. Die meisten Patienten, die in die Sprechstunde kamen, wollten wissen, ob sie durch die Reise nicht der Insel abtrünnig würde, aber Viola hatte keineswegs im Sinn, wieder in die große weite Welt zurückzukehren. Ab und zu ja, aber nicht für immer.

Am Samstag dann zog sie einen dicken Pullover an, holte den Regenmantel hervor und machte sich mit dem Fahrrad auf zu Florians Haus. Von Ottilie hatte sie erfahren, dass er nach seiner Mission bei Greenpeace noch eine

Woche in Japan bleiben wollte, um Land und Leute kennenzulernen, dann würde er wieder zurückkehren, so gegen Mitte Dezember.

Nach etwa einer Stunde kam sie bei Florians kleinem Haus an. Zu dieser Jahreszeit konnte man keine brütenden Vögel mehr stören. Trotzdem herrschte auf den Wiesen und den Sandbänken noch ein reges Treiben.

Viola holte den Schlüssel aus seinem Versteck. Als Erstes öffnete sie alle Fenster, um durchzulüften, dann sah sie sich ein wenig um. Besonders gut aufgeräumt war nicht, ein Pullover lag über dem Sessel im Wohnschlafzimmer, Bücher stapelten sich auf dem Schreibtisch.

Als sie ein Kissen auf dem alten Sofa aufschütteln wollte, lag darunter Florians Laptop. Typisch Florian! Er hatte keinerlei Sorge, dass dieses wichtige und teure Gerät in den drei Monaten seiner Abwesenheit Beine bekommen und verschwinden würde. Sollte sie den Rechner mitnehmen? Es wurde Winter draußen, und die Kälte bekam ihm vielleicht nicht so gut. Also schrieb Viola einen Zettel und legte ihn auf den Schreibtisch, mit einem Gruß, und steckte den Laptop in ihren Rucksack.

Den Weg zum Fahrrad marschierte sie mit strammen Schritten, und dann hieß es mal wieder, in die Pedale zu treten. Als sie zu Hause war, fühlte sie sich trotz Wind und Kälte richtig durchgewärmt. Hiddensee im November war eigentlich gar nicht so schlimm, wie sie befürchtet hatte.

Abends nach dem Essen setzte sich Georg ihr gegenüber in seinen Sessel und sah sie bedeutungsvoll an. „Viola“, sagte er, „ich habe eine Überraschung für dich.“

Du lieber Himmel, er hatte ihr doch hoffentlich kein Hochzeitskleid gekauft?

Nein, kein Hochzeitskleid.

„Ich habe vor einem Jahr eine Eigentumswohnung in Bergen erworben“, erklärte Georg stolz, „etwas außerhalb der Stadt, damals war sie noch im Rohbau. Inzwischen sind die Räume fertig, aber noch nicht eingerichtet.“

Viola stockte der Atem. „Was willst du denn mit einer Wohnung in Bergen? Du hast doch hier das Haus. Ich hatte eigentlich gedacht, dass das für uns beide genau das Richtige wäre.“

„Das Haus gehört zur Hälfte meiner Schwester, und sie möchte es nun verkaufen. Außerdem sollte für mich mein Aufenthalt auf Hiddensee auch nur vorübergehend sein. Die Fahrerei mit dem Schiff ist nun mal recht umständlich. In die kleine Mietwohnung über meinem Laden können wir nicht ziehen, und da fügt es sich doch wunderbar, dass ich diese Wohnung habe.“

„Du meinst, wir sollten beide dort leben? In Bergen? Aber Georg, ich habe hier doch meine Praxis!“ Viola war nicht ganz so erfreut, wie er es sich wahrscheinlich erhofft hatte.

„Denk mal darüber nach.“ Georg beugte sich vor und nahm ihre Hand. „Wenn erst einmal ein Kind da ist, musst du die Praxis sowieso abgeben. Und diese Wohnung liegt optimal, alle Schulen sind in der Nähe, meinen Laden kann ich in zehn Minuten erreichen, und wenn du wieder arbeiten willst, kannst du zweimal in der Woche im Krankenhaus mithelfen oder auch hier Vertretung machen, wenn dir die Insel so gefällt.“

„Aber wenn die Wohnung schon bald eingerichtet ist, müssten wir ja bereits in ein paar Monaten umziehen. So schnell möchte ich die Praxis nicht wieder aufgeben“, entgegnete Viola. Das ging ihr alles viel zu schnell.

„Wir fahren morgen rüber, wenn deine Frau Blum da ist, dann kannst du dir in Ruhe alles anschauen. Ich bin überzeugt, es wird dir gefallen“, versicherte Georg.

Viola war da nicht so sicher.

ABER DANN gefiel Viola die Wohnung sehr gut. Das Zweifamilienhaus lag einmalig schön in einem großen Grundstück auf einem Hügel, man sah über den Kleinen Jasmunder Bodden und bis hinaus aufs Meer. Und die Verbindungen zur Innenstadt waren ausgezeichnet. Die Wohnung befand sich im Erdgeschoss, hatte fünf große Zimmer und hohe, helle Fenster – ein Traum!

Georg hatte ihr Entzücken natürlich sofort bemerkt und die Gelegenheit erfasst, um ihr noch einmal zu erklären, wie wichtig es war, beizeiten zu überlegen, wie man sein Leben zu organisieren hatte. Oh ja, das war Viola schon klar, und dass mit einem Kind alles anders werden würde, das wusste sie auch. Nur, sie waren ja noch nicht einmal verheiratet, und sie fühlte sich eben erst auf Hiddensee heimisch. Außerdem wollte sie die Menschen dort auch nicht so schnell wieder im Stich lassen. Nicht jetzt, nicht so schnell, sie brauchte noch Zeit zum Überlegen.

Georg nickte. „Aber du kannst ja mal darüber nachdenken, ob das hier nicht eine gute Lösung für uns zwei ist. Und ein paar Möbelkataloge können wir uns auch schon einmal ansehen.“

Damit war Viola einverstanden. Ansehen bedeutete noch nicht umziehen.

Aber als er dann, wieder in Vitte, einen ganzen Stapel neuer Kataloge auf den Tisch legte, schüttelte sie doch den Kopf. „Georg, warum hast du es so eilig, mich nach Rügen zu verfrachten?“

Er sah sie mit diesem aufmerksamen Blick an, der auf sie immer so anziehend wirkte. „Du passt auf Dauer nicht nach Hiddensee“, antwortete er, „nicht auf so eine kleine, abgelegene Insel. Du bist etwas Besonderes, und ich möchte dich bei mir auf Rügen haben. Und außerdem, so enge Bindungen an deine Patienten zu haben wie hier, an deine Helferinnen oder Ottilie oder diesen Vogelschützer, das ist nicht gut. Als Ärztin brauchst du Distanz, und die hast du in Bergen."

Oha, da kam so ganz beiläufig Florian ins Spiel! Hatte Georg bemerkt, dass Florians Charme und Unbekümmertheit ihr gefielen? Aber niemand, auch nicht Georg, durfte ihr vorschreiben, zu wem sie eine „enge Bindung" haben sollte. „Weder meine Helferinnen noch Ottilie oder Florian sind meine Patienten", gab sie zurück. „Sie sind meine Freunde, und sie werden es auch bleiben!"

„Ist ja schon gut, Viola, ich möchte dich nicht aufbringen, Streit liegt mir nicht. Komm, sehen wir uns ein paar Kataloge an, das bringt dich auf andere Gedanken."

Es war, als ob man einen Sturm erwartet und dann nicht kommt als eine laue Brise. So erging es Viola mit Georg immer wieder. Irgendwie lief sie bei Streitereien bei ihm ins Leere. Und sie konnte nicht einmal lange wütend auf ihn sein, wie jetzt gerade. Er schob ihr einen Katalog hin. „Was meinst du zu dieser Sitzgruppe?"

14

Am 12. Dezember kam eine Mail von Florian: „Ich bin auf dem Heimweg und erwarte einen großen Empfang. Kann mich jemand mit dem Bollerwagen vom Hafen abholen? Und dann bei Ottilie abladen?"

Kein „ich freue mich auf dich".

Viola hätte sich trotzdem gern selbst auf den Weg gemacht, aber sie hatte Dienst und war an diesem Wochenende dauernd unterwegs. Am Montagmittag machte sie sich auf, Florian zu begrüßen und ihm seinen Laptop zu bringen. Ein kleines bisschen Herzklopfen hatte sie schon. Was würde er zu ihrer Verlobung sagen? Hatte Ottilie es ihm mitgeteilt? Wären sie wieder gute Freunde?

Florian machte die Tür auf und öffnete die Arme. Er strahlte. „Ich bin wieder da", sagte er einfach und drückte Viola kurz und heftig an sich.

Sie machte sich von ihm frei. „Vorsichtig, dein Rechner", antwortete sie.

„Das war eine gute Idee, danke", bemerkte er. „Komm rein."

Als er Viola in seiner kleinen Küche gegenübersaß, betrachtete er sie genau. „Wie geht es dir? Was hast du inzwischen alles angestellt?"

Unwillkürlich verdeckte Viola ihre linke Hand mit dem Ring.

„Es gibt Neuigkeiten“, sagte sie ein wenig befangen.

„So? Gute oder schlechte?“

„Wie man es nimmt.“ Sie lachte verlegen. „Ich habe mich mit Georg verlobt.“

„Was hast du?!“ Ungläubig starrte Florian sie an.

„Ich werde Georg heiraten, nächstes Jahr.“

„Und warum gerade Georg?“, stieß Florian hervor.

„Warum wohl? Ich liebe ihn, und Georg liebt mich. Und er lässt mich nicht im Stich, nicht wegen einer anderen Frau und nicht wegen eines Wals oder ein paar Vögeln.“ Das Letzte war ihr nur so herausgerutscht, das hatte sie eigentlich nicht sagen wollen.

Florian schwieg lange. Dann stand er auf und ging in der kleinen Küche auf und ab.

„Weißt du, warum ich in Japan war?“ Er blieb stehen.

„Wegen der Wale“, antwortete Viola unsicher.

„Nicht nur. Ich wollte mir über eines klar werden: ob es mir wichtiger ist, weiterhin zu reisen und tun zu können, was ich will, oder ob ich jetzt an einem Punkt angelangt bin, an dem andere Wünsche in den Vordergrund treten. Eben das habe ich nämlich in der letzten Zeit festgestellt. Um genau zu sein, ab dem Zeitpunkt, an dem ich dich getroffen habe.“

„Was habe ich damit zu tun?“

„Alles. Ich liebe dich, und du bist mir wichtiger als alle Wale und Vögel der Welt, das weiß ich jetzt“, antwortete er einfach.

Viola schwieg. Sie hatte das Gefühl, auf einem schwankenden Schiff zu stehen. Dann sagte sie leise: „Ich mag dich sehr, Florian, aber …“

„Genau, dieses Aber, das habe ich immer gespürt. Was ist es?“

„Du bist jünger als ich, vier Jahre“, erklärte sie. „dir fliegen die Frauenherzen zu, wie bei Jochen …“

„Aha“, unterbrach Florian sie finster, „das ist es also. Aber ich bin nicht Jochen. Und ich frage mich, ob du mich überhaupt kennst oder ob du dir ein Bild von mir gemacht hast, das eben wie das von Jochen ist.“

„Ich weiß es nicht“, sagte sie hilflos. „Ich weiß nur, dass ich jetzt eine Richtung habe. Ich werde heiraten und Kinder haben, und Georg ist ein wunderbarer Mann.“

„Ihr passt nicht zusammen“, stellte Florian trocken fest.

„Das kannst du doch überhaupt nicht beurteilen!“, rief Viola hitzig. „Du weißt doch gar nichts von Georg!“

„Ich weiß genug von ihm, um festzustellen, dass er eine Frau braucht, die sich biegen lässt, die sich ihm anpasst, und du bist nicht diese Frau.“

„Ich habe mich für Georg entschieden, ob du es nun akzeptierst oder nicht!“ Sie sprühte vor Wut.

Florian wandte sich um und ballte die Hände in den Taschen. Nach einer Weile atmete er tief aus und setzte sich wieder an den Tisch. Violas Wut verrauchte, als sie sein Gesicht sah. Jetzt war sie nur noch traurig. Sie stand auf und ging.

Auf dem Heimweg versuchte sie, ihre Fassung wiederzugewinnen. Sie lenkte ihre Gedanken auf Georg, auf die gemeinsame Zukunft und auf das, was sie für ihn empfand. Sie wollte ihn ja nicht nur wegen seiner Zuverlässigkeit heiraten. Sie liebte ihn. Niemand sollte versuchen, ihr einzureden, er wäre nicht der richtige Mann für sie.

Als Viola zwei Tage später Ottilie auf der Straße begegnete, erzählte diese, dass Florian fortgefahren sei. Er habe ihr nicht gesagt, wohin, aber er wolle nicht wiederkommen. Seine Aufzeichnungen könne er überall auswerten, dazu brauche er die Insel nicht.

„Ist zwischen euch etwas vorgefallen?“, fragte sie Viola.

„Ja, wegen Georg“, antwortete Viola bedrückt.

Ottilie nickte verständnisvoll. „Ich habe es mir gedacht.“ Nach einer Weile sagte sie: „Er fehlt mir, nicht nur seine Musik, auch die Gespräche mit ihm und seine Fröhlichkeit, seine Unkompliziertheit. Florian ist einer der wenigen Menschen, bei denen Innen und Außen übereinstimmen. Und glaub mir, Viola, ein Mann, der stundenlang Vögel beobachtet, der ganz allein dort draußen wohnt, der seine Arbeit liebt, der kann kein Luftikus sein.“

„Warum erzählst du mir das?“, fragte Viola unbehaglich.

„Weil ich das Gefühl habe, dass du dich bisher noch nicht getraut hast, ihn richtig kennenzulernen.“

„Florian ist ein Zugvogel“, antwortete Viola heftig. „Ich habe ihn nicht verjagt, er ist von selbst gegangen.“

Ottilie strich ihr besänftigend über den Arm. „Ich weiß. Aber zum Glück kommen Zugvögel wieder. Warten wir auf den Frühling. Sein Arbeitsvertrag läuft bis Mai, er kann also nicht ans andere Ende der Welt verschwinden.“

Der Dezember brachte Hiddensee den ersten Frost, und der Nebel, der über den Wiesen stand, gefror an den Gräsern und Bäumen zu Reif.

Der Inselbus hatte kaum noch Gäste zu befördern und brachte die Patienten jetzt oft direkt bis zu Violas Haustür. Gelegentlich dachte Viola daran, wie schlecht es ihr im letzten Jahr um diese Zeit gegangen war und wie viele Zweifel sie gehabt hatte, als sie sich für Hiddensee beworben hatte.

Inzwischen fühlte sie sich genau am richtigen Platz. Sie wusste, dass sie von den meisten Menschen hier akzeptiert worden war, eigentlich von Anfang an. Viola war stolz darauf, wenn ihr die Leute auf der Straße fröhlich „Guten Morgen, Frau Doktor!“ zuriefen. Einige Kinder, die in der Nähe wohnten, kamen bei einer kleinen Verletzung gleich zu ihr, ohne vorher nach Hause zu gehen, und sie hatte immer eine Dose mit bunten Pflastern für sie bereit.

Es hätte alles so schön sein können, wenn da nicht Georgs Pläne gewesen wären. Sie verstand ihn ja, seine Schwester drängte und er hatte bereits Interessenten für das Haus in Vitte. Aber Viola wünschte sich einfach mehr Zeit. Sie konnte sich vorstellen, mit Georg nach Rügen zu ziehen, aber nicht sofort, nicht in den nächsten Monaten. Vielleicht Ende nächsten Jahres. Bis dahin konnte sie in aller Ruhe einen Nachfolger für die Praxis suchen. Georgs Tempo in Sachen Zukunft war ihr viel zu hoch. Vielleicht fiel ihr irgendetwas ein, das den Umzug verzögern würde. Sie wollte unbedingt noch einen zweiten Sommer auf der Insel bleiben.

Immerhin freute sie sich schon einmal auf das Einrichten. Sie fuhr mit Georg nach Rostock, und sie besuchten zusammen mehrere Möbelhäuser.

Aber dann stellte Viola fest, dass es da einige Schwierigkeiten gab, mit denen sie nicht gerechnet hatte.

Georg wusste genau, was er wollte. Und er hatte viele gute Argumente dafür, das zu kaufen, was er für richtig hielt, denen Viola nichts entgegenzusetzen hatte. Wenn sie den Kopf schüttelte über eine Schrankwand im Wohnzimmer oder einen schweren Schreibtisch, fragte er: „Warum denn nicht?“ Und sie konnte nur antworten: „Das gefällt mir nicht.“ Sie konnte keine Gründe finden, die Georg überzeugt hätten. Dazu kam, dass es seine Wohnung war und er auch die Einrichtung bezahlte. „Viola, das ist wirklich nicht nötig“, erklärte er ihr, als sie den Vorschlag machte, sich an den Kosten zu beteiligen. „Wir gehören doch zusammen, und ich kann es mir jetzt leisten, mach dir darüber keine Gedanken. Sieh dir diesen wunderschönen Tisch aus Kirschbaum an, Massivholz, der würde doch gut in unsere Essecke passen, und dazu die Stühle da. Den Bezug kannst du dir aussuchen, aber nimm keinen hellen, das ist zu empfindlich.“

Ja, der Tisch war schön, aber … Sie hätte gern einen ovalen gehabt, es war viel gemütlicher, um einen ovalen Tisch zu sitzen. Es gab Streit, von Violas Seite aus manchmal heftig, auch unüberlegt, von Georg zurückhaltend, trotz allem freundlich, aber unnachgiebig. Er wurde nie laut.

Waren sie dann zurück auf Hiddensee in Georgs Haus, wo Viola sich am Wochenende meist aufhielt, vertrugen sie sich wieder. Georg kochte, Viola sah ihm zu, und sie redeten über etwas anderes.

Allerdings war auch dies nicht immer nur erfreulich. Georg war sehr belesen und wusste zu allem etwas zu sagen. Das machte eine Diskussion mit ihm nicht gerade leichter. Georg konnte so liebevoll sein, doch Viola hatte oft das Gefühl, er behandle sie wie ein unmündiges Kind. Das war sie aber ganz bestimmt nicht, und die zehn Jahre, die er älter war, gaben ihm noch lange nicht das Recht, sie zu bevormunden.

Zu Weihnachten besuchten Viola und Georg seine Mutter in Kiel, und Silvester verbrachten sie mit Violas Eltern in Hamburg. „Meine Kleine macht ihren Weg", sagte ihr Vater anerkennend, als er mit ihr auf ihre Zukunft anstieß, „nicht nur im Beruf, auch privat. Ich hätte nicht gedacht, dass du die Idee mit der Arztpraxis auf der Insel durchhalten würdest."

Und dass ich mir so einen charakterfesten und gut situierten Mann angeln könnte, setzte Viola für sich hinzu. Georg war der optimale Schwiegersohn für ihren Vater. Ihre Mutter fragte sie allerdings in einer stillen Stunde, ob Georg nicht vielleicht ein wenig zu ernst und pflichtgetreu für sie wäre. „Aber du musst selbst wissen, was du tust", fügte sie schnell hinzu.

Anfang Januar war Viola wieder auf Hiddensee. Als sie ihre Praxisräume betrat, Kater Pauli begrüßte und zu ihrer Wohnung hinaufstieg, fühlte sie sich wieder zu Hause, von nichts und niemandem eingeengt. Ihr Innenleben war verwirrt, das musste sie sich eingestehen. Nichts war im Moment mehr klar bei ihr, außer dass sie vorerst auf Hiddensee bleiben wollte und ihre Praxis einen festen und nicht mehr wegzudenkenden Bestandteil ihres Lebens ausmachte. Und je mehr Georg nach Rügen drängte, desto stärker klammerte sie sich an Hiddensee. Aus Trotz, aus Zorn oder aus Liebe zu dieser Insel.

Und dann kam die Sache mit den Vorhängen.

Georg wollte mit Viola Vorhänge für die Bergener Wohnung einkaufen. In einem teuren Einrichtungshaus entdeckte Viola einen Stoff, der sie sofort entzückte. Auf einem blassblauen Hintergrund waren wie mit einem feinen Pinsel Birken aufgemalt, mit Ästen, an denen lauter rotbraune Birkenkätzchen baumelten und unzählige hellgrüne Blattknospen saßen. Der Stoff schimmerte durchsichtig mit einem leichten Silberton.

Georg winkte sofort ab. Solche Vorhänge würden nicht in seine Wohnung passen, zu seinen Möbeln.

„Dann muss man eben die Möbel zu diesen Vorhängen passend machen!", rief Viola. „Zum Beispiel im Schlafzimmer, das steht noch leer. Stell dir vor, Georg, wir wachen morgens auf und die Sonne scheint durch diese zarten Birkenzweige. Und schon ist man fröhlich, man kann gar nicht anders!"

„Echte Birken finde ich schöner, Viola. Wir könnten eine oder zwei in den Garten pflanzen lassen, vielleicht sogar vors Schlafzimmerfenster“, erwiderte Georg entgegenkommend. „Außerdem, jetzt gefallen dir die Vorhänge, aber was ist in ein paar Wochen? Dann hast du dich an ihnen sattgesehen. Sieh dir diese hier an.“ Er zeigte auf einen Store mit langen, breiten Längsstreifen in verschiedenen Blautönen. „Die kann man jahrelang haben, die sind zeitlos. Komm, mach nicht so ein finsteres Gesicht, immerhin habe ich schon auf deine Lieblingsfarbe Blau Rücksicht genommen!“

Viola kochte vor Wut. Warum konnte Georg nicht ein einziges Mal von seinen Ansichten Abstand nehmen und einfach die Vorhänge kaufen, die ihr gefielen? Ihr zuliebe? Das Schlimme war, dass er nie wütend wurde. Wenn man sich wenigstens richtig miteinander streiten könnte, dass die Fetzen flögen, das wäre sicher besser, dachte sie. Hinterher würde man sich wieder versöhnen. Aber wo sollte sie ihren Frust lassen? Sie hätte niemals gedacht, dass sie und Georg so schwer miteinander zurechtkamen, wenn es ernst wurde. Wie sollte es erst werden, wenn sie richtig zusammenwohnten?

15

Am 22. Februar feierte Viola ganz allein zu Hause den Jahrestag ihrer Ankunft auf der Insel, nur mit Pauli. Es war genauso kalt und stürmisch wie vor einem Jahr, aber was hatte sich alles verändert in dieser Zeit!

Sie wollte hier bleiben, und sie würde bleiben. Zumindest bis sie ganz sicher wusste, wohin sie gehörte, und vor allem, zu wem. Diese Gewissheit schien ihr nämlich so nach und nach abhandenzukommen.

Heute, am Sonntagvormittag, hatte sie Lust, Ottilie zu besuchen. In letzter Zeit war sie in jeder freien Minute mit Georg unterwegs gewesen, aber er war gestern zu einer Fachbuchmesse gefahren und würde erst in vier Tagen zurück sein. Sie zog ihren dicken Anorak an und machte sich auf den Weg. Ein paar einzelne Schneeflocken schwebten aus den Wolken. In der Ferne rauschte das Meer, Sand und Schnee knirschten unter Violas Stiefeln, und die allgegenwärtigen Möwen ließen sich vom Wind auf und nieder schaukeln.

Ottilie freute sich und brühte in ihrer gemütlichen Küche gleich einen Tee auf. Viola saß währenddessen in Gedanken versunken auf der Eckbank. Ottilie schwieg, offenbar hoffte sie, dass Viola von selbst sagen würde, was sie bedrückte.

„Heute vor einem Jahr bist du hier angekommen“, meinte sie schließlich lächelnd zu ihr.

„Daran hast du gedacht?“, fragte Viola überrascht.

„Aber ja, und Lisa und Doris auch. Wir wollen heute Abend ein Fondue machen, bei mir, unten in der Kneipe. Ich hoffe, du hast Lust.“

„Ja, schon.“ Violas Augen leuchteten kurz auf. Dann sagte sie übergangslos: „Georg will, dass ich mit ihm nach Rügen ziehe.“

„Nein!“ Ottilie sah sie erschrocken an. „Das kann nicht sein Ernst sein!“

„Doch. Er hat eine große Wohnung in Bergen gekauft. Aber ich glaube immer mehr, dass ich hierbleiben möchte.“

Ottilie zog die Stirn kraus. „Und wie gedenkst du ihn zu überzeugen?“

„Ja“, meinte Viola gedehnt, „das ist genau die Frage.“ Und dann, auf einmal, brach es aus ihr heraus, und sie erzählte Ottilie von ihren Zweifeln, ihrer Unfähigkeit, Georgs Argumenten mit eigener Stärke zu begegnen, ihrem Ärger über sich selbst, wenn sie um des lieben Friedens willen wieder einmal nachgegeben hatte. Und von ihrem Schweigen, in das sie in letzter Zeit immer öfter verfallen war bei Diskussionen, einfach weil sie das Gefühl hatte, er nehme sie nicht ernst.

Nach einer Weile seufzte Viola tief auf. „Er hat auch seine guten Seiten. Er ist zuverlässig, nie schlecht gelaunt, zärtlich. Ach, Ottilie, warum ist nicht alles so geblieben wie vorher, als wir uns meist nur am Wochenende sahen?“

„Das ist der Alltag“, meinte Ottilie, „und der macht es uns oft schwer. Georg hat wohl nie so richtig gelernt, auf die Anliegen anderer einzugehen. Aber was wirst du nun tun?“

„Ich habe vier Tage Zeit zum Nachdenken, und die werde ich nutzen“, antwortete Viola entschlossen.

Das Gespräch mit Ottilie tat Viola gut, und am Montag, als die Sprechstunde begann, fühlte sie sich schon wieder ein wenig ruhiger.

Lisa sah sie ein paarmal von der Seite an, als habe sie etwas auf dem Herzen, und schließlich konnte sie sich nicht mehr zurückhalten. „Es geht das Gerücht um, dass Sie nicht auf der Insel bleiben wollen, Frau Doktor, stimmt das?“, fragte sie besorgt.

Viola schüttelte den Kopf. „Lieber Himmel, auf dieser Insel ist man das reinste Aushängeblatt“, versetzte sie gereizt. Aber dann sah sie Lisas betroffenes Gesicht. „Ich fühle mich hier wohl, und es wird schwer sein, mich wegzulocken. Es gibt einiges, das ich in der nächsten Zeit klären muss, aber ich werde es klären, und dann werde ich Ihnen und Doris als Erstes mitteilen, wie ich mich entschieden habe.“

Lisa war keineswegs beruhigt, aber sie schwieg. Und sie sorgte dafür, dass Viola immer frische Blumen auf ihrem Schreibtisch hatte und in ihrer Küche ein Stück Kuchen und eine Flasche Sanddornsaft.

Eines Abends wurde Viola zu Herrn Karl gerufen, einem Mann, der an Asthma litt und ab und zu bei einem schweren Anfall eine Injektion brauchte. Als Viola an dem kleinen Backsteinhaus in Neuendorf ankam, stand seine Frau vor der Haustür und erwartete sie. Viola hörte schon im Flur das laute Keuchen und trat ein. Herr Karl saß in einem Sessel und nickte ihr zu, konnte aber nicht sprechen. Viola öffnete ihre Arzttasche. Es waren alles sichere und oft geübte Handgriffe, die sie nun vornahm. Während sie das Medikament injizierte, unterhielt sie sich mit seiner Frau über das geplante Wellness-Zentrum im alten Fischerdorf, dann zog sie die Spritze zurück und drückte einen Mulltupfer auf die Einstichstelle. „Na, Herr Karl, besser?“

Er nickte dankbar. „Meine Frau hat schon recht, ne Sprütz in’t Fell helpt ümmer noch am best’n.“

In Viola breitete sich auf einmal eine Ruhe aus, wie sie sie schon lange nicht mehr gespürt hatte. Das war es, das war ihr Leben: diese paar Handgriffe, die so viel bewirkten, die Gespräche mit den Menschen, das befriedigende Gefühl, einem Mann zu einer guten Nacht verholfen zu haben – das wollte sie nicht mehr missen. Ob Georg das je verstehen würde? Sie fühlte sich wieder stark und sicher. Genau das war es, was sie immer wieder mit Georg aneinandergeraten ließ. Stark und sicher konnte er sie nicht ertragen. Das gab Streit. Was hatte Florian gesagt? Georg brauche eine Frau, die sich ihm anpassen könne?

Sie musste eine Entscheidung treffen. Und sie ahnte schon, welche. Es würde ihr nicht leichtfallen.

GEORG kam am Donnerstagnachmittag wieder zurück, und als er alles ausgepackt hatte, rief er Viola an.

„Ich komme nach der Sprechstunde zu dir rüber“, teilte ihm Viola mit. „Georg, ich muss mit dir reden, es ist wichtig.“

Schweigen am anderen Ende, dann Georgs Stimme: „Geht es um den Umzug nach Rügen?“

„Ja, aber nicht jetzt am Telefon.“

„In Ordnung“, antwortete er. „Ich hätte dich nicht vier Tage allein lassen sollen. Du klingst irgendwie anders.“

„Bis später dann“, verabschiedete sich Viola kurz und legte auf.

Georg empfing sie ein wenig reserviert, führte sie aber gleich ins Wohnzimmer, holte eine Flasche Rotwein und zwei Gläser und schenkte ein. Bisher war noch kaum ein Wort gefallen, und Viola wusste nicht, wie sie anfangen sollte.

„Ich glaube“, sagte sie nach einer Weile, „wir passen nicht zusammen.“

Georg sah sie verständnislos an. „Wie meinst du das?“

„Du hast in den letzten Wochen doch sicher auch gemerkt, wie schwer wir es miteinander haben“, fuhr Viola fort. „Solange jeder für sich wohnt, kommen wir gut miteinander aus. Aber je mehr wir uns mit der Wohnung in Bergen beschäftigen, desto schwieriger wird es. Sieh mal, ich werde immer etwas anderes wollen als du, ich werde, ohne es zu wollen, deine Gewürze durcheinanderbringen, das Geschirr nicht immer gleich nach dem Essen abspülen, ich würde dein ganzes Leben immer wieder stören, auch wenn ich mich noch so sehr bemühe. Und vor allem: Irgendwann einmal werde ich keine Lust mehr haben, mich zu bemühen.“

Georg schwieg mit gerunzelter Stirn. „Aber man kann sich doch einigen, Kompromisse finden“, sagte er schließlich.

„Das ist nicht so einfach“, erwiderte Viola. „Ich habe festgestellt, dass Kompromisse für dich schwierig sind. Ich sehe, wie unwohl du dich fühlst, wenn ich den Küchentisch in die Ecke rücke; jetzt steht er wieder in der Mitte. Und darum gebe ich immer wieder nach, nur damit Frieden herrscht.“

„Und, wäre das so schlimm?“ fragte Georg ernst.

„Ja! Ich müsste mich auf die Dauer verbiegen wie die Kiefern oben auf dem Dornbusch im Wind. Ich müsste mich dir anpassen. Immer. Eine Zeit lang könnte das gut gehen, aber eines Tages würde ich platzen vor Zorn und dich verlassen.“

Georg erhob sich und ging auf und ab. „Und ich dachte, du würdest dich wohlfühlen bei mir“, stellte er fest. „Ich biete dir eine schöne große Wohnung. Du musst nicht mehr voll berufstätig sein, ich verdiene genug für uns beide, du kannst es dir bequem machen. Wir können Kinder haben, wie du es dir gewünscht hast. Und ich liebe dich. Ich habe noch keine Frau kennengelernt, mit der ich zusammenleben möchte, du bist die erste. Und die einzige. Ich verstehe nicht, warum auf einmal alles nicht mehr passen soll. Du hast doch sonst keine solche Launen.“ Vorwurfsvoll sah er sie an.

„Vielleicht habe ich es mir einfach anders überlegt“, sagte Viola erregt. Sie war nicht zu ihm durchgedrungen, er begriff nicht, worum es ihr ging, er hielt alles für eine Laune! Dann fühlte sie plötzlich nur noch abgrundtiefe Traurigkeit. Sie war es leid, zu versuchen, sich ihm verständlich zu machen.

Sie stand auf. „Georg, es hat keinen Sinn. Ich glaube, wir sollten uns eine Zeit lang nicht sehen und vor allem keine Zukunftspläne mehr machen. Ich brauche Abstand, um wieder zu mir zu finden, und ich wünsche mir, dass du auch darüber nachdenkst. Es geht so einfach nicht.“

Sie trat in den Flur. Georg folgte ihr nicht. Sie wünschte sich, er würde ihr nachkommen, ihr zuhören und sich um sie bemühen, aber sie blieb allein.

Langsam ging sie nach Hause.

In ihrem Wohnzimmer warf sie sich aufs Sofa und brach in Tränen aus.

AUF HIDDENSEE sprach sich schnell herum, dass Viola und Georg ihre Verlobung gelöst oder zumindest auf Eis gelegt hatten. Obwohl Viola von den Leuten bedauert wurde, waren sie doch spürbar froh, dass ihnen nun ihre Ärztin erhalten blieb.

Viola ging es nicht gut. Sie versank in tiefe Verzweiflung, und erst ihr Zorn und ihre Wut brachten sie wieder an die Oberfläche, als ein Brief von Georg kam – ein langer Brief, in dem er ihr erklärte, dass die Verantwortung für ihre Schwierigkeiten vor allem bei ihr läge, er selbst war sich keiner Schuld bewusst. „Ich habe dich wirklich und aus tiefstem Herzen geliebt, und ich tue es noch, auch wenn du zurzeit eine Menge krauser Ideen im Kopf hast. Ich weiß nicht, was dich auf einmal so verändert hat. Vielleicht wirst du es eines Tages einsehen, was dir entgangen ist. Ich werde dann für dich da sein, trotz allem."

Sie zerriss das Papier und streute es ins Meer.

Lisa brachte Viola weiterhin jeden Tag ein Stück Kuchen. „Sie müssen essen", redete sie Viola zu. „So dünn, wie Sie jetzt sind, könnten die Leute ja meinen, wir hielten Sie kurz hier auf Hiddensee."

Doris hatte sie wortlos umarmt. Sie war es auch, die Viola eines Freitagabends wieder abholte und mit zu Ottilie nahm.

Und Frau Bertram brachte Pläne für einen neuen Abenteuerspielplatz mit in die Sprechstunde, um Viola ein wenig abzulenken.

Viola war ganz gerührt. So viel Wärme und Mitgefühl mit der gestrandeten Inselärztin hatte sie nicht erwartet.

Als sie ein paar Tage später zu Jehann kam, der in Annas warmer Stube saß, blickte er sie mit seinen kleinen hellen Augen aufmunternd an. „De Leiw föllt güss so gaut up'n Kaupload'n ass up'n Ros'nblatt", sagte er.

Über Violas Gesicht flog ein Lächeln. „Ein Rosenblatt wäre mir lieber gewesen als ein Kuhplatsch", meinte sie.

Anna hatte erzählt, dass Norbert Storm zweimal da gewesen sei. Er hatte sich sehr ordentlich betragen und sogar entschuldigt. Jehann und er waren sich einig geworden über Jehanns Nachlass und das Grundstück. Jehann wollte nun doch verkaufen. Einen Teil des Geldes sollte Norbert Storm erhalten, seine Mietwohnung war in Eigentum umgewandelt worden, und er wollte sie gern erwerben. Und dann hatte Jehann die Idee, das restliche Geld für ein kleines Pflegeheim für alte Fischer und Inselbewohner zu verwenden.

Das Haus sollte nah am Meer stehen, wo man die Möwen und die Schiffe beobachten konnte. „Er wünscht sich, dass niemand aufs Festland muss im Alter, sondern dass hier auf der Insel auch ein Platz für alte, hilfsbedürftige Menschen ist“, erklärte Anna.

„Und Norbert Storm?“, fragte Viola. „Ist er nun zufrieden?“

„Er ist nun einmal Jehanns einziger Verwandter, und Jehann will nicht in Unfrieden mit ihm leben.“

Viola hätte Norbert Storm ein für alle Mal abserviert, aber sie musste Jehanns Entscheidung akzeptieren. Vielleicht wird man im Alter milde und versöhnlicher, dachte sie.

16

Dieses Jahr kannte Viola schon die Anzeichen des Frühlings auf der Insel. Im März gab es immer wieder warme, windstille Tage, in den Vorgärten leuchteten die Szilla und Krokusse, und die kleinen Vögel fingen schon morgens in der Frühe an, lautstark zu singen.

Von Florian war keine Nachricht mehr gekommen, aber die Zugvögel trafen bereits wieder ein. Sie zogen über den Himmel und riefen und schrien und lärmten um die Wette.

Als Viola an einem schönen Samstagmorgen aufwachte, entschloss sie sich, ins Vogelschutzgebiet zu gehen. Mit Pullover, Anorak und Wollmütze ausgerüstet, zog sie los. Das Meer rauschte in gleichmäßigen Wellen an den Strand. Je näher sie dem Schutzgebiet kam, desto häufiger sah sie große Vogelschwärme in der Luft. Die Kraniche kehrten zurück, die Enten, die Gänse. Jetzt könnte eigentlich auch Florian kommen, dachte Viola.

Vorsichtig und ruhig, wie sie es bei Florian gelernt hatte, ging sie durch die Dünen und bis zu dem reetgedeckten Häuschen, das sie nun schon so gut kannte. Alles war verschlossen, nichts regte sich.

Langsam machte Viola sich auf den Rückweg. Als sie den Strand erreichte, hatte der Wind aufgefrischt, und sie musste sich kräftig gegen ihn stemmen. Es machte richtig Spaß, sich mit diesen heftigen Böen anzulegen. Mit roten kalten Wangen und klaren Augen, durchgepustet und außer Atem, aber zum ersten Mal seit langem wieder mit dem Gefühl, wie rundum erneuert zu sein, kam sie zu Hause an.

Sie betrat ihre Wohnung und wusste auf einmal, was sie nun tun würde: sich endlich einrichten. Und als Erstes wollte sie nach Rostock fahren und die sündhaft teuren wunderschönen Birkenvorhänge kaufen.

In dieser Nacht konnte Viola lange nicht einschlafen. So viele Gedanken gingen ihr durch den Kopf. Irgendwann musste sie dann doch eingenickt sein, denn sie erwachte von einem eigenartigen Geräusch. Es klang wie ein singendes Rufen und kam von draußen. So etwas hatte sie noch nie gehört.

Sie stand auf und öffnete das Fenster. Und da sah sie es: weit oben am Himmel, hell gegen das samtene Dunkelblau gezeichnet, flogen mit gleichmäßigen Flügelschlägen große weiße Vögel vorüber, hintereinander, mit langen Hälsen. Ihr Rufen klang durch die Nacht, laut und melodisch.

Die Singschwäne! Florians Singschwäne! Sie kehrten zurück.

Viola stand lange am Fenster, dann schloss sie es und ging wieder ins Bett. Alle Gedanken legten sich zur Ruhe, in ihr wurde es still. Es gab immer einen Weg, auch wenn man nicht im Voraus wusste, wohin er führte.

Zwei Wochen später, es war schon April und eine Vorhut Inselgäste hatte sich bereits eingenistet, kam Viola am Freitagabend zu Ottilies Kneipe. Als sie die erleuchteten Fenster sah, wünschte sie sich, wie jedes Mal, Florian wäre wieder da. Im Geist hörte sie seine Klarinette.

Sie öffnete die Tür, und die Musik wurde lauter. Sie erstarrte. Sie hatte es sich nicht eingebildet, jemand spielte Klarinette. Langsam und mit klopfendem Herzen trat sie in die Gaststube. Und da stand er, wo er immer gestanden hatte, auf dem kleinen Podest, ganz in sein Spiel versunken.

Viola setzte sich auf ihren Stammplatz neben dem Kachelofen und betrachtete Florian. Als Ottilie ihr ein Glas Tee mit Rum brachte, sah er auf.

Einen Moment hielt er inne, dann spielte er weiter. Man konnte seinem Gesicht nicht ansehen, was er dachte.

Was hast du dir eigentlich vorgestellt?, sagte Viola zu sich selbst. Dass er seine Klarinette hinwirft, auf dich zu rennt und dich leidenschaftlich in die Arme nimmt? Wahrscheinlich ist er nur gekommen, um seine Abschlussarbeit zu machen.

Irgendwann einmal blickte Florian sie an. Er lächelte ein wenig, und dann hob er sein Instrument und spielte – „Dat du min Leevsten büst“ (Dass du meine Liebste bist).

Das war doch ihr neues Lieblingslied! Sie hatte es im Hotel Seeblick gehört, als er einen Abend mit den Inselliedern gestaltet hatte. Und es hatte ihr sofort gefallen. Später hatte er es jedes Mal gespielt, wenn sie bei Ottilie zur Tür hereinkam, mit Augen, in denen ein amüsiertes Lächeln blitzte. Und manchmal hatte sie sich ausgemalt, wie es wäre, wenn Florian und sie …
Viola spürte, wie Tränen in ihren Augen brannten. Bloß das nicht!

Sie erhob sich abrupt und rannte zur Tür.

In der Dunkelheit vor dem Haus blieb sie stehen. Ein kühler Wind kam vom Meer, und hoch oben in den Wolken leuchtete der Mond. Ihrem erhitzten Gesicht tat die Kälte gut.

Auf einmal stand Florian neben ihr. Sie hatte gar nicht bemerkt, dass die Musik verstummt war.

„Nun, Frau Doktor", sagte er, „was ist denn in dich gefahren? Habe ich wieder das falsche Lied gespielt? Und überhaupt, begrüßt man so einen alten Freund?"

„Von wegen alter Freund! Herumtreiben und sich nicht melden!", fauchte Viola zurück.

„Oh, hat es der gute Georg nicht geschafft, dich ein wenig zu zähmen?"

„Lassen wir Georg aus dem Spiel!"

Florians Stimme wurde weich. „Ja, das ist das erste vernünftige Wort von dir heute Abend. Lassen wir Georg aus dem Spiel. Soviel ich gehört habe, ist er wirklich draußen."

Aha, Ottilie hatte ihn bereits informiert. Mehr wollte Viola dazu aber nicht sagen. Nach einer Weile fragte sie: „Warum bist du gekommen?"

„Oh, ich habe eine wichtige Entscheidung zu treffen. Und das kann ich nur hier." Als Viola nichts sagte, fuhr er fort: „Ich habe ein Angebot von Greenpeace bekommen, für zwei Jahre nach Südamerika zu gehen."

Viola hatte das Gefühl, jemand presse ihr die Luft ab.

„Und ich habe es probiert, aber es ging nicht", setzte er hinzu.

„Was ging nicht?", fragte sie erstaunt.

„Dich zu vergessen", antwortete er einfach.

Viola schnappte nach Luft. Mit einer schnellen Bewegung legte er die Arme um sie und zog sie an sich. „Ich habe mir immer wieder gesagt, dass wir sowieso nicht zueinanderpassen, nachdem du mir von deiner Verlobung mit Georg erzählt hattest. Ich bin mit Mädchen ausgegangen", Viola versteifte sich, „und es hat überhaupt keinen Spaß gemacht. Dann wusste ich auf einmal, was ich tun wollte. Nach Hiddensee fahren und dich wiedersehen. Ich habe viel zu früh aufgegeben. Ich wollte alles versuchen, dich von deinem Georg loszueisen. Na ja, fast alles", setzte er leise lächelnd hinzu.

„Und ich habe … Ach Florian, es war alles so verworren und schwierig", sagte Viola halb lachend, halb weinend.

„Wir werden es klären, wir haben viel Zeit dazu."

„Aber du willst doch nach Südamerika?", fragte Viola irritiert.

„Ich habe doch gesagt, dass ich eine Entscheidung treffen muss. Ich habe nämlich noch ein zweites Angebot. Ich kann die Oberaufsicht über die Schutzgebiete auf Hiddensee und Rügen übernehmen, als feste Stelle."

Viola blickte ihn ungläubig an. „Im Ernst? Und du willst bleiben? Nicht mehr herumvagabundieren?"

„Oh doch, aber nicht mehr allein."

„Ich habe eine Arztpraxis hier, die möchte ich nicht verlassen."

„Das sollst du auch nicht."

„Und wie kann das gehen?"

„Das werden wir sehen, wenn es so weit ist. Wir werden eine Lösung finden, zu der wir beide Ja sagen können, keine Sorge. Wir haben nämlich wirklich viel Zeit, uns aneinander zu gewöhnen. Und nun, liebe Frau Doktor, gehen wir wieder hinein. Ich habe noch eine Weile zu tun, und Ottilie erwartet mich sicher schon sehnlichst."

Viola schüttelte den Kopf. Lieber Himmel, da hatten sie solche aufwühlenden Gespräche, und Florian wollte einfach zur Tagesordnung übergehen? Aber da strich er ihr auch schon die Haare aus dem Gesicht und drückte sie fest an sich. Und dann küsste er sie. Und wie!

EINIGE ZEIT SPÄTER betraten beide wieder das Gastzimmer. Florian begab sich zu seiner Klarinette, und Viola setzte sich zu Ottilie an den Tisch. Sie hatte das Gefühl, alle Menschen im Raum würden sie ansehen, und sie versuchte, ihre Gefühle zu verbergen. Ottilie musterte sie neugierig.

Und dann begann Florian, wieder zu spielen. Und dieses Mal blickte er sie an, nur sie, und seine Augen glitzerten vor Übermut.

Als Florian fertig war, packte er sein Instrument ein, nahm Viola bei der Hand, winkte allen im Raum fröhlich zu und zog sie mit sich hinaus.

„Morgen wird es die ganze Insel wissen", beschwerte sich Viola empört, als sie eng umschlungen durchs Dorf gingen.

„Gewiss", bestätigte Florian. „Macht es dir etwas aus?"

„Ich gewöhne mich so langsam daran." Viola kuschelte sich in seinen Arm.

„Und Pauli sollte heute Nacht in seinem Körbchen in der Küche schlafen", fuhr Florian fort. „Für drei ist dein Bett zu klein."

„Ja, Herr Biologe", erwiderte Viola brav.

„Auch das wird morgen die ganze Insel wissen", bemerkte Florian.

Viola stöhnte. „Du leiwe Tied, was diese Insel alles mit mir anstellt!", sagte sie, aber in ihrer Stimme schwang ein glückliches Lachen mit.

AM SAMSTAGMORGEN erwachte Viola ziemlich spät. Pauli kratzte an der Tür. Sie schlug die Augen auf und blickte als Erstes in die von der Sonne durchschienenen Birkenvorhänge am Fenster. Dann fühlte sie Florians warmen Arm neben sich. Sie schob ihn vorsichtig beiseite und stand auf.

Konnte man jetzt einfach wie jeden Samstagmorgen duschen, sich anziehen und Zeitung lesen? Konnte man den Alltag weiterleben, als wäre nichts passiert? Es war so viel geschehen gestern Abend. Und in ihrem Bett lag dieser Mann, von dem sie sich noch gar nicht vorstellen konnte, wie eine Zukunft mit ihm aussah. Nur eines wusste sie sicher: Es gab für sie eine Zukunft mit ihm.

Auf dem Weg zum Bäcker hatte Viola das Gefühl, alle Leute begrüßten sie heute besonders freundlich. Die Bäckersfrau reichte ihr eine Tüte mit sechs Rosinenbrötchen über den Tresen mit den Worten: „Zum Einstand", was auch immer sie damit meinte.

Als Viola wieder in ihrer Wohnung war, blubberte der Kaffee gerade durch die Maschine, und auf einmal stand Florian hinter ihr. „So habe ich mir das vorgestellt", sagte er, „ein gemütliches Frühstück mit dir zusammen am Samstagmorgen." Er küsste Viola in den Nacken und verschwand im Bad.

Kurz darauf klingelte das Telefon.

„Ich muss zu einem Patienten", sagte Viola, als er in die Küche kam.

Florian machte ein langes Gesicht. „Wird das immer so sein? Gerade dann, wenn es gemütlich wird?"

„Daran musst du dich gewöhnen", antwortete Viola lachend. „Das macht dir doch sicher nichts aus?"

Er seufzte. „Diese Insel", sagte er kopfschüttelnd, „was die alles mit uns anstellt."

Aber Frau Doktor Viola Herz drückte ihm schnell einen Kuss auf den Mund und lief die Treppe hinunter. Er würde sich daran gewöhnen, sie hatten ja noch viel Zeit miteinander.

Vom Arztberuf zur Schriftstellerei

Carin Winter

Carin Winter, Jahrgang 1942, studierte Medizin und war viele Jahre lang als Landärztin tätig. Später entdeckte die Mutter von vier Töchtern ihre Liebe zur Schriftstellerei.

Die Autorin, die zum Schutz ihrer Privatsphäre für ihre schriftstellerische Tätigkeit ein Pseudonym gewählt hat, lebt im baden-württembergischen Weil der Stadt unweit vonStuttgart. Ihre Geschichten wie etwa den Kriminalroman *Kirschblüten im Eis*, der in Bremen spielt, siedelt sie allerdings gern im Norden an: Da Teile ihrer Vorfahren von Rügen stammen, hat sie dorthin auch eine persönliche Beziehung.

Von Rügen, der größten deutschen Insel, ist es nicht weit zu der kleinen autofreien Insel Hiddensee: Die Mischung aus geschützter Natur, beschaulicher Ruhe und außergewöhnlicher Inselgeschichte, die der Besucher dort vorfindet, bildet den erzählerischen Rahmen des Romans *Die Inselärztin*. Kenntnisreiche Naturschilderungen und liebevolle Personenbeschreibungen zeigen dabei anschaulich Carin Winters Verbundenheit zum Norden. Und dass ihr das Schicksal ihrer Figuren weiterhin am Herzen liegt, beweist ihr jüngstes Werk *Die Liebe der Inselärztin*, in dem man erfährt, wie es mit Dr. Viola Herz weitergeht. Ob eine Grippewelle sie auf Trab hält, in ihre Praxis eingebrochen wird oder ihre neue Beziehung plötzlich vor ungeahnten Problemen steht – eines ist sicher: der Inselärztin und ihren Lesern wird es auf der schönen Insel Hiddensee auch weiterhin garantiert nicht langweilig!

UNTERGRUND

Lee Child

Es gab Zeiten, in denen stand das World Trade Center noch.

Es gab Zeiten, da sprach man nachts besser niemanden in der U-Bahn an.

Und es gab Zeiten, da war Jack Reacher woanders. Doch jetzt ist er hier.

In New York.

EINS

Selbstmordattentäter sind leicht zu entdecken. Sie senden alle möglichen verräterischen Signale aus. In erster Linie, weil sie nervös sind. Logischerweise sind sie alle Anfänger.

Wonach wir Ausschau halten müssen, wissen wir von der israelischen Spionageabwehr. Sie benutzte pragmatische Beobachtungen und psychologische Erkenntnisse, um eine Liste mit Verhaltensindikatoren zu erstellen. Vor zwanzig Jahren erhielt ich diese Liste von einem Hauptmann der israelischen Armee. Er schwor darauf. Deshalb schwor auch ich darauf, denn ich war damals für drei Wochen abkommandiert und tat die meiste Zeit Schulter an Schulter mit ihm Dienst: in Israel selbst, in Jerusalem, im Westjordanland, im Libanon, manchmal in Syrien, manchmal in Jordanien, in Bussen, in Geschäften, auf belebten Gehsteigen. Ich ließ den Blick wandern und hakte in Gedanken einen Punkt der Liste nach dem anderen ab.

Zwanzig Jahre später kenne ich die Liste noch immer. Und mein Blick wandert noch immer. Von anderen Leuten habe ich ein weiteres Mantra gelernt: hinsehen statt sehen, zuhören statt hören. Je mehr man sich engagiert, desto länger lebt man.

Die Liste ist zwölf Punkte lang, wenn man einen verdächtigen Mann beobachtet. Elf, wenn man eine Frau vor sich hat. Der Unterschied ist die frische Rasur. Männliche Selbstmordattentäter nehmen ihren Bart ab. Das lässt sie weniger auffallen. Macht sie weniger verdächtig. Aber es hat eine hellere untere Gesichtshälfte zur Folge. Dort hat die Haut bis vor Kurzem wenig Sonne abbekommen.

Aber mich interessierten keine Rasuren.

Ich arbeitete die Elfpunkteliste ab.

Ich beobachtete eine Frau.

Ich fuhr mit der New Yorker U-Bahn. Mit dem 6 Train, dem Lokalzug zur Lexington Avenue, stadtauswärts unterwegs, um zwei Uhr morgens. Ich war in der Bleecker Street am Südende des Bahnsteigs in einen Wagen eingestiegen, in dem nur fünf Fahrgäste saßen. Ich hatte es mir auf der den Bahnsteigen abgekehrten Seite des Wagens auf dem Zweiersitz nördlich der Endtür bequem gemacht. Die übrigen Fahrgäste saßen südlich von mir auf den langen Sitzbänken, drei links und zwei rechts.

Der Wagen hatte die Nummer 7622. Ich war im 6 Train einmal acht Haltestellen weit neben einem verrückten Kerl gefahren, der über den Wagen, in dem wir gesessen hatten, mit derselben Begeisterung gesprochen hatte, mit der andere Männer über Sport oder Frauen reden. Deshalb wusste ich, dass Wagen 7622 zur neuesten Modellreihe R142A des New Yorker U-Bahn-Systems gehörte – bei Kawasaki im japanischen Kobe gebaut. Ich wusste, dass er 320 000 Kilometer ohne größere Wartung zurücklegen konnte. Ich wusste, dass sein automatisches Ansagesystem für Anweisungen eine Männerstimme und für Informationen eine Frauenstimme benutzte. Ich wusste, dass jeder R142A etwas über 15,50 Meter lang und etwas über 2,40 Meter breit war. Ich wusste, dass es in einem Wagen ohne Fahrerstand vierzig Sitzplätze und maximal 148 Stehplätze gab. Alle diese Angaben hatte der Verrückte nur so hervorgesprudelt. Selbst sehen konnte ich, dass die Wandverkleidungen des Wagens aus einem Glasfasermaterial bestand, das gegen Graffiti resistent war. Ich sah auch die in zwei langen Streifen angeordnete Werbung am Übergang zwischen Seitenwänden und Dach. Ich sah all die bunten kleinen Plakate, die für Fernsehshows und Sprachunterricht und mühelose Studienabschlüsse warben.

Und ich sah eine Mahnung der Polizei, die mich aufforderte: WENN SIE ETWAS SEHEN, MELDEN SIE ES.

Mir am nächsten war eine Latina. Sie saß auf der anderen Seite des Wagens, links von mir, ganz allein auf einer Bank für acht Fahrgäste. Sie war klein, irgendwo zwischen vierzig und fünfzig, und wirkte sehr erhitzt und übermüdet. Sie hatte die abgewetzte Tragetasche eines Supermarkts über ihr linkes Handgelenk gezogen und starrte mit Augen, die zu müde waren, um viel wahrzunehmen, den leeren Platz gegenüber an.

Danach kam ein Mann auf der rechten Seite, ungefähr eineinviertel Meter weiter den Wagen entlang. Auch er hatte eine Achtpersonenbank für sich ganz allein. Dunkles Haar, runzliges Gesicht. Er war sehnig, wirkte von Arbeit im Freien ausgelaugt und saß mit den Ellbogen auf den Knien nach vorn gebeugt da. Nicht schlafend, aber in einer Art Halbschlaf. Er war ungefähr fünfzig und trug sackartige Jeans, die ihm nur bis zu den Waden reichten, und ein übergroßes Basketballtrikot.

Als Dritte kam eine Frau, die vermutlich aus Westafrika stammte. Sie saß links, etwas südlich der mittleren Doppeltür. Erschöpft, untätig, ihre schwarze Haut erschien durch Müdigkeit und die Beleuchtung staubig grau.

Sie trug ein farbenfrohes Batikkleid mit einem dazu passenden bunten Kopftuch. Ihre Augen waren geschlossen.

Ich kenne New York einigermaßen gut. Deshalb war es leicht zu erraten, dass drei Leute wie diese, die schon südlich der Bleecker Street im 6 Train nach Norden gesessen hatten, Raumpfleger waren, die von der Spätschicht in der Umgebung des Rathauses heimfuhren, oder in Restaurants in Chinatown oder Little Italy als Küchenhelfer arbeiteten.

Die Fahrgäste Nummer vier und fünf waren anders.

Die Nummer fünf war ein Mann. Ungefähr in meinem Alter. Durch die gesamte Wagenlänge von mir getrennt, lümmelte er auf der mir diagonal gegenüberliegenden Zweiersitzbank herum. Er war leger, aber nicht billig gekleidet. Chinos und ein Polohemd. Er war wach. Sein Blick war auf einen Punkt irgendwo vor ihm gerichtet. Die Augen wurden ständig zusammengekniffen und veränderten ihren Fokus. Sie erinnerten mich an die Augen eines Baseballspielers. In Blick des Mannes lag eine gewisse listige, berechnende Schlauheit.

Aber es war die Nummer vier, die ich unauffällig im Auge behielt.

WENN SIE ETWAS SEHEN, MELDEN SIE ES.

Sie saß auf der rechten Wagenseite, ebenfalls allein auf einer Achtpersonenbank, gegenüber und ungefähr in der Mitte zwischen der Westafrikanerin und dem Kerl mit dem Blick eines Baseballspielers. Sie war eine Weiße, die ich auf Anfang vierzig schätzte. Sie war unscheinbar. Sie hatte schwarzes Haar, das ordentlich, aber nicht modisch geschnitten war. Sie war ganz in Schwarz gekleidet. Ich konnte sie verhältnismäßig gut beobachten. Der Kerl, der mir auf der rechten Seite am nächsten und zwischen uns saß, hockte weiterhin nach vorn gebeugt da, und die V-förmige Lücke zwischen seinem Rücken und der Seitenwand des Wagens verschaffte mir freie Sicht, die allerdings durch die Haltestangen aus rostfreiem Stahl leicht beeinträchtigt wurde.

Keine ideale Sicht, aber doch gut genug, um bei jedem einzelnen Punkt der Elfpunkteliste sämtliche Alarmglocken schrillen zu lassen. Folgte ich der Einschätzung der israelischen Spionageabwehr, sah ich eine Selbstmordattentäterin vor mir.

Doch ich verwarf den Gedanken sofort wieder. Der Zeitpunkt war ganz falsch. Die New Yorker U-Bahn wäre ein gutes Ziel für einen Selbstmordanschlag. Der 6 Train wäre dafür besser als die meisten anderen geeignet. Er hält unter dem Grand Central Terminal. Acht Uhr morgens, 18 Uhr abends, ein voll besetzter Wagen, abwarten, bis die Türen sich zum überfüllten Bahnsteig hin öffnen, dann auf den Knopf drücken. Hundert Tote, mehrere Hundert Schwerverletzte, Schäden an der Infrastruktur, eine wichtige

Verkehrsdrehscheibe tage- oder wochenlang außer Funktion. Für Leute, deren Denkweise wir nicht ganz verstehen, sicher ein bedeutender Erfolg.

Aber nicht um zwei Uhr morgens. Nicht in einem Wagen, in dem nur sechs Fahrgäste saßen. Nicht wenn auf den U-Bahnsteigen unter dem Grand Central nur herumliegender Müll und ein paar alte Obdachlose auf den Bänken anzutreffen waren.

Die U-Bahn hielt am Astor Place. Die Türen öffneten sich zischend. Niemand stieg aus. Niemand stieg zu. Der Zug fuhr weiter.

Die elf wichtigen Punkte blinkten weiter rot.

Auf den ersten konnte jeder kommen: unpassende Kleidung. Sprengstoffgürtel sind inzwischen so perfektioniert wie Baseballhandschuhe. Man nimmt ein sechzig mal neunzig Zentimeter großes Stück Segeltuch, legt es der Länge nach einmal zusammen und erhält so eine dreißig Zentimeter hohe durchgehende Tasche. Diese Tasche legt man dem Attentäter um und näht sie hinten zusammen. Dann steckt man eine Art Palisade aus Dynamitstangen in die Tasche, verdrahtet sie, füllt die Zwischenräume mit Nägeln, näht die Tasche oben zu und ergänzt sie durch einfache Schulterträger, um die Last besser zu verteilen. Insgesamt wirkungsvoll, aber recht sperrig. Die einzig brauchbare Tarnung ist ein übergroßes Kleidungsstück, zum Beispiel ein gefütterter Winterparka.

Aber wir hatten September, und es war so heiß wie im Hochsommer. Ich trug ein T-Shirt. Die Nummer vier trug eine Daunenjacke: schwarz, bauschig und mit bis unters Kinn zugezogenem Reißverschluss.

WENN SIE ETWAS SEHEN, MELDEN SIE ES.

Der zweite Punkt ist ein roboterhafter Gang. Bei einer sitzenden Verdächtigen nicht relevant. Selbstmordattentäter gehen roboterhaft, weil sie zwanzig Kilo ungewohntes Extragewicht mit sich herumschleppen und weil sie betäubt sind. Märtyrertum ist nur bis zu einem gewissen Grad reizvoll. Die meisten Selbstmordattentäter sind unter Druck gesetzte Einfaltspinsel, die einen Priem aus Rohopiumpaste in der Backe haben.

Der Zug hielt am Union Square. Niemand stieg aus. Niemand stieg zu. Der Zug fuhr weiter.

Die Punkte drei bis sechs sind Variationen eines subjektiven Themas: Reizbarkeit, Schwitzen, Tics und auffällige Nervosität. Meiner Ansicht nach kommt das Schwitzen sowohl von den schwachen Nerven als auch von der körperlichen Erhitzung durch die unpassende Kleidung und das Dynamit. Dynamit besteht aus Sägemehl, das mit Nitroglyzerin getränkt und zu Stangen gepresst wird. Sägemehl isoliert gut. Aber die Reizbarkeit und die Tics und die Nervosität sind wertvolle Indikatoren für Selbstmordattentäter.

Diese Leute befinden sich in den letzten verrückten Augenblicken ihres Lebens. Sie sind sorgenvoll, haben Angst vor Schmerzen, ihnen ist von Betäubungsmitteln schwummerig. Tapferes Reden bei Geheimtreffen ist eine Sache, tapferes Handeln eine andere.

Fahrgast Nummer vier ließ die Punkte drei bis sechs alle erkennen. Sie sah genau wie eine Frau aus, die zum Ende ihres Lebens unterwegs war – so zuverlässig und sicher, wie der Zug zur Endstation dieser Strecke unterwegs war.

Deshalb Punkt sieben: Atmung.

Sie hechelte leise und kontrolliert. Wie eine Atemtechnik, um Wehenschmerzen ertragen zu können. Wie eine letzte verzweifelte Barriere davor, vor Angst und Schrecken und Entsetzen nicht laut zu kreischen.

Punkt acht: Selbstmordattentäter starren angestrengt geradeaus. Videoaufnahmen und die Aussagen überlebender Augenzeugen haben das bestätigt. Nummer vier starrte das leere Fenster gegenüber so durchdringend an, dass ihr Blick fast ein Loch ins Glas brannte.

Die Punkte eins bis acht trafen also zu. Ich verlagerte mein Gewicht auf meinem Sitz etwas nach vorn. Dann hielt ich inne. Das Vorhaben war taktisch absurd. Dies war der falsche Zeitpunkt.

Dann sah ich noch mal hin. Und bewegte mich weiter. Weil auch die Punkte neun, zehn und elf vorhanden waren und zutrafen – und weil sie die wichtigsten Punkte von allen waren.

Punkt neun: gemurmelte Gebete. Alle bisher bekannten Attentate wurden durch Religion, fast ausschließlich durch den islamischen Glauben, angestiftet oder motiviert, und Muslime sind es gewohnt, in der Öffentlichkeit zu beten. Überlebende berichten von langen, formelhaften Beschwörungen, die mehr oder weniger hörbar, aber stets mit sichtbar bewegten Lippen wiederholt wurden. Die Nummer vier war wirklich eifrig dabei.

Der Zug hielt in der 23rd Street. Die Türen gingen auf. Niemand stieg aus. Niemand stieg zu. Der Zug fuhr weiter.

Punkt zehn: eine große Umhängetasche.

Dynamit ist ein stabiler Sprengstoff, solange es frisch ist. Es muss durch Zündhütchen gezündet werden. Die Zündhütchen sind durch ein Zündkabel mit einem Unterbrecher und einer Stromquelle verbunden. Die großen Zündmaschinen in alten Westernfilmen waren beides. Für tragbare Ladungen nicht geeignet. Für die braucht man eine Batterie, und zwar eine kantige Blockbatterie von der Größe einer Suppendose, wie sie für Handscheinwerfer verkauft werden. Zu groß und zu schwer für eine Jackentasche, daher die Umhängetasche. Die Batterie liegt ganz unten darin, und das Zündkabel läuft von ihr zu einem Zündschalter, bevor es durch einen unauffälligen Schlitz hinten aus der Tasche hinausgeführt wird und unter dem Saum des unpassenden Kleidungsstücks nach oben verschwindet.

Die Nummer vier trug eine Kuriertasche aus schwarzem Segeltuch so umgehängt, dass der Gurt vor ihrem Körper verlief und die Tasche selbst auf ihrem Schoß lag. Die Art, wie das steife Gewebe aufgebauscht wurde und doch wieder Falten bildete, ließ darauf schließen, dass die Tasche bis auf einen einzigen schweren Gegenstand leer war.

Der Zug hielt in der 28th Street. Niemand stieg aus. Niemand stieg zu. Der Zug fuhr weiter.

Punkt elf: Hände in der Tasche.

Vor zwanzig Jahren war Punkt elf noch eine kürzlich hinzugefügte Ergänzung gewesen. Die israelischen Sicherheitskräfte und ein paar tapfere Bürger hatten eine neue Abwehrtaktik erfunden. Wurde man misstrauisch, lief man nicht weg. Das war eigentlich sinnlos. Stattdessen umschlang man den Verdächtigen mit verzweifelter Kraft, hielt seine Arme fest und hinderte ihn so daran, den Zündschalter zu erreichen. Aber die Attentäter lernten dazu. Jetzt wurde ihnen beigebracht, ihren Daumen ständig auf dem Zündknopf zu lassen, um die Umklammerungstaktik wirkungslos zu machen. Der Schalter befindet sich neben der Batterie in der Tasche. Deshalb die Hände in der Tasche.

Die Nummer vier hatte beide Hände in der Kuriertasche.

Der Zug hielt in der 33rd Street. Niemand stieg aus. Die einzelne Wartende auf dem Bahnsteig stieg in den nächsten Wagen. Der Zug fuhr weiter.

Ich starrte die Nummer vier an. Stellte mir ihren schlanken blassen Daumen auf dem versteckten Zündknopf vor. Stellte mir ein Gewirr aus Drähten vor. Ein dickes Zündkabel, das aus der Tasche kam und sich unter ihrer Jacke nach oben schlängelte, um dann zwölf bis zwanzig Zündhütchen in einer langen tödlichen Reihe miteinander zu verbinden. Dynamit besitzt ungeheure Sprengkraft. In einem geschlossenen Raum wie einem U-Bahnwagen würde allein die Druckwelle Mus aus uns machen.

Ich starrte die Frau an. Erreichen konnte ich sie unmöglich. Ich war zehn Meter von ihr entfernt. Ihr Daumen lag bereits auf dem Zündschalter. Sie war bereit, und ich war es nicht.

Ich starrte sie an. Zu durchdringend.

Sie spürte es. Sie drehte den Kopf zur Seite: langsam, ruhig.

Unsere Blicke begegneten sich. Ihr Gesichtsausdruck veränderte sich.

Sie wusste, dass ich es wusste.

WIR STARRTEN uns fast zehn Sekunden lang unverwandt an. Dann stand ich auf. Aus zehn Metern Entfernung hatte ich keine Überlebenschance, das war klar. Verringerte ich diesen Abstand, konnte ich auch nicht toter sein. Ich hangelte mich von einem Haltegriff zum nächsten weiter. Die Nummer vier beobachtete mich unverwandt: ängstlich, hechelnd, murmelnd. Ihre Hände blieben in der Umhängetasche.

Zwei Meter von ihr entfernt blieb ich stehen. „Mir wär's wirklich lieber, wenn ich mich in dieser Sache geirrt hätte."

Der große Gegenstand in ihrer Umhängetasche veränderte seine Position leicht.

„Ich muss Ihre Hände sehen", fuhr ich fort.

Sie gab keine Antwort.

„Ich bin Polizist", log ich. „Ich kann Ihnen helfen."

Ich tat nichts. Ich hätte versuchen können, ihre Tasche zu ergreifen und sie ihr wegzureißen. Bloß wäre ich gar nicht erst in ihre Nähe gekommen. Sie hätte den Knopf gedrückt, bevor meine Hand die halbe Entfernung zurückgelegt hätte.

Ich hätte versuchen können, sie außer Gefecht zu setzen, sie k.o. zu schlagen. Aber ein wirksamer Schlag aus zwei Metern Entfernung hätte ungefähr eine halbe Sekunde gedauert. Und sie brauchte ihren Daumen nur drei Millimeter weit zu bewegen. Sie wäre schneller gewesen.

„Darf ich mich hinsetzen?", fragte ich. „Neben Sie?"

„Nein, bleiben Sie von mir weg."

Kein hörbarer Akzent. Aus der Nähe sah sie eigentlich nicht wild oder geistesgestört aus. Nur resigniert und verängstigt und erschöpft. Sie sah mit derselben Intensität zu mir auf, mit der sie vorhin das Fenster gegenüber angestarrt hatte.

„Es ist zu früh", sagte ich. „Sie sollten die Hauptverkehrszeit abwarten."

Sie gab keine Antwort. Ihre Hände in der Tasche bewegten sich.

Der Zug bremste scharf. Ich hatte Mühe, auf den Beinen zu bleiben, griff nach oben und bekam einen Haltestange zu fassen. Grand Central, ging es mir durch den Kopf. Ich sah aus dem Fenster, weil ich Licht und weiße Kacheln erwartete, aber wir hatten im Tunnel gehalten.

Ich drehte mich wieder zu der Frau um. „Zeigen Sie mir eine Hand", forderte ich sie nochmals auf.

Sie starrte meinen Bauch an. Weil ich mich an der Stange über meinem Kopf festhielt, war mein T-Shirt hochgerutscht und ließ die Narbe an meinem Bauch sehen. Weißes Narbengewebe. Große grobe Stiche. Die Verwundung war von Splittern einer Lastwagenbombe verursacht worden, die vor vielen Jahren in Beirut hochgegangen war. Ich war hundert Meter vom Nullpunkt entfernt gewesen.

Der Frau auf der Sitzbank war ich achtundneunzig Meter näher.

„Zeigen Sie mir eine Hand", wiederholte ich.

„Wieso?", gab sie zurück.

„Weiß ich nicht." Ich redete nur um des Redens willen. Was sehr untypisch war. Normalerweise bin ich eher schweigsam.

Ich sah, dass die Frau mit der Rechten etwas in den Tasche festhielt, bevor sie langsam die linke Hand herauszog. Schmal, blass. Unlackierte Fingernägel, kurz geschnitten. Keine Ringe.

„Danke", sagte ich.

Sie legte die Linke mit der Handfläche nach unten auf den benachbarten Sitz. Ich ließ die Arme sinken. Der Saum meines T-Shirts rutschte wieder hinunter und verdeckte die Narbe.

„Zeigen Sie mir jetzt, was Sie in der Tasche haben."

Sie gab keine Antwort.

„Ich werde nicht versuchen, es Ihnen wegzunehmen."

Der Zug fuhr wieder an. Geringes Tempo. Sanft glitt er in die Station.

„Ich habe ein Recht darauf, es wenigstens zu sehen."

Sie machte ein Gesicht, als verstehe sie das nicht.

„Weil dieses Ding auch mich etwas angeht. Und vielleicht kann ich kontrollieren, ob es richtig verdrahtet ist. Für später. Denn Sie müssen es später gebrauchen. Nicht jetzt."

„Sie haben doch gesagt, dass Sie ein Polizist sind."

„Wir können eine Lösung finden. Ich kann Ihnen helfen."

Der Zug kroch weiter. Die rechte Hand der Frau bewegte sich. Sie bemühte sich, sie aus der Umhängetasche zu ziehen.

Ich beobachtete sie. Die rechte Hand kam heraus.

Keine Batterie. Keine Drähte. Kein Knopf, kein Schalter.

Die Frau hielt eine Schusswaffe in der Hand. Sie zielte damit auf mich. Eher tief, unterhalb der Rumpfmitte, auf der Linie zwischen Leistengegend und Nabel. Dort befindet sich alles mögliche lebenswichtiges Zeug. Organe, Rückgrat, Eingeweide, Venen und Arterien. Die Waffe war eine Ruger Speed-Six. Ein großer alter Revolver Kaliber .357 Magnum, der imstande war, mich so zu durchlöchern, dass Tageslicht durchscheinen konnte.

Insgesamt war ich jedoch heiterer gestimmt als noch vor einer Sekunde. Bomben bringen mehrere Leute auf einmal um, Schusswaffen töten sie einzeln. Mit Bomben braucht man nicht zu zielen, mit Schusswaffen schon. Die Speed-Six wiegt geladen fast ein Kilo, sehr schwer für ein schmales

Handgelenk. Und Magnumpatronen erzeugen grelles Mündungsfeuer und starken Rückstoß. Eine Zehntelsekunde vor dem Abdrücken würde die Frau den Arm verkrampfen, die Augen zumachen und den Kopf wegdrehen. Die Chancen standen gut, dass sie mich verfehlte – selbst aus zwei Metern Entfernung. Verfehlte sie mich, würde sie keine zweite Chance bekommen.

„Immer mit der Ruhe", sagte ich.

Ihr Zeigefinger am Abzug war kalkweiß, aber sie hatte ihn noch nicht bewegt. Die Speed-Six ist ein Revolver mit doppelt wirkendem Abzug, bei dem die erste Hälfte der Abzugbewegung den Hammer zurückzieht und die Trommel dreht. Die zweite Hälfte lässt den gespannten Hammer nach vorn schlagen und löst den Schuss aus. Ich starrte ihren Finger an. Spürte auch, dass der Kerl mit dem Blick eines Baseballspielers uns beobachtete. Für alle anderen blockierte mein Rücken vermutlich die Sicht auf die Szene.

„Stecken Sie das Ding weg, damit wir miteinander reden können."

Sie gab keine Antwort.

Ich konzentrierte mich auf die durch den Wagenboden heraufdringenden Vibrationen. Wartete darauf, dass der Wagen anhielt. Mein verrückter Mitfahrer hatte mir erzählt, dass jeder R142A fünfunddreißig Tonnen wiegt, deshalb hat er sehr starke Bremsen. Sie rupfen und blockieren. Ich rechnete mir aus, dass das selbst bei langsamer Fahrt der Fall sein würde. Der Revolver war im Prinzip das Gewicht am Ende eines Pendels. Ein langer, dünner Arm, dann fast ein Kilo Stahl. Wenn die Bremsen der U-Bahn zupackten, würde die Waffe sich durch ihre Bewegungsenergie in die bisherige Fahrtrichtung weiterbewegen. Newtons Bewegungsgesetze. Ich hielt mich bereit, gegen meine eigene Bewegungsenergie anzukämpfen und einen Satz in die Gegenrichtung zu machen. Stadteinwärts. Ruckte die Revolvermündung nur zehn Zentimeter nach Norden, während ich zehn Zentimeter nach Süden zuckte, konnte mir nichts passieren.

„Wo haben Sie die Narbe her?", fragte die Frau. „War das ein Bauchschuss?"

„Eine Bombe."

Sie zielte auf die von meinem T-Shirt verdeckte Narbe.

Der Zug rollte weiter. In die Station. Unendlich langsam. Die Bahnsteige im Grand Central Terminal sind lang. Der Steuerwagen war ganz ans vordere Ende unterwegs. Ich wartete darauf, dass die Bremsen griffen. Ich rechnete damit, dass es einen netten kleinen Ruck gäbe.

Dazu kam es nie.

Die Revolvermündung bewegte sich in die Höhe. Eine Zehntelsekunde lang glaubte ich, die Frau wolle sich ergeben. Aber die Mündung bewegte sich weiter. Mit einer stolzen, trotzigen Geste hob die Frau das Kinn. Sie drückte die Mündung in das weiche Fleisch darunter. Betätigte den Abzug halb. Die Trommel drehte sich, und der Hammer scharrte über den Nylonstoff ihrer Daunenjacke.

Dann zog sie den Abzug ganz durch und schoss sich selbst den Kopf weg.

Die Türen gingen lange nicht auf. Vielleicht hatte jemand die Sprechanlage für Notrufe benutzt, oder der U-Bahn-Fahrer hatte den Schuss gehört. Jedenfalls entschied das System sich erst mal für eine Vollsperrung.

Aber das Warten war nicht angenehm. Die Tote war auf der Bank zusammengesackt. Ihr rechter Zeigefinger war noch durch den Abzugbügel geschoben. Der Revolver lag auf dem Sitz neben ihr.

Der Schussknall hallte noch immer in meinen Ohren nach. Ich konnte das Blut der Frau riechen. Ich trat vor und kontrollierte ihre Tasche. Leer. Ich öffnete den Reißverschluss ihrer Daunenjacke und zog sie vorn auseinander. Wieder nichts.

Ich fand die Notrufanlage und sprach selbst mit dem Fahrer. „Selbstmord durch Erschießen. Im vorletzten Wagen. Die Sache ist gelaufen. Wir sind in Sicherheit. Uns droht keine weitere Gefahr."

Eine Minute später kam die Stimme des Fahrers aus den Deckenlautsprechern. „Wegen eines nicht abgeschlossenen Vorfalls bleiben die Türen noch einige Minuten geschlossen." Er sprach langsam. Vermutlich las er den Text von einem Kärtchen ab. Seine Stimme klang zittrig.

Ich setzte mich einen Meter von der Leiche entfernt hin und wartete.

Irgendwann kamen sechs Uniformierte die Treppe herunter. Sie hatten ihre Waffen gezogen. Streifenpolizisten der New Yorker Polizei, vermutlich vom 14. Revier in der West 35th Street. Sie rannten den Bahnsteig entlang und fingen an, den Zug von vorn zu kontrollieren. Ich stand wieder auf und schaute durch die Fenster zu. Ich sah, wie die Cops nacheinander alle Wagentüren öffneten, die Fahrgäste überprüften und sie hinausschickten. Dieser Nachtzug war nur schwach besetzt, deshalb brauchten sie nicht lange, um uns zu erreichen. Sie sahen durch die Fenster, entdeckten die Leiche und wurden sichtlich nervös. Als die Türen sich zischend öffneten, stürmten sie paarweise herein.

Jeweils ein Cop blockierte die drei Türen, und die anderen drei bewegten sich sofort auf die Tote zu. Sie machten knapp zwei Meter vor ihr halt.

Ein großer Cop mit den Ärmelstreifen eines Sergeants drehte sich um. Er war etwas blass um die Kiemen und fragte: „Wer hat gesehen, was hier passiert ist?"

Im vorderen Teil des Wagens herrschte Schweigen. Die Latina, der Mann in dem Basketballtrikot, die Westafrikanerin – sie alle sagten nichts. Auch der Mann in dem Polohemd sagte nichts. Also sagte ich: „Sie hat die Waffe aus ihrer Tasche gezogen und sich erschossen."

„Einfach so?"

„Mehr oder weniger."

„Warum?"

„Woher soll ich das wissen?"

„Wo und wann?"

„Kurz vor der Einfahrt in diese Station. Wann immer das war."

Der Kerl verarbeitete die Informationen. Für die U-Bahn war die New Yorker Polizei zuständig. Die Langsamfahrstelle zwischen 41st und 42nd Street gehörte zum Bereich des 14. Reviers. Sein Fall. Er nickte. „Okay, steigen Sie bitte alle aus und warten Sie auf dem Bahnsteig. Wir brauchen Namen und Adressen und Zeugenaussagen von Ihnen."

Als wir ausstiegen, hatte sich auf dem Bahnsteig bereits eine wachsende Menschenmenge versammelt. U-Bahn-Polizei, dazukommende gewöhnliche Cops, U-Bahn-Personal. Fünf Minuten später polterten Rettungssanitäter der New Yorker Feuerwehr mit einer Tragbahre die Treppe herunter. Wie es weiterging, sah ich nicht mehr, denn die Cops schauten sich um und suchten sich jeweils einen Fahrgast, um ihn zu befragen. Der große Sergeant kam zu mir. Er führte mich tief in die Station hinein und in einen heißen, spärlich möblierten, weiß gekachelten Raum, der vermutlich zum Revier der U-Bahn-Polizei gehörte, bat mich, auf einem Holzstuhl Platz zu nehmen, und fragte mich nach meinem Namen.

„Jack Reacher."

Er schrieb ihn auf und sagte sonst nichts mehr. Lungerte nur in der Tür herum und beobachtete mich. Und wartete. Auf die Ankunft eines Kriminalbeamten, vermutete ich.

ZWEI

Der Kriminalbeamte, der dann aufkreuzte, war eine Kriminalbeamtin. Sie trug Hosen und eine graue Bluse. Die war nicht in die Hose gesteckt, und ich vermutete, dass ihre Schöße die Dienstwaffe verdeckten. In der Bluse war die Frau klein und schlank. Über der Bluse hatte sie schwarze, zu einem Nackenknoten zusammengefasste Haare und ein schmales, ovales Gesicht. Sie war irgendwo Ende dreißig. Attraktiv. Ich mochte sie sofort. Sie wirkte entspannt und freundlich. Sie wies ihre goldene Plakette vor und gab mir ihre Visitenkarte, auf der ihre dienstliche Telefonnummer, eine

Handynummer und ihre Mailadresse bei der New Yorker Polizei standen. Sie hieß Theresa Lee.

„Können Sie mir erzählen, was genau passiert ist?“ Sie sprach leise, mit sanfter Stimme voller Fürsorglichkeit und Rücksichtnahme.

Also erzählte ich ihr, was genau passiert war: die abgehakte Elfpunkteliste, meine Annäherung, der Revolver, der Selbstmord.

Theresa Lee wollte über die Liste reden. „Wir haben ein Exemplar. Es ist als vertraulich eingestuft.“

„Sie ist seit zwanzig Jahren bekannt“, erwiderte ich. „Jeder hat ein Exemplar. Von vertraulich kann keine Rede sein.“

„Wo haben Sie sie gesehen?“

„In Israel. Kurz nachdem sie aufgestellt worden war.“

„Wieso?“

Ich erzählte ihr meinen Lebenslauf. Die Kurzfassung. US-Army, dreizehn Jahre als Militärpolizist, die Eliteeinheit 110th Investigative Unit, dienstliche Verwendung in aller Welt, dazu Abkommandierungen nach Bedarf. Dann der Zusammenbruch der Sowjetunion, die Friedensdividende, der zusammengestrichene Verteidigungshaushalt, die überraschende Freistellung.

„Offizier oder Mannschaftsdienstgrad?“, fragte Theresa Lee.

„Zuletzt war ich Major.“

„Und jetzt?“

„Bin ich pensioniert.“

„Dafür sind Sie noch recht jung.“

„Ich wollte das Leben genießen, solange ich kann.“

„Was haben Sie heute Abend gemacht?“

„Musik gehört. In den Blues Clubs in der Bleecker Street.“

„Und wohin waren Sie mit dem 6 Train unterwegs?“

„Ich wollte mir irgendwo ein Zimmer nehmen oder zum Port-Authority-Busbahnhof fahren, um einen Bus zu nehmen.“

„Wo wohnen Sie?“

„Nirgends.“

„Wo ist Ihr Gepäck?“

„Ich habe keines.“

Danach stellen die meisten Leute weiterführende Fragen, aber Theresa Lee tat das nicht. Stattdessen betrachtete sie mich nachdenklich. „Ich bin nicht glücklich darüber, dass die Liste falsch war. Ich dachte, sie sollte definitiv sein.“ Ihr Tonfall schloss mich ein, von Cop zu Cop.

„Sie war nur halb falsch“, sagte ich. „Der Teil mit dem Selbstmord war richtig.“

„Das stimmt wohl. Die Anzeichen wären die gleichen, nehme ich an. Trotzdem war das ein falsch positives Signal."

„Wissen wir schon, wer sie war?"

„Noch nicht. Aber das steht bald fest. Wie ich höre, wurden am Tatort Schlüssel und eine Geldbörse gefunden. Aber was war mit der Daunenjacke?"

„Keine Ahnung."

Sie verstummte. Schließlich fragte sie: „Alles in Ordnung mit Ihnen?"

Ich hielt das für eine Nachfrage, ob ich durcheinander sei. Als ich antwortete: „Mir geht's gut", wirkte sie leicht überrascht und sagte: „Mir an Ihrer Stelle täte es leid, sie angesprochen zu haben. Ich glaube, Sie haben sie in den Abgrund gestoßen. Noch ein paar Stationen, dann wäre sie vielleicht darüber hinweggekommen, was immer ihr zugesetzt hat."

Danach saßen wir eine Minute lang schweigend da, dann steckte der große Sergeant den Kopf zur Tür herein und bat Theresa Lee mit einer Kopfbewegung, einen Augenblick herauszukommen. Ich hörte ein kurzes flüsternd geführtes Gespräch, dann kam Theresa Lee zurück und forderte mich auf, in die West 35th Street mitzukommen. Aufs Polizeirevier.

„Warum?", fragte ich.

„Formalitäten. Um Ihre Aussage zu Protokoll zu nehmen, um die Akte zu schließen."

„Kann ich's mir aussuchen, ob ich mitkommen will?"

„Fangen Sie nicht damit an. Hier geht's auch um die israelische Liste. Wir könnten alles zu einer Frage der nationalen Sicherheit erklären. Sie sind ein wichtiger Zeuge, und wir könnten Sie einsperren, bis Sie alt und grau sind. Spielen Sie lieber mit wie ein anständiger Bürger."

Also zuckte ich mit den Schultern und folgte ihr aus dem Labyrinth des Grand Central Terminal zur Vanderbilt Avenue hinauf, wo ihr Wagen geparkt stand. Er war ein neutraler Ford Crown Victoria, verbeult und nicht gewaschen, aber er brachte uns problemlos in die West 35th Street. Sie führte mich in einen Vernehmungsraum im ersten Stock, trat beiseite und wartete auf dem Flur, um mir den Vortritt zu lassen. Dann schloss sie die Tür hinter mir und sperrte sie von außen ab.

ZWANZIG MINUTEN SPÄTER kam Theresa Lee mit einer frisch angelegten Fallakte und einem Kollegen zurück. Sie warf die Akte auf den Tisch und stellte den anderen Kerl als ihren Partner vor. Sie sagte, er heiße Docherty. Ihm seien ein Haufen Fragen eingefallen, die vielleicht zu Anfang hätten gestellt und beantwortet werden sollen.

„Welche Fragen?", wollte ich wissen.

„Erzählen Sie alles noch mal von vorn", forderte Docherty mich auf.

Das tat ich also, und er regte sich genau wie zuvor Theresa Lee ein bisschen darüber auf, dass die israelische Liste sich als falsch positiv erwiesen hatte. Fünf Minuten lang diskutierten wir drei über ein interessantes Phänomen. Dann änderte sich der Tonfall.

„Wir gehören zur Mordkommission", sagte Docherty. „Wir müssen alle gewaltsamen Tode überprüfen. Das verstehen Sie, oder? Für alle Fälle."

„Für welchen Fall?", gab ich zurück.

„Für den, dass hinter dieser Sache mehr steckt, als auf den ersten Blick ersichtlich ist."

„Das tut's nicht. Sie hat sich erschossen."

„Das sagen *Sie*."

„Niemand kann etwas anderes behaupten. Weil es genau so passiert ist."

„Vielleicht haben Sie sie erschossen."

„Das habe ich nicht."

Theresa Lee bedachte mich mit einem mitfühlenden Blick.

„Was wird hier gespielt? ", fragte ich. „Es gibt weitere Zeugen."

Sie schüttelte den Kopf. „Die haben nichts gesehen. Ihr Rücken hat ihnen die Sicht genommen. Außerdem haben sie halb geschlafen und sprechen nicht viel Englisch. Im Prinzip wollten sie wegkommen, bevor wir anfangen konnten, Green Cards zu kontrollieren."

„Was ist mit dem einen anderen Kerl? Er saß vor mir. Er war hellwach. Und er sah wie jemand aus, der gut Englisch spricht."

„Welcher andere Kerl?"

„Der fünfte Fahrgast. Chinos und ein Polohemd."

Theresa Lee schlug die Akte auf. Schüttelte den Kopf. „Außer der Frau waren nur vier Fahrgäste in dem Wagen."

Sie nahm ein Blatt Papier aus dem Schnellhefter, drehte es um und schob es halb über den Tisch. Es war eine handgeschriebene Zeugenliste. Vier Namen. Meiner, dazu ein Rodriguez, ein Frluijow und eine Mbele.

„Er muss sich heimlich verdrückt haben", sagte ich.

„Wer war er?", fragte Docherty.

„Nur irgendein Kerl. In meinem Alter, nicht arm."

„Hatte er irgendwie Kontakt mit der Frau?"

„Meines Wissens nicht."

Docherty zuckte mit den Schultern. „Also ist er nur ein unwilliger Zeuge. Will nicht, dass die Vernehmung zeigt, dass er um zwei Uhr morgens unterwegs war. Wahrscheinlich hat er seine Frau betrogen. So was passiert dauernd."

„Er ist abgehauen. Aber Sie stellen ihm einen Freibrief aus und befragen stattdessen mich?“

„Sie haben gerade ausgesagt, dass er nichts mit der Sache zu tun hatte.“

„Ich auch nicht.“

„Das behaupten Sie.“

„Das ist alles Zeitverschwendung“, sagte ich.

Und das war es auch. Es war so extreme, plumpe Zeitverschwendung, dass ich plötzlich erkannte, dass sie nicht echt war. Sie war nur Theater. Ich merkte, dass Theresa Lee und Docherty mir auf ihre spezielle Weise einen kleinen Gefallen taten.

Hinter dieser Sache steckt mehr, als auf den ersten Blick ersichtlich ist.

„Wer war sie?“, fragte ich.

„Weshalb sollte sie jemand sein?“, fragte Docherty zurück.

„Weil Sie sie identifiziert haben, worauf die Computer wie Weihnachtsbäume geleuchtet haben. Jemand hat Sie angerufen und verlangt, dass Sie mich festhalten, bis derjenige eintreffen kann. Sie wollten vermeiden, dass in meinem Lebenslauf eine Verhaftung steht, deshalb haben Sie mich mit all diesem Scheiß hingehalten.“

„Ihr Lebenslauf ist uns egal. Wir wollten uns nur den Papierkram sparen.“

„Wer war sie also?“

„Sie hat anscheinend beim Staat gearbeitet. Eine Bundesbehörde schickt Leute, um Sie zu befragen. Wir dürfen nicht sagen, welche.“

SIE LIESSEN MICH in dem abgesperrten Raum zurück. Schmuddelig, heiß, fensterlos. Ein Tisch und drei Stühle. Zwei für die Kriminalbeamten, einen für den Verdächtigen. Früher hätte es passieren können, dass der Verdächtige zufällig vom Stuhl kippte. Vielleicht tat er das noch immer. Schwer zu beurteilen, was in einem fensterlosen Raum genau passiert.

Anhand meiner inneren Uhr konnte ich abschätzen, wie lange sie mich hinhielten. Seit ich Theresa Lee im Grand Central Terminal auf dem Korridor flüstern gehört hatte, war ungefähr eine Stunde vergangen. Daher wusste ich, dass nicht das FBI kommen würde, um mich zu vernehmen. Seine Außenstelle New York, die größte in den Staaten, befindet sich in der Nähe des Rathauses an der Federal Plaza. Das FBI wäre längst hier gewesen. Aber das ließ einen ganzen Haufen weiterer Behörden übrig, deren Abkürzung ebenfalls aus jeweils drei Buchstaben bestand. CIA, DIA. Central Intelligence Agency, Auslandsgeheimdienst. Defense Intelligence Agency, Verteidigungsnachrichtendienst. Vielleicht auch andere, die erst seit Kurzem existierten.

Nachdem eine weitere Stunde vergangen war, rechnete ich mir aus, dass sie aus Washington kommen mussten, was auf eine spezialisierte kleine Behörde schließen ließ. Jede andere hätte eine Außenstelle irgendwo in New York oder Umgebung gehabt. Ich spekulierte nicht weiter, sondern kippte meinen Stuhl nach hinten, legte die Füße auf den Tisch und schlief ein.

Ich bekam nicht ganz heraus, wer sie eigentlich waren. Sie wollten es mir nicht sagen. Um fünf Uhr morgens kamen drei Männer in Anzügen herein und weckten mich. Sie waren höflich und geschäftsmäßig. Ihre Anzüge der mittleren Preislage waren sauber und gut gebügelt. Ihre Augen glänzten. Ihre Haarschnitte waren frisch und kurz. Ihre Körper waren stämmig, aber durchtrainiert. Mein erster Eindruck war, dass sie ehemalige Soldaten sein mussten. Ich verlangte ihre Dienstausweise, aber sie führten das Antiterrorgesetz Patriot Act an und entgegneten, sie seien nicht verpflichtet, sich auszuweisen. Das stimmte vermutlich, und sie genossen es sichtlich, das sagen zu können. Ich überlegte, ob ich als Vergeltungsmaßnahme schweigen sollte, aber sie merkten, woran ich dachte, und zitierten nochmals aus dem Gesetz, was mich davon überzeugte, dass mir das alle möglichen Unannehmlichkeiten eingebracht hätte. Ich bin weiß Gott nicht ängstlich, aber Ärger mit dem heutigen Sicherheitsapparat vermeidet man am besten. Also forderte ich sie auf, ihre Fragen zu stellen.

Sie begannen damit, dass sie sagten, meine militärische Laufbahn sei ihnen bekannt und nötige ihnen höchsten Respekt ab. Dann sagten sie, sie würden mich sehr aufmerksam beobachten und erkennen, ob ich log oder die Wahrheit sagte. Was totaler Scheiß war, denn das können nur die Besten von uns, und diese Kerle waren nicht die Besten von uns, weil sie sonst in weit höheren Stellungen gewesen wären und in ihren Häusern in einem Washingtoner Vorort geschlafen hätten, statt mitten in der Nacht auf der I-95 nach New York gekommen zu sein.

Es gab drei Fragen. Erstens: Kannte ich die Frau, die sich in der U-Bahn erschossen hatte, hatte ich sie schon einmal irgendwo gesehen?

„Nein“, sagte ich. Kurz und knapp, ruhig, aber nachdrücklich.

Sie fassten nicht mit Zusatzfragen nach. Was mir ungefähr sagte, wer sie waren und was sie hier machten. Sie waren jemandes zweite Mannschaft, die nach Norden entsandt worden war, um die laufenden Ermittlungen zu beenden. Sie wollten eine negative Antwort auf alle ihre Fragen hören, damit die Akte geschlossen und der Fall als erledigt abgelegt werden konnte.

Die zweite Frage lautete: Kannte ich eine Frau namens Lila Hoth?

Wieder sagte ich: „Nein.“ Weil ich sie nicht kannte. Damals noch nicht.

Die dritte Frage lief mehr auf einen längeren Dialog hinaus. Der Oberagent eröffnete ihn.

„Sie haben sich der Frau in der U-Bahn genähert."

Ich äußerte mich nicht dazu. Ich war hier, um Fragen zu beantworten, nicht um Feststellungen zu kommentieren.

„Wie dicht sind Sie herangekommen?"

„Knapp zwei Meter", antwortete ich. „Ungefähr."

„Nahe genug, um sie berühren zu können?"

„Nein."

„Hätten ihre Hände sich berühren können, wenn die Frau und Sie jeweils einen Arm ausgestreckt hätten?"

„Vielleicht."

„Hat sie Ihnen irgendetwas übergeben?"

„Nein."

„Haben Sie ihr irgendwas abgenommen, als sie tot war?"

„Nein."

„Haben Sie etwas gesehen, das ihr aus der Hand oder aus ihrer Umhängetasche gefallen ist?"

„Nein."

„Hat sie Ihnen etwas erzählt?"

„Nichts von Belang."

„Wären Sie so freundlich, Ihre Taschen auszuleeren?"

Ich hatte nichts zu verbergen. Ich leerte eine Tasche nach der anderen aus und legte den Inhalt auf den Tisch. Einen zusammengefalteten Packen Geldscheine, ein paar Münzen. Meinen alten Reisepass. Meine Bankkarte. Meine zusammenklappbare Zahnbürste. Die Fahrkarte für die U-Bahn. Und Theresa Lees Visitenkarte.

Der Kerl nickte einem seiner Untergebenen zu, der an mich herantrat, um mich abzutasten. Er fand nichts weiter.

„Danke, Mr Reacher."

Und dann verschwanden sie alle drei so schnell, wie sie gekommen waren. Ich war leicht überrascht, aber durchaus zufrieden. Ich steckte mein Zeug wieder ein und schlenderte dann hinaus. Ich sah Theresa Lee an einem Schreibtisch sitzen, während ihr Partner Docherty einen Kerl durch den Bereitschaftsraum zu einem Glaskasten im Hintergrund führte. Der Kerl trug ein verknittertes graues T-Shirt und eine rote Jogginghose. Er war aus dem Haus gegangen, ohne sich zu kämmen.

Theresa Lee sah, dass ich ihn beobachtete, und sagte: „Ein Angehöriger."

„Der Frau?"

Sie nickte. „Sie hatte seine Adresse in ihrer Geldbörse. Das ist ihr Bruder. Er ist auch ein Cop. In einer Kleinstadt in New Jersey."

„Armer Kerl."

„Genau. Ich habe ihn nicht aufgefordert, sie offiziell zu identifizieren. Sie ist zu schlimm entstellt."

„Sie ist also zweifelsfrei identifiziert?"

Sie nickte nochmals. „Fingerabdrücke."

„Wer war sie?"

„Das darf ich nicht sagen."

„Bin ich hier fertig?"

„Brauchen die Bundesagenten Sie noch?"

„Anscheinend nicht."

„Dann können Sie abhauen. Sie sind fertig."

Ich war schon fast an der Treppe, bevor sie mir nachrief: „Ich habe nicht wirklich gemeint, dass Sie sie in den Abgrund gestoßen haben."

„Doch, das haben Sie. Und vielleicht hatten Sie sogar recht."

Ich trat in die Morgendämmerung hinaus und wandte mich auf der West 35th Street nach links und ging nach Osten davon. *Sie sind fertig*. Aber das stimmte nicht. Vor mir an der Ecke warteten vier Kerle, die mich sprechen wollten. Ähnliche Typen wie zuvor, aber keine Bundesagenten. Ihre Anzüge waren zu teuer.

DREI

Sieht man vier Kerle an einer Straßenecke auf einen warten, rennt man entweder weg, so schnell man kann, oder geht weiter, ohne langsamer oder schneller zu werden. Man blickt mit gespieltem Desinteresse nach vorn, man lässt seinen Blick über die Gesichter gleiten und sieht wieder weg, als wolle man sagen: *Ist das alles, was ihr habt?*

Wahr ist, dass Weglaufen cleverer ist. Die beste Auseinandersetzung ist die, die man nicht hat. Aber ich habe nie Anspruch darauf erhoben, clever zu sein. Nur stur und manchmal übellaunig. Ich marschierte einfach weiter.

Die Anzüge waren alle nachtblau und schienen aus der Art Geschäft zu stammen, über dessen Eingang irgendein ausländischer Name steht. Die Männer in den Anzügen sahen recht kompetent aus. Sie waren eindeutig Ex-Soldaten, Ex-Cops oder ex beides. Sie waren Kerle, die auf der Einkommensleiter eine Sprosse nach oben geklettert waren, sich dabei einen Schritt weiter von Regeln und Vorschriften entfernt hatten und beides für gleich wertvoll hielten.

Als ich noch vier, fünf Schritte von ihnen entfernt war, teilten sie sich in zwei Paare auf. So hatte ich Platz, um zwischen ihnen hindurchzugehen, wenn ich wollte, aber der Kerl vorn links hob beide Handflächen zu einer Geste, die vermutlich *Bitte stehen bleiben* und *Wir sind ungefährlich* bedeuten sollte. Mitten zwischen vier Kerlen darf man nicht haltmachen. Man bleibt vorher stehen oder bahnt sich seinen Weg durch sie hindurch. An diesem Punkt standen mir noch beide Möglichkeiten offen. Ich konnte leicht haltmachen, leicht weitergehen. Schlössen sie sich wieder zusammen, während ich in Bewegung war, würden sie wie Kegel fallen. Ich wog hundertzehn Kilo und bewegte mich mit sechs Stundenkilometern.

Aus zwei Schritten Entfernung fragte der vordere Kerl: „Können wir miteinander reden?"

Ich blieb stehen. „Worüber?"

„Sie sind der Zeuge, richtig?"

„Aber wer sind *Sie*?"

Die Antwort des Kerls bestand darin, dass er langsam und nicht bedrohlich sein Jackett öffnete und mir zeigte, dass darunter keine Pistole, kein Schulterhalfter, kein Gürtel war. Er schob zwei Finger in die linke Innentasche und brachte eine Visitenkarte zum Vorschein. Überreichte sie mir. In der obersten Zeile stand: SURE AND CERTAIN, INC. In der zweiten Zeile stand: SCHUTZ, ERMITTLUNGEN, INTERVENTION. In der dritten Zeile stand eine Telefonnummer, die mit der Vorwahl 212 begann. Manhattan.

„Für wen arbeiten Sie?"

„Das dürfen wir nicht sagen."

„Dann kann ich Ihnen auch nicht helfen."

„Reden Sie lieber mit uns als mit unserem Auftraggeber."

„Jetzt habe ich aber wirklich Angst."

„Nur ein paar Fragen. Helfen Sie uns ein bisschen."

„Welche Fragen?"

„Hat sie Ihnen irgendwas gegeben?"

„Wer?"

„Sie wissen, wen ich meine. Haben Sie irgendetwas von ihr bekommen?"

„Und? Wie lautet die nächste Frage?"

„Hat sie irgendwas gesagt?"

„Sie hat jede Menge gesagt. Ich habe aber nicht viel davon gehört."

„Hat sie Namen erwähnt?"

„Schon möglich?"

„Hat sie den Namen Lila Hoth erwähnt?"

„Ich habe ihn nicht gehört."

„Hat sie ‚John Sansom' gesagt?"

„Nein."

„Hat sie Ihnen irgendwas gegeben?"

„Erzählen Sie mir, welchen Unterschied das machen würde."

„Unser Auftraggeber will es wissen."

„Richten Sie ihm aus, dass er mich selbst fragen soll."

Ich ging durch die von ihnen freigelassene Gasse weiter. Doch einer der beiden Kerle rechts wollte mich aufhalten. Ich traf seine Schulter mit einem Rammstoß und ließ ihn zurücktorkeln. Als er wieder herankam, stieß ich ihn, sodass er vor mir herstolperte. Sein Jackett hatte einen Rückenschlitz in der Mitte. Ich bekam beide Schöße zu fassen und riss das Jackett hinten bis zum Kragen auf. Dann versetzte ich ihm einen weiteren Stoß. Er stolperte vorwärts. Sein Jackett hing nur noch am Kragen. Vorn aufgeknöpft, hinten offen wie ein Krankenhausgewand. Ich machte drei schnelle Schritte nach vorn und warf mich herum.

Die vier Kerle hätten sich gerne auf mich gestürzt. Aber wir befanden uns im Morgengrauen in der West 35th Street. Um diese Zeit waren hier praktisch nur Cops unterwegs. Deshalb begnügten sie sich letztlich damit, mich anzufunkeln und sich zu trollen.

Sie sind fertig.

Aber das war ich nicht. Als ich mich abwenden wollte, kam ein Kerl aus dem Polizeirevier und lief mir nach. Verknittertes graues T-Shirt, rote Jogginghose, nach allen Seiten abstehendes graues Haar. Der Bruder. Er holte mich ein und sagte, er habe mich drinnen gesehen und vermute, ich sei der Zeuge. Dann erklärte er mir, seine Schwester habe nicht Selbstmord verübt.

Ich nahm den Kerl in einen Coffeeshop in der Eighth Avenue mit. Vor langer Zeit war ich zu einem eintägigen Seminar der Militärpolizei in Fort Rucker geschickt worden, um Sensibilität im Umgang mit Hinterbliebenen zu lernen. MPs müssen Angehörigen manchmal Todesnachrichten überbringen. Meine Fähigkeiten auf diesem Gebiet galten allgemein als unzulänglich. Ich ging einfach hin und erzählte den Leuten, was passiert war. Deswegen wurde ich nach Rucker geschickt. Dort lernte ich gute Sachen. Ich lernte, die Gefühle anderer ernst zu nehmen. Vor allem aber lernte ich, dass Cafés und Schnellrestaurants gute Orte für schlimme Nachrichten sind. Ihre Öffentlichkeit vermindert die Wahrscheinlichkeit, dass jemand völlig die Fassung verliert, und der Vorgang des Bestellens und Trinkens unterbricht den Informationsfluss auf eine Weise, die es erleichtert, das Mitgeteilte aufzunehmen und zu verarbeiten.

Wir setzten uns in eine Nische, beide einem Wandspiegel gegenüber. Der Coffeeshop war ungefähr halb voll. Wir bestellten Kaffee. Ich wollte auch frühstücken, aber das würde ich nicht tun, wenn der Bruder der Toten nichts aß. Nicht respektvoll. Er sagte, er habe keinen Hunger. Ich saß still da und wartete. Lasst erst sie reden, hatten die Psychologen in Fort Rucker gesagt.

Er sagte, er heiße Jacob Mark und ich könne ihn Jake nennen. Ich sagte, er könne mich Reacher nennen. Er erzählte mir, er sei ein Cop. Ich erzählte ihm, ich sei beim Militär einer gewesen. Er sagte, er sei ledig und lebe allein. Ich sagte, das treffe auch auf mich zu. Gemeinsamkeiten betonen, hatten die Dozenten in Rucker uns gepredigt. Aus der Nähe betrachtet und ohne seine etwas seltsame Aufmachung zu berücksichtigen, war er ein anständiger Kerl. Mitte vierzig und schon sehr grau, aber sein Gesicht war noch jugendlich faltenlos. Ich mochte ihn auf den ersten Blick und bemitleidete ihn wegen seines Verlusts.

Er erzählte mir, seine Schwester heiße Susan Mark. Früher einmal Susan Molina, aber sie sei seit vielen Jahren geschieden und habe wieder ihren alten Namen angenommen. Jetzt allein lebend. Er sprach in der Gegenwartsform von ihr.

„Sie kann nicht Selbstmord verübt haben. Das ist einfach unmöglich!"

„Jake, ich war dabei."

Die Bedienung brachte unseren Kaffee, und wir nippten schweigend daran. Ich ließ etwas Zeit vergehen, damit die Realität bei Jacob Mark ein wenig tiefer einsinken konnte.

„Erzählen Sie mir, was passiert ist", bat er mich schließlich.

Ich fragte ihn, ob sie auf seinem Polizeirevier ein Exemplar der israelischen Liste hätten. Er sagte, nach dem 11. September hätten alle Polizisten jeden Punkt dieser Liste auswendig lernen müssen.

„Ihre Schwester hat sich eigenartig benommen, Jake. Sie ließ sämtliche Alarmglocken schrillen. Sie sah wie eine Selbstmordattentäterin aus."

„Unsinn", sagte er, wie's ein guter Bruder tun sollte.

„Offenbar war sie keine. Aber Sie hätten das Gleiche gedacht. Mit Ihrer Ausbildung hätten Sie gar nichts anderes denken können."

„Bei der Liste geht es eher um Selbstmorde als um Bombenanschläge?"

„Anscheinend."

„Susan war kein unglücklicher Mensch."

„Erzählen Sie mir von ihr."

„Welche Waffe hat sie benutzt?"

„Einen alten Ruger Speed-Six."

„Der Revolver unseres Dads. Sie hat ihn geerbt."

„Wo hat sie gewohnt? Hier in der Stadt?"

Er schüttelte den Kopf. „Annandale, Virginia."

„Haben Sie gewusst, dass sie hier war?"

Er schüttelte wieder den Kopf.

„Wozu war sie wohl hier?"

„Keine Ahnung."

„Warum hat sie eine Winterjacke getragen?"

„Keine Ahnung."

„Ein paar Bundesagenten waren da und haben mich ausgefragt. Danach haben Kerle eines privaten Sicherheitsdiensts mich angehalten, bevor Sie gekommen sind. Alle haben von einer Frau namens Lila Hoth gesprochen. Haben Sie diesen Namen jemals von Ihrer Schwester gehört?"

„Nein."

„Und wer ist John Sansom?"

„Ein Kongressabgeordneter aus North Carolina. Will Senator werden. Scheint ein harter Bursche zu sein."

Ich nickte. Der Name weckte vage Erinnerungen. Die nächsten Wahlen standen bevor. Ich hatte Zeitungsmeldungen gelesen und Fernsehberichte gesehen. Sansom, der erst spät in die Politik gegangen war, galt als zukünftiger Star. Als hart und kompromisslos. Und ehrgeizig. Er war als Geschäftsmann erfolgreich gewesen – und zuvor beim Militär. Ohne Einzelheiten zu nennen, sprach er in Andeutungen von einer glänzenden Karriere in den Spezialeinheiten.

„Kannte Ihre Schwester Sansom?"

„Ich wüsste nicht, woher."

„Womit verdiente sie sich ihr Geld?"

Das wollte er mir nicht sagen.

Er brauchte es mir nicht zu sagen. Ich wusste bereits genug, um mir den Rest zusammenzureimen. Ihre Fingerabdrücke waren gespeichert, und drei schmucke ehemalige Stabsoffiziere waren hierhergerast, aber schon nach wenigen Minuten wieder abgezogen. Folglich hatte Susan Mark irgendwo in der Verteidigungsbranche gearbeitet, aber nicht in gehobener Position. Und sie hatte in Annandale, Virginia, gewohnt, einem Ort, von dem aus das größte Bürogebäude der Welt für Pendler leicht zu erreichen ist.

„Sie hat im Pentagon gearbeitet."

„Sie durfte eigentlich nicht über ihren Job reden", erwiderte Jake.

Ich schüttelte den Kopf. „Wäre er wirklich geheim gewesen, hätte sie Ihnen erzählt, sie arbeite bei Wal-Mart."

Jake äußerte sich nicht dazu.

„Ich hatte mal ein Dienstzimmer im Pentagon. Ich kenne mich dort aus. Stellen Sie mich auf die Probe."

Er antwortete nicht gleich. „Sie war Zivilangestellte. Aber sie hat ihre Arbeit immer als aufregend hingestellt. Sie hat bei einer Dienststelle mit dem Kürzel CGUSAHRC gearbeitet."

„Das ist keine Dienststelle. Das ist ein Kerl. CGUSAHRC heißt ‚Commanding General, United States Army, Human Resources Command'. Das ist eine Personalabteilung mit eigenem General. Papierkram und Personalakten. Hat sie Ihnen überhaupt etwas über ihre Arbeit erzählt?"

„Eigentlich nicht. Vielleicht hat's nicht viel zu erzählen gegeben." Er sagte es mit einem Anflug von Verbitterung.

„Leute schmücken manche Dinge aus, Jake. Das liegt in der menschlichen Natur. Machte ihr Job ihr Spaß?"

„Ich glaube schon. Und er muss gut zu ihr gepasst haben. Sie hat alle Voraussetzungen für den Umgang mit Akten und Archivmaterial mitgebracht. Großartiges Gedächtnis, akribisch, sehr gut organisiert. Und gute Computerkenntnisse."

„Wie lange sind Sie schon Cop?"

„Achtzehn Jahre."

„Bekommen Sie viele Selbstmorde zu sehen?"

„Vielleicht einen bis zwei pro Jahr."

„Kündigen sie sich gewöhnlich irgendwie an?"

„Eigentlich nicht. Die meisten sind eine Riesenüberraschung."

„Aber für jeden einzelnen muss es einen Grund gegeben haben."

„Immer. Finanziell, sexuell, irgendein Scheiß, der aufzufliegen droht."

„Also muss Ihre Schwester einen Grund gehabt haben."

„Ich wüsste nicht, welchen."

„Ich habe noch nie von einem Selbstmord gehört, bei dem jemand Hunderte Kilometer von zu Hause wegfährt und sich dann noch auf der Fahrt erschießt. Sie müssen wie ein Cop denken, Jake. Nicht wie ein Bruder. Was macht man, wenn irgendwas offensichtlich nicht stimmen kann?"

„Man gräbt tiefer."

„Tun Sie's."

„Das macht sie nicht wieder lebendig."

„Aber es hilft viel, eine Sache zu verstehen." Auch das war ein Ansatz, der in Fort Rucker gelehrt wurde. Allerdings nicht im Psychologieseminar.

Ich ließ mir Kaffee nachschenken, und Jacob Mark griff nach einem Zuckertütchen und spielte damit herum. Ich konnte sehen, dass sein Kopf wie der eines Cops und sein Herz wie das eines Bruders funktionierte. Das zeichnete sich deutlich auf seiner Miene ab.

„Was sonst noch?", fragte er.

„In dem Wagen war ein Fahrgast, der abgehauen ist, bevor die New Yorker Polizei ihn befragen konnte. Die Cops haben vermutet, dass er nicht wollte, dass sein Name zu Protokoll genommen wurde, vielleicht weil er seine Frau betrogen hat."

„Denkbar. Und?"

„Die Bundesagenten, aber auch die Kerle von dem privaten Sicherheitsdienst wollten wissen, ob Ihre Schwester mir irgendwas gegeben hat. Ich tippe auf etwas Kleines."

„Wer waren die Agenten?"

„Das wollten sie nicht sagen."

„Und wer waren die anderen Kerle?"

Ich angelte die Visitenkarte aus meiner Hüfttasche. Jake las den Text langsam. SURE AND CERTAIN, INC. Die Telefonnummer. Er zog sein Handy heraus und tippte die Nummer ein. Nach kurzer Pause hörte ich ein munteres kleines Klingelzeichen und eine Tonbandansage.

Jake klappte das Handy zu. „Nicht zugeteilt. Erfundene Nummer."

Ich ließ mir zum zweiten Mal Kaffee nachschenken.

Jake schob mir die Visitenkarte wieder hin. „Das gefällt mir nicht."

„Mir würde es auch nicht gefallen."

„Wir sollten zurückgehen und mit der hiesigen Polizei reden."

„Sie hat sich erschossen, Jake. Wie oder warum ist denen egal."

„Sie sollten sich aber darum kümmern."

„Schon möglich. Aber sie tun's nicht. Täten Sie's denn?"

„Wahrscheinlich nicht. Haben Sie eine Theorie?"

„Für eine Theorie ist's noch zu früh. Bisher haben wir nur Tatsachen. Das Pentagon hat Ihrer Schwester nicht hundertprozentig getraut."

„Das ist eine verdammt schlimme Unterstellung."

„Sie stand auf einer Überwachungsliste, Jake. Sobald ihr Name eingegeben wurde, haben die Bundestypen ihre Pferde gesattelt."

„Sie sind aber nicht lange geblieben."

Ich nickte. „Das heißt, dass sie nicht sehr misstrauisch waren. Vielleicht hatten sie irgendeine kleine Sache im Kopf. Sie sind hergekommen, um sie ausschließen zu können."

„Was für eine Art Sache?"

„Informationen. Das ist alles, was das Human Resources Command hat."

„Sie verdächtigten sie, Informationen weitergegeben zu haben? Welche Art Informationen? Eine kopierte Akte?"

„Kleiner. Eine zusammengefaltete Notiz, ein USB-Stick. Irgendetwas, das in der U-Bahn von Hand zu Hand weitergegeben werden könnte."

„Sie war eine Patriotin. So was hätte sie nie getan."

„Und sie hat es auch nicht getan. Sie hat niemandem etwas gegeben."

„Dann haben wir also nichts."

„Wir haben Ihre Schwester mit einem geladenen Revolver in der Tasche Hunderte Kilometer von zu Hause entfernt."

„Und verängstigt."

„Bei dreißig Grad in einer Daunenjacke."

„Und zwei herumgeisternde Namen. John Sansom und Lila Hoth."

Er verstummte wieder, und ich trank einen Schluck Kaffee.

„Geben Sie mir irgendwas, mit dem ich anfangen kann", bat Jake.

Ich zuckte mit den Schultern. „Haben Sie jemals wen gekannt, der bei den Spezialeinheiten war?"

„Vielleicht vier oder fünf Leute, wenn ich die Kollegen von der Staatspolizei dazuzähle, die ich gekannt habe."

„Wahrscheinlich haben Sie gar keinen gekannt. Die meisten Karrieren in den Spezialeinheiten hat es nämlich nie gegeben. Viele der Kerle, die dort gewesen sein wollen, sind nie aus der Infanterie rausgekommen. Manche Leute hübschen ihre Biografie ein bisschen auf."

„Wie meine Schwester. Worauf wollen Sie hinaus?"

„Wir haben zwei Namen, den bevorstehenden Wahlkampf und Ihre Schwester, die im HRC arbeitete."

„Glauben Sie, dass John Sansom in Bezug auf seine Vergangenheit lügt?"

„Wahrscheinlich nicht. Aber auf diesem Gebiet wird viel übertrieben. Und Politik ist ein schmutziges Geschäft. Deshalb versteht es sich von selbst, dass Leute auch seine Biografie unter die Lupe nehmen. Das ist ein Nationalsport geworden."

„Vielleicht ist Lila Hoth eine Journalistin. Oder sie recherchiert für jemanden."

„Vielleicht setzte sie eine HRC-Angestellte unter Druck, um Sansoms Militärakte zu bekommen. Vielleicht hatte sie sich Ihre Schwester ausgesucht."

„Was hätte sie gegen Susan in der Hand haben sollen?"

„Das ist die erste große Lücke in meiner Story." Susan Mark war ängstlich und verzweifelt gewesen. Ich konnte mir nicht vorstellen, wie eine Journalistin so viel Druck hätte ausüben sollen. „War Susan politisch interessiert?"

„Wieso?"

„Vielleicht konnte sie Sansom nicht leiden und hat deshalb mitgemacht."

„Wieso wäre sie dann so verängstigt gewesen?"

„Weil sie dabei war, sich strafbar zu machen."

„Und wozu hat sie den Revolver mitgenommen?“

„Hat sie den nicht normalerweise getragen?“

„Niemals. Sie hatte ihn in der Sockenschublade.“

Der Revolver bezeichnete die zweite große Lücke in meiner Story. Leute nehmen ihre Waffen aus allen möglichen Gründen aus ihren Sockenschubladen. Schutzbedürfnis, Aggression. Aber niemals nur für den Fall, dass sie impulsiv beschließen sollten, sich weit von zu Hause entfernt eine Kugel in den Kopf zu jagen.

„Susan war kein sehr politischer Mensch“, sagte Jake. „Deshalb kann's keine Verbindung mit Sansom geben.“

„Wieso wurde sein Name dann genannt?“

„Das weiß ich nicht.“

„Susan muss mit dem Auto hergekommen sein. Im Flugzeug kann man keine Waffe mitnehmen. Sie muss durch den Holland Tunnel gekommen sein und in der Innenstadt geparkt haben.“

Jake äußerte sich nicht dazu. Mein Kaffee war kalt. Die Bedienung hatte es aufgegeben, uns nachzuschenken. Wir waren ein unrentabler Tisch.

Ich stellte mir Susan Mark vor zwölf Stunden vor, als sie sich auf eine anstrengende Nacht vorbereitet hatte. Wie sie sich anzog. Den Revolver ihres Vaters fand, ihn lud und in die schwarze Umhängetasche steckte. Sich ins Auto setzte, auf dem Beltway zur I-95 und nach Norden fuhr.

Plötzlich glaubte ich die Stimme Theresa Lees zu hören. *Sie haben sie in den Abgrund gestoßen.*

Jake sah, dass ich nachdachte. „Was?“

„Nehmen wir mal an, jemand hätte Susan in der Hand gehabt“, sagte ich. „Nehmen wir weiterhin an, sie hätte unter absolutem Zwang gestanden und sei unterwegs gewesen, um die verlangten Informationen zu überbringen. Und nehmen wir auch an, die anderen seien schlimme Leute. Sie sah keinen Ausweg für sich. Und vor allem hatte sie schreckliche Angst vor diesen Leuten. Also hat sie den Revolver mitgenommen. Vielleicht glaubte sie, sich den Weg freischießen zu können, aber sie sah ihre Chancen nicht sehr optimistisch.“

„Und?“

„Sie hatte etwas zu erledigen. Sie war schon fast dort. Sie hatte nie die Absicht, sich zu erschießen.“

„Aber was war mit der Liste? Mit ihrem typischen Verhalten?“

„Macht keinen Unterschied. Sie war zu einem Ort unterwegs, an dem jemand anders wahrscheinlich ihr Leben beenden würde – entweder buchstäblich oder im übertragenen Sinn.“

„Das ist trotzdem keine Erklärung für die Daunenjacke.“

Aber ich fand, die Daunenjacke sei damit ziemlich gut erklärt. Ebenso die Tatsache, dass Susan in der Innenstadt geparkt hatte und mit der U-Bahn nach Norden gefahren war. Ich stellte mir vor, dass sie den, mit dem sie sich treffen sollte, damit überraschen wollte, dass sie aus unerwarteter Richtung kam: bewaffnet, ganz in Schwarz, auf einen Konflikt bei Nacht vorbereitet. Vielleicht war der Winterparka ihre einzige schwarze Jacke gewesen.

Und damit war auch noch anderes erklärt. Die Angst, das Gefühl eines bevorstehenden Untergangs. Vielleicht war das Gemurmel ihre Methode gewesen, Bitten oder Drohungen einzuüben.

„Sie kann nicht unterwegs gewesen sein, um irgendwas zu überbringen, weil sie nichts bei sich hatte“, sagte Jake.

„Sie kann etwas bei sich gehabt haben“, widersprach ich. „In ihrem Kopf. Sie sagten selbst, dass sie ein sehr gutes Gedächtnis hatte.“

„Vertrauliche Informationen“, murmelte er. „Ich kann's nicht glauben!“

„Sie wurde erpresst, Jake.“

„Gibt's in einer Personalabteilung überhaupt Geheimnisse, die es wert sind, dass man sich für sie ermorden lässt?“

Ich gab keine Antwort. Weil ich keine Ahnung hatte. Zu meiner Zeit waren alle interessanten Informationen anderswo zu finden gewesen.

Jake veränderte seine Sitzhaltung. „Aber wieso hat sie durchgedreht und sich erschossen, bevor sie am Ziel ihrer Fahrt war?“

„Sie hatte gegen alle möglichen Geheimhaltungsvorschriften verstoßen. Und sie muss den Verdacht gehabt haben, überwacht zu werden. Jeder Cop an jeder Mautstelle war eine potenzielle Gefahr. Jeder Kerl in einem Anzug konnte ein Bundesagent sein. Und in der U-Bahn hätte jeder von uns anderen im Begriff sein können, sie festzunehmen. Und dann habe ich sie angesprochen. Sie rastete aus. Sie dachte, ich wollte sie verhaften. In diesem Augenblick war das Spiel für sie aus.“

„Wieso hätte sie glauben sollen, dass Sie sie verhaften wollten?“

„Jake, tut mir leid, aber ich habe zu ihr gesagt, ich sei ein Cop.“

„Warum?“

„Ich dachte, Susan sei eine Selbstmordattentäterin. Ich wollte nur die nächsten drei Sekunden durchstehen, ohne dass sie den Knopf drückt.“

„Was haben Sie genau gesagt?“

Also sagte ich's ihm.

Ich glaube, Sie haben sie in den Abgrund gestoßen.

„Tut mir leid“, wiederholte ich.

In den folgenden Minuten wurde ich von allen Seiten unter Feuer genommen. Jacob Mark funkelte mich an, weil ich seine Schwester in den Tod getrieben hatte. Die Bedienung war wütend, weil sie in der Zeit, die wir mit zwei Tassen Kaffee vertrödelt hatten, ungefähr acht Frühstücke hätte verkaufen können. Ich zog einen Zwanziger aus der Tasche und klemmte ihn unter meine Untertasse. Damit war das Problem der Bedienung gelöst. Der Problemfall Jacob Mark war schwieriger.

„Ich muss jetzt weiter“, sagte er schließlich. „Muss mir überlegen, wie ich's der Familie schonend beibringe.“

„Familie?“

„Molina, dem Exmann. Und sie haben einen Sohn, Peter.“

„Susan hatte einen Sohn? Jake, wir reden hier darüber, womit jemand sie unter Druck gesetzt haben könnte, und Sie kommen nicht darauf, zu erwähnen, dass Susan ein Kind hatte?“

„Peter ist kein Kind mehr. Er ist zweiundzwanzig und Student. Er spielt Football. Und er ist nach der Scheidung bei seinem Vater aufgewachsen.“

„Rufen Sie ihn an.“

„In Kalifornien ist es vier Uhr morgens.“

„Rufen Sie ihn trotzdem an.“

Also zog Jake nochmals sein Handy heraus. Bis zum fünften Klingeln wirkte er auf eine Weise besorgt und ab dem sechsten Klingeln auf eine andere. Er ließ das Handy langsam sinken. „Anrufbeantworter.“

„Fahren Sie zu Ihrer Dienststelle. Rufen Sie die Polizei in L.A. oder die Campus-Polizei der Universität an und bitten Sie sie um einen Gefallen unter Kollegen. Jemand soll hinfahren und nachsehen, ob Peter zu Hause ist.“

„Die werden mich auslachen. Alles wegen irgendeines Studenten, der um vier Uhr morgens nicht ans Telefon geht.“

„Tun Sie's einfach. Und ich werde noch mal mit den Kerlen von dem privaten Sicherheitsdienst reden.“

„Die finden Sie niemals.“

„*Sie* werden *mich* finden. Ich habe ihre Frage, ob Susan mir etwas gegeben hat, nie beantwortet. Sie werden sie noch mal stellen wollen.“

Wir vereinbarten, uns in fünf Stunden noch mal zu treffen – wieder in diesem Coffeeshop. Dann schlenderte ich die Eighth Avenue entlang, als hätte ich kein bestimmtes Ziel, was natürlich stimmte. Ich war müde, weil ich nicht allzu viel geschlafen hatte, aber von dem vielen Kaffee aufgeputscht. Was mich dazu brachte, über die Zeit nachzudenken. Genau wie zwei Uhr morgens der falsche Zeitpunkt für einen Selbstmordanschlag gewesen wäre, war er auch eine verrückte Uhrzeit für Susan Mark, um zu einem Treff zu fahren. Deshalb blieb ich am Zeitungsständer eines Lebensmittelgeschäfts stehen und blätterte in den Tageszeitungen. Die Meldung, die ich halb zu finden erwartete, stand auf einer der inneren Seiten der *Daily News*: Die New Jersey Turnpike nach Norden war letzte Nacht vier Stunden lang gesperrt gewesen. Ein verunglückter Tanklaster.

Ich stellte mir Susan Mark vor, die zwischen zwei Ausfahrten festsaß. Wachsende Nervosität. Ein Termin rückte rasch näher. Ein Termin wurde überschritten. Drohungen und Sanktionen und Strafen, die jetzt vermutlich in Kraft getreten waren. *Sie haben sie in den Abgrund gestoßen.* Schon möglich, aber sie hatte keinen allzu kräftigen Stoß gebraucht.

Ich schlenderte weiter. Der Kerl mit dem zerrissenen Jackett war vermutlich heimgefahren, um sich umzuziehen, aber die anderen drei würden irgendwo in der Nähe sein. Auf der Straße herrschte reges geschäftliches Treiben, und überall wimmelte es von Menschen. Deshalb war es mir ziemlich egal, wo die Kerle sich an mich heranmachten, und ich versuchte nicht, sie an einen mir genehmen Ort zu locken. Die Entscheidung lag bei ihnen. Ich schlenderte einfach nur die Eighth Avenue entlang.

Sie hielten mich einen Block südlich des Madison Square Garden auf. An der Straßenecke führte eine schmale Fußgängerpassage an einer Großbaustelle vorbei. Ich hatte erst einen Meter darin zurückgelegt, als ein Kerl sich vor mich setzte, während ein weiterer hinter mir blieb und ihr Boss neben mir herging. Gut gemacht.

„Wir sind bereit, die Sache mit dem Jackett zu vergessen", sagte der Boss. „Aber wir müssen wissen, ob Sie etwas haben, das uns gehört."

„Euch?"

„Unserem Auftraggeber."

„Wer seid ihr Jungs eigentlich?"

„Ich habe Ihnen meine Karte gegeben."

„Und die hat mir anfangs sehr imponiert. Für eine siebenstellige Telefonnummer gibt es über drei Millionen Kombinationsmöglichkeiten. Sie haben eine ausgesucht, von der Sie wussten, dass sie nicht zugeteilt war. Ich dachte, das sei bestimmt schwierig, und war beeindruckt. Aber dann habe ich mir überlegt, dass Sie Zugang zu einer Liste mit Nummern haben müssen, die nie vergeben wurden. Die Netzbetreiber haben alle ein paar davon – für den Fall, dass in einem Film oder im Fernsehen eine Nummer gezeigt wird. Dafür kann man keine echten Nummern nehmen, weil dann Kunden belästigt werden könnten. Als Nächstes habe ich vermutet, dass ihr Leute im Film- und Fernsehgeschäft kennt. Weil ihr die meiste Zeit als Sicherheitsleute arbeitet, wenn eine Show in der Stadt ist. Ihr dürft dann Autogrammjäger abwehren. Ich wette, dass ihr euch mehr vorgestellt habt, als ihr eure Firma gegründet habt."

„Dürfen wir Sie zu einem Kaffee einladen?"

Ich wollte nicht schon wieder irgendwo sitzen. Deshalb bestand ich auf Kaffee zum Mitnehmen. Wir machten im nächsten „Starbucks" halt, und ich bestellte einen großen Becher der Hausmarke, schwarz.

Danach gingen wir weiter die Eighth Avenue entlang. Aber vier Personen, die sich im Gehen unterhalten wollen, bilden eine sperrige Gruppe. Deshalb fanden wir uns schon bald in einer Seitenstraße wieder. Ich stand an ein Absperrgitter gelehnt; die anderen drei standen vor mir.

Der Kerl, der als Einziger redete, sagte: „Sie unterschätzen uns gewaltig."

„Okay", sagte ich.

„Sie waren beim Militär, stimmt's?"

„Army."

„Das sieht man Ihnen noch an."

„Euch auch. Spezialeinheiten?"

„Nein. So weit haben wir's nicht gebracht."

Ich lächelte. Ein ehrlicher Mann.

„Wir wurden für ein zeitlich begrenztes Unternehmen als hiesige Kräfte engagiert. Die Tote hatte ein wertvolles Objekt bei sich. Wir haben den Auftrag, es wieder herbeizuschaffen."

„Welches Objekt? Wie wertvoll?"

„Informationen."

„Ich kann Ihnen nicht weiterhelfen."

„Unser Auftraggeber wollte Daten auf einem Speichermedium wie einem USB-Stick haben. Wir sagten: Nein, das ist zu schwierig aus dem Pentagon rauszuschmuggeln. Die Informationen würden vielmehr mündlich mitgeteilt werden. Gelesen, auswendig gelernt und aufgesagt."

Ich dachte an Susan Mark in der U-Bahn zurück. An ihr Gemurmel. Vielleicht hatte sie nur die Informationen aufgesagt, die sie mitteilen sollte, damit sie nichts vergaß.

„Die Frau hat in der U-Bahn mit Ihnen gesprochen."

„Ja", bestätigte ich. „Das hat sie getan."

„Deshalb gehen wir nun davon aus, dass Sie wissen, was sie gewusst hat."

„Möglich."

„Für Sie bedeutet das ein Problem. Daten auf einem Speichermedium sind keine große Sache. Aber etwas in Ihrem Kopf müsste auf andere Weise rausgeholt werden."

Ich äußerte mich nicht dazu.

„Kommen wir mit leeren Händen zurück, werden wir gefeuert, ganz klar. Doch am Montagmorgen arbeiten wir wieder für jemand anders. Aber sobald wir von der Bildfläche verschwinden, sind Sie exponiert. Unser Auftraggeber hat eine ganze Crew mitgebracht. Vorläufig liegt sie noch an der Leine. Aber sobald wir weg sind, wird sie von der Leine gelassen. Und Sie wollen bestimmt nicht mit diesen Leuten reden, glauben Sie mir."

„Ich will mit überhaupt niemandem reden. Nicht mit euch, nicht mit ihnen. Ich rede nicht gern."

„Dies ist kein Scherz."

„Da haben Sie recht. Eine Frau ist umgekommen. Sie hat im Pentagon gearbeitet. Das heißt, dass die nationale Sicherheit tangiert ist. Sie sollten mit der New Yorker Polizei reden."

Der Boss schüttelte den Kopf. „Ich würde lieber ins Gefängnis gehen, als es mir mit diesen Leuten zu verscherzen. Verstehen Sie, was ich meine?"

Ich trank meinen Kaffee aus und warf den Becher in einen Abfallkorb. „Rufen Sie Ihren Auftraggeber an und sagen Sie ihm, dass die Frau alle Informationen auf einem USB-Stick hatte, den jetzt ich in der Tasche habe. Kündigen Sie dann Ihren Auftrag am Telefon und gehen Sie heim."

Ich überquerte die Straße und ging in Richtung Eighth Avenue davon. Der Boss rief meinen Namen hinter mir her. Ich drehte mich um und sah, dass er sein Handy auf Armlänge von sich weghielt. Es war auf mich gerichtet. Dann ließ er es sinken, und alle drei Kerle setzten sich in Bewegung und waren außer Sicht, bevor mir klar wurde, dass ich geknipst worden war.

VIER

Radio-Shack-Läden machen früh auf. Ich ging in den nächsten, an dem ich vorbeikam, und ein Kerl trat vor, um mir behilflich zu sein. Ich fragte ihn nach Handys mit Kameras und erklärte ihm, ich wolle sehen, wie gut die Fotos würden. Er griff nach dem nächstbesten Handy, ich stellte mich an die Rückwand des Ladens, und er fotografierte mich von der Kasse aus. Die Aufnahme war klein und nicht besonders scharf. Aber meine Größe, meine Figur und meine Haltung waren gut getroffen. Jedenfalls gut genug, um ein Problem zu sein.

Ich erklärte dem Kerl, ich wolle das Handy nicht. Aber ich kaufte ihm einen USB-Stick ab, ein Speichermedium für Daten. Den kleinsten und billigsten, den er hatte. Ein reiner Dekorationsartikel, für den ich kein Vermögen ausgeben wollte. Der Stick wurde mit zwei Schutzhüllen verkauft:

blau und rosa. Ich benutzte die rosa Hülle. Eine rosa Schutzhülle passt eher zu einer Frau. Ich dankte dem Kerl für seine Hilfe.

Ich folgte der 28th Street zweieinhalb Blocks weit nach Osten, ging dann zur U-Bahn hinunter und zog meine Karte durch den Entwerter. Dann setzte ich mich auf eine Holzbank und ließ neun Züge vorbeifahren. Teils um etwas Zeit totzuschlagen, bis die Geschäfte öffneten, teils um mich zu vergewissern, dass ich nicht beschattet wurde. Niemand ließ das geringste Interesse an mir erkennen.

Allmählich wurde ich ruhelos. Ich stand auf und betrachtete die Plakate an den Wänden. Eines war eine amtliche Mitteilung, die das sogenannte U-Bahn-Surfen verbot. Dazu gehörte eine schwarz-weiße Zeichnung von einem Burschen, der wie ein Seestern an der Tür eines U-Bahnwagens klebte. Die älteren Wagen hatten offenbar noch schmale Trittleisten unter den Türen, die den Spalt zwischen Wagen und Bahnsteigkante verringern sollten, und über den Türen fingerbreite Regenrinnen, die herablaufendes Wasser ableiteten. Ich wusste, dass die neuen R142A beides nicht hatten. Das hatte mein verrückter Mitfahrer mir erklärt. Aber bei älteren Wagen konnte man auf dem Bahnsteig warten, bis die Türen sich schlossen, auf die Fußleiste treten, die Finger in die Regenrinne haken und sich außen an den Wagen gepresst in rasender Fahrt durch die Tunnels tragen lassen. U-Bahn-Surfen. Für manche vielleicht ein Riesenspaß, aber jetzt illegal.

Ich wandte mich wieder den Gleisen zu und stieg in den zehnten einfahrenden Zug. Dieser R Train hatte Trittleisten und Regenrinnen. Aber ich fuhr innen, zwei Stationen weit zu der großen Station am Union Square.

Dort kam ich in der Nordwestecke ans Tageslicht und machte mich auf den Weg zu der großen Buchhandlung, an die ich mich in der 17th Street erinnerte. Politiker, die nach Höherem streben, veröffentlichen ihre Autobiografie im Allgemeinen vor der Wahlkampfzeit, und Nachrichtenmagazine berichten laufend über sie. Ich hätte mich auch nach einem Internetcafé umsehen können, aber ich hatte keine Erfahrung mit solchen Recherchen.

Im Erdgeschoss der Buchhandlung waren die Neuerscheinungen auf niedrigen Tischen aufgestapelt. Was ich suchte, lag auf der Rückseite des zweiten Tisches. John Sansoms Buch trug den Titel „Immer im Dienst". Ich nahm eines mit und fuhr mit der Rolltreppe in den zweiten Stock hinauf, wo es Zeitschriften gab. Ich sammelte alle Nachrichtenmagazine ein und nahm sie zu den Sachbüchern mit. Dort blätterte ich kurz in einigen Militärbüchern und fand bestätigt, was ich vermutet hatte: Das Human Resources Command der Army tat nichts anderes, als zu meiner Zeit schon getan worden war. Papierkram und Personalakten wie immer.

Ich setzte mich auf eine Fensterbank und machte mich daran, das zusammengetragene Zeug zu lesen. Alle Nachrichtenmagazine brachten Wahlkampfberichte. Für die Wahl zum Abgeordnetenhaus und Senat fielen jeweils ein paar Zeilen ab. Wir waren vierzehn Monate von den Wahlen entfernt, und Sansom schnitt bei Umfragen in seinem Heimatstaat gut ab. Er sammelte massenhaft Wahlkampfspenden ein, hatte eine direkte Art, die als erfrischend angesehen wurde, und galt wegen seiner Militärkarriere als für praktisch alles qualifiziert. Die meisten Journalisten mochten den Kerl, das war klar. Und sie hielten ihn offenbar zu größeren Aufgaben befähigt.

Der Buchumschlag begnügte sich mit seinem Namen, dem Titel und zwei Fotos. Das größere war ein körniges, unscharfes Actionfoto, das vergrößert den Hintergrund bildete. Es zeigte einen jungen Mann in einem Kampfanzug in Tarnfarbe. Überlagert wurde es von einem neueren Porträtfoto desselben Mannes, diesmal im Geschäftsanzug. Offenbar Sansom einst und jetzt. Alle seine Argumente auf einem einzigen Buchumschlag.

Die neuere Aufnahme zeigte ihn als kleinen, drahtigen Kerl, der weniger als 1,75 Meter groß war und keine siebzig Kilo wog. Voller Zähigkeit und Ausdauer wie die Besten in den Spezialeinheiten.

Im Klappentext waren sein voller Name und sein letzter Dienstgrad ziemlich förmlich angegeben: Major a. D. John T. Sansom, US-Army. Darunter stand, er habe folgende Auszeichnungen erhalten: Distinguished Service Cross, für erwiesene Tapferkeit in Diensten der Army. Distinguished Service Medal, für hervorragende Dienste in der militärischen Laufbahn. Und zwei Silver Stars, für besondere Tapferkeit vor dem Feind. Dann hieß es, er sei als Präsident seines Beratungsunternehmens Sansom Consulting erfolgreich gewesen. Wieder alle seine Argumente auf einen Schlag. Ich fragte mich, wozu das restliche Buch noch nötig war.

Ich überflog es und stellte fest, dass der Inhalt sich in fünf Teile gliedern ließ: Kindheit und Jugend, Militärlaufbahn, Ehe und Familie, geschäftliche Erfolge und seine politische Vision für die Zukunft. Der erste Teil entsprach dem für dieses Genre üblichen Strickmuster. Einfaches Kleinstadtleben, wenig Geld, seine Mom eine verlässliche Stütze, sein Dad mit zwei Jobs, um die Familie ernähren zu können. Sehr wahrscheinlich übertrieben.

Ich blätterte bis zu der Stelle weiter, wo er seine Frau kennenlernte, und las weitere Plattitüden. Sie war wundervoll, ihre Kinder waren großartig. Vom geschäftlichen Teil verstand ich nicht allzu viel. Sansom Consulting bestand aus einem ganzen Strauß von Beratungsfirmen, mit denen Sansom ein Vermögen verdient hatte. Er war reich.

Ich sah mir den Teil mit seiner Vision für die Zukunft an. Sie lief darauf hinaus, den Wählern alles zu geben, was sie nur wollten. Aber Sansom erschien insgesamt als anständiger Kerl.

In der Buchmitte befand sich ein Bildteil mit Fotos. Alle bis auf eines waren belanglose Schnappschüsse, die Sansoms Leben bis zum heutigen Tag dokumentierten. Aber das eine Foto, das anders war, war geradezu bizarr.

Es zeigte Donald Rumsfeld 1983 in Bagdad, wo er Saddam Hussein, dem irakischen Diktator, die Hand schüttelte. Rumsfeld war zweimal Verteidigungsminister gewesen, aber als diese Aufnahme gemacht worden war, war er der Sondergesandte Ronald Reagans gewesen. Er war nach Bagdad gekommen, um Saddam den Hintern zu küssen, ihm auf die Schulter zu klopfen und ihm als Symbol für Amerikas ewige Dankbarkeit ein Paar goldene Sporen zu schenken. „Manchmal werden unsere Freunde unsere Feinde, und manchmal werden unsere Feinde unsere Freunde“, lautete die Bildlegende, die Sansom für diese Aufnahme geschrieben hatte.

Als Nächstes wandte ich mich seiner Militärlaufbahn zu, ein Gebiet, von dem ich etwas verstand. Sansom war 1975 in die Army eingetreten und 1992 ausgeschieden. Eine siebzehnjährige Dienstzeit, vier Jahre länger als meine. Sansom schien seine Militärzeit genossen zu haben. Seine Darstellung war zutreffend. Er beschrieb die Grundausbildung richtig, schilderte die Offiziersanwärterschule gut, erzählte unterhaltsam aus seiner ersten Zeit bei der Infanterie. Er stand dazu, ehrgeizig gewesen zu sein. Er hatte alle Möglichkeiten genutzt, sich zu qualifizieren, und war zu den Rangern, der größten Spezialtruppe der Army, und später zu der entstehenden Delta Force gegangen, die in erster Linie zur Terrorismusbekämpfung eingesetzt wird. Insgesamt hatte ich den Eindruck, Sansom sei ziemlich ehrlich. Tatsache ist, dass die meisten Delta-Einsätze abgebrochen werden, bevor sie überhaupt anfangen haben, und dass von den angefangenen die meisten fehlschlagen. Sansom versuchte nicht, das zu bemänteln. Er sprach offen von den seltenen aufregenden Momenten und über die Misserfolge.

Dann hatte es Einsätze in Westafrika gegeben, die nahezu Routine gewesen sein mussten, plus Panama, plus 1991 im ersten Golfkrieg die Suche nach Scud-Raketen im Irak. Dies schienen die ersten nicht übertriebenen Spezialeinheit-Memoiren zu sein, die ich je gelesen hatte. Sogar noch mehr. Nicht nur keineswegs übertrieben, sondern bewusst heruntergespielt.

Was interessant war.

Auf dem Rückweg zu dem Coffeeshop in der Eighth Avenue nahm ich mich sehr in Acht. *Unser Auftraggeber hat eine ganze Crew mitgebracht.* Und inzwischen wussten alle, wie ich ungefähr aussah. Der Kerl im Radio Shack hatte mir auch erklärt, wie man mit dem Handy Fotos verschicken konnte. Ich dagegen hatte keine Ahnung, wie die Gegenseite aussah. Allerdings interessierte sich keiner im Geringsten für mich. Keiner beschattete mich. Ich hätte es ihm auch nicht leicht gemacht, denn ich schlug etliche Haken.

Jacob Mark war bereits da. Er saß in einer rückwärtigen Sitznische, hatte geduscht und sich die Haare gekämmt. Ich setzte mich ihm gegenüber.

„Haben Sie mit Peter gesprochen“, fragte ich ihn.

Er schüttelte den Kopf. „Ich glaube aber, dass mit ihm alles okay ist.“

Die Bedienung kam an unseren Tisch. Dieselbe Frau wie am frühen Morgen. Ich war zu hungrig, um Rücksicht darauf zu nehmen, ob Jake etwas essen würde oder nicht. Ich bestellte einen großen Teller Thunfischsalat mit Eiern. Dazu Kaffee. Jake bestellte ein gegrilltes Käsesandwich und dazu Mineralwasser.

„Erzählen Sie mir, was passiert ist“, forderte ich ihn auf.

„Die Campus-Polizei hat mir geholfen. Peter ist an der Universität von Südkalifornien in Los Angeles ein Footballstar. Er war nicht zu Hause. Also haben sie seine Kumpel aufgestöbert. Wie sich rausgestellt hat, ist Peter mit einer Frau weggefahren.“

„Mit welcher Frau?“

„Mit einer Frau aus einer Bar. Peter und die Jungs sind vor vier Abenden ausgegangen. Die junge Frau war dort. Peter ist dann mit ihr weggefahren.“

„Wer hat wen abgeschleppt?“

„Er hat sich mächtig anstrengen müssen. Also war sie keine Mata Hari oder dergleichen. Deshalb glaube ich, dass die Sache okay war.“

„Personenbeschreibung?“

„Eine absolute Traumfrau. Und die Jungs halten nichts zurück, also ist das ihr Ernst. Ein bisschen älter, vielleicht fünfundzwanzig. Für einen Studenten im letzten Jahr ist das eine unwiderstehliche Herausforderung.“

„Name?“

Jake schüttelte den Kopf. „Die anderen haben Abstand gehalten. Das verlangen die ungeschriebenen Anstandsregeln.“

„Ihre Stammkneipe?“

„Eine ihrer Lieblingsbars.“

„Nutte? Köder?“

„Ausgeschlossen. Diese Kerle kennen sich aus. Das hätten sie gemerkt.“

„Ich weiß, was Sie meinen.“

„Aber?“

„Susan stand auf der Autobahn in New Jersey vier Stunden lang im Stau. Ich frage mich, welche Art Ultimatum abgelaufen sein könnte, dass eine Mutter das Gefühl hatte, Selbstmord begehen zu müssen.“

„Mit Peter ist alles okay. Machen Sie sich um ihn keine Sorgen."

Ich sagte nichts mehr. Die Bedienung kam mit unserem Essen.

„Haben die Kerle von dem privaten Sicherheitsdienst Sie gefunden?", erkundigte sich Jake.

Ich nickte und erzählte ihm die Story.

„Sie wussten Ihren Namen? Das ist nicht gut", meinte er.

„Nicht ideal, nein. Und sie wussten auch, dass ich in der U-Bahn mit Susan gesprochen habe."

„Und sie haben ein Bild von Ihnen geknipst? Das ist auch nicht gut."

„Nicht ideal."

„Was noch?"

„John Sansom übertreibt nicht, was seine Militärlaufbahn betrifft."

„Also eine Sackgasse."

„Vielleicht nicht. Zuletzt war er Major. Das wird man durch eine automatische Beförderung und zwei Beförderungen nach Verdienst. Ich war selbst Major. Ich weiß, wie das funktioniert. Außerdem hat dieser Kerl sich drei der vier höchsten Orden verdient, die man bekommen kann – einen davon zweimal. Also muss er etwas ganz Besonderes getan haben. Sogar viermal."

„Orden kriegt jeder."

„Nicht solche Orden. Ich habe selbst einen Silver Star und weiß aus eigener Erfahrung, dass die nicht aus der Packung mit den Frühstücksflocken fallen. Und ich habe auch ein Purple Heart, mit dem man ausgezeichnet wird, wenn man im Kampf verwundet wurde, das Sansom aber anscheinend nicht besitzt. Und kein Politiker würde je vergessen, eine Verwundung zu erwähnen. Aber es ist relativ ungewöhnlich, dass jemand sich eine Tapferkeitsauszeichnung erkämpft, ohne verwundet zu werden. Eine Verwundung gehört meistens mit dazu. Deshalb glaube ich, dass er Sachen weglässt, statt welche dazuzudichten."

„Wieso sollte er das tun?"

„Weil er an mindestens vier Geheimunternehmen beteiligt war, über die er noch heute nicht reden darf. Was sie wirklich sehr geheim macht, denn der Kerl steht mitten im Wahlkampf."

„Vielleicht sollte Susan Informationen darüber beschaffen."

„Ausgeschlossen. Befehle, Diensttagebücher und Einsatzberichte der Delta Force kommen nie zum HRC. Sie werden vernichtet oder für sechzig Jahre in Fort Bragg eingelagert."

„Wie nützt uns das also?"

„Es eliminiert Sansoms Militärlaufbahn, das ist sicher. Sollte er überhaupt in den Fall verwickelt sein, steckt dahinter etwas anderes."

„Und was könnte das sein?"

Ich legte die Gabel weg und trank meinen Kaffee aus. „Ich will nicht länger hierbleiben. Für diese andere Crew ist dies der Ausgangspunkt. Hier suchen sie mich zuallererst."

Ich ließ ein Trinkgeld auf dem Tisch liegen und machte mich auf den Weg zur Kasse. Diesmal konnte die Bedienung mit uns zufrieden sein. Wir waren in Rekordzeit wieder gegangen.

FÜR EINEN GEJAGTEN ist Manhattan der beste und zugleich der schlimmste Ort der Welt. Der beste, weil es dort von Menschen wimmelt. Zugleich der schlimmste, weil es dort von Menschen wimmelt und man sich jeden einzelnen genau ansehen muss. Aus diesem Grund gingen wir zur West 35th Street zurück und spazierten auf der Straßenseite gegenüber dem Polizeirevier auf und ab – vorbei an in langer Reihe geparkten Polizeifahrzeugen, die uns die Illusion gaben, dies sei der sicherste Gehsteigabschnitt der Stadt.

„Also, was könnte das sein?", nahm Jake unser Gespräch wieder auf.

„Was haben Sie mir über die Gründe für die Selbstmorde erzählt, die Sie in New Jersey erlebt haben?"

„Finanziell oder sexuell."

„Und Sansom hat seine Millionen nicht in der Army verdient."

„Glauben Sie, dass er eine Affäre mit Susan hatte?"

„Möglich."

„Das kann ich mir nicht vorstellen. Er ist verheiratet. Und Susan war nicht der Typ dafür."

„Vielleicht hatte Sansom vor vielen Jahren eine Affäre mit einer anderen, als er noch in der Army war."

„Damals war er noch nicht verheiratet."

„Aber es gibt bestimmte Regeln. Vielleicht hat er eine Untergebene gebumst. In der Politik schadet so was heutzutage gewaltig."

„Sie glauben also, dass es um Sansom Gerüchte gibt, die Susan in irgendjemands Auftrag überprüfen sollte?"

„Sein Verhalten hätte sie nicht verifizieren können. Solche Angaben sind in anderen Dossiers enthalten. Aber sie hätte bestätigen können, dass eine Person A und eine Person B zur selben Zeit am selben Ort Dienst taten. Genau darauf versteht das HRC sich besonders gut."

„Vielleicht war Lila Hoth mit ihm in der Army. Vielleicht versucht jemand, die beiden Namen miteinander zu verknüpfen, um einen großen Skandal auszulösen."

„Ich weiß nicht recht", meinte ich. „Das hört sich alles ziemlich gut an. Aber da gibt's einen U-Bahn-Fahrgast aus New York, der Angst davor hat, mit der hiesigen Polizei zu reden, und ich habe alle möglichen finsteren Drohungen, dass eine Crew aus Barbaren von der Leine gelassen werden soll. Die Politik ist ein schmutziges Geschäft, aber ist sie so schlimm?"

Jake gab keine Antwort.

„Und wir wissen nicht, wo Peter ist", fuhr ich fort.

„Machen Sie sich um Peter keine Sorgen. Er ist Footballverteidiger. Er besteht aus hundertdreißig Kilo Muskeln. Er kann auf sich selbst aufpassen."

„Was haben Sie jetzt vor?"

Jake zuckte mit den Schultern. Er blieb stehen und lehnte sich direkt gegenüber dem Eingang des 14. Polizeireviers an eine Mauer, betrachtete die auf der anderen Straßenseite geparkten Fahrzeuge. Ich sah den Wagen, mit dem Theresa Lee und ich gefahren waren. Einer der neutralen Crown Vics etwas weiter die Reihe entlang war neuer als die anderen und hatte zwei kurze dünne Antennen wie Nadeln auf dem Kofferraumdeckel. Bundesagenten, dachte ich.

„Ich werde den anderen Angehörigen mitteilen, was passiert ist, und wir werden sie begraben, und wir werden weiterleben", sagte Jake. „Vielleicht gibt es einen Grund dafür. Aber es ist besser, nicht alles zu wissen. Das kann zu nichts Gutem führen. Nur zu noch mehr Kummer und Schmerzen."

„Das müssen Sie für sich selbst entscheiden", sagte ich.

Er nickte. Schüttelte mir bloß die Hand und ging davon. Ich fragte mich, wann ich ihn wiedersehen würde. In drei bis sieben Tagen, vermutete ich.

Aber ich hatte mich getäuscht.

ICH STAND noch immer auf der anderen Straßenseite gegenüber dem Eingang des 14. Polizeireviers, als Theresa Lee mit zwei Kerlen in blauen Anzügen herauskam. Sie sah müde aus. Dann erblickte sie mich auf der anderen Straßenseite, stieß den Kerl neben sich mit dem Ellbogen an und zeigte auf mich.

Die Kerle in den Anzügen rannten über die Straße und kamen von zwei Seiten auf mich zu. Ich vermutete, dass ihnen der Crown Vic mit den dünnen Antennen gehörte. Die linke Seite ihrer Jacketts war leicht ausgebeult. Rechtshändige Agenten mit Schulterhalftern. Die beiden waren Ende dreißig, Anfang vierzig. Auf dem Gipfel ihrer Leistungsfähigkeit.

FBI, dachte ich. Sie zeigten keine Dienstausweise vor. Sie setzten einfach voraus, dass ich wusste, wer sie waren.

„Wir müssen mit Ihnen reden", sagte der linke Kerl.

„Ich weiß", erwiderte ich.

„Woher?"

„Weil Sie sich eilig durch den Verkehr geschlängelt haben, um herzukommen.“

Der Kerl zeigte mir ein humorloses Lächeln. „Okay, ich will Ihnen einen professionellen Rat geben. Beantworten Sie uns ein paar Fragen und vergessen Sie dann, dass Sie jemals in dieser U-Bahn waren.“

„In welcher U-Bahn?“

Der Kerl wollte schon antworten, aber dann hielt er doch den Mund, weil er verspätet merkte, dass ich ihn auf den Arm genommen hatte. Stattdessen fragte er: „Wie lautet Ihre Telefonnummer?“

„Ich habe kein Telefon.“

„Nicht mal ein Handy?“

„Vor allem kein Handy. Ich bin dieser Bursche. Glückwunsch. Sie haben mich gefunden.“

„Welcher Bursche?“

„Der einzige Mensch auf der Welt, der kein Handy besitzt.“

Der Kerl verstummte.

Der andere Kerl sagte: „Das war bloß ein Selbstmord in der U-Bahn. Schlimm, aber nicht der Rede wert. Alles klar?“

„Sind wir fertig?“, erkundigte ich mich.

„Hat sie Ihnen etwas gegeben?“

„Nein.“

„Was haben Sie als Nächstes vor?“

„Ich reise ab.“

„Wohin?“

„Anderswohin.“

Der Kerl nickte. „Okay, wir sind fertig. Hauen Sie ab.“

Ich blieb, wo ich war, und beobachtete, wie sie zu ihrem Wagen zurückgingen. Sie stiegen ein und warteten auf eine Lücke im Verkehr, ordneten sich ein und fuhren davon.

Theresa Lee stand noch immer auf dem Gehsteig vor dem Eingang des 14. Polizeireviers. Ich überquerte die Straße, trat neben sie und fragte: „Was hatte das alles zu bedeuten?“

„Sie haben Susan Marks Wagen gefunden. Er war weit unten in SoHo geparkt. Heute Morgen wurde er dort abgeschleppt.“

„Und? Was haben sie gefunden?“

„Einen Zettel mit Zahlen, die sie für eine Telefonnummer halten. Sie hatte eine 600 als Vorwahl, was ein kanadischer Handydienst sein soll. Dann eine Nummer, dann der Buchstabe D.“

„Sagt mir nichts.“

„Mir auch nicht. Außerdem glaube ich nicht, dass das eine Telefonnummer ist."

„Was dann?"

Sie zog ein kleines Notizbuch aus der Hüfttasche. Sie schlug es auf und zeigte mir eine Seite, auf der in sauberer Schrift *600-82219-D* stand. Ihre Handschrift, vermutete ich.

„Das ist keine Telefonnummer" wiederholte sie, „sondern etwas anderes. Ein Code oder eine Seriennummer. Oder ein Aktenzeichen."

„Vielleicht hat es gar keine Verbindung mit dieser Sache. Abfall im Auto kann alles Mögliche sein. Hatte sie Gepäck im Wagen?"

„Nein. Nichts außer dem üblichen Müll, der sich in Autos ansammelt."

„Also sollte das Ganze ein schneller Trip sein. Rein und raus."

Theresa Lee gab keine Antwort. Sie gähnte. Sie war müde.

„Schließen Sie die Akte?", fragte ich.

„Sie ist bereits geschlossen."

„Sind Sie damit zufrieden?"

„Wieso sollte ich das nicht sein?"

„Statistik. Achtzig Prozent aller Selbstmorde werden von Männern verübt. Und der Ort, an dem sie sich erschossen hat, war höchst ungewöhnlich."

„Aber sie hat's getan. Sie haben sie gesehen. Daran besteht kein Zweifel." Sie sah nach beiden Richtungen die Avenue entlang, wollte gehen und war nur zu höflich, um das zu sagen.

„Nun, war nett, Sie kennenzulernen", meinte ich.

„Sie reisen ab?"

Ich nickte. „Ich fahre nach Washington."

FÜNF

Ich nahm den Zug von der Penn Station. Washington war so heiß wie New York, aber feuchter. Die Gehsteige vor mir waren mit kleinen Touristengruppen gesprenkelt. Mein Ziel war unverkennbar und ragte direkt vor mir auf: das Kapitol. Ihm gegenüber an der Independence Avenue standen Verwaltungsgebäude mit den Büros von Abgeordneten und Senatoren. Aus früheren Jahren hatte ich noch eine Ahnung von Kongresspolitik. Ich ging davon aus, dass ein relativer Neuling wie Sansom im Cannon Building untergebracht sein würde. Angesehen, aber nicht allererste Klasse.

Am Eingang des Cannon Building fanden strenge Sicherheitskontrollen statt. Ich fragte einen Kerl in Uniform, ob Mr Sansom aus North Carolina da sei. Der Uniformierte sah auf einer Liste nach und bejahte. Ich fragte, ob es möglich sei, ihm durch Boten eine Mitteilung überbringen zu lassen. Der Uniformierte bejahte auch das. Er gab mir einen Bleistift, ein Blatt Notizpapier mit dem Aufdruck CANNON HOUSE und einen Briefumschlag.

Den Umschlag adressierte ich an *Major a.D. John T. Sansom, US-Army* und fügte Ort und Zeit hinzu. Auf das Blatt schrieb ich: *Heute Morgen um zwei Uhr habe ich eine Frau mit Ihrem Namen auf den Lippen sterben sehen.* Nicht ganz wahr, aber ziemlich nahe an der Wahrheit. Ich fügte hinzu: *Treppe vor der Kongressbibliothek in einer Stunde.* Dann unterschrieb ich mit *Major a.D. Jack ohne-sonst-was Reacher, US-Army*. Ich klebte den Umschlag zu, gab ihn ab und ging nach draußen, um zu warten.

NACH SECHZIG MINUTEN lief mein Ultimatum ab. Zehn Minuten nach Ablauf der Stunde sah ich ein nicht recht zusammenpassendes Paar, das aus einer Lincoln-Limousine stieg und sich umsah. Die Frau erkannte ich nach den Bildern in Sansoms Buch als seine Frau. Sie war teuer frisiert und hatte eine sehenswerte Figur. Der Kerl neben ihr sah aus wie ein Delta-Veteran in einem Anzug. Der gleiche Typ wie Sansom.

Die beiden begutachteten die Leute in der näheren Umgebung. Ich hob grüßend die Hand. Aber ich stand nicht auf. Weniger bedrohlich, wenn ich sitzen blieb. Außerdem war ich müde.

Sie kamen zu mir herauf, machten zwei Stufen unter mir halt und stellten sich vor. Mrs Sansom nannte sich Elspeth, und der Kerl nannte sich Browning und fügte hinzu, er schreibe sich genau wie das automatische Gewehr, was vermutlich leicht bedrohlich klingen sollte. In Sansoms Buch hatte ich ihn nicht gesehen. Danach erzählte er mir praktisch seinen Lebenslauf: Militärdienst an der Seite Sansoms, dann Leiter des Sicherheitsdienstes in Sansoms Firmen und danach Sansoms Sicherheitschef in dessen Zeit als Abgeordneter. Die ganze Präsentation handelte von Loyalität. Die Ehefrau und der treue Diener.

„Was Sie versuchen, haben schon ein Dutzend Leute vor Ihnen versucht", sagte Mrs Sansom. „Alle hatten keinen Erfolg, und auch Sie werden keinen haben. Wir haben schon viele Wahlen gewonnen und werden auch weitere gewinnen."

„Ich versuche überhaupt nichts", entgegnete ich. „Eine Frau ist gestorben, und ich will den Grund dafür wissen, das ist alles."

„Welche Frau?"

„Eine kleine Angestellte aus dem Pentagon. Sie hat sich letzte Nacht in der New Yorker U-Bahn in den Kopf geschossen."

Browning nickte. „Ich hab's online gelesen. In der *New York Times* und der *Washington Post*. Es ist zu spät passiert, um in die Druckausgaben zu kommen."

„Was hatten Sie damit zu tun?", fragte Elspeth Sansom mich.

„Augenzeuge."

„Und sie hat den Namen meines Mannes erwähnt?"

„Das ist etwas, das ich mit ihm besprechen muss. Oder mit der *New York Times* und der *Washington Post*."

„Soll das eine Drohung sein?", warf Browning ein.

„Es ist wohl eine. Was wollen Sie dagegen tun?"

„Merken Sie sich eines: Was John Sansom im Leben geleistet hat, erreicht man nicht, wenn man weich ist. Und ich bin auch nicht weich. Mrs Sansom ebenfalls nicht."

„Klasse. Damit steht fest, dass keiner von uns ein Weichei ist. Wir sind alle hart wie Granit. Also, wann bekomme ich Ihren Boss zu sehen?"

„Heute Abend, neunzehn Uhr." Elspeth Sansom nannte den Namen eines Restaurants am Dupont Circle. „Mein Mann hat fünf Minuten Zeit für Sie." Sie musterte mich nochmals. „Kommen Sie nicht in diesen Klamotten, sonst lässt man Sie nicht rein."

Sie stiegen wieder in ihre Limousine und fuhren davon. Nun musste ich drei Stunden totschlagen. Ich ging in ein Geschäft und kaufte mir eine blaue Hose und ein blau kariertes Hemd. Die alten Klamotten stopfte ich in den Abfallkorb auf der Kundentoilette.

Ich schlenderte zum Dupont Circle hinüber und spähte das Restaurant aus. Afghanische Küche, in einem Vorhof Tische unter freiem Himmel, weitere Tische drinnen hinter einer Holztür. Ich ging auf der P Street nach Westen zum Rock Park und kletterte bis fast zum Wasser hinunter. Als die Uhr in meinem Kopf fünf vor sieben anzeigte, machte ich mich auf den Weg zu dem afghanischen Restaurant.

DORT hing mittlerweile der ganze Vorhof voller Papierlaternen. Die meisten Tische unter freiem Himmel waren schon besetzt. Aber nicht von Sansom und seinen Gästen. Ich vermutete, dass er drinnen, hinter der massiven Holztür, war.

Vor dem Eingang war an einem Pult eine Hostess postiert. Ich ging einfach an ihr vorbei und sagte nur: „Ich gehöre zu dem Abgeordneten." Ich stieß die Holztür auf, und mein Blick suchte das Restaurant ab.

Sansom war nicht hier. Keine Spur von ihm, keine Spur von seiner Frau, keine Spur von Browning, keine Gruppe von eifrigen Mitarbeitern oder freiwilligen Wahlhelfern.

Als ich wieder hinausging, sah die Hostess mich neugierig an. „Mit wem wollten Sie sich denn treffen, Sir?“

„John Sansom.“

„Er ist nicht hier.“

„Offensichtlich.“

Der junge Mann an dem Tisch neben mir fragte: „Sansom, North Carolina? Er ist verreist. Hat morgen ein Frühstück für Wahlkampfspender in Greensboro. Banken und Versicherungen. Ich war dabei, als er meinem Chef davon erzählt hat.“

Dieser letzte Satz galt nicht mir, sondern seiner Begleiterin. Vielleicht war alles, was er gesagt hatte, für sie bestimmt gewesen. *Mein Chef.* Der Jüngling war anscheinend eine verdammt große Nummer – oder wäre gern eine gewesen.

Ich trat wieder auf den Gehsteig, blieb noch einen Augenblick stehen und machte mich dann auf den Weg nach Greensboro, North Carolina.

ICH VERSCHLIEF die ganze Fahrt. Der Nachtbus erreichte Greensboro kurz vor vier Uhr morgens. Ich ging die Straße entlang, bis ich die Art Lokal fand, die ich wollte. Für meine Wahl war nicht das Speiseangebot entscheidend. Was ich suchte, waren Telefonbücher und kostenlose Anzeigenblätter. Das Lokal, für das ich mich entschied, machte eben erst auf. Ein Kerl fettete den Grill ein. Kaffee tropfte in eine Glaskanne. Ich nahm die Gelben Seiten in eine Sitznische mit und schlug unter H wie Hotels nach.

Ich rechnete mir aus, dass ein Frühstück, bei dem Wahlspenden eingeworben werden sollten, in verhältnismäßig luxuriösem Rahmen stattfinden würde. Ich tippte auf ein „Hyatt“ oder ein „Sheraton“. In Greensboro gab es beide. Dann begann ich die Anzeigenblätter auf der Suche nach Informationen zu durchforsten. In solchen kostenlosen Blättern finden sich alle möglichen Veranstaltungshinweise.

Eine Ankündigung des Spendenfrühstücks fand ich in dem zweiten Anzeigenblatt, das ich durchlas. Aber ich hatte mich in Bezug auf das Hotel geirrt. Nicht im Hyatt, nicht im Sheraton. Stattdessen hatte Sansom für seine Veranstaltung den Bankettsaal im Hotel „O. Henry“ gebucht, das vermutlich nach dem berühmten Schriftsteller aus North Carolina benannt war. Die Adresse war angegeben. Das Frühstück sollte um sieben Uhr beginnen.

Der Kerl hinter der Theke brachte mir unaufgefordert einen Becher Kaffee. Ich nahm einen kleinen Schluck. Nichts schmeckt besser als frischer Kaffee in der erste Minute seines Lebens. Dann bestellte ich das größte Frühstück auf der Karte.

Ich fuhr mit einem Taxi zum Hotel O. Henry. Ich wollte stilvoll dort ankommen und traf gegen 6.15 Uhr ein. Die luxuriöse Halle stand voller lederner Klubsessel. Ich trat mit so viel Elan und Selbstsicherheit an die Rezeption, wie das einem Kerl in einem verknitterten Neunzehndollarhemd möglich war.

Die junge Frau hinter der Theke sah zu mir auf, und ich sagte: „Ich bin zu Sansoms Frühstück hier. Meine Eintrittskarte sollte hier hinterlegt werden."

„Von wem?"

„Von Elspeth. Mrs Sansom, meine ich. Oder dem Sicherheitsbeauftragten der Sansoms."

„Mr Springfield?"

Ich lächelte in mich hinein. Auch Springfield baute automatische Gewehre – genau wie Browning. Der Kerl mochte offensichtlich Wortspiele.

„Haben Sie sie heute Morgen schon gesehen?", fragte ich. Sansom hatte vermutlich hier im Hotel übernachtet. Aber das wusste ich nicht sicher.

„Meines Wissens sind sie noch oben", entgegnete die Frau.

„Danke."

Ich ging in die Halle zurück und wartete, bis sie sich auf ihren Computerbildschirm konzentrierte; dann glitt ich unauffällig zu den Aufzügen und drückte den Rufknopf.

Sansom hatte bestimmt eine große Suite – und die großen Suiten lagen bestimmt alle im obersten Stock. Also drückte ich den Knopf mit der höchsten Zahl, die der Aufzug zu bieten hatte. Ich trat auf einen mit hochflorigem Teppichboden ausgelegten Flur hinaus und sah vor einer zweiflügligen Mahagonitür einen uniformierten Cop stehen. Ein symbolischer Bewacher.

Ich nickte ihm zu, sagte: „Jack Reacher für Mr Sansom" und klopfte an die Tür. Er reagierte nicht.

Die Tür der Suite wurde geöffnet. Vor mir stand Mrs Sansom. Sie war angezogen, frisiert, geschminkt, für den kommenden Tag gerüstet.

„Hallo, Elspeth", sagte ich. „Darf ich reinkommen?"

Hinter ihren Augen sah ich das rasche, nüchterne Kalkül einer erfahrenen Politikergattin ablaufen. Ihr erster Impuls: *Schmeißt den Penner raus!* Aber auf dem Flur stand ein Cop, wahrscheinlich waren schon Medienvertreter im Haus, und bestimmt gab es Hotelpersonal in Hörweite. Und Einheimische tratschen alle. Deshalb schluckte sie trocken, sagte: „Major Reacher, wie nett, Sie wiederzusehen", und machte einen Schritt zur Seite, um mich eintreten zu lassen.

Die Suite war groß. Es gab ein Wohnzimmer mit einer Frühstückstheke und einer offenen Tür, hinter der ein Schlafzimmer liegen musste. John

Sansom kam aus dem Schlafzimmer, um nachzusehen, was all das Theater bedeutete.

Er trug eine Anzughose und ein Oberhemd und eine Krawatte und Socken. Keine Schuhe. Er sah klein aus. Drahtiger Körperbau, schmale Schultern. Sein Haar war kurz geschnitten. Er war braun gebrannt, seine Sonnenbräune war die eines Mannes, der viel in der frischen Luft unterwegs ist. Er strahlte Reichtum und Macht und Energie und Charisma aus. Wodurch er schon viele Wahlen gewonnen hatte, war leicht zu erkennen. Ebenso offenkundig war, weshalb die Nachrichtenmagazine ihn liebten.

Er sah mich an, dann blickte er zu seiner Frau hinüber und fragte: „Wo ist Springfield?"

„Er ist runtergefahren, um die Vorbereitungen zu kontrollieren", antwortete sie.

Sansom schaute mich an. „Sie geben nicht auf, was?"

„Das habe ich noch nie getan. Haben Sie zehn Minuten Zeit?"

„Ich kann Ihnen fünf geben."

„Haben Sie Kaffee?"

„Sie vergeuden Ihre Zeit."

„Wir haben jede Menge Zeit. Bestimmt mehr als fünf Minuten. Sie müssen bloß noch Schuhe anziehen und ins Jackett schlüpfen. Wie lange kann das dauern?"

Sansom trat an die Frühstücksbar, goss mir eine Tasse Kaffee ein und gab sie mir. „Also, kommen Sie zur Sache."

„Kannten Sie Susan Mark?"

Er schüttelte den Kopf. „Habe den Namen gestern zum ersten Mal gehört."

Ich beobachtete seine Augen, während er das sagte, und glaubte ihm. „Wieso sollte eine HRC-Angestellte dazu angestiftet werden, Sie auszuspionieren?"

„Ist das denn passiert?"

„Ich denke schon."

„Dann habe ich keine Ahnung. Was haben die bei HRC? Berge von Daten, sonst nichts. Und mein Leben ist ohnehin öffentlich bekannt."

„Ihre Delta-Einsätze waren geheim."

In der Suite schien es etwas stiller zu werden. „Woher wissen Sie das?", fragte Sansom.

„Sie haben vier hohe Auszeichnungen. Aber Sie erzählen nicht, woher."

„Dieses verdammte Buch. Auch meine Auszeichnungen sind öffentlich bekannt. Ich konnte sie nicht verschweigen. Das wäre nicht respektvoll gewesen.

Politik ist ein Minenfeld. Tut man's, wird man verdammt, lässt man's, wird man auch verdammt. So erwischen sie einen unter allen Umständen."

Ich sagte nichts.

Er sah mich an. „Wie viele Leute werden diese Verbindung herstellen? Außer Ihnen, meine ich."

„Etwa drei Millionen. Jeder in der Army und alle Veteranen, die noch gut genug sehen, um lesen zu können. Sie wissen, wie solche Dinge ablaufen."

Er schüttelte den Kopf. „Längst nicht so viele. Nur wenige Leute sind auf diese Weise wissbegierig. Und selbst wenn sie's sind, respektieren die meisten, dass solche Dinge geheim bleiben müssen. Ich glaube nicht, dass es ein Problem gibt."

„Irgendwo muss es eines geben. Wieso wäre sonst versucht worden, Susan Mark auszufragen?"

„Hat sie tatsächlich meinen Namen erwähnt?"

Ich schüttelte den Kopf. „Das sollte nur Ihre Aufmerksamkeit erregen. Ihren Namen habe ich von drei Kerlen, deren Auftraggeber meiner Ansicht nach die Fragen stellt."

„Und was haben Sie selbst davon?"

„Nichts. Aber sie hat wie ein netter Mensch ausgesehen."

Sansom schwieg einen Augenblick, dann meinte er: „Das FBI hat mich ebenfalls informiert. Sie sagen, die New Yorker Polizei vermute, dass Sie auf diese Sache mit Schuldgefühlen reagieren. Vielleicht weil sie ihr zu hart zugesetzt haben. Und Schuldgefühle sind nie eine Grundlage für gute Entscheidungen."

„Das ist die Ansicht einer einzigen Frau", gab ich zurück.

„Irrt sie sich?"

Ich schwieg.

„Von mir hören Sie kein einziges Wort über diese Einsätze."

„Das erwarte ich auch nicht."

„Aber?"

„Wie viel könnte Ihnen schaden, wenn es nachträglich bekannt würde?"

„Nichts in diesem Leben ist ganz schwarz oder weiß. Aber Verbrechen wurden keine verübt. Und außerdem hätte niemand über eine HRC-Angestellte die Wahrheit herausbekommen können. Dies ist schlimmster Amateurjournalismus, mit dem nur Schlamm aufgewühlt werden soll."

„Das glaube ich nicht. Susan Mark war völlig verängstigt, und ihr Sohn ist verschwunden."

Sansom wechselte einen Blick mit seiner Frau. „Das wussten wir nicht."

„Weil es bisher keine Vermisstenmeldung gibt. Er studiert im letzten Jahr an der Universität von Südkalifornien. Vor fünf Tagen hat er eine Bar in Begleitung einer jungen Frau verlassen. Und wurde seitdem nicht wieder gesehen."

„Und das wissen Sie woher?"

„Von Susan Marks Bruder. Dem Onkel des Jungen."

„Und Sie glauben diese Story nicht?"

„Ein allzu zufälliges Zusammentreffen."

„Nicht unbedingt. Junge Männer verlassen Bars dauernd mit jungen Frauen."

„Sie sind selbst Vater. Was würde Sie dazu bringen, sich zu erschießen, und was nicht?"

In dem Raum wurde es noch stiller. „Mist", murmelte Elspeth Sansom. In John Sansoms Augen trat der geistesabwesend wirkende Blick, den ich schon bei anderen guten Truppenführern gesehen hatte, die auf einen taktischen Rückschlag reagierten. Umplanen, reorganisieren, umgruppieren – alles in Sekundenschnelle.

„Die Situation der Familie Mark tut mir ehrlich leid", sagte er. „Und ich würde helfen, wenn ich könnte, aber das kann ich nicht. In meiner Delta-Laufbahn gibt es nichts, was übers HRC zugänglich wäre. Hier muss es um etwas ganz anderes gehen, oder jemand sucht am völlig falschen Ort."

„Wo müsste man denn suchen?"

„Das wissen Sie selbst. Und Sie wissen, dass niemand auch nur in die Nähe gelangen könnte. Also geht's hier um nichts, was mit Spezialeinheiten zusammenhängt."

„Worum könnte es sonst gehen?"

„Um nichts. Hätte ich das Geringste zu verbergen, wäre ich nicht in die Politik gegangen. Aber wir müssen jetzt wirklich gehen."

„Schon mal den Namen Lila Hoth gehört?"

„Lila Hoth? Nein, diesen Namen habe ich nie gehört."

Ich beobachtete wieder seine Augen und hatte das Gefühl, er sage die volle Wahrheit. Und lüge das Blaue vom Himmel herunter. Beides gleichzeitig.

Ich kehrte nach New York zurück, wie ich hergekommen war – nur in umgekehrter Reihenfolge. Die Reise dauerte den ganzen Tag, sogar bis in den Abend hinein. Unterwegs hatte ich viel Zeit, darüber nachzudenken, was Sansom gesagt hatte – und was nicht. *Nichts in diesem Leben ist ganz schwarz oder weiß. Aber Verbrechen wurden keine verübt. Und außerdem hätte niemand über eine HRC-Angestellte die Wahrheit herausbekommen können.* Kein Leugnen fragwürdiger Aktivitäten. Fast das Gegenteil. Aber er hatte das Gefühl, noch im Rahmen geblieben zu sein. Auch meine eigene Laufbahn würde einer genauen Untersuchung sicherlich nicht standhalten. Das kostet mich keine schlaflosen Nächte, aber im Allgemeinen bin ich froh, dass die Details unter Verschluss bleiben. Meine Details kenne ich. Aber wie sahen die von Sansom aus? Irgendwie mussten sie ihm schaden können, das war klar. Entweder ihm persönlich oder seiner Wahlkampagne. Aber auch in größerem Rahmen schaden, denn wieso wären die Bundesagenten sonst damit befasst gewesen?

Und wer zum Teufel war Lila Hoth?

Alle diese Fragen gingen mir auf der holperigen Busfahrt und in der langen Wartezeit auf dem Bahnhof in Washington durch den Kopf, und ich gab die Beschäftigung mit ihnen erst auf, als der Zug, in dem ich schließlich saß, durch Baltimore nach Norden rollte. Inzwischen überlegte ich mir, wohin Susan Mark in New York unterwegs gewesen sein mochte. Sie war von Süden gekommen und hatte vorgehabt, ihren Wagen irgendwo abzustellen und ihr Ziel mit der U-Bahn zu erreichen. Im Auto würde sie ihre Daunenjacke nicht getragen haben. Zu heiß. Vermutlich hatte sie sie mit der Umhängetasche und dem Revolver im Kofferraum gehabt. Deshalb hatte sie beschlossen, in einiger Entfernung relativ ungestört zu parken, auszusteigen und sich kampfbereit zu machen.

Aber nicht allzu weit von ihrem eigentlichen Ziel entfernt. Weil sie viel zu spät dran gewesen war. War sie stadtauswärts unterwegs gewesen, hätte sie irgendwo in Midtown geparkt. Aber sie hatte gleich in SoHo geparkt. War vermutlich in der Spring Street eingestiegen – eine Station vor mir. Bis nach der 33rd Street hatte sie auf ihrem Platz ausgeharrt. Dann war alles aus dem Ruder gelaufen. Wäre das nicht passiert, wäre sie vermutlich in der 51st Street ausgestiegen. Vielleicht auch in der 59th Street. Aber bestimmt nicht später. Die 68th Street war eine Haltestelle zu weit. Sie lag schon in einem ganz neuen Stadtteil. Deshalb war die Station 59th Street Susan Marks äußerstes Limit gewesen.

Also zeichnete ich in Gedanken ein Quadrat auf: von der 42nd Street bis zu 59th Street, von der Fifth Avenue bis zur Third Avenue. Achtundsechzig Straßenblöcke – die was enthielten?

Ungefähr acht Millionen verschiedene Dinge.

Lange bevor wir Philadelphia erreichten, hörte ich auf, sie zu zählen. Zu diesem Zeitpunkt wurde ich von der jungen Frau abgelenkt, die auf der anderen Seite des Mittelgangs in meiner Reihe saß. Eine absolute Traumfrau, wie ein Unistudent vermutlich gesagt hätte. Was mich wieder über Peter Molina und den offensichtlichen Widerspruch nachdenken ließ, der darin lag, dass jemand, der clever genug war, um ihn als Geisel zu benutzen, ihn gegen eine Informantin eingesetzt hatte, die letztlich wertlos gewesen war.

Unser Auftraggeber hat eine ganze Crew mitgebracht. Für den öffentlichen Verkehr gibt es in New York sechs wichtige Einfallstore: die Flughäfen Newark, LaGuardia und JFK, dazu die Bahnhöfe Penn Station und Grand Central Terminal sowie den Port-Authority-Busbahnhof. Für eine halbwegs wirkungsvolle Überwachung aller dieser Einrichtungen brauchte man rund vierzig Leute. Achtzig oder mehr, um sie Tag und Nacht zu überwachen. Und achtzig Leute sind keine Crew, sondern eine Armee. Deshalb war ich beim Aussteigen in New York nur durchschnittlich vorsichtig.

Was zum Glück genügte.

SECHS

Ich sah den Überwacher sofort. Er lehnte an einer Säule mitten in der Bahnhofshalle der Penn Station. In einer Hand hielt er ein offenes Klapphandy, das an seinem Oberschenkel anlag. Er war ein großer Kerl, aber schlaksig. Ende zwanzig. Er hatte einen kahl geschorenen Kopf, der mit rötlichem Flaum bedeckt war. Über seinem Hemd mit Blumenmuster trug er eine Lederjacke, die im Lampenlicht orangerot schimmerte. Er starrte die heranflutende Menge mit einem Blick an, der schon vor Längerem müde geworden war.

Ich ließ mich mit der Menge treiben. Der Überwacher stand ungefähr zehn Meter links vor mir. Seine Augen bewegten sich nicht. Er ließ die Leute durch seinen Beobachtungssektor gehen, was Ähnlichkeit mit dem Passieren eines Metalldetektors auf einem Flughafen hatte.

Ich passierte die Blickachse des Überwachers. Er reagierte nicht. Aber dann bekam er große Augen, hob sein Handy und sah auf den Bildschirm. Starrte dann wieder mich an. Da war ich schon bis auf eineinviertel Meter an ihn herangekommen.

Dann wurde er ohnmächtig. Ich stürzte vorwärts und fing ihn auf und ließ ihn sanft zu Boden gleiten. Ein barmherziger Samariter, der einem Mitmenschen in einem medizinischen Notfall beistand. Zumindest sahen das die Leute. Hätten sie sich allerdings den kurzen Ablauf nochmals vorgestellt, wäre ihnen vielleicht aufgefallen, dass ich losgestürzt war, kurz bevor der Kerl zusammengesackt war. Sie hätten bemerken können, dass meine rechte Hand zwar nach vorn schoss, um ihn aufzufangen – aber erst eine Zehntelsekunde nachdem meine linke Faust bereits sein Sonnengeflecht getroffen hatte: mit voller Kraft, aber heimlich und verdeckt.

Ich kniete neben dem Kerl wie der verantwortungsbewusste Bürger, der ich zu sein vorgab. Eine Frau ging neben mir in die Hocke. Weitere Leute bildeten einen Kreis und sahen auf uns herab. Der Kerl in der Lederjacke wand sich mit Brustkrämpfen und rang verzweifelt nach Luft. Das kann ein kraftvoller Schlag gegen das Sonnengeflecht bewirken. Aber auch ein Herzanfall oder alle möglichen anderen medizinischen Komplikationen.

„Was ist passiert?“, fragte mich die Frau neben mir.

„Weiß ich nicht. Er hat die Augen verdreht und ist einfach umgekippt.“

„Wir sollten einen Krankenwagen rufen.“

„Mein Handy ist mir aus der Hand gefallen.“

Die Frau fing an, in ihrer Handtasche zu wühlen.

„Warten Sie“, sagte ich. „Vielleicht hat er einen Anfall. Oder Krämpfe. Epilepsie oder dergleichen. Wir müssen nachsehen, ob er einen Notfallausweis dabeihat. Sehen Sie mal in seinen Taschen nach.“

Die Frau streckte eine Hand aus und tastete die Jackentaschen des Kerls ab. Die äußeren Taschen waren leer. Dann schlug sie die Lederjacke auf und kontrollierte die Innentaschen. Dort prangte ein reich verziertes Stoffetikett in kyrillischer Schrift. Auch die Innentaschen des Kerls waren leer.

„Jetzt die Hosentaschen“, drängte ich. „Schnell.“

„Das kann ich nicht“, protestierte die Frau.

Also beugte sich irgendein tatkräftiger leitender Angestellter zu uns hinunter und schob seine Finger in die Hosentaschen des Kerls. Auch sie waren leer. Nirgends etwas. Keine Geldbörse, kein Ausweis.

„Okay, dann rufen wir lieber einen Krankenwagen“, sagte ich. „Sieht jemand irgendwo mein Handy?“

Die Frau sah sich suchend um und brachte das Handy zum Vorschein. Auf dem Bildschirm war mein Foto zu sehen. Aber sie gab mir das Handy trotzdem. Inzwischen wählte der tatkräftige leitende Angestellte bereits die Notrufnummer. Also sagte ich: „Ich gehe einen Cop holen.“

Ich zwängte mich wieder in den Menschenstrom und ließ mich von ihm mitnehmen: durch einen Ausgang hinaus, auf den Gehsteig und davon.

Drei Blocks weiter machte ich in der heißen Dunkelheit auf der Seventh Avenue halt, um meine Beute zu begutachten. Es war ein Motorola-Handy. Ich ging ins Verzeichnis der angerufenen Nummern und stellte fest, dass keine Gesprächsdaten gespeichert waren. Dann kontrollierte ich die eingegangenen Gespräche und fand nur drei, alle innerhalb der letzten drei Stunden, alle von derselben Nummer. Ich vermutete, der Überwacher hatte diese Informationen regelmäßig löschen sollen, war aber irgendwann nachlässig geworden. Ich tippte darauf, dass diese Kontrollanrufe von einer Art Organisator gekommen waren. Vielleicht sogar von dem großen Boss persönlich. Wäre die angezeigte Nummer eine Handynummer gewesen, hätte ich nichts mit ihr anfangen können. Handys können überall sein.

Aber es war eine Nummer, die mit 212 begann. Eine Festnetznummer in Manhattan.

Zu der ein fester Standort gehörte.

Ich drückte auf den grünen Knopf, und der Bildschirm zeigte mir die Nummer an. Als ich den Knopf nochmals drückte, begann das Handy zu wählen. Ich hörte ein Klingeln, und schließlich meldete sich eine Frauenstimme.

„Hier ist das ‚Four Seasons', was kann ich für Sie tun?"

„Das Hotel?", fragte ich zurück.

„Ja, und mit wem darf ich Sie verbinden?"

„Entschuldigung, ich habe mich verwählt." Ich trennte die Verbindung.

Das Hotel Four Seasons. Ich war nie dringewesen. Es lag etwas über meiner jetzigen Einkommensstufe. Und es lag in der 57th Street zwischen Madison Avenue und Park Avenue. Genau in meinem aus achtundsechzig Straßenblocks bestehenden Quadrat. Leicht zu Fuß zu erreichen, wenn jemand in der 59th Street aus dem 6 Train stieg.

Ich überlegte kurz, dann sah ich mich sehr sorgfältig um und ging in Richtung 14. Polizeirevier.

ICH VERMUTETE, dass Theresa Lee in spätestens einer Stunde aufkreuzen würde. Ich rechnete damit, im Warteraum im Erdgeschoss auf sie warten zu müssen. Wen ich dort nicht anzutreffen erwartete, war Jacob Mark. Auf seinem Gesicht stand keinerlei Überraschung, als er zu mir aufsah und sagte: „Peter ist nicht zum Training gekommen."

Jake redete etwa fünf Minuten lang auf mich ein. Der Trainerstab des Uni-Footballteams habe vier Stunden gewartet und dann Peters Vater angerufen, der wiederum ihn angerufen habe. Dass ein Footballstar der Universität, der mit einem Vollstipendium studiere, das Training schwänze, sei völlig undenkbar. Außerdem wolle Peter in die National Football League, und das Training zu schwänzen bedeute nichts anderes, als die Profiliga in den Wind zu schreiben.

Ich hörte zu, ohne wirklich darauf zu achten, was er erzählte. Stattdessen rechnete ich die Stunden nach. Schon fast achtundvierzig, seit Susan Mark ihren Termin verpasst hatte. Wieso war Peters Leiche nicht aufgefunden worden?

Dann kreuzte Theresa Lee mit Neuigkeiten auf.

Als Erstes musste sie sich jedoch mit Jakes Situation befassen. Sie nahm uns in den Bereitschaftsraum im ersten Stock mit und ließ ihn ausreden. Dann fragte sie: „Ist Peter offiziell als vermisst gemeldet?“

„Das möchte ich jetzt tun“, erwiderte Jake.

„Das können Sie nicht. Zumindest nicht bei mir. Er wird in L.A. vermisst, nicht in New York.“

„Die Campus-Polizei nimmt keine Vermisstenmeldungen an. Und die Polizei von Los Angeles nimmt die Sache nicht ernst.“

„Peter ist zweiundzwanzig. Er ist schließlich kein Kind mehr.“

„Er ist seit über fünf Tagen verschwunden.“

„Dauer spielt keine Rolle. Er wohnt nicht mehr zu Hause. Und wer will behaupten, dass er als vermisst zu gelten hat? Offenbar hat er manchmal über längere Zeit hinweg keinen Kontakt zu seinen Angehörigen.“

„Aber er hat das Footballtraining versäumt. Das gibt’s einfach nicht.“

„Diesmal anscheinend doch.“

„Susan ist bedroht worden“, sagte Jake plötzlich.

„Von wem?“

Er sah zu mir herüber. „Sagen Sie’s ihr, Reacher.“

„Wegen irgendeiner Sache, die mit ihrem Job zu tun hatte, stand sie gewaltig unter Druck. Ich glaube, dass sich das durch eine Bedrohung ihres Sohns erklären ließe.“

„Okay.“ Theresa Lee sah sich im Bereitschaftsraum um und entdeckte ihren Partner Docherty. Sie wandte sich wieder an Jake. „Erstatten Sie meinem Kollegen einen vollständigen Bericht. Mit allem, was Sie wissen.“

Jake nickte dankbar und machte sich gleich auf den Weg zu Docherty.

Ich wartete, bis er gegangen war, dann fragte ich Theresa Lee: „Wird die Akte Susan Mark jetzt wieder geöffnet?“

„Nein. Die Akte ist und bleibt geschlossen. Es gibt keinen Grund zur Sorge. Aber der Kerl ist ein Cop, zu dem wir höflich sein müssen. Und ich will, dass er eine Stunde lang anderweitig beschäftigt ist.“

„Wieso gibt’s keinen Grund zur Sorge?“

„Wir wissen, wozu Susan Mark nach New York kam.“

„Woher?“

„*Wir* haben eine Vermisstenmeldung bekommen. Susan hat anscheinend jemandem bei Nachforschungen geholfen, und als sie nicht wie vereinbart erschien, machte die betreffende Person sich Sorgen um sie und kam bei uns rein, um sie als vermisst zu melden.“

„Was für Nachforschungen?“

„Ich war nicht hier, aber die Jungs von der Tagschicht sagen, dass alles ganz harmlos geklungen hat.“

„Und Jacob Mark soll das nicht erfahren dürfen?"

„Wir brauchen noch viel mehr Einzelheiten. Und die bekommen wir leichter, wenn er nicht dort draußen unterwegs ist. Er ist zu sehr persönlich betroffen. Er ist ein Angehöriger."

„Wer war diese betreffende Person?"

„Sie ist aus dem Ausland kurz nach New York gekommen, um die Nachforschungen anzustellen, bei denen Susan ihr behilflich war."

„Augenblick. Die Person ist nur kurz in New York? In einem Hotel?"

„Ja."

„Im Four Seasons?"

„Ja."

„Wie heißt er?"

„Es ist kein Er, sondern eine Sie", korrigierte sie mich. „Sie heißt Lila Hoth."

ES WAR SCHON SEHR SPÄT, aber Theresa Lee rief trotzdem an, und Lila Hoth erklärte sich ohne zu zögern sofort bereit, uns im Four Seasons zu empfangen. Wir fuhren in Theresa Lees Dienstwagen hinüber. Die Hotelhalle war prachtvoll. Überall heller Sandstein, Messing und gelber Marmor. Theresa Lee wies am Empfang ihre Dienstplakette vor, und die Hotelangestellte rief oben an.

Lila Hoths Zimmer erwies sich als Suite mit einer zweiflügeligen Tür. Theresa Lee klopfte. Der rechte Türflügel öffnete sich, und eine Frau stand im Eingang. Sie war mindestens sechzig, klein und stämmig, mit stahlgrauem Haar, das kurz und stufig geschnitten war. Dazu ein breites weißes Gesicht, fleischig, starr und ausdruckslos. Dunkle Augen mit schweren Lidern. Sie trug ein hässliches braunes Hauskleid.

„Ms Hoth?", fragte Theresa Lee.

Die Frau senkte blinzelnd den Kopf und bewegte die Hände.

„Sie spricht kein Englisch", sagte ich.

„Vor einer Viertelstunde konnte sie's noch", gab Theresa Lee zurück.

Der Lichtschein hinter der Frau kam von einer Tischlampe. Er verdunkelte sich kurz, als eine Gestalt auf dem Weg zur Tür an der Lampe vorbeiging. Eine weitere Frau. Schätzungsweise Mitte zwanzig. Und strahlend schön. Sie lächelte etwas schüchtern und sagte: „Vor einer Viertelstunde habe ich Englisch gesprochen. Ich bin Lila Hoth. Dies ist meine Mutter."

Sie sprach sehr schnell in einer fremden Sprache, osteuropäisch, halblaut, ins Ohr der älteren Frau. Die Miene ihrer Mutter hellte sich auf, und sie lächelte sogar. Theresa Lee und ich stellten uns vor. Lila Hoth sprach für ihre

Mutter. Sie sagte, ihr Name sei Swetlana Hoth. Wir schüttelten uns alle ziemlich förmlich die Hände.

Lila Hoth war hinreißend. Sie war groß, aber nicht allzu groß, und schlank, aber nicht allzu schlank. Ihr dunkler Teint wirkte wie perfekte Sonnenbräune. Sie hatte lange schwarze Haare. Große Augen im intensivsten Blau, das ich je gesehen hatte. Sie bewegte sich mit einer Art graziöser Zurückhaltung. Sie trug ein schlichtes schwarzes Cocktailkleid, das vermutlich mehr kostete als ein Mittelklassewagen.

Wir folgten ihr hinein, und ihre Mutter folgte uns. Die Suite bestand aus drei Räumen. Ein Wohnzimmer in der Mitte, zwei Schlafzimmer rechts und links. In dem vollständig eingerichteten Wohnraum gab es sogar einen Esstisch, auf dem noch die Reste eines beim Zimmerservice bestellten Abendessens standen. In einer Ecke standen Tragetaschen. Zwei von Bergdorf Goodman, zwei von Tiffany. Theresa Lee wies ihre Plakette vor, und Lisa Hoth trat an ein Sideboard, von dem sie mit ihren Pässe zurückkam. Sie glaubte offenbar, sich in New York gegenüber einer Polizeibeamtin ausweisen zu müssen. Die Pässe waren kastanienbraun und mit einem goldenen Adler bedruckt, über und unter dem Wörter in kyrillischer Schrift standen, die wie NACHOPT YKPAIHA aussahen. Theresa Lee blätterte sie kurz durch.

Wir nahmen Platz. Swetlana Hoth starrte wegen mangelnder Sprachkenntnisse ausdruckslos vor sich hin.

„Ich bedaure aufrichtig, was Susan Mark zugestoßen ist." Lila Hoth sprach sehr gutes Englisch. Mit leichtem Akzent und etwas gestelzt.

„Wir wissen nicht, was Susan Mark zugestoßen ist", sagte ich. „Über die bekannten Tatsachen hinaus, meine ich."

Lila Hoth nickte höflich, zurückhaltend und ein wenig schuldbewusst. „Sie möchten verstehen, was ich damit zu tun gehabt habe."

„Ja, das möchten wir."

„Das ist eine lange Geschichte. Aber ich will gleich vorausschicken, dass sie nichts enthält, was die Ereignisse in der U-Bahn erklären könnte."

„Also, lassen Sie die Geschichte hören", forderte Theresa Lee sie auf.

Und so hörten wir sie. Lila Hoth war sechsundzwanzig. Sie stammte aus der Ukraine. Mit achtzehn hatte sie einen Russen geheiratet. Der Mann hatte sich in dem zerfallenden Staat Ölförderrechte, Kohlebergwerke und Uranvorkommen gesichert. So war er zum einstelligen Milliardär geworden. Vor einem Jahr war er dann von einem Konkurrenten mit einem Kopfschuss niedergestreckt worden. Die frisch verwitwete Lila Hoth war mit ihrer Mutter nach London gegangen.

„Mein Vater ist vor meiner Geburt gestorben", fuhr sie fort. „Meine Mutter ist die einzige Angehörige, die ich noch habe. Deshalb habe ich ihr natürlich angeboten, was sie nur wollte. Aber sie wollte nur einen Gefallen. Ich sollte ihr helfen, einen Mann aus ihrer Vergangenheit aufzuspüren.

„Wer war dieser Mann?“, fragte ich.

„Ein amerikanischer Soldat namens John. Mehr wussten wir nicht. Anfangs hat meine Mutter ihn nur als einen Bekannten bezeichnet. Aber dann stellte sich heraus, dass er einmal sehr freundlich zu ihr war.“

„Wo und wann?“

„In Berlin, im Jahr 1983. Insgeheim war ich der Überzeugung, die Suche nach diesem Mann sei aussichtslos. Aber ich war gern bereit, wenigstens so zu tun, als suchte ich ihn. Und machen Sie sich keine Sorgen – sie versteht nicht, was wir reden.“

Swetlana Hoth nickte lächelnd, ohne dass klar war, weshalb.

„Wieso war Ihre Mutter in Berlin?“, wollte ich wissen.

„Sie war in der Roten Armee“, antwortete die Tochter.

„Als was?“

„Sie war in einem Infanterieregiment. Als Politkommissarin. Alle Regimenter hatten einen Politkommissar.“

„Was haben Sie also unternommen, um den Amerikaner aufzuspüren?“

„Meine Mutter wusste, dass ihr Freund John in der Army gewesen war. Das war mein Ausgangspunkt. Also habe ich aus London Ihr Verteidigungsministerium angerufen und gefragt, wie ich vorgehen solle. Da wurde ich ans Human Resources Command verwiesen. Dort gibt es eine Pressestelle. Der Mann, mit dem ich gesprochen habe, war ehrlich bewegt. Er fand, das sei eine rührende Geschichte. Vielleicht hat er einen öffentlichkeitswirksamen Aspekt darin gesehen. Er verprach mir, Nachforschungen anzustellen. Ich persönlich hielt sie für Zeitverschwendung. Schließlich ist John ein sehr häufiger Name. Und meines Wissens sind die meisten US-Soldaten irgendwann einmal in Deutschland stationiert, wo die meisten auch Berlin besuchen. Einige Wochen später rief mich eine HRC-Angestellte namens Susan Mark an. Sie sagte, sie habe meine Anfrage zu bearbeiten. Sie teilte mir mit, dass manche Namen, die wie ‚John‘ klingen, in Wirklichkeit Abkürzungen von Jonathan sind und ohne H geschrieben werden. Sie wollte wissen, ob meine Mutter den Namen jemals ausgeschrieben gesehen habe. Ich fragte meine Mutter und erklärte Susan Mark, der Mann sei ganz sicher ein John mit H gewesen. Dieses Gespräch mit Susan war sehr nett, und wir haben noch oft miteinander telefoniert. Wir wurden fast Freundinnen. Sie hat mir viel von sich erzählt. Sie war eine sehr einsame Frau.“

„Und was dann?“, fragte Theresa Lee.

„Eines Tages meldete Susan sich wieder bei mir. Sie sagte, sie sei zu einigen vorläufigen Schlussfolgerungen gelangt. Ich schlug vor, wir sollten uns hier in New York treffen, gewissermaßen um unsere Freundschaft zu besiegeln. Mit einem Dinner und vielleicht einer Broadway-Show. Aber sie ist nie erschienen.“

„Um welche Zeit haben Sie sie erwartet?“, erkundigte ich mich.

„Gegen zehn Uhr. Sie hatte gesagt, sie werde nach der Arbeit losfahren.“

„Zu spät für ein Dinner und eine Show.“

„Sie wollte hier übernachten. Ich hatte ein Zimmer für sie gebucht.“

„Wann sind Sie hier angekommen?“

„Vor drei Tagen.“

„Wie?“

„Mit British Airways aus London.“

„Sie haben eine hiesige Crew engagiert.“

Lila Hoth nickte. „Kurz vor unserer Abreise. Das ist üblich. Und manchmal nützlich.“

„Wo haben Sie sie gefunden?“

„Sie bieten ihre Dienste über Anzeigen an. In den Moskauer Zeitungen und in russischen Anzeigenblättern, die in London erscheinen. Für sie ist das ein gutes Geschäft, für uns ein Mittel, unseren Status zu bestätigen. Reist man ohne Unterstützung ins Ausland, wirkt man schwach.“

„Die Typen haben mir erzählt, Sie hätten eine eigene Crew mitgebracht.“

Sie machte ein überraschtes Gesicht. „Ich habe keine eigene Crew. Wieso haben diese Leute das behauptet? Das verstehe ich nicht.“

„Angeblich haben Sie eine Bande gruseliger Typen mitgebracht.“

Sie wirkte eine Sekunde lang verständnislos und ziemlich irritiert. Dann schien ihr ein Licht aufzugehen. „Als Susan nicht erschienen ist, habe ich die Männer losgeschickt, um sie suchen zu lassen. Da ich die Männer ohnehin bezahlen muss, sollten sie ruhig ein bisschen arbeiten. Ich habe ihnen einen Bonus versprochen. Vielleicht haben diese Männer also eine Geschichte für Sie erfunden. Vielleicht haben sie sich eine furchterregende Alternative ausgedacht. Um sich das zusätzliche Geld auf jeden Fall zu sichern. Damit Sie eher bereit sein würden, mit ihnen zu reden.“

Ich sagte nichts.

Dann schien ihr eine weitere Erkenntnis zu dämmern. „Ich habe keine Crew, wie Sie sie nennen. Nur einen einzelnen Mann. Leonid, einer aus dem alten Team meines Ehemanns. Im Augenblick ist er auf der Penn Station. Er wartet dort auf Sie. Von der Polizei habe ich erfahren, der Augenzeuge sei in Washington. Ich habe vermutet, Sie würden mit dem Zug fahren und auch wieder damit zurückkommen. Hatte ich recht?“

„Ja, ich bin mit dem Zug zurückgekommen“, bestätigte ich.

„Dann muss Leonid Sie verfehlt haben. Er hatte Ihr Foto. Er sollte Sie bitten, mich anzurufen. Der arme Kerl wartet wohl noch immer dort.“

Sie stand auf und trat an das Sideboard, um zu telefonieren. Was mich vor ein unerwartetes taktisches Problem stellte. Weil ich Leonids Handy in der Tasche hatte.

Lila Hoth drückte die Neun, um nach draußen telefonieren zu können, und begann zu wählen.

Ich steckte eine Hand in die Tasche und benutzte den Daumennagel dazu, das Akkufach zu entriegeln und den Akku herauszuziehen, um dem Handy den Saft abzudrehen.

Lila Hoth wartete, dann legte sie auf. „Er ist ein hoffnungsloser Fall.“

„Ihre hiesige Crew erwähnte den Namen John Sansom“, sagte ich.

Sie seufzte. „Nach unserer Ankunft habe ich den Männern natürlich die Geschichte erzählt. Ich glaube, wir hatten alle das Gefühl, dies sei Zeitverschwendung, nur um meiner Mutter einen Gefallen zu tun. Offen gestanden haben wir sogar darüber gescherzt. Einer der Männer hatte eine Zeitung mit einem Artikel über Sansom dabei. Er sagte, da sei ein amerikanischer Soldat namens John im ungefähr richtigen Alter. Er sagte: ‚Vielleicht ist Sansom der Mann, den Sie suchen.‘ Das war ein, zwei Tage lang ein Insiderwitz, könnte man sagen. Wir überlegten, ob wir einfach John Sansom anrufen sollten. Aber auch das war natürlich nur ein Scherz, denn wie hoch wären die Chancen gewesen? Eins zu einer Million, nehme ich an. Aber später nahmen die Männer die Sache mit Sansom sehr ernst. Vielleicht wegen der Auswirkungen, die die Angelegenheit haben würde, weil Sansom ein so bekannter Politiker ist.“

„Was haben Ihre Mutter und dieser Kerl namens John gemacht?“

Swetlana Hoth starrte weiter verständnislos ins Leere.

„Darüber hat sie nie detailliert gesprochen“, antwortete Leila Hoth. „Spionage kann’s nicht gewesen sein. Meine Mutter lebt ja noch. Folglich ist sie nie verdächtigt worden. Und auch ihr amerikanischer Freund war kein Verräter. Für ausländische Verräter waren nicht Politkommissare, sondern KGB-Offiziere zuständig. Wahrscheinlich war es eine Hilfeleistung, eine persönliche Unterstützung finanzieller oder politischer Art. Oder vielleicht war es doch eine Romanze.“

„Sie glauben also nicht, dass Sansom dieser John gewesen sein könnte?“

„Nein, keinesfalls. Das war ein Scherz, der ausgeufert ist. Es sei denn, dies wäre wirklich der eine Treffer unter einer Million Möglichkeiten. Was außergewöhnlich wäre, finden Sie nicht auch? Man macht einen Scherz und erlebt dann, dass er zutrifft?“

Ich blieb stumm.

„Darf ich Sie jetzt etwas fragen?“, fuhr Lila Hoth fort. „Hat Susan Mark Ihnen die für meine Mutter bestimmten Informationen gegeben?“

„Wie kommen Sie darauf, dass Susan Mark mir Informationen übergeben haben könnte?“

„Weil meine hiesigen Leute mir berichtet haben, Sie hätten gesagt, welche erhalten zu haben. Auf einem USB-Stick gespeichert. Mit dieser Mitteilung haben sie mir Ihr Foto übersandt und dann unseren Vertrag gekündigt. Ich weiß nicht recht, weshalb.“

Ich steckte eine Hand in die Tasche und zog den USB-Stick heraus, hielt ihn hoch und beobachtete dabei sehr aufmerksam Lila Hoths Augen.

Sie starrte den Stick an wie eine Katze einen Vogel.

„Susan Mark hatte in der U-Bahn schreckliche Angst“, sagte ich. „Sie sah nicht so aus, als wäre sie in New York gewesen, um mit einer Freundin zum Dinner und einer Show zu gehen.“

„Ich habe dafür keine Erklärung.“

Ich steckte den Stick wieder ein. „Susan hatte keine Reisetasche bei sich.“

„Auch dafür habe ich keine Erklärung.“

„Und sie hatte einen geladenen Revolver bei sich.“

„Ich weiß auch keine Erklärung. Tut mir leid.“

„Und ihr Sohn ist verschollen. Zuletzt wurde er gesehen, als er mit einer Frau in etwa Ihrem Alter und mit etwa Ihrem Aussehen eine Bar verlassen hat.“

„Welche Bar?“

„Irgendwo in Los Angeles. In Kalifornien.“

„Ich war noch nie in Los Angeles und bin erst seit drei Tagen mit einem Touristenvisum in New York und wohne in einem gewöhnlichen Hotel. Ich habe keine Crew, wie Sie sie nennen, und ich war noch nie in Kalifornien.“

Ich schwieg wieder.

„Außerdem stimmt es wahrscheinlich, dass Peter sich irgendwo mit einem Mädchen herumtreibt. Ja, ich weiß seinen Namen. Susan hat ihn mir am Telefon genannt. Wir haben uns über alle unsere Probleme ausgesprochen. Sie hat ihren Sohn gehasst. Er ist nur ein hohlköpfiger Footballspieler mit unreifen Auffassungen. Er hat sie zugunsten seines Vaters zurückgewiesen. Und wissen Sie, weshalb? Weil Susan adoptiert worden war. Er hat sie deswegen gehasst. Ich weiß mehr über Susan als sonst jemand. Ich war ihre Freundin.“

Zu diesem Zeitpunkt spürte ich, dass Theresa Lee es allmählich eilig hatte, und ich wollte selbst fort sein, wenn der junge Leonid wieder hier aufkreuzte. Also zuckte ich mit den Schultern, als hätte ich sonst nichts mehr zu sagen. Lila Hoth fragte, ob sie den USB-Stick haben könne, den Susan Mark mir gegeben hatte. Ich gab keine Antwort. Wir schüttelten den beiden Hoths nur noch mal die Hand und verließen die Suite.

Die Tür schloss sich hinter uns. Wir gingen den stillen Hotelflur entlang, und der Aufzug öffnete sich. Wir traten in die Kabine, und Theresa Lee fragte: „Nun, was denken Sie?"

„Ich denke, dass sie schön ist", antwortete ich.

„Davon abgesehen. Glauben Sie ihr?"

„Sie?"

Theresa Lee nickte. „Ich glaube ihr, weil eine Story dieser Art sich lächerlich einfach überprüfen lässt. Gibt's beim Militär zum Beispiel wirklich Pressesprecher?"

„Hunderte."

„Dann brauchen wir nur den einen zu finden, mit dem sie gesprochen hat, und ihn zu fragen. Wir könnten sogar die Telefongespräche aus London überprüfen."

„Anrufe aus dem Ausland fürs Verteidigungsministerium? Die sind bestimmt längst Bestandteil einer Sicherheitsanalyse."

„Und wir könnten Susan Marks Gespräche aus dem Pentagon überprüfen. Haben die beiden so oft telefoniert, wie Lila behauptet, müssten sie leicht zu finden sein."

„Dann tun Sie's doch. Kontrollieren Sie sie."

„Wird gemacht. Und sie weiß bestimmt, dass ich das kann. Außerdem war sie bei uns auf dem Revier und hat sich freiwillig in den Fall eingeklinkt. Und vorhin hat sie mir unaufgefordert ihren Reisepass gezeigt. Das ist das genaue Gegenteil von verdächtigem Benehmen. Aber wieso sind Bundesagenten mit der Sache befasst, wenn alles so harmlos ist?"

„Stimmt die Geschichte, hat sich ein amerikanischer Soldat im Kalten Krieg mit einer Politkommissarin der Roten Armee getroffen. Die Bundestypen wollen absolut sichergehen, dass alles harmlos war."

Wir verließen das Hotel und stiegen in Theresa Lees Wagen. „Sie sind nicht ganz meiner Meinung, stimmt's?", hakte sie nach.

„Ist die Angelegenheit der Familie Hoth wirklich harmlos, soll's mir recht sein. Aber etwas anderes war ganz und gar nicht harmlos. Und diese andere Sache soll dazu geführt haben, dass Susan Mark zur selben Zeit am selben Ort war wie in der Hoth-Angelegenheit? Was für ein verdammt großer Zufall das wäre. Wie oft haben Sie schon erlebt, dass eine Möglichkeit von eins zu einer Million wirklich eintritt?"

„Noch nie."

„Ich auch nicht. Trotzdem glaube ich, dass genau das hier passiert. John Sansom verkörpert diesen Fall, der eigentlich nie eintritt. Ich glaube, dass er irgendwie in diese Sache verwickelt ist."

„Wieso?"

„Ich habe mit ihm gesprochen."

„In Washington?"

„Nein, ich musste ihm nach North Carolina folgen. Dort habe ich ihn gefragt, ob er schon mal den Namen Lila Hoth gehört habe. Er verneinte. Ich habe sein Gesicht beobachtet. Ich glaubte ihm – und hatte dabei das Gefühl, er lüge."

„Inwiefern?"

„Vielleicht kennt er den Namen Hoth, aber nicht Lila. Vielleicht kennt er den Namen Swetlana Hoth."

„Was würde das bedeuten?"

„Vielleicht mehr, als wir denken. Wieso sollte Susan Mark sich wegen dieser Sache so unglaublich reinhängen?"

„Sie hatte Mitgefühl."

„Weil sie adoptiert worden war. Ein unehelich geborenes Kind, das vermutlich manchmal von seinen richtigen Eltern träumte. Vielleicht wie Lila Hoth. Irgendein Kerl war vor ihrer Geburt sehr freundlich zu ihrer Mutter? Diese Aussage lässt sich auf alle mögliche Weise interpretieren."

„Zum Beispiel?"

„Vielleicht ist John Sansom Lila Hoths Vater."

SIEBEN

Theresa Lee und ich fuhren geradewegs zum Revier zurück. Jacob Mark war inzwischen mit Docherty fertig und wirkte heiterer. Docherty trug einen geduldigen Gesichtsausdruck zur Schau. Theresa Lee und ich gingen zu ihnen hinüber, und Jake sagte: „Peter hat seinen Trainer angerufen."

„Wann?", fragte ich.

„Vor zwei Stunden. Der Trainer hat Molina, Peters Vater, angerufen, und Molina hat mich angerufen."

„Wo steckt er also?"

„Das hat er nicht gesagt. Er musste auf den Anrufbeantworter sprechen."

„Aber mit Peter ist alles in Ordnung?"

„Er sagte, dass er nicht so bald zurückkommt."

„Halten Sie diese Nachricht für echt?"

„Der Trainer kennt seine Stimme."

„Hat jemand versucht, ihn zurückzurufen?"

„Jeder von uns. Aber sein Handy ist wieder ausgeschaltet."

„Darf ich Sie etwas anderes fragen?"

„Schießen Sie los."

„War Ihre Schwester ein Adoptivkind?"

Jake machte eine Pause. Nickte dann. „Wir wurden beide als Babys adoptiert. Einzeln, mit drei Jahren Abstand. Susan zuerst. Wieso?"

„Susan scheint nach New York gekommen zu sein, um hier eine Freundin zu treffen", erklärte Theresa Lee.

„Welche Freundin?"

„Eine Ukrainerin namens Lila Hoth."

Jake sah zu mir herüber. „Die haben Sie schon mal erwähnt. Von Susan habe ich diesen Namen nie gehört."

„Wie viele Leute wussten, dass Susan adoptiert war?", fragte Theresa Lee.

„Sie ging damit nicht hausieren. Aber es war auch kein Geheimnis."

„Wie würden Sie Susans Verhältnis zu ihrem Sohn beschreiben?"

Jake schwieg einen Augenblick. „Man könnte es eine Liebe-Hass-Beziehung nennen. Susan hat Peter geliebt, Peter hat sie gehasst."

„Weshalb?"

Weiteres Zögern. „Wie die meisten Jugendlichen hat Peter eine schwierige Phase durchgemacht. Mädchen wollen Prinzessinnen von einst sein, Jungen wünschen sich, ihre Großväter wären Generale oder berühmte Forscher gewesen. Peter wollte in einem Ralph Laurent Werbefilm leben. Er wünschte sich, dass seinem Vater ein Landsitz in Kennebunkport gehörte, und seine Mutter sollte reich geerbt haben. Damit kam Susan nicht gut klar. Sie war die Tochter einer drogensüchtigen Nutte aus Baltimore und hat daraus kein Geheimnis gemacht. Damit kam wiederum Peter nicht klar. Das haben sie nie überwunden. Dann kam die Scheidung, und Peter hat sich für seinen Vater entschieden."

„Konnte Susan mit Peter auch als Mensch etwas anfangen?"

Jake schüttelte den Kopf. „Nein. Was alles noch schlimmer machte. Susan hatte absolut nichts für Sportstars und Teamjacken und diesen ganzen Kram übrig. Aber für Peter war das wichtig."

„Sie haben mir erzählt, Susan sei nicht unglücklich gewesen", warf ich ein.

„Und das war sie auch nicht", bekräftigte Jake. „Ich weiß, dass das verrückt klingt, aber Adoptivkinder haben eine andere Auffassung von Familienglück.

Sie hegen andere Erwartungen. Glauben Sie mir, ich weiß Bescheid. Susan hatte sich damit abgefunden."

„War sie einsam?"

„Das war sie bestimmt."

„Haben Sie Kinder?", erkundigte sich Theresa Lee.

„Nein. Ich bin nicht mal verheiratet. Ich habe versucht, aus den Erfahrungen meiner großen Schwester zu lernen."

Theresa Lee schwieg einige Zeit lang. „Danke, Jake. Ich freue mich, dass mit Peter alles in Ordnung ist. Und es tut mir leid, dass ich diese schlimmen Dinge noch mal ansprechen musste." Dann ging sie davon. Ich folgte ihr, und sie sagte: „Ich überprüfe auch Lila Hoths restlichen Angaben. Trotzdem vermute ich schon jetzt, dass sie auch sonst die Wahrheit gesagt hat. Bisher hat sie bei zwei Details auch zweimal richtig gelegen: in der Adoptionsfrage und in der Mutter-Sohn-Sache. Sie weiß Dinge, die nur eine wirkliche Freundin wissen kann."

Ich nickte zustimmend. „Interessieren Sie sich für Sansom?"

„Nicht im Geringsten. Und Sie?"

„Ich habe das Gefühl, ich sollte ihn vielleicht irgendwie warnen."

„Wovor? Vor der Eins-zu-einer-Million-Möglichkeit?"

„Man könnte sagen, dass das eine Sache unter Offizierskameraden ist. Vielleicht fahre ich noch mal nach Washington."

„Nicht nötig. Er kommt hierher. Morgen Mittag, zu einem Wahlspenden-Lunch im Sheraton. Wir haben ein Memo bekommen."

Dann ging sie davon, ließ mich mitten in dem leeren Bereitschaftsraum stehen. Und sie ließ mich mit einem unbehaglichen Gefühl zurück. Vielleicht war Lila Hoth wirklich rein wie frisch gefallener Schnee, aber ich wurde das Gefühl nicht los, dass Sansom in eine Falle tappte.

Die Zeit, in der man in New York für fünf Dollar pro Nacht gut übernachten konnte, liegt lange zurück, aber man kann es noch für fünfzig, wenn man sich auskennt. Entscheidend ist, dass man spät ankommt. Ich ging zu einem Hotel am Madison Square Garden, in dem ich schon früher übernachtet hatte. Es war ein großer Kasten, einst luxuriös, jetzt nur ein schäbiger Altbau. Nach Mitternacht bestand das Personal am Empfang nur noch aus einem einzelnen Nachtportier, der als Mädchen für alles fungierte. Ich fragte ihn, ob er ein Zimmer für mich habe. Er tippte demonstrativ auf einer Tastatur herum und sah auf einen Bildschirm, bevor er bestätigte, er habe eines. Als Preis nannte er 185 Dollar. Ich fragte, ob ich das Zimmer erst mal sehen könne. Der Kerl fuhr mit mir mit dem Aufzug nach oben und sperrte ein

Zimmer mit der Generalschlüsselkarte auf, die er an einem Spiralkabel am Gürtel trug.

Das Zimmer war in Ordnung. Ich zog zwei Zwanziger aus der Tasche und sagte: „Wie wär's, wenn wir uns die ganze Anmeldung unten am Empfang sparen würden?"

Der Kerl schwieg.

Ich zog einen weiteren Zehner heraus. „Fürs Zimmermädchen, morgen."

Der Kerl nahm das Geld. „Bis acht müssen Sie draußen sein." Dann ging er hinaus.

ICH SCHLIEF GUT, wachte erholt auf und war um fünf vor acht wieder auf der Straße. Ich frühstückte im rückwärtigen Teil eines Coffeeshops in der 33rd Street. Der Akku in Leonids Handy war noch immer ungefähr halb voll. Ich schätzte, dass ich genügend Saft für ein paar Anrufe hatte. Ich wählte 600 und wollte mit 82219 weitermachen, aber bevor ich die zweite Zahl zur Hälfte eingegeben hatte, teilte mir eine Frauenstimme mit, die gewünschte Verbindung könne nicht hergestellt werden. Dann gab ich 1-600 ein – mit demselben Ergebnis. Danach versuchte ich es mit der Auslandsvorwahl 011, dann mit einer 1 für Nordamerika und dann mit 600, aber das Ergebnis blieb gleich.

Also war 600-82219-D keine Telefonnummer. Was bedeutete, dass das FBI das gewusst haben musste. Also hatten die FBI-Agenten ihre wahren Fragen an mich verschleiert.

Was hatten sie mich noch gefragt?

Sie hatten abzuschätzen versucht, wie groß mein Interesse wirklich war, sie hatten mich nochmals gefragt, ob Susan mir etwas gegeben habe, und sie hatten sich bestätigen lassen, dass ich abreisen würde. Sie hatten gewollt, dass ich uninteressiert blieb und mit leeren Händen verschwand.

Weshalb? Ich hatte keine Ahnung.

Und was war 600-82219-D, wenn es keine Telefonnummer war?

Die 600 kam mir irgendwie bekannt vor. Aber ich kam nicht darauf.

Ich trank den Kaffee aus und machte mich auf den Weg zum Sheraton.

Das Hotel war ein riesiger Glasturm mit einem Plasmabildschirm in der Halle, auf dem alle Veranstaltungen des Tages angezeigt wurden. Der große Ballsaal war zum Lunch für eine Gruppe gebucht, die sich FT nannte. Eine plausible Tarnung für eine Gruppe von Wall-Street-Kapitalisten, die darauf aus waren, sich noch mehr Einfluss zu kaufen. Ihre Veranstaltung sollte um zwölf Uhr beginnen. Ich rechnete mir aus, dass Sansom versuchen würde, gegen elf Uhr hier zu sein. Das bedeutete, dass ich noch zwei Stunden totschlagen musste.

Ich ging in einen Jeansladen. Ich wollte wieder ein neues Hemd. Mein jetziges war ein Symbol meiner Niederlage. *Kommen Sie nicht in diesen Klamotten, sonst lässt man Sie nicht rein.* Falls ich Elspeth Sansom wiedersah, wollte ich nichts anhaben, das an mein Versagen und ihren Erfolg, mich drangekriegt zu haben, erinnerte.

Ich entschied mich für ein dünnes Ding aus khakifarbenem Popelin für elf Dollar. Billig, aber auch nicht mehr wert. Es hatte keine Taschen, und die Ärmel endeten eine Handbreit über meinen Handgelenken. Aber mir gefiel es ganz gut.

Um 10.30 Uhr war ich wieder in der Halle des Sheraton.

Um 10.40 Uhr wurde mir endlich klar, was 600-82219-D bedeutete.

ICH FOLGTE MESSINGSCHILDERN zum Business Center des Sheraton. Aber ich konnte nicht hinein. Dazu brauchte man einen Zimmerschlüssel. Ich trieb mich drei Minuten vor der Tür herum, bis ein Gast aufkreuzte. Er benutzte seine Schlüsselkarte, um die Tür zu öffnen, und ich folgte ihm hinein.

In dem Raum gab es vier identische Arbeitsplätze. Jeder bestand aus einem PC und einem Drucker. Ich setzte mich möglichst weit von dem anderen Kerl entfernt hin, studierte die Symbole auf dem Bildschirm und stellte fest, dass ein kleines Feld mit Erklärungen erschien, wenn ich sie mit dem Mauszeiger anwählte. So entdeckte ich den Internet Explorer und klickte zweimal darauf. Die Festplatte surrte, und der Browser öffnete sich. Auf der Homepage wurde automatisch ein Link zu Google angezeigt. Ich klickte ihn an und hatte das Google-Eingabefeld vor mir. Ich schrieb US-ARMY DIENSTVORSCHRIFTEN hinein und drückte die Eingabetaste.

In den folgenden fünf Minuten klickte ich mich weiter und scrollte und las.

Um 10.50 Uhr war ich wieder in der Hotelhalle und ging von dort auf den Gehsteig hinaus, denn ich nahm an, dass Sansom den Haupteingang benutzen würde. Ihm ging es darum, gesehen zu werden.

Sansom traf um 11.05 in einer Limousine ein. Springfield stieg vorn aus, bevor die Limousine ganz zum Stehen gekommen war, und danach stiegen Sansom und seine Frau hinten aus. Sie sahen sich um und entdeckten mich. Springfield wollte sich vor mir aufbauen, aber Elspeth Sansom hielt ihn mit einer kleinen Handbewegung zurück. Sie hatte sich offenbar zur Beauftragten für Schadensbegrenzung ernannt, was mich betraf. Sie schüttelte mir die Hand, als wäre ich ein alter Freund. Zu meinem Hemd äußerte sie sich nicht.

Stattdessen trat sie dicht an mich heran und fragte halblaut: „Müssen Sie mit uns reden?"

Die perfekte Frage einer Politikergattin. Im Grunde sagte sie: *Wir wissen, dass Sie Informationen besitzen, die uns schaden könnten, und hassen Sie deswegen, aber wir wären Ihnen aufrichtig dankbar, wenn Sie erst mit uns darüber sprechen würden, bevor Sie damit an die Öffentlichkeit gehen.*

„Ja, wir müssen miteinander reden", erwiderte ich.

Springfield machte ein finsteres Gesicht, aber Elspeth Sansom lächelte und führte mich hinein. Das Hotelpersonal führte uns in einen Privatsalon, wo lauwarmes Mineralwasser in Flaschen und dünner Kaffee in Thermoskannen herumstand. Elspeth Sansom spielte die Gastgeberin.

Dann eröffnete sie das Gespräch, indem sie fragte: „Gibt's Neuigkeiten von dem verschwundenen jungen Mann?"

„Nicht viele", antwortete ich. „Er hat das Footballtraining geschwänzt, was selten vorzukommen scheint. Aber dann rief er seinen Trainer an und sprach auf dessen Anrufbeantworter. Er ist offenbar mit einer Frau zusammen."

„Das ist ja dann okay."

„Mir wäre ein richtiges Telefongespräch in Echtzeit lieber. Oder ein persönliches Treffen. Ich bin von Natur aus misstrauisch."

„Worüber müssen Sie also mit uns reden?"

Ich wandte mich an Sansom. „Wo waren Sie im Jahr 1983?"

Er zögerte, nur einen halben Herzschlag lang. „Im Jahr 1983 war ich Captain."

„Ich habe gefragt, *wo* Sie waren. In Berlin?"

„Das darf ich Ihnen nicht sagen."

„Haben Sie den Namen Swetlana Hoth jemals gehört?"

„Niemals."

„Haben Sie 1983 einen Orden bekommen?"

Er gab keine Antwort.

Da klingelte Leonids Handy in meiner Tasche. Ich zog es heraus und sah auf den kleinen Bildschirm. Eine Nummer mit 212 als Vorwahl. Das Hotel Four Seasons. Vermutlich Lila Hoth. Ich drückte planlos auf alle möglichen Knöpfe, bis das Klingeln verstummte, und steckte das Handy wieder ein.

„Entschuldigen Sie die Störung", sagte ich zu Sansom.

Er zuckte mit den Schultern, als sei keine Entschuldigung nötig.

„Wissen Sie, was 600-8-22 bedeutet?", fragte ich.

„Vermutlich eine Army-Dienstvorschrift."

„Wir sind immer davon ausgegangen, dass nur ein Dummkopf annehmen würde, das HRC besäße brauchbare Informationen über Einsätze der Delta Force. Aber ich glaube, dass ein kluger Kopf, der unkonventionell denkt, das mit Recht annehmen könnte."

„Wieso?"

„Nehmen wir mal an, jemand wüsste sicher, dass ein bestimmter Einsatz stattgefunden hat. Nehmen wir zudem an, er wüsste, dass der Einsatz erfolgreich war."

„Dann brauchte er keine Informationen, weil er sie schon hat."

„Nehmen wir mal weiter an, er will die Identität des Offiziers klären, der den Einsatz befehligt hat."

„Aber nicht durchs HRC."

„Was passiert mit Offizieren, die erfolgreiche Einsätze befehligen?"

„Erzählen Sie's mir."

„Sie bekommen Orden. Je wichtiger das Unternehmen, desto höher die Auszeichnung. Und die Army-Dienstvorschrift 600-8-22 schreibt vor, dass das Human Resources Command jede beantragte Ordensverleihung und die Entscheidung darüber zuverlässig dokumentieren muss."

„Schon möglich. Aber bei einem Delta-Unternehmen würden alle Einzelheiten weggelassen."

Ich nickte. „In den Unterlagen stünden nur ein Name, ein Datum und eine Auszeichnung. Aber mehr braucht ein kluger Kopf gar nicht, stimmt's? Eine Auszeichnung zeigt, dass ein Einsatz erfolgreich war, und die fehlende Begründung beweist, dass er ein Geheimunternehmen war. Nehmen wir irgendeinen Monat, sagen wir Anfang 1983. Da war nicht viel los. Wie viele Distinguished Service Medals wurden verliehen? Wie oft bekam jemand das Distinguished Service Cross? Ich wette, dass die Anfang 1983 äußerst selten waren."

Elspeth Sansom sah mich an. „Das verstehe ich nicht."

Ihr Mann antwortete an meiner Stelle. „Wüsste jemand, wann ein erfolgreiches Delta-Unternehmen stattgefunden hat, dürfte es derjenige befehligt haben, der in diesem Monat die höchste Auszeichnung ohne nähere Begründung erhalten hat. In Friedenszeiten, wenn nicht viel los ist, müsste jede hohe Auszeichnung sofort auffallen."

„Und wer fragt danach?"

„Ein altes Schlachtross namens Swetlana Hoth, angeblich eine ehemalige Politkommissarin der Roten Armee", erklärte ich. „Sie sagt, sie habe 1983 in Berlin einen US-Soldaten namens John gekannt. Er sei sehr freundlich zu ihr gewesen. Und dass jemand versuchte, Informationen durch Susan Mark zu erhalten, ist nur dann logisch, wenn es ein Unternehmen gab, das ein John befehligte, der dafür ausgezeichnet wurde. Das FBI hat in Susans Auto eine Notiz gefunden. Jemand hatte ihr die Dienstvorschrift genannt, damit sie genau wusste, wo sie suchen musste."

Sansom reagierte nicht.

Also fragte ich ihn geradeheraus: „Waren Sie 1983 in Berlin im Einsatz?"
Er schien die Geduld mit mir zu verlieren. „Überlegen Sie doch mal! Welches Unternehmen hätten die Deltas 1983 in Berlin durchführen können?"
„Das weiß ich nicht. Und mir ist es eigentlich auch egal. Ich versuche nur, Ihnen unter Offizierskameraden einen Gefallen zu tun. Das ist alles. Weil ich vermute, dass etwas aus der Vergangenheit Sie am Arsch kriegen könnte. Ich dachte, Sie würden für eine Warnung dankbar sein."
Sansom beruhigte sich wieder. „Ich bin Ihnen für Ihre Warnung dankbar. Und ich weiß, dass Sie verstehen, dass ich auch nichts abstreiten darf. Etwas zu leugnen heißt logischerweise, etwas anderes zu bestätigen. Aber ich will mich ein bisschen exponieren. Ich war 1983 kein einziges Mal in Berlin. Ich habe 1983 keine einzige Russin kennengelernt. Ich bezweifle, dass ich das ganze Jahr über zu irgendwem freundlich war. Diese Person sucht einen anderen Mann."
Seine kleine Rede hing noch einen Augenblick in der Luft. Dann sah Elspeth Sansom auf ihre Uhr, und ihr Mann sagte: „Sie müssen uns jetzt entschuldigen. Uns steht eine anstrengende Bettelei bevor. Springfield bringt Sie gern hinaus."
Vermutlich sollte der Sicherheitschef Gelegenheit bekommen, in stiller Zweisamkeit weiter mit mir zu sprechen. Also stand ich auf und ging zur Tür.
Springfield folgte mir in die Hotelhalle hinaus. Ich blieb stehen und wartete, bis er heran war und sagte: „Sie müssen die Finger von dieser Sache lassen. Sie können es sich nicht leisten, den falschen Stein umzudrehen."
„Wieso nicht?"
„Weil Sie ausradiert werden, wenn Sie's tun. Sie verschwinden einfach. Das ist heutzutage möglich. Dies ist eine ganz neue Welt.
„Wieso, wenn er doch nicht mal dort war?"
„Weil Sie fragen werden, wo er sonst war, um zu beweisen, dass er nicht dort war. Besser ist es, wenn Sie es gar nicht wissen."
Ich nickte. „Das betrifft auch Sie persönlich, nicht wahr? Weil Sie mit ihm dort waren. Sie haben ihn überallhin begleitet."
Nun nickte er. Machte kehrt und marschierte zu den Aufzügen hinüber.
Als ich auf die Seventh Avenue hinaustrat, klingelte Leonids Handy in meiner Tasche. Ich nahm den Anruf entgegen und hatte Lila Hoths sanfte Stimme im Ohr.
„Reacher?"
„Ja."

„Ich muss Sie sehen, sogar sehr dringend. Ich fürchte, dass meine Mutter in Gefahr ist. Vielleicht auch ich selbst."

„Wodurch?"

„Unten waren drei Männer, die am Empfang Fragen stellten. Während wir nicht da waren. Ich glaube auch, dass unsere Zimmer durchsucht wurden."

„Wieso wollen Sie mit mir darüber reden?"

„Weil sie auch nach Ihnen gefragt haben."

„Sie sind nicht sauer wegen Leonid?"

„Nein, das war nur ein unglückliches Missverständnis, glaube ich. Bitte kommen Sie." Sie sprach höflich, leicht unterwürfig. Aber zugleich lag in ihrer Stimme etwas, das mir überdeutlich in Erinnerung rief, dass das letzte Mal, dass irgendein Kerl Nein zu ihr gesagt hatte, vermutlich ein Jahrzehnt zurücklag.

Sie müssen die Finger von dieser Sache lassen. Ich hätte auf Springfield hören sollen. Stattdessen sagte ich zu Lila Hoth: „Wir treffen uns in einer Viertelstunde in der Halle Ihres Hotels."

Ich fand Lila Hoth und ihre Mutter an einem Ecktisch in einem getäfelten Bereich, der ein Teesalon zu sein schien. Leonid war nicht mitgekommen. Ich kontrollierte die nähere Umgebung und sah niemanden, der mir hätte Sorgen machen müssen. Also nahm ich Lila und ihrer Mutter gegenüber Platz. Lila trug eine weiße Bluse zu einem schwarzen Rock. Ihre Augen waren blau wie ein tropisches Meer. Swetlana trug ein weiteres sackartiges Hauskleid. Sie nickte mir zu, als ich mich setzte.

Lila kam sofort zur Sache. „Haben Sie den USB-Stick mitgebracht?"

Ich verneinte, obwohl das nicht stimmte. Ich hatte ihn in der Tasche.

„Wo ist er?"

„Anderswo."

„Wozu waren diese Männer hier?"

„Weil Sie in etwas herumstochern, das geheim ist."

„Aber der Presseoffizier im Human Resources Command war ganz begeistert davon."

„Weil Sie ihn belogen haben. Sie erzählten ihm, es gehe um Berlin. Aber das ist nicht wahr. Im Jahr 1983 war Berlin ein zur Bewegungslosigkeit erstarrtes Tableau aus dem Kalten Krieg. CIA und KGB, MI6 und Stasi haben sich Scharmützel geliefert, aber die US-Army ist dort nie sonderlich in Erscheinung getreten. Für unsere Jungs war die Stadt nur ein Urlaubsziel. Vermutlich waren jedes Jahr Zehntausend Johns in Berlin, aber sie kämpften nicht und verdienten sich auch keine Orden. Deshalb wäre es praktisch unmöglich, einen von ihnen aufzuspüren. Deshalb kann Susan Mark Ihnen nichts über Berlin erzählt haben, das eine Reise nach New York wert gewesen wäre."

„Weshalb sind wir also hergekommen?"

„Weil Sie es verstanden haben, Susan bei den ersten Telefongesprächen einzuseifen und als Freundin zu gewinnen, und als Sie den richtigen Augenblick gekommen sahen, sagten sie ihr, was Sie wirklich wollten. Und wo es zu finden war. Etwas ganz anderes als Berlin."

Lila saß einen Augenblick still da. Umplanen, reorganisieren, umgruppieren. „Ich habe Susan um Hilfe gebeten. Sie war sehr gern dazu bereit. Dadurch hat sie offenbar Schwierigkeiten mit anderen Leuten bekommen. Und was geschehen ist, bedaure ich zutiefst."

„Mit welchen anderen Leuten?", fragte ich.

„Mit der eigenen Regierung, glaube ich."

„Wieso? Was wollte Ihre Mutter wirklich?"

Dazu müsse sie mir als Erstes den Hintergrund schildern, meinte sie.

Lila Hoth war beim Zusammenbruch der Sowjetunion erst sieben Jahre alt gewesen, deshalb sprach sie darüber mit einer Art Distanziertheit, wie in historischem Rückblick. Sie erzählte mir, die Rote Armee habe sehr viele Politkommissare eingesetzt. Jede Kompanie habe einen gehabt. Die Befehls- und Disziplinargewalt hätten sich der Kommissar und ein Offizier widerstrebend geteilt. Rivalität zwischen den beiden sei häufig und erbittert gewesen – zwischen taktischer Vernunft und ideologischem Purismus.

Swetlana Hoth war Politkommissarin einer Infanteriekompanie gewesen. Kurz nach dem sowjetischen Einfall in Afghanistan im Jahr 1979 war ihre Kompanie dorthin verlegt worden. Anfangs waren die Kämpfe erfolgreich gewesen. Dann hatten sie sich katastrophal entwickelt. Moskau hatte verspätet reagiert. Taktische Vernunft hatte für einen Ausbau von Feldlagern plädiert. Ideologie hatte neue Offensiven verlangt. Allen Kompanien waren jetzt Scharfschützenteams zugewiesen worden. Erfahrene Scharfschützen und ihre Beobachter waren in den Hindukusch versetzt worden.

Swetlanas Scharfschütze war ihr Mann. Sein Beobachter war ihr jüngerer Bruder.

Die Lage hatte sich verbessert. Die Kompanien verschanzten sich und bauten ihre Stellungen aus. Die geforderte Offensivtätigkeit wurde durch nächtliche Einsätze von Scharfschützen abgedeckt. Russische Scharfschützen gehörten schon lange zu den besten der Welt. Die afghanischen Mudschaheddin wussten kein Mittel gegen sie. Ende 1981 rüstete Moskau seine erfolgreichen Scharfschützen mit einem neuen Gewehr aus. Es war streng geheim und trug die Bezeichnung VAL Silent Sniper.

Ich nickte. „Ich habe mal eines gesehen."

Das VAL war eine großartige Waffe: ein sehr präzises halbautomatisches Scharfschützengewehr mit Schalldämpfer. Seine Geschosse konnten alle bekannten Schutzwesten und schwach gepanzerten Militärfahrzeuge auf Entfernungen bis zu vierhundert Metern durchschlagen. Geliefert wurde es mit verschiedenen Zielfernrohren und elektronischen Nachtsichtgeräten. Für den Gegner war es ein Albtraum. Man konnte ohne geringste Vorwarnung erschossen werden: lautlos und plötzlich.

Die stabile Lage hielt nur etwa ein Jahr an. Die guten Leistungen der sowjetischen Infanterie führten zwangsläufig dazu, dass sie immer gefährlichere Aufträge erhielt. Swetlanas Kompanie gehörte zu denen, die durchs Korengal-Tal nach Nordosten vorstoßen sollten. Durch dieses Tal zwischen den steil aufragenden Gebirgszügen Hindukusch und Abas Ghar verlief die einzige befahrbare Route aus Pakistan. Der zehn Kilometer lange Weg war eine wichtige Nachschubroute der Mudschaheddin, die von der pakistanischen nordwestlichen Grenzprovinz herüberführte, und musste dringend unterbrochen werden.

„Die Engländer haben vor über hundert Jahren ein Buch über Kriegsführung in Afghanistan geschrieben", erzählte Lila. „Darin steht, wer eine Offensive plane, müsse immer auch schon den unvermeidlichen Rückzug planen. Und man solle die letzte Kugel für sich selbst aufsparen, weil man gewiss nicht lebend gefangen werden wolle – besonders nicht von den Frauen. Die Kompaniechefs der Roten Armee hatten dieses Buch gelesen. Die Politkommissare hatten Anweisung, das nicht zu tun. Ihnen wurde erklärt, der Misserfolg der Briten sei letztlich auf ihre politische Labilität zurückzuführen gewesen. Die kommunistische Ideologie sei rein und stark, daher sei uns der Sieg sicher."

Der Vorstoß das Korengal-Tal hinauf kam nach fünf Kilometern fast zum Stehen. Weitere eineinhalb Kilometer wurden einem Gegner abgerungen, der nach Ansicht der Mannschaften erbittert kämpfte, während die Offiziere etwas von seinem sonstigen Elan vermissten.

Die Offiziere hatten recht. Das Tal war eine Falle.

Die Mudschaheddin warteten ab, bis die sowjetischen Nachschublinien über sechs Kilometer lang waren, dann schlugen sie zu. Die Versorgung durch Hubschrauber wurde durch Unmengen amerikanischer Ein-Mann-Boden-Luft-Raketen des Typs Stinger weitgehend unterbunden. Koordinierte Angriffe schnitten die Frontausbuchtung ab. Ende 1982 waren Tausende Rotarmisten ohne Hoffnung auf Entsatz in einer langen, dünnen Kette aus unzulänglichen und improvisierten Lagern eingekesselt. Und das Winterwetter war schrecklich.

Dann begannen die Störangriffe. Russische Gefangene wurden gemacht. Ihr Schicksal war erschreckend.

Lila zitierte aus einem trübseligen Gedicht des englischen Schriftstellers Rudyard Kipling: „Wenn du verletzt auf afghanischen Feldern liegen bleibst, und wenn die Frauen kommen und klein schneiden, was übrig bleibt, dann wälz dich zu deinem Gewehr rüber und schieß dir das Hirn raus und geh zu deinem Gott wie ein Soldat." Rotarmisten waren verschwunden, und Stunden später trug der Wind ihre Schreie aus unsichtbaren Feindeslagern ganz in der Nähe herüber. Die meisten Toten wurden nie gefunden. Aber manchmal wurden am Rand russischer Lager verstümmelte Leichen abgelegt, denen Hände und Füße, ganze Glieder oder Köpfe fehlten.

Lila hatte die Ereignisse, die sie schilderte, nicht selbst miterlebt, aber sie beschrieb sie, als hätte sie es getan. Mir kam der Gedanke, sie würde eine gute Geschichtenerzählerin abgeben.

„Am liebsten nahmen sie unsere Scharfschützen gefangen", fuhr sie fort. „Meine Mutter machte sich natürlich große Sorgen um meinen Vater. Und um ihren Bruder. Die beiden zogen jede Nacht mit dem Nachtsichtgerät in die Hügel los. Entfernt genug, um effektiv zu sein, aber nah genug, um sich sicher fühlen zu können. Wirklich sicher war man allerdings nirgends. Sie hatten den Befehl, Feinde zu erschießen. Ihre Absicht war aber auch, von den Afghanen gefangene Kameraden zu erschießen. Sie dachten, das sei ein gnädiger Tod. Meine Mutter war inzwischen schwanger. Mit mir. Ich wurde im Korengal-Tal in einem felsigen Schützengraben gezeugt – unter einem Soldatenmantel, der aus dem Zweiten Weltkrieg stammte, und auf zwei weiteren, die vielleicht noch älter waren. Von meiner Mutter weiß ich, dass sie Einschusslöcher hatten."

Ich schwieg. Swetlana starrte weiter vor sich hin.

„In den ersten vier, fünf Wochen kamen mein Vater und mein Onkel jeden Morgen heil zurück. Sie waren ein gutes Team." Lila machte eine kurze Pause. Dann ein Themenwechsel. „Damals waren Amerikaner in Afghanistan. Soldaten. Nicht viele, aber einige. Die Sowjetunion war ihr Feind, und die Mudschaheddin waren ihre Verbündeten. So wurde der Kalte Krieg als Stellvertreterkrieg geführt. Präsident Reagan war es sehr recht, dass die Rote Armee zermürbt wurde. Das gehörte zu seiner antikommunistischen Strategie. Und er nutzte dankbar die Gelegenheit, einige unserer neuen Waffen erbeuten zu lassen. Deshalb wurden Teams entsandt. Spezialeinheiten.

Und im März 1983 überfiel eines dieser Teams nachts meinen Vater und meinen Onkel und erbeutete ihr Scharfschützengewehr VAL. Noch schlimmer war jedoch, dass die Amerikaner meinen Vater und meinen Onkel den einheimischen Frauen überlassen haben. Meine Mutter hat ihre Schreie den ganzen nächsten Tag lang und bis in die Nacht hinein gehört."

„Tut mir leid, aber ich glaube Ihnen nicht", sagte ich.

„Ich sage die Wahrheit!"

Ich schüttelte den Kopf. „Ich war in der US-Army. Bei der Militärpolizei. Allgemein gesprochen wusste ich, wo Leute im Einsatz waren und wo nicht. Und in Afghanistan waren keine amerikanischen Soldaten. Nicht zu diesem Zeitpunkt."

„Aber die USA waren am Ausgang dieses Krieges interessiert."

„Natürlich waren wir das. Wie die Sowjetunion, als wir in Vietnam waren."

„Aber Sie werden zugeben, dass materielle Hilfe geleistet wurde. An die Mudschaheddin. Mit Geld und Waffen. Und wann haben die Vereinigten Staaten jemals Hilfe durch Waffenlieferungen geleistet, ohne ihre sogenannten Militärberater zu entsenden?"

„Selbst wenn Sie recht hätten –wie kommen Sie darauf, dass Ihr Vater und Ihr Onkel nicht direkt von Mudschaheddin gefangen genommen wurden?"

„Weil ihr Gewehr nie gefunden wurde. Und weil die Stellung meiner Mutter nie nachts von einem Scharfschützen beschossen wurde. Mein Vater hatte ein Magazin mit zwanzig Schuss und ein volles Reservemagazin. Hätten die Mudschaheddin ihn direkt gefangen genommen, hätten sie sein Gewehr gegen uns eingesetzt und vierzig unserer Männer erschossen oder es versucht, und dann wäre ihnen die Munition ausgegangen, und sie hätten das Gewehr weggeworfen. Die Kompanie meiner Mutter hätte es irgendwann gefunden. Die Mudschaheddin waren clever. Sie hatten die Angewohnheit, wieder Stellungen zu besetzen, die wir als verlassen abgeschrieben hatten. Aber im Lauf der Zeit haben unsere Soldaten alle ihre Stellungen gesehen. Sie hätten das VAL gefunden. So fanden sich alle erbeuteten Waffen wieder – nur das VAL nicht. Die einzig logische Schlussfolgerung ist, dass Amerikaner es sofort nach Amerika mitgenommen haben."

Ich sagte nichts.

„Ich sage die Wahrheit", beteuerte Lila Hoth.

Wir saßen alle einen Augenblick lang schweigend da. Ein diskreter Ober kam vorbei. Lila bestellte einen Tee, von dem ich noch nie gehört hatte, und dolmetschte für ihre Mutter, die den gleichen wollte. Ich verlangte Kaffee, schwarz.

Ich wartete, bis der Ober wieder gegangen war, bevor ich fragte: „Wie haben Sie rausgekriegt, wen Sie suchen müssen?"

„Die Generation meiner Mutter hat damit gerechnet, in Europa einen Landkrieg gegen Sie führen zu müssen, in dem sie aber siegen würde. Die kommunistische Ideologie war rein, Ihre nicht. Nach einem raschen, sicheren Sieg rechnete man mit vielen amerikanischen Kriegsgefangenen. In dieser Phase hätte es zu den Aufgaben der Politkommissare gehört, die Kriegsgefangenen zu kategorisieren. Um ihnen die Aufgabe zu erleichtern, wurden sie eingehend über die Struktur Ihres Militärs informiert."

„Von wem informiert?"

„Von KGB-Offizieren. Sie wussten, wer bei Ihnen was tat. Bei Eliteeinheiten waren sogar Namen bekannt. Nicht nur von Offizieren, sondern auch von Mannschaften. Was den Einsatz im Korengal-Tal betrifft, ist meine Mutter zu dem Schluss gelangt, es gebe nur drei realistische Optionen: SEALs der Navy, Recon Marines des Marinekorps oder die Delta Force der Army. Nachrichtendienstliche Erkenntnisse von damals sprachen gegen SEALs oder Recon Marines. Andererseits hatte es starken Funkverkehr auf Delta-Stützpunkten in der Türkei und einem Bereitstellungsraum in Oman gegeben. Unser Radar hatte unangemeldete Flugzeuge geortet. Die logische Schlussfolgerung konnte nur lauten, dies sei ein Unternehmen der Delta Force gewesen."

Der Ober kam mit einem Tablett. Er machte viel Tamtam darum, den Tee einzuschenken. Mein Kaffee wurde in einer hübschen Tasse serviert.

Als der Ober wieder gegangen war, sagte Lila: „Meine Mutter hat sich überlegt, dass der Überfall von einem Hauptmann angeführt worden sein muss. Ein Oberleutnant wäre zu wenig, ein Major zu viel gewesen. Der KGB hatte Personallisten. Damals gab es in der Delta Force viele Hauptleute. Aber der Funkverkehr war mitgehört worden. Jemand hatte den Namen John verstanden. Die Erbeutung des VAL war ein wirklich großer Coup. Sein Beschaffer wäre mit einem wirklich hohen Orden belohnt worden. Meine Mutter, die die Auszeichnungen der US-Army kennt, gelangte zu dem Schluss, dafür müsse es die Distinguished Service Medal gegeben haben. Ein hoher Orden, der verliehen wird für außergewöhnlich verdienstvolle Tätigkeit für die US-Regierung, und zwar unabhängig von offiziell erklärten Kriegshandlungen. Denn die Sowjetunion war offiziell kein Feind der Vereinigten Staaten. Es hatte ja keine Kriegserklärung gegeben. Die DSM ist die einzige Auszeichnung, die ein Hauptmann der Deltas sich in jener Nacht im Korengal-Tal hätte verdienen können."

Ich nickte, weil ich ihr zustimmte. Swetlana Hoth schien eine clevere Analytikerin zu sein. „Also haben Sie sich auf die Suche nach einem Kerl namens John gemacht, der Hauptmann in der Delta Force war und mit der Distinguished Service Medal ausgezeichnet wurde – beides im März 1983. Und Sie haben Susan Mark dazu veranlasst, Ihnen zu helfen."

„Ich habe sie zu nichts veranlasst. Sie war von sich aus sehr hilfsbereit."

„Weshalb?"

„Weil die Geschichte meiner Mutter sie sehr bewegte. Und auch meine Geschichte machte sie betroffen. Ich wuchs vaterlos auf – genau wie sie."

„Wie kam der Name John Sansom ins Gespräch, noch bevor Susan sich mit Suchergebnissen gemeldet hatte?"

„Aufgrund einer sehr seltenen Kombination", erklärte Lila. „John, Delta, DSM. Uns fiel es in der *Herald Tribune* auf, als seine Kandidatur für den Senat angekündigt wurde. Dieses Blatt gibt es weltweit zu kaufen. John Sansom könnte der Einzige in der Geschichte der US-Army sein, der alle vier Kriterien erfüllt. Aber wir wollten absolute Gewissheit haben."

„Bevor Sie was tun? Was haben Sie mit ihm vor?"

„Tun? Wir wollen ihm nichts *tun*. Wir wollen ihn nur fragen, warum er das gemacht hat. Wieso er das zwei Mitmenschen angetan hat?" Sie trank ihren Tee aus und stellte die Porzellantasse auf die Untertasse zurück.

„Wieso wurde Ihr Mann ermordet?"

„Mein Mann?" Lila machte eine Pause. „Das waren die Zeiten."

„Wie bei dem Ehemann Ihrer Mutter."

„Nein, das habe ich Ihnen schon erklärt. Hätte Sansom ihn mit einem Kopfschuss erledigt oder ihm das Genick gebrochen, wäre das etwas anderes gewesen. Aber das hat er nicht getan. Stattdessen war er grausam. "

Ich entgegnete nichts.

„Überlassen Sie mir Susans Informationen?"

„Sinnlos", antwortete ich. „Weil Sie nicht einmal in John Sansoms Nähe kämen. Sollte etwas wirklich so passiert sein, wie Sie's erzählen, ist es geheim. Und mit dieser Sache sind schon Bundesbehörden befasst. Drei Kerle haben hier im Hotel Fragen gestellt. Bestenfalls werden Sie ausgewiesen. Und schlimmstenfalls verschwinden Sie. Wollen Sie meinen Rat? Vergessen Sie diese Sache. Ihr Vater und Ihr Onkel sind im Krieg gefallen."

„Wir wollen ihn nur fragen, warum er's getan hat."

„Das wissen Sie bereits. Da kein Krieg erklärt war, durfte er Ihre Leute nicht umbringen."

„Hat Susan wirklich die Bestätigung gefunden? Sagen Sie nur Ja oder Nein. Ich tue nichts, bevor ich sie wirklich gesehen habe."

„Sie tun gar nichts, basta."

„Kann ich etwas tun, um Sie umzustimmen?"

„Nein."

Der Ober brachte die Rechnung. Lila Hoth zeichnete sie ab.

Ich zog Leonids Handy aus der Tasche, warf es auf den Tisch und wollte aufstehen.

„Bitte behalten Sie das Telefon", sagte Lila.

„Wozu?"

„Weil meine Mutter und ich noch bleiben. Nur für ein paar Tage. Und ich möchte Sie gern anrufen können, wenn ich will. Auch wenn Sie kein Freund sind." Ich hörte den sehr leisen drohenden Unterton in ihrer Stimme.

Ich steckte das Handy wieder ein, stand auf und ging davon. Ich überlegte, dass ich im Sheraton sein konnte, bevor Sansoms Lunch zu Ende war.

ACHT

Ich erreichte das Sheraton nicht, bevor Sansoms Lunch beendet war, teils weil die Gehsteige mit Menschen verstopft waren, teils weil das Spendenessen nicht lange gedauert hatte. Ich schaffte es auch nicht, denselben Zug wie Sansom zu erreichen, was bedeutete, dass ich erst volle eineinhalb Stunden nach ihm in der Hauptstadt eintraf.

Im Cannon Building tat derselbe Wachmann wie zuvor am Eingang Dienst. In der Eingangshalle hielten sich mehrere Hauspagen bereit. Einer von ihnen rief in Sansoms Büro an und begleitete mich dann hinauf.

Sansoms Büro sah wie alle anderen aus. Eine vom Korridor hereinführende Tür, viele Flaggen, viele Adler, ein Schreibtisch als Empfang mit einer jungen Frau dahinter. Springfield lehnte an einer Ecke ihres Schreibtischs. Er sah mich und kam mir bis zur Tür entgegen.

„Cafeteria", sagte er.

Die war ein großer, niedriger Raum voller Tische und Stühle. Sansom war nirgends zu sehen. Springfield grunzte, als überrasche ihn das nicht, und meinte, Sansom sei vermutlich inzwischen auf einem anderen Weg in sein Büro zurückgekehrt – vielleicht mit einem Umweg über das Büro eines Kollegen, das Gebäude sei ein Labyrinth. Wir gingen auf demselben Weg zurück, Springfield streckte den Kopf ins innere Büro, trat zur Seite und nickte mir zu, ich solle hineingehen.

Sansom saß in einem roten Ledersessel am Schreibtisch und hatte alle möglichen Papiere vor sich ausgebreitet. Er wirkte abgespannt wie jemand, der seit Langem stillsitzt. Er hatte sein Büro nie verlassen. Die Tour zur Cafeteria war ein Täuschungsmanöver gewesen, vermutlich damit ein

Besucher ungesehen aus seinem Büro hatte verschwinden können. Ich setzte mich in den Besuchersessel und spürte, dass er noch von jemand anders warm war. Hinter Sansoms Kopf hing ein großer gerahmter Abzug des Fotos, das ich aus seinem Buch kannte: Donald Rumsfeld und Saddam Hussein in Bagdad. Daneben hing eine Gruppe kleinerer Fotos, die Sansom in kleinen Gruppen zeigten.

„Also?", fragte er mich.

„Ich weiß, wofür Sie im März 1983 die DSM bekommen haben."

„Woher?"

„Wegen des VAL Silent Sniper. Das alte Schlachtross, von dem ich Ihnen erzählt habe, ist die Witwe des Mannes, von dem Sie es erbeutet haben. Deshalb haben Sie auf den Namen reagiert. Sie haben ihm wahrscheinlich die Erkennungsmarke abgenommen. Wahrscheinlich haben Sie sie noch heute als Souvenir."

Keine Überraschung. Kein Leugnen. Sansom sagte lediglich: „Nein, seine Erkennungsmarke wurde mit dem Einsatzbericht und allem anderen weggesperrt. Er hieß Grigorij Hoth. Er wirkte kompetent. Sein Beobachter etwas weniger. Er hätte uns kommen hören müssen."

Langes Schweigen folgte. Dann schien Sansom den Ernst der Lage zu begreifen; seine Schultern sanken herab, und er seufzte. „Scheußlich, wenn man so auffliegt, was? Orden sollen Belohnungen sein, keine Strafen. Was haben Sie jetzt vor?"

„Nichts", antwortete ich. „Was im Jahr 1983 passiert ist, ist mir egal. Und die beiden haben mich belogen. Erst wegen Berlin, und auch jetzt lügen sie weiter. Sie behaupten, Mutter und Tochter zu sein. Aber das nehme ich ihnen nicht ab."

„Wer sind sie also?"

„Ich könnte mir vorstellen, dass die Ältere echt ist. Eine ehemalige Politkommissarin der Roten Armee, die Ehemann und Bruder in Afghanistan verloren hat."

„Ihren Bruder?"

„Den Beobachter."

„Doch bei der jüngeren Frau ist alles nur Show?"

„Sie gibt sich als die im Londoner Exil lebende Witwe eines russischen Milliardärs aus."

„Aber? Was ist sie wirklich?"

„Ich halte sie für eine Journalistin. Sie ist neugierig, voller Forscherdrang. Sie ist eine verdammt gute Erzählerin. Aber sie redet zu viel."

„Zum Beispiel?"

„Sie wollte etwas Pathos reinbringen. Also hat sie's so hingestellt, als hätten die Politkommissare sich die Schützengräben mit den Rotarmisten geteilt. Sie behauptete, auf felsigem Boden unter und auf alten Soldatenmänteln gezeugt worden zu sein. Was ein großer Scheiß ist. Die Kommissare blieben weit vom Schuss. Sie rotteten sich im Hauptquartier zusammen und verfassten Broschüren."

„Und das wissen Sie woher?"

„Sie wissen, woher ich das weiß. Wir rechneten damit, in Europa einen Landkrieg gegen die Russen führen zu müssen. Wir erwarteten zu siegen. Wir rechneten damit, Millionen Gefangene zu machen. Die Militärpolizei wurde dafür ausgebildet, sie einzeln zu befragen. Die Hundertzehnte sollte dieses Unternehmen leiten. Wir haben mehr über die Rote Armee gelernt als über die US-Army. Vor allem wussten wir genau, wie Politkommissare aufzuspüren waren. Wir hatten Befehl, sie alle sofort zu erschießen."

„Was für eine Art Journalistin?"

„Vermutlich beim Fernsehen."

„Welches Land?"

„Ukraine."

„Welche Zielsetzung?"

„Investigativ, historisch, mit einem Touch ins Menschliche."

„Wozu? Wollen sie uns in Verlegenheit bringen?"

„Nein, ich glaube, dass sie die Russen in Verlegenheit bringen wollen. Zwischen Russland und der Ukraine gibt es im Augenblick starke Spannungen. Sie sagen, das große, böse Moskau hätte arme, hilflose Ukrainer nicht in Gefahr bringen dürfen."

„Wieso haben wir die Story nicht schon gesehen?"

„Weil sie versuchen, eine Bestätigung dafür zu bekommen."

„Werden sie eine bekommen?"

„Vermutlich nicht von Ihnen. Und Susan Mark hat nicht lange genug gelebt, um Ja oder Nein zu sagen. Die Sache ist wieder unter Verschluss. Ich habe den beiden geraten, die Sache zu vergessen und heimzufliegen."

Sansom nickte. Dann machte er ein leicht verlegenes Gesicht und fragte: „Was denken Sie jetzt von mir?"

„Sie hätten die beiden mit Kopfschüssen erledigen sollen, finde ich."

Er schwieg eine Weile. „Wir hatten keine Waffen mit Schalldämpfern."

„Doch, Sie hatten eine. Die hatten Sie gerade erbeutet."

„Es gab Regeln für Kampfhandlungen."

„Die hätten Sie ignorieren sollen. Die Rote Armee hatte keine Pathologen im Einsatz. Niemand hätte gewusst, wer wen erschossen hat."

„Was denken Sie von mir?“, wiederholte er.

„Sie hätten die beiden nicht den Afghanen ausliefern sollen. Übrigens wäre das der springende Punkt der Enthüllungsstory im ukrainischen Fernsehen gewesen. Die Idee war, Sie mit der Alten zu konfrontieren, die Sie nach dem Warum gefragt hätte.“

Sansom zuckte mit den Schultern. „Ich wollte, sie könnte mich das vor der Kamera fragen. Weil wir die beiden nämlich nicht ausgeliefert haben. Stattdessen haben wir sie laufen lassen. Das war ein kalkuliertes Risiko. Sie hatten ihr Gewehr verloren. Jeder würde glauben, die Mudschaheddin hätten es erbeutet. Was eine erbärmliche Schande war. Ich wusste, dass sie große Angst vor ihren Offizieren und Politkommissaren hatten. Also würden sie mit allem Nachdruck beteuern, das VAL sei ihnen von Amerikanern, nicht von Afghanen abgenommen worden. Aber die Wahrheit hätte wie eine schlecht erfundene Ausrede geklungen. Sie wäre sofort als Fantasieprodukt abgetan worden. Daher hatte ich keine Bedenken, sie laufen zu lassen.“

„Was ist also passiert?“

„Ich vermute, dass sie zu ängstlich waren, um zurückzugehen. Ich glaube, dass sie umherirrten, bis die Einheimischen sie aufgriffen. Grigorij Hoth war mit einer Politkommissarin verheiratet. Er hatte Angst vor ihr. Und das hat ihn das Leben gekostet. Allerdings erwarte ich nicht, dass mir irgendjemand das glaubt. Sie haben recht, was die Spannungen zwischen Russland und der Ukraine betrifft. Aber es gibt auch welche zwischen den Russen und uns. Im Moment sogar ziemlich starke. Würde unser damaliges Teilunternehmen im Korengal-Tal bekannt, könnten sie eskalieren.“

Da klingelte das Telefon auf Sansoms Schreibtisch. Er nahm den Anruf an, hörte zu und legte wieder auf. „Ich muss gehen. Ich rufe einen Pagen, der Sie hinunterbringt.“

Er verließ den Raum und ließ mich bei offener Tür allein zurück. Kein Page ließ sich blicken. Nach einer Weile ging ich zu der Wand hinter dem Schreibtisch hinüber. Ich studierte die Fotos. Ich zählte die Gesichter, die ich kannte. Vier Präsidenten, neun weitere Politiker, fünf Spitzensportler, zwei Schauspieler, Donald Rumsfeld, Saddam Hussein, Elspeth Sansom und Springfield.

Und noch jemand.

Auf allen Fotos von Sansom als Wahlsieger stand gleich neben ihm ein Mann, der breit grinste. Vermutlich Sansoms Stabschef. Er grinste, aber sein Blick war kalt. In seinen Augen lag eine gewisse listige, berechnende Schlauheit. Sie erinnerten mich an die eines Baseballspielers.

Jetzt wusste ich, wer vor mir in Sansoms Besuchersessel gesessen hatte.

Ich kannte Sansoms Stabschef. Ich hatte ihn schon einmal gesehen, als er in Chinos und einem Polohemd spät nachts im 6 Train durch New York gefahren war.

Dann kam ein Page hereingehastet, und zwei Minuten später stand ich wieder auf dem Gehsteig der Independence Avenue. Vierzehn Minuten später war ich in der Union Station und wartete auf den nächsten Zug nach New York zurück. Achtundfünfzig Minuten später saß ich drin und verließ die Hauptstadt. Und in diesem Augenblick wusste ich alles, was ich jemals wissen würde. Aber mir war nicht bewusst, was ich wusste. Nicht schon damals.

DER ZUG fuhr in die Penn Station ein, und ich ging zu einem späten Abendessen in den Schnellimbiss direkt gegenüber, in dem ich gefrühstückt hatte. Dann machte ich mich auf den Weg zum 14. Polizeirevier. Die Nachtschicht war längst da. Theresa Lee und ihr Partner Docherty waren an ihrem Platz. Im Bereitschaftsraum war es still, als sei alle Luft herausgesaugt worden. Als habe es schlechte Nachrichten gegeben.

Ich schlängelte mich zum rückwärtigen Teil des Raums durch. Docherty telefonierte. Theresa Lee sah auf, als ich herankam, und sagte: „Ich bin nicht in Stimmung."

„Wofür?"

„Susan Mark." Dann seufzte sie und fragte: „Was haben Sie?"

„Ich weiß, wer der fünfte Fahrgast war."

„Hat dieser angebliche fünfte Fahrgast irgendwo zwischen 30th und 45th Street eine Straftat verübt?"

„Nein."

„Dann bleibt die Akte geschlossen."

„Was ist passiert?"

„Mehrfachmord drüben im Siebzehnten Revier. Schlimme Sache. Vier Männer, unter dem FDR Drive erschlagen."

„Mit Hämmern", setzte Docherty hinzu. „Aus dem Baumarkt in der 23rd Street. Frisch gekauft. Sie wurden am Tatort aufgefunden."

„Wer waren die vier?", fragte ich ihn.

„Das weiß keiner. Das scheint der Zweck der Hämmer gewesen zu sein. Ihre Gesichter sind Brei."

„Alt, jung, schwarz, weiß?"

„Weiß. Nicht alt. In Anzügen. Sie hatten gefälschte Visitenkarten in der Tasche – mit einer Telefonnummer, die einer Filmgesellschaft gehört." Das Telefon auf Dochertys Schreibtisch klingelte, und er nahm den Hörer ab.

Ich sah zu Theresa Lee. „Jetzt werden Sie die Akte wieder öffnen müssen. Diese Toten waren die Crew, die Lila Hoth hier engagiert hatte."

„Was sind Sie? Hellseher?“

„Ich bin zweimal mit ihnen zusammengetroffen.“

„Nichts beweist, dass das diese Kerle sind.“

„Sie haben mir eine ihrer gefälschten Visitenkarten gegeben.“

„Alle diese Crews benutzen gefälschte Karten. New York ist voller Privatdetektive und Sicherheitsdienste. Sie sehen alle gleich aus und machen alle dasselbe Zeug.“

„Sie haben John Sansom erwähnt. Tatsächlich habe ich seinen Namen zum ersten Mal von ihnen gehört.“

„Dann war das vielleicht *seine* Crew, nicht Lila Hoths. Könnte er besorgt genug gewesen sein, um seine eigenen Leute herzuschicken?“

„Sein Stabschef war mit in der U-Bahn. Er war der fünfte Fahrgast.“

„Da haben Sie's!“

„Sie wollen also nichts unternehmen?“

„Doch, ich gebe diese Hintergrundinfos an das Siebzehnte weiter.“

„Und ich fahre ins Four Seasons.“

In der Hotelhalle war es ruhig. Ich durchquerte sie und fuhr mit dem Aufzug zu Lila Hoths Etage hinauf. Machte vor ihrer Suite halt.

Ihre Tür stand einen Spalt weit offen. Ich drückte sie auf und horchte. Von innen kein Laut.

Ich trat ein. Das Wohnzimmer vor mir war leer. *Leer* wie *keine Leute drin*. Auch *leer* wie *ausgecheckt und abgereist*. In den beiden Schlafzimmern sah es genauso aus. Die Schränke waren leer.

Ich trat auf den Korridor hinaus, fuhr mit dem Aufzug zurück in die Halle und trat an den Empfang. Ein Kerl sah auf und fragte, was er für mich tun könne. Ich erkundigte mich, wann die Hoths abgereist seien.

„Die wer, Sir?“, fragte er nach.

„Lila Hoth und Swetlana Hoth.“

Der Kerl tippte etwas in seinen Computer ein. Er scrollte nach oben und unten und sagte dann: „Tut mir leid, Sir, aber ich kann nichts über Gäste mit diesem Namen finden.“

Ich nannte ihm die Nummer der Suite. Er tippte wieder etwas, dann erklärte er mir geduldig: „Diese Suite hat die ganze Woche leer gestanden.“

„Ich war gestern Abend drin. Und ich habe mich heute im Teesalon mit den beiden getroffen. Es muss eine von Lila Hoth abgezeichnete Rechnung geben.“

Der Kerl rief die von Gästen abgezeichneten Teesalonrechnungen auf. Aber es gab keinen Bon für unsere Bestellung.

Dann hörte ich leise Geräusche hinter mir. Und ein metallisches Klirren. Ich drehte mich um und sah mich einem Halbkreis aus sieben Männern gegenüber. Vier von ihnen waren New Yorker Polizisten. Drei von ihnen waren die Bundesagenten, die ich schon kannte.

SIEBEN MÄNNER. Sieben Waffen. Die Schrotflinten der Polizisten waren Franchi SPAS 12. Aus Italien. Bestimmt keine Standardwaffe der New Yorker Polizei.

Zwei der Bundesagenten hielten Glock 17 in der Hand. Halbautomatische 9-Millimeter-Pistolen aus Österreich: quadratisch, klobig, zuverlässig.

Der Oberagent hielt eine Waffe, die ich nur aus dem Fernsehen kannte, aus einer Sendung über Afrika. Ein Tierfilm über Gorillas. Eine Forschergruppe auf der Fährte eines ausgewachsenen Männchens, dem sie einen Minisender ins Ohr einpflanzen wollten. Der Bursche wog fast zweihundertfünfzig Kilogramm. Außer Gefecht gesetzt wurde er mit einem Narkosegewehr, das Pfeile mit einem starken Betäubungsmittel für Primaten verschoss.

Genau damit zielte der Oberagent jetzt auf mich.

Die Tierfilmer hatten sich große Mühe gegeben, ihrem Publikum zu versichern, dieses Verfahren sei human. Der Pfeil war ein winziges befiedertes Ding aus chirurgischem Stahl. Seine Spitze bestand aus einer sterilen wabenförmigen Keramikstruktur, in die das Narkotikum eingelagert war. Der Gorilla war nach acht Sekunden groggy und nach zwanzig bewusstlos gewesen. Zehn Stunden später war er bei bester Gesundheit wieder aufgewacht. Aber er hatte doppelt so viel gewogen wie ich.

Der Oberagent zielte mit dem Narkosegewehr auf meinen linken Oberschenkel. Hinter den sieben Männern konnte ich in einer Ecke mehrere Sanitäter sehen. Sie hatten eine fahrbare Krankentrage dabei.

Der Oberagent schoss auf mich. Mit dem Narkosegewehr. Ich hörte das Zischen, mit dem komprimiertes Gas sich entspannte, und spürte Schmerzen im Bein.

Mein Herz begann zu jagen. Als ich nach unten sah, steckte der Pfeil bis zur Befiederung in meinem Oberschenkel. Ich zog ihn heraus. Der Schaft war blutig. Aber die Pfeilspitze war verschwunden. Das Narkotikum befand sich bereits in meinem Körper. Die sieben Männer vor mir schienen auf einmal seitlich wegzugleiten. Der Rand der Empfangstheke traf mich unter den Schulterblättern. Er kam hoch – oder ich sackte zusammen. Ich versuchte Sekunden zu zählen. Ich wollte bis neun kommen. Ich wollte länger durchhalten als der Gorilla.

Mein Hintern plumpste auf den Fußboden. Vor meinen Augen war alles gleißend hell und voller wie verrückt wirbelnder silberner Formen. Dann begann eine erschreckende Folge wüster Träume. Später wurde mir klar, dass das Einsetzen dieser Träume den Augenblick bezeichnete, in dem ich in der Halle des Four Seasons auf dem Boden liegend offiziell das Bewusstsein verloren hatte.

WANN ICH AUFWACHTE, weiß ich nicht genau. Die Uhr in meinem Kopf lief noch immer nicht richtig. Aber irgendwann kam ich doch wieder an die Oberfläche. Ich lag auf einem Feldbett. Meine Knöchel und Handgelenke waren mit Kabelbindern an das Bettgestell gefesselt. Ich war weiterhin vollständig bekleidet. Bis auf meine Schuhe. Ich bewegte die Zehen. Dann bewegte ich die Hüften. Ich spürte, dass meine Taschen leer waren. Sie hatten mir meine Sachen abgenommen.

Ich rieb mit dem Kinn übers Hemd. Bartstoppeln. Ungefähr acht Stunden alt. Der Gorilla im Film hatte zehn Stunden geschlafen. Einen Punkt für Reacher.

Ich hob wieder den Kopf und sah mich um. Ich lag in einer Zelle, die sich in einem Raum befand. Kein Fenster. Helles elektrisches Licht. Drei aus glatten Stahlstäben zusammengeschweißte einfache Käfige, die nebeneinander in einem großen alten Raum mit gemauerten Ziegelwänden standen. Die Zellen waren ungefähr zweieinhalb Meter breit, tief und hoch. Auch ihr Dach bestand aus Gitterstäben. Die rutschfesten Stahlplatten des Fußbodens waren an den Rändern aufgebogen, sodass eine nur wenige Zentimeter tiefe flache Wanne entstand. Die Zellen selbst waren nicht am Fußboden festgeschraubt. Sie standen einfach nur da: drei in einem großen alten Raum geparkte Gebilde aus Stahlstäben.

Ich war vermutlich noch in New York. Und wahrscheinlich unter der Erde. Ein Kellerraum. Nicht feucht, nicht kühl, aber durch seine Lage unter der Erde in Bezug auf Temperatur und Feuchtigkeit irgendwie stabilisiert.

Ich lag in der mittleren der drei Zellen. Ich hatte das Feldbett, an das ich gefesselt war, und ein WC mit Waschbecken. Das war alles. Die beiden anderen Zellen waren völlig gleich eingerichtet. Von den drei Zellen weg führten mit neuem Beton ausgefüllte Aufgrabungen im Betonboden. Für die Abwasserrohre der Toiletten, vermutete ich, und die Wasserleitungen für WC-Spülung und Waschbecken.

Die beiden anderen Zellen standen leer. Ich war ganz allein.

In der entferntesten Ecke des äußeren Raums war eine Überwachungskamera montiert. Mikrofone gab es vermutlich auch.

Ein Sanitäter kam mit einer Injektionsspritze in der Hand herein. Er blieb vor der Zelle stehen und sah mich durch die Gitterstäbe an.

„Ist das die tödliche Dosis?“, fragte ich.

„Nein. Das ist ein Schmerzmittel. Für Ihr Bein.“

„Meinem Bein fehlt nichts. Lassen Sie mich bloß in Ruhe.“

Das tat er dann auch. Er verschwand durch eine massive Holztür, die im selben Weiß wie die Wände gestrichen war. Die Tür sah alt aus. Ähnliche Türen kannte ich aus öffentlichen Gebäuden.

Ich ließ den Kopf wieder auf die Matratze sinken. Aber schon nach weniger als einer Minute kamen zwei der Bundesagenten durch die Tür herein. Keiner war der Oberagent. Einer von ihnen brachte eine Franchi 12 mit. Der andere hielt irgendein Werkzeug in der Hand und mehrere dünne Ketten. Der Kerl mit der Schrotflinte trat dicht an die Zelle und rammte mir die Mündung seiner Waffe unters Kinn. Der Kerl mit den Ketten sperrte die Zellentür auf, indem er ein Kombinationsschloss mehrmals nach links und rechts drehte. Das Werkzeug in seiner Hand war ein Seitenschneider.

Er legte die Ketten nebeneinander aus. Eine würde meine Handgelenke an die Taille, eine meine Fußknöchel fesseln, und die dritte würde die beiden ersten verbinden. Die Standardfesselung aus dem Strafvollzug. Ich würde mit kleinen Schritten gehen und die Hände bis zur Taille heben können, aber das war alles. Der Kerl brachte die Ketten an und verwendete dann den Seitenschneider, um die Kabelbinder zu durchtrennen. Dann verließ er rückwärtsgehend meine Zelle und ließ die Tür offen.

Die beiden erwarteten vermutlich, dass ich vom Feldbett rutschen und aufstehen würde. Also blieb ich liegen. Man muss die Siege des Gegners rationieren. Sie ihm sparsam und widerstrebend zuteilen. Man muss es so weit bringen, dass der Gegner einem für jedes kleine Zugeständnis unterschwellig dankbar ist. So kommt man vielleicht mit zehn kleinen Verlusten pro Tag statt mit zehn großen davon.

Aber die beiden Agenten hatten dieselbe Ausbildung wie ich genossen. Sie standen nicht hilflos frustriert herum, sondern gingen weg, und der Kerl, der mir die Ketten angelegt hatte, rief: „Drüben gibt’s Kaffee und Muffins, wann immer Sie wollen!“ Womit der Ball wieder in meinem Feld lag.

Es wäre nicht stilvoll gewesen, eine Stunde lang zu warten, dann hinauszuschlurfen und das Zeug wie ein hungriger Wolf zu verschlingen. Dann hätten Hunger und Durst mich öffentlich besiegt. Keineswegs stilvoll. Also ließ ich nur eine kurze Schamfrist verstreichen, bevor ich aus der Zelle schlurfte.

Die Holztür führte in einen weiteren Raum, in dessen Mitte ein großer hölzerner Tisch stand. Auf der anderen Seite drei Stühle, auf denen die drei Agenten saßen. Auf meiner Seite nur ein Stuhl. Auf dem Tisch war mein gesamter Tascheninhalt fein säuberlich aufgereiht. Meine Rolle Geldscheine und ein paar Münzen. Mein alter Reisepass. Meine Bankkarte. Meine Klappzahnbürste. Die Metrocard. Theresa Lees Visitenkarte. Die gefälschte Visitenkarte, die Lila Hoths hiesige Crew mir gegeben hatte. Der USB-Stick mit seiner Schutzhülle in Rosa, den ich gekauft hatte. Dazu noch Leonids Handy. Insgesamt neun Gegenstände.

In die linke Seitenwand des Raums war eine weitere Tür eingelassen. An der Wand rechts stand eine niedrige Kommode. Auf ihr lagen ein Stapel Papierservietten und eine Rolle Styroporbecher neben einer Thermoskanne und einem Teller mit zwei Heidelbeermuffins. Ich schlurfte hinüber und goss mir einen Becher Kaffee ein. Ich trug ihn tief gehalten in zwei Händen zum Tisch. Setzte mich. Trank. Der Kaffee war ziemlich mies.

Der Oberagent bewegte seine Hand zu meinem Pass. „Wieso ist der abgelaufen?"

„Weil niemand die Zeit stillstehen lassen kann", antwortete ich.

„Wann waren Sie zuletzt im Ausland?"

„Ich hätte mit Ihnen geredet. Sie hätten mich nicht mit einem Narkosepfeil betäuben müssen, als wäre ich einem Zoo entsprungen."

„Sie waren mehrmals gewarnt worden."

„Keine Ausweise, keine Namen, keine Belehrung über meine Rechte, keine Anklage, kein Anwalt. Schöne neue Welt, nicht wahr?"

„Ganz recht."

„Na, dann viel Glück."

„Wo sind Sie geboren?"

„Im damaligen Westberlin."

„Und Ihre Mutter ist Französin?"

„Sie war Französin. Sie ist tot."

„Das tut mir leid. Wissen Sie bestimmt, dass Sie amerikanischer Staatsbürger sind?"

„Was für eine Frage ist das?"

„Sie sind als Sohn einer Ausländerin im Ausland geboren."

„Ich bin auf einem Militärstützpunkt geboren. Der zählt als amerikanisches Staatsgebiet. Meine Eltern waren verheiratet. Mein Vater war amerikanischer Staatsbürger. Er war im Marinekorps."

„Können Sie das alles beweisen? Ob Sie amerikanischer Bürger sind oder nicht, könnte Einfluss darauf haben, wie es mit Ihnen weitergeht."

„Nein, wie's mit mir weitergeht, hängt davon ab, wie viel Geduld ich aufbringe."

Der Kerl links vor mir stand auf und verschwand in dem dritten Raum. Ich konnte flüchtig Schreibtische sehen. Keine weiteren Leute. Die Tür schloss sich hinter ihm.

Der Oberagent fragte: „War Ihre Mutter Algerierin?“

„Ich habe Ihnen gerade erklärt, dass sie Französin war.“

„War sie eine Muslima?“

„Wozu wollen Sie das wissen?“

„Ich ziehe Erkundigungen ein.“ Er schob mit dem Zeigefinger den USB-Stick drei Zentimeter weit auf mich zu. „Den haben Sie vor uns versteckt, als wir Sie durchsuchten. Den hat Susan Mark Ihnen in der U-Bahn gegeben.“

„Habe ich das? Hat sie das?“

Er nickte. „Aber der hier ist leer und ohnehin zu klein. Wo ist der andere?“

„Welcher andere?“

„Dieser hier dient offenbar nur zur Ablenkung. Wo ist der richtige?“

„Susan Mark hat mir nichts gegeben. Dieses Ding habe ich im Radio Shack gekauft.“

„Wieso?“

„Weil er mir gefallen hat.“

„Mit der rosa Schutzhülle? Bockmist.“ Er holte den Stick zurück und schob die falsche Visitenkarte und Leonids Handy drei Zentimeter weit nach vorn. „Sie haben für Lila Hoth gearbeitet. Die Karte beweist, dass Sie Verbindung zu der von ihr angeheuerten Crew hatten, und Ihr Handy beweist, dass sie Sie mindestens sechsmal angerufen hat. Die Nummer des Four Seasons steht im Speicher.“

„Lila Hoth hat nie im Four Seasons gewohnt, sagt das Empfangspersonal.“

„Aber nur auf Anweisung von uns.“

„Ich habe nicht für sie gearbeitet.“

„Ihr Handy beweist, dass Sie’s getan haben.“

„Das ist nicht mein Handy.“

„Wo ist Lila Hoth jetzt?“

„Wissen Sie das nicht? Ich dachte, Sie hätten sie geschnappt, als sie ausgecheckt hat.“

Er schwieg.

„Sie haben ihr Zimmer durchsucht. Ich habe angenommen, sie würde von Ihnen überwacht. Aber Sie haben sie verpasst, nicht wahr? Großartig! Eine Ausländerin mit schwer verdächtigen Kontakten zum Pentagon, und Sie lassen sie laufen?“

„Das war eine Schlappe.“ Er wirkte verlegen.

„Wer ist sie?“

„Der gefährlichste Mensch, dem Sie je begegnet sind.“

„So sah sie aber nicht aus."

„Eben deshalb."

„Keine Ahnung, wo sie ist."

Er holte die gefälschte Visitenkarte und das Handy in die Reihe zurück und schob dafür Theresa Lees Karte nach vorn. „Wie viel weiß die Kriminalbeamtin?"

„Keiner weiß irgendwas. Am allerwenigsten ich."

„Wir sitzen alle im selben Boot."

„Kommt mir aber nicht so vor."

„Sie müssen diese Sache ernst nehmen."

„Glauben Sie mir, das tue ich."

Ich hörte, wie die Tür links von mir wieder geöffnet wurde. Der Oberagent sah hinüber, dann nickte er zustimmend. Ich drehte mich zur Seite und sah den Kerl von dem linken Stuhl. Er hielt eine Waffe in der Hand. Das Narkosegewehr. Er legte es an und drückte ab. Der Pfeil traf mich in den Oberarm.

NEUN

Ich wachte wieder auf, öffnete aber nicht gleich die Augen. Die Uhr in meinem Kopf schien wieder richtig zu gehen, und ich wollte ihr Gelegenheit geben, sich ungestört exakt einzustellen. Im Augenblick zeigte sie 18 Uhr an. Was bedeutete, dass ich wieder ungefähr acht Stunden lang außer Gefecht gewesen war. Ich war heißhungrig und sehr durstig. Mein Arm tat weh, wie mein Oberschenkel wehgetan hatte. Ich spürte, dass ich noch immer keine Schuhe anhatte. Aber diesmal waren meine Handgelenke und Fußknöchel nicht an das Feldbett gefesselt.

Ich öffnete die Augen. Entdeckte zweierlei. Erstens: Theresa Lee war in dem Käfig rechts von mir. Zweitens: Jacob Mark war in dem Käfig links von mir. Beide waren Cops. Keiner von ihnen trug Schuhe.

Das war der Augenblick, in dem ich mir Sorgen zu machen begann.

Beide betrachteten mich. Theresa Lee trug Jeans und eine weiße Bluse. Jake trug die Uniform eines Polizeibeamten, aber ohne den Gürtel und die Pistole und das Funkgerät und die Schuhe. Ich setzte mich auf dem Feldbett auf und stellte die Füße auf den Boden. Dann stand ich auf, ging zu dem kleinen Waschbecken und trank aus dem Wasserhahn. New York, kein Zweifel. Diesen Wassergeschmack kannte ich.

Ich sah zu Theresa Lee hinüber. „Haben Sie eine Ahnung, wo wir hier sind?"

„Wir müssen annehmen, dass es hier Mikrofone gibt“, warnte sie mich.

„Garantiert. Aber *die* wissen, wo wir hier sind.“

Sie machte ein unbehagliches Gesicht.

„Was haben Sie auf dem Herzen?“, fragte ich.

„Die Clubs in der Bleeker Street liegen eher an der Sixth Avenue als am Broadway. Sie hätten gleich mit dem A Train fahren können. Oder mit dem B oder C oder D Train. Wieso waren Sie überhaupt im 6 Train?“

„Ich hatte kein bestimmtes Ziel. Ich kam aus einer Bar, wandte mich nach links und ging weiter. Eine bessere Erklärung habe ich nicht.“

„Sie haben keine Tragetaschen. Ich habe noch nie einen Obdachlosen gesehen, der nichts hat. Die meisten haben mehr Zeug dabei, als ich besitze. Sie benutzen geklaute Einkaufswagen.“

„Ich bin anders. Und ich bin kein Obdachloser. Nicht wie die anderen.“

Sie schwieg.

„Wurden Sie mit verbundenen Augen hergefahren?“

Theresa Lee betrachtete mich lange, dann schüttelte sie den Kopf und seufzte. „Wir sind in einer ehemaligen Feuerwache in Greenwich Village. In der West 3rd Street. Erdgeschoss und erster Stock stehen leer. Wir sind im Keller.“

„Wissen Sie, wer diese Kerle genau sind?“

„Sie haben keine Ausweise vorgezeigt. Heute nicht, aber auch schon beim ersten Mal nicht, als sie aufs Revier kamen, um mit Ihnen zu reden.“

„Aber?“

„Wer zu einer Truppe gehört, die gewohnheitsmäßig keinen Ausweis vorzeigt, verrät sich eigentlich selbst. Wir haben alle möglichen Geschichten gehört.“

„Wer sind die also?“

„Sie sind direkt dem Verteidigungsminister unterstellt.“

„Logisch. Meistens ist der Verteidigungsminister der dümmste Kerl in der Regierung.“

Theresa Lee sah zu der Überwachungskamera hinauf, als hätte ich diese beleidigt. „Wissen Sie, was die wollen?“

„Teilweise.“

„Erzählen Sie’s uns lieber nicht. Aber ist die Sache groß genug fürs Weiße Haus?“

„Potenziell schon, denke ich. Wann haben die Kerle Sie abgeholt?“

„Heute Nachmittag. Kurz vor zwei. Ich habe noch geschlafen.“

„Sind sie mit Polizeibeamten gekommen?“

Theresa Lee nickte. Ihr Blick zeigte, dass sie verletzt war.

„Haben Sie die Kollegen gekannt?“, erkundigte ich mich.

Sie schüttelte den Kopf. „Wichtigteuer von der Terrorabwehr. Machen ihre eigenen Regeln und bleiben unter sich. Sie fahren den ganzen Tag mit Spezialautos herum. Manchmal mit angeblichen Taxis. Einer vorn, zwei hinten. In großen Kreisen, die Tenth Avenue hinauf, die Second herunter.“

„Wie spät ist's jetzt? Ungefähr sechs nach sechs?“

Sie sah auf ihre Uhr und machte ein überraschtes Gesicht. „Exakt.“

Ich wandte mich nach links. „Jake, was ist mit Ihnen?“

„Ich bin seit Mittag hier.“

„Irgendeine Nachricht von Peter?“

„Nichts.“

„Das tut mir leid. Haben die Kerle schon mit Ihnen beiden gesprochen?“

Beide schüttelten den Kopf.

„Machen Sie sich Sorgen?“

Beide nickten, und Theresa Lee fragte zurück: „Sie etwa nicht?“

„Ich schlafe gut“, antwortete ich. „Aber ich glaube, dass das hauptsächlich an den Betäubungsmitteln liegt.“

Um 18.30 Uhr brachten sie uns Essen. Fertig gekaufte Sandwichs in aufklappbaren Plastikbehältern, die auf die Seite gedreht und durch die Gitter geschoben wurden. Dazu Wasser in Flaschen. Ich trank erst mein Wasser und füllte die Flasche aus dem Wasserhahn nach.

Um 19 Uhr wurde Jacob Mark zum Verhör abgeholt. Keine Handschellen. Keine Ketten. Theresa Lee und ich redeten nicht viel. Ich rief mir Gespräche ins Gedächtnis zurück – mit John Sansom, Lila Hoth, mit den Kerlen nebenan. Ich erinnerte mich an seltsame Halbkommentare, nicht weiter erklärte Andeutungen. Ich konnte nichts mit ihnen anfangen. Aber allein die Tatsache, dass ich von ihrer Existenz wusste, war bereits nützlich.

Um 19.30 Uhr brachten sie Jake zurück und nahmen an seiner Stelle Theresa Lee mit. Keine Handschellen. Keine Ketten. Jake setzte sich mit dem Rücken zu der Kamera auf sein Bett. Ich sah ihn fragend an. Er verdrehte die Augen. Dann ließ er die Hände auf dem Schoß, wo die Kamera sie nicht sehen konnte, und imitierte mit Daumen und Zeigefinger eine Schusswaffe. Er tippte sich auf den Oberschenkel und sah meinen an. Ich nickte. Das Narkosegewehr. Er streckte zwei Finger zwischen den Knien aus und hielt einen dritten seitlich links hoch. Ich nickte wieder. Zwei Kerle am Tisch, einer links von ihnen mit dem Gewehr. Als Wachposten.

Ich rieb mir die Schläfen und fragte mit lautlosen Lippenbewegungen: *Wo sind Ihre Schuhe?*

Jake antwortete auf gleiche Weise: *Keine Ahnung.*

Danach saßen wir schweigend da.

Um 20 Uhr brachten sie Theresa Lee zurück und nahmen mich wieder mit.

KEINE HANDSCHELLEN. Keine Ketten. Anscheinend glaubten sie, ich hätte Angst vor dem Narkosegewehr. Was bis zu einem gewissen Grad auch stimmte.

Im Raum nebenan waren die Agenten genauso verteilt, wie Jake mir bedeutet hatte. Meine Habseligkeiten lagen auf dem Tisch. Neun Gegenstände. Das war gut, denn ich musste mindestens sieben von ihnen mitnehmen.

Der Oberagent auf dem mittleren Stuhl sagte: „Setzen Sie sich."

Ich ging auf meinen Stuhl zu und spürte, wie die drei sich entspannten. Hinter ihnen lagen schon zwei Verhöre. Und eine Vernehmung ist harte Arbeit. Also waren diese drei Kerle müde genug, um ihre Spritzigkeit eingebüßt zu haben. Sobald ich zu meinem Stuhl unterwegs war, so glaubten sie, würde es keine Schwierigkeiten geben. Sie täuschten sich.

Einen halben Schritt vor meinem Ziel hob ich einen Fuß auf Höhe der Tischkante, streckte das Bein und schob den Tisch kräftig an. Ich trat nicht dagegen, weil ich keine Schuhe trug. Der Tisch kippte um, und die gegenüberliegende Kante traf die beiden sitzenden Kerle in der Magengrube und nagelte sie auf ihren Stühlen fest. Zu diesem Zeitpunkt war ich schon nach links unterwegs. Ich richtete mich aus geduckter Haltung vor dem dritten Kerl auf, riss ihm das Narkosegewehr nach oben aus den Händen und rammte ihm ein Knie in den Unterleib. Als er sich zusammenkrümmte, wechselte ich auf den anderen Fuß über und traf sein Gesicht mit einem weiteren Kniestoß. Wie bei einem irischen Volkstanz. Ich warf mich herum, legte das Gewehr an, traf den Oberagenten in die Brust. Im nächsten Augenblick war ich am Tisch und schlug dem anderen Kerl den Gewehrkolben über den Schädel, bis er sich nicht mehr rührte.

Vier lärmende, gewalttätige Sekunden. Der Tisch, das Narkosegewehr, der Oberagent, der zweite Kerl am Tisch. Glatt und zügig. Die beiden, die ich persönlich außer Gefecht gesetzt hatte, waren bewusstlos. Der Oberagent war mit chemischer Unterstützung dabei, das Bewusstsein zu verlieren.

Ich drehte mich um und beobachtete die Tür zum dritten Raum. Aber sie blieb geschlossen. Ich kniete mich hin und griff ins Jackett des dritten Kerls. Keine Glock. Vermutlich ein Standardverfahren: keine Schusswaffen in geschlossenen Räumen, wenn ein Festgenommener anwesend war. Ich kontrollierte die beiden anderen Agenten. Auch nichts. Ich sah in den Taschen nach. Alle leer. Ich hob das Narkosegewehr wieder auf und trat an die Tür des dritten Raums.

Der dritte Raum war leer.

Kein Sanitäter, keine Agenten in Reserve, kein Büropersonal. Überhaupt niemand. Nur graue Büromöbel und Leuchtstoffröhren. Der Raum selbst war so groß wie die beiden anderen: ein gemauerter alter Kellerraum mit weißem Anstrich. Gleiche Größe, gleiche Abmessungen. Hier gab es eine zweite Tür, die in einen weiteren Raum oder ein Treppenhaus führen musste. Ich ging hin und zog sie vorsichtig auf.

Ein Treppenhaus. Ich schloss die Tür wieder und begutachtete die Büromöbel. Drei Schreibtische, fünf Aktenschränke, vier Spinde, alle aus Stahl, alle abgesperrt, mit Kombinationsschlössern.

Die Kombinationsschlösser enttäuschten mich. Ich wollte das Depot finden und das Narkosegewehr nachladen, um die beiden anderen Agenten damit auch noch zu betäuben. Und ich wollte meine Schuhe.

Ich ging auf Socken zu den Zellen zurück. Jacob Mark und Theresa Lee sahen auf, sahen weg und sahen wieder mich an. Klassische verzögerte Reaktionen.

„Was ist passiert?“, fragte Theresa Lee mich.

„Sie sind eingeschlafen.“

„Dann sitzen Sie jetzt echt in der Scheiße.“

„Im Gegensatz wozu?“

„Vorher waren Sie unschuldig.“

„Werden Sie erwachsen, Theresa.“

Sie gab keine Antwort. Ich kontrollierte die Schlösser an den Zellentüren. Die Drehknöpfe ließen sich nach rechts und links bewegen.

„Wollen Sie, dass ich Sie raushole?“

„Warum sollte ich das nicht wollen?“, gab Theresa Lee zurück.

„Weil Sie dann echt in der Scheiße säßen. Bleiben Sie, spielen Sie ihr Spiel mit. Jake, was ist mit Ihnen?“

„Wie können Sie uns rausholen?“

„Das wird nicht einfach. Deshalb muss ich wissen, ob ich damit anfangen soll.“

„Okay, ich will raus“, sagte Jake.

Ich sah zu Theresa Lee hinüber. „Ich habe Sansom erzählt, wie wir die Rote Armee studiert haben. Wissen Sie, wovor die Russen die größte Angst hatten? Nicht vor uns. Am meisten fürchteten sie die eigenen Leute. Ihre größte Qual war, für den Rest ihres Lebens immer wieder ihre Unschuld beweisen zu müssen.“

Sie nickte. „Ich will raus.“

„Okay.“ Ich schätzte die Abmessungen und das Gewicht durch Augenschein ab. „Warten Sie hier. In weniger als einer Stunde bin ich wieder da.“

MEIN ERSTER HALT war nebenan. Die drei Kerle waren noch immer bewusstlos. Der Oberagent würde volle acht Stunden außer Gefecht sein. Die beiden anderen würden viel früher aufwachen. Also ging ich in den Vorraum hinaus, riss alle Computerkabel aus der Wand und benutzte sie dazu, um die beiden kunstgerecht zu fesseln. Ich zog meine Socken aus und stopfte sie den beiden als Knebel in den Mund.

Ich steckte meine auf dem Tisch liegenden Habseligkeiten wieder ein und verließ das Gebäude.

Die Treppe führte ins Erdgeschoss hinauf und endete im rückwärtigen Teil der Garage, in der einst die Feuerwehrautos gestanden hatten. Der Personaleingang hatte ein neues Schloss, das aber dazu bestimmt war, die Tür von außen, nicht von innen zu sichern. Innen war eine einfache Klinke angebracht. Außen gab es ein weiteres Kombinationsschloss. Auf dem Boden fand ich eine schwere Schlauchkupplung aus Messing, die ich so in die Tür klemmte, dass sie bis zu meiner Rückkehr einen Spalt breit offen bleiben würde. Ich schlüpfte in eine Gasse hinaus und gelangte mit einigen vorsichtigen Schritten auf den Gehsteig der 3rd Street.

Kein Mensch achtete auf meine Füße. Ich hielt ein Taxi an, das mich zwanzig Blocks weit nördlich zu dem Baumarkt in der 23rd Street brachte, den Docherty im Zusammenhang mit dem Vierfachmord erwähnt hatte. Das Geschäft würde gleich schließen, aber ich wurde gerade noch eingelassen. In der Bauabteilung fand ich eine eineinhalb Meter lange Brechstange, stark und massiv. Der Weg zur Kasse führte durch die Gartenabteilung, und ich beschloss, auch noch ein Paar Clogs aus Gummi zu kaufen. Sie waren hässlich, aber besser, als barfuß zu gehen. Ich zahlte mit meiner Bankkarte, die eine Computerfährte hinterlassen würde, aber es gab keinen Grund, die Tatsache zu vertuschen, dass ich unterwegs gewesen war, um Werkzeug zu kaufen. Mein Einkauf würde sich eh bald auf andere Weise manifestieren.

Nach wenigen Minuten war ich mit einem Taxi auf der Rückfahrt nach Süden. In der 3rd Street stieg ich in der Nähe der Feuerwache, aber nicht direkt davor aus.

Drei Meter vor mir sah ich den Sanitäter die Gasse neben dem Gebäude betreten. Er wirkte frisch geduscht und ausgeruht. Schichtwechsel. Die Agenten hielten tagsüber die Stellung, und dann übernahm der Sanitäter die Nachtschicht.

Mit der Brechstange in der linken Hand hastete ich hinter ihm her und erreichte den Personaleingang, bevor der Sanitäter ganz durch die Tür war. Ich stieß ihn hinein, und er sank auf ein Knie. Ich packte ihn am Hals und hielt ihn auf Armeslänge von mir weg, während ich die Schlauchkupplung mit einem Fuß wegschob und die Tür ins Schloss fallen ließ. Er hob die Hände, um anzudeuten, dass er sich ergab. Als wir in den zweiten Raum kamen, sah er die drei Agenten auf dem Boden liegen und erriet, was ihm bevorstand. Dann betrachtete er mich, einen entschlossenen Hünen in lächerlichen Schuhen, der eine große Brechstange in der Hand hielt.

„Wissen Sie die Kombinationen für die Zellentüren?“, fragte ich ihn.

„Nein.“

„Wo haben Sie Ihr Zeug?“

„In meinem Schrank.“

„Zeigen Sie’s mir. Machen Sie ihn auf.“

Wir gingen in den Vorraum hinaus, und er führte mich zu einem Schrank und drehte das Kombinationsschloss.

Sein Schrank war durch Einlegeböden unterteilt, auf denen ganze Stapel von Sanitätsartikeln lagen. Und eine Schachtel mit einzeln verpackten Betäubungspfeilen.

„Was genau ist in den Pfeilen?“, fragte ich.

„Ein Mittel zur örtlichen Wundbetäubung und jede Menge Barbiturat.“

„Wie viel Barbiturat? Genug für einen Gorilla?“

„Verringerte Dosis. Für einen normalen Menschen berechnet.“

„Hat das Zeug Nebenwirkungen?“

„Keine.“

„Bestimmt nicht? Sie wissen, warum ich das frage, nicht wahr?“

Der Kerl nickte. Er wusste, warum ich das fragte.

Ich fand das Narkosegewehr und lud es. „Wollen Sie sich auf den Boden legen? Sie wissen schon, damit Sie sich nicht den Kopf anschlagen.“

Er streckte sich auf dem Boden aus.

„Irgendeine bevorzugte Stelle?“, erkundigte ich mich. „Arm? Bein?“

„In großen Muskeln ist die Wirkung am besten.“

„Dann wälzen Sie sich auf den Bauch.“

Er wälzte sich auf den Bauch, und ich schoss ihm in den Hintern.

Ich lud noch zweimal nach und betäubte die beiden Agenten, die sonst hätten aufwachen können. Nun hatte ich mindestens acht Stunden lang freie Bahn, falls nicht unerwartet weitere Agenten aufkreuzten. Oder falls die drei hier nicht stündlich telefonisch Bericht erstatten sollten. Ich nahm die Brechstange und ging damit in den Zellenblock.

Ich trat auf die Rückseite von Theresa Lees Zelle und rammte das flache Ende der Brechstange unter den Käfigboden. Dann belastete ich die Stange mit meinem Gewicht und spürte, wie das ganze Ding sich etwas bewegte.

„Dieses Ding ist ein freistehender Würfel“, meinte Theresa Lee. „Sie können ihn vielleicht umkippen, aber dann bin ich immer noch drinnen.“

„Tatsächlich steht er nicht frei“, wiedersprach ich. „Er ist an ein Abflussrohr angeschlossen. Unter der Toilette. Hält der Anschluss, wenn ich den Käfig anhebe, reißt der Boden ab, und Sie können rauskriechen.“

„Versuchen Sie's.“

Im übernächsten Raum begann ein Telefon zu klingeln. Ich kniete mich hin und schob das flache Ende der Brechstange unter die untere Querstange des Käfigs. Dann rückte ich es etwas zur Seite, bis es sich genau unter einem der Schweißpunkte befand, was zugleich bedeutete, dass die nach oben gerichtete Kraft auf einen der senkrechten Gitterstäbe einwirken würde.

Im übernächsten Raum hörte das Telefon zu klingeln auf.

Ich nickte Theresa Lee zu. „Stellen Sie sich auf den Toilettensitz.“

Sie stieg auf den Sitz und hielt breitbeinig das Gleichgewicht. Ich sorgte dafür, dass die Brechstange kein Spiel mehr hatte, und stellte mich dann darauf und wippte einmal, zweimal, dreimal kräftig. Eine hell glänzende Stahlperle sprang klickend ab und rollte davon.

Ich schob die Brechstange dreißig Zentimeter weiter nach links unter den nächsten Schweißpunkt an einem Gitterstab. Klemmte sie ein, stellte mich darauf und wippte. Gleiches Ergebnis.

Im übernächsten Raum begann ein zweites Telefon zu klingeln. Mit anderem Klingelton.

Ich trat zurück, verschob meine Brechstange aufs Neue. Wiederholte das Verfahren und wurde mit einem weiteren abspringenden Schweißpunkt belohnt. Drei weg, aber noch viele weitere da. Aber jetzt konnte ich die vom flachen Ende der Brechstange aufgewölbte untere Querstrebe bequem fassen. Ich ging mit dem Gesicht zum Käfig in die Hocke und schob beide Hände mit den Handflächen nach oben in diese Grifföffnungen.

Im übernächsten Raum hörte das zweite Telefon zu klingeln auf.

Und ein drittes begann.

Ich hievte den Käfig mit einem gewaltigen Ruck hoch und schaffte es, die Zelle auf meiner Seite etwa dreißig Zentimeter hochzuheben. Die stählerne Bodenwanne verformte sich kreischend. Aber die Schweißpunkte hielten. Ich sah zu Theresa Lee hinauf und sagte stumm: *Springen!* Sie sprang von dem Toilettensitz barfuß auf eine Stelle, wo zwei Schweißpunkte unter Spannung standen. Die Schweißstellen brachen sofort, sodass die Bodenwanne V-förmig aufklaffte. Wie ein sich öffnender Mund. Dieses Lücke war ungefähr dreißig Zentimeter breit. Gut, aber nicht gut genug.

Alle drei Telefone begannen gleichzeitig zu klingeln.

Jetzt ging es nur noch darum, das eben entwickelte Verfahren an weiteren Schweißpunkten zu wiederholen. Bis die Öffnung so groß war, dass Theresa Lee herauskriechen, konnte brauchten wir acht Minuten. Sie kam mit den Füßen voraus auf dem Rücken rutschend heraus – wie eine Limbotänzerin. Dann sprang sie auf und umarmte mich fest.

Wir wiederholten das Verfahren, diesmal für Jacob Mark.

Im übernächsten Raum klingelten Telefone und verstummten, klingelten und verstummten.

ZEHN

Wir hatten es eilig. Theresa Lee nahm sich die Schuhe des Oberagenten. Sie waren ihr zu groß, aber nicht zu sehr. Jake zog die Klamotten des Sanitäters an. Er ging davon aus, dass ein auswärtiger Cop in unvollständiger Uniform auf der Straße aufgefallen wäre.

Dann machten wir, dass wir wegkamen, auf die 3rd Street hinaus, und hasteten zur Sixth Avenue weiter. Wir überquerten die Sixth Avenue und fanden dann Zuflucht in der Cornelia Street, die eng und düster und bis auf die Gäste an Cafétischen auf den Gehsteigen relativ leer war. Am stillen Ende der Straße hielten wir an, um Inventur zu machen. Theresa Lee und Jake hatten nichts. Ihr ganzes Zeug war im Keller der Feuerwache weggesperrt. Ich hatte nur, was ich von dem Tisch im Vernehmungsraum mitgenommen hatte, darunter als Wichtigstes mein Geld, meine Bankkarte, die Metrocard und Leonids Handy. In bar besaß ich dreiundvierzig Dollar. Mit der Metrocard konnte man noch viermal fahren. Der Akku von Leonids Handy war fast leer.

Wir waren uns darüber einig, dass meine Kontonummer und Leonids Handynummer in verschiedenen Computersystemen Alarm auslösen würden. Aber das machte mir keine allzu großen Sorgen. Flüchteten wir aus der West 3rd Street und hoben einige Tage später in Oklahoma City Geld ab, war das eine wichtige Erkenntnis. Hoben wir es jedoch sofort, nur wenige Blocks von der Feuerwache entfernt ab, war die Erkenntnis wertlos. Sie enthielt nichts, was nicht schon bekannt war.

Also gingen wir zum nächsten Geldautomaten, an dem ich so viel Geld abhob, wie er mir geben wollte: dreihundert Dollar. Anscheinend war das mein Limit pro Tag. Dann zogen wir weiter, und Theresa Lee kaufte ein batteriebetriebenes Handyladegerät für Notfälle. Sie steckte es in Leonids Handy ein und rief ihren Partner Docherty an. Inzwischen war es 22.10 Uhr, und er würde bald zum Dienst müssen. Aber er meldete sich nicht. Theresa

Lee hinterließ eine Nachricht, dann schaltete sie das Handy aus. Sie sagte, jedes Mobiltelefon könne geortet werden. Das hatte ich nicht gewusst. Sie sagte, auf der Flucht dürfe man ein Handy immer nur kurz benutzen, bevor man den Standort wechsle. So seien die Verfolger immer einen Schritt zu spät dran.

Also blieben wir in Bewegung und fanden in der Nähe der Universität ein lautes Bistro. In dem düsteren Lokal drängten sich Studenten. Ich hatte Hunger und fühlte mich ausgetrocknet. Ich trank mehrere Gläser Leitungswasser und bestellte einen Milchshake mit Joghurt und Früchten. Dazu einen Burger und Kaffee. Jake und Theresa Lee meinten, sie seien zu durcheinander, um etwas zu essen.

„Erzählen Sie uns lieber, was hier genau vorgeht“, forderte Theresa Lee mich auf.

„Ich dachte, das wollten Sie nicht wissen.“

„Diese Linie haben wir jetzt überschritten.“

„Diese Kerle haben sich nicht ausgewiesen. Also konnten Sie annehmen, die Inhaftierung sei illegal. Somit war der Ausbruch keine Straftat.“

Sie schüttelte den Kopf. „Ich wusste, wer sie waren.“

Ich sah zu Jake hinüber, um festzustellen, ob er ebenfalls eingeweiht werden wollte oder noch glaubte, Unwissenheit sei segensreich. Er zuckte mit den Schultern, als wolle er sagen: mitgefangen, mitgehangen. Also erzählte ich ihnen, was ich wusste. März 1983, Sansom, das Korengal-Tal. Alle Einzelheiten, alle Hintergründe.

„Wie groß ist diese Sache nach Ihrer Meinung?“, fragte Jake.

„Riesig“, warf Theresa Lee ein. „Zumindest für uns, denn im Augenblick wissen nur wir drei davon. Und drei Leute kann man verschwinden lassen, ohne dass jemand etwas merkt.“

„Wie?“

„Glauben Sie mir, das passiert. Wer sollte sich auch darum kümmern? Sie sind nicht verheiratet. Ich auch nicht.“ Sie sah mich an. „Reacher, sind Sie verheiratet?“

Ich schüttelte den Kopf.

Sie machte eine Pause. „Keiner mehr da, der Fragen stellt.“

„Das ist verrückt!“, entfuhr es Jake. „Wir haben Rechte.“

„Die hatten wir früher mal.“

Darauf wusste er anscheinend keine Antwort. Ich trank meinen Kaffee aus. Theresa Lee verlangte die Rechnung und wartete, bis ich gezahlt hatte, bevor sie Leonids Handy wieder einschaltete. Es war eine SMS eingegangen.

„Die ist von Docherty“, verkündete Theresa Lee. Sie las und scrollte, las und scrollte. Eine lange SMS. Und nach Theresa Lees Miene zu urteilen voller schlechter Nachrichten.

Sie schaltete das Handy aus und gab es wieder mir. „Sie hatten recht. Die Toten unter dem FDR Drive waren Lila Hoths hiesige Crew. Das Siebzehnte hat ihr Büro aufgebrochen und dort Kopien von Rechnungen gefunden, die auf ‚Lila Hoth, zurzeit im Hotel Four Seasons' ausgestellt waren. Aber jetzt kommt der Clou. Diese Rechnungskopien umfassen einen Zeitraum von drei Monaten, nicht nur von drei Tagen. Und die Heimatschutzbehörde besitzt keine Unterlagen darüber, dass zwei Frauen namens Hoth jemals in die Vereinigten Staaten eingereist sind. Und Susan Mark hat nie in London angerufen."

MIT DEM HANDY telefonieren und sofort weiter, das musste für uns die Regel sein. Wir folgten dem Broadway nach Norden. Wir hasteten bis zum Astor Place, verschwanden dann in der U-Bahn und verbrauchten drei meiner restlichen vier Metrocard-Streifen für den 6 Train nach Norden. Wo alles begonnen hatte. Es war kurz nach 23 Uhr. Wir bekamen auf einer achtsitzigen Bank drei Plätze nebeneinander.

„Was wird hier gespielt?", fragte Jake halblaut. „Sind die Hoths Betrüger? Oder sichern staatliche Stellen sich bereits ab, indem sie Daten vernichten?"

„Die Hoths sind falsche Fuffziger", antwortete ich.

„Glauben Sie das, oder wissen Sie das?"

„Die Sache in der Penn Station war zu einfach. Leonid sorgte dafür, dass ich ihn sehen musste. Dann ließ er sich von mir niederschlagen – weil ich ihm das Handy abnehmen und vom Four Seasons erfahren sollte. Sie lockten mich ins Hotel und versuchten es mit der freundlichen, lockeren Methode. Sie hatten sogar einen Plan B, der darin bestand, aufs Revier zu kommen und Vermisstenanzeige zu erstatten. In beiden Fällen wäre ich irgendwann bei ihnen aufgekreuzt."

„Was wollen sie von Ihnen?"

„Susans Informationen."

„Woraus bestehen die?"

„Weiß ich nicht."

„Wer sind die beiden?"

„Lila Hoth ist jedenfalls keine Journalistin. Da habe ich mich wohl geirrt."

„Wo sind sie jetzt? Aus dem Hotel sind sie abgehauen."

„Sie hatten schon immer eine zweite Unterkunft. Deshalb weiß ich nicht, wo sie jetzt sind. Vermutlich weiter hier in New York. Vielleicht in einem Stadthaus. Weil sie eine Crew mitgebracht haben."

„Wenn die Heimatschutzbehörde nicht mal Lila Hoths Einreise mitbekommen hat, weiß sie auch nicht, ob sie in Kalifornien war. Was bedeutet, dass sie's gewesen sein könnte, die Peter bezirzt hat."

„Ja, sie könnte es gewesen sein."

Theresa Lee wandte sich an mich. „Was den vier Männern zugestoßen ist, war unsere Schuld. Das mit den Hämmern. Vor allem Ihre Schuld. Sie haben Lila erzählt, dass Sie von ihnen wussten. Dadurch wurden sie zu einer Belastung."

„Danke, dass Sie mich darauf aufmerksam gemacht haben", sagte ich.

Sie haben sie in den Abgrund gestoßen. Vor allem Ihre Schuld.

Wir stiegen in der 33rd Street aus. Auf der Park Avenue herrschte reger Betrieb. Gleich in der ersten Minute kamen zwei Streifenwagen vorbei. Wir schlugen einen Haken nach Süden und folgten einer ruhigen Seitenstraße in Richtung Madison Avenue. Ich fühlte mich glänzend. Ich hatte erst vor Kurzem sechzehn von siebzehn Stunden geschlafen. Aber Theresa Lee und Jake sahen ziemlich erledigt aus. Nach Hause durften sie natürlich nicht.

Wir hockten einige Zeit unter einem Baugerüst versteckt und warteten bis kurz nach Mitternacht, dann suchten wir die Seitenstraßen ab, bis wir die richtige Art Hotel fanden. Es war heruntergewirtschaftet und kleiner, als ich mir gewünscht hätte. Aber es war ein gutes Ziel für den Fünfzigdollartrick.

Letztlich mussten wir unser Angebot auf fünfundsiebzig erhöhen, vermutlich weil der Portier glaubte, wir planten einen flotten Dreier. Das Zimmer, das er uns gab, war klein. Es lag nach hinten hinaus und hatte Doppelbetten.

Theresa Lee seufzte. „Wir brauchen Hilfe. So können wir nicht ewig leben."

„Wir müssten nur wollen", erwiderte ich. „Ich lebe schon seit zehn Jahren so."

„Okay, ein normaler Mensch kann nicht ewig so leben. Wir brauchen Hilfe. Dieses Problem wird sich nicht von allein erledigen."

„Und wer zum Teufel sollte uns helfen wollen?", fragte Jake.

„Sansom. Er hat bei dieser Sache am meisten zu verlieren. Das können wir ausnutzen." Ich zog Leonids Handy heraus und warf es neben Theresa Lee aufs Bett. Und ich nutzte die Gelegenheit, etwas zwischen uns zu ändern. „Du rufst Sansoms Büro an und lässt dich zu ihm durchstellen. Du sagst ihm, dass du bei der New Yorker Polizei und im Augenblick mit mir unterwegs bist. Du sagst ihm, dass wir wissen, dass sein Stabschef in der U-Bahn war. Dass wir wissen, dass er die Distinguished Service Medal nicht für das Scharfschützengewehr bekommen hat. Dass wir wissen, dass es mehr gegeben hat."

„Wie kommst du darauf, dass es mehr gibt?", fragte sie.

„Sansom hat vier Orden bekommen, nicht nur einen. Er war ein Mann für schwierige Fälle. Er muss alles Mögliche gemacht haben. Was eben getan werden musste. Bei Nacht auf ein sowjetisches Scharfschützenteam zu stoßen, war nur durch Zufall möglich. Hätte man einen Mann für schwierige Fälle wie Sansom einfach durch die Berge streifen lassen und das Beste erhofft? Dahinter muss mehr gesteckt haben."

„Das ist ziemlich vage."

„Ich habe in Washington mit Sansom gesprochen. Er war sichtbar sauer wegen dieser ganzen Sache. Trübselig und irgendwie besorgt."

„Die Wahlen stehen vor der Tür.

„Aber es war doch cool, diese Waffe zu erbeuten, nicht wahr? Nichts, dessen man sich schämen müsste. Also war seine Reaktion falsch."

„Noch immer vage."

„Er kannte den Namen des Scharfschützen. Grigorij Hoth. Ich habe vermutet, er besitze die Erkennungsmarke noch als Souvenir. Aber er sagte, nein, sie sei mit dem Einsatzbericht und allem anderen weggesperrt. Das war wie ein Versprecher. ‚Mit allem anderen' – was sollte das heißen?"

Theresa sagte nichts.

„Wir haben über das Schicksal des Scharfschützen und seines Beobachters gesprochen. Sansom behauptete, sein Team habe keine Waffen mit Schalldämpfer gehabt. Was wieder eine Art Versprecher war. Zu einem nächtlichen Kommandounternehmen würden Deltas nie ohne Waffen mit Schalldämpfer aufbrechen. Was für mich den Schluss nahelegt, dass die ganze Episode mit dem VAL ein zufälliges Nebenprodukt eines völlig anderen Unternehmens war. Er macht sich Sorgen wegen Russland oder der Russischen Föderation. Würde das damalige Teilunternehmen im Korengal-Tal bekannt, so sagte er, könnten die Spannungen eskalieren. Das *Teil*unternehmen im Korengal-Tal? Das war praktisch ein Eingeständnis, dass es mehr gibt."

„Welche Art von mehr?", fragte Jake.

„Das weiß ich nicht. Aber es basiert jedenfalls auf großen Datenmengen. Lila Hoth versuchte von Anfang an, einen USB-Stick an sich zu bringen. Und die Bundesheinis sagten, dass sie den richtigen Stick wollten. Den *richtigen*, weil sie den von mir gekauften als Attrappe einstuften. Er sei leer und ohnehin zu klein. Was bedeutet, dass große Datenmengen im Spiel sind."

„Aber Susan hatte nichts bei sich."

„Stimmt. Aber alle glauben, dass sie etwas bei sich hatte."

„Was für Informationen?"

„Keine Ahnung. Allerdings war Springfield, Sansoms Sicherheitschef, sichtbar angespannt. Er sagte, ich könne es mir nicht leisten, den falschen Stein umzudrehen."

„Und?"

„Was passiert, wenn man einen Stein umdreht?"

„Ungeziefer kriecht hervor."

„Genau. Gegenwartsform. Hier geht's um etwas, das sehr lebendig ist."

Theresa ließ sich die Sache durch den Kopf gehen. „Sansom ist ein bisschen leichtsinnig, nicht wahr? Er hat sich mehrmals verplappert."

„Hat er das? Ich weiß nicht recht. Er kennt meine Personalakte. Ich war ein guter Militärpolizist. Ich glaube, dass er vielleicht Hilfe suchte. Dass er ein paar Brotkrumen fallen ließ, um zu sehen, ob ich ihnen folgen würde."

„Warum?"

„Weil er die Sache wieder unter Verschluss haben will."

„Traut er denn Springfield nicht?"

„Dem würde er sein Leben anvertrauen. Aber Springfield ist nur ein einzelner Mann."

„Also muss Sansom uns helfen."

„Er muss nicht. Aber er könnte dazu geneigt sein. Deshalb sollst du ihn anrufen. Wir treffen uns morgen früh um zehn Uhr im Madison Square Park."

„Wohin gehst du?"

„Lila Hoth suchen. Sie hat eine Crew, und die sucht mich bestimmt."

„Die Cops fahnden bestimmt auch nach dir. Und das Verteidigungsministerium und das FBI."

„Hektische Nacht allerseits."

ICH WURDE nie in der Kunst ausgebildet, unsichtbar zu bleiben. Dafür wurden immer Kleinere ausgewählt, Kerle in Normalgröße, weil man glaubte, jemand in meiner Größe müsse überall auffallen. Aber ich habe mir selbst ein paar Methoden beigebracht. Manche widersprechen dem, was man intuitiv tun würde. So ist die Nacht besser als der Tag, weil weniger Leute unterwegs sind. Und auf leeren Straßen falle ich nicht mehr, sondern weniger auf, denn Größe lässt sich leichter beurteilen, wenn man Vergleiche anstellen kann. Stehe ich in einer Menge, überrage ich alle um Haupteslänge. Bin ich allein, sind die Leute sich weniger sicher. Kein Vergleichsmaßstab.

Es war ein Uhr nachts. Ich folgte der 30th Street, überquerte die Park Avenue und ging zur Lexington Avenue weiter. Ich achtete besonders auf Autos. In New York gibt es nur eine Möglichkeit, einen einzelnen Menschen zu finden: Man muss die Straßen abfahren. Die blau-weißen Streifenwagen der New Yorker Polizei waren leicht zu entdecken. Immer wenn ich einen sah, legte ich mich in den nächsten Hauseingang. Nur ein weiterer Obdachloser. Neutrale Dienstwagen waren schwieriger zu orten. Aber Haushaltszwänge beschränken die Auswahl auf eine Handvoll Modelle. Und die Wagen sind schmutzig und hängen wegen defekter Stoßdämpfer durch.

Anders neutrale Dienstwagen von Bundesagenten. Dieselben Marken, dieselben Modelle, aber oft neu und sauber und poliert.

Ich rechnete mir aus, dass die Kerle von Lilas Crew Leihwagen fahren würden, ebenfalls neu und sauber. Ich bemühte mich nach Kräften, nicht von den Cops gesehen zu werden, und tat alles nur Mögliche, damit Lila Hoths Leute mich entdeckten.

Ich war eine halbe Stunde lang unterwegs, ohne dass etwas passierte.

Bis ich von der 22nd Street auf den Broadway abbog.

Da sah ich aus dem Augenwinkel heraus einen schwarzen Crown Vic über die Ampelkreuzung an der 23rd Street fahren. Blitzsauer, glänzend, mit Peitschenantennen auf dem Kofferraum, die von den Scheinwerfern eines dreißig Meter dahinter fahrenden Wagens beleuchtet wurden. Er ging auf Fußgängertempo herunter.

In diesem Bereich ist der Broadway doppelt breit. Sechs Fahrspuren, alle in Richtung Süden. Ich war auf dem linken Gehsteig. Neben mir ein Apartmentgebäude. Rechts von mir, sechs Fahrspuren entfernt, das Flatiron Building. Direkt vor mir ein U-Bahn-Eingang.

Der Crown Vic hielt auf der zweiten der sechs Fahrspuren. Als der Hintermann vorbeifuhr, zeigten seine Scheinwerfer mir zwei Kerle auf den Vordersitzen der Limousine.

Ich setzte mich auf die niedrige Klinkermauer vor dem Apartmentgebäude. Am Randstein befand sich ein Gitter, das einen Lüftungsschacht der U-Bahn abdeckte. Der U-Bahn-Eingang war drei Meter entfernt. Es war das Südende der Station 23rd Street. Die N und R und W Trains. Der Bahnsteig für stadtauswärts fahrende Züge. Ich wettete mit mir selbst, dass es unten eine raumhohe Sperre und mannshohe Drehkreuze geben würde.

Um halb zwei verkehrte die U-Bahn längst nach ihrem Nachtfahrplan. In Abständen von zwanzig Minuten. Ich hörte kein Rumpeln aus dem Untergrund. Es gab keinen stürmischen Luftzug. Der Müll auf den lang gestreckten Lüftungsgittern lag still.

Der Crown Vic kreuzte über vier Fahrspuren hinweg und hielt am Randstein neben mir. Es war eindeutig ein Dienstwagen der Bundestypen. Auf dem Gehsteig war nicht viel los, aber er war auch nicht menschenleer.

Die zwei Kerle stiegen aus. Beide trugen dunkle Anzüge. Ihre Jacketts hatten im Rücken tief unten eine Querfalte von den Autositzen. Der Beifahrer kam vorn herum und blieb mit dem Fahrer neben der Motorhaube im Rinnstein stehen, ungefähr sechs Meter von mir entfernt. Ihre Plaketten hatten sie bereits mit Clips an ihren Brusttaschen befestigt. FBI, schätzte ich. Der Beifahrer rief: „Bundesagenten!" Als ob das nötig gewesen wäre.

Ich behielt die Lüftungsgitter im Gehsteig im Auge. Keine Bewegung. Kein Luftzug. Der Müll lag still.

„Jack Reacher?", rief der Beifahrer.

Ich gab immer noch keine Antwort. Hilft sonst nichts mehr, stellt man sich am besten taub.

„Bleiben Sie, wo Sie sind!", rief der Fahrer.

Meine Clogs waren aus Gummi und saßen viel lockerer als mein gewohntes Schuhwerk. Aber trotzdem spürte ich das erste schwache Vorausecho einer heranrumpelnden U-Bahn durch ihre Sohlen. Ein Zug, der in der 28th Street in Richtung Innenstadt oder von der 14th Street stadtauswärts unterwegs war. Eine U-Bahn zur Innenstadt nützte mir nichts. Dafür war ich auf der falschen Straßenseite. Ich brauchte eine U-Bahn, die stadtauswärts fuhr.

„Lassen Sie Ihre Hände dort, wo ich sie sehen kann!", rief der Beifahrer.

Ich steckte eine Hand in die Tasche. Teils um meine Metrocard zu finden, teils um zu sehen, was als Nächstes passieren würde. Ich wusste, dass bei der FBI-Ausbildung großer Wert darauf gelegt wird, dass keine Unbeteiligten gefährdet werden dürfen. Agenten haben Anweisung, nur im äußersten Notfall zur Waffe zu greifen.

Überall in der Nähe gab es Unbeteiligte. Beide Agenten zogen ihre Waffen.

Zwei identische Bewegungen. Zwei identische Waffen. Glock-Pistolen, die glatt und leicht und schnell aus Schulterhalftern gezogen wurden.

„Keine Bewegung!", rief der Beifahrer.

Der Müll auf den Lüftungsgittern begann sich zu bewegen. Ein stadtauswärts fahrender Zug. Ich stand auf und ging zum Treppenabgang. Ich ging eine Stufe nach der anderen hinunter. Hinter mir hörte ich, wie die Agenten die Verfolgung aufnahmen. Harte Ledersohlen auf Beton. Sie hatten bessere Schuhe als ich. Ich drehte die Metrocard um und zog sie richtig herum aus der Tasche.

Die Sperre war raumhoch. Gitterstäbe vom Boden bis zur Decke wie in einer Gefängniszelle. Es gab zwei Drehkreuze. Beide waren ziemlich enge mannshohe Zylinder. Ich steckte meine Karte in den Schlitz, und das Restguthaben ließ ein grünes Lämpchen leuchten, und ich ging durch das Drehkreuz. Hinter mir machten die Agenten abrupt halt. Ein gewöhnliches Drehkreuz hätten sie im Sprung überwunden, aber die raumhohe Sperre machte das unmöglich.

Und sie hatten selbst keine Metrocards. Hilflos standen sie hinter dem Gitter. Die ersten drei Wagen hatten die Einfahrtskurve schon hinter sich. Der Zug bremste kreischend und hielt, und ich konnte sofort einsteigen, ohne aus dem Tritt zu kommen. Die Türen gingen zu, und die U-Bahn trug mich fort.

Ich war in einem R Train. Der R Train folgt dem Broadway zum Times Square und fährt dann ziemlich gerade zur 57th Street und Seventh Avenue, wo er scharf rechts abbiegt und an der 59th Street und Fifth Avenue, danach an der 60th Street und Lexington Avenue hält, bevor er unter dem East River hindurch nach Queens weiterfährt. Nach Queens wollte ich nicht, denn ich hatte das Gefühl, die Action finde in Manhattan statt. Wahrscheinlich auf der East Side und nicht weit von der 57th Street entfernt. Lila Hoth hatte nur zur Täuschung im Four Seasons gewohnt. Folglich musste ihre eigentliche Basis irgendwo in der Nähe liegen.

Und ihre eigentliche Basis war ein Stadthaus, weil sie eine Crew mitgebracht hatte, die ungesehen kommen und gehen können musste.

Ich blieb über den Times Square hinaus sitzen. An der 59th Street und Fifth Avenue stieg ich aus. Ich kam an die Oberfläche und stellte fest, dass niemand Ausschau nach mir hielt. Ich stand an einer Straßenecke mit dem berühmten Hotel „Plaza" vor mir und genau drei Blocks westlich der Stelle, an der Susan Mark in jener Nacht aus dem 6 Train an die Oberfläche gekommen wäre.

Und in diesem Augenblick wurde mir klar, dass Susan Mark nie ins Four Seasons unterwegs gewesen war. Nicht schwarz gekleidet, bewaffnet und kampfbereit. Susan war vermutlich geradewegs zu dem geheimen Ort unterwegs gewesen, der in einer dunklen, diskreten Seitenstraße liegen musste. Trotzdem musste er in dem ursprünglichen 68 Blocks großen Rechteck zwischen 42nd und 59th Street, Fifth und Third Avenue liegen.

Ich überquerte die Fifth Avenue nach Osten, ging ohne bestimmtes Ziel weiter, achtete auf Autos und blieb möglichst im Schatten, hielt mich bereit, zu flüchten oder zu kämpfen, je nachdem wer mich zuerst fand.

Ich überquerte die Madison Avenue und ging in Richtung Park Avenue weiter. Nun war ich direkt hinter dem Four Seasons, das zwei Blocks weiter südlich stand. Die Straße war ruhig. Hauptsächlich Luxusgeschäfte großer Ketten und Nobelboutiquen, alle geschlossen. Auf der Park Avenue ging ich nach Süden und auf der 58th Street wieder nach Osten. Hier standen ein paar Stadthäuser. In manchen residierten die Konsulate kleiner Staaten. Andere waren von Wohltätigkeitsorganisationen und kleinen Firmen in Beschlag genommen. Einige dienten zu Wohnzwecken, waren aber in mehrere Apartments aufgeteilt. Alles schien hinter verschlossenen Türen fest zu schlafen. Ich schlenderte weiter nach Westen und Osten, Norden und Süden, 58th, 57th, 56th Street, Lexington, Third, Second Avenue. Nichts sprang mir ins Auge.

Es war kurz vor drei, und ich wollte wieder nach Westen gehen. Aber sechs, sieben Meter vor mir hielt ein goldener Chevy Impala mit quietschenden Reifen, und Leonid stieg aus.

ELF

Leonid blieb am Randstein stehen, und der Wagen fuhr wieder an und hielt sechs, sieben Meter hinter mir. Jetzt stieg der Fahrer aus. Geschickt gemacht. Leonid sah anders aus. Weiterhin groß und schlaksig, aber diesmal trug er schwarze Laufschuhe, eine schwarze Jogginghose und eine schwarze Kapuzenjacke. Er sah ausgeschlafen und hellwach und gefährlich aus. Er sah wie ein Exsoldat aus.

Ich wich an die Fassade des Gebäudes hinter mir zurück, um beide gleichzeitig beobachten zu können. Nun hatte ich den zweiten Mann rechts von mir, einen stämmigen Kerl Mitte dreißig. Dunkelhaarig, stiernackig. Auch er trug einen billigen schwarzen Jogginganzug. Bei der Kleidung der beiden fiel mir ein Wort ein: Wegwerfartikel.

Der Kerl machte einen Schritt auf mich zu. Das tat auch Leonid.

Wie immer gab es zwei Möglichkeiten: Kampf oder Flucht. Wir waren auf der Südseite der 56th Street. Ich hätte geradeaus über die Fahrbahn rennen und mein Heil in der Flucht suchen können. Aber Leonid und sein Kumpel waren vermutlich schneller als ich. Also blieb ich, wo ich war.

Links machte Leonid einen weiteren Schritt auf mich zu.

Rechts folgte der Stämmige seinem Beispiel.

Was die US-Army versäumt hatte, als es darum gegangen war, mir beizubringen, mich unsichtbar zu machen, hatte sie durch eine erstklassige Nahkampfausbildung wettgemacht. Ich war wie viele Kinder, deren Väter Berufssoldaten waren. Wir lebten in allen möglichen Ländern. Wir lernten von den Einheimischen, wie man kämpft. Kampfsportarten in Fernost, Prügeleien in heruntergekommenen Gegenden Europas, Messer und Flaschen in heruntergekommenen Gegenden in den Staaten. Mit etwa zwölf Jahren hatten wir das alles zu einer Wildheit ohne Hemmungen eingekocht. Tu's einfach, so lautete unser Motto. Diejenigen unter uns, die selbst zum Militär gingen, wurden weiter ausgebildet. Mit zwölf glaubten wir, harte Burschen zu sein. Mit achtzehn hielten wir uns für unbesiegbar. Das waren wir nicht. Aber mit fünfundzwanzig kamen wir diesem Ideal ziemlich nahe.

An Leonids Hand sah ich einen Schlagring. Das Gleiche galt für den Stämmigen. Leonid trat einen Schritt zur Seite. Das tat auch der andere Kerl. So verbesserten sie ihren Winkel. Ich stand mit dem Rücken an einem Gebäude und hatte in einem Winkel von hundertachtzig Grad freien Raum vor mir. Jeder der beiden wollte links und rechts von sich einen freien Winkel von fünfundvierzig Grad haben. Versuchte ich dann zu fliehen, waren alle Richtungen gleich gut blockiert.

Die erste Regel, wenn man gegen Gegner mit Schlagringen antritt: Lass dich nicht treffen. Vor allem nicht am Kopf.

Treffer vermeidet man am besten dadurch, dass man seine Waffe zieht und die Gegner erschießt. Aber ich war unbewaffnet. Die zweitbeste Methode besteht darin, die Gegner von sich fernzuhalten oder eng an sich zu drücken. Sind sie weit weg, können sie wild um sich schlagen und treffen doch nicht. Hält man sie an sich gedrückt, können sie überhaupt nicht zuschlagen. Auf Distanz hält man sie durch überlegene Reichweite, wenn man sie besitzt, oder indem man die Füße benutzt. Meine Reichweite ist spektakulär. Ich habe sehr lange Arme. Aber ich hatte es mit zwei Kerlen zu tun und wusste nicht recht, ob Fußtritte eine Option waren, die ich zusätzlich nutzen konnte. Vor allem, weil ich miserable Schuhe hatte. Garten-Clogs aus Gummi.

Ich stemmte den rechten Absatz an die Mauer hinter mir.

Ich rechnete damit, dass sie sich zu zweit auf mich stürzen würden. Die gute Nachricht war, dass sie nicht versuchen würden, mich umzubringen. Lila Hoth wollte einiges von mir. Die schlechte Nachricht war, dass es viele schwere Verletzungen gibt, die keineswegs tödlich sind.

„Ihnen braucht nichts zu passieren." Leonid sprach mit starkem Akzent. „Sie können einfach mitkommen, wenn Sie wollen, und mit Lila reden."

„Ich verzichte lieber. Aber euch braucht auch nichts zu passieren. Ihr könnt Lila einfach sagen, ihr hättet mich nicht gesehen."

„Aber das wäre gelogen."

„Seien Sie kein Sklave der Wahrheit, Leonid."

Der Vorteil eines synchronisierten Angriffs zweier Gegner liegt für den Angegriffenen darin, dass es ein Startsignal geben muss. So hat man eine Zehntelsekunde Vorwarnung. Ich hielt Leonid für den Chef der beiden. Wer als Erster spricht, ist meistens der Anführer. Er würde das Zeichen zum Angriff geben. Ich beobachtete seine Augen sehr aufmerksam.

„Sind Sie sauer wegen der Sache auf dem Bahnhof?", fragte ich.

„Ich habe mich von Ihnen niederschlagen lassen. Das war notwendig. Lila hat's gesagt."

„Erzählen Sie mir von Lila."
„Was wollen Sie denn wissen?"
„Ich will wissen, wer sie ist."
„Kommen Sie mit, und fragen Sie sie selbst."
„Ich frage *Sie*."
„Sie ist eine Frau mit einem Auftrag."
„Was für ein Auftrag?"
„Ein wichtiger Auftrag. Ein notwendiger Auftrag."
„Bei dem es worum geht?"
„Kommen Sie mit, und fragen Sie sie selbst."
„Ich frage *Sie*."

Keine Antwort. Keine Fortsetzung des Gesprächs. Ich merkte, wie sie sich anspannten. Ich beobachtete weiter Leonids Gesicht. Sah, wie seine Augen sich leicht weiteten, bevor er mit vorgestrecktem Kopf kaum wahrnehmbar nickte. Dann stürzten sie sich zu zweit auf mich. Ich stieß mich von der Mauer hinter mir ab, stemmte die Fäuste gegen meine Brust, spreizte die Ellbogen wie Tragflächen und stürmte mit ebensolcher Wucht gegen sie an. Wie ein zusammenfallendes Dreieck kamen wir an einem Punkt zusammen, und meine Ellbogen trafen sie im Gesicht. Rechts spürte ich, wie dem Stämmigen die oberen Zähne ausgeschlagen wurden, während auf der anderen Seite Leonids Unterkiefer nachgab.

Ich warf mich sofort herum und traf den Stämmigen mit einem gewaltigen Rundschlag am rechten Ohr. Sein Kopf schnellte zur Seite. Im nächsten Moment war ich mit meinem schwammigen Schuhwerk wieder auf dem Weg in die andere Richtung und rammte Leonid einen Ellbogen unter die Rippen. Dabei wäre ihm fast das Rückgrat herausgesprungen. Ich nutzte mein Zurückfedern, um mich wieder nach dem Stämmigen umzudrehen. Ich traf seine Niere mit einer tief angesetzten rechten Geraden. Die warf ihn so herum, dass er mir zugewandt war. Ich traf ihn mit einem Kniestoß zwischen den Augen. Er ging wie ein nasser Sack zu Boden. Leonid klopfte mir derweil mit seinem Schlagring auf die Schulter. Ich glitt herum, holte aus und legte ihn mit einem Kinnhaken flach. Sein Kiefer war bereits von meinem Ellbogen gebrochen; jetzt zersplitterte er noch mehr.

Ich brauchte zehn Sekunden, um wieder zu Atem zu kommen. Weitere zehn, um mich wieder zu beruhigen. Dann schleifte ich die beiden über den Gehsteig und lehnte sie in sitzender Haltung an die Mauer, an der ich gestanden hatte. Ihre Kapuzenjacken dehnten sich einen Meter lang, als ich daran zerrte. Billigklamotten zum Wegwerfen für den Fall, dass sie Flecken von meinem Blut bekommen hätten. Ich renkte ihnen den rechten Ellbogen aus.

Sie waren beide Rechtshänder, und sie sollten außer Gefecht sein. Dauerschäden waren nicht zu befürchten.

Sie hatten Handys in den Taschen. Ich steckte beide ein. Beide hatten mein Foto auf dem Display. Mehr war nicht zu finden. Kein Geld. Keine Schlüssel. Keine handfesten Beweismittel. Kein Hinweis darauf, wo sie hergekommen waren. Und keine Aussicht darauf, dass sie es mir demnächst erzählen würden. Ich hatte zu kräftig zugeschlagen. Beide würden noch längere Zeit bewusstlos sein.

Aber ich bereute nichts. Es war immer besser, übervorsichtig zu sein. Kerle, die mitten im Kampf an die Nachwirkungen denken, kommen meistens nicht so weit. Sie bekommen die Nachwirkungen selbst zu spüren. Also kein Bedauern. Aber letztlich auch kein Reingewinn. Was frustrierend war. Nicht einmal die Schlagringe konnte ich über meine Hand streifen. Ich versuchte es, aber beide waren zu klein. Ich ließ sie in einen zehn Meter entfernten Gully fallen.

Der Impala stand noch immer mit laufendem Motor am Randstein. Er hatte New Yorker Kennzeichen. Kein Navi, folglich auch kein digitaler Speicher mit Informationen über den Ausgangspunkt der letzten Fahrt. Im Türfach steckte ein Mietvertrag mit einem mir unbekannten Namen und einer Londoner Adresse, die ich für falsch hielt. Im Handschuhfach fand ich ein kleines Notizbuch und einen Kugelschreiber. Das Notizbuch enthielt keine Eintragungen.

Ich nahm den Kugelschreiber mit, ging zu den beiden Kerlen zurück und hielt Leonids Kopf mit der linken Hand fest. Mit dem Kugelschreiber schrieb auf seine Stirn: *Lila, rufen Sie mich an.*

Dann klaute ich ihren Wagen und machte mich davon.

Ich fuhr auf der Second Avenue nach Süden, folgte der 50th Street ganz bis nach Osten und stellte den Wagen einen halben Block vom FDR Drive entfernt ab. Ich hoffte, dass die Jungs vom 17. Revier ihn finden, misstrauisch werden und ihn unter die Lupe nehmen würden. Waren Lilas Schläger mit dem Impala vom Tatort der Hammermorde weggefahren, mussten sich darin irgendwelche Spuren entdecken lassen.

Ich wischte das Lenkrad, den Schaltknüppel und die Türgriffe mit einem Hemdzipfel ab. Dann ließ ich die Schlüssel in den nächsten Gully fallen und ging zur Second Avenue zurück, wo ich nach einem Taxi Ausschau hielt. Dabei erinnerte ich mich an Theresas Warnung vor angeblichen Taxis, die mit drei Cops besetzt waren. Ich wartete auf ein Taxi, in dem wirklich nur ein Fahrer saß, und hielt es an. Am Union Square stieg ich aus und setzte mich im Dunkeln auf eine Parkbank.

Gegen vier Uhr schlief ich ein.

Kurz nach fünf vibrierte eines der erbeuteten Handys.

Ich wachte auf und fummelte es aus der Hosentasche. Auf dem kleinen Display stand: VERTRAULICHER ANRUF. Ich klappte den Deckel auf.

„Hallo, Lila."

„Sie haben also beschlossen, uns den Krieg zu erklären."

„Wer sind Sie wirklich?"

„Ich bin Ihr schlimmster Albtraum. Seit etwa zwei Stunden. Und Sie haben noch immer etwas, das mir gehört."

„Dann holen Sie's sich doch. Oder noch besser: Schicken Sie ein paar Ihrer Knilche vorbei. Damit ich in Übung bleibe."

„Heute Nacht hatten Sie Glück, das ist alles."

„Ich habe immer Glück."

„Wo sind Sie?"

„Ich stehe vor Ihrem Haus."

Nun folgte eine Pause. „Nein, das stimmt nicht."

„Korrekt. Aber Sie haben gerade bestätigt, dass Sie in einem Haus wohnen. Und dass Sie an einem Fenster stehen."

„Wo sind Sie wirklich?"

„Federal Plaza. Beim FBI."

„Das glaube ich Ihnen nicht."

„Ihre Sache."

„Sagen Sie mir, wo Sie sind."

„Ganz in Ihrer Nähe. Third Avenue und 56th Street."

Sie wollte etwas antworten, unterbrach sich aber sofort selbst. So war nicht mehr als ein unvollständiger A-Laut zu hören. Der Anfang eines Satzes, etwa wie: *Aber das ist gar nicht in meiner Nähe!*

„Letzte Chance. Ich will mein Eigentum." Ihre Stimme klang sanfter. „Wir können eine Vereinbarung treffen, wenn Sie möchten. Sie hinterlegen es an einem sicheren Ort, den Sie mir mitteilen. Ich lasse es dann abholen. Sie könnten sogar Geld dafür bekommen."

„Ich suche keine Arbeit."

„Sind Sie darauf aus, am Leben zu bleiben?"

„Ich habe keine Angst vor Ihnen, Lila."

„Das hat Peter Molina auch gesagt."

„Wo ist er?"

„Hier bei uns."

„Lebend? Er hat bei seinem Trainer eine Nachricht hinterlassen."

„Oder vielleicht habe ich eine vor seinem Tod gemachte Tonbandaufnahme abgespielt. Vielleicht hat er mir erzählt, dass sein Trainer beim

Abendessen grundsätzlich nicht ans Telefon geht. Vielleicht hat er mir alles Mögliche erzählt. Vielleicht habe ich ihn dazu gezwungen."

„Seit wann kennen Sie Peter Molina?"

„Seit ich ihn aus der Bar abgeschleppt habe."

„Ihre Zeit läuft ab, Lila. Sie haben in New York vier Amerikaner ermordet. Das lässt keine Polizei auf sich beruhen."

„Ich habe niemanden ermordet."

„Ihre Leute haben's getan."

„Leute, die das Land bereits verlassen haben. Wir sind immun."

„Gegen mich sind Sie nicht immun. Ich spüre Sie auf."

„Das hoffe ich."

„Kommen Sie raus und treffen Sie sich mit mir, Lila. Oder sehen Sie zu, dass Sie nach Hause kommen. Sie haben die Wahl. Aber in beiden Fällen sind Sie hier geschlagen."

„Wir sind nie geschlagen."

„Wer ist ‚wir'?"

Aber ich bekam keine Antwort. Die Verbindung wurde unterbrochen.

Ich stand von der Bank auf und machte mich auf den Weg zur U-Bahn.

Die Station Union Square ist eine wichtige Verkehrsdrehscheibe. Zahllose Eingänge, zahllose Ausgänge, zahllose Gleise. Ich kaufte mir eine neue Metrokarte, zwanzig Fahrten plus drei Freifahrten als Bonus.

Es war kurz vor sechs Uhr morgens. Die Station füllte sich allmählich mit Menschen. Ich kam an einem Zeitungskiosk vorbei. Dort gab es zwei hohe Stapel mit Boulevardblättern, die zum Verkauf bereitlagen. Zwei verschiedene Titel. Beide mit riesigen Schlagzeilen. Eine bestand aus drei Wörtern in Fettdruck: BUNDESAGENTEN SUCHEN TRIO. Auch die andere kam mit nur drei Wörtern aus: BUNDESAGENTEN JAGEN TRIO. Praktisch identisch. Trotzdem gefiel mir *suchen* besser als *jagen*.

Ich wandte mich ab und ging zurück in Richtung Straße.

DER MADISON SQUARE PARK lag sieben Blocks nördlich. Inzwischen war es kurz nach sechs Uhr. Bis zu dem vereinbarten Treff musste ich noch fast vier Stunden totschlagen. Diese Zeit verbrachte ich damit, auf der Park Avenue South zu essen und mich in Geschäften herumzutreiben. Es ist immer am besten, sich als Gejagter untypisch zu verhalten. Von Flüchtenden wird erwartet, dass sie schnell und weit fliehen. Niemand rechnet damit, dass sie ganz in der Nähe umherschlendern.

Um zwanzig vor zehn näherte ich mich meinem Ziel in einem weiten Bogen und observierte es von der Einmündung der 24th Street aus. Ich sah nichts, was mir Sorgen hätte machen müssen. Also betrat ich um Punkt zehn Uhr den Madison Square Park

Ich fand Theresa und Jake nebeneinander auf einer Bank in der Nähe eines Hundeauslaufs sitzend. Sie wirkten ausgeruht, aber nervös. Sie waren zwei von ungefähr hundert Leuten, die friedlich in der Sonne saßen. Ich setzte mich neben Teresa.

„Docherty hat mir heute Nacht mehrere lange SMS geschickt, während mein Telefon ausgeschaltet war." Sie zog einen Packen Papier aus der Hüfttasche ihrer Jeans.

„Du hast dir Notizen gemacht?", fragte ich.

„Die SMS waren ziemlich lang. Ich wollte das Handy nicht eingeschaltet lassen, um einzelne Punkte noch mal nachlesen zu können."

„Was wissen wir also?"

„Das siebzehnte Revier hat Fernbahnhöfe, Flughäfen und so weiter kontrolliert. Standard nach einem Kapitalverbrechen. Drei Stunden nach dem vermutlichen Tatzeitpunkt haben vier Männer das Land verlassen. Über den JFK-Flughafen. Das Siebzehnte führt sie als potenzielle Verdächtige."

„Das Siebzehnte hat recht. Das weiß ich von Lila Hoth."

„Du hast dich mit ihr getroffen?"

„Sie hat mich angerufen."

„Wie?"

„Auf einem anderen Handy, das ich Leonid abgenommen habe. Ein Freund und er haben mich gefunden."

„Sie hat gestanden?"

„Mehr oder weniger."

„Wo ist sie jetzt?"

„Irgendwo östlich der Fifth Avenue, südlich der 59th Street, denke ich. Sie hat das Four Seasons als Tarnung benutzt. Wozu weit fahren?"

„In Queens wurde ein ausgebrannter Leihwagen gefunden. Das Siebzehnte glaubt, dass die vier Kerle damit aus Manhattan geflüchtet sind. Dann fuhren sie mit der Hochbahn zum Flughafen weiter. Aber jetzt kommt etwas Merkwürdiges. Die vier sind nach Tadschikistan geflogen."

„Das wo liegt? Mit diesen neuen Staaten kenne ich mich nie aus."

„Tadschikistan grenzt im Süden an Afghanistan. Und so gut wie auch an Pakistan."

„Nach Pakistan gibt es Direktflüge."

„Richtig. Also waren diese Kerle Tadschiken oder gleich Afghanen. Tadschikistan ist das Land, aus dem man nach Afghanistan gelangt, ohne weiter aufzufallen. Nach Kabul ist's nicht allzu weit."

„Okay."

„Und noch etwas. Die Heimatschutzbehörde hat ein Computer-Suchprogramm. Damit kann sie Gruppen von Leuten durch gleiche Reiserouten und verknüpfte Buchungen aufspüren. Tatsächlich sind diese vier Kerle vor einem Vierteljahr aus Tadschikistan eingereist – gemeinsam mit ein paar anderen Leuten, darunter zwei Frauen mit turkmenischen Pässen. Eine war sechzig, die andere sechsundzwanzig. Sie haben sich als Mutter und Tochter ausgegeben. Und die Heimatschützer schwören, dass ihre Pässe echt waren. Also sind die Hoths keine Ukrainerinnen. Alles, was sie uns erzählt haben, war gelogen."

Ich erinnerte mich an all das Zeug, das Lila uns erzählt hatte, und verwarf es Stück für Stück. Als zöge man Dossiers aus einer Schublade und blätterte sie durch und ließe sie in den Papierkorb fallen.

„Wo genau liegt Turkmenistan?", fragte ich.

„Es grenzt ebenfalls an Afghanistan an. Vom Persischen Golf aus ist Afghanistan im Uhrzeigersinn vom Iran, Turkmenistan, Usbekistan, Tadschikistan und Pakistan umgeben."

„Sind Turkmenen und Afghanen sich ethnisch ähnlich?"

„Vermutlich. Alle diese Grenzen wurden völlig willkürlich gezogen. Sie basieren auf historischen Zufällen. Entscheidend sind die Stammesgrenzen. Linien auf der Karte haben damit nichts zu tun."

„Woher weißt du das alles?"

„Die New Yorker Polizei weiß mehr über diese Region als das FBI. Das müssen wir. Wir haben dort drüben Leute im Einsatz. Wir besitzen bessere Informationen als sonst jemand."

„Könnte ein Afghane einen turkmenischen Pass bekommen?"

„Durch Umzug?"

„Indem er um Hilfe bittet und sie erhält."

„Von einem Sympathisanten?"

Ich nickte. „Vielleicht unter der Hand."

„Wieso fragst du das?"

„Manche Afghanen haben leuchtend blaue Augen. Vor allem Frauen. Irgendein genetischer Zufall, der sich weitervererbt."

„Du glaubst, dass die Hoths aus Afghanistan sind?"

„Sie wussten verdammt viel über den Krieg gegen die Russen."

„Vielleicht haben sie Bücher darüber gelesen."

„Nein, sie haben die Empfindungen richtig beschrieben. Und die Atmosphäre. Wie die Sache mit den alten Soldatenmänteln. Solche Einzelheiten sind nicht allgemein bekannt. Das sind Insiderinformationen. Nach außen hin hat die Rote Armee behauptet, erstklassig ausgerüstet zu sein – aus offensichtlichen Gründen. Unsere Propaganda hat ihnen das bestätigt – aus ebenso offensichtlichen Gründen. Aber es war nicht wahr. Der sowjetische Militärkoloss stand auf tönernen Füßen. Vieles von dem, was die Hoths erzählt haben, hörte sich wie Informationen aus erster Hand an."

„Und?"

„Vielleicht hat Swetlana wirklich dort gekämpft. Aber auf der anderen Seite."

Theresa zog die Augenbrauen hoch. „Du glaubst, dass die Hoths afghanische Stammesangehörige sind?"

„Hat Swetlana dort gekämpft, aber nicht auf sowjetischer Seite, müssen sie das sein."

„Dann hätte Swetlana die ganze Story aus dem Blickwinkel der anderen Seite erzählt. Alles spiegelverkehrt. Auch die Gräueltaten."

„Ja", bestätigte ich. „Swetlana hat sie nicht erlitten. Sie hat sie verübt."

Wir schwiegen alle. Jacob Mark starrte zu Boden. Schließlich sah er mich an. Jetzt kommt's, dachte ich.

„Hat Lila Hoth bei ihrem Anruf auch Peter erwähnt?", fragte er.

Ich nickte. „Sie hat ihn in der Bar abgeschleppt."

„Wo ist er jetzt?"

„Sie sagte, er sei hier in der Stadt."

„Alles in Ordnung mit ihm?"

„Das wollte sie nicht sagen."

„Glaubst du, dass mit ihm alles in Ordnung ist?"

Ich gab keine Antwort.

„Sprich mit mir, Reacher."

„Nein, ich glaube nicht, dass mit ihm alles in Ordnung ist. Aber vielleicht habe ich unrecht."

„Was hat sie dir erzählt?"

„Ich sagte, dass ich keine Angst vor ihr hätte, und sie erwiderte, das habe Peter auch gesagt."

„Weshalb sollten zwei Afghaninnen Peter etwas antun wollen?"

„Um an Susan heranzukommen, versteht sich."

„Wozu? Das Pentagon hat doch den Auftrag, Afghanistan zu helfen."

„Hat Swetlana als Stammesangehörige gekämpft, war sie eine der Mudschaheddin. Und nach dem Abzug der Russen kehrten die Mudschaheddin nicht friedlich zu ihren Ziegenherden zurück. Sie machten einfach weiter. Einige formierten sich zu den Taliban, und der Rest hat sich El Kaida angeschlossen."

ZWÖLF

Ich muss wegen Peter zu den Cops gehen", sagte Jake.

„Denk erst mal nach", meinte ich. „Überleg dir, was die Cops tun werden. Sie rufen sofort die Bundesagenten an. Die sperren dich wieder ein und kümmern sich vorläufig nicht um Peter, weil sie Wichtigeres zu tun haben."

„Ich muss es versuchen."

„Peter ist tot, Jake."

„Es gibt noch eine Chance."

„Dann findest du ihn am schnellsten, indem du Lila findest. Und das können wir besser als diese Bundestypen."

„Glaubst du?"

„Sieh dir an, was sie bisher geleistet haben. Sie haben Lila einmal verpasst und uns dann ausbrechen lassen." Ich sah Theresa an. „Hast du mit Sansom telefoniert?"

Sie zuckte mit den Schultern. „Ich habe kurz mit ihm gesprochen. Er sagte, er werde vielleicht selbst herkommen. Er werde anrufen, um das Wo und Wann zu koordinieren. Ich sagte, das sei nicht möglich, weil mein Handy meistens abgeschaltet sei. Also sagte er, er würde stattdessen Docherty anrufen, und ich solle mit Docherty telefonieren, um seine Nachricht zu erhalten. Das habe ich getan, aber Docherty meldete sich nicht. Darauf rief ich im Revier an. Der Einsatzkoordinator sagte, Docherty sei nicht erreichbar."

„Was bedeutet das?"

„Dass er gerade verhaftet wurde, denke ich."

Damit änderte sich alles.

Teresa übergab mir ihre zusammengefalteten Notizen. „Das verstehst du, nicht wahr? Ich muss mich jetzt stellen. Er ist mein Partner. Ich darf ihn in diesem Wahnsinn nicht alleinlassen."

„Aus einer Zelle heraus kannst du niemandem helfen."

„Für dich ist das anders. Du kannst morgen weiterziehen. Ich kann das nicht. Ich lebe hier. Und ich werde meinen Partner nicht im Stich lassen."

„Was ist mit Sansom? Ich muss wissen, wann er wohin kommen will."

„Diese Informationen habe ich nicht. Und vor Sansom solltest du dich ohnehin in Acht nehmen. Am Telefon klang er irgendwie komisch."

Dann gab sie mir Leonids erstes Handy und das Notfall-Ladegerät. Sie legte mir eine Hand auf den Arm und drückte ihn kurz und flüchtig. Und gleich darauf zerbrach unser zeitweiliger Dreierbund ganz.

Jake war schon auf den Beinen. „Das bin ich Peter schuldig. Okay, vielleicht sperren sie mich wieder ein, aber dann kommen sie wenigstens in die Gänge und fahnden nach ihm."

Ich sah beide an. „Seid ihr euch eurer Sache wirklich sicher?"

Das waren sie. Sie gingen davon, verließen den Park, blieben auf dem Gehsteig stehen und streckten auf der Suche nach einem Streifenwagen die Köpfe vor, wie es Leute tun, die Ausschau nach einem Taxi halten. Ich blieb noch eine Minute allein sitzen, dann stand ich auf und ging in Gegenrichtung davon.

Nächster Halt: irgendwo östlich der Fifth Avenue und südlich der 59th Street.

Ich nahm einen Bus, der ein langsames, schwerfälliges Vehikel war, in das ein verzweifelter Gejagter intuitiv nie gestiegen wäre, was es zu einer idealen Tarnung für mich machte. Ein Mann in einem Bus ist nahezu unsichtbar.

Ich stieg in der 59th Street aus. Ein Geschäft neben dem anderen, daher massenhaft Touristen, deshalb an jeder Straßenecke ein Polizist. Am Rand des Central Park standen eine Reihe Straßenverkäufer, und ich kaufte mir ein schwarzes T-Shirt mit dem Aufdruck New York City, eine Sonnenbrille und eine schwarze Baseballmütze mit einem roten Apfel auf dem Schirm. Ich wechselte mein Hemd auf der Toilette einer Hotelhalle und kehrte auf die Madison Avenue zurück. An meiner Größe war nichts zu ändern, aber ich konnte hoffen, in einem schwarzen T-Shirt unbeachtet zu bleiben. Außerdem ließen der Aufdruck und die Sonnenbrille und die Mütze mich wie einen richtigen Idioten von auswärts erscheinen.

Einen Versteck in einer dicht besiedelten Millionenstadt aufzuspüren ist nahezu unmöglich. Ich suchte fast willkürlich Straßenblocks ab, folgte einer geografischen Vermutung, die unter Umständen von Anfang an falsch gewesen war. *Das Hotel Four Seasons. Nicht benachbart, aber in bequemer Nähe.* Was bedeutete das? Eine zweiminütige Autofahrt? Fünf Minuten zu Fuß? In welche Richtung? Nicht nach Süden, vermutete ich. Nicht über die 57th Street, die eine Hauptverkehrsader ist. Einladender war der Weg nach Norden, wo stillere Straßenblocks lagen.

Ich beobachtete den Verkehr und sagte mir: keine zweiminütige Autofahrt. Mit dem Auto zu fahren bedeutet mangelhafte Kontrolle und eingeschränkte Flexibilität und Staus. In der Großstadt ist jedermann zu Fuß besser dran als mit dem Auto.

Ich nahm die 58th Street und ging zum Hintereingang des Four Seasons weiter. Am Randstein warteten in langer Reihe Luxuslimousinen. Hier gab es auch eine Ladezone mit einem Rolltor, das im Augenblick geschlossen war. Ich blieb mit dem Rücken zum Hotelausgang stehen. Wohin würde ich von hier aus gehen? Auf der anderen Straßenseite gab es nur eine fast geschlossene Reihe hoher Gebäude. Überwiegend Apartmenthäuser. Direkt gegenüber war eine Galerie. Ich überquerte die Straße und begutachtete die Szene von der anderen Straßenseite aus.

Links neben dem Hotel, wo es zur Park Avenue ging, gab es nicht viel Interessantes zu sehen.

Dann sah ich nach rechts und kam auf eine neue Idee.

Das Hotel selbst war ein Neubau. Die benachbarten Gebäude wirkten alle dezent, solide und gediegen. Aber am Westrand dieses Blocks ragten drei verfallende Altbauten auf. Schmalbrüstige Klinkerbauten, nur zwei Fenster breit, vier Stockwerke hoch, ziemlich heruntergekommen. Sie sahen wie drei faulige Zähne in einem strahlenden Lächeln aus. Das Erdgeschoss des ersten war an ein längst geschlossenes Restaurant vermietet gewesen. Im mittleren Gebäude hielt sich noch ein Geschäft für Haushaltswaren. Das Geschäft in dem dritten war schon so lange aufgegeben, dass ich die Branche nicht mehr feststellen konnte. Seitlich neben den Schaufenstern hatte jedes Gebäude eine unauffällig schmale Haustür. Neben zwei dieser Türen waren Klingelbretter angebracht, was mehrere Apartments bedeutete. Die Haustür neben dem alten Restaurant wies nur eine Klingel auf, was auf einen einzelnen Mieter für alle vier Etagen schließen ließ.

Lila Hoth war keine ukrainische Milliardärin. Also hatte sie nur ein bestimmtes Budget zur Verfügung. Sicher großzügig, damit sie sich bei Bedarf im Four Seasons einmieten konnte, aber vermutlich nicht unbegrenzt. Und Stadthäuser in Manhattan kosten Zehntausende Dollar Monatsmiete.

Ungestört lebte man viel billiger in gemischt genutzten baufälligen Altbauten wie diesen drei, die ich vor mir hatte. Es gab keine Portiers und damit weniger neugierige Blicke.

Ich stand den drei Altbauten jetzt gegenüber, starrte zu ihnen hinüber und ging meine Annahmen in Gedanken nochmals durch. Die Station 59th Street und Lexington Avenue des 6 Train war in der Nähe. Das Four Seasons war in der Nähe. Die Ecke Third Avenue und 56th Street war nicht in der Nähe. *Aber das ist gar nicht in meiner Nähe!* Anonymität war garantiert. Die Kosten hielten sich im Rahmen. Fünfmal die Höchstpunktzahl. Perfekt.

Ich überlegte also, dass ich ein Gebäude suchte, das Ähnlichkeit mit einem der drei Altbauten direkt gegenüber hatte und in einem fächerförmigen Fünfminutenradius östlich oder westlich des Hinterausgangs des Hotels lag. Nicht nördlich, sonst hätte Susan Mark in der Innenstadt geparkt und es darauf angelegt, an der 68th Street auszusteigen. Nicht südlich, weil dort die 57th Street eine psychologische Barriere bildete.

Ein Fünfminutenradius vom Hinterausgang des Hotels nach links oder rechts würde entweder ziemlich genau dorthin führen, wo ich jetzt herumlungerte, oder in östlicher Richtung zwischen Park Avenue und Lexington Avenue enden. Und gemischt genutzte verfallende Altbauten waren in diesem Viertel selten.

Es war durchaus möglich, dass ich Lila Hoths Versteck vor mir hatte.

Durchaus möglich, aber höchst unwahrscheinlich. Ich gebe zu, dass es glückliche Zufälle gibt, aber ich bin nicht verrückt.

Aber ich glaube auch an Logik, und Logik hatte mich an diesen Ort geführt. Ich dachte alles nochmals durch, was damit endete, dass ich mir selbst glaubte.

Wegen eines zusätzlichen Faktors.

Der bewies, dass dieselbe Logik noch jemanden hergeführt hatte.

Springfield trat neben mir in den Rinnstein und fragte: „Glauben Sie?"

Er trug denselben Anzug, in dem ich ihn schon einmal gesehen hatte. Dünne graue Schurwolle, seidig gewebt und leicht glänzend. Der Anzug war verknittert, als habe er darin geschlafen. Vielleicht hatte er das wirklich getan.

„Glauben Sie, dass dies das Versteck ist?", fragte er.

Ich gab keine Antwort. Ich war zu sehr damit beschäftigt, meine Umgebung zu kontrollieren. Mein Blick glitt über Hunderte Menschen und Dutzende Autos hinweg. Aber ich sah nichts Besorgniserregendes. Springfield war allein.

Ich wandte mich ihm zu. „Wie sieht der Deal aus?"

„Wir sollten vielleicht miteinander reden."

„Wo?"

„Wo Sie wollen."

Das war ein gutes Zeichen. Es bedeutete, dass jeder Hinterhalt, in den ich vielleicht geraten würde, improvisiert und daher nicht hundertprozentig optimal sein würde. Vielleicht so ineffizient, dass man ihn überleben konnte.

„Biegen Sie zweimal links ab und gehen Sie zur Nummer 57 in der East 57th Street. Ich komme in zehn Minuten nach. Wir treffen uns drinnen. Da gibt's Tee und Kaffee."

„Okay." Nach einem letzten Blick hinüber zu dem Gebäude mit dem alten Restaurant im Erdgeschoss schlängelte er sich diagonal durch den Verkehr über die Straße und bog an der Madison Avenue links ab.

Ich ging in die entgegengesetzte Richtung, aber nur bis zum Hintereingang des Four Seasons. Er lag in der 58th Street, doch weil das Hotel den ganzen Block einnahm, befand dessen Vordereingang sich in der 57th Street. Genau gesagt in der Nummer 57 der East 57th Street. Ich würde etwa vier Minuten vor Springfield drinnen sein. Ich würde wissen, ob er eine Crew mitgebracht hatte. Ich betrat die Hotelhalle durch den Hintereingang und wartete.

Springfield kam allein und genau pünktlich, was vier Minuten später war. Keine Zeit für eine hastige Umgruppierung draußen auf der Straße.

Er blieb kurz stehen, um sich zu orientieren, und ging dann in den Teesalon, in dem ich mich mit den Hoths getroffen hatte. Ich wartete zehn Minuten, dann gab ich für alle Fälle zwei Minuten zu. Es kam keine Verstärkung.

Ich ging in den Teesalon zu Springfield. Derselbe würdevolle Ober wie neulich hatte Dienst. Springfield bestellte Mineralwasser, ich Kaffee.

„Sie haben sich hier zweimal mit den Hoths getroffen“, begann Springfield. „Jeglicher Umgang mit ihnen könnte allerdings als Straftat eingeordnet werden.“

„Weshalb?“

„So steht's im Patriot Act.“

„Außerdem habe ich vier Bundesagenten mit Betäubungspfeilen flachgelegt.“

„Um die schert sich niemand.“

„Wer sind die Hoths?“

„Ich darf keine Auskünfte geben.“

„Wozu sind Sie dann hier?“

„Helfen Sie uns, helfen wir Ihnen. Wir können alle Ihre Straftaten vergessen machen, wenn Sie uns helfen, etwas Verlorengegangenes wiederzufinden.“

„Den USB-Stick?“

Springfield nickte.

Der Ober kam. Mineralwasser und Kaffee. Er arrangierte alles sorgfältig auf dem Tisch, dann entfernte er sich rückwärtsgehend.

„Ich weiß nicht, wo der USB-Stick ist“, sagte ich.

„Das glaube ich Ihnen. Aber Sie sind näher an Susan Mark herangekommen als jeder andere. Und sie hat das Pentagon mit dem Ding verlassen, und es ist weder in ihrem Haus noch in ihrem Wagen. Deshalb hoffen wir, dass Sie etwas gesehen haben.“

„Ich habe gesehen, wie sie sich erschossen hat. Das war ungefähr alles.“

„Es muss mehr gegeben haben.“

„Ihr Stabschef saß mit in der U-Bahn. Was hat er gesehen?“

„Nichts.“

„Was ist auf dem USB-Stick?“

„Wozu müssen Sie das wissen?“

„Ich möchte wenigstens ungefähr erfahren, in welche Art Scheiße ich demnächst geraten werde.“

„Dann sollten Sie sich eine Frage stellen."

„Welche Frage?"

„Die eine, die Sie sich noch nicht gestellt haben. Die eine, die Sie sich gleich zu Anfang hätten stellen sollen."

Also spulte ich den Film bis zum Anfang zurück. Angefangen hatte alles im 6 Train und mit Fahrgast Nummer vier. Susan Mark: Amerikanerin, geschieden, Mutter, Schwester, Adoptivkind, wohnhaft in Annandale, Virginia. Susan Mark: Zivilangestellte im Pentagon.

„Welchen Job hatte sie genau?", fragte ich.

„Zwar langsam, aber Sie sind doch draufgekommen. Als Systemadministratorin war sie für Informationstechnologie in bestimmtem Umfang zuständig."

„Ich weiß nicht, was das bedeutet."

„Es bedeutet, dass sie eine Menge Passwörter für die Computer kannte. Nicht die wichtigen. Aber sie hatte natürlich Zugang zu allen HRC-Unterlagen. Und zu einigen Archiven."

„Aber nicht zu dem Delta-Archiv, stimmt's?"

„Computer bilden Netzwerke. Heutzutage ist alles überall und nirgends. Es gibt jede Menge Systemadministratoren. Alle haben dieselben Probleme. Also helfen sie sich gegenseitig aus. Offenbar existierte ein defekter Code, der individuelle Passwörter weniger undurchsichtig machte, als sie hätten sein sollen. Also gab es einige Lecks."

„Sie hatte also Zugang zu dem Delta-Archiv?"

Springfield nickte nur.

„Aber Sansom und Sie sind fünf Jahre vor mir ausgeschieden. Damals war noch nichts computerisiert."

„Die Army, wie wir sie kennen, ist ungefähr neunzig Jahre alt. In diesen neunzig Jahren hat sich aller mögliche Scheiß angesammelt. Tausende und Abertausende Tonnen Papier. Seit zehn Jahren läuft eine große Aufräumaktion. Die Dokumente werden gescannt und elektronisch gespeichert."

„Und Susan Mark hat sich Zugang dazu verschafft und eines kopiert."

„Mehr als nur kopiert. Sie hat eines heruntergeladen. Auf einem externen Medium gespeichert und anschließend das Original gelöscht."

„Das externe Speichermedium war der USB-Stick?"

Springfield nickte wieder. „Und wir wissen nicht, wo er ist."

„Weshalb Susan?"

„Weil sie die nötigen Voraussetzungen erfüllte. Der betreffende Sektor des Archivs wurde durch die Ordensverleihung aufgespürt. Das HRC führt die Unterlagen über Auszeichnungen. Susan Mark war die Systemadministratorin. Und sie war wegen ihres Sohns verwundbar."

„Wann wurde das Dokument aus dem Archiv geholt und eingescannt?"

„Vor etwas über einem Vierteljahr. Diese Sache ist ein langwieriger Prozess. Obwohl das Programm seit zehn Jahren läuft, sind sie erst bei den frühen Achtzigerjahren angelangt."

„Wer macht die Arbeit?"

„Dafür gibt's ein Team aus Spezialisten."

„Mit einer undichten Stelle. Die Hoths sind praktisch unmittelbar danach hier aufgekreuzt."

„Offensichtlich. Die Fahndung läuft noch."

„Was für ein Dokument war das?"

„Ich darf keine Auskünfte geben."

„Wer sind die Hoths?"

Er grinste bloß. *Ich darf keine Auskünfte geben.* Nur fünf Wörter, von denen das zweite vermutlich das wichtigste war.

„Sie könnten mir Fragen stellen", schlug ich vor. „Ich könnte Vermutungen anstellen. Sie könnten sie kommentieren."

„Wer sind die Hoths Ihrer Meinung nach?", fragte er.

„Ich halte sie für gebürtige Afghaninnen."

„Weiter."

„Vermutlich Sympathisantinnen, Agentinnen oder Handlangerinnen der Taliban oder von El Kaida."

Keine Reaktion.

„El Kaida", legte ich mich fest. „Die Taliban sind im Allgemeinen heimatverbunden."

„Weiter."

„Agentinnen."

Keine Reaktion.

„Anführerinnen?"

„Weiter."

„Bei El Kaida gibt es Frauen in Führungspositionen?"

„Wir sollen nach Männern fahnden, die nicht existieren. Weiter."

„Okay, die Frau, die sich Swetlana nennt, hat in den Reihen der Mudschaheddin gekämpft und wusste, dass Sie das VAL von Grigorij Hoth erbeutet haben. Die beiden benutzten Hoths Namen und seine Geschichte dazu, hierzulande Mitgefühl zu wecken."

„Weil?"

„Weil El Kaida konkrete Dokumente als Beweise dafür will, was ihr Burschen in jener Nacht außerdem getan habt."

„Weiter."

„Wofür Sansom einen hohen Orden bekam. Also muss es damals, vor langer, langer Zeit, ziemlich gut ausgesehen haben. Aber jetzt, nehme ich an, würde es nicht mehr so gut aussehen."

„Weiter."

„Sansom leidet darunter, aber auch die Regierung hat die Hosen voll. Also war das Unternehmen mehr politisch als militärisch."

„Natürlich. Wir haben damals offiziell gegen niemanden Krieg geführt."

„Sie wissen, dass die Hoths vier Männer und vermutlich auch Susan Marks Sohn ermordet haben, nicht wahr?"

„Wir wissen es nicht. Aber wir vermuten es."

„Warum haben Sie sie dann nicht verhaftet?"

„Ich bin für die Sicherheit eines Abgeordneten zuständig. Ich kann niemanden verhaften."

„Diese Bundesagenten könnten es."

„Anscheinend halten die Bundesbeamten die Hoths für äußerst gefährlich, glauben aber, dass sie im Augenblick nicht aktiv sind."

„Was heißt, dass sie die Hoths nicht finden können."

„Natürlich."

„Sind Sie damit zufrieden?"

„Die beiden haben den USB-Stick nicht, sonst würden sie ihn nicht weiter suchen. Deshalb ist mir eigentlich egal, wo sie sind."

„Ich denke, Sie sollten sich aber dafür interessieren."

„Glauben Sie, dass dort ihr Versteck ist? Wo Sie standen?"

„In diesem Block oder dem nächsten."

„Eher in diesem. Die Agenten haben ihre Hotelsuite durchsucht. Als die beiden ausgegangen waren. Sie hatten Tragetaschen dabei. Zwei von Bergdorf Goodman, zwei von Tiffany. Diese Geschäfte sind beide ungefähr einen Block von diesen Altbauten entfernt. Läge ihr Stützpunkt in dem Block östlich der Park Avenue, wären sie stattdessen zu Bloomingdales gegangen. Weil sie nicht wirklich eingekauft hatten. Sie wollten nur ein paar Accessoires, um die Leute zu täuschen."

„Gutes Argument", stimmte ich zu.

„Suchen Sie lieber nicht weiter nach den Hoths."

„Machen Sie sich jetzt Sorgen um mich?"

„Sie könnten auf zweifache Weise verlieren. Die beiden werden wie wir vermuten, dass Sie vielleicht wissen, wo der USB-Stick hingekommen ist, auch wenn Sie ihn nicht selbst haben. Und ihre Befragungsmethoden dürften um einiges brutaler sein als unsere."

„Und?"

„Die beiden könnten Ihnen erzählen, was tatsächlich darauf gespeichert ist. In diesem Fall wären Sie aus unserer Sicht ein Risiko, das ausgeschaltet werden müsste."

„Wie schlimm ist das Ganze?"

„Für Major Sansom wäre die Sache peinlich."

„Und für die Vereinigten Staaten."

„Ebenfalls."

Der Ober kam zurück und fragte, ob wir noch etwas wünschten. Springfield bestellte für beide noch mal das Gleiche. Was bedeutete, dass er noch mehr zu besprechen hatte.

„Erzählen Sie mir genau, was in der U-Bahn passiert ist", forderte er mich auf, als wir wieder allein waren.

„Weshalb waren statt des Stabschefs nicht Sie in der U-Bahn?"

„Die Entwicklung hat uns überrascht. Ich war mit Sansom in Texas."

„Wieso hatten die Bundesagenten niemanden im Zug?"

„Sie hatten zwei Leute im Zug. Zwei Frauen. Verdeckte Ermittler, vom FBI ausgeliehen. Die Special Agents Rodriguez und Mbele. Sie sind in den falschen Wagen gestolpert."

„Sie waren gut." Die Latina, klein, erhitzt, müde. Und die Westafrikanerin in dem Batikkleid. „Aber woher wussten Sie alle, dass Susan Mark diese U-Bahn nehmen würde?"

„Das wussten wir nicht", bekannte Springfield. „Ihre Überwachung war ein Riesenunternehmen. Klar war nur, dass sie mit dem Auto unterwegs war. Also hatten wir Leute an den Tunnelausfahrten postiert. Die Idee war, sie ab dort bis zu ihrem Ziel zu verfolgen."

„Warum wurde sie nicht beim Verlassen des Pentagons verhaftet?"

„Die Bundesagenten wollten den ganzen Fall mit einem Schlag aufrollen. Und das hätte glücken können."

„Wenn ich nicht reingeplatzt wäre."

„Sie sagen es."

„Susan Mark hatte den USB-Stick nicht. Nichts wäre aufgerollt worden."

Eines der erbeuteten Handys in meiner Tasche begann zu vibrieren.

DREIZEHN

Ich zog alle drei Handys heraus und legte sie nebeneinander auf den Tisch. Eines von ihnen hüpfte umher. In dem Anzeigefeld stand: VERTRAULICHER ANRUF. Ich klappte es auf und hob es ans Ohr.

„Hallo?“

„Sind Sie noch in New York?“, fragte Lila Hoth.

„Ja.“

„Sind Sie in der Nähe des Four Seasons?“

„Nicht sonderlich.“

„Fahren Sie jetzt hin. Ich habe am Empfang etwas für Sie abgegeben.“

Die Verbindung wurde getrennt.

Ich sah zu Springfield hinüber. „Warten Sie hier.“

Dann hastete ich in die Hotelhalle hinaus. Ich lief an die Rezeption und nannte meinen Namen. Eine Minute später hielt ich einen Luftpolsterumschlag in der Hand. Ich fragte den Angestellten, wann er abgegeben worden sei. Vor über einer Stunde, sagte er.

„Haben Sie gesehen, wer ihn abgegeben hat?“

„Ein ausländischer Gentleman.“

Der Luftpolsterumschlag war ungefähr fünfzehn mal zwanzig Zentimeter groß. Er enthielt etwas Steifes. Rund, mit ungefähr zwölf Zentimetern Durchmesser. Ich nahm ihn in den Teesalon mit und setzte mich wieder Springfield gegenüber

„Von den Hoths?“, fragte er.

Ich nickte und riss den Umschlag auf. Eine Kunststoffscheibe fiel heraus.

„Eine DVD“, sagte Springfield.

Sie war selbst gebrannt. Auf einem DVD-Rohling von Memorex. In das zur Beschriftung vorgesehene Feld hatte jemand mit wischfestem Marker geschrieben: *Unbedingt ansehen!*

„Ich habe keinen DVD-Player“, sagte ich.

„DVDs kann man auch auf einem Computer abspielen.“

„Ich habe keinen Computer.“

„Hotels haben welche.“

„Wo wohnen Sie?“

„Im Sheraton. Wo wir neulich waren.“

ALSO BEZAHLTE SPRINGFIELD die Rechnung im Teesalon mit einer Platin-Kreditkarte, und wir gingen vom Four Seasons zum Sheraton hinüber.

Springfield öffnete die Tür des Business Center mit seiner Schlüsselkarte. Er erklärte mir, er werde in der Halle warten, und ging davon. Drei der vier Arbeitsplätze waren besetzt. Ich setzte mich auf den freien Platz und entdeckte in dem Computertower einen Schlitz. Ich schob die Scheibe ein, und und ein Motor begann zu surren.

Auf dem Bildschirm erschien ein großes Fenster. Es war leer, aber in der rechten unteren Ecke waren die Knöpfe eines DVD-Players dargestellt. Abspielen, Pause, schneller Vorlauf, Rücklauf, Überspringen. Als ich die Maus bewegte, verwandelte sich der Mauszeiger über den Knöpfen in eine pummelige kleine Hand mit ausgestrecktem Zeigefinger.

Eines der Mobiltelefone in meiner Tasche begann zu vibrieren.

Ich zog das Handy heraus und klappte es auf. „Hallo."

„Haben Sie die DVD schon?", fragte Lila Hoth.

„Ja."

„Haben Sie sie sich schon angesehen?"

„Nein."

„Das sollten Sie unbedingt. Sie werden sie lehrreich finden."

„Ist das eine DVD mit Ton?"

„Nein, der Film ist stumm. Leider. Mit Ton wäre er viel besser."

Ich gab keine Antwort.

„Wo sind Sie?", erkundigte sie sich.

„Im Business Center eines Hotels."

„Kann außer Ihnen jemand den Bildschirm sehen?"

Wieder gab ich keine Antwort.

„Spielen Sie sie ab", sagte sie. „Ich bleibe am Telefon und kommentiere."

Ich bewegte die Maus, legte die pummelige kleine Hand auf den Abspielknopf und klickte.

Das bisher leere Bildschirmfenster wurde hell, dann folgte eine Weitwinkelaufnahme von freiem Gelände. Es war Nacht. Die Szene wurde durch Halogenscheinwerfer erhellt. Kahles Erdreich, dunkel khakifarben. Ein großer Felsblock. Der Felsblock war flach, größer als ein Kingsize-Bett. In seine Oberfläche waren vier Eisenringe eingelassen. In jeder Ecke einer.

An die Ringe war ein nackter Mann gefesselt. Er war klein, drahtig, dunkelhäutig und hatte einen schwarzen Bart. Er war schätzungsweise dreißig. Er lag auf dem Rücken, war zu einem großen X ausgespannt. Sein Kopf zuckte von einer Seite zur anderen. Er schrie, aber ich konnte ihn nicht hören. Dies war ein Stummfilm.

„Was sehen Sie?", fragte Lila Hoth.

„Einen Kerl auf einem Felsblock. Wer ist das?"

„Er *war* ein Taxifahrer, der einen Auftrag für einen amerikanischen Journalisten ausgeführt hatte. Sehen Sie weiter zu."

Swetlana Hoth trat von der Seite ins Bild. Sie war unverkennbar. Sie hielt ein Messer in der Hand. Sie kletterte auf den Felsblock und ging neben dem Mann in die Hocke. Sie setzte die Messerspitze ungefähr in der Mitte zwischen Schritt und Nabel auf seine Bauchdecke. Sie verstärkte den Druck.

Der Mann zuckte unkontrollierbar. Ich konnte sehen, wie seine Lippen Worte bildeten. *Nein!* und *Bitte!* sind in allen Sprachen unverkennbar.

„Wo war das?“, fragte ich.

„Nicht weit von Kabul entfernt.“

Swetlana führte das Messer nach oben in Richtung Nabel. Lässig und geübt und fachmännisch. Solche Schnitte hatte sie offenbar schon oft geführt. Die Klinge bewegte sich weiter. Sie hielt erst unter dem Brustbein des Taxifahrers an. Sein Bauch war jetzt offen, als wäre ein Reißverschluss aufgezogen worden. Swetlana legte das Messer weg, glitt von dem Felsblock und trat aus dem Bild.

„Sie sind verrückt, wissen Sie das?“, meinte ich.

„Das hat Peter Molina auch gesagt.“

„Er hat diesen Film gesehen?“

„Er kommt darin vor. Sehen Sie ihn sich weiter an. Benutzen Sie meinetwegen den schnellen Vorlauf.“

Ich bewegte die pummelige Hand, bis sie auf dem Knopf für schnellen Vorlauf lag, und klickte ihn an. Jetzt lief der Film beschleunigt ab. Die Arme und Beine des Taxifahrers zuckten in doppelter Geschwindigkeit.

„Peter Molina hat das alles gesehen“, sagte Lila Hoth.

„Sie sind verrückt“, wiederholte ich. „Und Sie sind so gut wie tot. Der Lastwagen hat Sie noch nicht überfahren, aber das passiert bald.“

„Sind Sie der Lastwagen?“

„Darauf können Sie Gift nehmen.“

„Das freut mich. Sehen Sie weiter zu.“

Ich klickte den schnellen Vorlauf mehrmals an, sodass der Film noch schneller ablief. Dann hörte der Taxifahrer auf, sich zu bewegen. Lila Hoth kam von der Seite ins Bild geflitzt. Ich drückte den Abspielknopf, um den schnellen Vorlauf zu beenden. Lila beugte sich über den Mann und tastete an der Halsschlagader nach dem Puls. Dann hob sie den Kopf und lächelte zufrieden.

Mir direkt ins Gesicht.

Aus dem Handy drang ihre Stimme. „Ist’s schon vorbei?“

„Ja.“

„Sehen Sie weiter zu“, forderte sie mich auf.

Wenig später begann eine neue Szene. Diesmal zeigte die Kamera einen Raum. Vielleicht ein Keller. In der Raummitte war auf einem niedrigen Sockel eine Steinplatte montiert. An die vier in die Steinplatte eingelassenen Ringe war ein hünenhafter junger Mann gefesselt.

Er will zur National Football League, hatte Jacob Mark gesagt.

Er war nackt. Blasse Haut, zerzaustes blondes Haar. Sein Kopf flog von einer Seite auf die andere, und er schrie.

„Das sehe ich mir nicht an“, sagte ich.

„Sie sollten’s aber tun. Vielleicht haben wir ihn laufen lassen.“

Ich sah es mir an. Sonst wäre ich mir nie sicher gewesen. *Vielleicht haben wir ihn laufen lassen.*

Sie hatten ihn nicht laufen lassen.

ANSCHLIESSEND schaltete ich das Handy aus und steckte die DVD ein. Ich schaffte es bis auf die zur Hotelhalle gehörige Toilette und übergab mich in einer der Kabinen. Nicht so sehr wegen der beiden Szenen. Ich hatte schon Schlimmeres erlebt. Sondern aus Zorn und Wut und Frustration. Ich spülte meinen Mund aus und wusch mir das Gesicht.

Dann leerte ich meine Taschen aus. Ich behielt mein Bargeld und meinen Pass und meine Bankkarte und meine Metrocard und Theresa Lees Visitenkarte mit dem Aufdruck POLIZEI NEW YORK. Ich behielt meine Zahnbürste. Ich behielt das Handy, das vorhin geklingelt hatte. Die beiden anderen Mobiltelefone warf ich in den Papierkorb, ebenso das Ladegerät für Notfälle und die Visitenkarte der vier Ermordeten und die drei Blatt Notizen, die Teresa sich zu den SMS ihres Partners gemacht hatte.

Auch die DVD flog hinein. Und der USB-Stick aus dem Radio Shack. Ich brauchte ihn nicht mehr als Attrappe. Solcherart erleichtert ging ich hinaus, um zu sehen, ob Springfield sich irgendwo in der Nähe herumtrieb.

Er saß in einem Sessel in der Bar der Lobby. Auf dem Tischchen vor ihm stand ein Glas Wasser. „Sie sind reichlich blass um die Kiemen“, meinte er.

„Es waren zwei Männer. Ihnen wurde der Bauch aufgeschlitzt.“

„Wer waren die beiden?“

„Einer war ein Taxifahrer in Kabul, der andere war Susan Marks Sohn.“

„Sind die Hoths in den Filmen zu sehen?“

Ich nickte. „Also wollten sie ein Geständnis ablegen.“

„Spielt keine Rolle. Sie wissen ohnehin, dass wir vorhaben, sie umzulegen. Kommt eigentlich nicht darauf an, weshalb wir sie umlegen.“

„Mir schon.“

„Kommen Sie runter, Reacher. Das war der ganze Zweck dieser DVD. Die beiden wollen Sie wütend machen und dann einsaugen. Sie können Sie nicht finden. Deshalb sollen Sie zu ihnen kommen.“

„Was ich tun werde.“

„Ihre Absichten sind Ihre Sache. Aber Sie müssen sich in Acht nehmen. Sie müssen begreifen, was hier gespielt wird. Weil das seit zweihundert

Jahren deren Taktik ist. Daher haben sie ihre Gräueltaten immer in Hörweite der Front verübt. Sie wollten Rettungstrupps anlocken. Oder Vergeltungsangriffe provozieren. Sie wollten immer wieder neue Gefangene machen. Das können Sie die Briten fragen. Oder die Russen."

„Ich sehe mich gut vor."

„Ich bin sicher, dass Sie's versuchen werden. Aber Sie gehen nirgends hin, bevor wir Sie wegen der Sache in der U-Bahn ausgequetscht haben. Es liegt in Ihrem Interesse, uns zu helfen."

„Glauben Sie? Bisher habe ich nur Versprechungen gehört."

„Sämtliche Ermittlungen gegen Sie werden eingestellt, sobald wir den USB-Stick haben."

„Nicht gut genug. Ich will, dass die Ermittlungen sofort eingestellt werden. Ich kann nicht die ganze Zeit Ausschau nach Cops halten."

„Ich müsste Sansom anrufen."

„Reden Sie auch über Theresa Lee und Jacob Mark mit ihm. Und über Docherty. Ich will, dass alle Ermittlungen gegen sie eingestellt werden."

„Okay."

„Noch zwei Dinge."

„Für jemanden, der nichts anzubieten hat, verhandeln Sie hart."

„Die Heimatschutzbehörde hat festgestellt, dass die Hoths mit ihrer Crew aus Tadschikistan eingereist sind. Vor gut einem Vierteljahr. Ich will wissen, wie stark diese Gruppe war."

„Um die Stärke des Gegners abschätzen zu können."

„Genau."

„Und?"

„Ich will noch einmal mit Sansom zusammentreffen."

„Wozu?"

„Ich will, dass er mir sagt, was auf dem USB-Stick gespeichert ist."

„Ausgeschlossen."

„Dann behalte ich ihn und sehe mir das Zeug selbst an."

„Sie haben den Stick tatsächlich?"

„Nein. Aber ich weiß, wo er ist."

„Wo?"

„Ich darf keine Auskünfte geben."

„Sie reden lauter Scheiß."

Ich schüttelte den Kopf. „Diesmal nicht."

„Bestimmt nicht? Können Sie uns hinführen?"

„Bis auf fünf Meter. Der Rest bleibt dann Ihnen überlassen. Rufen Sie Sansom an. Vereinbaren Sie ein Zusammentreffen."

Springfield trank sein Wasser aus, und ein Ober brachte die Rechnung. Springfield zahlte mit seiner Platinkarte, wie er im Four Seasons für uns beide gezahlt hatte. Was ich als gutes Zeichen gedeutet hatte. Es hatte positive Dynamik ausgestrahlt. Also beschloss ich, mein Glück noch etwas mehr zu strapazieren.

„Hätten Sie nicht Lust, mir hier im Hotel ein Zimmer zu spendieren?“, fragte ich.

„Wozu?“

„Weil es einige Zeit dauern wird, bis Sansom es schafft, mich von der Liste gesuchter Schwerverbrecher streichen zu lassen. Und ich war die ganze Nacht auf den Beinen. Ich möchte ein Nickerchen machen.“

Zehn Minuten später waren wir in einem Zimmer mit einem breiten französischen Bett. Ein hübscher Raum, aber taktisch unbefriedigend. Wie alle Hotelzimmer in oberen Etagen hatte er ein Fenster, das ich nicht nutzen konnte, und daher nur einen Ausgang. Ich konnte sehen, dass auch Springfield sich das überlegte. Er hielt mich für verrückt, weil ich mich hier einengen ließ.

„Kann ich Ihnen vertrauen?“, fragte ich ihn.

„Ja.“

„Lassen Sie mir Ihre Pistole da.“

„Wozu wollen Sie sie?“

„Das wissen Sie so gut wie ich. Damit ich mich verteidigen kann, falls Sie die falschen Leute mitbringen.“

Ich wusste, dass ihm bei dem Gedanken, sich von seiner Waffe zu trennen, das Herz blutete. Aber er griff hinten unter sein Jackett und zog eine 9-Millimeter-GB von Steyr aus dem Hosenbund. Er hielt sie mir mit dem Griff voraus hin. Sie hatte achtzehn Schuss im Magazin und einen in der Kammer.

„Danke“, sagte ich.

Er gab keine Antwort. Verließ nur den Raum.

Ich sperrte doppelt hinter ihm ab, legte die Sicherungskette vor und klemmte einen Stuhl unter die Klinke. Der Inhalt meiner Taschen landete auf dem Nachttisch. Meine Kleidung legte ich unter die Matratze, um sie zu „bügeln“. Anschließend duschte ich lange und heiß. Dann legte ich mich ins Bett und schlief mit Springfields Pistole unter dem Kopfkissen ein.

Vier Stunden später weckte mich ein Klopfen an der Tür. In dem kleinen Vorraum neben der Tür war ein Wandspiegel angebracht. Ich wickelte mir ein Badetuch um und holte die Pistole unter dem Kopfkissen hervor.

Nahm den Stuhl weg und öffnete die Tür bei eingehängter Sicherungskette. Blieb in der Nähe der Türangeln und sah nun im Spiegel, wer draußen stand. Springfield mit Sansom.

Soviel ich sehen konnte, waren sie allein. Ich erhöhte den Druck am Abzug der Pistole und hakte die Sicherungskette aus.

Sie traten ein. Sansom trug einen nachtblauen Anzug mit blütenweißem Hemd und roter Krawatte und sah putzmunter aus. Er nahm den Stuhl mit, der unter der Klinke geklemmt hatte, stellte ihn wieder an den Tisch und setzte sich darauf. Springfield schloss die Zimmertür und hakte die Kette wieder ein. Ich schob die Federkernmatratze mit dem Knie weg und zog meine Klamotten darunter hervor.

„Zwei Minuten", sagte ich. „Unterhaltet euch inzwischen."

Ich zog mich im Bad an, und als ich herauskam, fragte Sansom: „Wissen Sie wirklich, wo der USB-Stick ist?"

„Ja", versicherte ich. „Das weiß ich wirklich."

„Wieso interessiert Sie, was darauf ist?"

„Weil ich wissen will, wie peinlich es ist."

„Warum sagen Sie mir nicht gleich, wo er ist?"

„Weil ich erst noch etwas anderes zu erledigen habe. Und Sie sollen mir dabei die Cops vom Hals halten. Also brauche ich etwas, das Ihnen hilft, sich auf diesen Job zu konzentrieren."

„Sie könnten mich reinlegen."

„Stimmt, aber das werde ich nicht tun."

„Ist der USB-Stick hier in New York?"

Ich gab keine Antwort.

„Kann ich Ihnen trauen, Reacher?"

„Das haben schon viele Leute getan."

„Ich habe Ihre Militärakte gesehen. Ihre Beurteilungen waren unterschiedlich."

„Ich habe mein Bestes getan. Aber ich hatte meinen eigenen Kopf. Was ist auf dem USB-Stick?"

Nun gab er keine Antwort.

Springfield stand stumm da, näher an der Tür als am Fenster. Dort war er für einen möglichen Scharfschützen von außen unsichtbar und der Tür nahe genug, um über einen Eindringling herfallen zu können, wenn sie sich geöffnet hätte. Was man in der Ausbildung gelernt hat, vergisst man nie. Ich gab ihm seine Waffe zurück. Er nahm sie wortlos entgegen.

„Erzählen Sie mir, was Sie bisher wissen", forderte Sansom mich auf.

„Sie wurden von Fort Bragg über die Türkei nach Oman geflogen. Von dort aus vermutlich nach Indien. Dann nach Pakistan und dort in die Nordwestliche Grenzprovinz."

Er nickte. In seine Augen war ein geistesabwesender Blick getreten.

„Dann Afghanistan."

„Weiter."

„Sie folgten der Flanke des Abas Ghar und dem Korengal-Tal nach Südwesten."

„Weiter."

„Sie stießen auf Grigorij Hoth, nahmen ihm sein Gewehr ab und ließen ihn laufen. Dann marschierten Sie zu Ihrem befohlenen Ziel weiter."

Er nickte.

„Das ist alles, was ich bisher weiß."

„Wo waren Sie im März 1983?", erkundigte er sich.

„West Point."

„Was war dort das große Thema?"

„Dass die Rote Armee sich bemühte, ihre Verluste zu verringern."

Er nickte nochmals. „Ihr Feldzug war total verrückt. Niemand hat es je geschafft, die Stämme an der Nordwestgrenze zu unterwerfen. So wurden die Russen im Zeitlupentempo durch den Fleischwolf gedreht. Was uns natürlich sehr recht war."

„Wir haben mitgeholfen", warf ich ein.

„Allerdings! Wir haben den Mudschaheddin alles geliefert, was sie wollten. Umsonst."

„Und?"

„Haben Leute sich erst einmal daran gewöhnt, alles zu bekommen, was sie verlangen, sind sie schwer wieder davon abzubringen."

„Was wollten sie zusätzlich?"

„Anerkennung. Dank. Höflichkeit. Tribut."

„Welchen Auftrag hatten Sie also?"

„Wir sollten den Führer der Mudschaheddin aufsuchen. Ihm Geschenke überbringen. Allen möglichen protzigen Tinnef von Ronald Reagan persönlich. Wir waren seine persönlichen Botschafter. Wir sollten bei jeder sich bietenden Gelegenheit als Arschkriecher auftreten."

„Das war vor fünfundzwanzig Jahren. Wen kümmert das alles jetzt noch? Das ist ein historisches Detail, sonst nichts. Und die Sache hat funktioniert. In Afghanistan wurde das Ende des Kommunismus eingeläutet."

„Aber nicht auch das Ende der Mudschaheddin."

„Ich weiß. Sie wurden Taliban oder Mitglieder von El Kaida. Aber Ihre Wähler in North Carolina werden sich nicht an diese Geschichte erinnern."

„Kommt darauf an."
„Worauf?"
„Auf den Bekanntheitsgrad."
„Von wem?"
„Im Korengal-Tal hat die Rote Armee ihr Waterloo erlebt. Deshalb war der lokale Führer der Mudschaheddin wirklich eine große Nummer. Er war der Mann, den wir aufsuchen sollten. Und das haben wir getan."
„Und sind ihm in den Arsch gekrochen?"
„Bei jeder sich bietenden Gelegenheit."
„Wer war der Kerl?"
„Ursprünglich ein durchaus imponierender Typ. Jung, hochgewachsen, gut aussehend, hochintelligent, sehr engagiert. Und sehr reich. Er stammte aus einer Milliardärsfamilie in Saudi-Arabien. Sein Vater war mit Reagans Vizepräsident befreundet. Aber er selbst hat um seiner Sache willen auf ein Luxusleben verzichtet."
„Wer war er?"
„Osama bin Laden."
Danach herrschte Schweigen. Springfield setzte sich aufs Bett.
„Aber die Datei ist ziemlich groß", sagte ich schließlich. „Also ist der Bericht ziemlich lang. Und wir alle wissen, wie sich Army-Berichte lesen. Sie sind sehr trocken. Vielleicht wurden Sie nicht namentlich erwähnt. Vielleicht wurde *er* nicht namentlich erwähnt. Vielleicht gab es nur Decknamen, die unter dreihundert Seiten detaillierter Einsatzberichte vergraben sind."
Sansom blieb stumm. Springfield sah weg.
„Wie war er persönlich?", fragte ich.
„Sehen Sie? Genau das meine ich", gab Sansom zurück. „Mein ganzes Leben zählt nichts mehr – ich bin nur noch der Kerl, der Osama bin Laden in den Arsch gekrochen ist. An nichts anderes werden die Leute sich erinnern. Er war ein Widerling. Er war offenbar entschlossen, möglichst viele Russen zu töten, was uns anfangs nur recht war, aber wir erkannten ziemlich bald, dass er es darauf anlegte, jeden zu liquidieren, der nicht genau auf seiner Linie war. Das war damals ein sehr unangenehmes Wochenende."
„Sie waren ein ganzes Wochenende dort?"
„Als Ehrengäste. Allerdings hat er uns die ganze Zeit herumkommandiert. Und wir mussten so tun, als wären wir beeindruckt. Ich hätte ein paarmal fast kotzen müssen. Und das lag nicht nur am Essen."
„Sie haben mit ihm gegessen?"
„Wir waren in seinem Zelt untergebracht."

„Das in dem Bericht bestimmt nur als Hauptquartier der Mudschaheddin bezeichnet wurde. Das Ganze besteht aus dreihundert langweiligen Seiten über ein Treffen. Etwaige Leser würden vor Langeweile sterben. Wieso macht Ihnen das solche Sorgen?"

„Wegen der politischen Aspekte. Wir haben bin Laden praktisch subventioniert. Fast bezahlt."

„Nicht Ihre Schuld. Das war Sache des Weißen Hauses. Außerdem sind das nur Wörter auf Papier. Das liest heutzutage kein Mensch mehr."

„Die Datei ist sehr groß."

„Je größer, desto besser. Je umfangreicher der Bericht ist, desto tiefer sind die schädlichen Teile vergraben."

„Arbeiten Sie manchmal mit einem Computer?"

„Ich habe erst heute an einem gesessen."

„Was erzeugt die größten Dateien?"

„Lange Dokumente?"

„Falsch. Große Pixelmengen erzeugen die größten Dateien."

„Okay", sagte ich langsam. „Ich verstehe. Auf dem USB-Stick ist kein Bericht, sondern ein Foto."

VIERZEHN

Reagan wollte ein Foto", erläuterte Sansom. „Teils weil er gefühlsduselig, teils weil er misstrauisch war und kontrollieren wollte, ob wir unseren Auftrag ausgeführt hatten. Soviel ich mich erinnere, stehe ich mit der Mutter aller servilen Grimassen im Gesicht rechts neben bin Laden."

„Und ich auf der anderen Seite", setzte Springfield hinzu.

„Bin Laden brachte das World Trade Center zum Einsturz", fuhr Sansom fort. „Er griff das Pentagon an. Er ist der meistgesuchte Terrorist der Welt. Das Foto würde mich als Politiker erledigen. Für immer und ewig."

„Sind die Hoths deshalb so scharf darauf?", fragte ich.

Er nickte. „Damit El Kaida mich und die Vereinigten Staaten zusammen mit mir demütigen kann. Oder umgekehrt."

„Daher das Foto in Ihrem Buch. Und in Ihrem Büro an der Wand. Donald Rumsfeld mit Saddam Hussein."

„Ja", bestätigte Sansom.

„Für alle Fälle. Um zu zeigen, dass ein anderer genau das Gleiche gemacht hat. Wie eine Trumpfkarte, die kein Mensch als Trumpf erkannt hat."

„Sie ist kein Trumpf. Nicht einmal andeutungsweise. Weil bin Laden weit schlimmer ist, als Saddam es jemals war. Und Rumsfeld wollte anschließend nicht in irgendein Amt gewählt werden. Aber ich stehe da und blicke freudig grinsend zu dem meistgesuchten Terroristen der Welt auf."

„Sie bekommen das Foto zurück."

„Wann?"

„Wie kommen wir mit der Niederschlagung der Strafverfahren voran?"

„Langsam. Es gibt gute und schlechte Nachrichten."

„Fangen Sie mit den schlechten an."

„Dass das FBI mitspielt, ist sehr unwahrscheinlich. Und das Verteidigungsministerium will erst recht nichts davon wissen."

„Wegen dieser drei Kerle?"

„Die wurden abgelöst. Einer hat einen Nasenbeinbruch, ein anderer eine Kopfplatzwunde. Aber sie wurden ersetzt."

„Und was ist die gute Nachricht?"

„Wir glauben, dass die hiesige Polizei die Sache entspannt sehen will."

„Große Klasse", sagte ich.

Sansom gab keine Antwort.

„Was ist mit Theresa Lee und Jacob Mark?", fragte ich. „Und Docherty?"

„Die sind wieder bei ihrer Arbeit."

„Was haben Sie mit dem USB-Stick vor, wenn Sie ihn bekommen?"

„Ich kontrolliere, ob er der richtige ist, dann zertrümmere ich ihn und verbrenne die Stücke und spüle die Überreste in ungefähr acht verschiedenen Toiletten hinunter."

„Und wenn ich Sie bäte, das nicht zu tun?"

„Mit welcher Begründung?"

„Das sage ich Ihnen später."

Je nach Sichtweise war es entweder später Nachmittag oder früher Abend. Aber ich war gerade erst aufgewacht, deshalb hielt ich ein Frühstück für angebracht. Ich rief unten beim Zimmerservice an und bestellte eine große Portion. Für mindestens fünfzig Dollar. Sansom zeigte keine Regung. Er kochte vor Frustration und Ungeduld.

Ein Typ vom Zimmerservice brachte das bestellte Essen. Sansom bekam einen Handyanruf und bestätigte mir, dass die New Yorker Polizei sich nicht mehr für meine Person interessierte. Aber dann telefonierte er noch mal und teilte mir mit, beim FBI stünden die Zeichen auf Sturm. Dann führte er ein drittes Telefongespräch und erfuhr, dass man im Verteidigungsministerium nicht daran dachte, die Sache auf sich beruhen zu lassen.

„Ende der Geschichte", sagte Sansom.

„Okay“, meinte ich. „Ich will nur wissen, wie der Kampfplatz aussieht.“

„Streng genommen ist dies nicht Ihr Kampf.“

„Jacob Mark wäre froh, wenn der Fall abgeschlossen wäre.“

„Tun Sie das also für Jacob Mark oder für mich?“

„Ich tue es für mich selbst. Die Hoths haben mir diese DVD geschickt.“

„Das war ein taktischer Schachzug. Reagieren Sie, siegen die anderen.“

„Nein, reagiere ich, verlieren sie.“

„Wissen Sie überhaupt, wo sie sind?“

„Ich habe verschiedene Ideen.“

„Stehen Sie weiter mit ihnen in Verbindung?“

„Ich glaube, dass sie wieder anruft.“

„Ein einziger falscher Schritt, dann sind Sie ihr Gefangener. Letzten Endes werden Sie ihr erzählen, was sie wissen will.“

„Wie oft sind Sie seit dem elften September mit Linienmaschinen geflogen?“, fragte ich ihn.

„Hunderte Male.“

„Und ich wette, dass Sie jedes Mal im Hintergrund Ihres Bewusstseins gehofft haben, dass Entführer an Bord sein würden. Damit Sie aufspringen und sie zu Brei schlagen könnten. Oder bei dem Versuch sterben.“

Sansoms Lippen verzogen sich zu einem wehmütigen kleinen Lächeln. „Sie haben recht“, stimmte er zu.

„Weshalb?“

„Ich würde die Mitfliegenden beschützen wollen.“

„Und Sie würden Ihrem Hass ein Ventil verschaffen wollen. Ich weiß, dass ich das wollen würde. Mir hat das World Trade Center mit den beiden Türmen gefallen. Mir hat die Welt gefallen, wie sie früher war. Deshalb erscheint einem Kerl wie mir die Chance, gegen eine aktive El-Kaida-Zelle anzutreten, nicht viel anders, als fielen alle meine Geburttage und Weihnachten auf einen einzigen Tag.“

„Sie sind verrückt. Dies ist keine Sache, die man allein angeht.“

„Worin besteht die Alternative?“

„Die Heimatschutzbehörde spürt sie irgendwann auf. Dann wird ein Einsatzkommando zusammengestellt. New Yorker Polizei, FBI, Teams der schnellen Eingreiftruppe.“

„Allein ist immer besser.“

„Vielleicht nicht“, widersprach Springfield. „Wir haben die Unterlagen der Heimatschutzbehörde eingesehen. Die Hoths haben eine große Crew mitgebracht. Neunzehn Mann.“

Ich beendete mein Frühstück. „Insgesamt neunzehn Mann. Vier haben das Land bereits verlassen, und zwei sind Verletzte mit gebrochenen Kiefern und Ellbogen. Also verbleiben dreizehn im aktiven Dienst."

„Mit gebrochenen Kiefern und Ellbogen?", fragte Sansom.

„Sie waren auf der Suche nach mir unterwegs. Aber Straßenkämpfe scheinen nicht ihre Stärke zu sein."

„Haben Sie ihnen etwas auf die Stirn geschrieben?"

„Bei einem. Warum?"

„Das FBI hat einen Anruf aus der Notaufnahme im Bellevue Hospital bekommen. Dort wurden zwei bei einer Schlägerei verletzte nicht identifizierte Ausländer eingeliefert. Einem war etwas auf die Stirn geschrieben worden."

„Die Hoths müssen mit ihrer Leistung unzufrieden gewesen sein. Sie haben die beiden zur Strafe ausgeliefert, um die übrigen anzuspornen."

„Skrupellose Leute."

„Dreizehn Leute."

„Und die Hoths selbst", gab Springfield zu bedenken. „Macht fünfzehn."

„Wir können Sie nicht aktiv unterstützen", sagte Sansom. „Das verstehen Sie, nicht wahr? Diese Sache wird zu mindestens einem und maximal fünfzehn Morden auf den Straßen von New York führen. Daran dürfen wir uns nicht beteiligen."

„Ich bitte Sie nicht um Hilfe", entgegnete ich.

„Sie sind wahnsinnig."

„Das werden die anderen auch glauben."

„Haben Sie schon einen Zeitplan im Kopf?"

„Bald. Langes Zuwarten wäre zwecklos."

„Der eine Mord als Minimum wären natürlich Sie. Dann wüsste ich nicht, wo ich mein Foto suchen sollte."

„Drücken Sie mir also die Daumen.

„Kann ich Ihnen vertrauen, dass Sie Wort halten."

„Was haben Sie auf der Offiziersanwärterschule gelernt?"

„Dass Offizierskameraden vertrauenswürdig sind."

„Da haben Sie's."

„Aber wir waren bei ganz unterschiedlichen Truppenteilen."

„Da haben Sie recht. Ich habe schwer geschuftet, während Sie um die Welt gejettet sind, um Terroristen in den Arsch zu kriechen. Sie haben nicht mal ein Purple Heart bekommen."

Er gab keine Antwort.

„War nur ein Scherz", lenkte ich ein. „Aber Sie sollten hoffen, dass nicht ich das erste Opfer werde, sonst bekommen Sie solches Zeug dauernd zu hören."

„Sagen Sie's mir jetzt."

„Ich brauche Sie, damit Sie mir den Rücken freihalten."

„Ich habe Ihre Personalakte gelesen. Ihr Purple Heart haben Sie dafür bekommen, dass diese Autobombe in Beirut Sie erwischt hat. Bei dem Anschlag auf die Kaserne der Marines."

„Daran erinnere ich mich gut."

„Sie haben eine entstellende Narbe davongetragen."

„Möchten Sie sie sehen?"

„Nein. Aber Sie müssen daran denken, dass das nicht die Hoths waren."

„Wer sind Sie – mein Therapeut?"

„Nein. Aber das macht meine Aussage nicht weniger wahr."

„Ich weiß nicht, wer die Täter in Beirut waren. Aber jedenfalls waren sie Gesinnungsgenossen der Hoths."

„Ihr Hauptmotiv ist Rachgier. Und Sie fühlen sich weiter schuldig wegen Susan Mark."

„Und?"

„Und deshalb arbeiten Sie vielleicht nicht mit höchster Effizienz."

„Machen Sie sich Sorgen um mich?"

„Hauptsächlich um mich. Ich will mein Foto wiederhaben."

„Das bekommen Sie."

„Geben Sie mir wenigstens einen Hinweis darauf, wo es ist."

„Was ich weiß, wissen Sie auch. Ich hab's rausgekriegt. Also werden Sie's auch rausbekommen. Man braucht dafür kein Genie zu sein."

„Erklären Sie mir wenigstens, warum ich es nicht vernichten soll."

„Stellen Sie sich eine Höhle im Nordwesten Pakistans vor. Stellen Sie sich vor, wie dort in diesem Augenblick die Führungsspitze von El Kaida versammelt ist. Raufen die sich die Haare und sagen: ‚Verdammter Scheiß, wir dürfen nicht zulassen, dass John Sansom in den US-Senat kommt'? Stehen Sie auf deren Tagesordnung ganz oben?"

„Wahrscheinlich nicht."

„Wozu würden die dann das Foto wollen?"

„Die Vereinigten Staaten wären in Verlegenheit gebracht."

„Aber nicht sehr. Die Veröffentlichung des Fotos könnte Sie persönlich ruinieren, aber jeweils nur einen Amerikaner zu vernichten, entspricht nicht der Vorgehensweise von El Kaida."

„Sie würde dem Ansehen Reagans schaden."

„Wen kümmert's? Die meisten Amerikaner können sich nicht an ihn erinnern und glauben, Reagan sei ein Flughafen in Washington."

„Ich denke, dass Sie diese Sache unterschätzen. Ich glaube, dass das Foto schaden würde. Sie wissen, dass das Verteidigungsministerium wie verrückt versucht, es zurückzubekommen."

„Wieso hat es den Auftrag dann seiner B-Mannschaft erteilt?"

„Sie glauben, dass diese Agenten die B-Mannschaft waren?"

„Das hoffe ich sehr. War das die A-Mannschaft, sollten wir vielleicht alle nach Kanada auswandern. Okay, die Veröffentlichung des Fotos würde uns schaden. Es ist der Beweis für einen strategischen Fehler, und das ist peinlich. Aber das ist schon alles."

„Dann macht El Kaida sich zu große Hoffnungen?"

„Nein. Ich sage, dass diese ganze Sache in einer Schieflage ist. El Kaida schickt eine A-Mannschaft, und wir bieten eine B-Mannschaft auf. Folglich ist ihr Wunsch, das Foto zu erbeuten, ein bisschen stärker als unser Wunsch, es zu behalten. Und wir müssen uns fragen, weshalb Susan Mark es nicht einfach kopieren sollte. Ihr Auftrag war nicht, es zu kopieren. Sie sollte es praktisch stehlen. Es uns wegnehmen. Ohne eine Spur zu hinterlassen. Und das bedeutet, dass sie es haben und gleichzeitig dafür sorgen wollen, dass wir es *nicht* haben."

„Das verstehe ich nicht."

„Sie müssen an damals zurückdenken. Sie müssen sich genau daran erinnern, was die Kamera gesehen hat. Weil El Kaida dieses Foto nicht veröffentlichen will. Sie wollen es stehlen, um es unterdrücken zu können."

„Wozu das?"

„Für Sie mag es peinlich sein – aber es zeigt etwas, das für Osama bin Laden noch viel schlimmer ist."

Sansom und Springfield schwiegen nachdenklich. Sie erinnerten sich zurück an ein halbdunkles Zelt über dem Korengal-Tal.

„Ich kann mich an nichts Besonderes erinnern", sagte Sansom.

„Vielleicht sind wir ihm peinlich", meinte Springfield. „Vielleicht gilt eine Begegnung mit Amerikanern heutzutage als schlechtes Karma."

„Nein", sagte ich. „Das Foto lässt bin Laden mächtig aussehen, während wir wie gutgläubige Trottel wirken."

„Dort ging's zu wie im Zoo. Chaos und totales Durcheinander."

„Es muss irgendwas gewesen sein, das ihn bloßstellt oder schwach oder pervers erscheinen lässt."

„Ich kann mich nicht erinnern. Das ist alles schon lange her." Sansom verstummte. Schließlich sagte er: „Ich muss eine wichtige Entscheidung treffen. Schadet dieses Foto ihm mehr als mir, muss ich es veröffentlichen. Also, wo ist es?"

Ich gab keine Antwort.

„Okay“, seufzte er. „Ich halte Ihnen den Rücken frei. Aber ich weiß, was Sie wissen. Und Sie haben es rausgekriegt. Was bedeutet, dass ich es ebenfalls rausbekommen kann. Was bedeutet, dass die Hoths es ebenfalls herauskriegen können. Vielleicht holen sie sich gerade den USB-Stick.“

„Ja“, stimmte ich zu. „Vielleicht tun sie das.“

„Und wenn sie das Foto unterdrücken wollen, wär's vielleicht keine schlechte Idee, sie das einfach tun zu lassen.“

„Wenn sie es unterdrücken wollen, bedeutet das, dass es eine wirkungsvolle Waffe ist, die gegen sie eingesetzt werden könnte.“

„Gehen Sie“, sagte er. „Erledigen Sie die Hoths, bevor ihnen das Foto in die Hände fällt.“

ICH GING NICHT. Nicht sofort. Ich hatte Dinge zu durchdenken und Pläne zu machen. Und Mängel zu beseitigen. Ich war nicht ausgerüstet. Ich trug Gartenclogs aus Gummi und eine blaue Hose. Ich war unbewaffnet. Ich wollte in tiefster Nacht und zweckmäßig schwarz gekleidet in Aktion treten. Mit richtigen Schuhen. Und mit Waffen. Je mehr, desto besser.

Ich sah zu Sansom hinüber. „Sie dürfen mir nicht aktiv helfen, richtig?“

„Nein.“

Ich wandte mich an Springfield. „Ich ziehe jetzt los, um Klamotten zu kaufen. Ich denke an eine schwarze Hose und ein schwarzes T-Shirt und schwarze Schuhe. Dazu eine schwarze Windjacke, vielleicht in XXXL, ziemlich weit und sackartig. Was halten Sie davon?“

„Das ist uns egal“, erwiderte er. „Wenn Sie zurückkommen, sind wir nicht mehr da.“

ICH GING wieder in das Geschäft in dem ich das Khakihemd gekauft hatte. Dort fand ich schwarze Jeans, ein schwarzes T-Shirt und eine schwarze Baumwoll-Windjacke mit Reißverschluss, die vorn weit ausgebeult war.

Perfekt, wenn Springfield meinen Wink verstanden hatte.

Ich zog mich in der Umkleidekabine um, stopfte mein altes Zeug in einen Abfallkorb und bezahlte bei der Kassiererin neunundfünfzig Dollar.

Danach ging ich weiter zu einem Schuhgeschäft. Dort kaufte ich ein Paar feste schwarze Springerstiefel und ein Paar schwarze Socken.

Dann machte ich mich bei herabsinkender Abenddämmerung auf den Rückweg zum Hotel. Ich fuhr mit dem Aufzug zu meinem Zimmer hinauf und setzte mich aufs Bett, um zu warten. Ich musste ziemlich lange warten. Fast vier Stunden lang. Ich glaubte auf Springfield zu warten. Aber letztlich war es Theresa Lee, die bei mir aufkreuzte.

Sie klopfte acht Minuten vor Mitternacht an meine Tür und brachte eine Sporttasche aus schwarzem Nylon mit. Wie die Tasche herabhing, ließ darauf schließen, dass sie schwere Gegenstände enthielt.

Teresa stellte die Tasche neben der Tür zum Bad ab und fragte: „Alles in Ordnung mit dir?"

„Und mit dir?"

Sie nickte. „Wir sind alle wieder im Dienst."

„Was ist in der Tasche?"

„Keine Ahnung. Ein Mann hat sie mir aufs Revier gebracht."

„Springfield?"

„Nein, er nannte sich Browning. Er übergab mir die Tasche und sagte, im Interesse der Verbrechensbekämpfung müsse ich dafür sorgen, dass sie nie in deine Hände gelange."

„Aber du hast sie trotzdem hergebracht?"

„Ich bewache sie persönlich. Das ist sicherer, als sie auf dem Revier herumstehen zu lassen. Sie setzte sich aufs Bett. „Wir haben die drei alten Gebäude in der 58th Street durchsucht. Die Hoths sind nicht dort. Sie waren dort, aber schon ausgeflogen."

„Ich weiß."

„Woher?"

„Sie haben Leonid und seinen Kumpel preisgegeben. Folglich sind sie jetzt an einem Ort, den die beiden nicht kennen."

„Kannst du sie finden?"

„Was tun sie, um an Geld zu kommen?"

„Dadurch können wir sie nicht mehr verfolgen. Sie haben vor sechs Tagen aufgehört, Bank- und Kreditkarten zu benutzen."

„Was macht eure Terrorabwehr sonst noch?"

„Fahnden. Mit FBI und Verteidigungsministerium. Im Augenblick sind ungefähr sechshundert Leute im Einsatz. Und es geht das Gerücht um, dass es um eine Pentagon-Akte auf einem USB-Stick geht."

„Das stimmt so ziemlich."

„Du weißt, wo er ist?"

„So ziemlich."

„Dann zieh los und hol ihn. Überlass die Hoths anderen."

Ich antwortete nicht darauf.

„Wann willst du aufbrechen?", erkundigte sie sich.

„In zwei Stunden. Weitere zwei Stunden, um sie aufzuspüren. Angriff um vier Uhr morgens. Meine bevorzugte Zeit. Das ist etwas, das wir von den Russen gelernt haben. Um vier Uhr morgens hat jeder seinen Tiefpunkt."

„Die verschwundene Akte betrifft Sansom, nicht wahr?"
„Teilweise."
„Weiß er, dass du sie hast?"
„Ich habe sie nicht. Aber ich weiß, wo sie ist."
„Weiß er das?"
Ich nickte.
„Also hast du einen Deal mit ihm abgeschlossen. Sorgt er dafür, dass Docherty und Jacob Mark und ich keine Schwierigkeiten bekommen, bringst du sie ihm wieder zurück."
„Der Deal sollte vor allem meine Schwierigkeiten beseitigen."
„Das hat aber nicht geklappt. Die Bundestypen sind weiter hinter dir her."
„Was die New Yorker Polizei betrifft, hat es recht gut geklappt."
„Und wir anderen haben alle davon profitiert. Wofür ich dir danke."
„Bitte sehr."
„Wie wollen die Hoths das Land verlassen?"
„Ich glaube nicht, dass sie das noch vorhaben. Diese Option existiert seit ein paar Tagen nicht mehr, denke ich. Jetzt geht's nur noch darum, ihren Auftrag auszuführen, auch wenn er sie das Leben kostet."
„Wie bei einem Himmelfahrtskommando?"
„Darin sind sie gut."
Teresa stand vom Bett auf. Sie küsste mich und ermahnte mich, sie anzurufen, wenn ich sie brauchte. Sie wünschte mir alles Gute und verließ das Zimmer. Die schwarze Sporttasche ließ sie neben der Tür zum Bad stehen.

ICH HIEVTE die Tasche aufs Bett. Ich öffnete den Reißverschluss und warf einen Blick hinein. Als Erstes sah ich einen Schnellhefter.

Der Ordner hatte Normgröße und enthielt einundzwanzig Computerausdrucke. Einreiseunterlagen für zwei Frauen, neunzehn Männer. Turkmenische Staatsbürger, die vor einem Vierteljahr aus Tadschikistan kommend in die Vereinigten Staaten eingereist waren. Zu den Unterlagen gehörten Digitalfotos und digitale Fingerabdrücke von den Einreiseschaltern auf dem JFK-Flughafen. Auf den Farbfotos erkannte ich Lila und Swetlana mühelos. Ebenso Leonid und seinen Kumpel. Die übrigen siebzehn kannte ich nicht. Vier von ihnen waren als schon ausgereist gekennzeichnet. Ich warf ihre Ausdrucke in den Papierkorb und legte die dreizehn Unbekannten auf dem Bett aus.

Alle dreizehn Gesichter sahen müde und gelangweilt aus. Kleine drahtige Kerle aus Mittelasien, die nur aus Knochen, Sehnen und Muskeln zu bestehen schienen, was auf Klima, Ernährung und Lebensweise zurückzuführen war. Ich betrachtete sie konzentriert und prägte mir ihre Gesichter ein.

Dann wandte ich mich wieder der Sporttasche zu.

Zum Mindesten hoffte ich auf eine brauchbare Handfeuerwaffe. Im besten Fall hoffte ich auf eine Maschinenpistole mit kurzem Lauf. Ich hatte Springfield von der übergroßen Jacke erzählt, die ich kaufen würde, damit er wusste, dass darunter Platz für Waffen sein würde.

Er hatte den Wink ganz ausgezeichnet verstanden.

Er hatte mir eine Maschinenpistole mit Schalldämpfer besorgt. Eine MP5SD von Heckler & Koch. Nur ein Pistolengriff, ein Abzug, ein Gehäuse für ein leicht gebogenes Magazin mit dreißig Schuss, dann ein nur fünfzehn Zentimeter langer Lauf, der durch das zweilagige Schalldämpfergehäuse radikal verdickt wurde. Neun Millimeter, schnell, treffsicher, leise. Eine erstklassige Waffe. Getragen wurde sie an einem schwarzen Nylongurt, der bereits auf brauchbare Mindestlänge gekürzt war, als wollte Springfield sagen: *Ich weiß, was du brauchst, Kumpel.*

Auf der linken Seite der MP war ein Stellschieber angebracht, mit dem die Waffe gesichert und die Feuerart gewählt werden konnte. Hier gab es vier Schieberstellungen mit Piktogrammen: ein einfacher weißer Punkt für Sicher, ein kleines weißes Geschoss für Einzelfeuer, drei Geschosse für Feuerstöße zu drei Schuss und eine lange Reihe von Geschossen für automatisches Dauerfeuer. Ich wählte die Feuerstöße zu drei Schuss. Meine bevorzugte Einstellung. Ich legte die MP5 aufs Bett.

Springfield hatte auch Munition mitgeliefert. Dreißig Schuss. Aber dreißig Schuss waren nicht viel. Nicht gegen fünfzehn Leute. Doch es war nicht leicht, in New York Waffen oder Munition zu kaufen. Nicht für Springfield, nicht für mich.

Ich warf nochmals einen Blick in die Tasche, um festzustellen, ob ich etwas übersehen hatte.

Munition fand ich keine mehr. Aber es gab eine Art Bonus. Ein Kampfmesser. Ein Benchmade 3300. In allen fünfzig Staaten illegal, wenn man nicht aktiver Soldat oder Polizeibeamter war, was ich nicht war. Als ich mit dem Daumen auf den Knopf drückte, schnappte die Klinge heraus. Ein zweischneidiger spitzer Dolch. Zehn Zentimeter lang. Ich klappte die Klinge ein und legte das Messer neben die Heckler & Koch.

Die Sporttasche enthielt zwei weitere Gegenstände. Eine Rolle schwarzes Gewebeband und einen linken Handschuh aus schwarzem Leder, der mir genau passte. Wer mit der MP5SD schießen will, braucht einen, denn das Schalldämpfergehäuse wird beim Schießen extrem heiß. Springfield war jemand, der einfach an alles dachte. Ich reihte beides zusammen mit der MP, dem Magazin und dem Kampfmesser auf dem Bett auf.

Eine halbe Stunde später saß ich angezogen und mit voller Ausrüstung in einem R Train nach Süden.

FÜNFZEHN

R Trains bestehen aus älteren Wagen, in denen es auch Sitze in Fahrtrichtung und entgegen der Fahrtrichtung gibt. Aber ich hatte eine seitliche Sitzbank für mich allein. Inzwischen war es zwei Uhr morgens. Der Zug ratterte nach Süden. Ich betrachtete mich in dem dunklen Fenster gegenüber und lächelte.

Ich gegen sie.

Ich stieg in der 34th Street aus, setzte mich auf eine Holzbank und ließ mir meine Theorien nochmals durch den Kopf gehen. Vor allem bedachte ich Lila Hoths Geschichtslektion aus den Tagen des britischen Empires: *Wer eine Offensive plant, muss immer auch schon den unvermeidlichen Rückzug planen.* Hatten ihre Kommandeure in der Heimat diesen ausgezeichneten Rat beherzigt? Das bezweifelte ich aus einem einfachen Grund: Fanatismus. Fängt man an, rational zu denken, zerfällt das Ganze.

Deshalb waren die Hoths jetzt auf der Flucht. Mit ihrer gesamten Crew. Sie hatten ihr Quartier in der 58th Street verlassen, wussten nicht recht, wohin, improvisierten und bemühten sich, unter dem Radar zu bleiben. Sie waren in *meiner* Welt.

Das Handy in meiner Tasche begann zu vibrieren. Ich klappte es auf.

„Na?“, fragte Lila Hoth.

„Ich kann Sie nicht finden“, sagte ich.

„Ich weiß.“

„Also bin ich bereit, einen Handel abzuschließen. Wie viel Bargeld haben Sie?“

„Haben Sie den USB-Stick?“

„Ich kann Ihnen genau sagen, wo er ist.“

„Aber Sie haben ihn nicht tatsächlich.“

„Nein.“

„Was war denn das Ding, das Sie uns im Hotel gezeigt haben?“

„Ein Köder.“

„Fünfzigtausend Dollar.“

„Hundert.“

„Ich habe keine hunderttausend Dollar.“

Ich sagte: „Sie sitzen hier fest, Lila. Sie werden hier sterben. Wollen Sie nicht erfolgreich sterben? “

„Fünfundsiebzigtausend.“

„Hundert.“

„Okay, aber heute Nacht nur die Hälfte.“

„Fünfundsiebzig und noch heute Nacht.“

„Sechzig.“

„Abgemacht.“

„Wo sind Sie?“

„Weit im Norden“, log ich. „Aber wir treffen uns in vierzig Minuten auf dem Union Square.“

„Wo liegt der?“

„Broadway, zwischen 14th und 17th Street.“

„Gut, ich komme“, sagte sie.

Ich ging weiter zum Nordende des Madison Square Parks und setzte mich auf eine Bank. Ich angelte Theresa Lees Visitenkarte aus meiner Tasche und wählte ihre Handynummer.

„Hier ist Reacher“, sagte ich.

„Was kann ich für dich tun?“

„Du kannst eurer Abteilung Terrorabwehr sagen, dass ich in vierzig Minuten auf dem Union Square bin und damit rechne, von mindestens zwei bis höchstens sechs Kerlen aus Lila Hoths Crew überfallen zu werden. Sag euren Leuten, dass sie sich die Burschen schnappen können. Aber mich sollen sie in Ruhe lassen.“

„Personenbeschreibungen?“

„Du hast einen Blick in die Sporttasche geworfen, nicht wahr? Bevor du sie abgeliefert hast.“

„Natürlich.“

„Dann hast du ihre Fotos gesehen.“

„Wo auf dem Platz?“

„Ich versuche, an der Südwestecke zu bleiben.“

„Wieso triffst du dich mit ihrer Crew?“

„Ich habe einen Deal mit ihr geschlossen. Aber sie wird stattdessen ein paar ihrer Männer schicken. Mir ist geholfen, wenn eure Leute sie sich schnappen.“

Neun Blocks weiter betrat ich den Union Square. Ich umrundete ihn einmal. Sah dabei nichts, was mir Sorgen machte. Ich setzte mich in die Nähe der Gandhistatue und wartete.

Nach zwanzig meiner vierzig Minuten sah ich, wie die Abteilung Terrorabwehr der New Yorker Polizei einzutreffen begann. Das machten sie recht geschickt. Sie kamen in neutralen Limousinen und beschlagnahmten Minivans voller Kratzer und Beulen. Ich zählte insgesamt sechzehn Mann, rechnete aber selbst damit, vier oder fünf übersehen zu haben. Alle diese Kerle waren jung und fit und athletisch. Jeder trug eine Sporttasche.

Ich merkte, dass alle mich entdeckt und identifiziert hatten. Dann traten sie ins Dunkel zurück und verschmolzen einfach mit der Umgebung.

Nach dreißig meiner vierzig Minuten war ich ziemlich optimistisch.

Fünf Minuten später war ich das nicht mehr.

Weil Bundesagenten aufkreuzten. Acht Mann in Crown Vics.

Ich zog wieder das Handy heraus und drückte auf den grünen Knopf, um Theresas Nummer aufzurufen.

„Die Bundesheinis sind hier. Wie ist das passiert?“

Sie fluchte. „Sie hören entweder unseren Einsatzkoordinator ab – oder einer unserer Jungs sucht einen besseren Job.“

„Wer hat hier den Vorrang?“

„Die Agenten. Du solltest schleunigst verschwinden.“

Ich klappte das Handy zu und steckte es wieder ein. Die acht Kerle aus den Crown Vics verschwanden in den Schatten unter den Bäumen.

Ich wartete. Zwei Minuten. Drei.

In der neununddreißigsten meiner vierzig Minuten entdeckte ich durch Schatten und Halbdunkel huschende Gestalten. Sieben Männer. Eine gute Nachricht. Je mehr jetzt kamen, desto weniger blieben später übrig.

Alle sieben waren klein und drahtig und wachsam. Sie würden mich nicht erschießen. Lilas Bedürfnis, an meine Informationen heranzukommen, war mein bester Schutz. Sie sahen mich und machten halt. Ich saß still.

Theoretisch hätte dies der einfache Teil sein sollen. Sie kommen näher, die Leute von der New Yorker Polizei greifen ein, und ich gehe davon, ohne aufgehalten zu werden.

Aber nicht mit den Bundesagenten auf der Bildfläche. Bestenfalls würden sie’s auf uns alle abgesehen haben. Schlimmstenfalls würden sie mich mehr wollen als die anderen. Ich wusste, wo der USB-Stick war.

Die sieben teilten sich auf. Zwei blieben halb rechts von mir in Position. Zwei hasteten nach links. Drei gingen weiter, um hinter mich zu gelangen.

Ich stand auf. Die beiden rechts von mir setzten sich in Bewegung. Das

Paar links von mir war noch mitten in seinem Umgehungsmanöver. Die drei hinter mir waren außer Sicht.

Ich rannte los.

Geradeaus zu dem U-Bahn-Eingang sechs, sieben Meter vor mir. Die Treppe hinunter. Hinter mir hörte ich polternde Schritte. Eine ganze Horde. Fast vierzig Kerle, die ich wie ein Rattenfänger in einer wilden Jagd hinter mir herzog.

Ich erreichte einen gekachelten Gang, der auf die unterirdische Plaza hinausführte. Ich änderte meine Richtung und spurtete zum R Train stadtauswärts. Ich setzte über das Drehkreuz, erreichte den Bahnsteig und rannte ganz bis zu seinem Ende weiter. Und machte halt. Und drehte mich um.

Drei einzelne Gruppen kamen hintereinander angerannt. Die erste bestand aus Lila Hoths sieben Männern. Sie sahen, dass ich in eine Sackgasse geraten war. Sie blieben stehen. Warfen sich herum und sahen die Jungs von der Abteilung Terrorabwehr hinter sich herankommen. Und unmittelbar hinter den Cops kamen vier der acht Bundesagenten.

Auf diesem Bahnsteig war sonst niemand. Auf dem Bahnsteig in Richtung Innenstadt saß ein einzelner Typ auf einer Bank. Vielleicht betrunken. Er starrte zu dem plötzlichen Aufruhr hinüber.

Das Ganze hätte ein Bandenkrieg sein können. In Wirklichkeit sah der Typ jedoch eine schnelle und effiziente Festnahme durch New Yorker Cops. Sie stürmten alle laut schreiend mit gezogenen Waffen und vorgewiesenen Plaketten heran und überrannten die sieben Kerle einfach. Praktisch ohne Gegenwehr. Sie fesselten ihnen die Hände auf dem Rücken und transportierten sie ab. Buchstäblich Sekunden später waren sie wieder fort.

Der Typ auf der Bank starrte weiter herüber. Die vier Agenten hatten sich etwa zehn Meter von mir entfernt postiert.

Dann sah ich jenseits der Gleise die vier anderen Agenten auf dem Bahnsteig auftauchen. Sie bauten sich genau mir gegenüber auf. Alle lächelten schwach, als hätten sie einen cleveren Schachzug gemacht. Die vier Agenten auf meiner Seite versperrten mir den Weg zum Ausgang. Hinter mir hatte ich eine glatte weiße Wand und die Tunnelmündung.

Schachmatt.

Der mir am nächsten stehende Agent griff in sein Jackett und zog eine Pistole. „Hände hoch!“, befahl er.

Nachtfahrplan. Zwanzig Minuten Abstand zwischen den Zügen. Wir waren seit etwa vier Minuten hier unten. Folglich betrug das zeitliche Maximum bis zur Einfahrt des nächsten Zuges sechzehn Minuten. Das Minimum wäre gar keine Wartezeit gewesen. Doch die minimale Wartezeit trat nicht ein. Der Tunnel blieb still und dunkel.

„Hände hoch!“, wiederholte der Agent. Er war bestimmt der Oberagent und ein ehemaliger Soldat. Verteidigungsministerium, nicht FBI. Vielleicht war dies keine B-, sondern eine A-Mannschaft.

„Sonst schieße ich“, setzte der Oberagent hinzu. Aber das würde er nicht tun. Sie wollten den USB-Stick. Ich wusste, wo er war.

Die mittlere Wartezeit bis zur Einfahrt des nächsten Zuges: acht Minuten. Der Kerl mit der Pistole machte einen Schritt auf mich zu. Seine drei Kollegen folgten. Die vier Agenten jenseits der Gleise standen still da.

„Verraten Sie uns einfach, wo er ist“, sagte der Oberagent.

„Wo was ist?“, fragte ich.

„Das wissen Sie. Und Sie übersehen einen wichtigen Faktor. Wenn Sie's rauskriegen konnten, können wir's auch rauskriegen. Und das bedeutet, Ihre weitere Existenz könnte aus Gründen der Zweckmäßigkeit überflüssig werden.“

„Nur zu. Kriegen Sie's doch raus.“

Er hob die Pistole höher und gerader. Es war eine Glock 17. Die bei Weitem leichteste Dienstwaffe auf dem Markt. Der Kerl konnte diese Haltung endlos lange beibehalten.

„Letzte Chance“, sagte er.

Jenseits der Gleise machte sich der Typ von der Bank davon. Er war bereit, im Tausch für ein ruhiges Leben auf die schon vorgenommene Entwertung seiner Metrocard im Wert von zwei Dollar zu verzichten.

Keine Zeugen.

Die mittlere Wartezeit bis zum nächsten Zug: etwa sechs Minuten.

„Ich weiß nicht, wer Sie sind.“

„Bundesagenten.“

„Beweisen Sie's mir.“

Der Kerl nickte dem Agenten hinter ihm zu, der in die Innentasche seines Jacketts griff und ein Klappetui herauszog. Er ließ es auffallen. Das Etui enthielt zwei Dienstausweise. Ich konnte keinen davon lesen. Sie waren zu weit entfernt.

Ich trat vor, machte eineinviertel Meter vor ihm halt und sah im oberen Fach des Etuis einen Standardausweis des Militärgeheimdiensts Defense Intelligence Agency. Im unteren Fach steckte eine Art Ermächtigung, die besagte, der Inhaber handle in direktem Auftrag des Präsidenten der Vereinigten Staaten.

„Sehr nett. Besser, als sich den Lebensunterhalt durch Arbeit zu verdienen.“ Ich trat zurück.

Mittlere Wartezeit bis zur nächsten U-Bahn: fünf Minuten.

Der Oberagent senkte den Arm unter die Waagrechte. Jetzt zielte er auf meine Knie. „Ich schieße“, sagte er.

Keine Zeugen.

Versagt alles andere, hilft nur noch reden. „Weshalb wollen Sie ihn?“

„Nationale Sicherheit.“

„Angriff oder Verteidigung?“

„Ich zähle bis drei.“

„Viel Glück dabei.“

„Eins.“

Auf dem Gleisbett neben mir begannen die Schienen leicht zu zittern. Ein Zug kam in Sicht, noch immer schnell, und dann packten die Bremsen quietschend zu, und der Zug fuhr neben uns ein.

Ein R Train stadtauswärts. Ungefähr fünfzehn Wagen, in jedem eine Handvoll Fahrgäste. Zeugen.

Die Glock 17 verschwand wieder unter dem Jackett des Oberagenten.

R Trains haben jeweils vier zweiflüglige Türen. Der Führerwagen hielt genau neben uns. Ich stand ziemlich genau an der ersten Tür. Die Agenten waren den Türen drei und vier näher.

Auf der gesamten Zuglänge gingen die Türen auf.

Ich wandte mich der U-Bahn zu.

Die Agenten wandten sich der U-Bahn zu.

Ich trat vor.

Sie traten vor.

Ich musste mich entscheiden: Ich konnte einsteigen, woraufhin sie auch einsteigen würden. Wir konnten die ganze Nacht gemeinsam herumfahren. Oder ich konnte den Zug ohne mich abfahren lassen und mindestens zwanzig Minuten wie zuvor mit ihnen auf diesem Bahnsteig festsitzen.

Die Türen blieben offen. Ich trat in den Wagen.

Sie traten in den Wagen.

Ich zögerte kurz, dann ging ich rückwärts. Wieder auf den Bahnsteig hinaus.

Sie traten rückwärts hinaus.

Vor mir schlossen sich die Türflügel. Wie ein endgültiger Vorhang.

Fünfhundert Tonnen Stahl begannen anzurollen.

R Trains bestehen aus älteren Wagen. Sie haben schmale Trittleisten unter und Regenrinnen über den Türen. Ich machte einen Satz nach vorn und hakte meine Finger in die Regenrinne und fand mit den Zehen Halt auf der Trittleiste. Ich machte mich an Stahl und Glas so flach wie möglich. Ich klebte wie ein Seestern an der leicht gewölbten Flanke des U-Bahn-Wagens. Die MP5 bohrte sich in meine Brust. Der Zug beschleunigte. Die gemauerte Tunnelkante kam geradewegs auf mich zu. Ich hielt den Atem an und legte das Gesicht ans Glas. Der Zug saugte mich in den Tunnel – mit kaum mehr als fünfzehn Zentimeter Abstand zur Tunnelwand.

Die Fahrt war albtraumhaft. Unglaubliches Tempo, heulendes Dunkel, ohrenbetäubender Lärm.

So surfte ich neun Blocks weit. Dann erreichten wir die 23rd Street, und der Zug bremste scharf. Ich klammerte mich weiter fest und wurde mit fünfzig Stundenkilometern in die gleißende Helligkeit der U-Bahnstation getragen. Ich hing wie eine Klette an dem Führerwagen, bis er endlich am Nordende des Bahnsteigs hielt. Ich stemmte mich leicht nach außen, und die Tür ging unter mir auf. Ich taumelte in den Wagen und brach auf dem nächsten Sitz zusammen.

Neun Blocks. Kaum eineinhalb Minuten. Genug, um mir das U-Bahn-Surfen lebenslänglich zu verleiden.

In meinem Wagen saßen drei weitere Fahrgäste. Keiner von ihnen sah mich auch nur an. Die Türen schlossen sich knallend. Der Zug fuhr weiter.

Ich stieg am Herald Square aus. Zehn vor vier Uhr morgens. Weiterhin im Zeitplan. Ich war zwanzig Blocks und ungefähr vier Minuten nördlich der U-Bahn-Station Union Square. Zu weit und zu schnell, als dass die Bundesagenten eine Fahndung nach mir hätten organisieren können. Ich kam aus dem Untergrund herauf und folgte der imposanten Fassade des Warenhauses Macy's.

Wohin waren sie gegangen?

New York. Fast achthundertdreißig Quadratkilometer. Acht Millionen Einzeladressen. Ich stand da und sortierte die Möglichkeiten wie eine Maschine.

Dann lächelte ich. *Sie reden zu viel, Lila.*

Ich glaubte, wieder ihre Stimme zu hören. Im Teesalon des Four Seasons. Sie sprach über die afghanischen Kämpfer: *Die Mudschaheddin waren clever. Sie hatten die Angewohnheit, wieder Stellungen zu besetzen, die wir als verlassen abgeschrieben hatten.*

Ich ging zum Herald Square zurück. Zum R Train. Ich konnte an der Fifth Avenue und 59th Street aussteigen. Von dort aus war es nur ein kurzer Weg zu den alten Gebäuden in der 58th Street.

SECHZEHN

Die drei Altbauten waren alle still und dunkel. Halb fünf Uhr morgens. Die Tür mit der einzelnen Klingel war mit polizeilichem Tatort-Absperrband versiegelt. Das Gebäude mit dem ehemaligen Restaurant im Erdgeschoss.

Das Absperrband schien intakt zu sein. Was bedeutete, dass es einen Hintereingang geben musste. Wegen des Restaurants war das sehr wahrscheinlich.

Ich ging zwanzig Meter nach Süden, um meinen Blickwinkel zu erweitern. Sah keinen offenen Durchgang. Neben der Tür mit dem Absperrband befand sich das Fenster des ehemaligen Restaurants. Daneben kam wieder eine Tür, die jedoch schon zum Nachbarhaus gehörte. Aber sie war schlicht und schwarz und viel breiter als eine normale Tür. Und sie hatte außen keine Klinke. Nur ein Schlüsselloch. Ohne Schlüssel ließ sie sich nur von innen öffnen. Ich wettete mit mir selbst, dass hinter ihr ein überbauter Durchgang lag, dass das Gebäude neben dem Restaurant im Erdgeschoss nur zwei Räume und darüber drei Räume breit war. In Straßenhöhe führten diskret verschlossene und überbaute Passagen zu den Hintereingängen.

Ich kehrte in den dunklen Hauseingang zurück und wartete.

Die Stadt, die niemals schläft, ruhte zumindest behaglich.

Drei Minuten später begann das Handy in meiner Tasche zu vibrieren.

Ich behielt das Restaurantgebäude im Auge, während ich das Handy aufklappte und es ans Ohr hob. „Ja?“

„Was ist passiert?“, fragte Lila Hoth.

„Sie haben sich nicht blicken lassen.“

„Hatten Sie das erwartet? Was ist mit meinen Leuten passiert?“

„Die Cops haben sie geschnappt.“

„Wir können noch immer einen Handel abschließen.“

„Okay. Aber der Preis ist gerade gestiegen. Fünfundsiebzig.“

„Wo sind Sie jetzt?“

„Vor Ihrem Haus.“

Nun entstand eine Pause. Hinter einem Fenster war eine Bewegung zu erkennen. Dritter Stock.

„Nein, Sie sind nicht vor meinem Haus.“ Aber das klang nicht ganz überzeugt. „Wo sollen wir uns treffen?“

„Wozu etwas vereinbaren? Sie kommen ja doch nicht.“

„Ich schicke jemanden.“

„Das können Sie sich nicht leisten. Sie haben nur noch sechs Mann.“

Sie schien etwas sagen zu wollen, schwieg dann jedoch.

„Times Square. Morgen früh um zehn“, schlug ich vor.

„Wieso?“

„Ich möchte von Leuten umgeben sein. Entweder Sie akzeptieren oder lassen es bleiben.“

„Bleiben Sie dran.“

„Wozu?“

„Ich muss Geld zählen. Um sicherzustellen, dass ich fünfundsiebzig habe."

Ich zog den Reißverschluss meiner Jacke auf und streifte den Handschuh über. Ich hörte Lila Hoths Atemzüge.

Fünfzig Meter von mir entfernt öffnete sich die schwarze Tür. Die zu der überbauten Passage. Ein Mann trat heraus. Klein, dunkelhaarig, drahtig.

Ich steckte das Handy ein. Weiterhin eingeschaltet. Weiter auf Empfang.

Ich hob die MP5.

Maschinenpistolen sind eigentlich Nahkampfwaffen, aber die H&K war bis zu mindestens hundert Meter Entfernung durchaus zuverlässig. Ich stellte den Schieber auf Einzelfeuer und zielte auf die Rumpfmitte des Mannes.

Er trat an den Randstein. Blickte forschend nach links, nach rechts und geradeaus. Er sah das gleiche Nichts wie ich. Er machte kehrt und ging zur Tür zurück.

Ich wartete, bis eine deutliche Vorwärtsbewegung bei ihm zu erkennen war. Dann drückte ich ab und traf ihn in den Rücken. Ein Blattschuss.

Der Kerl schlug der Länge nach hin. Ich jagte sicherheitshalber einen zweiten Schuss hinterher und zog das Handy wieder aus der Tasche.

„Sind Sie noch da?", fragte ich.

„Wir zählen noch."

Ihr habt einen weniger, dachte ich.

Ich zog den Reißverschluss zu. Setzte mich in Bewegung. Ich blieb auf der anderen Seite der Madison Avenue und ging einige Meter über die 58th Street hinaus weiter. Dann überquerte ich die Avenue und kam an die Fassaden gedrückt um die Ecke zurück. Ich musste in Lila Hoths totem Winkel bleiben.

Zwölf Meter unter ihr sagte ich: „Ich muss jetzt gehen. Times Square, morgen früh um zehn, okay?"

Sie antwortete zwölf Meter über mir: „Okay, ich schicke jemanden."

Ich steckte das Handy wieder ein und schleifte den Toten ganz in die Passage. Dann schloss ich die Tür hinter uns.

In der Passage brannte Licht. Ich erkannte den Toten als einen der Kerle aus Springfields Heimatschutz-Dossier. Er war die Nummer sieben der ursprünglichen neunzehn gewesen. Ich durchsuchte ihn. Kein Ausweis. Keine Waffe.

Ich erblickte die ins Gebäude führende Tür, zog meinen Reißverschluss auf und wartete. Ich fragte mich, wie lange es dauern würde, bis sie sich Sorgen um ihren verschollenen Kumpan machten.

Sie warteten sieben Minuten und schickten zwei Männer. Die innere Tür öffnete sich, und der erste Kerl trat aus dem Haus. Die Nummer vierzehn auf Springfields Liste. Er machte einen Schritt in Richtung Straßenausgang, und der zweite Kerl erschien hinter ihm. Die Nummer acht.

Dann passierten drei Dinge.

Erstens blieb der vordere Kerl stehen. Er sah, dass die Tür zur Straße geschlossen war. Sie ließ sich von außen nicht ohne Schlüssel öffnen. Deshalb hatte der erste Späher sie offen gelassen, während er den Gehsteig abgesucht hatte. Aber sie war geschlossen. Folglich war der erste Späher schon wieder drinnen. Der erste Kerl drehte sich um.

Zweitens drehte der zweite Kerl sich ebenfalls um. Gleichzeitig sah mich der erste Kerl.

Drittens erschoss ich sie beide. Mit zwei Feuerstößen zu je drei Schuss. Die beiden Kerle gingen zu Boden.

Acht Schuss verbraucht. Noch zweiundzwanzig übrig. Sieben Mann verhaftet, drei erschossen, drei noch auf den Beinen. Dazu die Hoths selbst.

Ich durchsuchte die jüngsten Toten. Keine Ausweise. Keine Waffen. Keine Schlüssel, was bedeutete, dass die innere Tür unversperrt war.

Dann wartete ich.

Das Handy in meiner Tasche vibrierte. Ich zog es heraus, sah auf die Anzeige. VERTRAULICHER ANRUF. Ich ignorierte Lila. Reden wollte ich nicht mehr.

Ich legte meine behandschuhten Finger auf die Klinke der inneren Tür. Drückte sie herunter. Stieß die Tür auf.

Ich hatte einen leeren Raum vor mir. Die Küche des aufgegebenen Restaurants. Sie war unbeleuchtet und demontiert. In der Mitte des Raums stand ein großer Steintisch. Kühl, glatt, nach jahrzehntelanger Benutzung kaum merklich konkav. Vielleicht war darauf früher Pasta ausgerollt worden.

In neuerer Zeit war darauf Peter Molina ermordet worden.

Für mich stand fest, dass dies der Tisch war, den ich auf der DVD gesehen hatte. Ich sah, wo die Videokamera aufgebaut gewesen sein musste. Und an den Tischbeinen hingen noch die verknoteten Enden ausgefranster Seile, mit denen Peter an Knöcheln und Handgelenken gefesselt gewesen war.

Das Handy in meiner Tasche vibrierte. Ich achtete nicht darauf. Schlich weiter.

Eine zweiflügelige Schwingtür führte in das vormalige Restaurant. In die beiden Türflügel waren verglaste Bullaugen eingelassen. Ich spähte hindurch. Ein leerer Raum.

Ich trat ins Restaurant. Wandte mich nach links und noch mal nach links. Stieß auf einen rückwärtigen Flur mit Toiletten. Außerdem auf zwei weitere Türen, je eine in den Seitenwänden. Eine würde in die Küche zurückführen. Die andere würde zur Treppe führen.

Ich öffnete die Tür zum Treppenhaus. Direkt vor mir hatte ich die Tür zum

Eingangsbereich mit der Haustür. Der Tür mit dem polizeilichen Tatort-Absperrband.

Aus diesem Vorraum führte eine schmale Treppe nach oben. Ich stieg leise hinauf und erreichte im ersten Stock einen weiteren Vorraum. Links ein Zimmer, rechts ein Zimmer, vor mir zwei Zimmer. Alle Türen geschlossen.

Die Bewegung hatte ich hinter einem Fenster im dritten Stock beobachtet. Genau gesagt am linken Fenster, wenn man das Gebäude von außen betrachtete. Was bedeutete, dass Lilas Zimmer von innen gesehen rechts lag. Ich bezweifelte, dass der Etagengrundriss sich von Stockwerk zu Stockwerk verändern würde. Deshalb würde mir ein Rundgang durchs rechte Zimmer im ersten Stock zeigen, wie Lilas Zimmer zwei Stockwerke höher aussah.

Ich nahm Druckpunkt am Abzug der MP5 und legte meine behandschuhten Finger auf die Türklinke. Öffnete die Tür.

Eine leere Einzimmerwohnung. Ein langer, schmaler Raum. Ein begehbarer Kleiderschrank, ein Bad, eine Kochnische, ein Wohnschlafzimmer.

Ich ging ans Fenster. Die Feuertreppe davor war eine Standardkonstruktion. Eine schmale Eisentreppe kam von oben herunter und bildete unter den Fenstern im ersten Stock einen Laufsteg.

Das Fenster war ein Schiebefenster. Seine untere Hälfte ließ sich auf der Innenseite der oberen Hälfte hinaufschieben. Wo die Hälften sich bündig trafen, wurden sie durch einen einfachen Messingriegel arretiert. Der Fensterrahmen war schon viele Male überstrichen worden.

Ich zog den Riegel zurück und schob die untere Fensterhälfte nach oben. Sie bewegte sich etwas, dann klemmte sie. Ich wendete mehr Kraft auf. Das Fenster glitt zwanzig Zentimeter höher, dann war es endgültig blockiert. Die Öffnung war ungefähr einen halben Meter hoch.

Ich schob ein Bein übers Fensterbrett, knickte den Oberkörper ab, schlängelte mich hindurch und zog das andere Bein nach.

Das Handy in meiner Tasche vibrierte.

Ich stieg die Eisentreppe hinauf. Auf halber Höhe befand mein Kopf sich auf Höhe der Fensterbretter im zweiten Stock, sodass ich die beiden auf die Straße hinausführenden Fenster sehen konnte.

Beide waren mit Vorhängen verschlossen. Dahinter kein Licht. Keine erkennbaren Aktivitäten.

Ich bewegte mich weiter, zum dritten Stock hinauf. Geschlossene Vorhänge. Ich hielt unterhalb des Fensters inne, an dem ich die Bewegung wahrgenommen hatte. Ich hörte nichts.

Ich stieg zum vierten Stock hinauf weiter. Standardtaktik bei jedem Überfall: aus überhöhter Position angreifen. Im vierten Stock gab es keine Vorhänge. Leere Räume. Die Schiebefenster waren arretiert. Den Riegeln konnte ich nicht beikommen, ohne die Scheiben einzuschlagen. Was Krach machen würde.

Ich setzte einen Fuß aufs Fensterbrett. Dann stieg ich ganz hinauf, reckte mich und griff nach dem bröckelnden Dachsims hoch über meinem Kopf. Ich machte einen Klimmzug und hievte mich aufs Dach. Lag mit gespreizten Armen und Beinen auf dem Bauch. Dann richtete ich mich kniend auf und sah mich nach einer Falltür um. Ich entdeckte eine genau dort, wo ich den Treppenabsatz im obersten Stock vermutete. Wahrscheinlich war sie von innen verschlossen, vermutlich mit einer Haspe mit Vorhängeschloss. Das Schloss würde kräftig sein, aber die Haspe würde an den Rahmen geschraubt und der Holzrahmen von Alter und stetig eindringendem Wasser morsch sein.

Ich schob meine behandschuhten Finger unter die Kante gegenüber dem Scharnier und ruckte kräftig daran. Ergebnislos. Nun machte ich Ernst. Zwei Hände, gebeugte Knie, tief Luft holen. Ich riss den Deckel hoch.

Im nächsten Augenblick geriet die Nacht aus den Fugen.

Vorhängeschloss und Haspe fielen in freiem Fall drei Meter tief und schlugen krachend auf dem Holzboden auf.

Nicht gut.

Ich hörte, wie unter mir im dritten Stock eine Tür geöffnet wurde.

Ich zielte mit der MP5.

Dann kam die Treppe herauf ein Kopf in Sicht. Ein Mann. Mit einer Pistole in der Hand. Er sah das Vorhängeschloss auf dem Fußboden. Er blickte nach oben. Die Nummer elf auf Springfields Liste. Er sah mich. Er zögerte. Ich nicht. Ich erschoss ihn mit einem Feuerstoß in den Kopf. Er brach mit dumpfem Aufprall zusammen. Ich sprang durch die Falltür und landete mit den Füßen voran neben dem Toten.

Elf Schuss verbraucht, neunzehn übrig, zwei Männer noch auf den Beinen. Und die Hoths.

Das Handy in meiner Tasche vibrierte.

Ich schnappte mir die Pistole des Toten und beobachtete die Treppe.

Niemand kam herauf.

Die Pistole war eine Sig Sauer P220 mit Schalldämpfer. Dieselbe Munition, mit der meine MP5 geladen war. Ich drückte die Geschosse heraus und ließ sie lose in meine Tasche gleiten. Die leere Pistole ließ ich auf dem Fußboden liegen. Dann trat ich in die vordere rechte Einzimmerwohnung. Sie war kahl und leer. Ich schritt den Grundriss ab, wie ich ihn von unten in Erinnerung hatte. Als ich ungefähr in der Zimmermitte, dem Wohnbereich, angelangt war, stampfte ich kräftig auf. Ich rechnete damit, dass Lila direkt unter mir stand und horchte.

Die Reaktion bestand aus einem Geschoss, das den Fußboden kaum einen Meter rechts von mir durchschlug.

Ich schoss zurück, einen Feuerstoß nach unten. Dann zog ich mich an die Stelle zurück, an der ich unter mir ihre Kochnische vermutete.

Vierzehn Schuss verbraucht. Sechzehn übrig. Neun lose in meiner Tasche.

Ein weiterer Schuss durchschlug den Fußboden. Ich schoss zurück. Sie schossen zurück. Ich schoss noch mal zurück, dann schlich ich zur Treppe hinaus.

Dort war ein Kerl dabei, sich an mich anzuschleichen. Die Nummer zwei auf Springfields Liste. Er hielt eine weitere Sig Sauer P220 in der Hand. Er sah mich zuerst. Drückte überhastet ab und verfehlte mich. Ich ihn nicht. Die Waffe polterte mit ihm zusammen die Treppe hinunter.

Dreiundzwanzig Schuss verbraucht. Sieben übrig, dazu neun lose.

Ein Mann noch auf den Beinen. Und die Hoths.

Das Handy in meiner Tasche vibrierte.

Ein letzter Kerl zwischen mir und ihnen. Wie würden sie ihn einsetzen? Sie würden ihn die Feuertreppe hinaufschicken. Sie würden mich am Telefon ablenken, damit der Kerl durchs Fenster zielen und mich in den Rücken schießen könnte. Entweder sofort oder viel später. Sie würden mich überraschen wollen oder darauf setzen, dass ich mich langweilte.

Sie entschieden sich für sofort.

Das Handy in meiner Tasche vibrierte.

Ich trat in das linke Zimmer zurück. Aus meiner Perspektive stieg die Eisentreppe von rechts nach links an. Ich würde den Kopf des Kerls sehen, wenn er von unten heraufkam.

Ich drückte mich an die Wand neben dem Schiebefenster. Spähte hinaus. Nichts zu sehen. Ich entriegelte das Fenster. Versuchte es hochzuschieben. Das Fenster klemmte. Ich trat vor die Scheibe und packte die Griffe und ruckte daran. Das Fenster schoss nach oben und schlug mit solcher Gewalt an, dass die Scheibe zersprang. Ich drückte mich wieder an die Wand.

Ich hörte den dumpfen gedämpften Klang von Gummisohlen auf Eisen. Ich ließ ihn ganz heraufkommen, ließ ihn Kopf und Schultern durchs Fenster hereinstecken. Die Nummer fünfzehn auf Springfields Liste. Er sah mich. Ich drückte ab. Ein kurzer Feuerstoß mit drei Schuss.

Der erste oder vielleicht der letzte Schuss riss ihm ein Ohr ab, aber er blieb am Leben und verschwand wieder nach draußen. Ich hörte ihn gegen das Geländer des schmalen Laufstegs fallen.

Ich nahm die Verfolgung auf. Er kroch mit dem Kopf voraus die Stufen hinunter. Er schaffte es bis zum dritten Stock, wälzte sich auf den Rücken und hob seine Pistole, als wäre sie bleischwer. Ich kam hinter ihm die Treppe herabgestürmt und traf ihn mit einem Feuerstoß mitten ins Gesicht. Seine Waffe flog davon.

Sechs Männer erledigt. Sieben verhaftet. Vier wieder zu Hause. Zwei unter Bewachung im Krankenhaus.

Neunzehn von neunzehn.

Das Fenster im dritten Stock war hochgeschoben. Die Vorhänge waren aufgezogen. Lila und Swetlana Hoth standen in der Kochnische nebeneinander.

Neunundzwanzig Schuss verbraucht. Einer übrig. Neun lose in der Tasche.

Ich glaubte wieder Lilas Stimme zu hören: *Man solle die letzte Kugel für sich selbst aufsparen, weil man gewiss nicht lebend gefangen werden wolle – besonders nicht von den Frauen.*

Ich stieg über die Fensterbank und glitt in den Raum.

SIEBZEHN

Die Einzimmerwohnung hatte denselben Grundriss wie das Apartment im ersten Stock. Vorn das Wohnschlafzimmer, dann die Kochnische, dann das Bad, dann der begehbare Kleiderschrank an der Rückwand. Die beiden Deckenlampen brannten. An einer Wohnzimmerwand stand ein hochgeklapptes Schrankbett. Die restliche Einrichtung bestand aus zwei Holzstühlen. In der Kochnische gab es zwei Arbeitsflächen und einen Wandschrank. Ein winziger Bereich, in dem Lila und Swetlana Hüfte an Hüfte eingeklemmt standen. Swetlana links, Lila rechts. Swetlana trug ein braunes Hauskleid, Lila schwarze Cargohosen und ein weißes T-Shirt. Sie war so schön wie immer. Als hätte ein avantgardistischer Modefotograf sein bestes Model in eine verwahrloste städtische Umgebung gestellt.

Ich zielte mit der MP5. Schwarz und bedrohlich. Die Waffe war heiß. Sie stank nach Pulver und Öl und Rauch. Das alles konnte ich sehr gut riechen.

„Legt die Hände auf die Tischplatte!“

Die beiden Frauen gehorchten. Vier Hände erschienen. Wie Seesterne gespreizt.

„Ihr seid nicht Mutter und Tochter.“

„Nein, das sind wir nicht“, sagte Lila.

„Wer seid ihr also?“

„Lehrerin und Schülerin.“

Das Handy in meiner Tasche vibrierte.

Ich starrte Lilas Hände an. Flach. Leer. Kein Telefon.

„Vielleicht sollten Sie doch drangehen“, meinte sie.

Ich nahm den Griff der MP5 in die linke Hand und zog das Mobiltelefon aus der Tasche. VERTRAULICHER ANRUF. Ich klappte es auf, hob es ans Ohr.

„Reacher?“ Es war Theresa Lee. „Wo zum Teufel hast du gesteckt? Ich versuche seit zwanzig Minuten, dich zu erreichen.“

„Ich hatte zu tun. Was ist los?“

„Die Heimatschutzbehörde hat sich noch mal gemeldet. Einer der Tadschiken hat in Istanbul seine Maschine verpasst. Er ist stattdessen über London und Washington eingereist. Also sind es nicht neunzehn, sondern zwanzig Männer.“

Da trat der zwanzigste Mann aus dem Bad.

WISSENSCHAFTLER messen die Zeit bis zur Pikosekunde hinunter. Bis zum billionsten Teil einer Sekunde. Was mir in den ersten paar Pikosekunden zustieß, war eine ganze Ansammlung verschiedener Dinge.

Als Erstes ließ ich das Handy fallen. Bis es auf Höhe meiner Schulter angelangt war, gellten ganze Sätze eines Gesprächs mit Lila in meinen Ohren. Als ich vor Kurzem mit ihr telefoniert hatte, hatte ich gesagt: *Sie haben nur noch sechs Mann.* Sie hatte etwas antworten wollen, dann jedoch geschwiegen. Sie hatte sagen wollen: *Aber ich habe sieben.*

Diesmal hatte sie den Mund gehalten.

Als das Handy in Taillenhöhe angelangt war, konzentrierte ich mich auf den zwanzigsten Mann. In der Hand hatte er eine Pistole mit Schalldämpfer.

Ich hielt die MP5SD in der linken Hand. Ihr Magazin war leer. Die letzte Patrone steckte bereits im Lauf. Ich wollte eigentlich nicht auf meiner schwächeren Seite schießen. Aber der Wechsel von links nach rechts hätte zu lange gedauert.

Als das Handy auf Kniehöhe angelangt war, klatschte meine rechte Hand von unten gegen den MP-Lauf. Lila kam aus der Küchenzeile heraus. Mein Finger krümmte sich, und mein letzter Schuss traf den zwanzigsten Kerl ins Gesicht.

Das Handy prallte auf den Fußboden.

Der zwanzigste Kerl brach zusammen.

Lila bewegte sich weiter. Duckte sich. Kam mit der Pistole des Toten hoch. Eine weitere Sig Sauer P220. Mit einem Magazin für neun Schuss.

Stürzte Lila sich auf die Pistole, war diese die einzige in dem Apartment. Dann waren aus ihr mindestens schon drei Schüsse durch die Zimmerdecke abgegeben worden.

Maximal sechs Schuss übrig. Sechs zu null gegen mich.

Lila zielte mit der Pistole auf mich. Ich zielte mit der MP5 auf sie.

Weit links von mir sagte Swetlana: „Ihre Waffe ist leergeschossen."

Ich sah zu ihr hinüber. „Sie sprechen Englisch?"

„Ziemlich gut."

„Ich habe oben nachgeladen."

„Bockmist. Ich sehe von hier aus, dass Sie Feuerstöße zu drei Schuss eingestellt haben. Aber Sie haben nur noch einen Schuss abgegeben. Folglich war das Ihre letzte Patrone."

So standen wir uns scheinbar endlos lange gegenüber. Die P220 in Lilas Hand war unerschütterlich stabil. Lila stand knapp fünf Meter von mir entfernt. Swetlana war noch in der Kochnische.

„Weg mit der Waffe!", befahl Swetlana.

„Sie wollen den USB-Stick", entgegnete ich.

„Sie haben ihn nicht."

„Aber ich weiß, wo er ist."

„Das wissen wir auch."

Ich schwieg.

„Als Sie uns erklärten, Sie wüssten, wo er sei, haben wir nachzudenken begonnen. Sie haben uns angespornt. Sie reden zu viel, Reacher. Sie haben sich überflüssig gemacht."

„Legen Sie die MP weg", forderte Lila mich auf. „Beweisen Sie ein bisschen Würde. Stehen Sie nicht wie ein Idiot mit einer leergeschossenen Waffe im Anschlag da."

Ich blieb unbeweglich stehen.

Lila senkte ihren Arm und schoss in den Fußboden vor meinen Füßen. Sie traf einen Punkt dicht vor den Zehenkappen meiner Stiefel und genau gleich weit von beiden entfernt. Kein einfacher Schuss. Sie war eine erstklassige Schützin.

Noch fünf Schuss.

Ich streifte den Gurt der Waffe über meinen Kopf. Sie konnte mir nichts mehr nützen.

„Werfen Sie sie hierher!", sagte Swetlana.

Ich schwang die MP langsam und ließ sie dann los.

„Jetzt runter mit der Jacke!“

Ich gehorchte. Swetlana durchsuchte die Taschen. Sie fand die neun Schuss Parabellum und die Rolle Gewebeband. Die neun losen Patronen stellte sie in einer ordentlichen Reihe auf die Arbeitsplatte; die Klebebandrolle legte sie daneben.

„Stiefel und Socken!“

Ich warf sie einzeln auf den größer werdenden Haufen.

„Ziehen Sie das Hemd aus!“

Ich blieb mit dem Rücken zur Wand stehen und warf das T-Shirt auf den Haufen. Lila und Swetlana verbrachten einen Augenblick damit, meine Narben zu betrachten. Sie gefielen ihnen anscheinend.

„Ziehen Sie die Hose aus!“

Ich knöpfte sie auf und öffnete den Reißverschluss. Ich beförderte die Hose mit einem Tritt auf den Haufen. Swetlana durchsuchte die Taschen. Machte aus meinen Habseligkeiten ein Häufchen neben den Patronen und der Klebebandrolle.

Dann wurde es still im Raum. Ich stand nur mit meinen weißen Boxershorts bekleidet da.

Swetlana machte aus meiner MP, meinen Stiefeln und meiner Kleidung ein ordentliches Bündel, das hinter die Küchentheke flog. Als Nächstes folgten die beiden Stühle. Sie hob mein Handy auf, schaltete es aus und warf es achtlos weg. Sie räumte den Wohnbereich frei. Er war ungefähr vier mal sechs Meter groß. Ich stand mit dem Rücken mitten an einer der langen Wände. Lila ging vorn um mich herum und hielt die Pistole weiter auf mich gerichtet. Sie blieb in der entferntesten Ecke beim Fenster stehen. Jetzt stand sie schräg seitlich von mir.

Swetlana trat wieder in die Kochnische. Ich hörte, dass eine Schublade klappernd aufgezogen wurde. Sah Swetlana zurückkommen. Mit zwei Messern.

Die Messer hatten Stahlklingen. Bösartige dünne Schneiden. Swetlana warf eines davon Lila zu. Sie fing es geschickt auf. Swetlana stellte sich in die gegenüberliegende Ecke. Damit hatten sie mir in dem Dreieck, dessen Spitzen wir bildeten, die Räume eng gemacht.

Lila verdrehte den Oberkörper und rammte den Schalldämpfer der P220 in den Winkel, in dem die beiden Wände zusammenstießen. Sie ertastete mit dem Daumen die Sperre am Griff und ließ das Magazin herausfallen. Es knallte in der Ecke auf den Fußboden. Dann warf Lila die Pistole in die andere Ecke, hinter Swetlana. Waffe und Magazin lagen nun sechs Meter auseinander.

Lila trat einen Schritt vor. Das tat auch Swetlana. Sie hielten ihre Messer tief. Wie Straßenkämpfer.

Ich stand still.

„Verzögerung ist gut“, sagte Lila. „Sie erhöht die Vorfreude.“

Da griff ich hinter mich und brachte das Benchmade 3300 zum Vorschein, das mit Gewebeband befestigt an meinem Kreuz geklebt hatte.

Ich drückte mit meinem Daumen den Entriegelungsknopf, und die Klinge sprang mit einem Klicken heraus. Ein in dem stillen Raum ziemlich lautes Geräusch. Ich mag keine Messer. Ich kann nicht sonderlich gut mit ihnen umgehen. Aber mein Selbsterhaltungstrieb ist mindestens so stark wie der jedes normalen Kerls. Vielleicht stärker als bei den meisten.

Ich wollte in die Kochnische, deshalb tänzelte ich auf Swetlana zu, die mir den Weg dorthin versperrte. Ihre Klinge zischte an meinem Oberschenkel vorbei. Ich verlagerte mein Gewicht nach vorn und traf ihr Gesicht mit einer linken Geraden. Meine Faust krachte seitlich an ihre Nase.

Während sie zurücktaumelte, griff Lila von links an. Hoch konzentriert. Sie begriff, dass dies kein Spiel mehr war. Sie griff an, wich zurück, blieb ständig in Bewegung. Einige Zeit lang tänzelten wir so durch den Raum.

Ich blieb in gebeugter Haltung und stieß mit meiner Klinge nach Lilas Gesicht. Lila wich aus.

Sie wusste, dass mein wilder Stoß sie verfehlen würde, weil sie dafür sorgen würde, dass er sie verfehlte.

Swetlana wusste, dass er sein Ziel verfehlen würde, weil sie Lila blind vertraute.

Ich wusste, dass er Lila verfehlen würde, weil ich genau das beabsichtigte.

Ich stoppte meinen heftigen Stoß mitten in der Bewegung, wechselte die Angriffsrichtung und überraschte Swetlana mit einer bösartigen Rückhand. Die Klinge hinterließ eine lange Schnittwunde in ihrer Stirn. Legte den Schädelknochen frei. Binnen Sekunden lief ihr Blut in die Augen.

Lila griff sofort wieder an.

Ich wich ihrer Klinge aus, die zischende Bogen beschrieb. Links, rechts. Ich stieß an die Wand hinter mir. Dann traf Lila mich.

Sie hatte erkannt, wie sie meinen Vorteil, was die Reichweite betraf, wettmachen konnte. Sie hielt ihr Messer ganz am Ende des Griffs nur mit den Fingerspitzen fest. So stürzte sie sich auf mich. Sie machte mit nach vorn gesetztem steifen Bein vor mir halt und beugte sich geduckt nach vorn und stach wild nach meinem Bauch. Und traf ihn.

Eine schlimme Verletzung. Ein langer schräger Schnitt unter meinem Nabel und über dem Gummizug meiner Boxershorts.

Ich machte eine kurze Pause. Ungläubig. Dann tat ich, was ich immer tue, wenn jemand mir wehtut. Ich wich nicht zurück, sondern ging zum Angriff über.

Durch ihren Schwung befand sich Lilas Messer gerade hinter meiner Hüfte. Meine eigene Klinge hielt ich tief. Ich brachte Lila einen tiefen Schnitt am Oberschenkel bei, stieß mich von der Wand ab und traf ihr Gesicht mit einer linken Geraden. Ein schwerer, lähmender Schlag.

Ich wandte mich wieder Swetlana zu. Sie schwang das Messer nach links. Dann nach rechts. Dabei riss ihre Deckung auf. Ich schoss vor und schlitzte ihr die Innenseite des rechten Unterarms bis zum Knochen auf. Ihren Arm konnte sie nicht mehr gebrauchen. Ich warf sie herum und stach sie in die Niere. Die gesamte Klingenlänge mit einem einzigen brutalen Hieb. Swetlana sank auf die Knie.

Lila schüttelte leicht den Kopf, um wieder klar denken zu können. Ihre Nase war gebrochen. Sie griff mich an. Ich duckte mich weg und verschwand in der Kochnische. Trat zwischen die beiden Arbeitsflächen und packte einen der Holzstühle. Warf ihn linkshändig nach Lila. Sie drehte sich halb zur Seite und bekam ihn schmerzhaft krachend in den Rücken.

Ich kam wieder aus der Küche, trat hinter Swetlana und riss ihren Kopf zurück. Beugte mich nach vorn und schnitt ihr die Kehle durch. Ich ließ sie los, und sie fiel vornüber.

Keuchend trat ich weg. „Eine erledigt“, sagte ich.

„Eine steht noch“, gab Lila zurück.

Ihr Oberschenkel blutete stark. Ihre Hose war zwanzig Zentimeter weit aufgeschlitzt, und ich sah, dass Blut ihr Bein hinunterlief. Ihr Schuh war schon voller Blut.

Auch meine Boxershorts waren voller Blut. Vorn waren sie rot, nicht mehr weiß. Ich blickte an mir herab und sah Blut aus meinem Bauch quellen. Aber die alte Narbe hatte mich gerettet. Meine Schrapnellwunde, die ich vor langer Zeit in Beirut erhalten hatte. Das furchige Narbengewebe, das von den ungeschickten Stichen der Lazarettärzte zurückgeblieben war, hatte Lilas Klinge aufgehalten und abgelenkt. Sonst wäre die Stichwunde viel länger und tiefer gewesen. Ich hatte mich viele Jahre über die schlampige Arbeit bei der Notoperation geärgert. Jetzt war ich den Chirurgen dafür dankbar.

Lilas gebrochene Nase begann stärker zu bluten. Sie hustete und spuckte.

Mein Kopf summte. Mein Blutdruck fiel ab.

„Wenn Sie lieb darum bitten, lasse ich Sie laufen“, sagte Lila.

„Ich bitte um nichts.“

„Sie können nicht gewinnen. Ich bin bereit, bis zum Tod zu kämpfen."

„Das entscheiden nicht Sie. Diese Entscheidung ist schon gefallen."

„Sie würden eine Frau umbringen?"

„Das habe ich gerade getan."

„Eine wie mich?"

„Besonders eine wie Sie."

Sie sah mit ihren strahlend blauen Augen zu mir auf. „Wenn Sie es ernst meinen, müssen Sie es jetzt tun."

Ich meinte es ernst. Also tat ich es. Ich war schwach, aber das war nicht schwierig. Lilas Beinverletzung machte sie langsam. Sie bekam nicht mehr richtig Luft. Ich schnappte mir den zweiten Stuhl aus der Kochnische und griff sie damit an. Nun war meine Reichweite unübertrefflich. Ich trieb sie vor mir her in eine Ecke und schlug zweimal mit dem Stuhl zu, bis sie ihr Messer fallen ließ und selbst zu Boden ging. Ich hockte mich neben sie und erwürgte sie. Ich wollte die Klinge nicht benutzen. Ich mag keine Messer.

Anschließend kroch ich in die Kochnische zurück und wusch das Benchmade unter dem Wasserhahn ab. Dann benutzte ich die Dolchspitze, um schmetterlingsartige Formen aus dem schwarzen Gewebeband zu schneiden. Ich hielt die Schnittwunde mit den Fingern zusammen und klammerte sie mit den gut haftenden Schmetterlingsformen zu. Für eineinhalb Dollar in jedem Baumarkt erhältlich, aber ebenso Bestandteil der Ausrüstung von Spezialeinheiten wie Tausenddollargewehre und Satellitentelefone. Ich mühte mich ab, bis ich wieder angezogen war. Steckte mein ganzes Zeug wieder ein. Zog auch meine Schuhe wieder an.

Danach setzte ich mich auf den Fußboden. Ein Arzt oder Sanitäter hätte gesagt, ich sei bewusstlos geworden. Ich denke lieber, ich sei nur eingeschlafen.

ACHTZEHN

Ich wachte in einem Krankenhausbett auf. Die Uhr in meinem Kopf zeigte 16.05 Uhr an. Rund zehn Stunden später. Ich hatte einen Clip am Finger. Das von ihm wegführende Kabel war wohl mit dem Stationszimmer verbunden. Der Clip musste eine Veränderung der Pulsfrequenz gemeldet haben, denn kaum eine Minute nach meinem Aufwachen kam eine ganze Gruppe von Leuten herein. Eine Ärztin, dann Jacob Mark, dann Theresa Lee, dann Springfield, zuletzt Sansom.

Die Ärztin machte etwas Wirbel, kontrollierte mein Krankenblatt und starrte auf die Monitore. Dann erklärte sie mir, ich sei im Bellevue Hospital, und mein Zustand sei erstaunlich gut. Ihre Kollegen in der Notaufnahme hatten die Wunde gesäubert und genäht und mich nach einer Bluttransfusion mit Antibiotika vollgepumpt. Sie ermahnte mich, vier Wochen lang nichts Schweres zu heben, und ging.

Ich sah zu Theresa hinüber. „Was ist mir zugestoßen?"

„Das weißt du nicht mehr?"

„Natürlich weiß ich das noch. Aber wie lautet die offizielle Version?"

„Du wurdest im East Village auf der Straße gefunden. Mit einer ungeklärten Stichverletzung. Sie haben dein Blut untersucht und Spuren von Barbituraten gefunden. Daraus haben sie auf einen Streit zwischen Dealern geschlossen."

„Wie bin ich ins East Village gekommen?"

„Gar nicht. Wir haben dich direkt hergebracht."

„Wir?"

„Mr Springfield und ich."

„Wie habt ihr mich gefunden?"

„Wir haben den Handystandort ermitteln lassen. Damit waren wir schon mal in der richtigen Gegend. Die genaue Adresse war Mr Springfields Idee."

„Ein bestimmter Führer der Mudschaheddin hat uns erzählt, wie seine Leute vor fünfundzwanzig Jahren wieder in scheinbar aufgegebene Stellungen einrückten", erläuterte Springfield.

„Wird's noch Probleme geben?", fragte ich.

„Nein", antwortete John Sansom.

Einfach so.

„In diesem Haus liegen immerhin neun Leichen", gab ich zu bedenken.

„Die Burschen aus dem Verteidigungsministerium sind jetzt dort. Sie werden jeglichen Kommentar verweigern. Mit wissendem Lächeln. Damit jeder den Erfolg letztlich für ihr Verdienst hält." Dann fragte er: „Wo ist der USB-Stick?"

Ich sah zu Jacob Mark hinüber. „Alles in Ordnung mit dir?"

„Geht schon."

„Du wirst einiges zu hören bekommen, Jake."

Ich setzte mich im Bett auf. Es tat überhaupt nicht weh. Offenbar war ich mit Schmerzmitteln vollgepumpt.

„Wir kennen den ungefähren Ablauf", begann ich. „Sie haben fast drei Monate lang geplant und gingen in der letzten Woche an die Ausführung.

Sie entführten Peter, um Susan mit ihm zu erpressen. Sie fuhr aus Annandale her, saß in einem vierstündigen Stau fest und war erst kurz vor zwei in Manhattan. Ich nehme an, dass sich genau feststellen lässt, wann sie den Holland Tunnel verlassen hat. Von dort aus müssen wir zurückrechnen, damit wir wissen, wo genau sie um Mitternacht im Stau gestanden hat."

„Was nützt uns das?", warf Sansom ein.

„Weil sie den USB-Stick um Mitternacht aus dem Autofenster warf."

„Woher wollen Sie das wissen?"

„Weil sie bei ihrer Ankunft kein Handy bei sich hatte."

Sansom sah zu Theresa Lee hinüber.

Sie nickte. „Schlüssel und Geldbörse. Das war alles. Auch nicht in ihrem Wagen. Das FBI hat eine genaue Liste angelegt."

„Und?", fragte Sansom.

„Die Hoths hatten ein Ultimatum gestellt", fuhr ich fort. „Sehr wahrscheinlich Mitternacht. Susan kreuzte nicht auf, also machten sie sich an die Arbeit. Sie machten ihre Drohung wahr – und bewiesen das auch. Sie schickten Susan ein Foto aufs Handy. Von Peter auf der Steinplatte. Schlag Mitternacht veränderte Susans Leben sich dramatisch. Sie stand hilflos im Stau. Das Mobiltelefon in ihrer Hand erschien ihr plötzlich schrecklich und widerwärtig. Sie warf es aus dem Fenster. Und den USB-Stick als Symbol für all ihr Leid hinterher. Handy und Stick liegen noch neben der I-95. Das ist die einzig mögliche Erklärung. Wahrscheinlich auf dem Mittelstreifen. Susan dürfte unbewusst auf der Überholspur geblieben sein, weil sie's eilig hatte. Wir hätten das Handy anpeilen können, aber dafür dürfte es jetzt zu spät sein. Sein Akku ist bestimmt leer."

Schweigen im Raum. Eine ganze Minute lang.

„Das ist verrückt", sagte Sansom schließlich. „Die Hoths müssen gewusst haben, dass sie den USB-Stick nicht mehr bekommen würden, sobald das Foto gesendet war. Sie haben ihr Druckmittel aus der Hand gegeben. Susan hätte sofort zur Polizei gehen können."

„Zwei Antworten", sagte ich. „In gewisser Beziehung waren die Hoths verrückt. Sie waren Fundamentalistinnen. Sie konnten in der Öffentlichkeit ihre Rolle spielen, aber darunter haben sie alles in Schwarz und Weiß gesehen. Eine Drohung war eine Drohung. Und Mitternacht war Mitternacht. Außerdem war ihr Risiko minimal. Sie ließen Susan von einem ihrer Leute beschatten. Er hätte sie daran gehindert, zu den Cops zu gehen."

„Von wem?"

„Von dem zwanzigsten Kerl. Ich glaube nicht, dass er in Istanbul das Flugzeug verpasst hat. Sie merkten plötzlich, dass sie jemanden in Washington brauchten. Also flog der zwanzigste Kerl direkt dorthin. Dann fuhr er Susan nach – fünf bis zehn Autos hinter ihr. Im Stau hat er nichts gesehen. Aber er blieb an Susan dran. Er war in der U-Bahn, hat ein Basketballtrikot getragen. Als ich ihn wiedergesehen habe, kam er mir gleich bekannt vor. Aber das konnte ich nicht überprüfen, weil ich ihm im nächsten Augenblick ins Gesicht schoss."

„Wo war Susan also um Mitternacht?"

„Das müssen Sie sich ausrechnen. Zeit, Entfernung, Durchschnittstempo."

Jacob Mark war aus New Jersey. Er begann von Polizisten zu erzählen, die er kannte. Sie waren Tag und Nacht auf der I-95 unterwegs. Sie kannten sie wie ihre Hosentasche. Sie hatten Überwachungskameras. Ihre Aufnahmen konnten die Berechnungen ergänzen.

Alle schmiedeten eifrig Pläne. Auf mich achtete niemand mehr. Ich legte mich ins Kissen zurück, und die anderen gingen nacheinander hinaus.

Springfield als Letzter. Er blieb an der Tür stehen, starrte mich forschend an und fragte: „Was empfinden Sie, wenn Sie an Lila Hoth denken?"

„Ich fühle mich gut."

„Tatsächlich? Mir ginge es anders. Sie wurden um ein Haar von zwei Frauen erledigt. Das war schlampige Arbeit. So was macht man richtig oder gar nicht."

„Ich hatte nicht viel Munition."

„Sie hatten dreißig Schuss. Sie hätten Einzelfeuer wählen sollen. Diese kurzen Feuerstöße waren ein Ventil für Ihre Wut. Sie haben sich von Emotionen hinreißen lassen. Davor hatte ich Sie gewarnt."

Er betrachtete mich sekundenlang ausdruckslos. Dann trat er auf den Korridor hinaus, und ich sah ihn nie wieder.

ZWEI STUNDEN SPÄTER kam Theresa Lee zurück. Sie hatte eine große Tragetasche dabei. Sie erklärte mir, das Krankenhaus brauche mein Zimmer, deshalb bringe die New Yorker Polizei mich in einem Hotel unter. Sie hatte mir neue Klamotten gekauft und erzählte mir, die anderen seien noch dabei, zu rechnen. Sie stritten über Susans Route von der Autobahnmautstelle in New Jersey zum Holland Tunnel.

„Das Bild werden sie nicht finden", sagte sie dann.

„Glaubst du?"

„Oh, sie werden den USB-Stick finden, klar. Aber sie werden behaupten, er sei defekt gewesen oder überfahren und beschädigt worden oder habe letztlich doch nichts Belastendes enthalten."

Ich gab keine Antwort.

„Was empfindest du, wenn du an Lila Hoth denkst?"

„Letztlich bereue ich nur, Susan in der U-Bahn angesprochen zu haben. Ich wollte, ich hätte ihr ein paar Stationen länger Zeit gelassen."

„Ich habe mich geirrt. Sie hätte unmöglich darüber hinwegkommen können."

„Ganz im Gegenteil. Wurde in ihrem Auto eine Socke gefunden?"

Theresa ging in Gedanken die FBI-Liste durch. Dann nickte sie.

„Stell dir also vor, wie Susan aufbricht. Sie durchlebt einen Albtraum. Angezogen ist sie wie fürs Büro. Schwarze Hose, weiße Bluse. Sie ist zu einer unbekannten Situation unterwegs. Sie ist eine selbständige Frau, sie lebt in Virginia, sie hat seit Jahren mit Militär zu tun. Also nimmt sie ihren Revolver mit. Er steckt vermutlich noch in der Socke, in dem sie ihn in der Schublade aufbewahrt. Sie steckt ihn in ihre Umhängetasche. Sie verlässt das Haus. Sie gerät in einen Stau. Sie telefoniert, um sich zu entschuldigen. Vielleicht wird sie auch von den Hoths angerufen. Sie wollen nicht zuhören. Sie sind fanatisch. Sie halten die Sache mit dem Stau für eine dumme Ausrede."

„Dann bekommt Susan um Mitternacht eine Nachricht."

„Und sie verändert sich. Der springende Punkt ist, dass sie dafür Zeit hat. Sie steckt im Stau fest. Sie kann nicht zu den Cops laufen. Sie muss dasitzen und nachdenken. Und sie gelangt zu einem Entschluss. Sie wird ihren Sohn rächen. Sie macht einen Plan. Sie zieht den Revolver aus der Socke. Sie sieht ihre alte schwarze Daunenjacke auf dem Rücksitz liegen. Sie braucht dunkle Kleidung. Sie zieht die Jacke an. Irgendwann löst der Stau sich auf. Sie fährt nach New York weiter."

„Und verhält sich in der U-Bahn so auffällig, dass du sie für eine Selbstmordattentäterin hältst."

„Vielleicht lösen Vorbereitungen für die Ermordung eines anderen dieselben Emotionen aus, als bereite man sich auf einen Selbstmord vor. Genau das hat sie getan. Sie war zu dieser Ebene unterwegs. Aber sie war noch nicht ganz dort. Ich habe sie zu früh gestört. Also gab sie auf. Sie wählte den anderen Ausweg. Vielleicht wäre sie bis zur 59th Street bereit für den Kampf gewesen. Und vielleicht hätte sie ihn gewonnen. Lila hätte nicht damit gerechnet, dass Susan eine Waffe ziehen würde."

„Sie hatte einen Revolver mit sechs Schuss. Die anderen waren zweiundzwanzig."

Ich nickte. „Sie wäre umgekommen, klar. Aber vielleicht wäre sie zufrieden gestorben."

EINEN TAG SPÄTER besuchte Theresa mich im Hotel. Sie erzählte mir, Sansom habe an der I-95 einen ungefähr anderthalb Kilometer langen wahrscheinlichen Bereich festgelegt, den die Autobahnmeisterei abgesperrt habe. Nach dreistündiger Suche hatten sie Susans Handy gefunden. Und kaum einen Meter entfernt war der USB-Stick entdeckt worden.

Er war überfahren worden. Er war völlig zerquetscht. Er ließ sich nicht mehr auslesen.

AM NÄCHSTEN TAG verließ ich New York. Ich wandte mich nach Süden. Die folgenden zwei Wochen verbrachte ich größtenteils damit, mir vorzustellen, was das Foto gezeigt haben mochte. Ich stellte alle möglichen Spekulationen an, die von Verstößen gegen die Scharia bis zum vertrauten Umgang mit Haustieren reichten. Allmählich verblassten die Bilder jedoch, und nach einem Monat langweilte es mich, mir Osama bin Laden im Umgang mit Ziegen vorzustellen.

Meine Wunde war inzwischen sehr gut verheilt. Die Narbe war schmal und weiß. Die Stiche waren klein und ordentlich. Mein Unterleib sah wie eine Illustration in einem Lehrbuch aus: hier eine mustergültige Naht, dort ein abschreckendes Beispiel. Aber ich vergaß nie, dass diese früheren dilettantischen Stiche mich gerettet hatten. So hatte der Kreis sich endlich geschlossen. Ein gütiges Vermächtnis, eine Folge der Autobombe in Beirut, die von Unbekannten geplant und bezahlt und zum Einsatzort gefahren worden war.

„Die Leser sollen das Buch zuschlagen und sagen: ‚Mensch, war das ein wilder Ritt!'"

Lee Child

Im Jahr 2011 stellte Lee Child den Rekord seiner Landsmännin J. K. Rowling, der Schöpferin von Harry Potter, ein: Er ist neben ihr der einzige britische Schriftsteller, der die Bestsellerlisten zu beiden Seiten des Atlantiks sowohl beim gebundenen Buch als auch bei Taschen- und Hörbuch gleichzeitig anführte. Und wären nicht Worte, sondern Noten sein Metier, zöge der 1954 in Coventry geborene Engländer gar mit weiteren Legenden aus seiner Heimat gleich, den Beatles, die zur selben Zeit die US-Charts und die europäischen Hitparaden eroberten. „Die meisten Autoren sind eh frustrierte Musiker", meint er mit Blick auf die E-Gitarren, die in seinem Büro herumstehen. „Stephen King geht es genauso. Er sagt, er würde alles aufgeben, um Rockstar zu werden."

Ein „Leserstar" ist Jack Reacher. Und Leinwandstar Tom Cruise wird Lee Childs kompromisslosen Helden demnächst im Kino spielen. Dennoch waren viele von dieser Wahl enttäuscht, zu groß sind die körperlichen Unterschiede der beiden. Lee Child sieht das Thema ganz pragmatisch. „Um einen Film machen zu können, braucht man einen Namen. Und man darf bei Tom Cruise nicht vergessen, dass er ein großer Darsteller ist. Wenn man jemanden sucht, der Reacher spielen soll, sucht man dann jemanden mit Schuhgröße 49 oder den besten Schauspieler?"

Diskussion beendet – denn Lee Child ist nicht nur Reachers geistiger Vater, er weiß auch, wovon er in Sachen Film spricht. Schließlich war er viele Jahre bei einem englischen Fernsehsender tätig, bevor er arbeitslos wurde und mit der Schriftstellerei einen erfolgreichen Neuanfang wagte.

EIN HUND IM WINTER

GREG KINCAID

Es war nicht richtig, dass ein Mann wie Frank Thorne einen Hund wie Tucker besaß und ihn an der Kette schmachten ließ, wenn ich ihm doch ein gutes Zuhause geben konnte.

Ein gutes Zuhause – leider wusste ich selbst nicht, wo das sein sollte.

PROLOG

Die meisten Scheunen sind zugleich Familienmuseen. Die Balken sind gespickt mit Nägeln und Haken, an denen Geschichten hängen: Teile von Pferdegeschirr, rostiges Werkzeug, alte Nummernschilder oder Kalender aus längst vergangenen Zeiten – alles erzählt eine Geschichte.

Durch das Fenster unserer alten Holzscheune konnte ich meinen Sohn Todd beobachten, wie er mit unserem Hund, einem ausgewachsenen cremefarbenen Labrador Retriever, Ball spielte. Todds Atem kondensierte in der kalten Winterluft, während er den Motor seines Wagens warm laufen ließ. Auch der Motor des Autos meiner Frau lief gerade warm.

Nachdenklich nahm ich ein fünfzig Jahre altes ledernes Hundehalsband vom Haken. TUCKER MCCRAY. Die Buchstaben des Namens waren verblichen, aber immer noch lesbar.

Auf mich wartete eine ganz besondere Aufgabe. Für sechs Uhr hatte sich eine wichtige Besucherin unseres Familienmuseums angekündigt, deshalb wollte ich eine kleine Ausstellung zusammenstellen. Eine Schau, die die Vergangenheit erklären sollte – nicht nur mir selbst, sondern auch der Besucherin. Dazu musste ich mich allerdings an einen Punkt zurückbegeben, den ich seit Jahrzehnten gemieden hatte.

Jeder kennt einen solchen Punkt, der ihn für immer verändert hat. Einen Punkt, der noch in der Erinnerung schmerzt. Es wurde Zeit, dass ich mich diesem Schmerz stellte und einen wichtigen Teil meines Lebens wieder ans Licht holte. Für sie wollte ich das auf mich nehmen.

Ich hörte den Kies in der Einfahrt knirschen, als Todd und Mary Ann nacheinander davonfuhren und mich allein auf unserer Farm zurückließen. Nun würde ich den ganzen Tag Ruhe haben für mein Projekt. In den vergangenen Jahrzehnten war ich immer viel zu beschäftigt gewesen, oft mit unbedeutenden Dingen, anstatt mir Zeit für eine so wichtige Angelegenheit zu nehmen. Jetzt ließ es sich nicht länger aufschieben.

Mit dem Halsband in der Hand betrat ich das Haus, wo ich die restlichen

Sachen für meine Ausstellung zusammensuchte: einen alten Zinnbecher, einen Stapel säuberlich gebündelter Briefe und die ramponierte Schachtel eines Puzzles mit mehreren Hundert Teilen. Ich goss mir eine Tasse Kaffee ein, legte noch ein paar Scheite Hickoryholz nach und ließ mich mit meinen Schätzen auf dem alten, mit rostbraunem Cord bezogenen Sessel nieder. Ich nahm den Zinnbecher in die Hand, schloss die Augen und wartete, bis ich die eisige Kälte jenes Winters 1962 im Gesicht spüren und das Rumpeln des alten Lastwagens hören konnte, der sich mühsam den McCray's Hill hinaufquälte …

EINS

Mit einem Quietschen öffnete sich die Fahrertür des Lastwagens und schlug wieder zu. Der alte Mann trat durch die Hintertür in die Küche und nahm den Hut ab, unter dem sein kurzes graues Haar zum Vorschein kam. Er hatte hohe Wangenknochen, ein schmales, nachlässig rasiertes, gebräuntes Gesicht mit markantem Profil und erstaunlich wenig Falten für seine 72 Jahre. Die Augen des Mannes waren so blau wie der Himmel über Kansas und so scharf wie die eines Rotschwanzbussards. Er hatte kein Gramm Fett, aber jede Menge Narben und Kratzer am Körper, der gestählt war durch harte Arbeit, wie sie heutzutage kaum mehr vorstellbar ist.

Jetzt küsste er die schlanke weißhaarige Frau, die am Spülbecken stand, zärtlich auf die Wange. Dann füllte er einen alten Zinnbecher mit kühlem Wasser aus der Zisterne, legte den Kopf in den Nacken, leerte den Becher bis auf den letzten Tropfen und ließ ein lautes „Aaah!" hören. Dieses Ritual wiederholte er seit Beginn ihrer Ehe, also seit beinahe fünfzig Jahren, mehrmals am Tag, und jedes Mal zauberte er damit ein zufriedenes Lächeln auf ihr Gesicht, das eine sanfte Güte ausstrahlte.

Grandpa Bo setzte den Becher ab, griff nach Grandma Coras Arm und zog sie zu sich heran. Als die beiden an diesem Novembernachmittag dort am Spülbecken standen, wirkten sie wie ein perfekt eingespieltes Team – bereit, das weite Land zu bestellen, von dem die McCrays seit Generationen lebten.

Ich saß mit einem Buch vor der Nase auf dem Wohnzimmersofa und beobachtete meine Großeltern über den Seitenrand hinweg durch die offene Küchentür. Mein ganzes Leben – immerhin dreizehn Jahre – hatte ich in diesem Haus verbracht, bei den beiden, die ich über alles liebte. Seit ein paar Monaten verschanzte ich mich regelrecht hinter meinen Büchern, doch an diesem Nachmittag ließ ich Tarzan auf seinem Baum sitzen, um einige Wortfetzen des Gesprächs in der Küche aufzuschnappen.

„Sie haben ihn gegen drei Uhr abgeholt …“, sagte Grandpa Bo mit gedämpfter Stimme. „Mit zwei Streifenwagen … ich kam zufällig dazu.“

„Oh nein, Bo, nicht schon wieder!“ Grandma Cora klang bestürzt. „Ich bin wirklich enttäuscht.“ Sie seufzte tief. „Aber eigentlich sollte mich das nicht wundern … Der arme Frank hat in seinem Leben mehr verloren, als man ertragen kann … So viele Jobs, seine Ehefrau und dann auch noch seinen besten Freund …“

Das Folgende konnte ich nicht verstehen, bis sie auffuhr: „Du hast was?“

Mit seiner tiefen Stimme redete Grandpa Bo beschwichtigend auf sie ein: „Reg dich nicht auf, Cora … erstaunlich brav … kein Problem …“

Ich spitzte die Ohren. Wovon redete Grandpa da?

„Bist du sicher?“, fragte Grandma Cora.

Er brummte: „Seit dem vierzehnten Juni bin ich mir bei gar nichts mehr sicher …“

Als er das Datum erwähnte, wurde mir ganz eng ums Herz. Der 14. Juni 1962 war ein Tag, den meine Familie niemals vergessen würde.

Ich legte mein Buch zur Seite, stand auf und ging in die Küche. Als ich eintrat, verstummten die beiden und sahen mich erwartungsvoll an, sodass ich mir rasch eine Frage einfallen lassen musste.

„Hast du die Kühe verkauft, Grandpa?“

„Ja, die hab ich verkauft.“ Er zögerte. „Und auf dem Rückweg hab ich kurz angehalten und einen Hund mit nach Hause genommen.“

Ich traute meinen Ohren nicht. „Einen Hund?“ Schon immer hatte ich mir einen Welpen gewünscht.

„Mach dir keine falschen Hoffnungen, George. Es ist kein Welpe, und du wirst ihn nicht behalten können. Frank Thorne steckt mal wieder in Schwierigkeiten, er wird eine Weile weg sein. Und weil er ein Freund deines Vaters war und unser Nachbar ist, finde ich, dass wir ihm helfen sollten. Ich würde mich freuen, wenn du mich dabei unterstützt.“

„Ist es etwa der rotbraune Rüde, den er vor seinem Haus angebunden hat? Der jedes Mal wie irre kläfft, wenn ich mit dem Schulbus vorbeifahre?“

„Genau der.“

Ohne Umschweife sagte ich meine Meinung dazu: „Ich glaube nicht, dass ich mich um Mr Thornes Hund kümmern will.“

Auch Grandpa Bo redete nicht lange herum. „Du wirst es trotzdem tun.“

Hilfe suchend sah ich meine Großmutter an, doch ihr strenger Blick ließ keinen Zweifel daran, dass das Thema nicht zur Diskussion stand.

„Also gut, wo ist er?“

Bedächtig stellte mein Großvater den Zinnbecher auf den Küchentisch. „Im Wagen“, brummte er und deutete auf die Hintertür. „Frank hat nicht erwähnt, wie er heißt – falls er überhaupt einen Namen hat.“

Normalerweise parkte der Lastwagen im Schuppen, aber an diesem Nachmittag hatte Grandpa ihn in der geschotterten Einfahrt vor dem Farmhaus stehen lassen. Ohne ein weiteres Wort ging ich hinaus.

Draußen blieb ich stehen und starrte unschlüssig auf den Lastwagen. Ich hatte ja keine Ahnung, was für eine wertvolle Fracht er geladen hatte.

Ein Hund auf der McCray-Farm? Mir ging durch den Kopf, was mein Vater und mein Großvater stets zu diesem Thema gesagt hatten: „Milchvieh und Hunde, das passt nicht zusammen, George.“

Jahrelang hatte ich deswegen geschmollt, wie jedes Kind es tun würde, aber schließlich hatte ich mich damit abgefunden. Und nun saß da dieser namenlose Hund im Lastwagen. Ich wusste nicht, was ich davon halten sollte. Einerseits freute ich mich, andererseits war ich verunsichert.

Kinder brauchen verlässliche Regeln, selbst wenn es ungeliebte Regeln sind. Und in meinem Leben war bereits die grundsätzlichste aller Regeln gebrochen worden; die, auf die man sich als Kind am allermeisten verlässt: Eltern lassen ihre Kinder niemals allein. Diese Regel hatte ich für unumstößlich gehalten – bis zu dem heißen Sommernachmittag im vergangenen Juni, an dem mein Vater John McCray bei einem Traktorunfall ums Leben kam. Am Morgen war er noch da gewesen, hatte ganz normal gefrühstückt. Dann war er zur Arbeit gegangen und nicht wiedergekommen.

Jetzt wurde auch noch die Milchvieh-und-Hunde-Regel gebrochen. Welche Regel würde als nächste außer Kraft gesetzt werden? Und was hatte ich falsch gemacht, dass ich als einziges Kind an meiner Schule den Vater verloren hatte? Brave Kinder verloren ihre Eltern nicht – so etwas traf nur jemanden, der es nicht anders verdiente. Was hatte ich verbrochen?

Zögernd legte ich die Hand auf die Ladeklappe und schob langsam den Riegel zurück. Die Angeln quietschten, als ich die Klappe öffnete, und ich nahm mir vor, später ein paar Tropfen Öl darauf zu geben.

In der hinteren Ecke des Lastwagens stand Thornes Hund und wedelte schüchtern mit dem Schwanz. Er wirkte mager und ungepflegt, aber er hatte langes rötliches Fell und sah aus wie ein Irish Setter. Beruhigend redete ich auf ihn ein. „Alles in Ordnung, Junge. Ich tu dir nichts. Komm raus.“

Er ließ sich nicht lange bitten und preschte sofort auf mich zu. Überrascht stolperte ich rückwärts, fiel der Länge nach hin und hielt schützend die Hände vors Gesicht. Aber der Hund wollte mich nicht angreifen, sondern leckte mir über die Wangen und drückte mir seine kühle feuchte Nase ins Gesicht, als wären wir alte Freunde, die schrecklich lange getrennt gewesen und nun endlich wieder vereint waren.

Lachend schob ich ihn zur Seite. „Aufhören!“ Doch es war zwecklos, er war sofort wieder über mir und forderte meine Aufmerksamkeit.

Ich rappelte mich auf und entfernte mich ein paar Schritte von ihm – er rannte hinter mir her und schnappte spielerisch nach meinen Knöcheln. Da versuchte ich es anders: Ich blieb stehen und rührte mich nicht mehr. Daraufhin wich er ein paar Schritte zurück, fing an zu bellen und forderte mich zum Spielen auf. Ich lief davon und hoffte, dass er mir folgen würde, aber er war so aufgeregt, dass er kehrtmachte und in vollem Tempo ums Haus herumjagte. Seine großen rotbraunen Schlappohren flatterten auf und ab, als er an mir vorbeiraste. Nach zwei Runden wandte er seine Aufmerksamkeit wieder mir zu und umkreiste mich bellend. Ich nahm die Herausforderung an, stürzte mich auf ihn und warf ihn um. Ehe er sich berappeln konnte, rannte ich davon. Er rollte sich herum, und wir jagten uns gegenseitig in wildem Tempo über den Hof.

So rauften und spielten wir fast eine Stunde lang, ohne dass der Hund müde wurde. Schließlich sank ich keuchend auf den Boden, und während ich nach Luft schnappte, legte er mir den Kopf auf die Brust.

Die Sonne ging allmählich unter. Ich hörte die Hintertür ins Schloss fallen, Grandpa kam zu uns heraus. Er streichelte den Hund behutsam und legte ihm eine provisorische Leine um den Hals, die er aus einem alten Seil geknotet hatte. „Komm, Junge“, sagte er ruhig, und der Rüde folgte ihm gehorsam. Er wirkte wie ausgewechselt – wachsam und ergeben.

Grandpa führte ihn ein paar Minuten über den Hof. Dann blieb er mit dem Hund vor mir stehen und fasste, wie es seine Art war, die Lage in wenigen Sätzen zusammen: „Er ist ein bisschen zu alt für einen Welpen, aber er wirkt vielversprechend. Du kannst ungefähr einen Monat lang mit ihm trainieren. Nach Weihnachten, wenn du nach Minnesota gehst, erlaubt dir deine Mutter vielleicht, einen eigenen Hund zu halten.“

„Ich weiß gar nicht, ob ich nach Minnesota will“, brummte ich.

„Deine Mutter vermisst dich, George. Sie braucht dich.“

Mein Vater war nicht der Einzige, der die wichtigste aller Regeln gebrochen hatte. Auch meine Mutter hatte mich verlassen, allerdings mit meiner Zustimmung. In ihrer Trauer hatte sie es einfach nicht ertragen, ohne meinen Vater weiter auf der Farm zu bleiben, und so hatte sie im August beschlossen, mit mir nach Minnesota zu ziehen, wo ihre Eltern lebten und wo meine beiden Schwestern bereits das College besuchten.

Ich konnte verstehen, dass sie einen Neuanfang brauchte, aber ich wollte nicht von zu Hause fort. Also bat ich sie, noch bis Weihnachten auf der Farm bleiben zu dürfen, und sie willigte, wenn auch ungern, ein. Erst hatte ich das für eine gute Lösung gehalten, aber allmählich wurde mir klar, dass die Sache immer komplizierter wurde. Mit jedem Tag fragte ich mich nämlich mehr, was „zu Hause“ eigentlich für mich bedeutete.

Ich nahm Grandpa die Leine aus der Hand. „Die Ladeklappe muss geölt werden. Ich kümmere mich darum.“

„Das Abendessen ist gleich fertig“, erwiderte er und wirkte erleichtert, das Thema wechseln zu können. „Heute Nacht wird es kalt. Wenn du die Angeln geölt hast, solltest du die Heizungen an die Wassertanks anschließen, sonst haben die Hühner nichts zu trinken. Franks Hund bringst du bitte auf die hintere Veranda, dort hat er es warm.“ Er musterte mich nachdenklich. „Wenn die Wettervorhersage stimmt, fällt am Freitag der erste Schnee. Dann müsstest du morgens das Melken übernehmen, während ich die Straße räume. Meinst du, du schaffst das?“

Ich zuckte mit den Schultern. „Klar, ich denke schon.“ Dann ging ich davon, um meine Arbeit zu erledigen.

ZWEI

Ein Stadtmensch mochte sich einen Betrieb wie die McCray-Milchfarm vielleicht idyllisch vorstellen. In Wirklichkeit vereinte eine Farm wie unsere, die eigentlich von meinem Großvater auf meinen Vater und dann irgendwann auf mich hätte übergehen sollen, wohl die härtesten Aspekte des Landlebens. Es war eine gewaltige Aufgabe, das Milchvieh mit Futter und Wasser zu versorgen – und außerdem die Tiere zu melken.

Während der Sommermonate weideten unsere Kühe auf den Wiesen rund um die Farm. Aber um einen maximalen Milchertrag zu erzielen, fütterten wir das ganze Jahr über Kraftfutter zu. Das Getreide dafür musste angebaut, geerntet und gelagert werden. Außerdem legten wir im Sommer große Heuvorräte für den Winter an. Auch das Tränken war harte Arbeit. Jede Milchkuh trinkt pro Tag hundert bis zweihundert Liter Wasser, je nach Witterung. An einem heißen Augusttag braucht selbst eine kleine Herde wie die unsere viertausend Liter Wasser. Dabei gab es in den 1960er-Jahren in den ländlichen Gebieten von Kansas noch so gut wie keine Wasserversorgung. Die Farmer mussten selbst sehen, woher sie das kostbare Nass bekamen. Wir nutzten dafür unseren rund einen Hektar großen Teich und das Regenwasser, das in unterirdischen Zisternen aus Beton gesammelt wurde. Wenn die Zisternen trockenfielen, was im Sommer häufig passierte, mussten wir das Wasser in der Stadt kaufen und auf die Farm hinaustransportieren.

Obwohl die Arbeit als Landwirt wahrlich hart genug war, hatte Grandpa, wie die meisten Kleinbauern, noch einen Nebenjob. Wenn er nicht das Land bestellte, die Kühe melkte oder die beiden alten Zugpferde Dick und Dock versorgte, arbeitete er als Straßenwart. Im Sommer hielt er die Schotterstraßen in Schuss, im Winter räumte er Schnee. Die große Maschine, die er für den Wegedienst benutzte, würde man heute als Straßenhobel bezeichnen. Damals nannte man sie bei uns in Kansas *Maintainer.*

Auch auf mich warteten, wenn ich von der Schule nach Hause kam, zahlreiche Pflichten, die noch vor dem Abendessen zu erledigen waren. Zuerst musste ich die Rinder zur Scheune hinauftreiben. Wenn alle im Stall waren, schloss ich das große Eisentor, das den Hof von den Wiesen und Feldern trennte, schüttete Futter in die Tröge und vergewisserte mich, dass die Kühe genug Wasser hatten. Während Grandpa und mein Vater – als er noch lebte – die Kühe melkten, kümmerte ich mich um die Schweine, Hühner und die beiden Pferde.

Beim Melken am Morgen waren die Handgriffe zwar dieselben, aber die Prozedur begann schon um halb fünf, und niemand erwartete ernsthaft von einem Kind, um diese Zeit aufzustehen. Deshalb war ich bisher davon verschont geblieben. Jetzt hatte ich den Eindruck, als würde eine weitere Regel, auf die ich mich verlassen hatte, einfach außer Kraft gesetzt, und das brachte mich noch mehr aus dem Gleichgewicht. Vermutlich stellten Grandpa und ich uns unablässig die gleiche Frage: Wie um alles in der Welt sollten wir ohne meinen Vater die ganze Arbeit schaffen? Für Grandpa war die Antwort einfach: Wir würden härter arbeiten.

Als ich zur Werkstatt hinübertrottete, um die Ölkanne zu holen, brodelte es in mir. Nachdem ich die Angeln geölt und die Hühner versorgt hatte, stand ich an der Hintertür, starrte nach Süden über die Wiese und beobachtete die letzten Herbstblätter, die wie kleine gelbe Fallschirme von einer alten Eiche zu Boden segelten. Der Wind wurde stärker, und während ich meine Jacke zuknöpfte, grübelte ich, was mich außer dem Wind noch beunruhigte.

Die Bitte meines Großvaters, ihm bei der Arbeit zu helfen, hatte erneut an meinem Kummer gerührt. Außerdem haderte ich mit der Ungerechtigkeit des Schicksals. Grandpa erwartete von mir, dass ich die Arbeit eines Erwachsenen übernahm, dabei hatte ich ohnehin schon an einem einzigen Nachmittag nach der Schule mehr Verpflichtungen als die meisten meiner Freunde in einem ganzen Monat. Ich fand es unfair, dass ich meine eigenen

Aufgaben erfüllen sollte und noch die Hälfte von denen, die mein Vater erledigt hatte. Und jetzt, wo Thorne im Gefängnis saß, sollte ich mich auch noch um dessen Hund kümmern. Ich fragte mich, was man mir eigentlich noch alles aufbürden wollte. Niemand fragte mich nach meiner Meinung, man gab mir ständig nur Anweisungen.

Ich setzte mich auf die Stufen, die zur hinteren Veranda hinaufführten, und streichelte Thornes Hund. Als ich sein Fell kraulte, empfand ich kurz einen gewissen Trost. Doch dann überkam mich ein tiefes Gefühl der Sinnlosigkeit. Mom hatte recht: Das Leben auf dem Land war hart – in Minnesota wäre für mich vieles einfacher. Immer wieder hatte sie mir angeboten, ein Busticket zu schicken, falls ich doch schon vor Schuljahresende zu ihr kommen wollte. Ich vermisste sie und meine Schwestern so sehr. Der Gedanke an Minnesota war für mich plötzlich schrecklich verlockend.

Missmutig stand ich auf und kehrte dem herrlichen Sonnenuntergang den Rücken zu. Ich war vollkommen verwirrt. Hing mein Herz an dieser Farm? War sie die letzte Verbindung zu meinem Vater und einem Leben, das ich geliebt hatte? Lag hier meine Zukunft, oder war die Farm nur Teil meiner Vergangenheit? Ich ließ Thornes Hund auf der Veranda allein, öffnete die Tür zur Küche und ging zum Spülbecken, um mir die Hände zu waschen. Dann setzte ich mich mit meinen Großeltern zum Abendessen an den Tisch.

„GEORGE, du bist so still heute. Ist alles in Ordnung?"

„Ja, schon, Grandma", sagte ich und nahm dann all meinen Mut zusammen. „Ich frage mich bloß, wie ich es schaffen soll, morgens zu melken und mich gleichzeitig für die Schule fertig zu machen."

Grandpa ließ seine Gabel sinken. „Genauso wie ich in deinem Alter."

„Und wie hast du das geschafft?", hakte ich nach.

„Ganz einfach, George." Er lehnte sich zurück und steckte die Daumen hinter die Hosenträger. „Ich bin früh aufgestanden. Früh aufzustehen ist gesund. Ich mache das jetzt schon seit bald siebzig Jahren." Er grinste. „Keine Sorge: So viel Schnee, dass du das Melken übernehmen musst, wird es diesen Winter höchstens vierzig- oder fünfzigmal geben." Lächelnd legte er mir seine große Hand auf die Schulter, und ich wusste, dass er mich aufziehen wollte. „Unsinn, George. Nur bei schweren Schneestürmen kann es ein paar Tage dauern, bis diese sich verziehen. Das schaffst du doch, oder?"

Ehrlich gesagt wusste ich nicht, ob ich es überhaupt wollte. Am liebsten hätte ich erwidert: „Von Minnesota aus werde ich das Melken am Morgen kaum übernehmen können." Aber die Vorstellung, meine Großeltern und die Farm zu verlassen, brachte mich vollends durcheinander. Tränen schossen mir in die Augen. Ich stand auf und lief aus der Küche.

Hinter mir hörte ich, wie ein Stuhl zurückgeschoben wurde. Ich hatte gewusst, dass Grandma mir nachkommen würde.

„George, wir werden beide früher aufstehen und alles gemeinsam erledigen. Zusammen schaffen wir das." Sie fasste mich am Arm.

Ich kam mir wie ein kleiner Junge vor und ärgerte mich, dass ich die Fassung verloren hatte. Gleichzeitig war ich dankbar für die Aufmunterung.

„Danke, Grandma, aber ich dachte …"

Sie sah mich geduldig an. „Ja?"

In dem Moment, als die Worte heraus waren, bereute ich sie schon. „Vielleicht ist es an der Zeit, dass ich nach Minnesota gehe …"

Für einen Moment flackerte Schmerz in ihren Augen auf. Dann lächelte sie verständnisvoll, nahm meine Hand und sagte: „George, wenn du zu deiner Mutter nach Minnesota willst, ist das okay." In ihren Worten lag mehr Zuneigung, als ich einem einzelnen Menschen je zugetraut hätte.

Ich wandte mich ab und verschanzte mich mit einem Buch auf dem Wohnzimmersofa. Aber zwischen den Zeilen der Geschichte, in die ich mich flüchten wollte, tauchte irgendwann ein neuer Gedanke auf: Die McCray-Farm war ohnehin nur ein Dreimannbetrieb gewesen, bevor sie ihren stärksten Mitarbeiter verloren hatte. Wenn ich jetzt ginge, müsste Grandpa die ganze Arbeit allein machen oder die Farm aufgeben.

„George, komm doch noch ein bisschen zu uns."

Grandma Coras Stimme riss mich aus meinen Gedanken. Ich legte das Buch weg und ging in die Küche. Grandma räumte gerade das letzte Geschirr vom Abendessen weg, Großvater las die Zeitung. Ohne aufzublicken, fragte er: „Und? Taugt dieser Hund ohne Namen etwas?"

„Wir könnten ihn doch Tucker nennen", schlug Grandma unvermittelt vor, ehe ich antworten konnte. „Das passt zu ihm, oder?"

Tucker? Vielfraß? Grandpa und ich grinsten, hatten aber nichts dagegen.

Meine Großmutter trocknete sich die Hände an ihrer Schürze ab. „Ich möchte ihn gern kennenlernen." Sie hielt mir die Hintertür auf. „Warum kommst du nicht mit und stellst ihn mir vor?"

Als sie sich neben dem Setter auf den Boden kniete, öffnete er die Augen und sah sie vertrauensvoll an, während sie ihn sanft hinter den Ohren kraulte. Es dauerte keine fünf Minuten, bis der Hund ins Haus umsiedeln durfte, wo Grandma ihm ein paar Essensreste in eine Metallschüssel schüttete. Tucker machte sich nicht die Mühe zu kauen. Er schlang alles auf einmal hinunter, legte sich dann unter den Küchentisch und streckte zufrieden die Pfoten aus. Grandma kraulte ihn wieder hinter den Ohren, strich ihm über das rotbraune Fell und nannte ihn so oft wie möglich bei seinem neuen Namen, wohl um ihn daran zu gewöhnen. „Tucker, mein Goldjunge, braver Kerl … Es wird dir hier gefallen, Tucker … Hast du noch Hunger, Tucker?"

Ab und zu warf Grandpa ihr einen Blick zu und zog eine Augenbraue in die Höhe, als sie nicht aufhörte, mit Tucker zu plaudern. Ich ließ die drei in der Küche allein und verzog mich wieder ins Wohnzimmer.

Kurz bevor es Zeit war, ins Bett zu gehen, wurde meine Lesestunde erneut unterbrochen. Grandma war in der Küche in eine Diskussion mit meinem Großvater verwickelt, die bald den beiläufigen Ton verlor, den ich beim Lesen so gut ausblenden konnte.

„All die Jahre hat John sich einen Hund gewünscht, aber du bist immer stur geblieben", klagte sie. „Und jetzt bringst du diesen Hund mit. Hast du dir mal überlegt, was ich dabei empfinde?"

„Der Hund brauchte ein Zuhause, Cora. Was hätte ich denn tun sollen?"

Aus der Küche war ein ersticktes Schluchzen zu hören.

„Willst du, dass ich einen anderen Platz für den Hund finde?"

„Darum geht es nicht, Bo." Ich hörte, wie sie leise seufzte. „Immer wenn ich unseren kleinen George anschaue, sehe ich John vor mir. Es zerreißt mir das Herz." Das Schluchzen wurde lauter. „Erst haben wir ihn verloren, und bald werden wir auch George verlieren. Wahrscheinlich bleibt er nicht einmal mehr bis Weihnachten – er hat es mir vorhin gesagt. Und mit der Farm geht es auch bergab. Wie kannst du nur so gelassen sein?"

Mein Großvater seufzte tief, bevor er antwortete: „Im Moment gibt es nichts, was ich sonst tun könnte. Wir dürfen uns nicht unterkriegen lassen, Cora. Ich muss stark sein – für dich, für George und für die ganze Familie."

Da konnte ich der Versuchung nicht länger widerstehen und spähte unbemerkt in die Küche. Meine Großmutter hatte ihr Gesicht an Grandpas breiter Brust geborgen. „Du bist mein Fels in der Brandung", murmelte sie. „Das warst du schon immer."

„Nichts hat uns jemals von McCray's Hill vertrieben, und das wird auch in Zukunft so bleiben." Er strich ihr mit einer tröstenden Geste übers Haar.

„Was soll ich nur tun?", jammerte sie.

„Es ist November – du wirst dasselbe tun wie jedes Jahr. Nachdem du das beste Thanksgiving-Essen in ganz Cherokee County zubereitet hast, wirst du Wochen darauf verwenden, das Haus für Weihnachten zu schmücken."

„Wie könnte ich das, ohne dass John, Sarah und die Mädchen mir dabei helfen? Ohne sie kommt mir Weihnachten so sinnlos vor."

Er nahm ihr Gesicht in die Hände. „Es ist überhaupt nicht sinnlos, unsere Traditionen aufrechtzuerhalten. Das gibt uns Halt. Tu es für mich, Cora."

Leise und mit schlechtem Gewissen, weil ich sie belauscht hatte, schlich ich nach oben. Als ich mich auszog, um ins Bett zu gehen, fröstelte ich. Tucker, der mir die Treppe hinauf gefolgt war, schnüffelte in meinem Zimmer herum. Ich nahm eine Decke aus dem Schrank und breitete sie auf dem Boden aus, doch er musterte sie bloß misstrauisch und sprang dann auf mein Bett. Offensichtlich hatte er keine Lust auf kalte Eichendielen.

Nachdem ich das Licht gelöscht und Tucker ans Fußende bugsiert hatte, zog ich mir die Decke über den Kopf. Die Sache mit Minnesota ließ mir keine Ruhe. Wie von selbst tauchten Bilder von meiner Mutter vor mir auf, wie sie lachend mit ihrer Familie vor dem Kaminfeuer saß.

Ich liebte meine McCray-Großeltern von ganzem Herzen, aber ich hatte auch liebevolle Erinnerungen an die Peterson-Seite unserer Familie. Die Eltern meiner Mutter wohnten in der Nähe von Minneapolis in einem großen Haus, wo es von Cousins und Cousinen, Freunden und Nachbarn nur so wimmelte. Es war ein wundervoller Ort, an dem wir viele fröhliche Sommer verbracht hatten. Meine Mutter brauchte diesen Rückhalt jetzt.

Als sie meinen Vater nach dem Krieg kennengelernt hatte, war sie aus Liebe zu ihm auf die Farm seiner Eltern gezogen, was ihr als Mädchen aus der Stadt nicht leichtgefallen war. Doch jetzt war die McCray-Farm nur noch eine Ansammlung schmerzlicher Erinnerungen für sie.

Nach den Weihnachtstagen, die sie und meine Schwestern hier verbringen wollten, sollte ich mit ihr nach Minnesota gehen und dort ebenfalls neu anfangen. Aber mir kam es wie Verrat an meinem Vater vor, die Farm zu verlassen. Ein Teil von mir hoffte noch immer, Dad würde irgendwann einfach zur Tür hereinspazieren. Er würde müde sein, Dreckspritzer, Gras und Staub im Gesicht haben, aber er würde mit Grandpa Bo lachen.

In all den Jahren war mir nie jemand so lebendig vorgekommen wie mein Vater, wenn er am Ende eines Tages nach Hause kam. Falls das alles hier nur ein schrecklicher Albtraum war, dann wollte ich da sein, wenn die Hintertür aufging und er wieder in unser Leben trat.

Graupelschauer trommelten gegen die Fensterscheiben. Tucker robbte von seinem Platz am Fußende zu mir herauf und zwängte sich zwischen mich und die Wand. Seine Wärme fühlte sich tröstlich an.

„TUCKER isst mehr als George!" Meine Großmutter und ich sahen zu, wie der Hund begeistert sein Frühstück hinunterschlang.

Mein Großvater musterte ihn kurz. „Er sieht schon besser aus. Essen und Kämmen können Wunder bewirken – bei Mensch und Tier gleichermaßen."

Ich hatte sofort erkannt, was für einen feinen Hund Thorne da besaß. Als ich mich an diesem Morgen für die Schule fertig machte, war klar, dass meine Großeltern zu demselben Schluss gekommen waren. Keiner im Haus brachte es fertig, an Tucker vorbeizugehen, ohne ihn zu streicheln. Wenn ich heute zurückschaue, dann war er wohl die einzige Seele in unserem Haus, die nicht trauerte. Vielleicht fand er deshalb so leicht einen Zugang zu unseren Herzen. Wenn er mit dem Schwanz wedelte, dann erinnerte uns das daran, wie Freude sich anfühlte.

Am Donnerstagnachmittag, als ich meine Brotdose und meine Bücher im Haus abgelegt hatte, lief ich mit Tucker über die Farm und erledigte mit ihm zusammen meine Pflichten. Ich war schon lange nicht mehr in der Umgebung herumgestreunt und dachte, es wäre ein guter Tag für einen kleinen Ausflug.

Als Großvater sich zu uns gesellte, schien er etwas Bestimmtes im Sinn zu haben. „Halt ihn mal einen Moment fest." Er legte Tucker eine Schnur um den Hals, maß den Umfang ab, machte einen Knoten in die Schnur und stopfte sie in die Tasche. „Ich habe in der Werkstatt ein paar Lederreste, daraus will ich ihm ein Halsband basteln. Möchtest du mir helfen?"

„Nein, wir machen einen Spaziergang hinunter zum Fluss."

Grandpa kramte einen Brief hervor. „Das hätte ich fast vergessen. Der ist von deiner Mutter." Er reichte mir den dünnen Umschlag und das lange Seil, das wir als Leine benutzten. „Das nimmst du besser mit. Nur für den Fall, dass er versucht davonzulaufen. Und lass ihn nicht in die Scheune, während ich melke. Ich will nicht, dass er die Kühe erschreckt."

„Ich pass auf. Danke, Grandpa."

Als Tucker und ich uns auf den Weg machten, ließ die tief stehende Sonne sein Fell in allen Brauntönen leuchten. Der blaue Himmel war ganz nah und zugleich unendlich weit. Die Novembersonne schien, und ein leichter Wind blies den Geruch von modrigem Holz vom Fluss herauf.

Wir verließen den Hof und kamen an Dick und Dock vorbei. Tucker lief zu den beiden riesigen Tieren hinüber, um sie in Augenschein zu nehmen, doch als er ihnen zu nahe kam, traten sie mit den Hinterhufen und verschwanden im Stall. Wir folgten dem Pfad nach Osten, der an Thornes Behausung vorbeiführte. Am Ende des Zauns bogen wir nach Süden ab und wanderten hinunter zum Kill Creek. Dabei legte ich Tucker das Seil um den Hals, um das Gehen an der Leine zu üben.

Sobald wir am Fluss waren, ließ ich ihn laufen und warf Kieselsteine ins Wasser. Während ich zählte, wie viele Sprünge die Steine schafften, sprang Tucker in den Fluss. Ich ließ mich auf einem kleinen Grasfleck nieder, sah dem Hund beim Planschen zu und sog den Duft der wilden Zwiebeln ein, die sich dem herannahenden Winter als letzte Pflanzen tapfer widersetzten.

Ich holte den Brief aus der Tasche und fing an zu lesen:

> Lieber George,
> du fehlst uns allen so sehr, mir ganz besonders!
>
> Mein neuer Job gefällt mir, und ich kann immer noch nicht glauben, wie viel sie mir bezahlen – dreimal so viel wie ich bei der Telefongesellschaft als junges Mädchen verdient habe. Ich lege ein paar Bilder von unserem neuen Haus und deinem Zimmer bei, damit du dich hier von Anfang an zu Hause fühlst. Wir wohnen nur fünf Minuten von Grandpa und Grandma Peterson entfernt! Sie können es kaum erwarten, dass du kommst.
>
> Wie läuft es auf der Farm? Sicher sind deine Großeltern froh, dass du dort bist, und ich weiß, dass sie dich sehr vermissen werden, wenn du gehst. Du musst ihnen versichern, dass wir sie oft besuchen kommen!
>
> Trisha und Hannah genießen ihr Collegeleben, besonders seit sie an der Universität sind, die auch dein Großvater besucht hat. Sie waren am Wochenende hier und wollten, dass wir „Georges Haferplätzchen" backen. Ich habe gesagt, dass ich sie erst backen werde, wenn wir sie mit dir teilen können.
>
> Wir sehen uns zu Weihnachten – ich kann es kaum erwarten.
>
> In Liebe, Mom
>
> PS: Zu Weihnachten backe ich eine ganze Tüte Plätzchen für dich!

Ich faltete den Brief zusammen und steckte ihn wieder in meine Tasche. Das Haus auf dem Foto sah für unsere Verhältnisse riesig aus, und mein Zimmer war schon mit einigen Bücherregalen ausgestattet. Ich hatte mir immer Bücherregale in meinem Zimmer gewünscht.

Als ich den Weg nach Norden einschlug, wurde die Luft kälter. Der Himmel war nicht mehr blau, sondern grau, und am Horizont türmten sich dunkle Wolken auf. Der Wind fegte die letzten Blätter von den Bäumen. Sie fügten sich ihrem Schicksal und segelten zu Boden.

Leider war mein Leben nicht so klar vorgezeichnet. Kansas oder Minnesota? Minnesota oder Kansas? Wo war mein Platz?

DREI

Schneetreiben!“, rief mein Großvater durchs Treppenhaus. Heutzutage freuen sich die Kinder, wenn die Erwachsenen von Schneetreiben reden, denn das bedeutet Schlittenfahren und Schneeballschlachten. Bei uns hatte das Wort damals eine ganz andere Bedeutung, und freitagmorgens um halb fünf wollte ich gar nicht wissen, was es bedeutete.

Tucker schlief wieder bei mir im Bett. Ich spürte sein warmes Fell, und das machte mich froh. Als der Hund meinen Großvater rufen hörte, fing er an zu gähnen, kratzte und streckte sich.

Meine Großmutter war offenbar schon in der Küche. Der Duft von Kaffee, Bratkartoffeln und Speck stieg mir verlockend in die Nase, aber ich blieb noch ein paar kostbare Minuten unter der warmen Decke liegen.

Plötzlich erklang das dumpfe Rumpeln eines Dieselmotors – der Maintainer wurde gestartet. Ich hörte, wie mein Großvater den Leerlauf einlegte. An besonders kalten Tagen wie diesem ließ er den Motor eine halbe Stunde lang warm laufen. Die Tür des Führerhäuschens wurde zugeschlagen, gleich darauf fiel die Hintertür ins Schloss, und Großvater rief noch einmal die Treppe hinauf: „Schneetreiben!“

Tucker spitzte die samtigen rotbraunen Ohren, als wollte er sagen: *Was soll das heißen – Schneetreiben?*

Inzwischen war ich hellwach. Ich wusste, dass ich die Aufgaben meines Vaters übernehmen und mich ums Melken kümmern musste, und zwar bevor ich in den Bus einstieg, um einen vollen Schultag zu absolvieren.

Tucker sprang aufgeregt vom Bett und sah mich eindringlich an.

Los! Hast du nicht gehört? Schneetreiben!

„Fang du nicht auch noch an! Aber okay …“ Durch Tuckers „Zureden“ empfand ich die zusätzliche Aufgabe eher als Herausforderung denn als ungerechte Zumutung. Ich wühlte mich aus dem Bett, zog eine lange Unterhose an und brüllte in den Luftschacht im Boden, der die Wärme aus der Küche in mein Zimmer leitete: „Bin gleich so weit, Grandpa!“

Kurz darauf rannten Tucker und ich die Treppe hinunter in die Küche, in der es mollig warm war. Meine Großmutter umarmte mich wie nach einer langen Trennung. Ihre Zuneigung vertrieb die letzte Kälte. Sie hatte dicke Wintersachen an, um mir beim Melken zu helfen.

Rasch aß ich mein Frühstück. Als hätte ich ein Öfchen im Magen, wärmte mich Grandma Coras Essen für viele Stunden – vielleicht ein Leben lang.

Zwanzig ungeduldige Kühe mussten gemolken werden, und uns blieben nur zwei Stunden Zeit, ehe ich zur Schule musste. Also machten Grandma und ich uns eilig ans Werk. Noch in der Küche füllte sie zwei Eimer mit heißem Wasser und mischte die Spezialseife unter, mit der wir die Euter der Kühe säuberten, um alle Bakterien abzutöten, die womöglich die Milch verunreinigen könnten. Ich tätschelte Tucker den Kopf und erklärte ihm, dass Melken eine Aufgabe war, bei der er nicht mithelfen konnte.

Dann zogen wir unsere Stiefel an und gingen zur Hintertür hinaus in die Dunkelheit. Die Kälte, die uns entgegenschlug, ließ uns zusammenfahren. Jeder trug einen Eimer mit heißer Seifenlauge, die in der eisigen Morgenluft dampfte. Im Lichtkegel der Hoflampen konnten wir sehen, wie heftig es schneite. Es lagen schon mindestens fünf Zentimeter Neuschnee.

Ich zog meine warmen Fäustlinge aus, schob den Riegel zurück und öffnete das südliche Stalltor, um die ersten sechs Kühe einzulassen. Grandma schüttete unterdessen das Futter in die Tröge, und die Rinder machten sich gierig über ihr Frühstück her.

Wir könnten uns glücklich schätzen, sagte mein Großvater immer, dass auf der Liste der besten Erfindungen der Menschheit die automatische Melkmaschine der Firma Babson Brothers an dritter Stelle stehe, gleich nach dem Rad und fließendem Wasser. Meine Großmutter säuberte die Euter und bereitete alles fürs Melken vor, sodass ich einer Kuh nach der anderen die glorreiche Erfindung der Babson Brothers überstreifen konnte, durch deren Schläuche die Milch in einen großen Edelstahlbehälter floss.

Mein Vater und mein Großvater wären Grandma fachmännisch zur Hand gegangen, aber ich stellte mich mit meinen steif gefrorenen Fingern sehr ungeschickt an. Es war halb sieben, als wir endlich die Stalltore schließen konnten und die Arbeit erledigt war.

Um Viertel nach sieben stand ich umgezogen an der Straße und wartete auf den Bus. Weit entfernt im tief verschneiten Westen konnte ich das Dröhnen unseres Maintainers hören, der den Schnee am Straßenrand zu Wällen auftürmte. Hätte es noch ein bisschen mehr geschneit, dann wäre mir dieser Schultag erspart geblieben. Doch der Winter hatte gerade erst angefangen, seine Krallen zu zeigen.

„AUFWACHEN, McCray!" Mary Ann Stevens, die neben mir im Bus saß, versuchte mich wach zu rütteln. Obwohl sie ein Jahr älter war als ich, war sie sich nicht zu schade, sich mit einem Siebtklässler abzugeben. „Wir sind da."

Ungläubig öffnete ich die Augen. „Schon?" Ich hatte meine Stirn an die Fensterscheibe gelehnt und die ganze Fahrt über geschlafen. Der Wintereinbruch hatte mich völlig geschafft.

Eine Stunde zuvor hatte der Maintainer die Straße zur Crossing Trails Central School geräumt, in der alle Jahrgangsstufen von eins bis zwölf unterrichtet wurden. Die Schule war erst ein paar Jahre alt. Ich konnte mich noch gut erinnern, wie meine Schwestern auf ihren Ponys zu der rund drei Kilometer von unserer Farm entfernten Zwergschule geritten waren, in der es nur ein einziges Klassenzimmer gab.

Während ich aus dem Bus stolperte, hörte Mary Ann nicht auf, mich zu necken. „Du Schlafmütze! Ich habe mich eine Viertelstunde lang mit dir unterhalten, bis ich gemerkt habe, dass du pennst."

„Hast du zur Abwechslung mal was Interessantes gesagt?", frotzelte ich.

„Das wirst du leider nie erfahren", gab sie grinsend zurück.

EIGENTLICH hatte ich immer gedacht, meine Lehrerin, Mrs Weeks, sei mir wohlgesinnt. Doch an diesem Morgen musste ich feststellen, dass ich mich getäuscht hatte. Ich hatte gerade meine Jacke ausgezogen, als sie schon aufgeregt verkündete: „Hört mal alle her! Die Hauptrolle in unserer diesjährigen Theateraufführung erhält …" Sie legte eine dramatische Pause ein. „George McCray!" Sie strahlte. „Du wirst die Rolle des Erzählers übernehmen, den Weihnachtsmann. Toll, oder?"

Ich lächelte höflich und versuchte ein Stöhnen zu unterdrücken. Letzte Woche hatte sie das Theaterstück bereits erwähnt, aber da hatte ich erwartet, dass ich höchstens zum Kulissenaufbau oder so verdonnert würde. Und jetzt das. Es würde mich massenhaft Zeit und Mühe kosten, den Text auswendig zu lernen. Zusätzlich zu meinen anderen neuen Verpflichtungen.

Die Jungs in meiner Klasse meinten feixend, ich hätte das große Los gezogen – bis Mrs Weeks anfing, sie abwechselnd als Elfen, Rentiere oder Engel einzuteilen, was noch viel peinlicher war. Die Lehrerin nahm offenbar an, dass mir als Leseratte eine Hauptrolle Freude machen würde und dass sie damit das erste Weihnachtsfest ohne meinen Vater ein bisschen aufhellen könnte. In einem Punkt hatte sie recht: Ich war einer der besten Vorleser der Schule und las für mein Leben gern.

Das Lesen war eine Leidenschaft, die ich von meinem Vater geerbt hatte. Er war nie aufs College gegangen, verschlang aber jedes Buch, das ihm in die Finger kam, vom Klassiker bis zum Krimi, dazu massenhaft Zeitschriften. Seine Favoriten waren *Popular Mechanics, Sports Illustrated, Time* und *Scientific American.* Er merkte sich auch alles, was er las.

Von einem weißhaarigen Händler, der in einem langen schwarzen Buick durch die Gegend fuhr, hatte er die „Encyclopaedia Britannica" gekauft. Drei Jahre lang blieb mein Vater bis tief in die Nacht auf, um alle Bände zu lesen. Morgens hatte er dann die unterschiedlichsten Themen im Kopf. Das Gespräch beim Frühstück konnte sich ebenso gut um den Weizenpreis oder das Wetter drehen wie um die Ernährung von Orang-Utans oder die Anbaumethoden eines israelischen Kibbuz in der Negev-Wüste.

Jeden Abend hatte mein Vater meinen Schwestern und mir Geschichten vorgelesen, auch als die Mädchen behaupteten, dafür seien sie schon zu alt. Unsere abendlichen Lesestunden vermisste ich mit am meisten, seit Dad nicht mehr da war.

Als ich an diesem Nachmittag mit dem Bus nach Hause fuhr, versuchte ich meinen Text für das Theaterstück auswendig zu lernen, aber ich konnte mich nicht richtig konzentrieren. Mir kam der Gedanke, dass ich um die Rolle des Weihnachtsmanns herumkäme, wenn ich Kansas noch vor Weihnachten verließe. Andererseits konnte ich deswegen doch nicht alles hinter mir lassen. Wie sollten Grandpa Bo und Grandma Cora allein auf der Farm zurechtkommen?

Der Wind rüttelte am Bus, und wir mussten langsam fahren, um den Schneeverwehungen auszuweichen. Mir war klar, dass mein Großvater bis spät in die Nacht mit dem Maintainer unterwegs sein würde.

„Grandma, heute schaffe ich das Melken allein." Es war Samstag, und damit hatte ich jede Menge Zeit.

„Danke, George. Ich kann eine Pause gut gebrauchen." Sie setzte sich auf ihren Stuhl, lockte Tucker zu sich heran und kraulte ihn hinter den Ohren. „Tucker und ich werden hier auf den Sonnenaufgang warten."

Als ich die Arbeit erledigt hatte, beschloss ich, mit Tucker spazieren zu gehen. Dieser Teil der Hundebetreuung machte mir am meisten Spaß, und auch Tucker war gern draußen unterwegs. Wir gingen zu einem meiner Lieblingsorte – in meiner Familie wurde er Mack's Ground genannt. Mack war ein früher Siedler gewesen, dessen Land schon vor Jahrzehnten in den Besitz seiner Erben übergegangen war. Die lebten in Texas und machten sich nicht viel aus ihrem Grundstück in Kansas, also hatten Tucker und ich es zu unserem privaten Spielplatz erklärt.

Mack's Ground bestand aus vielen Hektar Wald mit Bächen und abgelegenen Wiesen, die im Osten an Thornes Grundstück grenzten. Tucker ging hier immer eifrig auf die Jagd. Einem Kaninchen, Eichhörnchen oder Murmeltier nachzusetzen gefiel ihm noch viel besser, als mit mir herumzutollen.

Ich stöberte gern in Macks verfallenem Haus, aber am liebsten hielt ich mich an Mack's Lake auf, einem kleinen See, der von Wald umgeben war. Noch war er nicht zugefroren. Gedankenverloren ließ ich Steine über die Oberfläche hüpfen und sah den Wolken zu, die über den See jagten.

Während Tucker am Ufer spielte, dachte ich über die Ereignisse der letzten Woche nach und nahm mir vor, meinem Vater von dem Theaterstück in der Schule zu erzählen. Dann fiel mir wieder ein, dass das gar nicht ging. Ich setzte mich auf den Boden und fühlte mich unendlich leer.

VIER

Thanksgiving kam und ging, und es wurde ein sehr ruhiges Fest: nur wir drei mit Tucker und viel zu viel Essen. Auch der Schnee war gekommen und wieder gegangen, aber es war gerade erst Anfang Dezember, und wir mussten uns auf einen neuen Wintereinbruch gefasst machen.

Eines Nachmittags, als es wieder schneite und ich mit Tucker von Mack's Lake zurückkam, hörte ich das Telefon klingeln. Wenige Augenblicke später erschien meine Großmutter auf der hinteren Veranda. „George, ein Ferngespräch! Deine Mutter ist am Telefon."

Ich trampelte mir den Schnee von den Stiefeln und rannte ins Haus, um den Anruf aus Minnesota entgegenzunehmen. Es kam mir vor wie eine Szene aus meinem früheren Leben: Ich hatte draußen gespielt und unterhielt mich danach mit Mom. Aber es gab einen Unterschied: Ihre Stimme hörte sich an, als hätte sie kurz zuvor geweint.

„Ich habe in letzter Zeit nicht das Gefühl, eine gute Mutter zu sein", sagte sie. „Vielleicht solltest du doch lieber jetzt gleich herkommen und nicht bis zum Schuljahresende warten. Was meinst du?"

Ihr Vorschlag entsprach eigentlich meinen Überlegungen, aber ich war noch nicht so weit, hier alles stehen und liegen zu lassen.

„Mom, es sind nicht mal mehr drei Wochen bis Weihnachten …"

„Kannst du so lange warten, George?"

„Ja, mir geht's gut", versicherte ich, aber sie schien nicht überzeugt zu sein.

„In Ordnung. Wir werden zusammen ein schönes Weihnachtsfest feiern und dann nach Hause fahren. Und jetzt erzähl mir von Frank Thornes Hund."

Offenbar hatte Grandma ihr bereits von ihm berichtet. Ich war heilfroh, das Thema wechseln zu können. „Tucker ist der beste Hund der Welt. Er begleitet mich überallhin, außer in die Schule."

„Das klingt ja wunderbar. Ich bin schon sehr gespannt auf ihn. Und sag mal … was wünschst du dir eigentlich zu Weihnachten?"

Zum ersten Mal in meinem Leben hatte ich mir so kurz vor dem Fest noch keine Gedanken darüber gemacht. Ich wusste sehr wohl, was ich gern gehabt hätte, aber das konnte mir niemand schenken. „Egal. Irgendwas."

„George, du bist nicht sehr gesprächig heute. Bist du sicher, dass alles in Ordnung ist?“

„Klar, Mom, ich denke schon.“

„Freust du dich darauf, umzuziehen?“

„Klar, Mom, ich denke schon.“

„Ist das alles, was dir dazu einfällt?“

Ich lachte. „Klar, Mom, ich denke schon.“

„Gut, dann richte deinen Großeltern Grüße aus, wir sehen uns bald. Ich liebe dich, George.“

„Ich liebe dich auch, Mom.“

Keine Stunde später klingelte das Telefon erneut. Grandpa war noch immer draußen bei der Arbeit, deshalb hinterließ der Sheriff eine Nachricht für ihn: Thorne sollte aus dem Gefängnis entlassen werden, sein Prozess war schon für nächste Woche angesetzt. Meine Großmutter vermerkte den Verhandlungstermin in dem Kalender, der neben dem Telefon lag. Ich wollte gar nichts darüber wissen.

Um neun Uhr abends parkte mein Großvater den Maintainer im Hof, nachdem er die Straßen ein letztes Mal geräumt hatte. Ich hatte am Abend mit Grandma Coras Hilfe die Kühe gemolken. Tucker konnte es überhaupt nicht leiden, wenn er solange auf der hinteren Veranda angebunden oder in die Küche gesperrt wurde, aber es blieb uns nichts anderes übrig. Hunde und Milchvieh, das passte nun mal nicht zusammen.

„Es schneit immer noch“, sagte Grandpa statt einer Begrüßung. Tucker fing ihn gleich an der Küchentür ab und wedelte mit dem Schwanz. Grandpa beugte sich hinunter und vergrub seine kalten Hände tief im Hundefell.

„Wie hoch liegt der Schnee?“, fragte ich.

Mein Großvater richtete sich auf und warf mir von der Tür einen erschöpften Blick zu. „Zwanzig Zentimeter. Wie lief es mit dem Melken?“

Meine Großmutter antwortete an meiner Stelle. „Keine Sorge, Bo, George hat alles im Griff.“

Grandpa, der kein großer Redner war, nickte bloß nachdenklich.

Nach dem Essen wollte er Mr Bangs anrufen, den Schulleiter von Crossing Trails. Der richtete sich immer nach der Einschätzung meines Großvaters, ob die Straßen für die Schulbusse sicher zu befahren waren. Das machte Grandpa in meinen Augen zum mächtigsten Mann der Welt. Er konnte den Telefonhörer abnehmen und entscheiden: „Die Schule fällt aus.“

Auch wenn ich bei starkem Schneefall den morgendlichen Melkdienst übernehmen musste, bedeutete Schulausfall ein aufregendes Abenteuer für mich. Deshalb dachte ich, dass ein kleiner Hinweis von mir nicht schaden könnte. „Grandpa", fing ich an, „denk nur, wie schlimm es wäre, wenn der Schulbus stecken bleiben würde. Die armen kleinen Erstklässler würden erfrieren, wenn sie durch einen halben Meter Schnee stapfen müssten."

Er brummte nur: „Es ist schön, dass du so fürsorglich bist, George. Aber ich sagte zwanzig Zentimeter, nicht einen halben Meter."

NACHDEM ich eine Weile in meinen Büchern geschmökert und meine Kleidung für den nächsten Tag zum Wärmen neben den Heizungsschacht gelegt hatte, ging ich ins Bett. „Auf geht's, Tucker!" Einladend klopfte ich mit der Hand aufs Fußende der Matratze. Tucker konnte natürlich allein auf mein Bett springen, aber normalerweise wartete er, bis ich ihm die Erlaubnis gab.

Durch den Luftschacht konnte ich meine Großeltern in der Küche reden hören. Wenn ich die Ohren spitzte, verstand ich sogar, worüber sie redeten.

„Wenn das so weitergeht, gibt es in weiten Teilen des Landes bald kein Durchkommen mehr für Notarzt oder Feuerwehr", sagte Grandpa. „Manche Familien werden tage- oder wochenlang keine frischen Lebensmittel haben. Kann sein, dass das der schlimmste Winter seit fünfzig Jahren wird, Cora."

Ich lauschte angespannt, ob sie noch über ein anderes Thema sprechen würden. Solange ich denken konnte, war Weihnachten *das* Ereignis für mich gewesen. Meine Mutter hatte es kurz am Telefon erwähnt, aber ansonsten hatte bislang niemand in diesem Haus ein Wort darüber verloren. Dabei waren es nur noch knapp drei Wochen bis dahin.

In diesem Jahr wusste ich nicht, was ich von Weihnachten halten sollte. Schließlich konnte das, was ich mir wünschte, schwerlich unter dem Weihnachtsbaum liegen. Warum konnte nicht alles so sein wie früher, als mein Vater noch bei uns war und wir alle unter einem Dach lebten?

Wieder war eine Regel außer Kraft gesetzt worden, die ich für unumstößlich gehalten hatte: Weihnachten würde diesmal nicht das Ereignis des Jahres für mich werden.

Ich tastete nach Tucker. Der warme Hundekörper gab mir ein Gefühl von Sicherheit. Ich zog ihn zu mir heran und vergrub das Gesicht in seinem Fell. Wohl oder übel musste ich akzeptieren, dass die Dinge nicht immer so liefen, wie sie sollten. Vielleicht war das ja die neue Regel.

Wir lagen eine Weile ruhig da, aber als ich gerade einschlafen wollte, kam das dicke Ende. „Cora." Ich hörte Grandpas Worte durch den Schacht.

„Ja?"

„George hat seine Sache mit Tucker gut gemacht. Ich bin stolz auf ihn."

„Ich auch."

Es folgte eine kurze Pause, dann stiegen die Worte meines Großvaters durch den Warmluftschacht zu mir herauf wie dicker schwarzer Rauch.

„Morgen ist Thornes Verhandlung. Falls er nach Hause darf, will er wahrscheinlich seinen Hund wiederhaben."

Grandma seufzte. „Das fürchte ich auch."

Ja, das *war* die neue Regel: Die Dinge liefen nicht immer so, wie sie sollten. Es war nicht richtig, dass ein Mann wie Frank Thorne einen Hund wie Tucker besaß und ihn an der Kette schmachten ließ, wenn ich ihm doch ein gutes Zuhause geben konnte.

Ein gutes Zuhause – leider wusste ich selbst nicht, wo das sein sollte.

AM NÄCHSTEN MORGEN hörte ich, wie der Maintainer angelassen wurde, aber niemand warf mich aus dem Bett und schrie: „Schneetreiben!" Das bedeutete, dass mein Großvater entschieden hatte, dass die Schulen wegen der schlechten Straßenverhältnisse geschlossen blieben. Ob meine Sorge um die armen Erstklässler von Cherokee County auf fruchtbaren Boden gefallen war? Grandpa hatte jedenfalls keine Ahnung, wie lange es dauern würde, bis alle Seiten- und Landstraßen wieder freigegeben werden konnten. Er hoffte einfach, dass es bald aufhören würde zu schneien.

Der Hof der McCrays war zum Glück verschont geblieben, doch andernorts war der Strom ausgefallen und die Telefonleitungen waren unterbrochen. Solange die Straßen nicht geräumt waren, konnten keine Servicefahrzeuge durchkommen, um die Schäden zu beheben. Mein Großvater musste sich ordentlich ranhalten.

Ich hatte nichts dagegen, die Mühsal eines Schultags gegen ein paar zusätzliche Stunden beim Melken einzutauschen, zumal ich eine Stunde später als sonst anfangen durfte. Nachdem ich bis um halb sechs im Bett gelegen hatte, machte mir das Melken nicht mehr so viel aus.

Während der Arbeit fragte ich mich, wie Thornes Verhandlung wohl ausgehen mochte, ob sie wegen des Schnees vielleicht vertagt würde.

Als ich im Stall fertig war, ging ich ins Haus und versuchte meinen Text für das Theaterstück zu wiederholen. Tucker lag zu meinen Füßen.

Der Tag verlief ruhig, doch als es anfing dunkel zu werden, warteten Grandma Cora und ich besorgt auf die Rückkehr meines Großvaters. Er war zum Mittagessen da gewesen, hatte sich seither aber nicht mehr blicken lassen. Endlich kam er, und Tucker begrüßte ihn, als wollte er sagen: *Wo warst du denn? Wir haben uns Sorgen gemacht!*

Den ganzen Tag über hatte niemand ein Wort über Thornes Verhandlung verloren. Beim Abendessen sagte mein Großvater, dass auch für die nächsten

Tage starker Schneefall zu erwarten sei und die Schule noch mindestens einen Tag lang ausfallen werde, vielleicht auch zwei. Normalerweise hätte ich mich darüber gefreut, aber meine Sorge um Tuckers Schicksal war größer.

„George, ich möchte mit dir reden, bevor du ins Bett gehst."

Jetzt war es so weit. Ich konnte mir denken, worüber Großvater mit mir sprechen wollte, also versuchte ich Zeit zu schinden, machte den Abwasch und putzte mir die Zähne. Schließlich setzte ich mich unten an den warmen Kamin und wartete, bis Grandpa von seiner Zeitung aufschaute.

„George, du hast deine Sache mit Tucker prima gemacht."

„Danke, Grandpa."

„Ich habe heute mit Thorne gesprochen. Trotz des miesen Wetters hat die Verhandlung stattgefunden, und Frank wurde aus dem Gefängnis entlassen. Er bittet mich, dir zu danken und auszurichten, dass er morgen vorbeikommen und Tucker abholen wird."

Plötzlich spürte ich heiße Wut in mir aufsteigen. „Das ist nicht fair! Warum sollte er ihn wiederbekommen? Er weiß doch gar nicht, wie man sich richtig um ihn kümmert!"

„George, du wirst nach Minnesota gehen. Der Umgang mit Tucker hat dir gutgetan, aber wir müssen jetzt nach vorn schauen."

„Ich könnte ihn mitnehmen."

„Nein, George, die Sache ist ganz einfach: Tucker ist Franks Hund, und du hast von Anfang an gewusst, dass du ihn nicht behalten kannst."

Mit Tränen der Wut in den Augen stand ich auf und lief aus dem Zimmer. Das Leben war so ungerecht. Stück für Stück wurde mir alles genommen, was ich liebte – Dad, mein früheres Leben auf der Farm, Tucker …

Aus einem dunklen Winkel meines Herzens stiegen Bitterkeit und Groll in mir auf, und ich wusste nicht, was ich damit anfangen sollte.

Auch am folgenden Tag beschloss ich, als die Kühe morgens gemolken waren, mit Tucker zu Mack's Ground hinauszugehen. Schon beim Aufwachen war mir der Gedanke gekommen, zusammen mit dem Hund abzuhauen, bevor Thorne ihn abholen konnte. Als ich jetzt die Stalltür schloss, malte ich mir in kindischem Trotz aus, wie ich Macks alte Hütte herrichten, fischen und jagen gehen und mir Kleidung aus Tierfellen nähen würde.

So unrealistisch mein Traum auch war, an diesem Morgen räumte ich die Hütte auf und erstellte eine Liste, was ich alles für die Instandsetzung meines neuen Zuhauses brauchte. Doch im Lauf des Vormittags fing es an zu stürmen, und mir wurde klar, wie absurd mein Vorhaben war. Mein Plan hatte schon mal einen entscheidenden Haken: Ich hatte keine Heizung.

Bis zum Mittag hatte ich die Idee verworfen. Ich setzte mich an Grandma Coras Küchentisch, und als sie fragte, was ich gemacht hätte, erzählte ich ihr von meinem Plan. „Ich habe überlegt, ob ich wirklich nach Minnesota muss. Vielleicht könnte ich mit Tucker in Macks alte Hütte ziehen? Jagen, fischen und mich selbst versorgen …"

Klugerweise ging meine Großmutter nicht weiter auf die Schwachstellen meiner Idee ein. Da sie ahnte, was mir Sorgen bereitete, versuchte sie zum Kern des Problems vorzudringen. „Bist du es leid, hier bei uns zu wohnen?"

„Nein, das ist es nicht."

„In deinem Alter beginnen junge Männer davon zu träumen, sich allein durchzuschlagen. Ist es vielleicht das?"

„Vielleicht …"

„George, dein Großvater und ich haben dich sehr gern bei uns und werden dich sehr vermissen, wenn du nach Minnesota gehst."

Zu meiner Überraschung sprudelte es aus mir heraus: „Ich will nicht nach Minnesota ziehen, aber ich weiß auch nicht, wo ich sonst hinwill."

Sie schwieg eine Weile, wählte ihre Worte sorgsam. „Manchmal wachen wir morgens auf und wünschen uns, woanders zu sein. Das ist ganz normal." Lächelnd fügte sie hinzu: „Wenn es so kalt ist wie jetzt, dann bin ich in Gedanken immer in Florida." Sie nahm meine Hand. „George, Liebling, weißt du, was wir alle früher oder später lernen?" Und dann sagte sie etwas, woran ich mich noch Jahre später mit einem Schmunzeln erinnern sollte: „Man muss nicht sehr weit laufen, um davonzulaufen."

Sie lächelte und gab meine Hand wieder frei. „Weißt du, diese Farm hätte einmal deinem Vater gehören sollen, und jetzt, wo er nicht mehr da ist, wird sie eines Tages dir gehören. Natürlich ist es deine Entscheidung, ob du sie haben willst. Niemand wird dich dazu zwingen. Mach dir keine Sorgen, was aus dem Hof wird, wenn du nach Minnesota gehst. Wir werden zurechtkommen."

Ich sagte nichts, also fuhr sie fort: „Du liebst diesen Hund, nicht wahr?" Sie fand die Worte, die ich nicht formulieren konnte. „Du bist wütend, weil du ihn zurückgeben musst, und findest das alles ziemlich ungerecht."

„Hm, hm", brummelte ich und fühlte mich ertappt.

„Vielleicht solltest du mit Frank reden. Vielleicht lässt er dir Tucker, bis du nach Minnesota gehst. Das sind nur noch ein paar Wochen. Und es macht ihm sicher nichts aus, wenn du nach der Schule mit Tucker spazieren gehst. Wetten, da gibt es Möglichkeiten, an die du noch gar nicht gedacht hast?"

Ich zögerte, ehe ich erwiderte: „Ich mag Frank Thorne nicht." Dass mir der Mann unheimlich war, wollte ich ihr nicht gestehen. Wie oft hatte ich meinen Vater sagen hören: „Frank ist ein Einzelgänger." Und dann waren da all die Geschichten über seine Familie: dass sein Großvater angeblich ein Pferdedieb gewesen war und sein Vater ein Nichtsnutz und Spieler.

„Weißt du, ich kenne Frank Thorne, seit er ein Baby war. Nur weil er ein Alkoholproblem hat, ist er noch kein schlechter Mensch. Er und dein Vater waren auf der Highschool eng befreundet." Grandma stand auf, ging zum Küchenfenster und stellte ihren Teller ins Spülbecken. Dann drehte sie sich zu mir um. „Was wünschst du dir denn zu Weihnachten?"

Mir wurde unbehaglich, weil ich ihr diese Frage nicht beantworten wollte. „Ich weiß es nicht, Grandma. Was wünschst du dir?"

„Ach, George, wir haben beide dasselbe Problem. In diesem Jahr fällt es uns furchtbar schwer, Weihnachtsstimmung aufkommen zu lassen. Was machen wir denn da?" Sie hatte recht, und wir wussten es beide.

„Ich glaube, ich will dieses Jahr gar nicht Weihnachten feiern. Weihnachten ist was für kleine Kinder", murmelte ich.

Da stemmte sie die Hände in die Hüften und tat empört. „Ich bin kein kleines Kind, und ich mag Weihnachten trotzdem. Ich habe eine Idee: Wir könnten heute Nachmittag zusammen einen Tannenbaum holen."

„Na schön", stimmte ich halbherzig zu und dachte mit Unbehagen an die Feiertage. Bevor wir weiter darüber reden konnten, klingelte das Telefon, und Grandma nahm den Hörer ab.

„Hallo Frank ... Sicher, das passt gut. Ich glaube, dass George auch gern mit dir über den Hund reden würde." Sie legte auf. „Frank kommt heute Abend, um Tucker abzuholen."

Es war, als würde mir mit einem Ruck das Herz aus dem Leib gerissen. Ich ging ins Wohnzimmer und musste mich erst einmal setzen.

Nun wusste ich, woran ich war, aber das machte es nicht einfacher.

Grandma ließ mich nicht lange Trübsal blasen. Sie bestand darauf, dass ich mit ihr einen Weihnachtsbaum holte. Sonst hatte mir das immer Spaß gemacht, diesmal war es eine lästige Pflicht.

Obwohl es schneite, war es nicht besonders kalt. Tucker beschloss schon bald, ohne uns auf Kaninchenjagd zu gehen. Grandma und ich kämpften uns durch den Schnee, bis wir den Wald am Ufer des Kill Creek erreichten, wo wilde Zedern wie Pilze aus dem Boden schossen. Ich hatte eine Säge dabei, aber Grandma war mit keinem Baum zufrieden. Den einen fand sie zu groß, den anderen zu klein oder zu krumm, und so stapfte sie immer weiter. Anscheinend genoss sie unseren Spaziergang durch den Wald.

„Ich mag es, wenn die Schule ausfällt", stellte sie irgendwann fest. „Ich werde dich vermissen, wenn du wieder in die Schule gehst." Sie dachte kurz nach. „Und ich kann dir auch sagen, weshalb ich mich auf Weihnachten freue.“ Sie strahlte mich an und wirkte auf einmal viel jünger als sonst, ausgelassen und traurig zugleich.

„Weshalb denn, Grandma?“ Ich stützte die Hände in die Hüften und versuchte durchzuatmen. Es war anstrengend, durch den Schnee zu stapfen. Ich staunte darüber, dass sie so mühelos vorankam.

„Es macht mir Freude, mir etwas Besonderes auszudenken, womit ich andere überraschen kann.“ Sie blieb stehen und musterte mich einen unbehaglichen Moment lang. Es sah aus, als versuchte sie die Tränen zurückzuhalten. Mit brüchiger Stimme fuhr sie fort: „Ich wette, dass am anderen Ufer der perfekte Baum auf dich wartet.“

„Glaubst du, das Eis ist dick genug, um mich zu tragen?“

„Ich bin sicher, dass es hält. Das Wasser ist an dieser Stelle ganz seicht. Lauf hinüber und such den Baum aus, der dir am besten gefällt. Mir wird ein bisschen kalt, ich gehe wohl besser zurück nach Hause.“

Als ich über das Eis lief, wurde mir klar, dass es der Ort war, wo Dad verunglückt war. Offenbar hatte Grandma mich absichtlich zu dieser Stelle gelockt, die ich monatelang verzweifelt gemieden hatte. Als ich jetzt am Flussufer stand, traf mich die Erinnerung an jenen Junitag mit aller Wucht.

MEINE MUTTER war dabei, die Küche zu putzen. Meine Großmutter saß am Wohnzimmertisch und legte ein Puzzle. Ich sortierte auf dem Fußboden Baseballkarten, und meine Schwestern waren in der Stadt.

Grandma beschwerte sich gerade: „So schwierig war es noch nie. Die Teile sind so klein und ganz unterschiedlich geformt“, da rief meine Mutter aus der Küche: „George, Cora, kommt her! Die Kolibris sind wieder da!“

Wir hatten die winzigen Vögel schon oft bei ihren Kunststückchen beobachtet und wollten uns das Schauspiel auch diesmal nicht entgehen lassen. Grandma und ich traten zu Mom ans Spülbecken. Die Kolibris flatterten vor den Blumen, die unter dem Küchenfenster wuchsen und deren Nektar die Vögelchen anlockte, auf der Stelle. Sie schossen pfeilschnell vor und waren ununterbrochen in Bewegung, mit erstaunlicher Geschwindigkeit.

Während wir sie beobachteten, sahen wir plötzlich Grandpa zum Haus heraufrennen. Sein Gesicht war aschfahl. Wir wussten sofort, dass etwas Schreckliches passiert sein musste. Als er keuchend die Küchentür aufstieß, sah er aus, als könnte er sich vor Schmerzen kaum aufrecht halten.

Meine Großmutter stürzte in seine Arme. „Was ist passiert, Bo?“

Er schüttelte den Kopf, als wollte er immerzu Nein sagen. „Es tut mir so leid. John, er ist, er ist …“

„Was ist los? Was ist passiert?“, flehte meine Mutter.

Mein Großvater sah beide fassungslos an. Von der Kraft und der Ruhe, die er normalerweise ausstrahlte, war kein Funke zu spüren.

„Ein Unfall … Der Traktor ist umgekippt … John ist tot …“

Grandma schrie auf. Meine Mutter schlug die Hände vors Gesicht und begann haltlos zu schluchzen: „O Gott, nein, nicht John!“

Es war der schlimmste Augenblick, den ich je erlebt hatte. Als würde unser Haus, unser Leben, unser ganzes Sein einstürzen.

Mein Vater hatte in der Nähe des Flussufers ein Feld mit Alfalfa gemäht und dabei mit dem Traktor ein Hummelnest zerstört, worauf die Insekten ihn wohl angegriffen hatten. Dad muss versucht haben, sie zu verscheuchen, und verlor dabei die Kontrolle über den Traktor. Die Zugmaschine schlingerte über das Ufer ins Wasser, Dad wurde aus dem Führerhäuschen geschleudert und prallte mit dem Kopf gegen einen Felsen. Dann stürzte er in den Fluss, der Traktor überrollte ihn und drückte ihn unter Wasser.

Mein Großvater, der sich wunderte, dass er den Traktor nicht mehr hörte, hatte sich aufgemacht, um nach seinem Sohn zu sehen. Es muss ein schrecklicher Moment für ihn gewesen sein, als aus seinen vagen Befürchtungen grauenhafte Wirklichkeit wurde …

SECHS MONATE nach diesem Junitag stand ich nun an der Stelle, wo mein Großvater die Leiche meines Vaters gefunden hatte. Und plötzlich konnte ich nicht mehr so tun, als ob es diesen Ort gar nicht gäbe – den Ort, an dem alle Regeln außer Kraft gesetzt worden waren. Plötzlich hasste ich die Farm, die mir meinen Vater geraubt hatte. Ich wollte nie mehr eine Heuwiese sehen, eine Kuh melken oder einen Traktor anfassen. Am liebsten hätte ich den nächsten Bus nach Minnesota genommen, denn in diesem Moment begriff ich endlich, dass mein Vater nie wieder zur Küchentür hereinkommen würde. Es gab keinen Grund, auch nur eine Minute länger auf der McCray-Farm zu bleiben und mir Hoffnungen zu machen.

Wütend rückte ich dem erstbesten Baum zu Leibe, der mir vor die Säge kam. Als ich fertig war, packte ich ihn und machte mich damit auf den Rückweg. Doch das Gefühl der Verbitterung verschwand so schnell, wie es gekommen war – als hätte jemand den Stöpsel gezogen und mein ganzer Zorn wäre einfach im Boden versickert. Was blieb, war grenzenlose Einsamkeit.

Ich ließ den Baum und mich selbst in den Schnee fallen und führte ein längst überfälliges Gespräch mit meinem Vater.

Ich liebe dich, Dad, und ich vermisse dich jede Minute. Weißt du, ich habe jetzt einen Hund, Tucker, der hat mir sehr geholfen. Na ja, es ist nicht wirk-

lich mein Hund, aber ich wünschte, er wäre es. Du würdest ihn bestimmt mögen. Ich bin dankbar, dass Grandpa und Grandma immer für mich da sind, und ich versuche wirklich, nicht traurig zu sein, aber es hilft alles nichts. Ich stürze mich in die Arbeit – wenn es heftig schneit, erledige ich das Melken allein – und spiele sogar in dem blöden Schultheater mit. Aber ohne dich weiß ich nicht, wie ich mit allem zurechtkommen soll. Und ich weiß nicht, ob ich hierbleiben oder nach Minnesota gehen soll. Ich würde dich so gern um Rat fragen. Ich vermisse unsere Vorlesestunden. Und es tut mir so leid, dass ich nicht immer das gemacht habe, was du mir aufgetragen hast.

„Wie ist es dort, wo du jetzt bist, Dad?“, fragte ich laut und unter Tränen. „Glaubst du, ich werde dich jemals wiedersehen? Ich hoffe es so sehr.“

Wie schön wäre es, seinen starken und doch sanften Händedruck auf der Schulter zu spüren und ihn sagen zu hören, dass alles gut würde. Angestrengt horchte ich auf ein Zeichen, und da kam mir in den Sinn, was ich an meinem Vater und auch an meinem Großvater immer am meisten bewundert habe: Wenn etwas schiefging, gaben sie nicht gleich auf. Für beide war Durchhaltevermögen eine große Tugend. Mir wurde klar, dass er mir genau das gesagt hätte, wenn er mit mir hätte reden können. Auf einmal konnte ich seine Stimme hören, als stünde er neben mir. Wenn ich mich ein wenig anstrengte, konnte ich sogar seine Hand auf meiner Schulter spüren.

Egal wie katastrophal die Straßenverhältnisse sind, George, wir steigen einfach wieder auf den Maintainer und versuchen, den Weg frei zu räumen. Das ist alles, was wir tun können.

In diesem Moment fasste ich einen Entschluss. Ich stand auf, wischte mir die Tränen vom Gesicht und nahm mir fest vor, niemals aufzugeben.

Als ich mir den Schnee von den Jeans klopfte, bewegte sich etwas oben auf der Anhöhe, wo wir im Frühling immer wilde Osterglocken pflückten. Zuerst dachte ich, es sei ein Reh, aber dann hörte ich Gebell und sah einen Hund in vollem Tempo hinter einem Kaninchen herjagen. Einen großen rotbraunen Irish Setter.

Kurze Zeit später wurden Tuckers Bemühungen belohnt, und in seiner Schnauze baumelte ein Kaninchen. Er platzte fast vor Stolz, als er seine Beute direkt vor meinen Füßen fallen ließ. Man hätte das vielleicht für eine unbedeutende Geste halten können, aber ich wusste, dass Tucker mir kein größeres Geschenk machen konnte. Ich hatte mein erstes, vielleicht mein einziges Weihnachtsgeschenk in diesem Jahr bekommen. Er wollte mir das Wertvollste überlassen, was es für ihn auf der Welt gab.

Ich beugte mich zu ihm hinunter und kraulte ihn hinter den weichen Schlappohren. „Danke, Tucker. Danke, dass du mein Freund bist.“

Es war Zeit, nach Hause zu gehen, und so zog ich den Baum, der vielleicht ein wenig zu groß ausgefallen war, hinter mir her. Als ich den Fluss überquerte, hielt ich nach Grandma Ausschau, aber sie war bereits verschwunden. Ihren einsamen Fußabdrücken, die zum Haus zurückführten, konnte man die Traurigkeit ansehen. Sie erinnerten mich an das, was meine Mutter vor ihrer Abreise gesagt hatte: Wie hart auch immer mich der Verlust meines Vaters traf und wie sehr sie selbst um ihren Ehemann trauerte, so dürften wir darüber doch nie vergessen, dass Grandma Cora und Grandpa Bo ihr einziges Kind verloren hatten.

An diesem Abend beschlossen wir drei einhellig, dass es richtig war, wenn Tucker zu seinem rechtmäßigen Besitzer zurückkehrte. Nach dem Essen verabschiedeten wir uns alle von ihm. Ich saß einfach neben ihm auf dem Wohnzimmerboden, strich ihm über das rotbraune Fell und spürte die Wärme seines Körpers. Es gab keine Worte für das, was ich fühlte.

Als Frank Thorne in die Einfahrt bog, war es schon dunkel und bitterkalt.

FÜNF

Frank Thorne war Mitte vierzig, hager und trug einen blonden Schnauzbart, der gut zu seinem Hut und den Cowboystiefeln passte. Er lächelte schüchtern, als er in der Hintertür stand und zögernd unser Haus betrat. Tucker sah Thorne an und wedelte mit dem Schwanz, blieb aber neben mir.

Als mein Großvater die Hand ausstreckte, um ihn zu begrüßen, musste Thorne erst die Hände aus den Hosentaschen nehmen.

„Willkommen zu Hause, Frank."

„Ich bin froh, dass ich wieder da bin."

„Hast du schon Aussicht auf eine neue Arbeit?"

„Nein, noch nicht." Thorne nahm den Hut ab, sah mich an und sagte: „Ich hab gehört, dass du dich um meinen Hund gekümmert hast, George."

„Ja, Sir, das stimmt."

„Danke." Sein Blick wanderte zu Tucker, der noch immer geduldig neben mir wartete. „Komm her, Junge." Tucker wedelte mit dem Schwanz und lief zu Thorne, nachdem ich ihm ein letztes Mal den seidigen Kopf getätschelt hatte. Thorne ging vor dem Hund in die Knie und streichelte ihn. „Schön, dich zu sehen, Red."

Ich spürte, wie Tucker mir entglitt. Verzweifelt stieß ich hervor: „Mr Thorne, ich dachte … Möchten Sie mir den Hund vielleicht verkaufen?"

Er sah mich entgeistert an. „Tut mir leid, Kleiner, ich habe nicht vor, mich von ihm zu trennen." Er legte Tucker ein Kettenhalsband um. „Aber du kannst jederzeit vorbeikommen und mit ihm spielen. Wie es aussieht, seid ihr beide ja gute Freunde geworden."

Zum ersten Mal in meinem Leben hätte ich einem Menschen am liebsten den Hals umgedreht. Großmutter legte mir die Hand auf die Schulter.

„Danke, Frank, das würde George sicher freuen. Pass gut auf dich auf!"

Ich konnte kaum mit ansehen, wie Thorne mit Tucker durch die Hintertür verschwand. Keiner sagte ein Wort, als wir den Lastwagen aus der Einfahrt rollen hörten.

Als der Schulbus am nächsten Morgen an Thornes Haus vorbeifuhr, verkroch ich mich in meine Winterjacke, damit Mary Ann meine Wut nicht bemerkte. Tucker lag angebunden auf einem kleinen schneefreien Fleck im Hof. Ich wäre am liebsten aus dem Bus gesprungen, hätte ihn geschnappt und nach Hause gebracht.

Egal wie katastrophal die Straßenverhältnisse sind, George, wir steigen einfach wieder auf den Maintainer und versuchen, den Weg frei zu räumen. Das ist alles, was wir tun können.

Ich versuchte ja, wieder aufzusteigen, aber ich rutschte ständig ab. Der Weg, der vor mir lag, wurde immer beschwerlicher.

AM NACHMITTAG stieg ich vor Thornes Haus aus dem Bus aus, um Tucker zu besuchen. Der braune Lastwagen war fort, aber Tucker lag am üblichen Platz, an einen Pfosten gebunden. Nachdem ich vergeblich an der Tür geklopft hatte, setzte ich mich neben ihn auf den Boden, umarmte ihn lange und überlegte, wie ich Thorne überreden könnte, ihn mir zu überlassen. Tucker sollte ein gutes Zuhause bekommen, aber das schien genauso schwierig zu sein, wie für mich selbst das richtige Zuhause zu finden.

Thornes Haus war in einem erbärmlichen Zustand. Die Farbe blätterte von den Holzwänden, auf dem Hof lagen alte Reifen, Autoteile und sonstiger Unrat herum. Das war sicher nicht der richtige Platz für Tucker.

Ich holte Papier und Stift aus meiner Schultasche und schrieb eine Nachricht für Thorne:

> Mr Thorne,
> ich weiß, dass es viel Mühe macht, sich um Tucker zu kümmern. Falls es Ihnen zu viel werden sollte, bin ich immer noch daran interessiert, den Hund zu kaufen. Ich reise in wenigen Wochen nach Minnesota ab. Lassen Sie mich daher bald wissen, ob Sie interessiert sind.
> Ihr Nachbar George McCray

Nur mit Mühe verkniff ich mir den Zusatz, dass Tucker ein besseres Leben verdient hatte. Dann überlegte ich, wo ich die Nachricht am besten hinterlassen sollte, und entschied mich schließlich dafür, sie zwischen das zerschlissene Fliegengitter und die hölzerne Haustür mit dem dreckigen Glasfenster zu klemmen. Als ich das Fliegengitter öffnete, wollte ich einen kurzen Blick ins Haus werfen. Ich drückte die Nase gegen die Glasscheibe – und die Haustür gab nach. Sie war nicht verschlossen. Thorne ging wohl davon aus, dass es bei ihm nicht viel zu holen gab.

Auf der Türschwelle wartete ich, bis sich meine Augen an das Dämmerlicht gewöhnt hatten. Wie erwartet herrschte Chaos. Das Haus bestand offenbar aus einem einzigen großen Raum, dahinter gab es nur ein kleines Badezimmer und ein Schlafzimmer. Auf dem Tisch türmten sich Bierdosen, Zeitungen und Flaschen. An der Wand hingen ein paar Fotos, die ich nur schlecht erkennen konnte. Einer der Abgebildeten kam mir bekannt vor, aber irgendwie wirkte er vollkommen fehl am Platz.

Ehe ich hineinging, um mir das Foto etwas genauer anzusehen, rief ich: „Mr Thorne?“ Als ich keine Antwort bekam, trat ich ein, balancierte zwischen schmutziger Wäsche, kaputten Autoteilen und halb vollen Chipstüten hindurch und ging näher an die Wand mit den Bildern heran.

Das Foto zeigte meinen Vater als jungen Mann, der einen Arm um Frank Thornes Schulter gelegt hatte. Wie es aussah, reparierten die beiden gerade ein altes Auto. Sie waren ölverschmiert und hatten ein breites Grinsen im Gesicht. Ich verstand einfach nicht, wie mein Vater mit Thorne hatte befreundet sein können. Verwirrt stürmte ich zur Tür hinaus, zog sie hinter mir zu und klemmte meine Nachricht in den Türrahmen.

Obwohl es mich fast umbrachte, ließ ich den armen Tucker allein zurück. Er bellte wie wild, und ich kam mir schrecklich schäbig vor.

Am nächsten Morgen wachte ich davon auf, dass die Hintertür leise zugezogen wurde. Ich streckte meine Hand nach Tucker aus, aber natürlich war er nicht da. Dann hörte ich, wie Grandpa in seinen schweren Arbeitsstiefeln langsam durch die Küche ging und einen Stuhl heranzog. Anders als die ganze letzte Woche wurde an diesem Tag kein Schneealarm gegeben.

Saß mein Großvater etwa um diese Zeit allein in der Küche? Ich hüllte mich fest in meine Decke und wusste, dass irgendetwas nicht stimmte. Durch den Luftschacht drang ein seltsames gelbes Licht herauf. Nun hörte ich auch Grandma in der Küche, aber es blieb ungewöhnlich still.

Besorgt und neugierig stieg ich aus dem Bett und versuchte das Licht anzudrehen. Nichts geschah. Der Strom war ausgefallen.

Ich zog mich rasch an und lief im Dunkeln die Treppe hinunter. Meine Großeltern saßen am Küchentisch und unterhielten sich leise. Eine altmodische Petroleumlampe mit verschnörkeltem Schirm stand auf dem Tisch.

„Guten Morgen, George." Grandpa schob mir einen Stuhl hin. „Der Winter hat schweres Geschütz aufgefahren." Er klang besorgt, und seine Worte schienen nicht übertrieben, denn die Sturmböen ließen das ganze Haus erzittern. „Wir haben heute alle Hände voll zu tun."

„Ja, Sir."

„Vergangene Nacht hat es wieder dreißig Zentimeter Neuschnee gegeben, und der Strom ist ausgefallen. Das Telefon funktioniert noch, aber niemand weiß, wie lange. Wir müssen jetzt darauf achten, dass der Teich nicht zufriert. Und wir müssen mit der Hand melken – wie früher, als ich ein Junge war. Es wird hier ein bisschen ungemütlich werden. Kannst du uns helfen?"

Die Lage war ernst, sonst hätte mein Großvater nicht so viele Worte gemacht. Auf seine Frage konnte es nur eine Antwort geben: „Natürlich werde ich euch helfen. Was kann ich tun?"

„Geh zum Teich und hack das Eis auf, ich fang inzwischen mit dem Melken an. Danach werde ich dir zeigen, wie man den Maintainer fährt. Wir müssen uns abwechseln und in Schichten arbeiten, Tag und Nacht."

„Den Maintainer fahren?", stammelte ich und fiel beinahe vom Stuhl. Eine Mischung aus Angst und Aufregung befiel mich.

„Er ist erst dreizehn", warf meine Großmutter besorgt ein. „Bo, ich habe dir schon mal gesagt, dass er damit überfordert ist." Ihre Stimme brach, und sie fing an zu weinen.

„Er ist alt genug, Cora, und du weißt, dass ich seine Hilfe brauche."

„Dann werde ich auch eine Schicht auf dem Schneeräumer übernehmen", erwiderte sie und wischte die Tränen weg. Wie die meisten Farmersfrauen konnte Grandma einen Lastwagen in unwegsamem Gelände und einen Traktor über ein Feld steuern, aber ich konnte mich nicht erinnern, dass sie schon mal bei Schneesturm auf dem Maintainer unterwegs gewesen war.

„Cora, du bist stark, aber das schaffst du nicht. Außerdem musst du hierbleiben, um die Notrufe entgegenzunehmen und George beim Melken zu helfen, wenn ich unterwegs bin. Ich werde zwei Schichten übernehmen und er eine. Auf diese Weise kann ich immerhin ein paar Stunden schlafen. Lasst uns jetzt essen und dann beim ersten Tageslicht an die Arbeit gehen."

Sicher hätte es irgendwo in Cherokee County einen qualifizierteren Helfer gegeben als mich, aber ich war verfügbar, und Grandpa Bo traute mir diese Arbeit zu. Vielleicht war er es auch einfach gewohnt, nur mit McCrays zusammenzuarbeiten, und wollte es dabei belassen.

„Nimm den Vorschlaghammer mit zum Teich und achte darauf, dass das Loch im Eis groß genug ist. Am besten nimmst du auch eine Schaufel mit, damit du dich durch den Schnee bis zum Eis durchgraben kannst."

Mit diesen letzten Anweisungen trat ich aus der Hintertür unseres alten Farmhauses. Als ob am ganzen Himmel der Strom ausgefallen wäre, drang nur fahles Licht durch den wütenden Schneesturm und die stahlgrauen Wolken. Ich trug Gummistiefel, die mich gut vor Nässe schützten, aber sie hielten nicht warm. Bald waren meine Zehen eiskalt. Von Norden her wehte ein unerbittlicher Wind. Die Kälte war überhaupt nur zu ertragen, solange man sich bewegte.

Die Schneeverwehungen reichten mir bis zur Hüfte, als ich mich mit Schaufel und Vorschlaghammer zum Teich hinunterkämpfte. Ich folgte einem Pfad, den die Kühe auf dem Weg zum Wasser flach getrampelt hatten. In den Wintermonaten konnten sie nicht zum Grasen hinaus und verbrachten die meiste Zeit im Hof. Wir hielten für sie Wasser in beheizten Tanks bereit, aber durch den Stromausfall würde es jetzt gefrieren, sodass die Kühe wohl oder übel zum Teich mussten, wenn sie durstig waren.

Rinder sind zwar mindestens so intelligent wie Pferde, aber wenn sie kein Wasserloch finden können, spazieren sie einfach auf die Eisfläche hinaus, und manchmal brechen sie dabei ein. Deshalb wollte mein Großvater, dass ich für eine große eisfreie Öffnung sorgte.

Am Rand des Teiches fand ich ein kleines Loch, aus dem die Kühe bereits getrunken hatten. Gleich daneben legte ich mit der Schaufel eine etwa drei Quadratmeter große Fläche frei. Ich hob den Vorschlaghammer und ließ ihn mit voller Wucht aufs Eis niedersausen, doch der Hammer prallte einfach von der gefrorenen Oberfläche ab. Eissplitter trafen mich im Gesicht. Verdutzt betrachtete ich die münzgroße Kerbe, die ich zustande gebracht hatte, und versuchte es noch einmal. Und noch einmal. Aber das Eis erwies sich als viel widerstandsfähiger, als ich es für möglich gehalten hätte. Ich versuchte es direkt bei dem bereits vorhandenen kleinen Loch und hatte mehr Erfolg: Ich konnte einen Eisblock von der Größe eines Ziegelsteins herausbrechen. Als ich ihn aus dem Wasser zog, wurden meine Handschuhe durchweicht, doch der Anfang war immerhin gemacht, und ich fasste neuen Mut.

Mit aller Kraft schmetterte ich den Hammer auf das Eis. Er rutschte ab, glitt mir aus der Hand und prallte gegen meinen Fuß. Der Schmerz warf mich buchstäblich um. Ich schrie auf und landete mit dem Allerwertesten genau in dem kleinen Loch, das ich gerade aufgeschlagen hatte.

Die Sache lief nicht gut. Ich hoffte bloß, dass mich niemand beobachtete. Es musste aussehen, als säße ich in einer riesigen Toilettenschüssel fest.

„Alles in Ordnung?“ Mein Großvater trat hinter mich und hielt sich den Bauch vor Lachen. „Du solltest doch das Eis brechen, nicht deinen Fuß. Und wenn du auf die Toilette musst, George – dahinten ist das Haus.“

Immer noch aus vollem Halse lachend reichte er mir die Hand. Als ich aufstand und nach meinem nassen Hosenboden tastete, musste ich in sein Gelächter einstimmen, obwohl mir alles wehtat.

Es war schön, Grandpa lachen zu hören. Das hatte er seit Monaten nicht getan. Ich schwang noch mal den Vorschlaghammer, diesmal kräftig und kontrolliert, um ihm zu beweisen, dass ich kein kleiner Junge mehr war.

„Bravo!“, rief er aus. „Komm, wir machen das zusammen, wie die Eisenbahnarbeiter in alten Zeiten.“

Er hatte einen größeren Vorschlaghammer dabei, den er jetzt wuchtig aufs Eis niedersausen ließ. Wie von einer gigantischen Trommel hallten die Schläge durch die Morgenluft. Bald hatten wir unseren Rhythmus gefunden, und das Eis gab nach. Mein Großvater holte die Brocken mit dem Spaten aus dem Wasser und warf sie auf die Eisfläche.

Als das Loch groß genug war, ließ er sich erschöpft in den Schnee sinken. Seine Stimme nahm einen ernsten Ton an. „Kannst du das Loch offen halten, bis wir wieder Strom haben, George? Das ist eine wichtige Aufgabe.“

Ich nickte eifrig. „Klar kann ich das.“

„Gut. Dann geh ins Haus und zieh dir trockene Sachen an. Danach fangen wir mit dem Melken an.“

Während ich mich umzog, musste ich wieder an den Maintainer denken. Ich hatte keine Ahnung, wie man das Ungetüm bediente …

Ich traf Grandpa vor dem Stall, und wir ließen die Kühe hinein, immer sechs auf einmal. Sie vergruben sofort ihre dampfenden Mäuler in den Futtertrögen, während mein Großvater und ich auf althergebrachte Weise melkten. Um halb acht hatten wir die Milch im Kühlschrank verstaut, wo sie trotz des Stromausfalls ausreichend kühl blieb.

„Warum stellen wir sie nicht gleich raus an die Straße, damit der Tankwagen von der Molkerei sie mitnimmt?“, fragte ich.

„Bevor du und ich die Straßen nicht geräumt haben, wird hier weder ein Milchwagen noch ein Schulbus noch sonst was vorbeifahren. Geh hinein und wärm dich auf, während ich den Maintainer starte. Wir treffen uns dann in der Einfahrt.“

Es war so weit: Er erwartete tatsächlich von mir, dass ich den Maintainer fuhr! Ich hatte gelernt, wie man einen Traktor fährt, sobald meine Beine lang genug waren, um die Pedale zu erreichen. Aber diese Maschine war riesig und hatte meinen Großvater wahrscheinlich so viel gekostet wie ein kleines Haus. Außerdem sollte ich damit auf der Straße fahren, nicht über weite, flache Felder. Dabei hatte ich noch nicht einmal einen Führerschein.

Und noch etwas kam mir in den Sinn. Hatte Grandma Cora nicht gesagt: *Der Junge ist damit überfordert?*

Mein Vater war umgekommen, als er eine mittelgroße Landmaschine gefahren hatte, und nun verlangte mein Großvater von mir, dass ich auf den Maintainer stieg – die größte und am schwersten zu bedienende Maschine, die er in seinem Fuhrpark hatte. Erst war ich stolz gewesen, dass er mir das zutraute, aber jetzt hatte ich schreckliche Angst und spürte, wie mir trotz der eisigen Temperaturen der Schweiß ausbrach.

Meine Großmutter reichte mir eine Tüte mit Keksen und zwei Thermoskannen: Kaffee für meinen Großvater, heiße Schokolade für mich. Sie band mir den Schal um, den Dad letztes Jahr von meiner Schwester zu Weihnachten bekommen hatte, und umarmte mich. „Sei bitte vorsichtig, George." Sie sah mir prüfend in die Augen. „Und wenn du es doch nicht machen willst, dann lass es. Bo wird jemand anders fragen."

Meine Stimme krächzte verräterisch, als ich ihr leise gestand: „Ich habe Angst, Grandma. Aber ich will Grandpa auch nicht enttäuschen."

Sie sah mich sehr ernst an. „Vorsicht kann nie schaden", sagte sie.

„Aber was soll ich denn jetzt tun?", presste ich hervor.

„Wenn dein Verstand dir bei der Entscheidung nicht weiterhilft, musst du auf dein Gefühl hören und deinem Herzen folgen."

Ich hatte in den letzten Wochen versucht, mir über alles Mögliche klar zu werden. Endlich konnte ich in einer schwierigen Entscheidung einen Sinn erkennen. Die Aufforderung meines Großvaters, ihm zu helfen, war wie ein Aufruf zu Mut und beherztem Handeln. Sie hallte nicht in meinen Ohren, sondern in meiner Seele wider.

Ich gab meiner Großmutter einen Kuss auf die Wange, zog Mütze und Handschuhe an und setzte das breiteste Lächeln auf, das ich hinbekam.

„Auf mich wartet Arbeit." Damit drehte ich mich um und ging aus der Tür. In einem gewissen Sinn bin ich nie zurückgekommen.

An diesem Dezembermorgen wurde ich Straßenwart. Bevor wir die Einfahrt verließen, erklärte mir Bo McCray, wie man den Schneepflug hob, den Winkel einstellte und die Geschwindigkeit regelte. Erst Jahre später verstand ich, was er mir damals wirklich beigebracht hatte: Mein Großvater hatte mir ein neues Regelwerk für das Leben überreicht – eines für Erwachsene. Damit ich die Kinderregeln, die in diesem Jahr schon so oft gebrochen worden waren, über Bord werfen konnte. Die Erinnerung an die folgenden Tage, in denen ich Seite an Seite mit meinem Großvater arbeitete, gab mir im späteren Leben Halt. Von nun an misstraute ich Regeln, die auf Anspruchsdenken begründet waren, und lernte stattdessen solche Regeln zu akzeptieren, die der Wahrheit oder der Sorge um andere geschuldet waren.

WÄHREND wir die Straße Richtung Ortschaft hinunterfuhren, erklärte mir mein Großvater eine Funktion nach der anderen. „Die meiste Zeit fährst du im dritten Gang, in tiefem Schnee solltest du jedoch in den zweiten schalten. Dadurch wirst du zwar langsamer, hast aber auch mehr Kraft, um schwere Schneemassen beiseitezuräumen."

Mit einem Hebel rechts neben dem Fahrersitz konnte man die Höhe der Schaufel einstellen. „Ich senke die Schaufel jetzt vorsichtig ein paar Zentimeter. Dreh dich mal um und schau dir den Schnee an, den wir beiseitegeschoben haben. Was siehst du noch?"

„Schottersteinchen, die sich mit dem Schnee mischen", sagte ich, während ich über die Schulter nach hinten blickte.

„Richtig. In den Sommermonaten gibt der Staat eine Menge Geld dafür aus, den Schotter auf der Straße zu verteilen. Da ist es wenig sinnvoll, wenn die McCrays die Wintermonate damit verbringen, das Zeug in den Graben zu befördern. Ich werde die Schaufel jetzt ein kleines Stück über die ideale Höhe anheben." Der Maintainer schien anzuziehen, der Motor lief leichter. „Dreh dich noch einmal um. Was siehst du jetzt?"

„Die Reifen hinterlassen eine Spur im Schnee."

„Kluges Kerlchen! Daran erkennst du, dass die Schaufel zu hoch eingestellt ist. Es sollte nicht so viel Schnee liegen bleiben, dass die Reifen deutliche Spuren hinterlassen können." Er nickte zufrieden. „Und noch etwas, George. Das hier ist eine große, starke Maschine. Wenn du damit vom Weg abkommst, wird es gefährlich."

Mir wurde schmerzlich bewusst, dass er auf meinen Vater anspielte. Trotzdem fragte ich nach: „Was meinst du damit, Grandpa?"

„Du musst zu jedem Zeitpunkt genau wissen, an welcher Stelle der Fahrbahn du dich befindest. Wenn du zu weit rechts oder links fährst, kannst du mit einem Rad in den Graben geraten und stecken bleiben oder gar umkippen." Er warf mir einen eindringlichen Blick zu. „Wenn du nicht nach vorn schaust, läufst du Gefahr, mit einem Auto zusammenzustoßen. Und wenn du nicht nach hinten schaust, weißt du nicht, ob du deine Arbeit richtig machst."

„Aber ich kann ja wohl nicht in alle Richtungen gleichzeitig sehen."

„Doch, das kannst du. Es ist nur eine Frage der Übung. Lass dir Zeit und fahr am Anfang ganz langsam, bis es dir in Fleisch und Blut übergegangen ist.“ Er bog in eine schmalere Straße ein und brachte den Maintainer zum Stehen. Dann öffnete er die Tür des Führerhäuschens und stellte sich aufs Trittbrett. „Rutsch rüber und versuch es selbst.“

Ich hievte mich auf den Fahrersitz, legte den ersten Gang ein, gab Gas und ließ langsam die Kupplung kommen. Grandpa nickte mir aufmunternd zu und blieb auf dem Trittbrett stehen. Durch die offene Tür des Führerhäuschens bliesen Schnee und Wind herein, aber ich achtete nicht darauf, sondern versuchte Kurs zu halten.

Nachdem ich eine kurze Strecke gefahren war, gab mir mein Großvater weitere Anweisungen. „Üb noch ein paarmal das Losfahren und Anhalten. Und versuch die linke Kante der Schaufel genau auf der Mitte der Straße zu halten, damit du auf dem Rückweg die andere Straßenseite räumen kannst.“

Ein Blick in den Rückspiegel zeigte mir, dass ich nicht geradeaus gefahren, sondern immer wieder seitlich abgekommen war. „Es ist so schwierig, den Kurs zu halten“, stöhnte ich.

„Stell dir eine Linie am rechten Straßenrand vor und fahr mit dem rechten Rad genau darauf entlang. Du machst das prima!“

Gegen Mittag hatten Grandpa und ich die Moonlight Road, die Prairie Road und die Four Corners Road geräumt. Als wir zum Essen nach Hause fuhren, hatte ich das Gefühl, mein Großvater hätte an diesem Morgen mehr Worte an mich gerichtet als in den vergangenen sechs Monaten zusammen. Er schien mit meinen Fortschritten sehr zufrieden zu sein.

Am Mittagstisch ging Grandma die Liste der Notrufe durch, die sie entgegengenommen hatte. „Sherry Rather ist hochschwanger, der Termin ist schon nächste Woche. Sie machen sich Sorgen, dass sie nicht zum Krankenhaus durchkommen, und hoffen, dass ihr die Straße frei halten könnt.“

„Die Rathers – sie wohnen jenseits der Waverley Road“, überlegte mein Großvater. „Kennst du die Waverley Road?“, fragte er mich, weil ich die nächste Schicht allein übernehmen sollte. „Sie verläuft südlich des Highways und nördlich der Lone Elm Road.“

„Klar, ich weiß genau, wo die Rathers wohnen.“

Meine Großmutter ging zur nächsten Notiz über. „Mrs Slater hat nur noch für zwei Tage Insulin. Sie wohnt gleich neben dem Highway an der Crossing Trails Road.“

„Ich weiß, wo das ist“, sagte ich und nickte.

Da nahm Grandma den letzten Notizzettel in die Hand. „Die alte Mrs Reed hat angerufen. Sie wollte sichergehen, dass ihr sie nicht vergesst.“

Mein Großvater verdrehte die Augen. „Ich habe ihre Einfahrt erst vor zwei Tagen geräumt."

Großmutter lachte. „Du weißt doch, wie alte Leute sind, Bo. Sie machen sich immer Sorgen."

„Mrs Reed ist nur vier Jahre älter als ich!", sagte er empört.

Meine Großmutter lächelte, erwiderte aber nichts.

Grandpa wandte sich wieder mir zu. „Also, lass dir Zeit und mach deine Sache gut. Wenn du zurückkommst, fahr ich wieder los, und du kannst dich ausruhen. Hast du noch Fragen?"

„Nur eine", sagte ich. „Was mache ich, wenn es Probleme gibt? Wenn ich zum Beispiel liegen bleibe?"

„Du bist nie weiter als zwölf Kilometer von zu Hause entfernt, weil wir für einen Radius von zwölf Kilometern zuständig sind. Notfalls kannst du also heimlaufen. Im Führerhäuschen liegen zusätzliche Handschuhe und Mützen. Außerdem kannst du dich an sämtliche Nachbarn wenden; sie werden versuchen, dich nach Hause zu bringen. Mach dir keine Sorgen."

Meine Großmutter gab mir noch eine Tüte mit selbst gebackenen Schokoladenplätzchen, füllte meine Thermoskanne auf und ließ mich dann losziehen, um die Straßen von Cherokee County zu räumen.

Als ich die Tür des Führerhäuschens öffnete, war auf einmal alle Angst verflogen. Ich hatte das Gefühl, an diesem Vormittag mindestens zehn Zentimeter gewachsen zu sein. Behutsam legte ich den Gang ein, ließ die Kupplung kommen und rollte im dichten Schneetreiben die Straße hinunter, meinem ersten eigenen Auftrag entgegen.

Ich fuhr ganz langsam und fühlte mich immer sicherer, je weiter ich nach Osten kam. Als ich an Thornes Behausung vorbeifuhr, verringerte ich das Tempo noch mehr, um besser sehen zu können. Der braune Lastwagen stand in der Einfahrt, aber Tucker war nicht da. Zum Glück war Thorne offenbar vernünftig genug, den Hund bei diesem Wetter im Haus zu behalten. Ich fragte mich, ob er meine Nachricht wohl gefunden hatte.

Mühelos beförderte der Maintainer den Schnee zur Seite. Allerdings hatte ich immer noch Schwierigkeiten, die Schaufel in der Straßenmitte zu halten. Die wenigen Autofahrer, die mir begegneten, winkten zunächst und wirkten dann überrascht, mich hinter dem Steuer zu sehen. Der Anblick von Bo McCrays Enkel auf diesem Ungetüm genügte wahrscheinlich, um sie für den Rest des Tages vom Autofahren abzuhalten.

Als ich am späten Nachmittag auf dem Heimweg war, bremste ich vor Thornes Haus ab und hielt nach Tucker Ausschau. Er war draußen angebunden, aber nahe bei der Veranda, wo er zumindest vor dem Schnee Schutz fand, wenn auch nicht vor der Kälte. Er erkannte mich wohl, denn er zerrte bellend an der Kette und wedelte mit dem Schwanz dabei. Ich wollte schon aussteigen, aber dann dachte ich, dass es die Sache nur verschlimmern würde, fuhr den Hügel hinauf und machte Feierabend. Bevor ich ins Haus ging, stattete ich Grandpa im Stall einen kurzen Besuch ab und erkundigte mich, ob es noch etwas zu tun gab. Er schickte mich mit dem Vorschlaghammer zum Teich hinunter, um erneut das Eis aufzuhacken.

Nach einem kurzen Imbiss ging Grandpa wieder hinaus und tankte den Maintainer mit Dieselöl auf, das wir in einem 1000-Liter-Fass neben unserer Scheune lagerten. Dann setzte er sich ins Führerhäuschen, gab Gas und räumte bis in die frühen Morgenstunden Schnee.

SECHS

Als ich am nächsten Morgen mit dem Melken fertig war und das Eis im Teich aufgehackt hatte, gingen mein Großvater und ich zur Scheune. Er bat mich, eine Milchkanne aus dem Kühlschrank zu holen und die Milch in zwanzig sterile Glasflaschen abzufüllen. Den Rest aus der Kanne schüttete er vor der Scheunentür aus.

„Was machst du da?“, fragte ich entgeistert.

„Der Tankwagen der Molkerei kommt nicht durch, der Kühlschrank ist voll, und die Molkerei nimmt keine Milch an, die nicht frisch ist.“

„Räumen wir die Straßen nicht ausreichend?“

„Wir schon, aber die anderen Straßenwarte im Bezirk sind im Verzug. Sie konnten im Norden noch nicht bis zur Molkerei vordringen, und der letzte Neuschnee hat sie noch mal weit zurückgeworfen. Die Milchwagen könnten stecken bleiben, wenn sie trotzdem zu uns herausfahren. Dann wäre eine ganze Tageslieferung unbrauchbar. Deshalb warten sie lieber, bis die Straßenverhältnisse wieder besser sind.“

„Warum helfen wir ihnen nicht? Wir könnten doch die Straße zur Molkerei für sie räumen.“

„Nein, George. Für uns wäre es zwar gut, wenn wir zur Molkerei durchkämen, aber wir müssen auch an die anderen Leute denken. Ich kann nicht einfach das machen, was uns nützt. Wir haben eine ganze Liste von Straßen, die vorrangig zu räumen sind. Die Straße zur Molkerei gehört nicht dazu.“

Nachdem wir uns zu einem kurzen Frühstück zusammengesetzt hatten, stellte Grandpa die eben abgefüllten Milchflaschen in zwei großen Kisten auf den Tisch.

„Immer mehr Telefonleitungen sind unterbrochen, immer mehr Straßen unpassierbar. Den Leuten geht allmählich das Nötigste aus, und wir haben Milch übrig. Ich werde die zwanzig Liter hinten in den Maintainer stellen. Da steht schon eine Kiste mit Eiern und anderen Vorräten."

„Was soll ich damit machen, Grandpa?"

„Ich möchte, dass du zu jedem Haus hinfährst und die Einfahrt räumst. Die meisten Bauern haben zwar selbst einen kleinen Schneepflug, aber mit dem Maintainer kannst du in zwei Minuten schaffen, wofür sie einen ganzen Tag brauchen würden. Dann steigst du aus, klopfst an die Tür und vergewisserst dich, dass es allen gut geht. Gib ihnen, was sie von unseren Vorräten brauchen können, und sammle im Gegenzug das ein, was sie übrig haben. Auch leere Milchflaschen, die wir wieder befüllen können." Er hielt inne und sah mich an. „Schaffst du das, George?"

Ich war es nicht gewohnt, so lange und so hart zu arbeiten. Es kam mir vor, als ob mein Großvater und ich die Arbeit für die ganze Gegend hier machen mussten, und ich wünschte, mein Vater wäre bei uns gewesen, um uns zu helfen. Doch gleichzeitig wusste ich, was er zu mir gesagt hätte. Es war unsere Aufgabe, uns um die Straßen zu kümmern, und es war unsere Pflicht, den Nachbarn zu helfen. *Steig einfach wieder auf den Maintainer, George, und räum die Straßen.*

„Ich werde mein Bestes tun."

„Wir müssen uns beeilen, bevor sich die Lage weiter verschlimmert. Weißt du, für schweres Schneetreiben habe ich noch ein paar Tricks auf Lager. Zum einen heben wir die Schaufel etwas an und lassen ungefähr fünf Zentimeter Schnee auf der Straße liegen. Dadurch kommen wir schneller voran, und die Autos können diese Schneehöhe gerade noch bewältigen. Zum anderen räumen wir auf allen größeren Straßen nur noch eine Spur."

„Damit wenigstens Rettungsfahrzeuge irgendwie durchkommen?"

„Genau. Allerdings schaffen wir auf diese Weise eine Menge Einbahnstraßen. Wenn sich da zwei Autos begegnen, gibt es Probleme."

„Und was kann man dagegen tun?"

„Du musst allen erklären, dass sie in den nächsten zwei Tagen die Straßen nicht benutzen sollen, nur für Notfalleinsätze und unaufschiebbare Fahrten. Außerdem musst du etwa alle fünfhundert Meter zurücksetzen und einen Ausweichplatz räumen, damit zwei Autos aneinander vorbeipassen. Und es gibt noch zwei Dinge, die heute unbedingt zu erledigen sind, George."

„Nämlich?"

„Zum einen musst du den Weg in die Stadt räumen, damit der Tankwagen zu uns herausfahren und neues Dieselöl liefern kann. Unser Vorrat reicht nur noch für zwei Tage." Grandpa runzelte die Stirn. „Und dann muss Mrs Slater dringend ihr Insulin bekommen. Ich habe es letzte Nacht bei Doktor Richardson abgeholt. Ohne das Insulin kann sie schwer krank werden, vielleicht sogar sterben. Weißt du noch, wo sie wohnt?"

„An der Crossing Trails Road."

„Richtig."

Meine Großmutter reichte mir eine Tüte mit meiner Brotzeit und der Thermoskanne und gab mir einen Kuss. „Sei vorsichtig, George."

„Mach dir keine Sorgen, ich komme schon zurecht." Damit machte ich mich auf den Weg. Mein erster Zwischenstopp würde der schwierigste werden. Es war Frank Thornes Haus.

IM ZWEITEN GANG bog ich in die Einfahrt ein und räumte sie frei, wie Grandpa es mir aufgetragen hatte. Dann parkte ich den Maintainer, nahm all meinen Mut zusammen und klopfte an der Haustür, um mich zu vergewissern, dass Frank Thorne keine Not litt. Drinnen fing Tucker sofort zu bellen an, aber es klang nicht ängstlich oder drohend. Er wusste, dass ich vor der Tür stand, und freute sich.

Ich klopfte noch einmal – niemand antwortete. Vorsichtig schob ich die Tür auf und wurde von Tucker begrüßt, der an mir vorbei auf die Veranda zu kommen versuchte, weil er dringend sein Geschäft verrichten musste. Nach wenigen Augenblicken war er wieder an meiner Seite und sprang aufgeregt auf und ab. Offenbar hatte er mich genauso vermisst wie ich ihn.

Ich streckte den Kopf durch die Tür. „Mr Thorne, sind Sie zu Hause?"

Im Haus war es dunkel, ich konnte nicht viel erkennen. Schließlich gab ich mir einen Ruck, schob Tucker zur Seite und ging hinein. Nach einigen Sekunden hatten sich meine Augen an das dämmrige Licht gewöhnt. Ich versuchte es noch einmal: „Mr Thorne, sind Sie da?"

Statt einer Antwort hörte ich ein leises Stöhnen. Neben der Tür stand ein kleiner Tisch mit einer Lampe darauf. Ich suchte nach dem Schalter, doch auch bei Thorne war der Strom ausgefallen. Das einzige Licht kam von der Glut im Kanonenofen, doch selbst in dem schwachen Schein konnte ich erkennen, dass der Raum noch dreckiger war als beim letzten Mal. Frank Thorne hatte Tucker nicht hinausgelassen, und der Hund hatte ein oder zwei Häufchen in die Ecke gesetzt. Es stank fürchterlich. Kein Wunder, dass er ins Freie gedrängt hatte.

Auf dem Sofa, das beim Fenster stand, saß Thorne und sah mich mit seltsam starrem Blick an. „Was willst du?"

Ein Schauder überlief mich.

„Los, Junge, spuck's aus." Er schien ungeduldig zu sein.

„Mr Thorne, mein Großvater schickt mich. Ich meine … Also, wir räumen die Straßen, und zwar in Schichten, wegen der Schneemassen … Ich habe Ihre Einfahrt geräumt. Grandpa wollte, dass ich kurz hereinschaue und nachsehe, ob Sie etwas brauchen. Ich habe Milch und Eier dabei …"

Thorne setzte sich mühsam auf. „Ich bin zu krank, um etwas zu essen. Komm her, Junge."

Erst jetzt merkte ich, wie eisig kalt es in dem Raum war. Die einzige Wärmequelle waren die glimmenden Holzscheite im Ofen. Kein Wunder, dass Thorne krank war. Als ich näher kam, merkte ich, dass er zitterte.

„Ich habe deine Nachricht erhalten. Du willst also meinen Hund?"

Natürlich wollte ich Tucker, aber ich mochte die lauernde Art nicht, in der Thorne danach fragte. „Ja, ich würde gut für ihn sorgen."

„Der Hund ist das einzige halbwegs Wertvolle, was ich noch besitze." Er blickte sich um und machte eine ausladende Geste, als wollte er mir den Raum zeigen. „Komm her, Red!"

Zu meiner Überraschung wedelte Tucker mit dem Schwanz und lief zu Thorne. Der kranke Mann fuhr ihm mit den Fingern durchs Fell und redete liebevoll mit ihm. „Du bist ein braver Kerl, nicht wahr?"

Dann sah er wieder mich an. „Ich sag dir mal was, George. Du fährst jetzt mit diesem Maintainer hinauf zu Wild Tom Turner nach Blackberry Hill und sagst ihm …", er zögerte. „Sag ihm, dass es bei Frank Thorne einen Engpass gibt und er zwei Flaschen … zwei Flaschen von seiner besten Medizin braucht. Die bringst du mir, und dann reden wir über den Hund."

Er hustete und ließ sich zurück aufs Sofa fallen. Er war eindeutig krank, aber ich wusste nicht, ob der Alkohol oder etwas anderes daran schuld war.

„Ich denk drüber nach", sagte ich leise. Ich hatte noch nie etwas von Wild Tom Turner oder Blackberry Hill gehört.

„Denk nicht zu lange nach, Junge. Und während du nachdenkst, wirf noch etwas Holz in den Ofen."

Ich entdeckte ein paar dünne Scheite, öffnete das Ofentürchen und warf sie hinein. Es war zu wenig, um irgendeine Wirkung zu erzielen. „Soll ich neues Holz hereinholen?"

„Es gibt keines mehr, außer du hackst es. Bring mir einfach nur meine Medizin, dann kann der alte Frank Thorne schon für sich selbst sorgen."

Ich fühlte mich unbehaglich, deshalb wandte ich mich zum Gehen. „Auf Wiedersehen, Mr Thorne." Es fiel mir unendlich schwer, Tucker zurückzulassen. Ehe ich die Tür öffnete, beugte ich mich zu ihm hinunter und flüsterte: „Irgendwie hole ich dich hier raus, versprochen."

Als ich mich aufrichtete und mich noch einmal nach Thorne umdrehte, fiel mein Blick auf das Foto von ihm und meinem Vater. Es blieb für mich ein Rätsel: der Mann, den ich am meisten verehrte, und der, den ich am meisten verachtete, zusammen auf einem Bild.

Ich kletterte wieder auf den Maintainer und fuhr nach Osten. Alle Nachbarn freuten sich über meinen Besuch, und alle boten mir ihre Hilfe an. Ich erklärte ihnen die Sache mit dem Vorrätetausch und bat sie, die Straßen nicht zu benutzen. Sie gaben mir alle Nahrungsmittel und Vorräte mit, die sie erübrigen konnten – Streichhölzer, Schinken, Salz, Laternen und vieles mehr.

Als Nächstes bog ich in die Einfahrt der Fishers ein. Hank Fisher kannte jeden hier in der Gegend. Vielleicht konnte er den Verdacht bestätigen, der sich mir aufgedrängt hatte. „Mr Fisher, kennen Sie einen Mann namens Tom Turner? Er soll in Blackberry Hill oder so ähnlich wohnen."

Er sah mich fassungslos an. „Warum willst du das wissen, George?"

„Frank Thorne hat mich gebeten, bei Mr Turner irgendeine Medizin abzuholen und sie ihm zu bringen."

Hank Fisher rieb sich den Schnurrbart und kniff die Augen zusammen. Er schien mit sich zu ringen. „George, ich glaube, du bist alt genug, um es zu erfahren: Wild Tom Turner ist noch viel schlimmer als Thorne. Halt dich von ihm fern. Lass dich da in nichts hineinziehen. Diese Medizin, die Thorne haben will – das ist Alkohol."

So viel hatte ich mir bereits selbst zusammengereimt. Ich wusste, dass ich Thorne diesen Gefallen eigentlich nicht tun durfte. Andererseits würde er so oder so weitertrinken. Was machte es also, wenn ich seinen Auftrag ausführte und dadurch Tucker bekam?

Ich kletterte wieder auf den Maintainer und setzte meine Arbeit fort. Überall wo ich hielt, traf ich auf freundliche, dankbare Menschen, die mich zu kennen schienen, obwohl ich sie nicht kannte. Sie erkundigten sich nach ihren Nachbarn und wollten wissen, wie sie helfen konnten.

Im Lauf des Vormittags wurde mir bewusst, dass die Bewohner von Cherokee County ein ganz besonderer Menschenschlag waren – großzügig, mitfühlend und hilfsbereit. Ich war stolz, einer von ihnen zu sein. Viele boten mir an, eine Schicht auf dem Maintainer zu übernehmen, aber ich wusste, dass die Lage noch lange nicht so verzweifelt war, dass mein Großvater Hilfe von jemandem angenommen hätte, der nicht McCray hieß.

Die Leute waren einiges gewohnt, aber das extreme Wetter schien sie doch zu beunruhigen. Für manche waren mein Großvater und ich zurzeit die einzige Verbindung zur Außenwelt. Alle wollten Neuigkeiten hören, aber vor allem wollten sie Grandpa und mir zeigen, wie sehr sie unsere Arbeit schätzten. Manche meinten, dass es ohne Radio und Telefon so still sei. Sie hätten seit Tagen nichts als das Heulen des Schneesturms gehört – und das willkommene Geräusch des Maintainers, der in ihre Einfahrt bog.

Während ich mich bemühte, die Straßen anständig zu räumen, musste ich immer wieder an Thorne und sein Anliegen denken. Was konnte es schaden, wenn ich ihm ein paar Flaschen besorgte? Wenn ich es nicht tat, würde er einen anderen finden. Aber wenn ich es tat, würde ich vielleicht Tucker bekommen.

Es war mein zweiter Arbeitstag auf dem Maintainer. Ich arbeitete die Mittagspause durch und biss nur ab und zu von meinem Brot ab, während ich weiter Schnee räumte. Gegen drei Uhr nachmittags war ich meinem Zeitplan ein Stück voraus. Vielleicht konnte ich die Straße für den Milchwagen frei machen? Andererseits musste ich mich unbedingt um Mrs Slater kümmern, die weiter östlich wohnte. Also wendete ich den Maintainer in ihre Richtung. Unterwegs hielt ich die Augen offen und hoffte, dass das Schicksal mich vielleicht zu Tom Turner führen würde.

Als ich an Mrs Slaters Tür klopfte, öffnete niemand. Ich klopfte noch einmal und wartete eine Weile. Dann ging ich ums Haus herum und versuchte durchs Fenster zu spähen. Da entdeckte ich sie auf dem Sofa.

Mrs Slater lebte allein. Ich dachte, dass ihre Medizin wohl wichtiger sei als ihr Mittagsschläfchen, also klopfte ich energisch gegen das Fenster. Sie fuhr zusammen und lauschte, stand aber nicht auf. Irgendwie wirkte sie verwirrt. Zum Glück war die Hintertür nicht verschlossen, sodass ich einfach eintreten konnte.

„Mrs Slater, ich bin George McCray. Alles in Ordnung bei Ihnen?"

„Bringst du mein Insulin?" Ihre Stimme klang schwach, als ob sie krank wäre. Trotz der Kälte schwitzte sie und zitterte dabei.

Ich griff in die Tasche und gab ihr die kleinen Glasampullen. „Hier ist es."

„Gott sei Dank, du hast es geschafft. Ich habe gar nichts mehr."

Nachdem sie sich das Insulin gespritzt hatte, meinte sie, es gehe ihr schon besser. Ich holte Milch und andere Vorräte aus dem Maintainer und versprach ihr, dass mein Großvater oder ich wieder vorbeischauen würden. Da schloss sie mich in die Arme und wollte gar nicht aufhören, mir zu danken.

Auf dem Heimweg Richtung Westen entdeckte ich unversehens einen umgefallenen Briefkasten, der aus dem Schnee ragte, wo einmal eine Einfahrt gewesen sein musste. Sie wirkte eher wie ein Feldweg, der den Hügel hinaufführte, und war mir noch nie aufgefallen. Dann sah ich die schwarzen Buchstaben auf dem Briefkasten: URNER. Hier war es!

Ich hatte den Auftrag, alle Einfahrten zu räumen, oder? Mit klopfendem Herzen wendete ich den Maintainer, fuhr langsam den Blackberry Hill hinauf und schob den Schnee zur Seite.

OBEN AUF DER ANHÖHE stand ein Wohnwagen zwischen Blechtonnen, verbeulten Kotflügeln und anderem Gerümpel, das aus dem Schnee ragte. Als ich noch überlegte, ob ich aussteigen und zur Tür des Wohnwagens gehen oder wieder den Hügel hinunterfahren sollte, wurde die Tür aufgerissen und ein alter Mann kam heraus, gefolgt von zwei schiefergrauen Jagdhunden. Wild Tom Turner, der schmutzige Jeans und Cowboystiefel trug, spuckte braunen Tabaksaft in den weißen Schnee.

Als er näher kam, legte ich den Leerlauf ein und öffnete die Tür des Führerhäuschens, blieb aber sitzen. Er musterte mich argwöhnisch.

„Mein Name ist George McCray. Mein Großvater schickt mich. Ich soll nachsehen, ob bei Ihnen alles in Ordnung ist. Wenn Sie Lebensmittel brauchen – ich habe Milch und Vorräte dabei, um Ihnen auszuhelfen."

Er lächelte verschlagen. Der Gedanke, etwas umsonst zu bekommen, schien ihm zu gefallen. „Wie nachbarschaftlich von dir, mein Junge."

„Ich möchte Sie außerdem bitten, heute und morgen die Straßen nicht zu benutzen. Wir können fürs Erste nur eine Spur für Noteinsätze räumen. Später kommen wir zurück und räumen die andere Fahrbahnhälfte."

„Ich habe nicht vor, irgendwohin zu fahren."

„Danke." Ich stockte und versuchte Mut zu fassen, um ihm Thornes Anliegen vorzutragen.

„Du bist also Bo McCrays Sohn?"

„Sein Enkel", korrigierte ich.

Er nickte anerkennend. „Etwas Milch wäre nicht schlecht."

Ich griff hinter mich und gab ihm zwei Flaschen. Er nahm sie wortlos und schlurfte zum Wohnwagen zurück. „Warten Sie!", rief ich ihm hinterher. „Sie sind doch Mr Turner, nicht wahr?"

Er drehte sich um und spuckte wieder aus. „Ja, und?"

„Mein Großvater meinte, wenn Sie irgendetwas übrig haben, womit Sie Ihren Nachbarn aushelfen können, soll ich es mitnehmen."

„An was hatte dein Großvater denn gedacht?"

„Vor allem Lebensmittel. Aber … wenn Sie eine überzählige Laterne oder Kleinholz haben …" Ich zögerte und versuchte meine nächste Frage so beiläufig wie möglich zu stellen. „Außerdem ist unser Nachbar Mr Thorne krank. Er sagte, wenn ich bei Ihnen vorbeikäme, soll ich Sie um zwei Flaschen von Ihrer … von Ihrer besten Medizin bitten."

Er grinste auf unangenehme Weise. „Dann hat Frank also schon alle seine Vorräte aufgebraucht und schafft es nicht mehr in die Stadt zur … Apotheke, was? Warte hier." Er verschwand im Wohnwagen und kam gleich darauf mit zwei Gläsern wieder heraus, in denen ursprünglich Mayonnaise gewesen war. Jetzt waren sie mit einer braunen Flüssigkeit gefüllt. Als er sie mir aushändigte, kicherte er. „Sag Mr Thorne, er soll jeden Abend zwei Becher davon einnehmen. Die Rechnung werde ich ihm zukommen lassen." Sein Gesicht bekam einen drohenden Ausdruck. „Und hör mir gut zu, Junge: Das ist ein Geschäft zwischen mir und Mr Thorne. Niemand sonst braucht davon zu erfahren, verstanden?"

„Ja, Sir, klar. Vielen Dank, Sir." Ich wickelte die Gläser in meinen Ersatzanorak, um sie zu schützen.

„Dann wollen wir mal wieder an unsere Arbeit gehen – du an deine und ich an meine." Er hob die Hand zum Gruß und trottete zum Wohnwagen zurück, die Hunde im Schlepptau.

Als ich den Blackberry Hill hinunterfuhr, brach mir der kalte Schweiß aus, und ich spürte einen Druck in der Magengrube. Während ich die Straßen auf dem Heimweg räumte, grübelte ich unablässig darüber nach, was ich tun sollte. Ich dachte daran, die Gläser auszuleeren, aber dann überlegte ich mir, dass ich den schwierigsten Teil bereits hinter mir hatte. Jetzt musste ich die Ware nur noch bei Thorne abliefern, und alle wären zufrieden. Ich hätte Tucker, Thorne hätte seine Medizin, und Tucker hätte ein schönes Zuhause.

Auf der Farm angelangt, versteckte ich die Gläser im Geräteschuppen, ehe ich mich mit Grandpa ans Melken machte. Ich war so schweigsam, dass es meinem Großvater auffiel. „Müde?", fragte er und musterte mich besorgt.

„Ja", antwortete ich einsilbig.

Er nickte anerkennend. „Das ist in Ordnung." Dann ging er hinaus, kletterte auf den Maintainer und verschwand zur Nachtschicht.

Während er davonfuhr, ging ich ins Wohnzimmer. Hinter dem Puzzletisch, an dem Grandma und mein Dad so viel Zeit verbracht hatten, stand ein Bücherschrank mit verglasten Türen. Mein Vater hatte sein Konversationslexikon stolz auf den obersten drei Regalböden aufgestellt. Ich nahm den ersten Band heraus, ließ mich in Grandpas Sessel sinken und fing an, im trüben Licht der Petroleumlampe das Kapitel über Alkoholismus zu lesen. Als ich die Einleitung halb gelesen hatte, merkte ich, dass meine Großmutter neben mir stand und mir über die Schulter schaute.

„Bereitest du dich auf die Schule vor?"

Ich versuchte ganz beiläufig zu klingen. „Nein, ich wollte nur etwas wissen.“ Betont gleichmütig schlug ich das Buch zu, stellte es ins Regal zurück, putzte mir die Zähne und ging ins Bett. Ich wusste immer noch nicht, wie ich mich in der Sache mit Thorne verhalten sollte.

SIEBEN

George!“, rief Grandma die Treppe herauf. „Aufstehen!“ Das fiel mir jeden Morgen schwerer, ich war völlig erschöpft. Noch bevor ich die Augen öffnete, hörte ich den Maintainer in der Einfahrt dröhnen. Er lief jetzt seit drei Tagen ununterbrochen, und die Straßenverhältnisse waren nach wie vor katastrophal.

Nach einem kurzen Frühstück ging ich in den Stall hinaus und half meinem Großvater beim Melken. Dabei wanderten meine Gedanken zu den beiden Gläsern im Geräteschuppen, und ich hatte ein mulmiges Gefühl.

„Frank Thorne ist krank, Grandpa“, stieß ich hervor. Eigentlich hatte ich das gar nicht ansprechen wollen, aber ich hoffte auf einen Wink in die eine oder andere Richtung. „Ich glaube, er hat Grippe. Oder er hat zu viel getrunken. In seinem Haus ist es kalt. Er braucht Holz.“

„Nett, dass du dir Sorgen machst, George. Wir haben genug Holz. Ich geb dir etwas mit, dann kannst du es nachher bei ihm abladen.“

Ich freute mich darauf, Tucker wiederzusehen.

„Und vergiss nicht, das Eis im Teich aufzuhacken, bevor du losfährst!“, rief Grandpa mir nach, als ich den Stall verließ.

Es war noch früh am Morgen, als ich aus unserer Einfahrt fuhr und zu Thorne abbog. Ich wollte ihn nicht wecken. Während ich das Holz auf der Veranda vor dem Haus aufstapelte, dachte ich an die Mayonnaisegläser, die ich ins Führerhäuschen geschmuggelt hatte. Es erschien mir nicht ratsam, sie sichtbar neben das Holz zu stellen. Lieber würde ich später wiederkommen und die Sache zu Ende bringen.

Am östlichen Rand unseres Einsatzgebiets hielt ich bei der Familie Sloan, um zu sehen, wie es ihnen ging. Mr Sloan hatte einen neuen Auftrag für mich: Der Postbote hatte die ganze Post für unsere Gegend bei ihm deponiert, weil auf den meisten Straßen kein Durchkommen mehr war. Die Sendungen, deren Adressaten auf meinem Weg lagen, nahm ich mit und versprach, sie möglichst zuverlässig zuzustellen. Es war auch ein Brief aus Minnesota von meiner Mutter dabei, den ich in die Jackentasche steckte. Ich würde ihn lesen, wenn ich Zeit dazu hatte.

Um vier Uhr nachmittags endete meine Schicht. Während ich Richtung Westen unterwegs war, überlegte ich, ob ich nun bei Thorne halten sollte oder nicht. Einerseits wollte ich unbedingt nachsehen, wie es Tucker ging, andererseits regte sich mein schlechtes Gewissen. Den ganzen Tag lang waren die Gläser unter meinem Ersatzanorak versteckt gewesen, und ich hatte sie loswerden wollen. Doch als ich nun zu Thornes Einfahrt hinaufpflügte und den Leerlauf einlegte, beschloss ich, sie in ihrem Versteck zu lassen.

Im Schnee entdeckte ich viele Fußspuren, aber Thornes Wagen stand wie immer an seinem Platz. Ein Großteil des Feuerholzes, das ich auf der Veranda abgeladen hatte, war fort. Noch ehe ich anklopfte, kratzte Tucker schon ungeduldig an der Tür, damit ich ihn hinausließ.

„Mr Thorne, hier ist George!“, rief ich.

„Komm rein, Junge.“

Ich stieß die Tür auf und traute meinen Augen nicht. Der Raum hatte die erstaunlichste Verwandlung durchgemacht, die ich je gesehen hatte. Die Vorhänge waren zurückgezogen, die Fenster geputzt, sodass das Licht hereinflutete. Drinnen sah es nun eher aus wie in einer gemütlichen Hütte, nicht wie in einer heruntergekommenen Baracke. Alles war blitzsauber, der ganze Müll war verschwunden, und im Kanonenofen prasselte ein munteres Feuer. Es duftete nach Suppe und frisch gebackenem Maisbrot.

Thorne lag wie am Tag zuvor auf dem Sofa, hatte aber saubere Sachen an und war frisch rasiert. Er sah viel besser aus. Und noch etwas war anders: Das Foto mit meinem Dad war von der Wand verschwunden. Aus irgendeinem Grund musste er es abgenommen haben.

Tucker winselte.

„Kannst du bitte den Hund rauslassen, Junge?“

„Klar.“ Während ich Tucker hinausließ und zu begreifen versuchte, was hier geschehen war, kam Thorne ohne Umschweife auf das Thema zu sprechen, vor dem ich mich so fürchtete. „Hast du die Medizin dabei?“

Es war keine Medizin – es war Gift, das wusste ich.

„Nein“, log ich und nahm all meinen Mut zusammen. „Das ist nicht die Art von Medizin, die Sie brauchen, Mr Thorne.“

Er schnitt eine Grimasse. Aber dann sagte er etwas, was mich überraschte: „Du bist ein schlaues Kerlchen, nicht wahr? Genau wie dein Vater.“

Ich wusste nicht, was ich antworten sollte.

„Ich hätte dich gar nicht erst darum bitten sollen.“ Er lächelte. „Aber ich möchte dich um einen anderen Gefallen bitten, George. Mein Hund hat es satt, immer eingesperrt zu sein. Warum nimmst du ihn nicht mit, wenn du auf dem Maintainer unterwegs bist? Er liebt Spazierfahrten. Hier sitzt er nur herum und winselt, weil er hinauswill. Würdest du das für mich tun?"

„Ja, Sir, das kann ich machen." Ich versuchte meine Aufregung zu verbergen, aber das Herz klopfte mir bis zum Hals vor Freude.

„Gut. Dann fahr jetzt nach Hause, bevor deine Großeltern sich Sorgen machen. Ich komme schon zurecht."

Draußen auf der Veranda beugte ich mich zu Tucker hinunter und ließ ihn mit seiner kalten Schnauze über mein Gesicht schnüffeln. „Sobald es aufhört zu schneien, gehen wir beide wieder zusammen auf Streifzug. Und bis dahin kannst du mir beim Schneeräumen helfen." Als ich ihn zu mir heranzog, wusste ich, dass ich die richtige Entscheidung getroffen hatte – für Frank Thorne und für mich selbst. Ich hielt den Hund einen Augenblick lang ganz fest, dann öffnete ich die Tür und ließ ihn wieder ins Haus.

DER MAINTAINER rollte McCray's Hill hinauf und schob dabei den Schnee zur Seite. Ich parkte und trug das, was ich so sorgfältig im Führerhäuschen versteckt gehalten hatte, sofort nach hinten in den Hof, wo man mich vom Haus aus nicht sehen konnte. Mit zitternden Fingern öffnete ich die Mayonnaisegläser und schüttete Turners selbst gebrauten Fusel in den Schnee. Die leeren Gläser versteckte ich unter dem Schrott, den wir hinter der Scheune sammelten.

Als ich den Tatort gesäubert hatte und in der klaren kalten Luft keinen Alkoholgeruch mehr wahrnahm, rannte ich zum Haus hinauf, um meiner Großmutter die guten Neuigkeiten über Tucker zu erzählen. In der Küche schlug mir ein vertrauter Duft entgegen. Erst war ich verwirrt, doch dann fügte sich in meinem Kopf eins zum anderen. Auf dem Tisch lag frisch gebackenes Maisbrot, meine Großmutter stand am Herd und rührte in einem großen Topf mit Bohnensuppe. Es war derselbe Duft wie in Thornes Hütte.

„Grandma", sagte ich und umarmte sie ganz fest.

„Was ist?", fragte sie.

„Och, nichts."

Sie lächelte und machte sich wieder an die Arbeit. Niemand sonst aus unserer Familie würde je erfahren, wie und wo sie den Tag verbracht hatte.

Ich weiß nicht, ob es Engel wirklich gibt, aber Grandma Cora war ihnen ähnlicher als jeder andere, der mir im Lauf meines Lebens begegnet ist.

Auch die folgenden drei Tage und Nächte arbeiteten mein Großvater und ich abwechselnd auf dem Maintainer. Tucker leistete mir Gesellschaft. Anfangs zögerte er, ins Führerhäuschen zu springen, aber als ich ihn erst einmal hineingelockt hatte, fühlte er sich auf seinem Lager aus alten Decken hinter dem Sitz bald wie zu Hause. Mit ihm vergingen die Stunden wie im Flug. Ab und zu stellte ich mir vor, wie er mir Anweisungen erteilte: *Pass auf, George, du kommst zu weit nach rechts ab!* Doch ich gab ihm deutlich zu verstehen, wer hier das Sagen hatte: „Du kannst ja nicht mal eine gerade Linie entlanglaufen, Tucker! Erzähl mir also nicht, wie ich Schnee zu räumen habe!“

Der Schneefall ließ zwar nach, aber ein starker Wind türmte immer wieder Schneeverwehungen auf den Straßen auf, sodass wir die Strecken, die wir eigentlich schon geräumt hatten, erneut abfahren mussten. Trotzdem waren irgendwann alle Hauptstraßen frei, und wir konnten uns den abgelegeneren Seitenstraßen und Feldwegen zuwenden. Allmählich ließ auch der Wind nach, und es ging aufwärts. Der Milchwagen fuhr wieder, die Telefon- und Stromgesellschaften konnten mit den Reparaturen beginnen, die Temperaturen stiegen, und die Verhältnisse normalisierten sich nach und nach.

Es waren nur noch wenige Tage bis zu den Weihnachtsferien. Wieder und wieder las ich den Brief meiner Mutter, den ich sorgfältig in meiner Hosentasche verstaut hatte. Sie schrieb, dass sie im Begriff waren, nach Kansas aufzubrechen, und spätestens am 24. Dezember anzukommen hofften. Außerdem schrieb sie, dass ich alles für meine Abreise am 27. Dezember vorbereiten sollte. Die Schule in Minnesota würde am 5. Januar anfangen.

Ich steckte den Brief wieder weg und versuchte, nicht daran zu denken.

AM 16. DEZEMBER hatte ich den zweiten Tag in Folge frei und unternahm mit Tucker einen ausgedehnten Spaziergang. Frank Thorne schien sich zusehends zu erholen. Als ich ihm den Hund zurückbrachte, bat er mich tatsächlich herein und forderte mich auf, Platz zu nehmen. Wir hatten uns jedoch nicht viel zu sagen, sodass ich mich nach einigen peinlichen Minuten verabschiedete.

Grandma hatte ein üppiges Mittagessen vorbereitet, und ich muss wohl zu viel gegessen haben. Todmüde legte ich mich auf mein Bett, um ein kurzes Nickerchen zu machen, und wachte erst am nächsten Morgen wieder auf. Mit schlechtem Gewissen stolperte ich die Treppe hinunter, verwundert, dass mich niemand geweckt hatte. Meine Großeltern saßen am Küchentisch und wirkten ziemlich wortkarg. Ich dachte, sie seien verärgert, weil ich verschlafen und ihnen nicht beim Melken geholfen hatte.

„Ich schaue wohl lieber noch mal nach dem Eis auf dem Teich“, sagte ich in dem Bemühen, ein Gespräch in Gang zu bringen.

Mein Großvater blickte kaum auf. „Ja, tu das. Danke.“

Danach herrschte wieder Schweigen, und ich aß stumm mein Frühstück, bis Grandpa das Wort ergriff. „George, ich habe den Schrott weggebracht und zwei merkwürdige leere Gläser gefunden. Wahrscheinlich denkst du, dass ich zu alt bin, um so was zu bemerken, aber da war Alkohol drin.“

Ich schluckte den letzten Rest meines Müslis hinunter und wurde so weiß wie der Schnee, den ich tagelang geräumt hatte.

„Hast du eine Ahnung, wie die auf den Schrotthaufen gelangt sind?“

Ich stand auf, griff nach meiner Jacke und wollte mit einem gemurmelten „Weiß nicht“ hinausgehen.

„George, komm zurück und setz dich wieder.“

Ich seufzte, weil ich wusste, dass ich jetzt alles beichten musste. „Ja, ich weiß, wie sie da hingekommen sind, aber es ist nicht so, wie du denkst.“

„Das wird sich zeigen“, sagte mein Großvater.

Also erzählte ich ihnen die ganze Geschichte.

Meine Großmutter hatte die Hände in die Hüften gestemmt, doch ich spürte, wie ihr Ärger langsam verflog. Grandpa Bo hörte mir ungerührt zu, aber am Ende schmunzelte auch er.

„Na schön“, sagte er schließlich. „Können wir uns darauf einigen, dass das dein erster und letzter Ausflug nach Blackberry Hill war?“

„Ja, Sir.“

„Weißt du, George, ich bin enttäuscht, dass du diesen Botengang für Thorne gemacht hast, auch wenn du ihn nicht zu Ende gebracht hast. Aber ich bin zugleich stolz auf dich, denn du hast es geschafft, deinen Kurs zu korrigieren, nachdem du einmal falsch abgebogen warst. Ein guter Straßenwart muss so was können. Und jetzt sieh zu, dass du nach draußen kommst und das Eis aufhackst.“

Während ich aus der Tür trat, wurde mir klar, dass ich keine Ahnung hatte, wie ich mich von zwei so wundervollen Menschen verabschieden sollte, die ich von ganzem Herzen liebte. Wie würde das Leben ohne sie sein?

Als ich beim Teich ankam, sah ich, dass es gar nicht nötig war, das Eis aufzuhacken. Es war so warm geworden, dass das Loch nicht wieder zugefroren war. Die Kühe trotteten zum Trinken hinunter zum Wasser, und die Kälber brüllten nach ihren Müttern. Ein eigenartiger Duft lag in der Luft – ungewöhnlich für die Jahreszeit. Ich sah zum Himmel hinauf, und meine Vermutung bestätigte sich.

Schneewolken haben eine hellgraue Farbe und reichen bis zu den Bäumen hinunter, sodass Himmel und Erde übergangslos verschmelzen. An diesem Morgen sah der Himmel vollkommen anders aus: hell und klar. Im Osten strahlte die Sonne, aber im Westen war der Himmel schwarz wie die Nacht. Es roch nach Regen, und ich hörte es in der Ferne donnern.

Gewitter gab es im Frühling oder im Sommer, nicht im Winter. Das war mehr als rätselhaft. Ich lief zur Scheune hinauf und suchte meinen Großvater. „Grandpa, hast du den Himmel im Westen gesehen?“

„Natürlich, und ich habe den Wetterbericht gehört.“

„Und was sagt er?“

„Nichts Gutes“, knurrte er. „George, wir haben uns mit deiner Hilfe aus einem halben Meter Schnee ausgegraben, aber jetzt wirst du vielleicht bald erfahren, was für einen Straßenwart noch zehnmal schlimmer ist als Schnee.“ Er seufzte. „Dreißig Zentimeter Neuschnee sind mir lieber als zwei Zentimeter Eis. Eisregen überzieht jeden einzelnen Kieselstein und jeden Ast. Die Reifen des Maintainers finden keinen Halt mehr. Zweige, Äste, ja ganze Bäume brechen unter der Last zusammen und blockieren die Straßen. Die Stromleitungen werden von den Masten gerissen. Das ist der Albtraum jedes Straßenwarts.“

„Und was können wir dagegen tun?“

„Nichts, mein Junge, gar nichts.“

AM 17. DEZEMBER 1962 um zwei Uhr nachmittags ging der Eisregen nieder und hinterließ eine gut zwei Zentimeter dicke spiegelblanke Schicht auf den Straßen. Es war das totale Chaos, genau wie Grandpa es prophezeit hatte. Die ganze Welt war wie schockgefroren, alles Leben war erstarrt. Cherokee County in Kansas stand vollkommen still, und es konnte Wochen dauern, bis es wieder tauen würde.

Ich wusste, was für ein Chaos Schnee verursachen konnte, aber ich hatte keine Ahnung, welchen Schaden eine feste Eisschicht von zwei Zentimetern anrichten konnte. Man konnte bloß hoffen, dass die Leute in den wenigen Tagen zwischen den Sturmfronten genügend Vorräte angelegt hatten.

Für Straßen und Bäume mochte es verheerend sein, aber die Landschaft draußen war bezaubernd. Alles glitzerte und schimmerte.

Wir machten uns gar nicht erst die Mühe, den Maintainer zu starten. Mein Großvater und ich hackten das Eis im Teich auf, melkten die Kühe mit der Hand und kippten die Milch hinter dem Stall aus. Wir gingen alle früh zu Bett und wussten nicht, was die nächsten Tage bringen würden.

ACHT

In einer Woche war Weihnachten, und wir hatten weder Telefon noch Strom. Ich hatte schon tagelang nicht mehr mit meiner Mutter oder meinen Schwestern gesprochen. Wir hofften zwar, dass sich das Wetter und die Straßenverhältnisse bessern würden, aber ich fragte mich, ob die drei die letzten fünfzig Kilometer bis nach Hause überhaupt durchkommen würden.

Der Weihnachtsbaum, den ich für Grandma Cora gefällt hatte, stand im Baumständer im Wohnzimmer, noch ungeschmückt. Wie es aussah, mussten wir uns von dem Gedanken an schöne Feiertage verabschieden. Ich versuchte so zu tun, als ob mir das alles nichts ausmachte, aber es war schwer, auf Weihnachten einfach zu verzichten.

Als ich in dieser Nacht im Bett lag, hörte ich, wie die Äste an den Bäumen unter dem Gewicht des Eises ächzten und stöhnten. Für uns war der Sturm schlimm genug, aber für einige unserer Nachbarn musste er schrecklich sein. Mrs Slater brauchte ihr Insulin, Sherry Rather würde bald ihr Baby zur Welt bringen, die alte Mrs Reed würde sich zu Tode ängstigen. Und ich lag hier herum und konnte nichts tun. Das machte mich ganz krank.

Ich überlegte, ob wir es nicht einfach zu Fuß versuchen sollten. Vielleicht konnten wir die Straßen von Cherokee County nicht räumen, aber wir könnten wenigstens den Leuten helfen, die entlang der Straßen wohnten.

Am nächsten Morgen brachte ich mein Anliegen vor. „Grandpa, meinst du nicht, wir sollten bei unseren Nachbarn vorbeischauen, ob sie verletzt sind oder irgendetwas brauchen?“

Er sah mich ratlos an. Die Situation war für ihn genauso unerträglich wie für mich. „Da können wir leider nicht viel ausrichten.“

„Aber was ist mit Mrs Slater und der alten Mrs Reed und den Leuten, um deren Gesundheit es schlecht steht?“

„Sie haben gute Nachbarn, die viel näher wohnen als wir. Bei diesem Eis schafft man zu Fuß bestenfalls anderthalb Kilometer in der Stunde. Mrs Slater wohnt zwölf Kilometer von hier entfernt. Allein der Hinweg würde uns acht Stunden kosten. Und was könnten wir schon tun, falls sie wirklich Hilfe braucht?“

„Aber es fühlt sich einfach nicht richtig an, hier herumzusitzen.“

Mein Großvater schwieg, meine Großmutter tätschelte mir den Arm. „Wir können nur hoffen, dass es bald wärmer wird und das Eis taut.“

„Und wenn es nicht wärmer wird? Dann ist Weihnachten vorbei. Wie sollen Mom, Trisha und Hannah denn hierherkommen?“

„In ein paar Tagen kann viel passieren, George, du wirst sehen."

Nach dem Frühstück warf Grandpa die Kettensäge an und begann damit, den Hof von Ästen zu befreien, die unter dem Gewicht des Eises abgebrochen waren. Ich war draußen und half ihm dabei, als Grandma vom Haus her rief: „George, komm doch mal herauf!"

Sie erwartete mich an der Hintertür mit zwei Tellern, die mit Alufolie abgedeckt waren. „Der obere Teller ist für Frank Thorne, der untere für den Hund. Aber bleib nicht zu lange weg. Das Essen ist bald fertig."

Ich nahm ihr die Teller aus der Hand und zog los. Als ich außer Sichtweite war, blieb ich stehen und schielte unter die Folie. Auf Thornes Teller lagen mehrere Scheiben Maisbrot und selbst gebackene Weihnachtsplätzchen. Auf Tuckers Teller lag ein Suppenknochen, an dem noch ziemlich viel Fleisch hing. Ich rutschte die vereiste Straße hinunter, bemühte mich, nicht hinzufallen, und lächelte beinahe den ganzen Weg über.

Wie erwartet freuten sich Thorne und Tucker über meine Lieferung, und ich hatte Freude daran, den Weihnachtsmann zu spielen. Der Knochen war ein Volltreffer, Tucker zog sofort damit ab.

Als ich gehen wollte, legte Thorne mir die Hand auf die Schulter. „Komm doch morgen wieder vorbei und bring etwas mehr Zeit mit. Wenn das Wetter mitspielt, kannst du vielleicht mit dem Hund spazieren gehen."

„Ja, das wäre schön." Ich beugte mich hinunter und umarmte Tucker. Er riss sich von seinem Leckerbissen los und sah mich an, als wollte er sagen: *Stimmt. Aber könntest du vielleicht noch einen Knochen mitbringen?*

DIE SPEISENFOLGE an diesem Abend entsprach genau meinen Erwartungen: Suppe, Maisbrot und Weihnachtsplätzchen. Nachdem wir das Geschirr abgewaschen hatten, holten Grandma und ich die Kisten mit dem Weihnachtsschmuck aus dem Keller und widmeten uns endlich dem Baum, den ich vom Fluss mitgebracht hatte. Wir befestigten eine Lichterkette daran und hängten den gesamten Schmuck aller vergangenen Weihnachtsfeste auf der McCray-Farm auf. Dabei wanderten meine Gedanken zurück zu glücklicheren Zeiten, als wir noch alle zusammen gewesen waren. Auch Grandma Cora wurde ganz still. Sicherlich spürte sie dieselbe Mischung aus Melancholie und dem festen Willen, Weihnachtsstimmung zu verbreiten.

Immer wenn meine Großmutter gerade nicht hinsah, stopfte ich mir eines der Plätzchen in den Mund und schlang es hinunter – auch das war eine Weihnachtstradition bei den McCrays.

„Irgendjemand nascht von unseren Weihnachtsplätzchen", stellte meine Großmutter fest.

„Wie kommst du darauf?“

Sie streckte die Hand aus und strich mir mit dem Daumen über die Wange. „Derjenige hat lauter Krümel im Gesicht und dasselbe alberne Grinsen, das sein Vater bei dieser Gelegenheit immer aufgesetzt hat.“

Mein Grinsen wurde noch breiter, und ich glaube, wir waren beide froh, dass sie Dad erwähnt hatte, wenn auch nur beiläufig.

Am nächsten Morgen klopfte ich wieder an Thornes Tür, und er rief freundlich: „Komm rein!“

Das kleine Haus war immer noch sauber und warm, und Thorne bastelte an einem Vergaser herum, den er vor sich auf dem Küchentisch stehen hatte. Er deutete auf die Leine, die an der Tür hing. „Aber sei vorsichtig. Es ist ziemlich glatt draußen.“

Ich klinkte die Leine an Tuckers Halsband ein. „Danke, Mr Thorne. Ich bring ihn in ein paar Stunden zurück.“

Es war schön, mit Tucker unterwegs zu sein. Wir schlugen uns bis zu Mack’s Lake durch und schlichen um die alte Hütte herum, aber es war zu kalt, um sich lange dort aufzuhalten. Als wir genug hatten von der Eiswüste, machten wir uns auf den Weg zurück in die Zivilisation. Tucker kam mit seinen vier Beinen in dem vereisten Gelände besser vorwärts als ich, aber auch er bewegte sich vorsichtiger als sonst.

Überall knackte es unheimlich in den Ästen, ab und zu hörten wir auch ein lautes Krachen aus dem Wald am Kill Creek. Die alten Bäume brachen unter der Last des Eises zusammen, der Widerhall war kilometerweit zu hören. Tucker und ich schlugen einen großen Bogen um die Baumkronen, als wir zur Farm zurückliefen.

Mein Großvater hatte den ganzen Vormittag mit der Kettensäge gearbeitet und versucht, den Hof von Ästen und Trümmern zu befreien. Trotzdem gab es noch eine Menge zu tun. Tucker leistete mir Gesellschaft, während ich die Scheite und Aststücke aufstapelte, die Grandpa zurechtgesägt hatte. Wir würden auf Jahre hinaus genügend Feuerholz haben. Schließlich brachte ich den Hund zurück zu Thornes Hütte. Auf dem Rückweg war ich bedrückt. Es war so schwer, in Tucker bloß einen Freund aus der Nachbarschaft zu sehen, mit dem ich ab und zu einen Spaziergang machen konnte.

Als ich nach Hause kam, beendete Grandpa seine Sägearbeiten, und wir melkten zusammen die Kühe. Auch an diesem Tag mussten wir unseren Milchertrag am Ende wegschütten.

„Grandpa, ich möchte den Maintainer anwerfen und ausprobieren, ob man damit fahren kann“, drängte ich. „Wir müssen etwas tun!“

„George, glaub mir, es geht nicht. Du schlitterst nur herum."
Ich blieb stur. „Ich will es wenigstens versuchen."
„Wie du meinst." Er drehte sich um und ließ mich stehen.

DER MOTOR sprang sofort an, stotterte kurz und dröhnte schließlich gleichmäßig. Ich legte den Rückwärtsgang ein und rollte langsam zum Schuppentor hinaus. Es dämmerte bereits. Unter der schweren Maschine brach die Eisdecke, und der Maintainer setzte auf dem hart gefrorenen Grasboden auf. Die Reifen fanden genug Halt, dass ich gerade zurücksetzen konnte.

Ermutigt fuhr ich über den Hof zu unserer geschotterten Einfahrt hinüber, ohne allzu sehr ins Rutschen zu kommen. Langsam senkte ich die Schaufel und versuchte den Schotter aufzurauen, doch in dem Moment, wo die Schaufel auf dem Eis aufsetzte, verlor die Maschine durch den plötzlichen Widerstand den Halt, und die Räder drehten durch.

Ich stieß zurück und versuchte es mit unterschiedlichen Geschwindigkeiten und Winkeln für die Schaufel – immer mit demselben Ergebnis. Es war zum Verrücktwerden. Wut und Enttäuschung stiegen in mir auf. Noch einmal nahm ich Anlauf, und als ich genügend Schwung hatte, ließ ich die Schaufel mit voller Wucht aufschlagen, um so die vereiste Oberfläche zu knacken. Der Maintainer geriet ins Schleudern, und wir landeten unfreiwillig wieder im Hof. Als ich zurücksetzen wollte, drehten die Räder durch. Jetzt steckte ich fest und konnte weder vor noch zurück. Auf einmal kam ich mir ziemlich töricht vor.

Grandpa trat aus der Hintertür und ging wortlos an mir vorbei. Es war schon fast dunkel. Unschlüssig blieb ich sitzen und wartete ab. Gleich darauf hörte ich unseren großen Traktor tuckern. Seine Räder waren doppelt so groß wie die des Schneeräumers, aber das garantierte noch lange nicht, dass er mich herausziehen konnte. Mein Großvater stellte ihn unterhalb des Maintainers ab, wo er eine bessere Bodenhaftung hatte, und befestigte eine lange Kette zwischen Traktor und Maintainer. Dann kam er zum Führerhäuschen herauf. Als ich die Tür öffnete, hatte ich nicht den Eindruck, dass er wütend war. Im Gegenteil: Er lächelte.

„Funktioniert nicht auf Glatteis, was?" Offensichtlich hatte Bo McCray seine legendäre Sturheit an seinen Enkel vererbt, und das gefiel ihm. „Leg den Rückwärtsgang ein. Wenn die Kette straff ist, lässt du die Kupplung langsam kommen. Ich werde versuchen, dich auf ebenes Gelände zu ziehen. Hoffen wir, dass wir nicht beide stecken bleiben."

Wir brauchten mehrere Versuche, bis es ihm gelang, mich die Steigung so weit heraufzuholen, dass die Räder des Maintainers nicht mehr durchdrehten. Nachdem wir beide Maschinen im Schuppen abgestellt hatten, nahm ich all meinen Mut zusammen und fing noch einmal an: „Wir benutzen beim Auto doch manchmal Schneeketten, Grandpa. Können wir das nicht auch beim Maintainer versuchen?"

„So große Schneeketten gibt es nicht. Außerdem bezweifle ich, dass es auf Eis etwas bringen würde."

„Aber irgendwie muss es doch gehen!"

Mein Großvater sah mich traurig an. „Nein, George. Manchmal müssen wir uns einfach damit abfinden, dass wir nichts ausrichten können."

Da war ein Zittern in seiner Stimme, das ihn vermutlich genauso überraschte wie mich. Ich ging zu meinem Großvater und umarmte ihn. Er drückte mich fest an sich. „Tut mir leid, Junge. Niemand ist gern hilflos."

Er drückte mich noch fester, und für einen Moment war es, als hätte ich wieder einen Vater. Dann ließ er mich los und ging davon.

MITTLERWEILE war es dunkel geworden, und als ich in die Küche kam, hatte Grandma die Petroleumlampe angezündet.

Mein Großvater erschien nicht zum Abendessen. Anfangs wirkte meine Großmutter nicht besonders beunruhigt. Sie stellte seinen Teller einfach zugedeckt in den Ofen, und wir aßen ohne ihn. Als er um Viertel nach sieben noch immer nicht aufgetaucht war, warf sie nervöse Blicke zur Hintertür. Kurz nach halb acht hörten wir, dass der Motor des Maintainers angelassen wurde. „Was hat er vor?", wunderte sich Grandma.

Der Maintainer rollte aus dem Schuppen, bog in die Einfahrt ein und blieb stehen. Das Licht der Scheinwerfer spiegelte sich in den vereisten Ästen. Die Tür des Führerhäuschens ging auf, und mein Großvater kam zur hinteren Veranda herauf. Er schien sich völlig sicher über das Eis zu bewegen – ich hatte keine Ahnung, wie er das anstellte.

Großmutter riss die Hintertür auf. „Komm rein, Bo! Es ist spät!"

Aber er machte keine Anstalten, zu uns ins Haus zu kommen, sondern sah sie nur lange an.

„Was ist los, Bo?"

„Vielleicht bin ich ein Narr, Cora, aber George hat recht: Die Leute zählen auf uns. Ich möchte etwas ausprobieren, vielleicht klappt es ja. Warte nicht auf mich. Ich komme zurück, wenn ich fertig bin."

„Bo, du kannst bei diesem Eis nicht hinausfahren. George und du, ihr seid vorhin nicht mal aus der Einfahrt gekommen. Wo willst du hin?"

„Es muss funktionieren. Ich habe mir alles genau überlegt." Er drehte sich um, ging zum Maintainer zurück, kletterte ins Führerhaus, löste die Bremse und fuhr im Schneckentempo die Einfahrt hinunter.

Großmutter war außer sich. Sie lief den restlichen Abend in der Küche auf und ab und schimpfte wütend vor sich hin. Schließlich ging sie früh zu Bett, ohne mir Gute Nacht zu sagen.

ALS ICH ERWACHTE, war es draußen schon hell. Ich schlug die Decke zurück und rannte in die Küche. Meine Großmutter stand am Spülbecken und spähte aus dem Fenster. „Dein Großvater ist noch immer nicht zurück."

„Mach dir keine Sorgen, Grandma. Er wird heil wiederkommen." Während ich ihr gut zuredete, wuchs meine eigene Unruhe. Ich konnte mir nicht erklären, wo Grandpa blieb. Hoffentlich war er nicht mitten in der Nacht irgendwo von der Straße abgekommen oder gar schwer verunglückt.

Wir frühstückten schweigend, dann machte ich mich an die Arbeit. Weil ich spät dran war, beschloss ich, erst zu melken und dann das Eis auf dem Teich aufzuhacken. Nachdem ich die ersten sechs Kühe in den Stall gelassen hatte, melkte ich mit Feuereifer. Dabei wurde meine Sorge immer größer. Warum hatte Grandpa uns nicht gesagt, was er vorhatte? Ich wusste nicht einmal, wo ich nach ihm suchen sollte.

Endlich kamen die letzten sechs Kühe an die Reihe. Als ich fertig war, schloss ich die Stalltür, schob den Riegel vor und rannte zum Haus. Meine Großmutter stand im Wintermantel hinter der Tür.

„Wo willst du hin?", fragte ich.

„Deinen Großvater suchen. In spätestens einer Stunde bin ich wieder da."

Ich wollte sie nicht gehen lassen, aber ich wusste, dass ich in dieser Angelegenheit nichts zu sagen hatte. Als die Tür hinter ihr zufiel, fühlte ich mich einsamer als je zuvor. Jetzt gab es nur noch mich – allein in dem alten Farmhaus, das der Sturm bis in die Grundfesten erschütterte.

Ich versuchte zu lesen, aber es war zwecklos. Ich hätte darauf bestehen sollen, mit ihr zu gehen, aber ich war erst dreizehn und daran gewöhnt zu tun, was man mir sagte. Ziellos lief ich im Haus auf und ab und versuchte mir einen Plan zurechtzulegen. Als nach über einer Stunde noch immer niemand aufgetaucht war, sagte ich mir, dass Großmutter wahrscheinlich keine Uhr bei sich hatte. Sobald sie zurückkäme, würde ich mich warm anziehen und in der entgegengesetzten Richtung suchen. Auf diese Weise könnten wir uns abwechseln.

Ich ging wieder in die Küche und trank einen Schluck aus Grandpas Zinnbecher, der mich so sehr an ihn erinnerte. Dann presste ich die Stirn an die kalte Fensterscheibe, spähte hinaus und suchte die vereisten Wiesen nach einem Anzeichen ab, dass meine Großeltern zurückkamen. Ich machte mir immer größere Sorgen um sie. Plötzlich fiel mir siedend heiß ein, dass ich völlig vergessen hatte, das Eis auf dem Teich aufzuhacken.

Je schneller ich laufen wollte, desto öfter rutschte ich aus und stürzte. Zum Glück stand unsere Farm auf einem Hügel, und so konnte ich zumindest das erste Stück über den großen Hof wie ein Eisläufer bergab schlittern. Um mir den Umweg über das Tor zu sparen, zwängte ich mich durch den Stacheldrahtzaun, der die Weide hinter der Scheune von der Wiese am Teich trennte – und blieb mit meinen dicken Wintersachen hängen. Ich schob mich zurück, löste den Stoff meiner Jacke von den Stacheln und versuchte es noch einmal. Als ich es durch den Zaun geschafft hatte, rutschte ich die ganze Anhöhe hinunter und versuchte mich den gegenüberliegenden Hang zum Teich hinaufzukämpfen. Doch die Böschung war zu steil, um auf dem direkten Weg hinaufzuklettern, und so folgte ich ihr bis zum östlichen Ufer.

Dort angelangt blieb mir fast das Herz stehen. Zwei Kühe hatten sich mit ihren Kälbern aufs Eis gewagt und waren eingebrochen. Etwa zehn Meter vom Ufer entfernt paddelten die Tiere verzweifelt im Wasser. Die restliche Herde war drauf und dran, ebenfalls ihr Glück zu versuchen. Und es war niemand da, der mir helfen konnte. Mir wurde ganz schlecht vor Angst.

Die Worte meines Großvaters kamen mir in den Sinn: *Kannst du das Loch offen halten, bis wir wieder Strom haben, George? Das ist eine wichtige Aufgabe.* Wie leichtfertig hatte ich geantwortet: *Klar kann ich das.*

Am liebsten wäre ich zu den Kühen ins Wasser gesprungen, dann wären wir wenigstens alle zusammen untergegangen. Doch der Anblick des ersten Kadavers brachte mich schlagartig zur Besinnung. Eines der beiden Kälber schaukelte wie ein grausiger schwarz-weißer Eisklotz im Wasser.

Ich überlegte fieberhaft. Die Kühe brachten über sechshundert Kilo auf die Waage, ich konnte sie nicht aufs Eis ziehen. Genauso wenig konnte ich eine Schneise zum Ufer ins Eis schlagen, das wusste ich von meinen täglichen Bemühungen mit dem Vorschlaghammer.

Es gab nur eine Möglichkeit: Ich musste die Tiere eines nach dem anderen mit einem Seil und dem Traktor herausziehen. Angetrieben von Adrenalin und Angst jagte ich zurück zur Scheune. Ich stürzte unzählige Male, stand auf, rannte weiter und stürzte wieder. In der Scheune raffte ich zwei Seile und einen Eimer mit Futter zusammen, dann rannte ich zum Schuppen und versuchte mich daran zu erinnern, wie man unseren größten Traktor startete. Ich war oft mit ihm gefahren, aber in der Panik waren selbst die einfachsten Handgriffe unmöglich. Erst beim dritten Versuch sprang der Motor an. Mit meinem vor Kälte tauben Fuß ließ ich die Kupplung kommen und fuhr rückwärts aus dem Schuppen. Als ich wenden wollte, drehten die riesigen Räder auf dem Eis durch. Ich nahm den Fuß vom Gas und versuchte es noch einmal. Endlich fand ich genug Halt, um vorwärtszukommen.

Ich wollte keine Sekunde verlieren, brach mitten durch das Tor, ohne es erst zu öffnen, und fuhr zum Teich. Schon im Näherkommen suchte ich die Wiese nach einer geeigneten Stelle ab. Die Zugmaschine musste rückwärts zum Ufer stehen, sonst würde es nicht funktionieren. Ich hielt an, legte den Rückwärtsgang ein und fuhr vorsichtig den sanft ansteigenden Hang zum Teich hinauf. So nah am Ufer wie möglich stellte ich den Traktor ab.

Ich hatte etwa vierzig Meter Seil dabei. Während ich das eine Ende hastig an die Anhängerkupplung hinten am Traktor knotete, betete ich, dass es reichen möge. Dann schüttete ich das Futter am Ufer auf den Boden, und tatsächlich: Die Kühe, die noch nicht eingebrochen waren, trotteten vom Eis an Land, um zu fressen. Sie schienen keine Ahnung zu haben, dass zehn Meter weiter eine tödliche Gefahr lauerte.

Als die meisten Tiere also fürs Erste in Sicherheit waren, rannte ich mit dem anderen Ende des Seils in der Hand über die Eisdecke. Vielleicht war es dumm, mein Leben für ein paar Kühe zu riskieren, aber für mich waren sie lebendige Wesen, für die ich mein Leben lang gesorgt hatte. Außerdem bildeten sie die Lebensgrundlage meiner Familie. Ich musste wenigstens versuchen, sie zu retten.

Das war mein letzter Gedanke, bevor ich ins Wasser sprang. Mit stockte der Atem vor Kälte, aber ich machte einfach weiter. Mit dem Seil in der Hand tauchte ich unter der ersten Kuh hindurch. Nur mit Mühe gelang es meinen steif gefrorenen Fingern, das Seil um sie zu knoten. Dann versuchte ich mich zurück aufs Eis zu hieven, rutschte aber immer wieder ab. Meine Stiefel hatten sich mit Wasser gefüllt und zogen mich nach unten. Ich strampelte sie weg, schaffte es aber trotzdem nicht aufs Eis. Jetzt saß auch ich in der Falle.

Obwohl mich niemand hören konnte, schrie ich, so laut ich konnte, um Hilfe, immer und immer wieder. Dann fiel mein Blick auf das Seil. Ich bekam es irgendwie zu fassen und hangelte mich daran hoch.

Auf Socken schlitterte ich über die Eisdecke, mein Körper war ein einziger Eisklumpen. Ich kämpfte mich auf den Fahrersitz des Traktors hinauf, legte den ersten Gang ein, und die Maschine bewegte sich langsam vorwärts. Das Seil spannte sich und zog die Kuh aufs Eis. Sie brüllte vor Angst, als ich sie zum Ufer schleifte. Dort rappelte sie sich auf, ließ mich in ihrer Panik aber nicht an sich heran, um das Seil zu lösen.

Mit steifen Fingern tastete ich in meiner nassen Jeans nach meinem Taschenmesser, bekam es endlich zu fassen und schnitt das Seil kurzerhand durch. Dann setzte ich mit dem Traktor ans Ufer zurück und zerrte das Seil erneut zum Wasserloch. Diesmal hielt ich mich daran fest, als ich hineinsprang.

Es war nicht ganz so schlimm wie beim ersten Mal, denn das Wasser war wärmer als meine vereiste Kleidung. Trotzdem hatte ich das Gefühl, mir würde das Blut in den Adern gefrieren. Als Nächstes musste ich mich um das Kalb kümmern. Der kleine Stier versuchte verzweifelt aufs Eis zu klettern und seiner Mutter zu folgen, die ich gerade herausgezogen hatte. In seiner Hilflosigkeit wirkte er so schmächtig, dass ich dachte, ich könnte ihn vielleicht ohne den Traktor herausholen. Ich fasste das Ende des Seils, legte es unterhalb des Schwanzes um ihn herum und hangelte mich aus dem Wasser. Völlig erschöpft und halb erfroren war ich nicht sicher, ob ich noch die Kraft hatte, auch nur einen Fisch aus dem eisigen Wasser zu ziehen.

Weil ich inzwischen auch die Socken im Teich verloren hatte, blieb ich mit den nassen Fußsohlen auf dem Eis kleben. Es tat höllisch weh, verschaffte mir jedoch Halt. Ich zog und zerrte, fluchte und schrie. Das Kalb wog an die hundert Kilo, aber im Wasser war es leichter. Ich zog, das Tier strampelte und schaffte es tatsächlich mit den Vorderbeinen aufs Eis. Mit letzter Kraft warf ich mich in das Seil, und das brüllende Kalb glitt auf die Eisdecke. Einen Augenblick lang blieben wir beide liegen und keuchten vor Erschöpfung.

Ich war müde, so schrecklich müde, und meine Fußsohlen bluteten. Am liebsten wäre ich nie mehr aufgestanden. Aber ich zwang mich dazu und befreite das Kalb von dem Seil. Jetzt fehlte noch die zweite Kuh.

Ich starrte ins Wasser und wollte erneut hineinspringen, doch plötzlich begann sich der Teich um mich zu drehen. Vielleicht war ich zu schnell aufgestanden, vielleicht war es auch die Erschöpfung. Jedenfalls taumelte ich und brach auf dem Eis zusammen. Meine Augenlider flatterten, alles schien mir zu entgleiten, um mich wurde es dunkel.

Wie lange ich dort lag, weiß ich nicht. Irgendwann leckte mir etwas Warmes übers Gesicht, ich schob es beiseite und öffnete die Augen. Tucker bellte aufgeregt. Ich wollte ihn zu mir herziehen, aber ich konnte mich nicht rühren. Dann wurde es wieder schwarz um mich.

Schlafen … Ich musste dringend schlafen … Doch irgendjemand packte mich an der Jacke, zerrte mich auf die Füße und begann mich vom Eis zu führen. Da fiel mir wieder ein, wo ich war und was ich vorhatte. Ich versuchte mich loszureißen und schrie: „Die Kuh!“

„Vergiss die verdammte Kuh!“, fluchte mein Retter und warf mich über die Schulter. Ich schlotterte in der nassen Kleidung, die mir am Körper festgefroren war. Meine Füße schmerzten. Trotzdem wehrte ich mich.

„Wir können sie nicht ertrinken lassen!“

„Doch, das können wir.“

Wie ein Kartoffelsack hing ich über Frank Thornes Schulter, als er auf den Traktor kletterte, den Gang einlegte und in Richtung Farmhaus fuhr. Dort riss er die Hintertür auf, schleppte mich ins Badezimmer, legte mich in die Wanne und drehte den Wasserhahn auf. Wärme ergoss sich über meinen durchgefrorenen Körper und erweckte mich wieder zum Leben.

ES WAR SPÄTER NACHMITTAG, und ich lag unter einem Berg von Decken, als ich das nächste Mal wach wurde. Grandpa Bo und Grandma Cora saßen an meinem Bett. Tucker lag ausgestreckt neben mir, sein Schwanz klopfte auf die Matratze, als ich mich rührte.

Meine Großmutter sprang auf und schloss mich in die Arme. „Oh, George, geht es dir besser?"

Meine Füße waren verbunden, und meine Zehen schienen noch immer gefroren zu sein. Es sollte Tage dauern, bis ich sie wieder spüren konnte. Aber ich fühlte mich wohl und wusste, dass ich wieder auf die Beine kommen würde. „Ich bin okay", sagte ich. „Was macht Tucker hier?"

„Thorne sagte, er hat eine persönliche Angelegenheit zu regeln und du würdest dich vielleicht über Gesellschaft freuen, während du dich erholst", erklärte Grandma.

„Wohin ist er gefahren? Wie lange bleibt er fort?"

„Darüber hat er nichts gesagt. Du weißt ja inzwischen selbst, was für ein verschlossener Mensch er ist."

„Er hat mir das Leben gerettet", sagte ich leise und kraulte Tuckers Ohren.

„Ja, George, das wissen wir." Grandpa richtete zum ersten Mal das Wort an mich. „Und Tucker auch."

Thorne hatte ihnen erzählt, dass Tucker wohl meinen Hilfeschrei gehört und zu toben begonnen hatte. Als Thorne nach draußen gegangen war, um nachzusehen, warum der Hund nicht zu bellen aufhörte, hatte er mich auch schreien hören und mich schließlich auf dem Teich gefunden.

Ich streichelte Tuckers warmes, weiches Fell und wusste nicht, wer von uns beiden sich mehr freute, dass der andere da war. Zusammen fühlten wir uns beide wieder heil und ganz.

Nach einer Weile stand ich auf und versuchte zu laufen. Meine Fußsohlen taten höllisch weh. Tucker folgte mir, während ich herumhumpelte. Ich wusste, dass ich ihm und seiner Treue viel zu verdanken hatte. Wie ich das jemals wiedergutmachen oder auch Frank Thorne danken sollte, wusste ich nicht.

Wir saßen am Küchentisch und aßen warme Suppe. Ich war erschöpft, aber glücklich, am Leben und warm und sicher zu sein. Und was noch wichtiger war: Ich war glücklich, Tucker wiederzuhaben.

Meine Großmutter bestand darauf, dass ich den Rest des Tages auf dem Sofa lag. Ich verschlief den Abend und beinahe den ganzen nächsten Tag. Immer wenn ich aus meinem Schlummer erwachte, war Tucker neben mir.

NEUN

Am Nachmittag des 21. Dezember wurde ich unruhig. Ich fragte mich, ob meine Mutter es rechtzeitig schaffen würde. Ohne Telefon konnten wir nur vermuten, dass sie zu uns unterwegs war. Wie sie die letzten fünfzig Kilometer auf diesen Straßen zurücklegen sollte, war eine andere Frage.

Ich konnte es nicht länger hinausschieben – ich musste anfangen zu packen. Das war gar nicht so einfach. Ich versuchte zwei Stapel zu machen: Dinge, die ich mit nach Minnesota nehmen wollte, und solche, die in Kansas bleiben sollten. Das Problem dabei war, dass ich immer noch nicht wusste, zu welchem Stapel ich selbst eigentlich gehörte. Tucker stand schwanzwedelnd neben mir und machte mir die Entscheidung noch schwerer.

Großvater schien mit einem geheimen Projekt beschäftigt zu sein. Auf meine Frage, wohin er in der Nacht vor meinem winterlichen Bad im Teich mit dem Maintainer gefahren war, hatte er nur vage Andeutungen gemacht. Jetzt war er zwischen Melken und anderen Pflichten wieder stundenlang verschwunden. Er räumte bei diesem Glatteis keine Straßen, und doch war er anscheinend jeden Tag im Umkreis der Farm unterwegs. Immerhin hatte er mir verraten, dass er bei Hank Fisher gewesen war, aber was hatte er da gemacht? Vielleicht arbeitete er an einer Weihnachtsüberraschung für Grandma Cora und benutzte Hanks Werkzeuge dafür?

Meine Großmutter war zwar dankbar, dass mir nichts passiert war, aber auch verärgert über meine Rinderrettungsaktion. Ich hatte sie noch nie so schlecht gelaunt erlebt. Großvaters Heimlichkeiten irritierten sie genauso wie mich. Außerdem hatte sich Grandpa eine üble Erkältung zugezogen, aus der eine ernste Grippe zu werden drohte. Er tat so, als wäre es nur ein leichtes Unwohlsein, aber sie machte sich große Sorgen um ihn. Als ich jetzt bei ihr in der Küche stand, war ihr Ton ungewöhnlich gereizt.

„Dein Großvater hat eine extra Portion Sturheit abbekommen, dafür aber nur die Hälfte an gesundem Menschenverstand. Wahrscheinlich stirbt er an Lungenentzündung, bevor wir im Frühling aussäen können."

„Ist er so krank?"

„Ich habe ihn noch nie kränker gesehen. Und was ist mit dir? Hast du gedacht, du bist ein Eisbär, als du in das kalte Wasser gesprungen bist?

Der eine schwimmt mitten im Winter im Teich herum, der andere ist den ganzen Tag bei Glatteis unterwegs – was ist los mit euch beiden?“

„Nichts. Mir geht es gut.“ Meine Füße waren noch empfindlich, aber die Schmerzen beim Laufen hielten sich in Grenzen. „Ich kann wieder mit anpacken.“ In den letzten Tagen war ich vom Melken befreit gewesen. Aber ich fühlte mich nutzlos, wenn ich im Haus herumsaß – und ich wollte auf keinen Fall meine Sachen packen.

Als Tucker merkte, dass ich Jacke und Mütze anzog und seine Leine holte, wurde er ganz aufgeregt. Er wollte genauso gern hinaus wie ich.

„Wo willst du hin?“, fragte Grandma misstrauisch. Wahrscheinlich hatte sie Sorge, dass ich zusammen mit Grandpa verschwinden würde.

„Kühe melken, sonst nichts.“

Sie seufzte gereizt. „Du bist ein echter McCray.“

Draußen pfiff der Wind, aber die Temperaturen schienen erträglich. Ich konnte keine Spur von meinem Großvater entdecken, weder auf dem Hof noch im Geräteschuppen. Der Maintainer war fort, aber ich hatte nicht gehört, wie Grandpa ihn angelassen hatte oder vom Grundstück gefahren war.

Ich hielt Tucker an der kurzen Leine und zog die große Schiebetür zum Stall auf. Zu meiner Überraschung saß Grandpa da auf dem Melkschemel und melkte die Kühe, als wäre es das Normalste von der Welt. Meine Großmutter hatte recht: Er sah müde aus. Womit auch immer er sich beschäftigte, es schien ihn an den Rand seiner Kräfte zu bringen.

Als ich ihm die Hand auf die Schulter legte, hob er den Blick. Unter seinen blauen Augen zeichneten sich dunkle Ringe ab. „Hallo George. Wie es aussieht, geht es dir wieder besser. Ich wünschte, ich könnte von mir dasselbe behaupten.“ Er streckte die Hand aus und streichelte Tucker. „Hallo, alter Junge. Du bist ein richtiger Rettungshund, nicht wahr?“

Ich sparte mir jede Höflichkeit und kam gleich zur Sache: „Willst du uns nicht endlich mal erzählen, was du da treibst? Ich habe dich seit Tagen kaum zu Gesicht bekommen, und Grandma wird noch verrückt vor Sorge.“

„So viel kann ich dir verraten, George: Es wird dir gefallen.“ Er hustete ein paarmal, lieferte aber keine weitere Erklärung.

Ich ließ nicht locker. „Bist du mit dem Maintainer neulich Nacht auf der Straße liegen geblieben? Im Geräteschuppen ist er nicht.“

„Hank Fisher arbeitet an einigen Verbesserungen. Er sollte bald damit fertig sein – sehr bald.“

„Hank?“

„Ja, er hat einen Generator. Ohne Strom hätte ich sonst das Schweißgerät nicht verwenden können.“ Er hustete wieder.

Ich verstand immer noch nicht, was er vorhatte und warum er so ein Geheimnis daraus machte. Bis zu Hanks Haus musste man drei Kilometer laufen. Es war mir ein Rätsel, wie man das bei diesem Wetter schaffen konnte, aber irgendwie hatte mein Großvater die Strecke zu Fuß zurückgelegt.

„Ist es nicht gefährlich, bei diesem Glatteis so weit zu laufen?"

Er hob grinsend einen Fuß an und zeigte mir die Unterseite seines Stiefels. „Damit war es nichts weiter als ein netter Morgenspaziergang." Er hatte kleine Nägel in seine Sohlen geschlagen. „Dabei ist mir auch die Idee gekommen – in der Nacht vor deinem Badeausflug. Genau genommen war es ja deine Idee."

„Was für eine Idee?"

Er schniefte, antwortete aber nicht mehr, also fragte ich: „Geht's dir gut?"

„Nein, miserabel. Ich muss dringend ein bisschen schlafen."

Genau in diesem Moment hörte ich, wie der Maintainer in die Einfahrt bog. Ich rannte nach draußen, mein Großvater folgte mir. Hank Fisher saß hinter dem Steuer und grinste von einem Ohr zum anderen. Er kletterte vom Führerhäuschen herunter, und Grandpa schüttelte ihm die Hand.

„Und? Was sagst du?" Hank deutete stolz auf den Maintainer.

Mein Großvater ging mit prüfendem Blick um das Fahrzeug herum. „Du hast deine Sache großartig gemacht."

Wie es aussah, hatten die beiden ein paar Veränderungen nach meinen Anregungen vorgenommen. Jetzt wusste ich, womit sie beschäftigt gewesen waren. Ich legte eine Hand auf das riesige Hinterrad. „Wow!"

„War ein ziemlicher Aufwand", sagte Hank. „Zuerst musste ich alle Holzfällerketten zusammensuchen, die ich finden konnte, und sie auf die richtige Länge abschneiden. Die Ketten und die Klammern zusammenzuschweißen war nicht besonders schwer, aber diese kleinen Biester hier haben mich nicht schlafen lassen." Er ließ die Hand über Hunderte von kleinen Eisennägeln gleiten, die auf die Kette gelötet waren. „Ich musste dafür dünne Stahlstangen in kleine Stifte sägen. Dann habe ich die Kette ausgelegt, damit ich die Stifte daran festlöten konnte. Ich hoffe, die Lötstellen halten. Das zeigt sich erst, wenn wir die Schaufel herunterlassen."

Mein Großvater hustete und meinte: „Wir müssen den Winkel so anpassen, dass wir den Schotter auflockern, ohne ihn von der Straße zu räumen."

Hank nickte. „Wir können versuchen, den trockeneren Schotter von unten an die Oberfläche und den vereisten Belag nach unten zu wenden."

„Die Nägel allein werden nicht ausreichen, aber ich habe noch eine Idee", sagte Grandpa, und ich konnte seine Aufregung spüren. „In tiefem Schnee fährt der Maintainer auf ebenem Gelände gut und bergab noch besser. Nur wenn man den Schnee bergauf schieben muss, hat er nicht genug Kraft. George, erinnerst du dich an neulich Abend, als du im Hof mit dem Schneeschieber stecken geblieben bist? Da habe ich gesagt, dass ich etwas ausprobieren will …“

Ich nickte.

„Nun, das habe ich getan. Ich habe nur die abschüssigen und ebenen Abschnitte geräumt. Als du im Hof versucht hast, eine kleine Steigung hinaufzukommen, ging das nicht. Aber als ich unseren Hügel hinuntergefahren bin, hat es viel besser funktioniert. Fast hätte ich es sogar mit herabgelassener Schaufel geschafft. Und mit den Ketten kann es tatsächlich klappen.“

Ich konnte ihm immer noch nicht ganz folgen. „Aber wie sollen wir denn nur bergab räumen? Und was ist mit den Strecken, die bergauf gehen?“

„Ganz einfach: Die Schaufel anheben und hinauffahren, ohne zu räumen. Dann drehen wir um und fahren denselben Weg mit heruntergelassener Schaufel wieder hinunter.“

Ich wusste, dass er recht hatte. Es würde funktionieren!

„Darf ich die erste Runde fahren?“, fragte ich aufgeregt.

Mein Großvater lächelte über meine Begeisterung, wollte aber von meinem Vorschlag nichts wissen. „Das wird eine schwierige Sache, George. Lass es mich erst ausprobieren. Vielleicht kannst du es später versuchen.“

Er sah aus, als müsste er sich gleich übergeben. „Wir müssen jetzt alle ein paar Stunden schlafen, dann können wir morgen früh gleich loslegen. Hank, soll ich dich nach Hause bringen?“

„Du siehst elend aus, Bo. Ich werde zu Fuß heimgehen.“ Er zeigte uns seine Schuhsohle. Sie war genauso ausgestattet wie Grandpas. „Du hast die Strecke in den letzten Tagen sechsmal zurückgelegt. Jetzt bin ich mal dran.“

Mein Großvater ließ es dabei bewenden.

Als wir zum Haus gingen, kam mir der Gedanke, dass es in Cherokee County dieses Jahr vielleicht doch so etwas wie Weihnachten geben könnte.

„Glaubst du, wir können alle Straßen in zwei Tagen räumen, Grandpa?“

„Es geht nicht nur ums Schneeräumen, George.“ Er klopfte mir auf den Rücken. „Überall sind Bäume umgestürzt und blockieren die Straßen. Wir brauchen Kettensägen und Leute, die sie bedienen. Und Traktoren, um die Äste aus dem Weg zu schaffen. Um das alles vor Weihnachten zu erledigen, wäre eine ganze Armee von Helfern nötig. Aber vielleicht bekommen wir wenigstens ein paar Hauptstraßen frei.“

Wenn es nach mir gegangen wäre, hätten wir sofort angefangen, aber ich sah, dass mein Großvater müde und erschöpft war, und wusste, dass es an diesem Abend nichts mehr werden würde.

In der Nacht musste ich zweimal aufstehen und meine Betttücher wieder unter die Matratze stopfen. Tucker, der an meinem Fußende lag, wälzte sich ständig unruhig herum. Ich hatte das Gefühl, mit einem Wecker in Hundegestalt im Bett zu liegen, der sich einfach nicht abschalten ließ.

Gegen halb fünf rollte ich mich aus dem Bett. Wenn ich ehrlich war, hatte mich nicht nur Tucker wach gehalten. Ich hatte die ganze Zeit einen Gedanken gewälzt und wollte ihn nun in die Tat umsetzen.

Das Melken am Morgen würde ich allein übernehmen, so konnte Großvater ausnahmsweise ausschlafen. Nachdem ich mich in meinem dunklen, kalten Schlafzimmer angezogen hatte, holte ich die Leine und eine Taschenlampe aus der Küchenschublade und machte mich mit Tucker auf den Weg zum Stall. Da die Stromleitungen noch immer unterbrochen waren, mussten wir weiterhin mit der Hand melken.

Um halb acht, als die Sonne aufging, hatte ich alle Aufgaben erledigt und das Eis im Teich aufgehackt. Ich ließ den Maintainer an, damit der Motor warm laufen konnte. Den ganzen Morgen über hatte ich damit gerechnet, dass mein Großvater zu mir stoßen würde, aber ich machte mir auch keine allzu großen Sorgen, als er nicht auftauchte.

Als ich mit einem Arm voll Feuerholz das Haus betrat, wartete Grandma mit dem Frühstück auf mich. „Wo ist Grandpa?“, fragte ich.

„Er hat die halbe Nacht auf der Toilette verbracht und wird wohl eine Woche lang das Bett hüten müssen – mindestens.“

Ich war am Boden zerstört. Natürlich tat er mir leid. Aber was war mit den Straßen? Was sollte aus unserem Weihnachtsfest werden? Er hatte sich so viel Mühe gegeben, und jetzt sollte alles umsonst gewesen sein? Ich war extra früh aufgestanden, um ihm zu helfen, damit er gleich auf den Maintainer steigen konnte und wir abwechselnd unsere Schichten fahren konnten, und jetzt sollte mein ganzer schöner Plan zunichtegemacht werden?

Um acht Uhr wankte Grandpa in die Küche. Ich war so schrecklich enttäuscht, dass ich ihm kaum ins Gesicht sehen konnte.

„Ziemlich ungünstiger Zeitpunkt, um krank zu werden, nicht wahr?“

Er sah noch schlechter aus als am Vortag, und mir war klar, dass er ins Bett gehörte. Ich murmelte: „Menschen werden nun mal krank. Ich habe alles erledigt, was anstand.“

„Auch das Eis im Teich aufgehackt?“

Es war mir peinlich, dass er danach fragen musste. „Ja, das auch.“

„Ist das der Maintainer, den ich da höre?“

„Ja. Ich wusste nicht, dass du krank bist.“

„Nun, du machst ihn wohl besser wieder aus. Vielleicht morgen.“

Grandma ging dazwischen wie eine fauchende Katze. „Morgen?! Das glaube ich kaum."

Bo McCray wusste, dass er sich geschlagen geben musste. Er wandte sich um und ging zurück ins Schlafzimmer.

Niedergeschlagen hockte ich am Küchentisch. Doch während ich mit den Fingern durch Tuckers Fell strich, begann ein neuer Plan in meinem Kopf Gestalt anzunehmen …

Nachdem ich meine Jacke, Handschuhe und Mütze angezogen hatte, ging ich mit Tucker hinaus. Im Geräteschuppen kletterte ich ins Führerhäuschen des Maintainers. Doch anstatt den Motor auszuschalten, tat ich, wozu ich eigentlich keine Befugnis hatte. Das scherte mich jedoch nicht. Schließlich bin ich ein McCray.

„Tucker, komm rauf!"

Ich legte den Rückwärtsgang ein und rollte aus dem Schuppen. Mir war klar, dass Grandma Cora die große Maschine vorbeifahren hören und mich von der Küche aus sehen würde. Aber auf diesem Glatteis konnte mich niemand einholen.

Tucker und ich würden die Straßen von Cherokee County räumen.

AM ENDE DER EINFAHRT bog ich nach Osten ab und fuhr den Hügel hinunter. Dank der Ketten und der selbst gebastelten Spikes fand der Maintainer sicheren Halt. Die eigentliche Bewährungsprobe würde jedoch das Herunterlassen der Schaufel sein.

Ich holte tief Luft, griff nach dem Hebel und senkte die Schaufel langsam ab, Zentimeter für Zentimeter.

Der Maintainer brach nach rechts aus, und ich verlor die Kontrolle über das Fahrzeug, genau wie ein paar Tage zuvor in der Einfahrt. Panik stieg in mir auf. Ich befürchtete, mitsamt der Maschine umzukippen, und tat das Schlimmste, was ich in dieser Situation tun konnte: Ich stieg hart auf die Bremse. Der Maintainer schlitterte über das Eis.

Ich wollte nicht schon scheitern, ehe ich auch nur den Fuß unserer Anhöhe erreicht hatte, und plötzlich kam mir eine Idee. Obwohl es widersinnig erschien, versuchte ich die Bremse loszulassen und nur leicht anzutippen. Der Maintainer fing sich wieder und hörte auf zu rutschen. Als ich die Schaufel bis auf den Straßenbelag absenkte, hatte ich ihn noch besser unter Kontrolle.

Es knirschte, als das Eis von der Straße gekratzt wurde, aber in meinen Ohren klang es wie Musik. Der Maintainer spuckte riesige Eisbrocken zu beiden Seiten der Schneeschaufel aus. Großvater hatte recht gehabt – wir brauchten tatsächlich den Schwung bergab.

Und nun wollte ich meinen Plan in die Tat umsetzen. Mein erstes Ziel war unser nächster Nachbar im Osten: Frank Thorne. Nachdem ich seine Einfahrt geräumt hatte, rannte ich zum Haus. Ich war völlig außer Atem, aber als Thorne an die Tür kam, sprudelten die Worte aus mir heraus. „Ich wollte mich bedanken, dass Sie …“

„Nicht der Rede wert, Junge.“ Er schien meinem Blick auszuweichen. „Wie geht es dir? Als ich dich das letzte Mal gesehen habe, warst du in ziemlich schlechter Verfassung.“

„Es geht mir wieder gut, danke. Es war schön, den Kerl hier bei mir zu haben“, sagte ich und deutete auf Tucker.

Thorne beugte sich hinunter und tätschelte dem Hund den Kopf. „Nimm ihn noch ein bisschen mit. Ich sehe ihm an, dass er gern mit dir unterwegs ist. Weshalb bist du gekommen, George?“

Ich brachte vor Aufregung kaum ein Wort heraus. „Ich wollte fragen … ob Sie mir … vielleicht bei einer Sache helfen könnten?“

Er sah mich misstrauisch an. „Ein McCray bittet einen Thorne um Hilfe?“

Es lag viel Bitterkeit in seinen Worten, aber ich erwiderte: „Mr Thorne, Sie haben neulich erst einem McCray das Leben gerettet.“

Ich meinte ein Leuchten in seinen Augen zu entdecken und wusste, dass er ein wenig stolz auf sich war – zu Recht.

„Worum geht es?“, wollte er wissen.

Als ich ihm mein Problem auseinandergesetzt hatte, sah er mich merkwürdig an. „Warte hier.“ Er schloss die Tür und ließ mich in der kalten Morgenluft stehen. Als sich die Tür wieder öffnete, hatte er dicke Wintersachen an, eine Kettensäge in der einen Hand und die Schlüssel seines alten braunen Lastwagens in der anderen.

ZEHN

Als mein Großvater am Nachmittag von einem Schläfchen erwachte, bestand meine Großmutter darauf, dass er zum Essen in die Küche kam. Er begriff die Welt nicht mehr. Erst hatte sie ihn ins Schlafzimmer verbannt, und nun stemmte sie die Hände in die Hüften und raunzte: „Steh sofort auf, du fauler Nichtsnutz! Ich möchte, dass du dir etwas ansiehst.“

Als er ans Küchenfenster trat und in den Hof hinausspähte, traute er seinen Augen nicht. Er sah die Armee, von der er gesprochen hatte – die Armee, die notwendig war, um die Straßen von Cherokee County zu räumen. Dreizehn Lastwagen voller Männer mit Kettensägen und vierzehn Traktoren mit Schneepflügen oder mit Ketten im Schlepptau, um das Bruchholz wegzuschaffen. Am Morgen hatte Thorne mir und Tucker dabei geholfen, die Nachricht von Farm zu Farm zu verbreiten. Jetzt waren alle wild entschlossen, die Straßen für Weihnachten zu räumen. Und die McCray-Farm war das Basislager dieser Operation.

Es schien eine Art Wettkampf zu geben, wer die größte Hilfe war. Jede Einfahrt, die Thorne und ich am Morgen geräumt hatten, bescherte uns einen weiteren freiwilligen Helfer. Schließlich hatte sich das Gerücht bis in die Stadt verbreitet, und auch die Telefon- und Stromgesellschaften schlossen sich der Aktion an.

Mein Plan sah vor, zuerst die umgestürzten Bäume von den Straßen zu räumen, damit ich mit dem Maintainer durchkam. Wenn der erst einmal eine Schneise in der Mitte der Fahrbahn geschlagen hätte, kämen die kleineren Traktoren mit ihren Schneeschaufeln zum Einsatz.

Tucker und ich fuhren am 22. und 23. Dezember den ganzen Tag auf dem Maintainer. Thorne übernahm die Nachtschichten. Auch die Straßenarbeiter arbeiteten die Nacht durch. In ganz Cherokee County türmten sich Holzstapel und Berge von Eisbrocken an den Straßenrändern. Am dritten Tag, an Heiligabend, wurden wir mit wärmerem Wetter belohnt, das uns die Arbeit erleichterte. In vielen Häusern – auch in unserem – gab es wieder Strom und Telefon. Die Verhältnisse begannen sich zu normalisieren.

Frank Thorne hatte ganz automatisch die Führungsrolle bei den Straßenarbeitern eingenommen. Offenbar hatte er mehr Talent, für andere die Organisation zu übernehmen, als sein eigenes Leben zu ordnen. Vielleicht würde er einen Teil seines Stolzes und seiner Selbstachtung zurückgewinnen, wenn er die Verantwortung für ein Team trug.

Grandma Cora und die Frauen aus der Nachbarschaft stellten die Versorgung der Arbeiter mit Kaffee und Bergen von Essen sicher. Während ich den Maintainer fuhr, blieb Tucker immer bei mir. Es war einfach wunderbar, ihn wiederzuhaben – auch wenn er nicht wirklich mir gehörte.

Am frühen Nachmittag des 24. Dezember kam ich von meiner letzten Schicht nach Hause und fiel eher vom Maintainer, als dass ich abstieg. Alle waren nach Hause gegangen. Der Hof, in dem sich unsere Mannschaft versammelt hatte, war leer. Statt auf den Maintainer zu klettern, um die nächste Schicht zu übernehmen, legte mir mein Großvater nur den Arm um die Schultern. „Wir sind fertig, George. Es reicht."

Ich wollte protestieren, dass noch immer einige Straßen nicht geräumt waren, aber er blieb dabei: „Es reicht. Ich denke, es ist zu einem großen Teil dein Verdienst, dass in Cherokee County heute Weihnachten gefeiert wird. Komm ins Haus. Da möchte dich jemand begrüßen."

In der Einfahrt standen nur unsere eigenen Autos, deswegen wunderte ich mich, dass wir Besuch haben sollten. Ich lief mit Tucker zum Haus hinauf. Nachdem ich meine schmutzigen Stiefel ausgezogen hatte, öffnete ich die Tür und ging in die Küche. Mein Großvater folgte mir.

Neben dem Spülbecken standen meine Mutter und meine beiden Schwestern. Sie hatten beschlossen, den Bus von Minneapolis nach Crossing Trails zu nehmen. Dank unserer Anstrengungen in den letzten beiden Tagen hatten Hank und seine Frau sie dann den restlichen Weg mit dem Auto hierherfahren können. Meine Großeltern hatten gewusst, dass die drei unterwegs waren, aber sie hatten mich überraschen wollen. Es war das schönste Weihnachtsgeschenk, das man mir machen konnte.

Mit Tränen in den Augen stürzte meine Mutter mir entgegen, nahm mich in die Arme und hielt mich so fest, dass ich beinahe keine Luft mehr bekam. Immer wieder sagte sie: „Mein Schatz, mein kleiner Schatz …“ Sie legte mir die Hände an die Wangen, wie sie es immer getan hatte, seit ich ein kleiner Junge war. „Ich kann einfach nicht glauben, was du geschafft hast! Ich bin so stolz auf dich.“

Ihre Wärme durchströmte mich, aber ich war so gerührt, dass ich kein Wort herausbrachte. „Danke, Mom“, war alles, was ich sagen konnte. Deshalb beugte ich mich hinunter und umarmte Tucker. „Das ist unser Hund!“ Das war vielleicht nicht ganz die Wahrheit, aber ich empfand es so. Tucker war ein McCray geworden.

Zum ersten Mal seit dem 14. Juni 1962 saß meine Familie beisammen, lachte und war glücklich. Die Abwesenheit meines Vaters an der festlich gedeckten Tafel im Wohnzimmer war spürbar, aber sie erdrückte uns nicht.

Wir unterhielten uns und aßen viel zu viel, als müssten wir alle ausgefallenen gemeinsamen Mahlzeiten der letzten Monate nachholen. Immer wieder ging meine Großmutter in die Küche, um mit Nachbarn und Freunden zu telefonieren. Wir konnten im Wohnzimmer nichts davon verstehen, aber offensichtlich gab es auf allen Seiten eine Menge zu berichten.

Wir hatten Freude daran, uns scheinbar unwichtige Kleinigkeiten zu erzählen, die unser Leben in den letzten Monaten bestimmt hatten: der unzuverlässige Gasofen im neuen Haus, die überflutete Jungentoilette in der Schule, der Verkehr in Minneapolis, das Melken ohne Melkmaschine und vieles mehr. Natürlich wollte Mom alle Einzelheiten über meine Rinderrettungsaktion hören und alles über Tuckers Heldentaten. Ich achtete darauf, dass auch Frank Thornes Verdienste gebührend gewürdigt wurden. Während wir uns unterhielten, wanderte Tucker im Zimmer umher und freundete sich mit Mom und meinen Schwestern an – auch dank der Essensreste, die sie unter den Tisch fallen ließen.

Als sich der Nachmittag dem Ende zuneigte, geschah etwas Merkwürdiges. Es begann damit, dass jemand an die Hintertür klopfte. Als ich öffnete, stand Hank Fisher mit seiner Frau draußen. „Na, wenn das nicht der jüngste Straßenwart aller Zeiten ist!“, dröhnte er und schüttelte mir die Hand. Ehe ich ihn hereinbitten konnte, tauchten auch schon unsere westlichen Nachbarn auf, William Foster und seine Familie. Alle erklärten, sie wollten den McCrays danken, dass sie die Straßen geräumt hatten. Während sie in die Küche gingen, klopfte es wieder an der Tür, nach und nach kamen beinahe alle unsere Nachbarn. Als schließlich sechs oder sieben Autos im Hof standen und keines wieder fuhr, begriff ich, dass die Fishers, Fosters und all die anderen nicht zufällig vorbeigekommen waren. Grandmas Telefongespräche steckten dahinter! Überall in der Küche, im Wohn- und Esszimmer drängten sich die Leute. Der Weihnachtsbaum leuchtete im hellen Schein der Lichterkette und war von rot und grün eingewickelten Päckchen umgeben. Mrs Slater, der größte Teil der Familie Rather – Sherry war mit einem gesunden kleinen Jungen zu Hause geblieben – und sogar ein stiller, aber lächelnder Frank Thorne waren unter den Gästen.

Viele unserer Nachbarn erkannten Tucker wieder, weil sie ihn neben mir auf dem Maintainer gesehen hatten. Hank Fisher tätschelte ihn freundlich und sah mich an. „George, wenn Feuerwehrleute Dalmatiner brauchen, dann braucht ein Straßenwart wohl einen Irish Setter!“

Frank Thorne sah mich genau in diesem Moment an und nickte. Ich nickte zurück, obwohl mich der Gedanke traurig stimmte, dass meine gemeinsame Zeit mit Tucker nun bald zu Ende sein würde – genauso wie meine gemeinsame Zeit mit all den wunderbaren Menschen, die hier versammelt waren.

Grandpa Bo erzählte jedem, der es hören wollte, wie ich auf eigene Faust seine Rinderherde vor dem sicheren Tod gerettet hatte und dass allein durch meine Hartnäckigkeit die Straßen wieder frei waren. Meine Familie ließ ihm die Prahlereien durchgehen, aber mir war die ganze Aufmerksamkeit etwas peinlich, wie sie es wohl jedem dreizehnjährigen Jungen gewesen wäre.

Sowohl meine Mutter als auch ich begriffen an diesem Abend, dass sie mich nicht einfach in Kansas zurückgelassen hatte. In den vergangenen vier Monaten und vor allem in den letzten Tagen war ich einen gewaltigen Schritt vorangekommen.

Nachdem auch der letzte Gast mit guten Wünschen für ein gesegnetes Weihnachtsfest gegangen, das abendliche Melken erledigt und das Geschirr abgewaschen war, zog Großmutter ihren Mantel an und forderte uns auf, es ihr nachzutun. „Wir fahren in die Stadt.“ Wie es aussah, hatte sie sich noch eine weitere Überraschung ausgedacht.

„Kann ich Tucker mitnehmen?“

„Natürlich, aber er wird eine Weile im Auto warten müssen.“

Also zwängte sich die ganze Familie samt Hund in Grandmas Chevrolet Impala und machte sich auf den Weg in die Stadt. Wir hatten keine Ahnung, wo es hingehen sollte.

DER PARKPLATZ vor der Crossing Trails Central School war voll. Als wir ausstiegen, drückte Grandma eine Plastiktüte so fest an sich, als hätte sie darin einen Schatz versteckt. Mom kurbelte ihr Fenster ein kleines Stück nach unten, bevor sie ausstieg, und Tucker machte es sich auf der Rückbank unter einer warmen Wolldecke gemütlich. Er schien zu verstehen, dass nicht jede Angelegenheit auch eine Hundeangelegenheit war.

Wenig später war klar, was Grandma Cora mit einigen Frauen aus der Gemeinde geplant hatte: In Crossing Trails sollte eine spontane Weihnachtsfeier stattfinden, die niemand mehr für möglich gehalten hatte.

Nachdem sich in der Aula der Schule alle gesetzt hatten, sangen einige Erstklässler auf der Bühne Weihnachtslieder – mehr schlecht als recht. Trotzdem strahlten die meisten Erwachsenen beim Klang der Kinderstimmen, auch meine Mutter und meine Großeltern.

Danach nahm Grandma mich bei der Hand. Sie hielt noch immer die Plastiktüte umklammert. „Du kommst mit mir, George.“ Vor der Jungentoilette drückte sie mir die Tüte in die Hand. „Zieh das an und geh dann rasch zu Mrs Weeks – sie wartet hinter der Bühne auf dich“, sagte sie, ehe sie den Gang hinunterging und verschwand.

Ich spähte in die Tüte. Grandma hatte heimlich ein Weihnachtsmannkostüm genäht, samt Mütze mit angenähtem weißem Bart. Als ich es anhatte und mich im Spiegel betrachtete, sah ich absolut lächerlich aus.

„Hey, George – kannst du mir mal helfen?“

Ich hatte gedacht, ich sei allein in der Toilette, bis ich die Stimme meines Klassenkameraden Eddie Sampson hörte, der versuchte, sich in einen Elfenanzug zu zwängen. Plötzlich kam ich mir nicht mehr ganz so lächerlich vor.

Wie sich herausstellte, war die Aufführung des Weihnachtsspiels der Sechst- und Siebtklässler der Höhepunkt der Feier. Mit einem Text aufzutreten, den ich nie auswendig gelernt hatte, noch dazu in diesem Kostüm, das erforderte weit mehr Mut, als während eines Schneesturms einen Maintainer zu fahren oder ein paar Kühe aus einem gefrorenen Teich zu retten.

Ich war erleichtert, als Mrs Weeks mir das Rollenheft gab. „Wir spielen nur den letzten Akt. Du kannst deinen Text ablesen."

Dann ging sie auf die Bühne, und ich stolperte mit klopfendem Herzen hinterher. Wenn ein Kerl wie Eddie in der Öffentlichkeit rote Strumpfhosen tragen konnte, dann konnte ich auch in Grandmas Weihnachtsmannkostüm etwas vorlesen. Das wäre ja gelacht.

Mrs Weeks trat ans Mikrofon, fasste die ersten beiden Akte für das Publikum zusammen und schloss mit den Worten: „Da in den letzten Tagen die Schule ausgefallen ist, wird der dritte Akt mit verteilten Rollen vorgelesen. Die Rolle des Weihnachtsmanns übernimmt George McCray."

Zu meinem Entsetzen johlte meine Schwester Trisha laut los, als mein Name genannt wurde. Damit war aber auch schon das Schlimmste vorbei. Weil Kinder dazu neigen, viel zu schnell vorzulesen, dauerte die Sache nicht allzu lang. Als ich am Ende mein „Fröhliche Weihnachten!" schmetterte, brandete begeisterter Applaus auf. Meine Freundin Mary Ann, die als Engel verkleidet war, trug ihr Haar unter einem Plastikheiligenschein zurückgebunden. Ich sah sie an und fand, dass ihr die Rolle ausgezeichnet stand.

Sie tätschelte mir den Arm. „Gut gemacht, George! Du bist nicht mal eingeschlafen!", neckte sie mich. Dann gab sie mir ohne Vorwarnung einen Kuss auf die Wange und flüsterte mir ins Ohr: „Ich werde dich vermissen!" Zum Glück stürmte sie gleich darauf davon, sodass sie nicht sehen konnte, wie ich dunkelrot anlief.

Nachdem ich mich eilig, aber doch wehmütig von meinen Freunden verabschiedet hatte – alle schworen mir ewige Brieffreundschaft –, holte ich meine Familie am Ausgang ein, und wir gingen zusammen zu Grandmas Auto. Ich rannte voraus, um Tucker herauszulassen, da rief plötzlich jemand auf dem Parkplatz: „Hallo George!" Es war Frank Thorne, der auf uns zukam, mit einem Päckchen in der Hand.

Zu meiner Überraschung umarmte Grandma ihn herzlich. „Unser George hat im Weihnachtsstück mitgespielt. Er war der Star des Abends."

Thorne nickte mir anerkennend zu. „Ich habe ihn gesehen. Ein verdammt, ähm, ich meine … ein wirklich guter Weihnachtsmann." Er schüttelte mir die Hand. „Ich wollte dir danken, George. Was du für mich getan hast, bedeutet mir mehr, als du dir vorstellen kannst." Damit gab er mir das Päckchen, das er dabeihatte. „Los, mach es auf."

Es war das Foto von Thorne und meinem Vater, das bei ihm an der Wand gehangen hatte. Ich musste schlucken. „Vielen Dank, Mr Thorne."

Seiner Stimme fehlte die Schärfe, die sonst immer darin lag. „Nenn mich bitte Frank. Dein Vater war ein feiner Kerl, George, der beste Freund, den ich je hatte." Er starrte einen Moment lang auf seine Stiefel hinunter und sah mich dann an. In seinen Augen blitzte Entschlossenheit auf. Tucker zerrte jaulend an der Leine, ich ließ ihn los, und er lief zu Thorne. Der beugte sich hinunter, um den Hund zu streicheln, und vergrub sein Gesicht in Tuckers Fell. Als er sich wieder aufrichtete, hatte er Tränen in den Augen.

„George, ich habe in Kansas City einen Job gefunden, den ersten seit Jahren. Aber Red muss auf einer Farm leben. Ich habe mir überlegt, ob es deinen Großeltern und dir etwas ausmachen würde, wenn ihr ihn zu euch nehmt?" Er zögerte kurz. „Diesmal für immer."

Ehe ich etwas sagen konnte, nickte mein Großvater zustimmend. „Geht in Ordnung, Frank. Wir können einen guten Hund brauchen."

Ich kniete mich hin und kraulte Tucker. Er legte den Kopf schief und sah erst Thorne an, dann mich. Offenbar hatte er alles verstanden. Er blickte noch einmal Thorne an und bellte kurz. „Bleib", bedeutete ihm Frank mit einem kleinen Lächeln. „Ist okay … Tucker."

Ich spürte die kalte, feuchte Nase und das weiche Fell im Gesicht und konnte mir nicht erklären, nach welchen Regeln diesmal gespielt wurde. Warum durften wir den Hund auf einmal behalten?

„Mr Thorne … Frank …", stotterte ich und sah auf, um mich bei ihm zu bedanken, aber er war schon auf dem Weg zu seinem Lastwagen. Der alte Motor sprang an, Thorne winkte ein letztes Mal, dann fuhr er davon und ließ mich völlig benommen stehen. Ich hielt Tucker so fest, als wollte ich ihn nie wieder gehen lassen. Als ich aufstand, überlegte ich mir tausend Möglichkeiten, wie ich Frank Thorne danken könnte, aber ich bekam keine Gelegenheit mehr dazu. Am nächsten Morgen wurde sein gesamtes Hab und Gut auf seinen Lastwagen geladen, er stieg ein und fuhr weg, ohne sich zu verabschieden. Wir haben ihn nie wiedergesehen.

Als wir nach Hause kamen, nahm meine Mutter mich immer wieder in den Arm und wollte jede Kleinigkeit aus den vergangenen Wochen wissen. Ich hockte auf dem Wohnzimmerboden und antwortete ihr, so gut ich konnte.

„Hattest du keine Angst, diesen riesigen alten Schneeräumer zu fahren?"

„Am Anfang schon. Aber dann hab ich mich daran gewöhnt."

„Erzähl mir noch einmal die Geschichte mit dem Eis …"

Meine Schwestern und die Großeltern gesellten sich zu uns, um Geschenke auszupacken, wie immer an Heiligabend. In aller Ruhe öffneten wir die Päckchen von unseren Nachbarn und Freunden. Die Geschenke aus der Familie sparten wir uns für den ersten Weihnachtsfeiertag auf.

Ich für meinen Teil hatte allerdings gar keine Lust, noch etwas auszuwickeln, denn für mich war Tucker das allerschönste Geschenk. Immer wieder umarmte ich meinen Hund und zeigte ihm, wie glücklich ich war, dass er jetzt für immer bei uns bleiben würde.

Um die Lippen meiner Mutter spielte ein Lächeln, aber ihre Augen waren traurig. Ich glaube, wir hatten alle dasselbe mulmige Gefühl. Durch den ganzen Wirbel in unserem Haus, als alle Nachbarn vorbeigekommen waren, und auch bei der Weihnachtsfeier hatten wir die Tatsache verdrängt, der wir nun alle zusammen ins Auge sehen mussten: Dies war das erste Weihnachtsfest, das wir ohne meinen Vater feierten. Trotzdem strahlte das Feuer im Kamin eine wohlige Wärme aus, als meine Schwestern ein Puzzle zusammenzusetzen versuchten, dessen Motiv sie noch nicht kannten. „Grandma hat das Puzzle vom letzten Jahr gar nicht angerührt", sagte Hannah erstaunt.

Aber das nahm ich nur noch halb wahr, denn ich war schon fast eingedöst. Ich fühlte mich geborgen und war glücklich, dass Tucker und meine Familie bei mir waren. Was sie im Einzelnen sagten, war nicht wichtig. Es glich einer Sinfonie – die einzelnen Instrumente gingen in größeren Motiven und Harmonien auf. Ich hatte diese Musik schon sehr lange nicht mehr gehört, und es fehlte auch ein wichtiges Instrument. Dennoch war es ein altbekanntes, vertrautes Familienkonzert, das in dieser Nacht wieder bei uns erklang.

ELF

Am ersten Weihnachtsfeiertag halfen Trisha und Hannah uns Männern bei der Stallarbeit, während Grandma und Mom das Frühstück vorbereiteten. Als ich meine Schwestern bei ihren Versuchen beobachtete, einer Kuh die Melkbecher über das Euter zu streifen, kam ich mir wie ein alter Profi vor. Selbst mit Strom brauchten wir für das Melken zwei Stunden. Grandpa und ich hätten das Ganze in anderthalb Stunden erledigt.

Das Frühstück wurde im Esszimmer serviert: lauwarme Buttermilchbrötchen, gebratener Speck und Rührei, alles auf Grandmas gutem Geschirr angerichtet. Wir gaben uns große Mühe, dankbar für das zu sein, was wir hatten, und nicht darüber nachzugrübeln, was wir verloren hatten. Aber die heitere Stimmung vom Vortag war verflogen. John McCray, unser Vater, Sohn und Ehemann, fehlte uns und würde noch bei vielen Anlässen fehlen.

Ich war beinahe mit Abtrocknen fertig, als meine Mutter mich beiseitenahm, mir eine Tüte gab und mir ins Ohr flüsterte: „Frohe Weihnachten." Ich öffnete die Tüte und fand meine heiß geliebten Haferplätzchen darin.

„Danke, Mom."

Sie drückte mich an sich. „Du bist so ein netter junger Mann geworden, George, aber ich werde meinen kleinen Jungen trotzdem vermissen.“ Sie hielt mich noch einen Moment fest, dann nahm sie meine Hand und sagte: „Ich freue mich schon darauf, dich wieder bei mir zu Hause zu haben.“

Es hatte keinen Sinn, ihr zu erklären, dass ich der bevorstehenden Abreise mit zwiespältigen Gefühlen entgegensah. Es hätte ihr das Herz gebrochen. Aber sie merkte auch so, dass mich etwas bedrückte.

„Komm, George. Wir müssen noch unsere Geschenke auspacken!“ Sie wischte sich kurz über die Augen und ging ins Wohnzimmer.

Wir versammelten uns alle um den Weihnachtsbaum, nur Grandpa konnten wir nirgends finden. Grandma Cora rief mehrmals nach ihm, aber er tauchte nicht auf. Schließlich ging sie ins Schlafzimmer, um dort nach ihm zu suchen. Still kam sie zurück und bat uns, ein wenig Geduld zu haben. Grandpa Bo würde noch ein paar Minuten brauchen. Als er endlich ins Wohnzimmer kam, sah er so mitgenommen aus, als hätte er eine lange Reise zurückgelegt. In gewisser Weise hatte er das wohl auch.

Ehe er sich setzte, legte er ein Päckchen unter den Weihnachtsbaum, das in braunes Packpapier gewickelt war. Normalerweise fielen wir immer über die Geschenke her, aber in diesem Jahr nahmen wir uns Zeit dafür. Hannah verteilte die Päckchen der Reihe nach, bis nur noch das kleine braune übrig war. „Da steht: Für Tucker von den McCrays“, sagte sie und gab es mir. „Hier, George, pack du es für Tucker aus.“

Ich entfernte die einfache Verpackung und schnappte nach Luft. Mein Großvater hatte mit großer Sorgfalt das schönste Hundehalsband angefertigt, das ich je gesehen hatte. Es war aus weichem braunem Leder, in das die Worte TUCKER MCCRAY eingeprägt waren. Ich legte es Tucker um den Hals, und dort sollte es viele Jahre lang bleiben.

Alle verstreuten sich irgendwo im Haus, aber mich rief Grandma in die Küche, wo sie neben Grandpa am Spülbecken stand. „Dein Großvater hat noch ein Geschenk für dich“, sagte sie. „Ein Abschiedsgeschenk.“

„George, ich möchte, dass du weißt, wie gut mir deine Unterstützung in den letzten Wochen getan hat. Es wird schwer werden, einen angemessenen Ersatz für dich zu finden.“ Damit gab er mir ein Kästchen, das in rotes Papier eingeschlagen war, und einen Zettel mit seiner Handschrift:

Für den besten Straßenwart, den diese Familie je hervorgebracht hat!
Von Grandma und Grandpa McCray

Ich wickelte das Kästchen aus und öffnete den Deckel. Darin lag der Zinnbecher meines Großvaters, der so viele Jahre neben dem Spülbecken gestanden hatte. Eigentlich hätte mein Vater ihn bekommen sollen, stattdessen ging er jetzt an mich. Ich starrte lange darauf, seltsam berührt von dem einfachen Becher, der seit vier Generationen von Vater zu Sohn weitervererbt worden war und nun eine Generation überspringen musste.

Ich ging zu ihm und umarmte ihn. „Danke, Grandpa." Natürlich dankte ich ihm für weit mehr als den Zinnbecher.

Viele Jahre später erzählte mir meine Mutter etwas, was mir nie in den Sinn gekommen war: Schon der Verlust meines Vaters hatte Bo das Herz gebrochen, aber an diesem Weihnachtstag gab ihm die Vorstellung, dass ich meine Sachen packen und abreisen sollte, beinahe den Rest.

AUCH ZU WEIHNACHTEN gab es Pflichten, die erledigt werden mussten, doch am Nachmittag hatte ich eine neue Helferin beim Melken.

„Du wusstest gar nicht, dass ich das auch kann, oder?" Mühelos brachte meine Mutter die Schläuche der Melkmaschine an.

„Nicht schlecht, Mom, dir fehlt bloß ein bisschen Übung."

Sie sah zu mir auf. „Ich hab ja noch zwei Tage Zeit, bis wir fahren."

Mit ihrer nächsten Bemerkung wollte sie mir wohl ein wenig auf den Zahn fühlen. „Ich freue mich darauf, wieder für dich sorgen zu können."

„Grandma hat auch gut für mich gesorgt, Mom", versicherte ich, und es kam mir gar nicht in den Sinn, wie sehr meine Worte sie verletzen mussten.

„Da bin ich froh …" Sie brach ab, und wir arbeiteten schweigend weiter.

Als wir fertig waren, gingen wir zum Haus zurück. Alle waren müde vom Tag und dem üppigen Truthahnessen. Ich schmökerte in meinen Büchern und genoss es, meine Familie und meinen Hund um mich zu haben.

Trisha deutete auf den Tisch mit dem Puzzle. „Grandma, warum hilfst du uns nicht?"

Großmutter stand mit gequältem Gesichtsausdruck da und gab keine Antwort. Ich glaube, sie wusste einfach nicht, wie sie sich je wieder an diesen Tisch setzen sollte, an dem sie so viele Stunden mit meinem Vater verbracht hatte. Schließlich drehte sie sich um und ging hinaus.

Als meinen Schwestern klar wurde, was sie angerichtet hatten, rannten sie hinter ihr her in die Küche, dicht gefolgt von meiner Mutter. Ich hörte Schluchzen und tränenreiche Entschuldigungen. Dann war es lange Zeit still, und ich wunderte mich schon, was sie machten. Auch Grandpa ließ die Zeitung sinken und rutschte unbehaglich auf seinem Stuhl hin und her.

Plötzlich hörte ich Grandmas helle Stimme: „Kommt, Mädels!" Gleich darauf trat das Quartett aus der Küche, gefasst und entschlossen. Einen Moment lang blieben sie stehen, dann sagte meine Großmutter mit einer Festigkeit und Würde, die ich niemals vergessen werde: „Es ist an der Zeit."

Sie setzten sich zusammen an den Puzzletisch, fassten sich an den Händen und schlossen die Augen. Ich spürte einen Kloß im Hals. Als meine Großmutter die Augen wieder öffnete, waren sie klar und sprühten vor Leben. Eine schon fast vergessene Fröhlichkeit schien den Raum zu durchfluten wie ein erfrischender Sommerwind. Sie strich sich eine weiße Haarsträhne hinters Ohr, lächelte und sagte: „An die Arbeit!"

Mit acht Händen kamen sie schnell voran. Um elf Uhr abends stellte Hannah trocken fest: „Fertig."

Ich war schon halb eingenickt und lächelte schläfrig.

„Sieh dir das an, George", sagte Grandma Cora. Also rollte ich mich vom Sofa und ging zum Puzzletisch hinüber, wo mich eine Überraschung erwartete: eine Luftaufnahme von unserer Farm, in viele Teilchen zerschnitten.

Grandma nahm meine Hand. „Weißt du, George, dein Vater hat mir stets Puzzles geschenkt, die so verflixt schwer waren, dass ich oft nahe daran war, aufzugeben. Diesmal hätte er es fast geschafft."

Es war spät, und so gab ich den vier Frauen, die ich auf dieser Welt am meisten liebte, einen Kuss auf die Wange und ging ins Bett. Am nächsten Tag würde ich fertig packen müssen. Wieder schien eine Regel außer Kraft gesetzt zu sein. Junge Männer sollten nicht ihr geliebtes Zuhause verlassen müssen – aber genauso wenig sollten sie von ihren Eltern getrennt sein.

Ich fand keinen Schlaf. Um Mitternacht hörte ich Stimmen durch den Luftschacht heraufdringen. Mom und die Großeltern fragten sich genau wie ich, wie es weitergehen sollte. Meine Mutter klang angespannt. „Er tut nur so, als ob er packt. Er hat sich kein einziges Mal nach seinem neuen Zimmer, unserem Haus oder seiner neuen Schule erkundigt."

Meine Großmutter versuchte sie zu beruhigen. „Sarah, das hier ist das einzige Zuhause, das er kennt. Er kann doch traurig über den Abschied sein und zugleich glücklich darüber, wieder mit dir zusammen zu sein."

Aber meine Mutter schien genau zu wissen, was in mir vorging. „Nein, so ist es nicht. Ich spüre, dass er lieber hierbleiben will."

Schließlich fragte mein Großvater in seiner unverblümten Art: „Ja, und ist er denn nicht alt genug, das selbst zu entscheiden?"

Meiner Mutter versagte die Stimme. „Ich werde ihn nicht zwingen. Hier geht es nicht um mich und meine Bedürfnisse. Es geht darum, was für ihn das Beste ist."

Ich hörte, wie die alten Küchenstühle zurückgeschoben wurden. Müde Schritte knarrten auf der Treppe. Als meine Mutter die Tür öffnete, schloss ich die Augen und tat so, als würde ich schlafen. Sie setzte sich auf mein Bett und fuhr mir mit den Fingern durchs Haar. Tucker stand von seinem Platz an meiner Seite auf und kletterte über mich, um auch gestreichelt zu werden. Damit hatte ich den perfekten Vorwand, um „aufzuwachen".

Ich setzte mich auf, und meine Mutter nahm mich in den Arm, als wollte sie mich nie mehr loslassen. Sie wusste, dass diese Umarmung für viele Monate reichen musste.

EPILOG

Die Besuche, die uns meine Mutter in den folgenden Jahren jeden Winter abstattete, gehören zu den schönsten Erinnerungen an meine Jugend. Auch als meine Schwestern schon ihre eigenen Familien hatten, kam Mom jeden Dezember über die Feiertage zu uns. Das Erntedankfest und sechs Wochen im Sommer verbrachte ich in Minnesota. Dazwischen schrieben wir uns endlose Briefe und telefonierten regelmäßig. Es lagen fast tausend Kilometer zwischen uns, aber wir waren uns trotzdem sehr nahe.

Inzwischen ist es lange her, dass sie uns zum letzten Mal in Kansas besucht hat, sehr lange. Deswegen ist heute ein so besonderer Tag. Ich habe ihre Briefe, Tuckers Halsband, den Zinnbecher meines Großvaters und das letzte Puzzle, das mein Vater Grandma Cora geschenkt hat, herausgesucht. Das Erinnerungsvermögen meiner Mutter lässt nach. Der Arzt hat uns empfohlen, ihr Dinge aus der Vergangenheit zu zeigen und von früher zu reden.

Wenn es so weit ist, möchte ich, dass sie neben dem Kamin sitzt und Trost in unserer Vergangenheit findet. Sie soll wissen, was für einen wichtigen Platz sie darin einnimmt. Ich weiß nicht, wie viel Zeit mir noch bleibt, um ihr zu sagen, was ich fühle. Von allen mutigen Menschen, denen ich begegnet bin, ist meine Mutter wohl der mutigste. Sie hat mir erlaubt, bei meinen Großeltern zu bleiben, weil sie wusste, dass ich einen Abschied nicht verkraftet hätte. Inzwischen habe ich selbst Kinder und weiß, wie schwer das für sie gewesen sein muss.

Wenige Jahre später fuhr ich mit Grandpas altem Ford in die Schule und zu meinen Verabredungen mit Mary Ann. Jahrelang war sie meine beste Gefährtin im Schulbus gewesen, doch nach dem Weihnachtsstück, in dem sie einen Engel gespielt hatte, sah ich sie mit anderen Augen. Und so sehe ich sie heute noch immer, nach über vierzig Jahren.

Tucker und ich hatten noch fünf warme Sommer und kalte Winter zusammen. Nach der Highschool ging ich nach Vietnam. Ich verließ Cherokee County an einem Freitag und sollte für zwei lange Jahre nicht zurückkommen.

Tucker wich monatelang nicht von der Veranda. Er dachte, ich würde nach der Schule nach Hause kommen, wie ich es jeden Tag getan hatte. Er dachte, das wäre eine feste Regel. Ich wusste genau, wie sich das anfühlte – Tag für Tag zu hoffen, dass ein geliebter Mensch zurückkommt, als wäre nichts gewesen, einfach so durch die Küchentür.

Eines Morgens im April wurde Tucker unruhig. Grandma Cora beobachtete ihn, wie er aufstand und nach Süden zum Kill Creek blickte. Dann jaulte er und lief Richtung Mack's Ground davon. Vielleicht wollte er dort nach mir suchen. Vielleicht wusste er, dass sein Ende nahte. In den Tagen danach tauchte er überall in der Gegend auf, und die Leute sagten: „Ist das nicht George McCrays Hund?" Aber er ließ niemanden in seine Nähe.

Nach einer Woche kam er erschöpft, aber zufrieden nach Hause. Auf der Veranda brach er zusammen und stand nie wieder auf. Er starb nach einem glücklichen Leben. Ich habe nie einen treueren, besseren Freund besessen.

Auch für Grandma Cora und Grandpa Bo war es ein schwerer Abschied. Sie trugen Tucker zu Mack's Lake und begruben ihn an dem Ort, wo er am glücklichsten gewesen war. Dort ruht er noch immer. Grandpa hat eine einfache Holzbank am Seeufer aufgestellt. Noch heute können meine Familie und ich zu Mack's Lake wandern, Steinchen werfen oder die Füße im Wasser baumeln lassen. Manchmal erzähle ich ihnen von Tucker. Sein Halsband hing all die Jahre über in der Scheune. Jetzt habe ich es hier bei mir.

Grandpa und Grandma sind auch schon lange tot. Ich vermisse sie mehr, als ich sagen kann. Wenn ich nach einem Tag auf der McCray-Milchfarm nach Hause komme, dann trinke ich einen großen Schluck aus dem alten Zinnbecher, der noch immer neben dem Spülbecken steht. Und wenn ich meinen Durst gestillt habe, seufze ich tief auf: „Aaah!"

Ich will meiner Mutter sagen, dass ich auf der Farm ein schönes Leben führe, weil ich mich immer an die einfache Regel meines Vaters gehalten habe: Egal was auf uns niedergeht, wir kämpfen unbeirrt weiter. Nur so kann man die Straßen frei halten.

Sein Thema: die besondere Beziehung zwischen Mensch und Tier

Greg Kincaid

Alles fing mit einer Handvoll getippter Seiten an, die Greg Kincaid vor Jahren seiner Frau und den fünf Kindern zu Weihnachten vorlas. Eine Überraschung zum Fest, mehr sollte es nicht sein. Doch als der Verfasser – im Hauptberuf Rechtsanwalt und auf Familienrecht spezialisiert – von allen Seiten gedrängt wurde, eine längere Version der kleinen Erzählung zu schreiben, entwickelte sich daraus ein Roman. Kincaids Erstling wurde 2008 in Amerika veröffentlicht und erschien noch im selben Jahr unter dem Titel *Ein Hund zu Weihnachten* auch in Deutschland. 2009 wurde die Geschichte für das amerikanische Fernsehen verfilmt und erreichte eine Einschaltquote von über zehn Millionen Zuschauern.

Auch in Kincaids erstem Roman spielt George McCray eine Hauptrolle. Allerdings ist die Handlung in der Gegenwart angesiedelt: George ist ein erwachsener Mann und Familienvater, dessen Sohn Todd über Weihnachten einen Tierheimhund bei sich aufnehmen möchte. Mit *Ein Hund im Winter* hat der Autor nun also die Vorgeschichte zu seinem Erstling geschrieben und sich in Georges Kindheit zurückbegeben.

Beiden Geschichten gemeinsam ist die herzerwärmende Art, in der Kincaid die besondere Beziehung zwischen Mensch und Tier schildert. Kein Wunder, denn er ist ein großer Tierfreund, dessen Farm in Kansas drei Pferden, zwei Hunden und zwei Katzen ein Heim bietet. Bei der amerikanischen Tierschutzorganisation Petfinder engagiert sich Kincaid dafür, dass herrenlose Haustiere neue Besitzer finden.

Übersetzer
Untergrund: Wulf Bergner
Ein Hund im Winter: Gabriele Zigldrum

Illustrationen und Fotos
Der Beobachter: S. 4 (oben), S. 6/7: Getty Images/Ken Kochey, S. 8: Getty Images/Bert Hardy Advertising Archive
Die Inselärztin: S. 4 (unten), S. 210/211: Getty Images/Heinz Wohner, S. 212: iStockphoto.com/Mutlu Kurtbas
Untergrund: S. 5 (oben), S. 324/325: Getty Images/Lauree Feldman, S. 326: iStockphoto.com/ziggymaj
Ein Hund im Winter: S. 5 (unten), S. 492/493: Getty Images/Per Breiehagen, S. 494: iStockphoto.com/Diane Diederich

Autorenfotos
Charlotte Link (S. 209, Einband): Derek Henthorn
Carin Winter (S. 323, Einband): privat
Lee Child (S. 491, Einband): Sigrid Estrada
Greg Kincaid (S. 575, Einband): Brooke Letourneau

Einband
Der Beobachter: Getty Images/Ken Kochey; *Die Inselärztin:* Getty Images/Heinz Wohner; *Untergrund:* Getty Images/ Lauree Feldman; *Ein Hund im Winter:* Getty Images/Per Breiehagen

Die ungekürzten Ausgaben von „Der Beobachter“, „Die Inselärztin“, „Untergrund“ (unter dem Titel „Underground“) und „Ein Hund im Winter“ sind im Buchhandel erhältlich.